中国诗学研究年度报告

（2022）

巩本栋◎主编

安徽师范大学出版社
ANHUI NORMAL UNIVERSITY PRESS

·芜湖·

图书在版编目（CIP）数据

中国诗学研究年度报告.2022 / 巩本栋主编.—芜湖:安徽师范大学出版社,2023.10
ISBN 978-7-5676-6175-2

Ⅰ.①中… Ⅱ.①巩… Ⅲ.①诗歌研究—研究报告—中国—2022 Ⅳ.①I207.22

中国国家版本馆CIP数据核字(2023)第071510号

中国诗学研究年度报告(2022)

ZHONGGUO SHIXUE YANJIU NIANDU BAOGAO (2022)

巩本栋◎主编

责任编辑:王 贤　　　　　责任校对:李克非
装帧设计:王晴晴　冯君君　责任印制:桑国磊
出版发行:安徽师范大学出版社
　　　　芜湖市北京中路2号安徽师范大学赭山校区　　邮政编码:241000
网　　　址:http://www.ahnupress.com/
发 行 部:0553-3883578　　5910327　　5910310(传真)
印　　刷:江苏凤凰数码印务有限公司
版　　次:2023年10月第1版
印　　次:2023年10月第1次印刷
规　　格:787 mm×1092 mm　　1/16
印　　张:23.5
字　　数:537千字
书　　号:ISBN 978-7-5676-6175-2
定　　价:98.00元

安徽师范大学中国诗学研究中心
资助项目

卷首语

巩本栋

中国是诗的国度。

中国诗学源远流长,内蕴丰富,传承发展,影响深远,最能体现和代表中国传统思想文化的核心价值和精神,也最具生生不息的活力。

中国诗学的研究,自现代以来,成果丰硕,成就卓著,在中国古代和现代文学的研究中占有重要地位。对中国诗学研究的总结和回顾,也主要是在对整个中国古代文学研究的回望中进行的。比如近三四十年来学界熟悉的中国社科院文学所组织编纂的《中国文学年鉴》、中国唐代文学会、宋代文学会的《唐代文学研究年鉴》《宋代文学研究年鉴》等,就都有年度诗学研究的综述。①然而,通过学术年鉴或年度报告的形式,来集中展现中国诗学研究的成绩,迄今却还未见。这与中国诗学研究发展和繁荣的实际,殊不相称。所以,安徽师范大学中国诗学研究中心决定,从2022年度起,筹划和承担《中国诗学研究年度报告》的编纂工作,作为教育部人文社科重点研究基地,这既是我们应尽的职责,也可藉此弥补学界研究的不足。

我们的编纂目的和宗旨,是为了更好地承继中国诗学这份珍贵的文学和文化遗产,全面反映国内外学术界诗学研究的新成果,及时总结研究的经验和教训,探寻新的研究角度、理论和方法,标识新的研究发展方向,提升研究的理论水平,充分发挥其在当代社会和文学、文化建设中的积极作用。

中国诗学,这里主要指诗学和词学。其时间跨度,纵贯先秦至现代。

今日之学术研究,必以世界为范围。故凡国内外中国诗学、词学研究方面的论文、论著,无论宏观或微观、理论或实证、文献或文学的研究,并在考察的范围之内。论文与论著并重,期刊与集刊并重,兼及学位论文和学术会议。

《中国诗学研究年度报告》的主要呈现方式为学术综述。

---

① 对中国诗学研究进行阶段性学术史回顾的文章,亦不少见,尤其是二十、二十一世纪之交,就产生过很多这方面的成果。如徐公持先生的论文集《百年学科沉思录——二十世纪中国古代文学研究回顾与前瞻》(人民文学出版社,1998年)、余恕诚先生的《20世纪中国诗学研究历程》(载《安徽师范大学学报》2003年第5期)等等。2019年,张伯伟先生发表了《艰难的历程,卓越的成就——新中国70年的古代文学研究》一文(载《文学评论》2019年第5期,修改后以《百年浮沉:现代学术中的中国古代文学研究》为题,收入其《回向文学研究》,商务印书馆,2022年),将百年学术史分为三个阶段,并结合各阶段的政治和学术背景,对百年来古代文学学术史作了全景回顾。其中对中国古代文学包括中国诗学研究的特征和面貌,作了深入的揭示,对不同时期古代文学研究的趋势和不足,作了归纳和总结,并对未来古代文学的研究进行了思考。去岁,胡晓明先生亦以《百年中国诗学之回顾与前瞻》为题作过讲演(此次演讲整理成文后,发表在《中国文化》2022年秋季号),从学术史和文化史的视角对中国诗学的发展进程作了回顾,归纳总结出中国诗学的若干特征和传统。此皆视野宏大,见解深刻,卓识远见,启迪人心。

凡所综述，或有述有评，或述中寓评，皆努力以学术史为背景，由回顾而前瞻，既力求全面、准确、客观公正地反映年度研究的成绩和不足，而又不求面面俱到，避免简单罗列。

现在呈现在读者面前的2022年《中国诗学研究年度报告》，是否达到了上述预期的目标呢？这也许是一个更应该由学界同仁去评价的问题。兹仅将报告编纂过程中的一些粗浅认识和思考，略述如下。

一、诗学文献研究的拓展

陈寅恪先生曾指出："一时代之学术，必有其新材料与新问题，取用此新材料，以研求问题，则为此时代学术之新潮流。治学之士，得预于此潮流者，谓之预流。其未得预者，谓之未入流。此古今学术之通义，非闭门造车之徒所能同喻者也。"[①]把考古发现和其他新出文献与既有书面文献相结合、域外汉籍与本土文献相结合，我们看到，在过去的一年里，在先秦两汉诗学、元代、清代、近代诗学和域外诗学研究等众多领域，取得了突出成绩。

比如，利用考古发现研究《孔子诗论》，近年已取得很多成果，然仍有学者在此基础上，利用"上博简""清华简""安大简"等，结合其它文献进行探讨，取得了成绩。像徐建委先生综合传世文献与"安大简"等出土文献，探讨早期《诗》文本的传播与文本形成之间的关系[②]，徐正英先生对"上博简"《孔子诗论》中《关雎》组诗论和《小雅》论及其诗学批评建构与意义的讨论[③]，都提出了一些新的看法。杜春雷先生《稀见元人总集〈武夷诗集〉考论》一文[④]，利用日本静嘉堂刊本、国图清抄本，对元代诗学尤其是元代佛教文学文献进行研究（内亦有唐、宋人作品）。夏晓虹教授利用晚清《京报》所载官方文书，结合其它史料，考证秋瑾生平行事[⑤]，利用讲义、家书与诗文集互相参证，考释林纾新见手稿[⑥]，也都有新收获。

释家别集，向来不甚为人所重，书志少有著录，故除少数著名诗僧别集和收入总集的作品外，多湮没不闻。[⑦]李舜华先生新撰《历代释家别集叙录》[⑧]，在释家诗文文献研究方面，做出了很大努力。此书著录历代释家别集，始于东晋，迄于清季，卷帙浩繁，为前代所无。作者自云"每得一集，无论长篇短制，必经眼过目"。若"未见之集，宁暂付阙如，决不钞撮他家书志"（见是书《凡例》）。其所叙录，弥补了释家诗文别集研究的不足，当可据信。

清代诗学文献数量甚多，在其整理出版方面，近年来成绩甚为突出。2022年度，很多大型文献丛

① 陈寅恪：《陈垣敦煌劫余录序》，《金明馆丛稿二编》，三联书店，2001年，第266页。

② 徐建委：《早期诗经的记诵、书写和阅读》，《北京大学学报》，2022年第3期。

③ 徐正英：《上博简孔子诗论关雎组诗论发微》，《文艺研究》2022年第1期；《上博简孔子诗论小雅论及其诗学史创获》，《文学评论》2022年第2期。

④ 沈乃文：《版本目录学研究》，复旦大学出版社，2022年。

⑤ 夏晓虹：《秋瑾早年行迹考辨——以京报相关史料为中心》，《东南学术》2022年第1期。

⑥ 夏晓虹：《讲义、家书与诗文集——新见林纾手稿考释》，《文艺争鸣》2022年第1期。

⑦ 近十年来，已有学者对宋代禅僧诗的辑录做了很好的工作，如朱刚教授的《宋代禅僧诗辑考》，复旦大学出版社，2012年。

⑧ 李舜华：《历代释家别集叙录》，中华书局，2022年。

书续有增益,新见诗学文献亦多。如《荆楚文库》①《海上丝绸之路基本文献丛书》②《清代少数民族文学家族诗集丛刊》③《松江总集丛刊》④《清代名家词选刊》⑤《词谱要籍汇编丛书》⑥等等,都是其例。而在域外汉籍研究方面,吴格先生编《明别集丛刊》(第六辑)⑦、侯荣川先生所编《日本所藏稀见明人诗文总集汇刊》(第二辑)⑧等,将许多稀见的域外诗文别集引入国内,为学界提供了珍贵的诗学文献。

学术研究,应当视野阔通,对文献的认识,也应更通达和开放。所谓新材料,除了考古发现、域外汉籍等新出文献之外,也应包括一切知见而尚未被学人利用或充分利用、研究的文献,即使是一些大家、名家的别集的整理,若能潜心研究,仍会取得新的成绩。

比如吴企明先生的《范成大集校笺》⑨,在重要作家别集的整理上,做出了突出的贡献。吴企明先生校笺《范成大集》,以清顾嗣立本《范石湖集》为底本,参校各种总集,尤其是利用了《诗渊》,并参考沈钦韩《范石湖诗集注》、近人黄畲《石湖词校注》、傅璇琮《范成大佚文辑录与系年》《范成大佚文篇目》、孔凡礼《范成大佚著辑存》、于北山《范成大年谱》和孔凡礼《范成大年谱》等,考其交游,参其文章,以范注范,兼重文史,正讹补阙,力求全面评价范氏的思想和文学成就,为学界提供了一个体例完善、校勘精良、注释得当的范集文本。⑩

清李怀民编撰的《重订中晚唐诗主客图》,历来为人所重,此前虽有点校本,却不曾作深度整理。徐礼节先生所撰《重订中晚唐诗主客图校注》⑪,对其书进行了全面整理,不仅纠正底本刊刻之误,而且对《图说》、诗人小传以及诗歌评点文字进行注释,促进了山左诗人群体的研究,对于晚唐诗歌研究也有一定的推动作用。

清郭曾炘有论诗绝句130首,系统评论清代著名诗人,可谓小型"清诗史",在清代诗歌史、诗论史上均具有一定地位,却不曾有人整理。谢海林教授的《郭曾炘论诗绝句笺释》⑫,对郭氏论诗绝句进行笺释,征引繁富,校订精审,解析可取,对于进一步认识清诗发展历程、清名家诗歌特色以及郭曾炘诗学思想等,多有裨益。

① 如《周锡恩集》,陈春生校注,武汉理工大学出版社,2022年。
② 如周灿《愿学堂诗集》,文物出版社,2022年。
③ 如《完颜氏文学家族诗集》,多洛肯、路凤华校注,中国社会科学出版社,2022年。
④ 如赵厚均、杨焄、刘宏辉等整理的《淞南诗钞·淞南诗钞合编·张泽诗征》,上海古籍出版社,2022年。
⑤ 如苏小隐校笺的《樊榭山房词校笺》,华东师范大学出版社,2022年。
⑥ 如陈雪军、胡晓梅整理的《选声集·记红集》、王延鹏、鲍恒整理的《词榘》等,华东师范大学出版社,2022年。
⑦ 吴格编:《明别集丛刊》,黄山书社,2022年。
⑧ 侯荣川编:《日本所藏稀见明人诗文总集汇刊》,广西师范大学出版社,2022年。
⑨ 吴企明校笺:《范成大集校笺》,上海古籍出版社,2022年。
⑩ 朱迎平先生笺校的《渭南文集笺校》(上海古籍出版社,2022年),亦值得一书。其书虽以陆游文章的笺校为主,然亦收入陆游的词作。陆游的文集,原有中华书局的点校本《陆游集》(1976年),文集部分用嘉定本作底本。2011年,浙江教育出版社出版《陆游全集校注》(由马卫中、涂小马先生校注)。2015,浙江古籍出版社出版《渭南文集校注》,都是用汲古阁本作底本。朱先生的笺校,以保存嘉定本原貌为目标,并加以编年笺注。参考了欧小牧《陆游年谱》、于北山《陆游年谱》、孔凡礼《陆游佚著辑存》、邹志方《陆游家世》、钱仲联《剑南诗稿校注》和马、涂本,对前人的研究多所汲取,并将《牡丹谱》《入蜀记》、词(以上三种马、涂本未收)纳入其中。重在释事典、语典,且多有题解,弥补了陆游文章研究的不足。
⑪ 李怀民编撰,徐礼节校注:《重订中晚唐诗主客图校注》,黄山书社,2022年。
⑫ 谢海林:《郭曾炘论诗绝句笺释》,人民文学出版社,2002年。

朱则杰先生在完成《清诗考证》之后，又不断对其进行完善，并对柯愈春《清人诗文集总目提要》加以订补，且对清代女诗人及江浙地区诗人给予了比较多的关注，在本年度中发表了一系列论文，亦颇有收获①。

明清以前专收历代女性文学作品的总集不足十种，有明一代38种，而清代则有近百种之多。陈启明先生在《清代女性诗歌总集研究》②一书中，以清人编刊的女性诗人诗作总集为研究对象，结合清代文学思想的发展，侧重考察清人在不同历史时期所编选的女性诗歌总集的情况，包括编纂背景、编选体例、取舍标准、纂辑过程、版本源流、文献价值，以及其中所体现的性灵与闺阁本色的审美理想、诗教与女性书写、女性诗学批评等，所论相当全面，丰富了清诗的研究。

古人诗文集中一般不收经、史等其它著述，至宋代始有"大全集"的编刊方式，如《东坡大全集》等，囊括苏轼诗文各集及《志林》等其它杂著述，网罗丰富。③徐雁平先生提出了"文献集群"的看法。他认为近代文学研究应有"文献集群"意识。"近代文学中的文献集群主要包括四个系列：一是某一作家较完整的著述系列，如诗文集、日记、书信以及其他著作；二是某一作家之交游群体的较完整著述，据此可组织出其交游网络中的关联著述系列；三是某一作品的多种版本形态，如手稿初稿、定稿、初刊本、修订本等等；四是某一主题或某一类型文献，即在以人为中心之外，以事和文体等方式组织出的文献集群。"④显然，建立研究对象的"文献集群"，可以更深入地把握"文献、文人、事件及其在历史层面上的内在关联"，这虽是就近代文学研究而言，然对于诗学文献的研究也是具有启发意义的。

二、文本研究的深耕细作

随着学术研究的发展，学术领域的扩展，前人完全没有涉及的问题或作家作品等，会越来越少。学术研究要取得成绩，越来越需要深耕细作，尤其是对一些研究积累很多的作家作品和诗学史上的问题，只有当我们更深入细致地研读文本、更全面地了解其创作背景之后，才可能真正走进诗人的内心世界，更深切地认识和理解作家作品、诗学现象与问题，有所发现，有所发明。

比如"诗言志"问题，自朱自清先生撰《诗言志辨》以来，讨论者多矣，似已无余蕴。然而过常宝先生的文章《"诗言志"：从思想建构到教化诗学》⑤，将此一问题置于儒家话语体系中考察，深入分析"诗言志"在先秦时期的生成状况、话语特征、意识形态功能，以及"诗言志"所依据的文化传统和经典的构成，揭示其从先秦到两汉的理论内涵的变化与定型，这无疑丰富和深化了这一诗学基本问题的研究。

诗学的核心是诗歌作品。诗学研究的深入拓展，离不开对作品的细致研读和理解。葛晓音先生

---

① 朱则杰《〈清诗考证〉前两编订补——兼谈人物生卒年研究的若干问题与方法》（《淮阴师范学院学报》2022年第1期）、《〈清人诗文集总目提要〉订补——以沈豹等五位江苏籍作家为中心》（《常熟理工学院学报》2022年第1期）、《〈清人诗文集总目提要〉订补——以俞公谷等四位绍兴作家为中心》（《绍兴文理学院学报》2022年第2期）、朱则杰《〈清人诗文集总目提要〉订补——以张延绪等五位作家为中心》（《厦门城市职业学院学报》2022年第4期）、《清代女诗人丛考——以马世俊姊马氏、吴琪、顾季蘩为中心》（《江南大学学报》2022年第4期）、《清代嘉兴诗人生卒年丛考——以卞洪载等为中心》（《嘉兴学院学报》2022年第2期）等。

② 陈启明：《清代女性诗歌总集研究》，复旦大学出版社，2022年。

③ 今人王水照先生编《王安石全集》等，亦颇效此法。

④ 徐雁平：《"文献集群"与近代文学研究的新拓展》，《文学遗产》2022年第3期。

⑤ 过常宝：《"诗言志"：从思想建构到教化诗学》，《中国社会科学》2022年第9期。

在《李贺部分七古中的"断片"现象及其内在脉理》一文中，对人们熟悉的李贺诗歌作了精细的研读，通过这种细读，她发现"李贺写出许多华丽而断续的诗句，不是因为拼凑锦囊中的碎片，而是出于自觉的创作意图"。其内在理路有三类，一是"摘取典故中的意象重新组合甚至融化成具体的情景，使意象的接续之间较难看出彼此的联系，因而增加了内在脉理的隐蔽性"。二是"意象大幅度的跳跃中暗藏着思路的转折"。三是"绮碎细节中暗示的情思"。[①]从而打破了七古七律间的界限，拓展了七古的表现空间，丰富了中晚唐诗歌的艺术。这一结论的获得，将李贺诗歌的研究推向了一个新的高度。[②]

"和陶"自北宋以后，已成为一种重要的文学和文化现象。左东岭先生详细分析元明易代之际和陶诗的类型、风格特征，并进而揭示戴良等遗民诗人的复杂心态和诗学观念等，察其异同，从一个侧面丰富和深化了易代之际诗学史的研究。[③]

明代诗学理论批评和思潮的研究，成果一向很多。郑利华先生在他多年研究的基础上，新近完成和出版了《明代诗学思想史》一书[④]。此书立足于历史过程和诗学发展的逻辑，旨在全面系统地考察有明一代二百七十余年间诗学思想的发展历程，努力廓清这一重要历史时期的诗学思想演化的总体态势。理论批评与文学创作倾向结合，较之前人，将研究又往前推进了一步。

王韬是较早提倡维新变法的改良派诗人。陈玉兰教授《论王韬诗歌的精神世界》一文[⑤]，论述其诗歌构成的矛盾统一的精神世界：人生旨趣的入世与出世、生命哲思的存在与虚无，思想境界的超前与滞后、灵魂归宿的浪迹与栖居、诗美格调的高雅与低俗，五者共存。指出这种诗歌精神是近代改良主义者特有的矛盾心态及奋斗不彻底性的反映，其诗歌矛盾的主要方面是入世而肯定现实存在，超前而探求生存新路，总体格调是高雅的。文章分析王韬的诗歌主旨与艺术特征，体悟细腻、思考圆融，可谓深有会心。

三、视角与方法的新变与综合

学术研究的发展和不断推进，往往是以研究角度和研究方法的更新为标志的。2022年度的诗学研究也是如此，新视角和新方法给研究带来了新开拓。

中国古代抒情诗发达，叙事诗不发达。中国诗学具有抒情的传统，这在学术界几乎没有争议。然近年来董乃斌先生受西方叙事学理论的启发，提出中国诗歌叙事与抒情传统并存互动的观点，并申报了题为"中国诗歌叙事传统研究"的国家社科基金重大项目，发表论文多篇，为中国诗学研究别开一生面。[⑥]近年亦有一些青年学者就此展开探讨，与董先生的研究恰成一种呼应。如周剑之教授就认为，

① 葛晓音：《李贺部分七古中的"断片"现象及其内在脉理》，《北京大学学报》2022年第6期。

② 葛先生的研究不限于李贺的七古，她对中唐古诗的研究成果，已结集为《中唐古诗的尚奇之风》一书，由北京大学出版社（2023年）出版。

③ 左东岭：《元末明初和陶诗的体貌体征与诗学观念：浙东派易代之际文学思想演变的一个侧面》，《文学评论》2022年第1期。左先生近年尚有多篇研究易代之际文学的论文发表，值得关注。

④ 郑利华：《明代诗学思想史》，上海古籍出版社，2022年。

⑤ 陈玉兰：《论王韬诗歌的精神世界》，《文学遗产》2022年第6期。

⑥ 董先生的专著《诗心缘事：中国诗歌叙事传统研究引论》，现已由上海远东出版社出版（2023）。

对叙事的认识,可以不必局限于诗歌的整体内容和唯一方法,而将其看作是一种创作因素,研究的视野更为开阔。其新出专著《事象与事境:中国古典诗歌叙事传统研究》①,可谓本年度关于"诗缘事"理论研究的一部力作。作者从中国诗学的传统和创作实践出发,考察了中国古典诗歌中的"泛事观",辨析了古典诗歌中叙事要素的不同类型和呈现方式,并从传统的诗学话语中拈出"事象""事境"两个关键概念,试图建构起一套系统的中国古典诗歌叙事理论。这无疑是给中国诗学研究提供了新的思路。

由研究对象的性质所决定,在研究方法上,综合运用文学和文献学等多种方法来研究中国诗学,越来越成为学界的共识。2022年度在中国诗学的综合研究方面,取得了很大成绩。

唐代诗学的研究,各种成果积累已多,若要有所突破,实为不易。然综观2022年度的唐代诗学研究,许多学者综合运用文学文化学等多种方法,仍取得了突出成绩。像戴伟华先生所著《地域文化与唐诗之路》②,就运用文学地理学和文化学的理论,研究唐诗创作的动态结构和题材、文体的演变,提出了诗歌创作格局的中心平衡和转移说,论述了诗人对历史传统的认同、断续和相斥的多种形态等,揭示出诗人生存状况与思想心态的关系,并引入弱势文化理论,对贬谪诗和边塞诗重新作了阐释。戴先生这些多年深入研究的成果,令人耳目一新。

杜晓勤先生的《唐代文学的文化视野》③,将近三十年来研究所得,结为一书,内容厚重,多有见地。他"从政治、思想、文化诸多角度尝试阐释唐代文学某些问题",特别关注诗人的精神追求和文化心态及其影响文学创作的机制,对作家身份的"士庶之变"和创作交流中的"地域整合"等问题思考很深。此外,对杜甫的文化史地位及其作品经典化过程、元白的盛唐情结与内涵、唐代丝绸之路与诗歌创作以及东亚汉文化圈中的唐诗传播等问题,也提出了很多新的看法。④

严羽的《沧浪诗话》,是诗学史上人们熟悉的以禅论诗的名著,然吴承学先生却敏锐地发现其与理学存在的潜在联系。在《〈沧浪诗话〉与宋代理学》一文中⑤,他注意到理学对严羽《沧浪诗话》的曾"被遮蔽"的影响。他运用的方法是词语相似性比对和理论观念与思维方法层面的探寻。该文指出,《沧浪诗话》与宋代理学的关系可以从诗歌理想与人格理想、诗歌境界与圣贤气象、学诗门径与学理门径等方面找到关联。严羽自幼所受理学熏陶并积淀为无意识和潜意识,在《沧浪诗话》中不自觉地表现出来。所论甚为精微。

士人心态是连接和沟通文学内外的中介。陈斐先生所撰《〈天地间集〉:赵宋遗民的另一部"心史"》⑥,以谢翱编《天地间集》为中心,以诗为"心史",从"悲痛与眷恋:连结的断裂与复原""惊悸与诧异:战乱创伤与奴役怨懑""闲适与郁怅:隐居的政治意涵""空幻与落寞:儒家伦理纲常之外""坚守与

① 周剑之:《事象与事境:中国古典诗歌叙事传统研究》,商务印书馆,2022年。
② 戴伟华:《地域文化与唐诗之路》,中华书局,2022年。
③ 杜晓勤:《唐代文学的文化视野》,中华书局,2022年。
④ 去年出版的张剑先生的《宋代文学与文献考论》(浙江古籍出版社,2022年),虽是一部论文集,却也集中展示了作者近年从多角度、多侧面和运用多种方法研究宋代文学、文献和文化的新成果。所涉诗学问题既多,所论亦兼具闳阔和深细之美,带给人的启示颇多。
⑤ 吴承学《〈沧浪诗话〉与宋代理学》,《文学评论》2022年第1期。
⑥ 陈斐:《〈天地间集〉:赵宋遗民的另一部"心史"》,《中山大学学报》2022年第5期。

忧惧:与时间抗争"等多个层面,对易代之际的遗民心态做了立体、动态的透视。其文着眼心态、亦诗亦史,具有重要的诗学史意义。

元代诗学的一个突出的现象是诗人的南北流动。邱江宁教授《南北融合与元代文坛格局的建构》①即对这一问题进行了整体考察,所论阔通。张勇耀教授《金元之际的汴京书写与文化记忆》一文②,则认为汴京为金元之际的诗风演进提供了特定的空间。而她的另一篇文章《金元之际的汉唐情结与文史建构——兼论"金源氏典章法度几及汉唐"说的虚实》③,从"'金源氏典章法度几及汉唐'的虚实""金源制度与普遍的汉唐情结""金元易代与汉唐情结的传递""汉唐话语与元初政治"四个方面层层推进,综合文史,对金元两代士人的汉唐情结及其意义加以考论,所获亦多。

近年学界对少数民族诗学的研究,也颇有创获。比如米彦青教授所撰《中国古代蒙古族汉诗研究》④,综合运用文学、史学、宗教学等多种方法,展示蒙古族汉诗创作的面貌和嬗变的轨迹,彰显了中华民族共同体意识的深厚渊源和历史变迁。张博、米彦青《清代博尔济吉特氏诗人群体研究:以氏族、宗族为视角》的文章⑤,从家族和文化视角对蒙古博尔济吉特氏家族诗人群体诗学特征进行了分析,改变了学界对这一问题少有关注的状况。由清代旗籍诗人杨钟羲编纂的《雪桥诗话》,是研究八旗文史、清代文史的重要文献,显示了少数民族诗学及相关批评与儒家诗教传统、汉族诗学及相关批评相互交融的情形,具有诗学文献学和批评的多方面价值⑥。郑升先生的《八旗名典<雪桥诗话>批评研究》⑦,对《雪桥诗话》作了较全面的论述,亦可补前人研究之不足。

综合研究的目的,是为了更好地解决文学研究中的问题,综合研究不是泛文学文化研究,更不是取代文学研究。故近年呼吁回向文学的呼声很高。张伯伟先生尤为代表。其所著《回向文学研究》⑧一书,收入其近20年以来的多篇重要论文。他指出:"只要是文学研究,首先就应该尊重文学的特性,做到对诗说话,说属于诗的话。有各种不同的文学理论立场,也有各种不同的文学批评的出发点,但是以尊重文学特性为出发点应该是'第一义'的和最为根本的。"我们赞同这一立场和观点。

四、中国诗学的普及与传播

学术研究并不只是学者们在象牙塔中的高谈阔论,中国古典诗歌原就具有强烈的现实品格,它从多方面深刻地反映着彼时彼地的社会现实,因此,中国诗学的研究,不但应关心当代的社会、关心人民,而且也应当服务于人民大众的生活和需求。让经典走向民众,从高深走向普及,同样是学者的责任。像袁行霈先生主编的百部经典,韩经太先生主编的《新选中国名诗1000首》,都是经典走向普及、

---

① 邱江宁:《南北融合与元代文坛格局的建构》,《中山大学学报》2022年第4期。

② 张勇耀《金元之际的汴京书写与文化记忆》,《中州学刊》2022年第10期。

③ 张勇耀:《金元之际的汉唐情结与文史建构——兼论"金源氏典章法度几及汉唐"说的虚实》,《中原文化研究》2022年第1期。

④ 米彦青:《中国古代蒙古族汉诗研究》,中国社会科学出版社,2022年。

⑤ 张博、米彦青《清代博尔济吉特氏诗人群体研究:以氏族、宗族为视角》,《苏州大学学报》,2022年第4期。

⑥ 研究八旗诗歌总集的尚有韩丽霞《八旗诗歌总集<白山诗介>编纂特点研究》,《赤峰学院学报》2022年第5期)等。

⑦ 郑升:《八旗名典<雪桥诗话>批评研究》,《云梦学刊》2022年第2期。

⑧ 张伯伟:《回向文学研究》,北京:商务印书馆,2022年版。

走向大众的代表之作。前者此不论,《新选中国名诗1000首》以"通古今之变"和"道艺不二"为编选宗旨,邀请赵敏俐等八位名家,各选一代或数代之"名"诗一百首(其中《唐诗鉴赏》和《宋诗鉴赏》各200首,其余各卷100首),注释鉴赏。其中如赵敏俐先生的《先秦两汉诗鉴赏》、葛晓音先生的《唐诗鉴赏》、莫砺锋先生《宋诗鉴赏》(其中宋诗、宋词各100首)[1],左东岭先生《明诗鉴赏》,蒋寅先生《清诗鉴赏》[2]等,所选多为脍炙人口之作,或有似非有"名"者,亦能见选者手眼,而凡所入选,皆注释得当、鉴赏精到,语言浅易,可谓繁简相宜,雅俗共赏。谈到《诗经》《楚辞》、唐宋诗,一般读者比较熟悉,然而若论辽金元诗、明诗和清诗,就未必了。所以,这套看似普及的鉴赏类诗选,实又起着很好的引导读者扩展阅读范围、提高阅读水平的重要作用。即以左东岭先生的《明诗鉴赏》来说,前言中首先指出明诗不同于其它时代诗歌的特点所在,认为明诗发展的基本线索是"由传统诗歌思想与性灵诗歌思想而构成"的,它"往往具有流派论争、理论批评与创作实践密切结合的特征",和"明显的地域特色"。这就使读者在阅读欣赏具体的诗歌作品时,有了一个对明诗发展总体格局的体认。个别在整体之中,认识得以加深,阅读也不再漫无所归。再如《清诗鉴赏》,清诗别集约四万种,作者一万多人,数量超过前代诗歌作品的总和[3]。尽管前人一直在从事清诗的经典化工作,如邓汉仪《诗观》、沈德潜《国朝诗别裁集》、徐世昌《晚晴簃诗汇》、钱仲联《清诗三百首》、王英志《清人绝句五十家掇英》等,但清诗经典化不是短期内就能完成的事情。此书限于篇幅,所选虽仅百首,且"未必都是清代最著名、最出色的作品","但相信他们多少呈现了清诗在情感内容方面的深刻性和艺术技巧的丰富性,通过阅读这些作品,足以体会和认识清代诗歌的魅力",从而"为今天的读者阅读清诗提供一个入门的引导"(《前言》),受到了读者的普遍欢迎。另如周裕锴《禅诗精赏》[4],分设"深林返景""薄暮空潭""水穷云起""山空鸟鸣"等多至上百个主题,深研其诗禅意味,评骘其艺术手法,揭示其审美风格,带给读者美的享受。

学术研究往往具有鲜明的个性特色,其呈现方式自然也是十分多样的。综上所述,2022年度的中国诗学研究,无论在文献还是在诗歌文本、诗学理论和批评研究等方面,均取得了显著成绩。然若登高望远,如何进一步加强诗歌创作与诗学理论研究的结合,回到中国诗学理论和批评范畴的历史语境,探究中国诗学理论的思想内蕴及其民族特色,揭示其自身的独特性与复杂性,激活经典阐释传统,为中国诗学体系的构建奠定更为坚实的理论基础,显然仍需要呼唤具有个案和实证研究支撑的理论思考和宏观把握。

中国诗学研究还有很长的路要走,《中国诗学研究年度报告》的编纂,也将长期持续下去。自然,编纂工作本身也需要不断改进和提高。我们热切地希望得到学界同仁的支持,也期待着来自学界的批评指正。

---

① 莫砺锋《宋诗鉴赏》,人民文学出版社,2022年。

② 蒋寅《清诗鉴赏》,人民文学出版社2022年。

③ 据罗时进先生的统计,清诗约有800万至1000万首之多,见《基层写作:明清地域性文学社团考察》,收入《文学社会学——明清诗文研究的问题与视角》,中华书局2017年版,第69页。

④ 周裕锴《禅诗精赏》,复旦大学出版社,2022年。

目　录

中国诗学研究报告（诗学理论与诗歌史）……………………………………程紫丹 / 1

先秦诗学研究报告 ………………………………………………………………任群 / 17

汉代诗学研究报告 ………………………………………………………………程维 / 29

魏晋南北朝诗学研究报告 ……………………………………………………陈先涛 / 39

唐代诗学研究报告 ……………………………………………………………韩震军 / 61

宋代诗学研究报告 ………………………………………………………………胡健 / 100

辽金元诗学研究报告 …………………………………………………………张勇耀 / 126

明代诗学研究报告 ………………………………………………………………马涛 / 151

清代诗学研究报告 ……………………………………………………潘务正　黄振新 / 178

民国诗学研究报告 ……………………………………………………傅宇斌　程诚 / 205

新诗研究报告 …………………………………………………………………魏文文 / 229

台湾学界中国诗学研究报告 …………………………………………李宜学　吴絃祯 / 247

下编

中国诗学研究报告（日本） ·· 岑天翔 / 262

中国诗学研究报告（韩国） ·· 刘婧 / 271

中国诗学研究报告（北美） ·· 麦慧君 / 275

中国诗学研究报告（欧洲） ·· 方姝 / 281

论文要目 ·· 287

专著要目 ·· 353

中国诗学研究报告（诗学理论与诗歌史）

安徽师范大学中国诗学研究中心　程紫丹

2022年度，中国诗学研究进一步推进，研究成果丰硕。其中，打破时代局限、以贯通古今的视野对中国诗学展开通代研究是中国诗学研究中的重要组成部分。通代研究着重从纵向上深入，将宏观与微观相结合，分析考察中国诗学的演变发展、阐释中国诗学的相关理论，进一步挖掘中国诗学的多维价值，为构建中国诗学体系做出了新的贡献。下面，即就此诸端之大概情形稍予揭示。

一、关于中国诗学理论与范畴的研究

一是关于"诗言志"的研究与阐释。"诗言志"是中国古典诗学的核心命题，被喻为中国诗论"开山的纲领"，影响非常广泛和深远。研究阐释"诗言志"是中国古典诗学理论研究中的主要内容。

过常宝《"诗言志"：从思想建构到教化诗学》①一文探究了"诗言志"在先秦时期的生成状况、话语特征、意识形态功能，以及"诗言志"话语所依据的文化传统和经典的构成状况，辨析了从先秦到两汉"诗言志"理论内涵的变化与定型。文章指出"诗言志"是一个概念系列，是生成于历史深处的观念，深刻地体现了上古文化不断变革

的历程，它由最初的宗教礼仪形态，发展为春秋君子和儒家士人的"立言"方式，最终成为官方意识形态体系的构成部分，其内涵不断变化，有着突出的话语体系建构的意义。作者的另一篇文章《从"诗言志"到"赋诗言志"的文化逻辑和话语机制》②则聚焦礼乐仪式中的"诗言志"，分别考察了西周飨燕礼用诗和春秋飨燕礼赋诗的情况，考证了"赋诗言志"产生于燕礼之中。同时，通过细致地分析指出"断章取义""歌诗必类"以及当场解释的现象，削弱了"赋诗言志"的仪式性，推动了"引诗言志"这种世俗话语的兴盛。作者的这两篇文章最大的特点在于能够回到上古时期的历史语境之中，以宽广的文化视野，深入分析了"诗言志"及其相关概念的生成背景及内涵衍变，对于准确把握"诗言志"这一概念的理论内涵具有重要意义。

过常宝的研究，着眼于探讨"诗言志"概念在先秦文化土壤中生成和发展过程。熊忭《"诗言志"话语的意涵演变：从先秦两汉到魏晋南北朝》③一文则将研究视角转向两汉和魏晋，侧重于考察"诗言志"这一理论内涵在魏晋时期的发展变化。文章认为，魏晋时期，"诗言志"并没有因为"诗缘情"或其他诗论的兴起而消亡，仍保持活

---

① 过常宝：《"诗言志"：从思想建构到教化诗学》，《中国社会科学》2022年第9期。
② 过常宝：《从"诗言志"到"赋诗言志"的文化逻辑和话语机制》，《北京师范大学学报》（社会科学版）2022年第6期。
③ 熊忭：《"诗言志"话语的意涵演变：从先秦两汉到魏晋南北朝》，《文艺研究》2022年第4期。

跃,并且在时代思潮的推动下经历了深刻的意涵演变。重点表现在"志"的内涵由先秦两汉时期的"诗言社会政治之志"转变为"诗言归天之志"和"诗言个体之志"两种新的意涵。此文梳理了"诗言志"话语意涵的演变史,加深了对魏晋时期"诗言志"内涵的理解。

关于"诗言志"内涵进行阐释研究的文章还有夏德靠《"诗言志"观念生成及其嬗变》①,王昌忠《论中国诗学对"诗言志"之"言"的阐述》②《论"诗言志"命题的整一性阐释》③等文。夏文从对"诗"字义的分析入手,重点探讨了"诗"字出现前后两个不同阶段"诗言志"观念的生成背景及内涵的衍变,丰富了对"诗言志"内涵的理解。王文重点探讨诗、言、志三者的关系及"诗言志"观念的阐释模式,指出应将"诗言志"视为"诗""言""志"化约、交合而成的有机、混融性命题,对其进行整体、统一性阐释。

从研究方法论看,以上文章主要从中国古典诗学批评史的角度阐释和辨析"诗言志"命题的内涵,祝东《诗以言志:〈诗〉作为公共资源传播的符号机制与影响》④一文则运用符号学的新方法审视"诗言志"观念中的言意关系问题。文章认为,《诗》是流通于周代社会的公共符号资源,"诗以言志"是先秦贵族阶层借用流通于上层社会的公共资源《诗》来隐喻其主体意志的传播交流活动,因此"赋诗言志"隐含"立象以尽意"的符号表达原理。此文运用新方法解决传统问题,跨学科的研究路径为诗学理论的研究提供了新角度。

二是关于"诗缘情"的研究与阐释。"诗缘情"是中国古典诗学的基本理论之一。历代诗论家对"缘情""吟咏情性"等概念的论述,凸显了"情"在中国诗学理论中的重要地位。20世纪70年代,海外华人学者陈世骧提出"中国的抒情传统"的主张更是成为阐释中国诗学的重要观点。但是海外汉学家脱离中国诗学理论传统,用西方的抒情诗概念来看待中国古典诗歌,存在理论的偏失,遮蔽了"情"作为中国诗学核心范畴的内涵原貌及其独特性。

准确阐释中国诗学理论概念范畴的内涵需要回归中国诗学和文化传统的历史语境。张伯伟所著《回向文学研究》书中,收录了作者2006年发表的《中国文学批评的抒情性传统》一文。该文立足中国文学批评中的相关论述,从何谓文学、何谓文学家,以及情的特质何在等问题切入,从理论批评、实际批评和批评文体三方面论述了中国文学批评抒情传统的内涵与表现,并指出了这一传统的价值和意义。⑤

毛宣国《"缘情"和"性情"——中国诗学"情"之内涵探讨》⑥一文认为中国诗学理论"情"的范畴包含"缘情"和"性情"两个层面,均有其各自形成的哲学基础,并运用比较诗学的批评方法,指出中国诗学的"情"不同于重视个人、自我和主体的西方浪漫主义情感理论,也不能用西方突出主体心理意义的"移情"说来解释。在此基础上,作者指出海外汉学家基于西方抒情理论提出的"中国的抒情传统"背离了中国传统文化本有的含义和中国传统抒情话语的本有内涵,存在着误读与误解。此文立足中国传统文化及中国诗学之本

---

① 夏德靠:《"诗言志"观念生成及其嬗变》,《湖州师范学院学报》2022年第1期。

② 王昌忠:《论中国诗学对"诗言志"之"言"的阐述》,《重庆第二师范学院学报》2022年第4期。

③ 王昌忠:《论"诗言志"命题的整一性阐释》,《宁夏大学学报》(人文社会科学版)2022年第6期。

④ 祝东:《诗以言志:〈诗〉作为公共资源传播的符号机制与影响》,《符号与传媒》2022年第2期。

⑤ 张伯伟:《回向文学研究》,商务印书馆,2022年版,第190—215页。

⑥ 毛宣国:《"缘情"和"性情"——中国诗学"情"之内涵探讨》,《中国文学批评》2022年第2期。

体,在与西方抒情理论的比较与批判中,揭示了中国诗学理论"缘情""性情"的哲学基础、理论内涵及学术价值,扫除西方理论对于中国诗学传统的遮蔽,对于准确理解中国诗学"情"之范畴进行了富有创见的理论阐释。

在中国诗学理论话语中,"缘情"与"绮靡"相伴而生,两者结合构成的"缘情绮靡"说,是中国诗学中的基础理论,对后世诗学乃至整个文学的发展有着深远的影响。陈璐《"缘情绮靡"阐释史与古典诗学的嬗变》①一文从阐释史角度,以广阔的视野,从唐代科举制度、明代复古思潮及诗史观念、清代言志与缘情关系的变迁等角度考察了历代对"缘情绮靡"说的不同阐释,梳理了在不同诗学背景下,"缘情"与"绮靡"的分合与论争、"缘情绮靡"说内涵的演变与丰富、观念的接受与批评,并以此为线索探讨了古典诗学观念在不同时代的变迁,勾勒出"缘情绮靡"说诗学观念的发展脉络。

三是关于"诗缘事"的研究与阐释。中国古典诗歌以抒情为主流,但这并不是古典诗歌的全貌。董乃斌教授及其研究团队从古文论中发掘叙事思想,梳理中国文学叙事传统,出版了《中国文学叙事传统研究》,发表了多篇论文,主持了国家社科基金重大项目"中国诗歌叙事传统研究",推动了学界关于中国诗歌叙事传统开展深入研究,在古典诗学"言志""缘情"说之外,又开出"缘事"一途,促使人们全面审视诗歌和诗学遗产。

周剑之的专著《事象与事境:中国古典诗歌叙事传统研究》②是本年度关于"诗缘事"诗学理论研究的一部力作。作者从中国诗学传统和创作实践出发,考察了中国古典诗歌中的"泛事观",辨析了古典诗歌中叙事要素的不同类型和呈现方式,并从传统的诗学话语中拈出"事象""事境"两个关键概念,建构起了一套系统的中国古典诗歌叙事理论。作者还选取叙事鲜明的诗歌类型及有代表性的诗人诗作,考察叙事形态,梳理叙事脉络,分析叙事细节,深入诗歌叙事独具魅力的艺术世界,揭示出中国古典诗歌在抒情、议论之外的叙事性因素的发展和意义,丰富了对古典诗歌的认识。此外,江林昌的专著《中国史诗研究》③则从历史研究的角度考察了中国史诗的形成背景和传承方式,突破了西方史诗理论、概念和术语的束缚,提出了中国自己的汉语史诗概念、术语等,并总结中国汉语史诗理论体系,也是对叙事诗类型之一的史诗研究的深化。

论文方面,王志清《乐府诗学"事"义命题的生成与内涵变迁》④一文围绕乐府诗的诗学理论和实践创作,探究了"感于哀乐、缘事而发"这一观念的理论来源,指出这一观念与汉乐府实际创作之间存在距离,同时考察了这一观念在唐代新乐府创作中的变化,从而明晰了乐府诗学"事"义命题的内涵,加深了对于"缘事而发"的叙事诗诗学理论的理解。

唐伟胜《感事—叙事连续体:抒情诗歌中"事"的修辞形态》⑤一文指出,诗歌中不只有"情",还包含"事"的成分,而且往往"感事"与"叙事"并存,并借鉴西方修辞叙事理论基本观点,按照读者和作品的交流方式,从四个维度区分"感事"和"叙事",构想了一个"感事—叙事"连续体,借此对具体诗歌中"事"的修辞形态进行定位,为

① 陈璐:《"缘情绮靡"阐释史与古典诗学的嬗变》,《中国文学研究》2022年第3期。
② 周剑之:《事象与事境:中国古典诗歌叙事传统研究》,商务印书馆,2022年版。
③ 江林昌:《中国史诗研究》,中国社会科学出版社,2022年版。
④ 王志清:《乐府诗学"事"义命题的生成与内涵变迁》,《学术界》2022年第11期。
⑤ 唐伟胜:《感事—叙事连续体:抒情诗歌中"事"的修辞形态》,《江西社会科学》2022年第5期。

理解抒情诗歌中的叙事因素提供了一个角度。

孙敏强、吴雪美《"诗笔"叙事演进及其与赋体文学的互动——兼谈传统叙事诗发展缓滞问题》①一文，在与"文笔""史笔"的比较中探讨了"诗笔"的叙述内涵，重点探讨了"诗笔"叙事在文体交互的过程中"入赋"与"出赋"的演进路径，指出"诗笔"叙事入赋体，转移了早期叙事诗文本的发展空间，从赋体转出则分化了叙事诗体的发展方向。

殷明学《"野望"事象的诗性存在与书写》②一文，聚焦叙事诗创作中的"野望"事象，梳理出"野望"事象演化经历了从山野张望、朝野观望到文野守望的过程，并通过相关作品文本的分析，揭示"野望"事象诗性呈现的特色、方式和主题的倾向性，归纳了"野望"事象的诗性功能与精神价值。

以上研究成果，从不同的角度深化了中国诗学叙事传统的研究，丰富了"诗缘事"理论的内涵，突破抒情传统对古典诗学的单一化定义，展现出中国古典诗学的多样式和多元化。

四是关于"兴"的研究与阐释。"兴"是中国古典诗学的核心范畴和关键词，"兴观群怨""赋比兴""感兴"等诗学概念影响着诗学的发展和创作，对于"兴"的研究与阐释亦成为一个重要的诗学研究课题。

傅道彬《酒神精神与"兴"的诗学话语生成》③一文以考证"兴"字字义的发源入手，指出"兴（興）"的本义是众人会饮同欢，酒热烈激昂的兴致成为兴味盎然的诗的感情的形象比喻；通过考

察诗之"兴"与酒之"兴"在礼乐生活中的融合与依存关系，分析了"兴"作为诗学话语的生成情况及其诗学意义；通过中西文化比较，辨析了以"兴感"为代表的中国文学与源于古希腊的酒神精神之间的联系，并透过"卮言"这一概念，指出庄子开辟了哲学语言的"兴"语式表达，庄子哲学为中国文学的诗酒兴味提供了理论滋养。此文视野宏阔，既有顺流而上、沿波讨源式纵向的梳理与考证，又有中西比较、文哲互通式的分析与阐释，深化了对于中国诗学"兴"的研究。

袁劲《"兴"义阐释史中的显隐维度》④一文从美学的角度考察了"兴"义阐释史，通过分析"兴"的相关概念，如"赋比兴""兴观群怨""兴义销亡"内涵的演变发展，指出历代关于"兴"的阐释呈现出语义融汇中的由显及隐、诗学批评里的深浅之辨，以及中西对译时的有成与亏等现象。此文通过多角度的探究与分析，揭示了"兴"义阐释史中的显隐维度，明晰了诗学之"兴"的语义流变，有助于理解"兴义销亡"的话语指涉及其理论依据，正确看待"兴"在当下的难解与难译现象。

陶水平《"兴"与"隐喻"的中西互释》⑤一文着眼于学术界关于"兴"与"隐喻"的专题比较研究的现状，提出"兴"与"隐喻"的比较研究应采用中西互释的"打通"性研究思路，从意涵、文化根源、哲学理论基础、思维方式与心理过程、语言表达和修辞方式、诗学功能和美感效应以及美学意义和目标追求等七个方面加以考察。此文从方法论角度为推进"兴"与"隐喻"的中西互释的比较研究提供了新的思路和角度，有助于促进中西诗

---

① 孙敏强、吴雪美：《"诗笔"叙事演进及其与赋体文学的互动——兼谈传统叙事诗发展缓滞问题》，《福建师范大学学报》（哲学社会科学版）2022年第1期。

② 殷明学：《"野望"事象的诗性存在与书写》，《深圳大学学报》（人文社会科学版）2022年第2期。

③ 傅道彬：《酒神精神与"兴"的诗学话语生成》，《中国文学批评》2022年第1期。

④ 袁劲：《"兴"义阐释史中的显隐维度》，朱志荣主编：《中国美学研究》（第十九辑），商务印书馆，2022年版，第64—78页。

⑤ 陶水平：《"兴"与"隐喻"的中西互释》，《中国文学批评》2022年第1期。

学的相互理解、交流与互鉴。

许春华《"兴":"诗"与"仁"的对接——论"孔子诗学"的哲学意义》①一文以"兴"为核心观念，探寻了"诗"通过"兴"的思想通道，实现与"仁"思想对接的内在路径，从而将"孔子诗学"确立为孔子儒学的一种哲学形态。文章指出"兴"支撑了"孔子诗学"横向、纵向相互叠加的思想体系，从而构建起以"兴"为核心的"兴观群怨"思想结构和"兴于诗，立于礼，成于乐"的道德诗学阐释模式，实现了"孔子诗学"对儒学人生意义的全幅涵盖，并在此基础上归纳出"孔子诗学"的哲学意义。此文立足于孔子的论诗文献，以"兴"为"孔子诗学"的思想主线，从哲学角度揭示了"兴"对于"孔子诗学"的哲学意义，深化了"兴"的哲学内涵。

卫垒垒《比兴：一以贯之的传统诗学》②一文论述了比兴与物感、韵味、情景、意象、意境等诗学范畴的联系，认为比兴可以将其他诗学范畴贯穿起来，是一以贯之的诗学系统，揭示了比兴在中国传统诗学中的地位。

五是关于中国诗学审美范畴的研究与阐释。中国诗学的审美范畴丰富多样，学界给予较多关注。肖鹰《从风骨到神韵：再探中国诗学之本》（上、下）③两篇文章致力于纠正将"境界"作为诗学本体的现象，历时性的分析了刘勰的风骨论、殷璠的兴象论、严羽的气象说、王士禛神韵说等传统意蕴的诗学范畴，勾勒出中国诗学本体建构的历史进程。在深入的考察后，作者指出"中

国诗学之本，既不是关于诗境风格，也不是关于诗作技巧，而是以诗人之为诗人（理想的诗人）的培养、升华为宗旨的。从刘勰风骨论讲'神思'，经严羽气象论讲'妙悟'，到王士禛神韵论讲'兴会'，一条根本的诗学路线是探寻和建构以'人'为本的诗学路线"。本文以动态的眼光和贯通的视野关照中国诗学传统的诗审美范畴，透过重要的诗学审美概念，探究其内在的联系和影响，勾勒出一条清晰并且义理深厚的文脉。同时，立足诗学传统探究诗学之本，揭橥了中国诗学以人为本的本质，深化了对中国诗学理论本质的认识。

程景牧《中国古代诗学"圆美"范畴经典化的两个向度》④一文考察了产生于魏晋时期的"圆美"范畴的历史语境，梳理了"圆美"范畴经典化建构的内在理路，并从社会主流意识形态、学术文化思潮以及诗学批评家的审美取向和话语权的竞争等外缘因素分析了"圆美"范畴经典化建构中尚文、尚质两个向度形成的原因。罗小凤《论古典诗学中的"逸"传统》⑤一文梳理了"逸"在古典诗学中的发展脉络，从逸气、逸韵、逸品三个方面探究了"逸"的诗学内涵，指出作为传统审美趣味和品文论艺审美标准的"逸"，以其丰富的诗学内涵建构起中国古代诗歌别具特色的标识性特征，成为中国古典诗学的一个重要传统。

有的诗学审美范畴来自于诗学批评术语，经历了由规范到审美的演变。通过考察批评术语的内涵，有助于加深对相关诗学审美范畴的理解。潘静如《古代诗学批评里的"犯"》⑥一文关注

① 许春华：《"兴"："诗"与"仁"的对接——论"孔子诗学"的哲学意义》，《哲学研究》2022年第6期。
② 卫垒垒：《比兴：一以贯之的传统诗学》，《中国社会科学报》2022年11月22日006版。
③ 肖鹰：《从风骨到神韵：再探中国诗学之本（上）》，《贵州社会科学》2021年第12期。《从风骨到神韵：再探中国诗学之本（下）》，《贵州社会科学》2022年第1期。
④ 程景牧：《中国古代诗学"圆美"范畴经典化的两个向度》，《中国文学研究》2022年第3期。
⑤ 罗小凤：《论古典诗学中的"逸"传统》，《光明日报》2022年2月18日13版。
⑥ 潘静如：《古代诗学批评里的"犯"》，赵敏俐主编：《中国诗歌研究》（第二十二辑），社会科学文献出版社，2022年版，第179—197页。

诗学批评中术语的"犯",围绕"犯"背后的规则、批评与意识逐一考察了文体之间"犯"的论说与原因、文法层面"犯"的表现与发展、文学原创性方面"犯"的坚持与违背,并探讨了在校勘、阐释等领域"犯"的应用与延伸。通过对"犯"在文体、文法、原创性等方面为文学发展确立边界与秩序的审视,揭示了理论上的"不可相犯"与实践上的"不时相犯"具有促成中国古代文学演进的意义。此文以小见大,从批评术语"犯"着眼,探究了诗学乃至文学发展的内在理路,具有理论深度。黄志立《"解镫":从诗格理论到赋学批评》①将研究目光聚焦于批评术语中的"解镫"一词,考察了"解镫"概念的演进、引申,探讨了作为诗学规范的"解镫",因科举试赋的影响,迁转至赋学批评领域并成为理论的过程。此文以交叉视角观察批评术语中的审美范畴,揭示了诗学概念进入赋学范畴的生动细节与丰赡内蕴,既有助于加深对诗学概念的理解,又有益于厘清赋学概念的朦胧之处,更为探究诗、赋在体制与创作手法上的异同提供了理论参考。

佛教文化对于中国诗学审美范畴的形成和确立产生了重要影响,以佛教视野观照中国的诗学审美范畴成为研究阐释诗学理论的重要路径。王婧《诗言智:佛教诗学的文学史意义》②一文考察释氏群体的诗学创作实践,指出"诗言智"是与佛教有密切关系的重要诗论。《论佛教诗学的"兼性"智慧》③一文则聚焦使用佛法观照诗歌而形成的理论及其批评实践的"佛法诗学",揭示佛教诗学"兼性"智慧所表现出的三个侧面,即"道器为

一"诗学观、"诗以言智"诗学观、"不屑古今"批评方法,并指出佛教诗学的"兼性"智慧特色推动了中国诗学的多元化发展。两篇文章分别从创作实践、诗学思想两方面论述了"佛教诗学"的独特意义,从佛教文化的视野观照中国诗学理论,提供了一个新的诠释维度。张海沙、曹阳《论诗学审美范畴"机趣"——兼论机趣与理趣之区别》④一文认为"机趣"范畴起源于佛教传法机缘与禅门机锋,并通过考察宋人运用《坛经》传法机缘进行诗歌批评的现象及对机趣与理趣的辨析,进一步明晰了诗学批评中"机趣"范畴的内涵与特质。除了理论的学术研究,周裕锴所著的《禅诗精赏》⑤一书收录100篇对禅诗的鉴赏文章,作者深入解读禅诗文本,揭示禅诗蕴含的独特美感和理趣,以鉴赏的角度反映了禅宗文化与诗学的互动。

六是关于中国诗学创作理论的阐释。除了诗学批评中蕴含的诗学理论之外,诗歌创作实践中的创作理念、创作手法、意象运用都是诗学理论重要的组成部分。

蔡宗齐《元明清诗学中以参悟为主的创作论》⑥一文对"参悟"概念进行重新解释和拓展,并在其框架中分析了元明清诗学中有关创作始端超验心理活动的论述。作者根据"参"的不同对象和"悟"的不同方式,分出参悟无形造化的心游说、参悟有形山水的观照说、参悟文字的摄魂说、参悟情感的直觉说四种创作论,并结合各个时期重要的诗人诗作及相关评论进行论述,勾勒出元明清创作论发展的轨迹和总貌。田淑晶《"直出

---

① 黄志立:《"解镫":从诗格理论到赋学批评》,《中山大学学报》(社会科学版)2022年第5期。
② 王婧:《诗言智:佛教诗学的文学史意义》,《长江学术》2022年第3期。
③ 王婧:《论佛教诗学的"兼性"智慧》,《江海学刊》2022年第1期。
④ 张海沙、曹阳:《论诗学审美范畴"机趣"——兼论机趣与理趣之区别》,《中国文学研究》2022年第4期。
⑤ 周裕锴:《禅诗精赏》,复旦大学出版社,2022年版。
⑥ 蔡宗齐:《元明清诗学中以参悟为主的创作论》,《学术研究》2022年第10期。

即是"——诗文创作的一种古典范式》①一文探讨了"直出即是"这种以感性情思、悟性世界直出为主要范式的创作理念在中国古典诗学创作中的运用与呈现。

张海鸥《古典诗词的对称叙事与诗词审美》②一文关注诗词创作中的对称性手法,考察了古典诗词创作中对称性思维的产生和发展,分析了诗词创作中篇章结构、句式的对称性及其审美机制,系统地探讨了古典诗词追求对称的创作手法。古代的诗格著作多是对创作手法的总结,查洪德《古代诗歌之格法与妙趣》③一文结合具体的诗歌作品解读,揭示了借助古人格法论鉴赏诗歌,可以帮助读者把握方向、找到关键、深入透析、理清脉络、揭示诗旨、领悟诗人巧思与诗作妙趣。从鉴赏层面表现了诗歌创作手法的价值。

专著方面,黄天骥《诗词创作发凡(修订版)》④一书是系统探讨诗词创作的理论著作。全书共分五部分:诗词的格律、诗词的体性、感情与题材、意境的创造、诗词的意匠,从诗词创作的基本知识——押韵、四声、平仄、分类等,到诗歌创作的重要要素——题材的选择、感情的表达、意境的创造、结构的组织等,均有精到的论述及指引。

此外,陈文忠《诗心永恒:接受史视野中的经典细读》⑤一书,借鉴阐释学和接受美学的理论方法,论述了我国诗歌史上十二首经典诗歌和一个诗歌母题的传播接受史,深入阐释了接受史背后的诗学问题,从接受史角度丰富了对中国诗歌创作的理解。

七是关于中国诗教传统的研究。儒家的诗教传统深刻影响着中国诗学的发展与演进,成为中国诗学的一个特质。董宇宇《"人能弘道":中国诗教传统与文化特质》⑥一文在与世界其他文明的比较中,凸显出中国诗教传统独特的文化属性,考察了儒家"人能弘道"思想与诗教机制的内在关系,讨论了中国传统诗教的价值建构,并从诗歌审美角度,揭示了"人能弘道"的诗学特质。此文从理论上探讨了诗教传统与民族文化精神之间的关系,拓展了对于中国诗教传统的认识视野。

张晶、刘洁《中华美学精神及其诗学基因探源》⑦一文认为诗学教化是中华美学精神的原形态与源动力,并指出中国诗学不同于西方诗学,它不是纯粹思辨的学科体系,而是"智慧"的和"教化"的,是对人生境界与人格理想的建构与实践。文中还讨论了诗教美育与中华美学精神的关系,指出诗学的审美感兴促进中华美学精神的生成和创化。此文从美学研究的角度,将中国诗学纳入中华美学精神的视域中去观照,对中国诗学的本质提出了很多新的见解和新的思考,让人耳目一新。

以上论文是从理论的角度探讨中国诗教传统的学理,杨叔子、孔汝煌合著的《诗教文化新论》⑧则是对中国诗教传统在现代大学教育中的

① 田淑晶:《"直出即是"——诗文创作的一种古典范式》,《光明日报》2022年6月13日13版。
② 张海鸥:《古典诗词的对称叙事与诗词审美》,《海南热带海洋学院学报》2022年第4期。
③ 查洪德:《古代诗歌之格法与妙趣》,《光明日报》2022年6月13日13版。
④ 黄天骥:《诗词创作发凡(修订版)》,广东人民出版社,2022年版。
⑤ 陈文忠:《诗心永恒:接受史视野中的经典细读》,商务印书馆国际有限公司,2022年版。
⑥ 董宇宇:《"人能弘道":中国诗教传统与文化特质》,《中国文艺评论》2022年第4期。
⑦ 张晶、刘洁:《中华美学精神及其诗学基因探源》,《江苏社会科学》2022年第6期。
⑧ 杨叔子、孔汝煌:《诗教文化新论》,华中科技大学出版社,2022年版。

实践和运用展开研究,对于推动诗学资源与现代教育的融合做出了有益的尝试。

二、关于中国诗学的其他专题研究

一是关于中国诗歌发展史的研究。中国诗歌发展源远流长,对其进行研究,可以从宏观上把握中国诗歌的发展脉络,更好地评价和传承这份宝贵的文化遗产。

《中国文学史讲稿》①是胡小石先生讲授中国文学史的讲稿,此书按时间顺序,梳理了从上古到宋代的文学变迁史,历叙《诗经》《楚辞》、汉赋、汉魏晋南北朝古体诗、唐律体诗、唐五代词诸体之源流正变,对重要诗人和诗作做了细致的分析,条理清晰,重点突出,具有卓识。本书1928年初次发行,此次出版是胡小石先生逝世60周年的纪念版,前辈学人的筚路蓝缕启迪了后世文学史的撰写,前辈学人的治学精神也是宝贵的学术遗产。《陶文鹏说中国诗歌史》②一书中,作者勾勒出了中国诗歌从《诗经》《楚辞》,经唐诗宋调,到近现代新诗的发展脉络,介绍了中国诗歌起源、发展、演变的历史,并按照中国诗歌的发展规律划分历史时期,总结各时期中国诗歌的发展特点与艺术成就,评析了代表性诗人诗作。张伯伟《中国诗词曲史略》③初版于1998年,2022年由北京大学出版社出版修订本。此书也是从诗歌史的角度考察历代诗歌发展的源流。全书由上、下两编构成。上编为诗歌概论,从"诗"字原始观念的形成、《诗经》和《楚辞》,论述到少数民族诗人和域外汉诗,在最广泛的范围中展示了中国诗学在技巧上、题材上、语言上和审美趣味上的变化。下

编为词曲概论,全面考察了从诗到词、从词到曲的转折,并且比较了诗词曲在形式、内容和风格上的异同,勾勒出词曲历时的发展脉络。最后,综合诗词曲中白话因素的不断增强,指出新诗在整体上取代旧诗的历史必然。以上著作都是中国诗学研究领域著名学者对中国诗歌发展史所作出的精彩论述,从不同的角度揭示了中国诗歌发展的规律和本质,彰显了中国诗歌的历史价值和艺术之美。

相较于全景式的诗歌发展史梳理,许迪所著的《中国古代诗歌中的时间意识——从〈诗经〉到僧肇》④一书是关于诗学时间意识的一部系统研究著作。此书以时间意识为中心,追寻从先秦至魏晋时期以来诗词中时间意识的演进轨迹、再现诗学时间的表现形态、分析文人各种心态下的诗学时间特征等。在时间意识这个主题的统摄下,从一个侧面展现了先秦至魏晋时期诗歌的发展历程。在论述中,作者采用跨学科的研究方法,在诗学研究中融合美学、哲学的相关理论,深入挖掘了诗学的时间意识,有很强的学术价值。

二是文体研究视域中的诗学研究。中国古典诗歌体式多样,从文体角度考察中国诗学的生成、发展,能够更好地把握中国诗学的内在理路和体貌之美。

吴承学《中国古代文体学(修订本)》⑤一书既有文体学的理论建构,又有文体学史的多元考察,宏观地再现中国古代文体学的发展轨迹,是文体学研究领域标志性、前沿性、典范性的优秀成果。此次增订再版,增删改并超三分之一,体现了作者更新更深的思考。书中探讨中国古代

---

① 胡小石:《中国文学史讲稿》,天津人民出版社,2022年版。

② 陶文鹏:《陶文鹏说中国诗歌史》,黄山书社,2022年版。

③ 张伯伟:《中国诗词曲史略》,北京大学出版社,2022年版。

④ 许迪:《中国古代诗歌中的时间意识——从〈诗经〉到僧肇》,四川人民出版社,2022年版。

⑤ 吴承学:《中国古代文体学(修订本)》,中华书局,2022年版。

对于诗与诗人的集体认同及诗词创作中以诗为词、以古人律、以文为诗等破体等情况,深化了关于中国诗学文体问题的研究。

姚爱斌所著《中国文体论:原初生成与现代嬗变》①一书,分析了古代文体论生成、发展的文学动因和文化语境,揭示了"文体"概念和文体论产生的文学史意义。其中对七言诗体起源发展问题以及"通变""风骨""奇正"等重要文论范畴作了更为契合历史语境的阐发,有助于更加明晰地把握诗体发展的内在规律。

李东宾所著《词体形态论》②一书,专门考察词体的演进历程,探讨了词的音乐属性和诗体属性,并运用语言学的原理和方法来阐释词体散文化的字法、句法、章法及美感特质,探讨了词之所以为词、词何以为词等根本性问题,具有较强的学理性。

唐定坤所著《过程之美:唐前诗赋的文体互动与文学生成》③一书对诗、赋两种文体的演变和交互影响作出了清晰的论述,考察了先唐诗、赋创作在题材、手法、句式、语词、声律、创作观念等基本问题上的异同互动,并将二体相结合,突破其间的界限,阐明了诗、赋二体的发展轨迹。作者在繁复细节中探寻文体演变之真相,丰富了关于诗、赋二体关系的研究。

除了以上专著,此方面还有论文形式的研究成果。郑佳琳《五言排律在诗学理论上的阐述过程及命名原理探析》④一文系统地考察了五言排律在诗学理论层面的阐述过程,并对从渊源和原理两个角度,探析将"排律"作为通用名目的合理性所在。殷学明《论歌与诗》⑤一文探究了歌与诗的分合,并对当下中国诗与歌的和谐发展提出了思考,在歌与诗的关系探讨中,深化了对诗歌文体发展的认识。

三是诗歌题材的研究。诗歌题材是诗歌创作中的重要研究内容,通过诗歌题材的考察,可以窥探诗歌创作的风貌,深化诗学史的研究。

谢琰《论西湖诗歌的景观书写模式——以白居易、苏轼、杨万里为中心》⑥一文以唐宋诗歌为材料,勾勒西湖景点的开发史,进而讨论唐宋西湖诗歌中景观书写模式的演变史,以白居易、苏轼、杨万里题咏"西湖十景"的诗歌为中心,分析了不同景观书写模式的特色和审美效果,并借此探究了权力、习俗、山水、文学之间的复杂互动关系,揭示了西湖诗歌这一题材中蕴含的古代都市文化。陆路《汉晋北朝送别诗考述——以洛阳诗为中心》⑦一文也是将送别诗的题材研究与洛阳这座古代都城结合在一起考察,以时间为序,对以洛阳为中心的送别诗进行全面考索,并以此为基础分析了汉晋北朝送别诗的特点。以上两篇文章,在研究方法上将文艺美学研究与文学地理学研究相结合,把诗歌题材研究与古代都市文化结合在一起考察,在更大的空间去审视诗歌题材创作的背景和特点。蔡显良所著《诗歌中的书法史》⑧一书将研究目光投向论书诗这一题材,以

① 姚爱斌:《中国文体论:原初生成与现代嬗变》,北京大学出版社,2022年版。
② 李东宾:《词体形态论》,北京大学出版社,2022年版。
③ 唐定坤:《过程之美:唐前诗赋的文体互动与文学生成》,中国社会科学出版社,2022年版。
④ 郑佳琳:《五言排律在诗学理论上的阐述过程及命名原理探析》,《文艺理论研究》2022年第2期。
⑤ 殷学明:《论歌与诗》,《聊城大学学报》(社会科学版)2022年第1期。
⑥ 谢琰:《论西湖诗歌的景观书写模式——以白居易、苏轼、杨万里为中心》,《文学遗产》2022年第5期。
⑦ 陆路:《汉晋北朝送别诗考述——以洛阳诗为中心》,《江汉论坛》2022年第7期。
⑧ 蔡显良:《诗歌中的书法史》,广西师范大学出版社,2022年版。

时间为序,对论书诗进行了多维度、多方面的综合研究,以跨学科的研究方法探析了诗歌与书法共通的价值意义、艺术情感和审美意蕴。此外,程瑜瑶《"小游仙"诗题在元明时期的传承与书写》①一文聚焦元、明二代的小游仙诗创作,梳理小游仙诗的传承线索,为探讨唐代之后的游仙诗发展进程提供一个视角。以上这些研究成果拓展了诗歌题材研究的广度和深度。

四是诗歌艺术的研究。诗歌是一种语言艺术,从语言学角度来研究诗词,从不同维度挖掘诗词的语言艺术之美,对于诗词文化的发扬和传承大有裨益。蒋绍愚所著《唐宋诗词的语言艺术》②一书从语言艺术分析的角度,通过对大量诗词作品的分析比较,从歧解和误解、意象和意境、炼字和炼句等十个角度对唐宋诗词语言艺术进行了探讨,阐释了唐诗宋词独特的词语、句法、语序和表达方式,展示了古典诗词的艺术魅力。该书既是对诗词语言艺术研究的推动,又为普通读者更好地阅读理解古典诗词提供了指引。关于诗歌语言艺术研究的意义,学界也有越来越清晰的认识。李健《论中国诗歌语言艺术原理研究的意义》③一文认为中国诗歌语言艺术原理具有独特的生命本质和美学特征,传承了中国诗歌的文化精神和审美精神。作者提出,要探索中国诗歌语言艺术原理的话语体系及其内在构成和理论意义,寻觅有益于当下诗歌创作和理论建构的参照。这是一篇为中国诗歌语言艺术研究张目的文章,为中国诗歌语言艺术原理研究描绘了蓝

图,拓展了中国诗歌语言艺术研究的领域。

相较于以上较为宏观的研究,还有一些论文的研究关注诗词创作中具体的语言艺术。史上玉《对偶与五言声律关系问题新探》④一文通过数据统计分析,否定了对偶直接促进联律形成的猜想,证明对偶与声律的关系不是对称性促进联律的关系。文章通过对从永明律到近体律声律理论的梳理,发现节奏的确立是永明律发展为近体律的关键。通过作品举例,揭示了对偶在五言诗体节奏形成中的作用。此文的研究有助于把握律诗之"律"的实质,能更好地认识诗歌语言艺术的原理。李建新《从句组角度探索词的章法》⑤一文,通过对名篇佳作细致的分析,总结归纳出词作章法的不同组合形式,从词作的字数、句数、韵式、节奏关系、长短格式等语言艺术角度揭示词和谐的形式美,有助于从文字细微处体悟词的风格特点,对词的创作有所启发。

诗词的语言艺术美不仅体现在书面的文字,其生命力和艺术魅力还存在于口头的吟诵。《蒋凡吟谱——中国古典诗文辞赋五十首》⑥便是一部吟诵读本,作者从吟诵专业角度赏读经典诗文,整理吟谱、撰写声韵分析,且配有吟诵乐曲,读者可扫码收听。此书内容丰富,形式新颖,展现了中国诗词的语言吟唱之美。

语言艺术是诗歌最突出的艺术个性,但作为艺术的一种样式,诗歌与其他的艺术样式有着紧密的联系。衣若芬专著《畅叙幽情:文图学诗画四重奏》⑦是其"文图学"研究方法的论文集成之

---

① 程瑜瑶:《"小游仙"诗题在元明时期的传承与书写》,《安徽大学学报》(哲学社会科学版)2022年第3期。

② 蒋绍愚:《唐宋诗词的语言艺术》,商务印书馆,2022年版。

③ 李健:《论中国诗歌语言艺术原理研究的意义》,《社会科学辑刊》2022年第1期。

④ 史上玉:《对偶与五言声律关系问题新探》,《文学遗产》2022年第6期。

⑤ 李建新:《从句组角度探索词的章法》,《中国韵文学刊》2022年第4期。

⑥ 蒋凡:《蒋凡吟谱——中国古典诗文辞赋五十首》,青岛出版社,2022年版。

⑦ 衣若芬:《畅叙幽情:文图学诗画四重奏》,西泠印社出版社,2022年版。

作,也是绘画与文学跨学科研究的代表作。书中首章作者介绍了"文图学"这种跨学科研究方式的原理、方法、步骤及与其他学科的关系等内容。后续章节,则是以"文图学"研究的方式,对《湘君》《湘夫人》图绘、王昭君和蔡文姬的图像、《兰亭修禊图》及其题跋、牟益《捣衣图》、杜甫《丽人行》诗画、杜甫《丽人行》诗画、《赤壁图》、宋徽宗《文会图》等个案进行考察,各篇文章都呈现了"文图学"概念下,诗、画、题画诗、诗意图互为文本的关系,展现了文学与艺术的无限生命力。此书中"文图学"研究方式的建构和实践,为挖掘文学的艺术魅力打开了更为广阔的视角与空间。

五是少数民族诗学的研究。我国自古以来就是一个统一的多民族国家,少数民族文学家的诗歌创作也是中华诗词文化的重要组成部分。目前,关于少数民族诗学的研究越来越深入,成果丰富,凸显出多元一体的中华民族观。

多洛肯所著《元明清蒙古族汉文创作叙录及散存作品辑录》①一书考察梳理了元明清蒙古族汉文创作的基本情况,摸清了现存诗文别集的流布现状,为深入考察元明清蒙古族文学家诗文创作奠定了坚实的文献基础。

藏族诗学也是少数民族诗学研究关注的一个热点。张学海《藏族古代诗学中的"味"论》②一文考察了藏族古代诗学"味"论的形成和发展的过程,探究其与印度古代诗学理论《诗镜》之间的关系,揭示了少数民族诗学理论别样的文化背景

和特色。赵春龙、李正栓《藏族格言诗汉译史考》③系统梳理了藏族格言诗汉译历程,全面考察不同阶段其汉译特征,丰富了民族典籍翻译史和现代中国藏学研究。

史诗历来是少数民族诗学研究中的重点,学界的研究侧重于揭示民族史诗的价值,并思考对史诗文化资源的传承保护和开发利用。刘洋、肖远平《南方史诗的经济叙事与文化资源创造性转化——基于史诗〈亚鲁王〉的考察》④一文考察了南方史诗经济叙事的语境建构与行动逻辑,阐释史诗的经济驱动力与文化驱动力,并探讨了传承史诗这一非物质文化遗产的实施路径,揭示了史诗这一文化资源的价值。刘洋《南方史诗的文化资源供给与中华民族新史诗的书写》⑤一文探讨了南方史诗蕴含的理性精神对中华民族新史诗书写的启示和借鉴意义,具体映射出民族文学间的密切关系及铸牢中华民族共同体意识。苏文韬《论早期彝族史诗之美学价值和现实社会功用——以早期楚雄彝族史诗为例》⑥一文探寻彝族史诗中的美感现象和自然美、社会美等层面的美学价值,有助于挖掘、保护和发展彝族优秀文化。吴斐《视觉文化时代我国民族史诗典籍对外出版与传播研究》⑦一文则探索视觉文化情境下民族史诗典籍对外出版与传播的新路径和传播策略,对于传承史诗文化具有实践指引意义。

六是域外诗学的研究。域外诗学的研究主要考察中国诗学在域外的传播与接受,从而展现

① 多洛肯:《元明清蒙古族汉文创作叙录及散存作品辑录》,上海古籍出版社,2022年版。

② 张学海:《藏族古代诗学中的"味"论》,《西藏民族大学学报》(哲学社会科学版)2022年第1期。

③ 赵春龙、李正栓:《藏族格言诗汉译史考》,《西藏研究》2022年第2期。

④ 刘洋、肖远平:《南方史诗的经济叙事与文化资源创造性转化——基于史诗〈亚鲁王〉的考察》,《湖北民族大学学报》(哲学社会科学版)2022年第1期。

⑤ 刘洋:《南方史诗的文化资源供给与中华民族新史诗的书写》,《理论学刊》2022年第3期。

⑥ 苏文韬:《论早期彝族史诗之美学价值和现实社会功用——以早期楚雄彝族史诗为例》,《云南社会主义学院学报》2022年第1期。

⑦ 吴斐:《视觉文化时代我国民族史诗典籍对外出版与传播研究》,《贵州民族研究》2022年第2期。

出中国诗学的世界影响力和独特的价值。

张伯伟《"文和"与"文战":东亚诗赋外交的两种模式》[①]一文,在分析东亚外交文献和历史资料的基础上,探讨了明朝与朝鲜、朝鲜与日本诗赋外交的"文和"与"文战"两种诗赋外交模式及其历史影响。作者指出,在东亚诗赋外交史上,十五世纪中到十七世纪中明朝与朝鲜之间的《皇华集》传统以"文和"为主,十七世纪中到十九世纪初朝日之间的"和韩唱酬"传统以"文战"为主。"文和"模式指的是以诗赋酬唱的方式,增进彼此了解和情谊,从而达到外交上的目的。"文战"模式指的是在唱和之际寓争胜之意,从而展现出征服与反抗的外交过程。此文通过翔实的文献材料和广阔的视野,从一个侧面展示了东亚外交中的诗赋创作,从而体现了"赋诗言志"这一传统诗学功能在域外的传承与变革,以及中国诗歌文化在域外的传播和影响。

李岩《域外接受与变革:朝鲜朝唐宋诗之辨审美趋向探析》[②]一文考察了朝鲜朝唐宋诗之辨的文学现象,分析了朝鲜朝不同时期对于唐宋诗之辨不同的审美取向。文中指出,朝鲜朝文人以唐宋诗文为"文范",诗坛形成以唐宋诗为模范的创作走向。推崇"性情"者,标举唐诗,掀起尊唐之风,但朝鲜朝文人从儒家文艺理念的层面关注唐宋诗,在程朱理学思想的影响下,宗宋风气是诗坛主流,诗歌创作追求理学旨趣。不同时期,尊唐与宗宋风气的转变展现了在学唐、学宋不同趋向下的诗坛风貌,丰富了朝鲜朝诗学史的研究,并为探究唐宋诗之辨提供了一个域外的阐释

空间。

王成《朝鲜古代编中国诗文选本的批评观念》[③]一文考察朝鲜古代所编中国诗文选本,探寻了朝鲜古代文人对中国诗学的认识和批评。朝鲜选家强调辨体,从文体源流角度梳理出不同诗体的演变过程;关注中国文学发展嬗变,注重对中国诗歌不同时期的阶段性特征进行总结,注重探讨时代变迁、文运兴衰与文学发展的关系问题。朝鲜古代编中国诗文选本的研究为探讨朝鲜古代的文学批评思想、考察中国古代文学在朝鲜的影响提供了研究的新方向。

方舒雅《诗中"诗"与日本五山诗僧的社交世界——五山前期汉诗转型的一种文本观察》[④]一文通过对日本五山诗僧创作的诗中"诗"文本的分析,揭示了五山诗僧的社会交往情况及其对诗歌创作带来的影响,揭示了域外汉诗创作的风貌特征。

张晓希《中国古代诗学理论对日本诗话形成与发展的影响》[⑤]一文以中日比较文学的研究视角,考察了日本不同历史时期出现的诗话作品对中国诗学理论的消化、吸收、模仿,梳理了日本诗话对中国诗学理论的认知、重构和创新的历程,从而揭示了中国诗学理论对日本,乃至东亚各国文学发展所起到的影响,展现了中国诗学理论的影响力和世界价值。

三、诗学学术史方面的研究

一是关于学术史的研究。诗学研究是中国文学研究中最为显著的学术领域,在一代代学人

---

① 张伯伟:《"文和"与"文战":东亚诗赋外交的两种模式》,《中华文史论丛》2022年第2期。

② 李岩:《域外接受与变革:朝鲜朝唐宋诗之辨审美趋向探析》,《文学评论》2022年第4期。

③ 王成:《朝鲜古代编中国诗文选本的批评观念》,《中国社会科学报》2022年3月21日第004版。

④ 方舒雅:《诗中"诗"与日本五山诗僧的社交世界——五山前期汉诗转型的一种文本观察》,《海南大学学报》(人文社会科学版)2022年第4期。

⑤ 张晓希:《中国古代诗学理论对日本诗话形成与发展的影响》,《天津外国语大学学报》2022年第3期。

的推进下,形成了自身的学术史。对于诗学研究学术史做整体观照,在回顾过往和展望未来的双向视野中思考中国诗学研究的学术价值和未来发展道路,有助于中国诗学研究不断地深入推进。

胡晓明《百年中国诗学之回顾与前瞻》①一文是对中国诗学研究学术史做整体研究的代表性文章。在文章中,作者对于中国诗学的概念做了明确的定义,对20世纪以来中国诗学研究不同阶段的研究成果、特色、成就做了总结,梳理了中国诗学研究的五个重要传统,即开荒拓宇的传统、汉宋兼采的传统、中西融合的传统、学艺双修的传统、古今贯通的传统,进而强调要坚持从文献、文本、文艺、文史、文哲五个维度去展开中国诗学的研究,为中国诗学研究的现代阐释和未来发展指明了方向。此文视野既宏阔又深邃,从历时和共时的角度对中国诗学研究的学术历程作了独具见解的总结和分析,在回顾中发掘出中国诗学研究的学术传统,并为推进中国诗学研究的深入提出了清晰而又明确的具体路径,有益于中国诗学研究的发展。

张伯伟专著《回向文学研究》一书是作者的论文集,2022年由商务印书馆出版。书中收录的《百年浮沉:现代学术中的中国古代文学研究》②一文以二十世纪一〇年代为中国现代学术的起点,以1949年和二十世纪九十年代初为两个重要转折点,将百年学术史分为三个阶段,并结合各阶段的历史政治背景和学术发展背景,对百年古代文学学术史作全景回顾,勾勒出古代文学研究学术史的发展历程,揭示了各阶段古代文学研究展现出来的特征和面貌,总结归纳了不同时期古代文学研究的趋势和不足,并对未来古代文学研究的深入进行思考,认为理论与方法的探讨是当下以及未来文学研究的中心课题之一。此外,此书收录的《"去耕种自己的园地"——关于回归文学本位和批评传统的思考》③一文在对现代学术史思考的基础上,提倡文学研究回归本体,需要接续钱锺书、程千帆所代表的学术传统,面对文学说属于文学的话,具有重要的学术启示意义。

二是关于学者的研究。在中国诗学研究学术史历程中,涌现出一代代杰出的学术人物。对学术人物的治学精神和治学方法开展研究,有助于传承学术传统,对当今诗学研究的开展具有重要的指导意义。

张伯伟专著《回向文学研究》中收录的《陈寅恪"以文证史"法新探》④一文,考察了陈寅恪"以文证史"法的学术渊源和学术特征,重点分析了陈寅恪"以文证史"法与西方学术之间的关系,指出学术研究的观念和方法应该自立于而不自外于、独立于而不孤立于西方的学术研究。另一篇文章《程千帆诗学研究的学术史意义》⑤探究了程千帆文艺学和文献学结合的"两点论"学术方法的学术渊源,特别是与陈寅恪学术思想的联系,并指出其"两点论"的学术意义和学术启示,对当下的诗学研究具有极强的方法论意义。

杨果所著《钱锺书诗学方法论稿》⑥一书,探究了钱锺书诗学论述背后隐藏着的诗学方法,建构起了钱锺书诗学方法论的体系,为当代比较诗

---

① 胡晓明:《百年中国诗学之回顾与前瞻》,《中国文化》2022年第2期。
② 张伯伟:《回向文学研究》,商务印书馆,2022年版,第7—39页。
③ 张伯伟:《回向文学研究》,商务印书馆,2022年版,第151—189页。
④ 张伯伟:《回向文学研究》,商务印书馆,2022年版,第40—69页。
⑤ 张伯伟:《回向文学研究》,商务印书馆,2022年版,第70—97页。
⑥ 杨果:《钱锺书诗学方法论稿》,北京大学出版社,2022年版。

学的方法论建设提供了重要启示。李虎群《〈诗〉学在中国哲学建构中的回归与复位——以马一浮为中心的讨论》①《试论马一浮在中国现代诗学建构中的价值》②，倪福东《论马一浮的诗学思想》③，从不同的角度探讨了马一浮的诗学思想及其文化内涵，并指出其诗学思想在中国哲学体系构建、中国现代诗学建构中的价值和地位，深化了对于马一浮学术思想价值的认识。樊庆彦、李敏《刘乃昌先生的词学贡献》④一文总结了刘乃昌词学研究的特色和学术风格，肯定其应有的学术地位。徐正英、李延欣《论袁行霈中国诗学体系建构》⑤一文揭示了袁行霈诗学研究的学术路径和治学特色，指出了袁行霈诗学研究的方法论启示。胡旻《宇文所安的征兆诗学与杜诗新诠》⑥一文立足汉学家宇文所安所著的《中国传统诗歌与诗学：世界的征兆》一书，系统阐述了征兆诗学的渊源、宇宙观及其运用，为解读杜诗提供了新的方法。

三是关于学术方法的研究。学术方法是学术史研究中的一个重要内容，借此可为中国诗学研究的推进提供方法论指引。

在数字信息高速发展的时代，新技术运用带来的方法创新是学术方法研究中的热点。诸雨辰《自然语言处理与古代文学研究》⑦一文从方法层面探讨了数字人文中的自然语言处理技术对于中国古代文学研究的助益作用，并审视了自然语言处理方法运用中的定位问题。唐宸《理念与方法：天象模拟技术与古典文学经典作品研究》⑧一文探讨了天象模拟技术作为一种研究方法的学理意义，指出天象模拟是古代文学研究的潜在辅助手段。另，赵薇《量化方法运用于古代文学研究的进展和问题——以近年数字人文脉络中的个案探索为中心》⑨一文肯定了量化方法在古代文学研究中取得的成果，同时对这一方法运用中出现的问题进行了反思。以上文章，对数字人文新技术背景下新研究方法的运用进行了介绍，并冷静审视新技术方法的局限和不足，指出了新技术方法运用中需要注意的问题，有利于新技术方法在中国古典文学研究中的正确使用。

新技术不仅在诗学研究层面发挥着作用，同样影响着诗歌创作。胡晓明《微信时代的图文诗学——九论后五四时代建设性的中国文论》⑩一文关注在以微信为代表的新媒体广泛运用的时代背景下，新的科技手段，如微信、AI等给诗歌创作带来的新变化和新格局。文章指出，图文诗学是在中国题画诗的传统当中延续下来的，是结合了当今新媒体、新信息技术的诗学新支，是最年轻的诗学。此文观照了当下诗学发展的新形态

---

① 李虎群：《〈诗〉学在中国哲学建构中的回归与复位——以马一浮为中心的讨论》，《哲学研究》2022年第6期。

② 李虎群：《试论马一浮在中国现代诗学建构中的价值》，《中国文学研究》2022年第3期。

③ 倪福东：《论马一浮的诗学思想》，《浙江万里学院学报》2022年第2期。

④ 樊庆彦、李敏：《刘乃昌先生的词学贡献》，《中国韵文学刊》2022年第1期。

⑤ 徐正英、李延欣：《论袁行霈中国诗学体系建构》，《学术研究》2022年第1期。

⑥ 胡旻：《宇文所安的征兆诗学与杜诗新诠》，《华文文学》2022年第3期。

⑦ 诸雨辰：《自然语言处理与古代文学研究》，《文学遗产》2022年第6期。

⑧ 唐宸：《理念与方法：天象模拟技术与古典文学经典作品研究》，《文学遗产》2022年第6期。

⑨ 赵薇：《量化方法运用于古代文学研究的进展和问题——以近年数字人文脉络中的个案探索为中心》，《文学遗产》2022年第6期。

⑩ 胡晓明：《微信时代的图文诗学——九论后五四时代建设性的中国文论》，《华东师范大学学报》(哲学社会科学版)2022年第5期。

和创作的新趋势,具有时代性。作者打通传统和现代,提倡利用新技术手段进行诗歌创作,追求贴近生活的诗学观,对传统诗学的现代化转化大有裨益,同时也为诗学研究的开展指引了一片新领域。

除了新技术方法的探讨,对于传统研究方法的总结,也是学术研究方法中的重要部分。张伯伟《文学批评方法研究:如何及为何——写在〈中国古代文学批评方法研究〉新版之际》[①]一文论述了中国古代传统文学批评"经验型方法"的理论价值和现实意义,指出不能以"系统"和"体系"的批评标准来评估传统文学批评方法的价值,主张文学研究要坚持以文学经验为基础,努力寻求对考据和理论这两种视角的融合,通过阅读获得体验,并将这种体验作富有感染力的概念化表述。刘春景《中国古代文学研究方法论举隅——以诗文为中心》[②]一文总结了中国古代文学研究中产生文献实证、鉴赏批评、文史互证三种传统方法,论述三种传统方法的内涵和特色。何艳珊《中国古代诗学阐释的路径与学术价值》[③]一文则指出中国古代诗学自有的阐释方法,并揭示其与西方阐释学不同的民族特色,展现了中国古代诗学阐释方法的学术价值。

关于学术方法的研究启示我们,对于新技术带来的新方法要做到与时俱进,有限度地接受和运用,但不能让方法代替研究。对于传统学问家法,要进行现代学术转化,激发传统学术研究方法的活力,更好的发挥传统家法的价值。

四、反思与展望

综观2022年度的中国诗学研究,学者们以通代的视野对中国诗学进行的研究取得了丰硕成果,从多层面拓展了中国诗学研究的深度与广度。就研究趋势而言,既有传统研究的延续与深入,也反映出新的趋向,要而言之,有以下诸端:

一是克服"以西律中"思维方式,进一步回归诗学传统。关于中国诗学理论的阐释更多地关注中国诗学传统,不再单一地运用西方理论话语来审视中国诗学。具体表现在学者们对于中国诗学理论的概念范畴进行考察时,更倾向于回到中国诗学理论范畴的历史语境,探究中国诗学理论的思想内蕴及其民族特色,揭示其自身的独特性与复杂性。例如,以周剑之《事象与事境:中国古典诗歌叙事传统研究》为代表的"诗缘事"研究成果,聚焦中国诗歌叙事理论的建构,意在纠正了"抒情传统"论者的理论偏失,突出体现了克服"以西律中"思维方式带来的研究弊端,在对中国诗学传统理论的挖掘中展现中国诗学的真实风貌。张伯伟专著《回向文学研究》透过学术史的回顾、文学批评传统的考察、诗人诗作的新论、域外汉学的研究等层面,反映出作者强调回归文学传统的研究思路。书中凝结了作者对于中国古代文学研究的思考和实践,具有重要的学术启发意义。

二是激活经典阐释传统,进一步建构自主话语体系。在回归诗学传统研究趋向的背景下,构建自主话语体系意识的进一步强化,这体现了主体意识、中国特色和文化自觉正成为学界的共

① 张伯伟:《文学批评方法研究:如何及为何——写在〈中国古代文学批评方法研究〉新版之际》,《江西师范大学学报》(哲学社会科学版)2022年第1期。

② 刘春景:《中国古代文学研究方法论举隅——以诗文为中心》,《天中学刊》2022年第1期。

③ 何艳珊:《中国古代诗学阐释的路径与学术价值》,《中国社会科学报》2022年10月24日第004版。

识。从本年度研究情况来看,中国诗学体系的构建首先表现为对经典诗学话语,如"诗言志""诗缘情""比兴"的深入阐发,进一步揭示了这些重要诗学话语的学术价值,为中国诗学体系的构建奠定了基础的理论。其次,在比较视野中观照中国诗学理论,侧重于探究中国诗学传统理论与西方文学理论的差异,并立足于中国特色的哲学、美学、文化学去考察中国诗学概念和范畴的生成背景、思想内涵和发展演变,激活经典阐释传统,逐步形成了以中国自主学术话语阐释中国诗学理论的路径。再次,通过对于现代中国诗学学术史的总结与反思,特别是对现代学术人物治学方法的关注和研究,在继承与反思中,进一步明晰了构建中国诗学话语体系的具体方法。此外,中国诗学话语体系不是单一的,而是系统的、立体的,具有多层面、多维度。有的学者便选取一个特定的角度创建理论、建构体系,如胡晓明、沈喜阳《中国心灵诗学之理论建构》[1],丹珍草《中国多民族文学共同体诗学的寻绎与建构》[2]等研究成果,均从一个侧面丰富了中国诗学话语体系的建构。

三是新技术的运用与关注,进一步拓展研究方法。新技术的运用和融合是当下中国诗学研究出现的新现象,带来了研究方法的更新,学界对此给予了较多的关注,也有很多学者积极运用新技术开展学术研究,体现了中国诗学研究的开放性和时代性。近年来,数字人文在诸多领域深刻地影响了传统的学术研究,《文学遗产》2022年第6期设专栏,从不同角度讨论了数字人文给古典文学研究带来的新变化,对融合新技术研究方法的运用和实践做了介绍和论证,有利于新研究方法的运用与推广。此外,如胡晓明《微信时代的图文诗学——九论后五四时代建设性的中国文论》关注微信、AI等新技术给诗歌创作带来的新变化和新格局,并通过自己的实践展现了融合了新技术研究方法的独特性及其价值。

2022年度的中国诗学研究成果颇丰,在取得成绩的同时,我们也应看到,对诗学理论的整体性阐释、比较视野下中国诗学价值的揭示、跨文化视野的研究成果等方面仍然存在一些薄弱环节。今后的中国诗学研究,将坚持守正创新、强化主体意识,不断推动学术体系和话语体系的构建,进一步彰显中国诗学的独特价值。

---

[1] 胡晓明、沈喜阳:《中国心灵诗学之理论建构》,《孔学堂》2022年第3期。

[2] 丹珍草:《中国多民族文学共同体诗学的寻绎与建构》,《中国民族博览》2022年第13期。

先秦诗学研究报告

安徽师范大学中国诗学研究中心　任群

先秦诗歌的研究，主要是《诗经》与《楚辞》的研究。相关学者曾经指出，近十年先秦文学的研究呈现出从作品向文献转变，从文学向文本转变，从传承向制度转变的趋势。[①]作为先秦文学的重要组成部分，2022年先秦诗歌的研究，依然大致沿着这个方向前行。就《诗经》而言，聚焦在《诗》的经典化、诗学话语内涵的探讨、具体文本解读、学术史的研究四个方面，就《楚辞》而言，集中在屈原生年的推算、《楚辞》学史的研究等方面，整体上呈现出宏观与微观结合、研究与反思并行、兼收并蓄的特点，兹综述如下：

一、《诗》的经典化历程

《诗》是如何成为经典的？本年度的研究在《诗》的产生、早期《诗》的传播方式、孔子的贡献等方面着力甚多，创见亦夥。

首先是《诗》产生的时代。

《诗经》的产生和编集，是周代礼乐制度的产物，它至少跨越了自西周初年至春秋中叶的长达五百多年的历史时段。对此，前人多有讨论，尤其自现代以来，论者亦多。如钱穆就将《诗》文本的完成，分为西周初至成王末，厉王、幽王、宣王和平王东迁之后三个阶段。马银琴曾撰《两周诗史》，对《诗》文本产生和编集的过程作了细致的梳理，进一步提出《雅》《颂》的编定在周康王、穆王时期，厉王、宣王时期，《诗》文本再次得到整理，而平王时期，更多的《风》《雅》中的作品得到编集整理，中经惠王，至于孔子，《诗》文本最后形成。李山《〈诗经〉的创制历程》[②]一书，在前人研究的基础上，在复原《诗经》的创作过程上作了新的努力。他认为，《诗经》创作大致经历了西周早期、西周中期、两周之交和春秋四大阶段。西周早期的诗篇保存在《周颂》中，为数不多。西周中期，即从周穆王到周懿王之间，伴随着礼乐的革新，诗篇创作出现一个高潮。两周之交又是一个高潮，由几个波峰构成：首先是周厉王时期，其次是宣王时期，再次是夹在两周之间十余年的"二王并立"时期，《小雅》创作结束于平王中后期；其中宣王和"二王并立"时期创作最多。最后是春秋时期"十五国风"的采集加工，其高潮大体与"春秋五霸"相终始，最晚一两篇的问世要到春秋后期的周敬王时期了。作者指出，作品断代关乎对西周礼乐文明建构过程的认识。进行断代，实际是恢复诗篇与当时历史情景之间的固有关联，从而观察到先民建构生活、建立文化传统所展现的创造才情。唯有如此，才能深入研究礼乐的文

[①] 过常宝、林甸甸：《2018年先秦两汉文学研究综述》，刘跃进《古代文学前沿与评论》（第四辑），社会科学文献出版社2019年版，第243—258页。

[②] 李山：《〈诗经〉的创制历程》，商务印书馆，2022年版。

化特质,才可能避免平面、静态地谈论礼乐。这些论述和思考,无疑对《诗经》断代研究的进一步深入,具有积极的意义,可资参考。

其次,是早期《诗》的传播方式。

据夏含夷、柯马丁等人的研究,早期《诗经》在传播过程中,存在口头传统和书写传统两种方式,二者何为先?两人展开了学术讨论,影响波及到了中国,李秀强、徐建委的文章明显就是对夏、柯讨论的回应。

李秀强《出土文献与早期〈诗经〉的口头传统》①一文据新发现的清华简《诗经》指出,口头传统在早期《诗经》的创作、流传与演述过程中都具有重要作用,甚至影响了书写文本的形成。口头创作是早期《诗经》的产生机制,口头流传是早期《诗经》的传播方式,口头述演是早期《诗经》的存在方式。他特别指出,口头传统和书写传统并不是简单对立的,二者之间的互动关系"仍是一个值得深入研究的课题"。

徐建委《早期〈诗经〉的记诵、书写和阅读》②力图超越书写与口头之争,要从传世文献和出土文献所提供的证据里,去发现和了解早期《诗》的传播方式与文本之间的互动关系,战国秦汉时代的人如何阅读和讲授《诗经》,以及古人的阅读和讲授方式会不会对《诗》文本的变迁产生影响等,目的在于探索早期《诗经》活的文本形态。他指出在战国秦汉时代《诗》的流传中,口传师说占有重要地位,书写与口头传统之间存在着互动关系。他还推测安大简《诗经》不是为了日常阅读而制作的简册,属于讲授时用于悬挂的书籍,其功能主要是为口头讲授或讽诵随时提供书面文本的参考。

其三,孔子"删诗"、解诗,对《诗》的经典化过程起了关键作用。

王小盾、孙尚勇力主孔子"删诗说"。王小盾在《论中国早期经典的形成》③一文中指出早期经典产生的条件可以推至三代以前。就《诗》而言,其最早的形态是仪式乐歌,在郊庙祭祀或王室朝会典礼之上由瞽蒙唱诵。第二种形态是为政治提供鉴戒。第三种形态作为乐语,用于国子之教。第四种形态,用于德教,这也是孔子诗教的精神所在。这就涉及到孔子"删诗说"的问题。作者认为孔子整理诗文本做了以下工作:其一,调正次序;其二,增加《鲁颂》;其三,删削诗篇,把列国之诗去其重复,定为三百五篇。孔子删诗是《诗》成为经典的关键的一步。孙尚勇《孔子论次〈诗〉考》④对孔子"删诗说"做了进一步的阐发。他认为,春秋前中期诸侯僭越"制礼作乐",以致于"雅颂相错",为保存西周礼乐政治传统,孔子依托鲁国保存的周乐,"论而定之"。按照"礼乐自天子出的"原则,孔子将诸侯所制乐命名为风,在政治等级上位于大一统西周创制的《雅》《颂》之下。《王》本是王畿之诗,但不能推行于天下,故与诸侯之风等列。次鲁、商于周《颂》之下,目的在于"示三代之法"。这些看法,较之前人,都更为深入了。

徐正英根据上博简《孔子诗论》对孔子诗学体系作了深入探讨。他在《上博简〈孔子诗论〉〈关雎〉组诗论发微》⑤中指出,上博简《孔子诗论》对《关雎》等七首组诗的讨论是孔子诗学批评体系建构的基础。他认为以"情"解诗乃孔子讨论

---

① 李秀强:《出土文献与早期〈诗经〉的口头传统》,《民族文学研究》2022年第3期。
② 徐建委:《早期〈诗经〉的记诵、书写和阅读》,《北京大学学报》(哲学社会科学版)2022年第3期。
③ 王小盾:《论中国早期经典的形成》,《中华文史论丛》2022年第3期。
④ 孙尚勇:《孔子论次〈诗〉考》,《文学评论》2022年第5期。
⑤ 徐正英:《上博简〈孔子诗论〉〈关雎〉组诗论发微》,《文艺研究》2022年第1期。

《关雎》组诗的出发点，实现了他对诗歌文学属性的认知自觉、解读自觉与批评自觉；依"礼"赞诗乃孔子对作品意义的提升，夫妇关系是他关注相关诗歌内容的基点；据"德"评诗乃孔子诗学批评的终极价值归依，人性美是他说诗的最高标准。孔子在讨论《关雎》组诗基础上，提出了"兴于诗""立于礼""据于德"三个层级的诗学批评学说，初步建构起了较为完备的诗学批评体系。作者又在《上博简〈孔子诗论〉"小雅"论及其诗学史创获》①文中，确认孔子对"小雅"内容所作抒写苦难、宣泄怨情、反映民众忧患、揭示上下交恶四个方面的归纳评述，与"小雅"文本主体指向深度吻合。孔子以"情"论诗和以"怨怼"定性"小雅"风格特征，这与后来西晋的"缘情说"是一致的，它使"怨诽说"成为汉代以来人们对"小雅"风格特征的基本共识。这些看法，同样也足资参证。

孔子的贡献或尚不止于此，过常宝《乐教、诗教观念的形成及其实践》还指出，孔子以诗为教，使其从乐中独立出来。《孔子诗论》中的"诗无隐志，乐无隐情，文无隐言"可以看作是"诗教"成立的一个宣言。

总之，以上研究相对完整地勾画了《诗经》的创作、传播和完善过程，此间孔子对《诗经》的贡献是非常关键的。

二、诗学话语的完善

2022年诗学话语的研究出现了新突破，表现在对"诗言志"、"诗可以兴"、"诗可以群"、《诗经》的议论传统等传统命题方面，在新的历史条件下，提出了一些新的认识。这反映了研究方法和思想观念的转变，即文学研究从单纯的作品艺术分析走向更加广阔的空间（比如思想、文化、制度

等诸层面）。

其一，诗言志。

"诗言志"是诗学领域的一个重大命题，虽前人讨论甚多，然学界对这一基本问题，仍有新的探索。这可以过常宝、熊忭的研究为代表。

过常宝《诗言志：从思想建构到教化诗学》②一文认为，"诗言志"要放在儒家话语体系的建构中来认识和理解其意义。作者指出"诗言志"的"志"在远古时期是指与巫术、宗教活动相联系的人们的群体祝咒意向。春秋时期的外交"赋诗言志"，部分继承了"诗言志"的宗教内涵和表意方式，体现了宗教礼仪世俗化的发展趋势；"断章取义"延续了"诗言志"的内在逻辑，是一种世俗性话语，但更趋于实用化，且赋予赋《诗》者更多的自主性。这一切，使以《诗》"言志"的神圣传统得以建构，也为贵族士大夫的世俗话语权和话语方式奠定了基础。"引诗言志"是"赋诗言志"的进一步发展，也是《诗》成为世俗话语经典的关键一环。但是，"引诗言志"并不算是系统的理论创新，将"诗言志"发展为一种自觉的思想体系建设，是孔子的伟大贡献，他"教《诗》言志"或者"论《诗》言志"，以此建构儒家理论体系，使《诗》成为儒家的思想经典。孔子和儒家学者将"诗言志"光大为主流意识形态话语，特别是孔子提出的"兴观群怨"对其政治功能做出了新的阐释。作者认为，"兴观群怨"既是对"诗言志"意识形态功能的总结，也揭举了儒家学派的政治纲领，指明了士人介入政治的方式和范围，并由此建构出儒家学派的基本形态和发展方向。到了汉代，《诗》的话语功能集中在教化和美刺。《毛诗序》的"诗言志"理论认为《诗》是创作主体的个人之情，是具体环境的产物，这与先秦儒家更强调《诗》及其

---

① 徐正英：《上博简〈孔子诗论〉"小雅"论及其诗学史创获》，《文学评论》2022年第2期。
② 过常宝：《诗言志：从思想建构到教化诗学》，《中国社会科学》2022年第9期。

志的超越性大有不同;《毛诗序》"诗"乐合论,强调"诗"的感发功能,这是汉儒借鉴荀子《乐论》理论,将先秦乐教观念成功转化为诗教。《诗》的意识形态也就向教化和美刺收缩。这个结论把过去对"诗言志"的诠释,与儒家意识形态的建构联系起来,使学界对此一问题的认识又进了一步。

熊怃《"诗言志"话语的意涵演变:从先秦两汉到魏晋南北朝》①对"诗言志"的内涵演变做了历时性探讨。关于此一问题,朱自清先生早在《诗言志辨》中就作了全面的梳理和富有启发性的论述。熊怃则主要对"诗言志"内涵在魏晋南北朝时期的演变,进行了讨论。先秦两汉"志"为社会政治之志,以社会性问题为关注重心是当时的普遍倾向。魏晋以后,伴随着"诗缘情"的兴起,诗所言之志应是"归天之志"和"个体之志"。魏晋时期社会思潮不再以社会政治为关注的重点,而是普遍呈现出去社会化的倾向,诗人着重表达离弃人间、回归天道的志意,即所谓"归天之志",体现在诗歌创作中,经历了从"游仙"到"问道"再到"归隐"三个阶段。其时,"诗言志"笼罩在个体性的氛围中,对社会政治之志的抒发普遍陷入"不可得"的个人愤懑愁绪中,体现在创作上有对"诗言社会政治之志"审美化和娱乐化的倾向,更为主动、深入、显性的改造就是将诗所言之志直接理解为个人情感。这个解读为魏晋南北朝时期大量出现游仙诗、隐士诗提供了理论参考。

其二,诗可以兴。

"兴"也是诗学话语的重要命题之一,对兴的解释历来也不无争议。傅道彬《酒神精神与"兴"的诗学话语生成》②和彭锋《兴与激情》③分别借助

西方文论中的"酒神""激情"理论,为"兴"带来耳目一新的阐释,由此可见合理地运用西方文论的某些观点也会为诠释古老的命题带来"老树着花无丑枝"的效果。

前者认为,以兴感为代表的中国文学,与源于古希腊的酒神精神有着某种相似性、联系性。西方文学中理性的日神精神与非理性的酒神精神的矛盾冲突构成了文学精神演变的主旋律,中国古典文化中也存在着感性狂欢与理性抑制的冲突,既表现为礼乐文化对酒的限制规范,也表现为对酒的理解宽容。酒爵、酒礼寄托着酒神精神狂欢与抑制的象征意味。庄子开辟了哲学语言的兴语式表达,庄子哲学为中国文学的诗酒兴味提供了理论滋养,古代诗人的批判和叛逆人格往往是借助酒兴抒发出来的。

后者以为"兴"在中国美学中有两种解读,一是作为一种修辞手法,二是作为一种存在状态。以杜博斯为代表的激情导向的西方美学,认为艺术可以激发出激情,让生命力活跃起来,从而解除生存的沉闷。中国美学中作为存在状态的"兴"与这种激情美学相似"兴"的作用是冲破陈规陋习的束缚,焕发人的真性情,听从艺术家的真感受,总之强调真实的重要性。在孔子看来,对于君子人格的成长来说,尊重真情实感是第一要务。诗教的目的,就是培养人对真情实感的尊重。

其三,诗可以群。

"诗可以群",按照以往的理解,就是诗有助成群居切磋风气的作用。杨艳香《五伦、心性、公

---

① 熊怃:《"诗言志"话语的意涵演变:从先秦两汉到魏晋南北朝》,《文艺研究》2022年第4期。

② 傅道彬:《酒神精神与"兴"的诗学话语生成》,《中国文学批评》2022年第1期。

③ 彭锋:《兴与激情》,《中国文学批评》2022年第1期。

德:论孔子"诗可以群"》①对这个命题追本溯源，指出对这个话题的解释需要回归到孔子的具体语境中去考察。孔子提出"诗可以群"，是在春秋以后"礼崩乐坏"的客观环境影响下，对《诗》的习用由上层转向下层、由家庭转向社会的一种渗透，全面促进了《诗》的普及和日常化，使儒家诗教深入民心。作者还认为，宋明理学家从心性论的角度对"诗可以群"进行阐释，强调个人的道德实践，使《诗》成为培养君子品格、完善道德人格的重要载体。明末清初的王夫之重视"群"与"怨"的辩证关系，提出"群"中有"怨"，由"怨"以达"群"的思想，强化了《诗》的公共道德价值，体现了儒家诗教中基于民生的社会力量，使《诗》具有朴实而鲜活的艺术魅力。所以，本文实际上是一篇简要的"诗可以群"阐释史。

其四，《诗经》的议论传统。

《诗经》也有议论，但与严羽所谓"以议论为诗"者不同，程维《论〈诗经〉的议论传统——从〈沧浪诗话〉"以议论为诗"谈起》②指出，《诗》中议论有其自身的特质。《诗经》情事理相缠，使无干枯之病；显豁豪宕的表达，使议论有了感情的湿度和丰富的表情；就事务实，故不空泛虚浮、为理所缚。就修辞而论，则以赋体为议论时，特重善恶之对比，故能彰其喜恶；以比兴为议论时，也不求含蓄，大多强烈而鲜明。这些特质组成了《诗经》的议论传统。而这个议论传统的核心，一言以蔽之，曰"本于性情，不事造作"。这个解读为重新认识《诗经》的议论传统提供了借鉴。

三、文本解读的新创见

本年度《诗经》研究，在文本细读基础上，对《邶风》等主旨、修辞手法等方面也有了较大的突破，如下：

其一，对《邶风》等主旨的讨论。

《邶风》和《鄘风》《卫风》中的作品，大致都产生于卫庄公至卫文公的时代，其中与卫庄姜相关的有多首。这些诗或为"庄姜伤己"，或为"闵庄姜"，前人看法比较一致，然在对其主旨的理解上，也存在很多争论。

刘毓庆、张小敏《从〈诗经·邶风〉看卫国州吁之乱与败——兼论〈诗〉、史互补互证》③从《诗》史互证的角度出发，认为"州吁之乱"是卫国史上一次弑君篡位的重大政治事件。《日月》所反映的正是州吁杀桓公篡位后，强娶庄姜的历史事件；《终风》篇所写则是州吁对庄姜的暴虐以及庄姜内心的痛苦；《绿衣》之"思故人"，《燕燕》之"送归妾"，故人、归妾，均指戴妫。庄姜与戴妫，不仅同为桓公之母，而且在生活上，在与州吁母子的斗争中，戴妫是庄姜的得力助手。所以，州吁杀桓公，使庄姜与戴妫共遭丧子之痛。戴妫为陈桓公姊妹，被杀的卫桓公即陈桓公外甥。庄姜送戴妫归陈，表面上是逃离伤心之地，实则是让戴妫说服其兄弟为儿子报仇。在研究方法上，作者运用的是传统文献，即《毛诗序》。作者认为"州吁之乱"有两个记述系统：一是史官记述系统，一是以《毛诗》为代表的《诗》学传述系统。《诗》学传述系统则重在宫廷内部的复杂斗争与当事人的情感世界，其以《毛诗》为代表，历史信息储存在《毛诗序》与

---

① 杨艳香：《五伦、心性、公德：论孔子"诗可以群"》，《古籍研究》编辑委员会编《孔子研究》（第76辑），凤凰出版社2022年版，第28—38页。

② 程维：《论〈诗经〉的议论传统——从〈沧浪诗话〉"以议论为诗"谈起》，《古籍研究》2022年第2期。

③ 刘毓庆、张小敏：《从〈诗经·邶风〉看卫国州吁之乱与败——兼论〈诗〉、史互补互证》，《山西大学学报》（哲学社会科学版）2022年第3期。

《诗经·邶风》中。《毛诗序》分古序和续序两部分,古序产生最早,去诗篇的时代最近,也最有价值。但是《毛诗序》的"古序"在流传中先后三次被误解、弃置,以至于影响了人们对《诗经·邶风》的主旨理解。此文把《诗经·邶风》看作一个整体,结合《诗序》,得出了与以往截然不同的结论,虽未必所论皆确,然对人们进一步讨论这些作品无疑是有益的。

其二,关于《诗经》的修辞手法。

关于《诗经》修辞手法的论文,本年度比较出色的有陶长军、魏耕原《论〈诗经〉特殊的比喻修辞》和韩宏韬、郭琪《〈诗经〉修辞正变论——兼及文学自觉问题的一种考察》。[1]

前文细致地讨论了《诗经》中的比喻,认为该书中有丑喻、反喻、否喻、连喻、对喻等不同的比喻形式。喻体,大都是从日常生活中撷取常见之物或事理,看似朴拙,却质而有味,天然有趣。这些形态多样的比喻闪动着异样的光彩,带有诗歌创始期的原创魅力,联想与类比的方式与后世诗歌相比,同异俱存,昭示了《诗经》时代审美观念无拘无束的开放性。

后文则从修辞的角度来探讨,认为《诗经》存在着多种正格与变格,这强化了《诗经》的文学属性,为学界在认识"文学自觉"的问题提供了一种新的维度,体现了对文学自觉"春秋说"的认可。从修辞上升到文学自觉,是本文的独特贡献。

其他如多洛肯、赵钰飞《卷耳中的"二南"地域新证》对二南的探讨,钱志熙《论〈诗经〉"君子"称谓的时代内涵及价值》对君子内涵的揭示,孙尚勇《礼乐精神与女子教育——〈关雎之义〉辨证》对《关雎》主旨的辨证,均可备一家之言。[2]

四、《诗经》学史的新突破

《诗经》学史的大厦经过历代学人的努力,已有基本建构,但仍需要后来者对其进行整饬和维修。本年度在某些节点上的研究取得了新进展,堪称补缀在大厦上的亮点,具体表现在对《诗序》《诗谱》的研究、清代学者(庄存与、惠栋、阮元)的《诗经》学研究以及三家《诗》的辑佚上。

其一,对《诗序》的构成的研究。

学界一般认为《毛诗序》由古序、续序两部分构成,但是王承略《〈诗序〉写作历程考论》[3]指出,《诗序》并非一次性结撰的文本,若就文本层次划分,其写作显然经历了三个阶段,可以分为一部序、二部序、三部序。一部序采用主题式立场,将主题相同或相近的诗篇关联为一组,集中概括其篇旨,其写作体例属于以组论诗;二部序采用历史式立场,力图按《诗经》的篇次顺序,体现每首诗在表现历史兴衰层面的意义,将一部序的成组论述分割为单条论述,其写作体例属于以篇论诗;三部序接续前两部序,沿用了二部序的以篇论诗的体例,但采用了《毛传》立场,在《毛传》释诗的基础上,对前两部序进行增补或匡正。三部序的成书时间,作者认为一部序产生于孟子之后、"笙诗"亡佚之前;二部序产生于"笙诗"亡佚之后、毛公作《传》之前;三部序产生于毛公作《传》之后、郑玄笺《诗》之前。三部序说的提出,打破了旧的共识,显示出《诗序》研究的深入。

---

[1] 陶长军、魏耕原:《论〈诗经〉特殊的比喻修辞》,《绍兴文理学院学报》(人文社会科学版)2022年第4期;韩宏韬、郭琪《〈诗经〉修辞正变论——兼及"文学自觉"问题的一种考察》,《杜甫研究学刊》2022年第3期。

[2] 多洛肯、赵钰飞:《卷耳中的"二南"地域新证》,《河北师范大学学报》(哲学社会科学版)2022年第4期;钱志熙:《论〈诗经〉"君子"称谓的时代内涵及价值》,《中国高校社会科学》2022年第4期;孙尚勇:《礼乐精神与女子教育——〈关雎之义〉辨证》,《四川大学学报》(哲学社会科学版)2022年第2期。

[3] 王承略:《〈诗序〉写作历程考论》,《文学遗产》2022年第2期。

其二，对郑玄建构《诗谱》意义的认识。

《诗谱》是郑玄《诗经》学的重要作品，但是学界对其意义认识远远不够，吴寒《郑玄〈诗谱〉构建历史谱系的方法与理路》①指出，《诗谱》之历史谱系可谓郑玄《诗经》学之总纲，对其搭建过程的细致还原与发覆，对认识郑学旨趣有重要意义。郑玄调整和补足《毛序》时世的两个比较重要的倾向，一是整理时序，二是落实正变，目的在于理顺贯串《诗经》的历史脉络和强化《诗经》中的盛衰对比。这表现出郑玄的《诗》学观，即以美刺讽喻定义诗，强化诗歌反映或评价时政的功能，并将"国史明乎得失之迹"的"作诗之义"，引向以盛衰正变昭示政教理想的孔子"编诗之义"，而《诗谱》直观地排比周代王纲绝纽的时间序脉，除"二南"、《雅》、《颂》之外，变风也被系于周王世，从而形成了一个以周王世系为大纲的严密时间谱表。这一建构，使郑玄《诗经》学表现了较强的历史旨趣：《诗经》是孔子为后世立法之"经"，但经中价值的呈现方式是"史"，由此烘托出的孔子形象，既是为后世立法之圣人，亦颇似一个以史事彰显政教价值的述史者。以历史方式彰显政教原则，正是郑玄力图统合今古经学的尝试。本文进一步凸显了郑玄在《诗经》学史上的学术地位。

其三，清代学者惠栋、庄存与、阮元的《诗经》学研究。

本年度发表的清代《诗经》学研究个案论文共有两篇、专著一部，分别是樊宁《清儒惠栋汉学思想的演进理路——以其〈诗经〉学为考察中心》、辛智慧《毛郑异同与〈诗经〉经学意趣考论——以庄存与的视角为中心》与李慧玲著《阮刻〈毛诗注疏〉研究》②，皆为独断之学，研究的深度较以往有所加强。

樊文对吴派学者惠栋的《诗经》学思想进行了分阶段探讨，认为惠栋早岁治学思想处于无所专主、尚未成形的状态，晚年汉学思想最终成熟。作者对惠栋《诗经》学思想进行了溯源，认为不仅与其家学关系十分密切，还深受陈启源《毛诗稽古编》的影响，上承吴中地区自明中后期以降就存在的复古风气，明确强调汉儒古义的重要性。此外，惠栋更重视前人极少论及的汉儒"师法"观念，指出毛传与《荀子》之义相通，乃缘于师法传授，唯有通晓汉儒经说注解，才可上溯至孔门，足见其在探求汉儒古义方面更为自觉，求古之意更为明显。尊崇汉学是清代吴派最为明显的特征，惠栋《诗经》学研究又为此论增添了新例证。

辛文认为，庄存与对毛郑异同别有看法，他申毛难郑，根本原因在于遵从毛《传》可得经学之大，关怀政教之本，而遵从郑《笺》，仅能在名物训诂、礼制度数上做纸面文章。如《诗大序》就指向诗歌的政治功能，尤其将着眼点落在了王道、礼义、政教、风俗、人伦等宏旨方面。唐宋时期，感物吟志成为文人日常抒情写心的一项生活技艺，《大序》所强调的建立在政教基础上的宏大目标，就难免不被接受。通过考察庄存与的《毛诗》论说，可以发现，在他眼中毛《传》对以君臣、夫子、夫妇为核心的家国政教有着明确的匡扶意涵，陈古今、务大体，体现出西汉学人宏大的儒生精神，下视东汉郑玄仅在文字上宛转求合的训诂章句之学，则毛公之现实关怀要深广阔大得多。庄存与是一个个案，但是作者力图通过个案，来阐释

---

① 吴寒：《郑玄〈诗谱〉构建历史谱系的方法与理路》，《文学遗产》2022年第2期。

② 樊宁：《清儒惠栋汉学思想的演进理路——以其〈诗经〉学为考察中心》，《浙江大学学报》（人文社会科学版）2022年第5期；辛智慧：《毛郑异同与〈诗经〉经学意趣考论——以庄存与的视角为中心》，《文史哲》2022年第5期；辛智慧：《毛郑异同与〈诗经〉经学意趣考论——以庄存与的视角为中心》，《文史哲》2022年第5期；李慧玲：《阮刻毛诗注疏研究》，华东师范大学出版社，2022年版。

学术史上"毛郑异同"这个重大命题,以小见大,方法和思路都很可取。

阮元是清代中期著名的学者,他所刻的《十三经注疏》是学者必备之书,向来被视为权威,不容置喙,李慧玲以其中的《毛诗注疏》为研究对象,提出了很多石破天惊的见解,足以启发思考,比如阮刻《毛诗注疏》底本十行本非宋本,而是元刻明修本,校勘记的表述与正文不相吻合,毛晋刻《毛诗注疏》也有可取之处等,皆发前人之所未发。又如该书第八章第三节《引用诸家补遗之二:卢文弨》,阮元在《十三经注疏校勘记》"引用诸家"中压根没有提到其人,作者在认真梳理文献的基础上,指出卢氏是阮元"引用诸家中的巨擘",并断定:阮元《毛诗注疏校勘记》中那些不提书名的"卢文弨曰",出自卢氏《毛诗注疏》手校本。这个结论昭示卢文弨对阮刻《毛诗注疏》有重要的贡献。可见,在学术研究上,只有从文献本身出发,实事求是,才能打破已有定论的束缚,取得长足的进步。

其四,三家《诗》辑佚。

自从《毛诗》成为官学之后,韩、齐、鲁三家《诗》逐步退出了历史舞台,并逐渐散失。直到宋代,学者认识到了它们的学术价值,开始了初步的辑佚工作,清代学者为之付出最多,收获也最大,陈寿祺、陈乔枞父子就是其中一例。

马昕《三家〈诗〉辑佚体系述论——以陈寿祺、陈乔枞〈三家诗遗说考〉为中心》[①]指出,陈寿祺、陈乔枞父子编纂的《三家诗遗说考》是三家《诗》辑佚史上卷帙规模最大且原创价值最高的著作。陈氏父子对此前三家《诗》辑佚成果的不满,而下定决心编订《三家诗遗说考》一书。此书

的优点在于辑佚数量上远超前人,是基于辑佚方法的进步,即在前人据书定派法的基础上,以据人定派法大幅度开疆拓土,再适度结合据说定派法,构造出多层次的三家《诗》师法体系。该书出于对体系完整性的执著,形成了"一人一诗"和"一诗一说"这两个辑佚原则,却也使其辑佚体系暴露出基础性的理论漏洞,陈乔枞不得不给出相应的弥合之法。从陈寿祺到陈乔枞,父子之间的辑佚观念也存在一些差异,主要体现在对学者师法的判定与对《诗》说优劣的评判上。需要特别指出的是,本文节选自作者《三家〈诗〉辑佚史》[②]一书,该书全面梳理宋、元、明、清四朝学者辑佚三家《诗》的过程与成绩,以今人对两汉《诗经》学的认识重新衡量其得失,钩沉汲古,自成体系,应是本年度《诗经》学史上最为重要的成果之一。

五、相对寂寞的《楚辞》研究

与本年度《诗经》研究相比,《楚辞》的研究成果偏少,寥若晨星,主要在屈原研究、《楚辞》学史的研究两个方面,详细如下:

其一,屈原研究。

1.屈原生年研究又添新证。

屈原的生年,王逸据"摄提贞于孟陬兮,惟庚寅吾以降",解释为"太岁在寅"以及屈原生于寅年寅月寅日,后世学人推算屈原出生于公元前343年(戊寅)正月二十一日(庚寅)。张树国《太岁纪年与屈原生年的推算问题》[③]一文,依据出土的清华简、帛书、汝阴侯六壬式盘等,并结合传世文献《淮南子·天文训》《史记·历书》《汉书·律历志》等材料,指出屈原时代的楚历实际上是夏历。在弄清楚夏历的太岁纪年、岁星纪年等原理的情

---

① 马昕:《三家〈诗〉辑佚体系述论——以陈寿祺、陈乔枞〈三家诗遗说考〉为中心》,《国际儒学》2022年第1期。

② 马昕:《三家〈诗〉辑佚史》,中华书局2022年版。

③ 张树国:《太岁纪年与屈原生年的推算问题》,《文学遗产》2022年第5期。

况下,验证前贤的推算结果,在此基础上最终考证屈原生于楚宣王二十七年(戊寅)正月二十一日(庚寅)。古代历法的研究,堪称冷门绝学,本文对楚国历法的论断和对屈原生年的演算,展示出作者的深厚学养,相信会对屈原研究有所促进。

2.对屈原投江自沉原因有新的阐释。

曹胜高《巫祝传统、历史传统与屈原死国的观念形成》①对屈原所言的"彭咸遗则",做出了新的解读。他认为彭咸遗则是屈原在巫祝传承中对巫彭、巫咸"保乂王家"传统的认同,正是这一传统观念,使得屈原在"远逝以自疏"的犹疑中,选择了留在楚国与楚王室共存亡,这是屈原流放过程中心怀国事的精神动力和情感支撑。屈原沉江死国的观念,来自于历史上比干、伍子胥、申徒狄等人强谏之后的以死明志,目的在于使国君能够在忠臣死谏之后幡然醒悟,这"是屈原基于历史传统中君臣冲突之后何去何从而进行的理性思考"。这个论断合乎情理,对探究屈原的精神世界有所裨益。

其二,《楚辞》学史研究。

本年度关于《楚辞》学史的文章,集中体现在以下三个方面:

1.探析王逸《楚辞章句》的创作背景。

《楚辞章句》是汉代《楚辞》学中里程碑式的著作,著者王逸对屈原勇于直谏、杀身成仁的精神给予高度评价,这与扬雄、班固等迥异。针对这一现象,周兴陆《王逸〈楚辞章句〉与东汉安帝朝政坛》②剖析,王逸撰《楚辞章句》的汉安帝朝,朝廷重视广开言路,鼓励直言极谏;政坛多骨鲠之士,也兴起了苦口诤谏,甚至直言讥刺的峻烈

士风。王逸沐浴在这样的时代氛围里,身为校书郎,在校定典籍中发明思想,自然会在他的《楚辞章句》中自觉地顺应这种时势,一反扬雄、班固明哲保身的中庸态度,而激扬屈原直言极谏的精神。屈原以死明志,不肯离开宗国,王逸概括为"同姓无去国之义",乃是受到刘氏宗室在编撰汉家礼仪时发挥《春秋繁露》"公子无去国之义"思想的影响。从现实政治的角度出发来探讨王逸文学观念,有其合理性,但是必须看到这并不是唯一条件,因为思想观念的形成原因总是复杂的。

2.对朱熹楚辞三书再认识。

朱熹楚辞三书即《楚辞集注》《楚辞辩证》《楚辞后语》,皆为《楚辞》学史上的名著。楚辞三书本身还存在一些问题,如《集注》与《后语》有篇目重复现象,朱鉴当初对重复篇目的删减是否得当,被删减篇目的真实面貌如何等。

管仁杰《朱熹〈楚辞〉三书遗稿面貌探考》③力图揭示楚辞三书遗稿面貌,论证朱熹的撰作过程,并尝试解答这些问题。首先,作者对楚辞三书的传播刊刻进行了研究,他指出嘉定四年本及嘉定六年本仅为《集注》《辩证》之合刊,不包含《后语》。嘉定十年,朱熹之子朱在首刻楚辞三书合刊本。端平二年,朱熹之孙朱鉴又在嘉定十年本的基础上删减了《集注》与《后语》的重复篇目,刊成端平二年本,这是当前最具影响力的版本。其次,作者进一步指出:《后语》在编撰过程中,具备相当程度的交叉性、跳跃性和随机性,呈现出交混、无序的特征。朱熹在庆元五年间已基本完成《集注》初稿,在他编撰《辩证》《后语》的过程中,仍在同步进行《集注》的修订工作,这个工作

---

① 曹胜高:《巫祝传统、历史传统与屈原死国的观念形成》,《广东社会科学》2022年第1期。
② 周兴陆:《王逸〈楚辞章句〉与东汉安帝朝政坛》,《华东师范大学学报》(哲学社会科学版)2022年第4期。
③ 管仁杰:《朱熹〈楚辞〉三书遗稿面貌探考》,《文献》2022年第2期。

一直持续到朱熹去世。其三,针对《集注》与《后语》的篇目重复现象,作者认为《集注》初稿中并不包含《吊屈原》《服赋》《反离骚》等三篇文章,但因朱熹在去世前不久对《集注》初稿篇目进行了更定,将《后语》中的《吊屈原》《服赋》《反离骚》等三文转录至《集注》,由此造成前后二书篇目之重复。其四,对于朱鉴端平二年的删减,作者认为朱鉴在处理篇目重复问题时,除删减《后语》中的《吊屈原》《服赋》外,还将《集注》所附《反离骚》亦删去。如此,就等同于将朱熹特地从《后语》移录到《集注》的《反离骚》再行删汰,既违背了朱熹的本意,也破坏了更定后的《集注》结构。而且《集注》所附《反离骚》之注释并未完稿这一重要信息也随着朱鉴的删减而被掩盖,从而影响了后世对于《集注》成书问题的判断,以及对朱熹去世前更定《集注》初稿篇目的认识。所以,在作者看来,删减版的端平二年本并不能全面真实地反映朱熹楚辞三书遗稿的面貌,早先以之为基础进行的相关整理研究工作,可能还存在检讨及反思的空间。本文考证翔实,结论较为可靠,特别是对端平二年本价值的重新认识,亦将对《楚辞》研究产生一定的影响。

3.对王夫之《楚辞通释》有了新理解。

王夫之的《楚辞通释》是明清时期颇负盛名的一部学术著作,学界研究多集中在版本、撰写背景、学术成就、楚辞学理论等方面,而对王夫之的阐释原则"属辞比事"罕有讨论。张伟《属辞比事:王夫之〈楚辞通释〉的阐释原则与实践》①指出,"属辞比事"最初是《春秋》之教,王夫之将其移植到《楚辞》阐释中,关注辞、事、意三者的关联。"意"是阐释的原点,对于屈原之"忠"的阐释,

是《楚辞通释》全书的"大前提",王夫之对屈原之"忠"的定义是忠爱、忠怨、忠愤,"怨"亦是"忠"的表现。在具体阐释实践中,王夫之采用"就文即事,顺理诠定"和互文性研究的方法对辞与事进行诠释。这种阐释方式注意辞与事之间的内在关联,在整体和部分之间形成一种严密的逻辑关系,避免了注释的钉饾之弊;对于屈子之"忠"与"怨"的阐释颇有胜解,对于《离骚》卒章的解说有所突破,但阐释过程中亦存在一定的随意性。总之,作者率先讨论王夫之阐释《楚辞》的"属辞比事"原则,且客观指出利弊,这对研究王夫之的《楚辞》学有一定的启发意义。

结 语

本年度先秦诗歌的研究呈现出以下特点:

(一)面对层出不穷的出土文献等考古学成果,积极利用与审慎反思并行。

发现和利用新材料,是学术研究能够持续深入的重要途径之一。先秦时代,因为保存的纸上遗文相对偏少,出土文献就成了学界广泛重视的热点。本年度所发表的不少成果,都不同程度地用到了清华简、安大简、上博简、汝阴侯六壬式盘等出土文献乃至"夏商周断代工程"的成果等,有些甚至是结论的重要支撑依据,这充分印证了过常宝"新出材料不断出现,文字学界与史学界在出土文献释读和考证上的成果不断积累,为该领域文学学者开拓了研究领域和研究视野"②的论断。

相应地,这就对出土文献自身的可靠性提出了很高要求。郝敬《安大简〈诗经〉的异序问

---

① 张伟:《属辞比事:王夫之〈楚辞通释〉的阐释原则与实践》,《文学评论》2022年第3期。

② 过常宝、林甸甸:《2018年先秦两汉文学研究综述》,刘跃进《古代文学前沿与评论》(第四辑),社会科学文献出版社2019年版,第243—258页。

题——兼论先秦文献文本的非稳定性》①警示"无论是口耳相承还是简牍抄录,文本始终处于一个非固定的状态中,差异是在所难免的,而不同时间、不同地域中的文本的变化,不论是增删改逸,对考察最终定本的祖源的唯一性是无能为力的"。姚小鸥在《论安大简〈诗经〉的编校问题》指出《安徽大学藏战国竹简》编校中存在许多问题,孙尚勇更是在《礼乐精神与女子教育——"〈关雎〉之义"辨证》提出"《孔子诗论》简10+14+12的文本可以看成是因袭节取马王堆帛书《五行》而成,然而它却完全忽视了《五行》原文的语境,故其可信度是很可怀疑的。"②

可见,对出土文献的利用,学界是慎重的。孙海龙《先秦秦汉出土文献与〈诗〉〈骚〉文本解读得失综论》③就建议,既要重视出土文献的学术价值,同时也要避免孤立、盲目地使用新出土材料,而轻率地否定传世文献证据,解读《诗》《骚》文本应该结合各方面的证据,多角度、多层次地进行综合判断。显然,这个主张是合理的。

(二)处于东西方文化互动日益频繁的大环境中,交融与创新逐渐加强。

中华文化走向世界,这是历史的必然趋势,经典的外译和域外的汉学研究无疑是非常重要的桥梁。本年度既有对域外《诗经》学研究著作的翻译,也有总结与反思,体现出中国学界对跨文化交流的自觉和对中华文化的自信。

方泽林《诗与人格——传统中国的阅读、注解与诠释》④是本年度出版的一部域外汉学译著,

原书于1991年由斯坦福大学出版社初版,本年6月由赵四方翻译成中文。该书从诠释学的角度来解读《诗经》,在20世纪90年代的确会收到一鸣惊人的效果,但是也需要看到三十年来诠释学的理论在不停地发展和完善之中,但是作者似乎没有任何增补之处,不能不说是一个缺憾。

面对域外《诗经》的翻译和研究,本年度中国学人更能够理性地对待。如柯马丁是一位资深汉学家,他用"文化记忆"的理论来研究《诗经》和《楚辞》,比如他在《"文化记忆"与早期中国文学中的史诗——以屈原和〈离骚〉为例》⑤中指出,《离骚》应该是一套更宽广的"屈原话语"的一部分,这套话语存在于散文、诗歌等多种文本之中。这一分散式的"屈原史诗"有如关于屈原鲜明个性的一组文集,这些性格特征构成一个类似神话般的屈原形象,它源自一种合成文本的构拟,寄寓着汉帝国文人怀旧的理想与处于转型时期的抱负。这一汉代的社会构想包含了一系列的追忆:昔日楚国贵族阶层的高尚典范,楚亡于秦而继之以秦亡的双重预言,楚国的宗教、历史、神话和文学传统,具象化的君臣关系模式,以及经由诗性英雄转化为英雄化诗人而逐渐形成的理想作者形象。

柯氏的结论具有启发意义,但他用文化记忆理论来阐释经典的方法更让人注目。张露露《文化记忆视域中的古代仪式与文本——柯马丁的

---

① 郝敬:《安大简〈诗经〉的异序问题——兼论先秦文献文本的非稳定性》,《安徽大学学报》(哲学社会科学版)2022年第6期。

② 姚小鸥:《论安大简〈诗经〉的编校问题》,赵敏俐主编:《中国诗歌研究》(第23辑),社会科学文献出版社,2022年版,第1—13页;孙尚勇:《礼乐精神与女子教育——"〈关雎〉之义"辨证》,《四川大学学报》(哲学社会科学版)2022年第2期。

③ 孙海龙:《先秦秦汉出土文献与〈诗〉〈骚〉文本解读得失综论》,赵敏俐主编:《中国诗歌研究》(第23辑),社会科学文献出版社,2022年版,第32—46页。

④ 方泽林著,赵四方译:《诗与人格——传统中国的阅读、注解与诠释》,商务印书馆,2022年版。

⑤ 柯马丁:《"文化记忆"与早期中国文学中的史诗——以屈原和〈离骚〉为例》,《文史哲》2022年第4期。

〈诗经〉研究方法与争议》①就对柯马丁的研究做了剖析,他强调柯马丁用文化记忆理论为中国经典文本打开更多元的阐释,这才是中国学界应该关注和借鉴的重点。我们惊喜地看到,本年度李秀强、徐建委的论述,明显是受到了柯马丁、夏含夷等人观点的启发;傅道彬关于酒神与兴,彭锋有关兴与激情的类比,傅道彬从文明冲突的角度对《周颂》做出的诠释等②,这些无不是中西文化交流的产物。他山之石,可以攻玉,在交流中促进学术研究,应是域内、域外所有学人的期待。

《诗经》和《楚辞》既是中国的,也是世界的。那么,在当下如何研读这些古老的经典呢?我们认为,只有在对传世文本细读的基础上,深度发掘新出土文献的价值,充分利用国内外一切理论成果,融会贯通,才能收到较好的效果。

---

① 张露露:《文化记忆视域中的古代仪式与文本——柯马丁的〈诗经〉研究方法与争议》,《浙江学刊》2022年第6期。
② 傅道彬:《两种文明形态与周民族迁徙的史诗路径》,《文学遗产》2022年第3期。

汉代诗学研究报告

安徽师范大学中国诗学研究中心　程维

汉代诗歌,尤其是乐府诗和《古诗十九首》,在中国文学史上有着独特的地位,也是古代文学研究的重点之一。2022年的汉代诗学研究呈现了欣欣向荣的态势,共出现专著3种,论文70余篇。

这3种专著分别从不同的角度对汉代诗歌进行了重新探讨。胡大雷《口辩·文事·笔书:"口笔之辨"与中古文学》①着重于媒介研究。这是学界首次从口语、书面媒介的角度对于汉代文学进行系统研究的专著。作者整理、分析了早期文献中关于"口""笔"媒介及其活动的相关记载,并探讨其与诸体文学之间的关系。并沿此角度,提出了不少新鲜的话题,比如"公共朗读与诸子著述""'口出以为言'与华夷翻译""连珠体缘起"等问题。极为可贵。白振奎《观风察政:汉代歌谣与政治的互动研究》②着重于文学与政治关系研究。这是第一部专力研究汉代歌谣的专门性著作。作者认为汉代统治上层继承了先秦"采诗观风"优良传统,以"观风察政"确立为国家治理的基本模式。因此作者选择了"汉代歌谣与政治的互动"这个核心话题,对汉代歌谣的内容、功能、传播、艺术形式等各方面做了全方位的探讨。唐定坤《过程之美:唐前诗赋的文体互动与文学生成》③着重于文体互动关系研究。诗、赋是唐前文学的大宗,二体交互演进,此消彼长。向来文学史着力于一体的单向研究,本书综合二者,致力于辞章学的本位考察,以文体为中心,以语用为关键,力求打破语言和文学、研究和创作之间的壁垒,关注二体在题材、手法、句式、语词、声律、创作观念等基本问题上的异同互动。书中涉及到汉代诗学的有第三章"赋主诗从的文体丕变"、第五章"铺陈手法的分途流衍"、第六章"形式探索与体格兼融"。此外,张伯伟《中国诗词曲史略》④作为一部中国古代韵文的通史,虽旨在"使普通非专业读者对于中国诗学的特征、演变、价值和意义有一基本认识",但其追求能将中国诗词曲当作一个整体而"条其纲目",采用更为综合的文化史或文学文化史视角来通观诗词曲历史的发展脉络,非常具有启发性。书中第三章专门讨论秦汉诗歌。

论文方面,本年度汉代诗学的研究主要集中在以下几个问题。

一、汉代诗歌文献学研究

乐府兴盛于汉唐,因此汉唐的乐府文献是最原始、最重要的文献资料。杨慧丽《汉唐乐府学

---

① 胡大雷:《口辩·文事·笔书:"口笔之辨"与中古文学》,武汉大学出版社,2022年版。
② 白振奎:《观风察政:汉代歌谣与政治的互动研究》,上海古籍出版社,2022年版。
③ 唐定坤:《过程之美:唐前诗赋的文体互动与文学生成》,中国社会科学出版社,2022年版。
④ 张伯伟:《中国诗词曲史略》,北京大学出版社,2022年版。

典籍存佚简表——以十四种目录学著作为中心》①一文依据《汉书·艺文志》《隋书·经籍志》《旧唐书·经籍志》《日本国见在书目》《新唐书·艺文志》《崇文总目》《宋国史艺文志》《郡斋读书志》《中兴馆阁书目》《遂初堂书目》《直斋书录解题》《秘书省续编到四库阙书目》《四库阙书目》《宋史·艺文志》十四种目录书，对汉唐乐府文献进行统计，统计出汉唐乐府学典籍有199种，以及不能确定属唐还是唐后的乐府典籍62种，并将这些典籍在各种目录学专书中的著录情况制成简表。这一工作不仅有助于从横向上更直观地看到历史上曾存在过的乐府学文献以及乐府的盛衰情况，而且可以从纵向上根据目录书的成书及收书时间粗略判断某一本乐府学文献的大概成书及亡佚时间，具有一定的学术价值。

逯钦立纂辑的《先秦汉魏晋南北朝诗》嘉惠学林实多，但由于其为一人之力编成，不能无疏误之处。骆玉明、陈尚君、周超等学者已经作出了很多补遗、订误的工作。贺伟《〈先秦汉魏晋南北朝诗〉辨正》②一文在前人的基础上继续对此书进行考订，认为其尚有一些重复辑录、文献来源有误、误收作品、误收唐诗、文本脱讹的现象等待清理。涉及的汉代诗歌有班固名下收《诗》残句"延陵轻宝剑"、"杂曲歌辞"收《古步出夏门行》残句"行行复行行，白日薄西山"、"杂曲歌辞"收《古乐府诗》残句"凿石见火能几时"、《古董逃行》残句"年命冉冉我遒，零落下归山丘"、《古乐府》残句"青天含翠彩，素日扬清晖"、《古诗》残句"泛泛江汉萍，漂荡水无根"、《古诗》残句"屡见流芳歇"。这些诗句，经过作者考订，都是误收的后世诗句。这个结论无疑是准确的。

李会玲《汉代诗歌文献流传史及"七言"的集体性亡佚》③考察了汉代诗歌的保存方式以及七言诗集体亡佚的原因。该文是一篇书籍史的研究，既有继承传统文献目录之学的地方，例如历代目录对于汉代诗歌著录的细致爬梳，又如对历代总集所辑出的汉代诗歌的整理分析；也有超出于传统文献学之处，即在梳理文献的同时，还辨析同一概念在不同文献中的内涵外延的差异，考察其观念史的流变。例如作者在讨论汉代乐府诗的保存与流传时说，"从汉代乐府诗歌的文献保存与流传史可以看出：历代文献对汉代乐府诗的定义、范畴和分类并不一致。自宋代郭茂倩《乐府诗集》出，将不具备歌唱特质的谣谚谶语等纳入乐府诗类，并将汉代乐府诗分为七类之后，这种对汉代乐府诗性质的理解和七类分法便成为一种定例沿袭到现在"。本文创新性最强的部分在第四部分"汉代'七言'的集体性亡佚"。作者认为，虽然现存汉代五言诗多于七言诗，五言诗的历史也较七言诗明确。但是《汉书》和《后汉书》在著录汉代文人作品的时候，常常提到"七言"，却从来没有提过"五言"。但晋至南朝时期人们歧视"七言"，不仅在创作中，也在文献的收集整理与保存中抛弃七言，导致了七言的集体性亡佚。这是一种全新的观点，打破了我们对于汉代诗歌整体格局的认知。从作者展示的后人对汉代七言诗辑佚成果来看，确实出乎我们意料的多。也确乎改变了我们认为七言诗源自曹丕《燕歌行》或张衡《四愁诗》的固定观念。以上是本文的创新之处。但是作者在论证过程中，也有一些

---

① 杨慧丽：《汉唐乐府学典籍存佚简表——以十四种目录学著作为中心》，赵敏俐主编：《乐府学》（第二十四辑），社会科学文献出版社，2022年版，第334—370页。

② 贺伟：《〈先秦汉魏晋南北朝诗〉辨正》，《图书馆杂志》2022年第2期。

③ 李会玲：《汉代诗歌文献流传史及"七言"的集体性亡佚》，《中国典籍与文化》2022年第1期。

不严密之处。例如作者认为汉代的七言诗之所以不得留存，是因为晋至南朝人歧视七言诗，但这一点并没有坚实的证据或令人信服的推论。文中所举陆机《鞠歌行·序》"三言七言，虽奇宝名器，不遇知己，终不见重，愿逢知己，以托意焉"一段论述作为例证，而陆机"三言七言"之说可能专门针对的是"三三七"体，而非三言和七言。又如作者说《汉书》《后汉书》"常常提到七言，从来没有提过五言"，但《汉书》《后汉书》中常有"歌诗"的记载，其中可能多是五言。《汉书》《后汉书》常常提到的"七言"，其中有些可能是辞赋的"七体"，这也需要辨析。例如东方朔"七言"，清代学者沈钦韩便认为"《楚辞章句》有东方朔《七谏》，疑即'八言、七言'"；崔琦"七言"，《御览》《初学记》《艺文类聚》均引有崔琦"七蠲"，恐怕也有讹误之疑。然而，整体说来，本文提出了一个具有重要创新意义的诗学话题，对于一般文学史所普遍认同的"中国诗歌由四言到五言到七言"的诗歌语言发展观提出了挑战。

此外，陈丽平《萧统〈文选〉汉诗选录的经典化问题》考察了萧统选录汉诗的个人趣味、政治立场等问题，认为有些篇目的选择，政治意义大于本身艺术价值的考量。徐策《〈汉书·礼乐志〉录诗初探》在考察了《汉书·礼乐志》录诗上的去取倾向，认为凡民间乐府不录，不序郊庙者亦不录；《饶歌》虽为与《安世房中歌》《郊祀歌》并立之贵族乐府，然因其内容驳杂，类于风谣杂曲，与郊庙关联不大，故亦不予收录。陈先涛《〈汉书·武帝纪〉祥瑞歌诗作者"阙名"辨》考察了《先秦汉魏晋南北朝诗》辑录汉武帝歌诗时，将《汉书·武帝纪》所载部分祥瑞歌诗归入"郊庙歌辞"《郊祀歌》

而作者"阙名"的现象，认为依据"凡例"规定和归属逻辑，《武帝纪》祥瑞歌诗应别录于"武帝集"。

二、汉代诗学命题和观念研究

自闻一多《歌与诗》和朱自清《诗言志辨》始，"诗言志"的研究一直不绝如缕。然而大多纠结其内涵，罕有论及其在后世的使用情况。熊忭《"诗言志"话语的意涵演变：从先秦两汉到魏晋南北朝》[①]一文，在朱自清等学者研究的基础上，对这一命题在两汉魏晋时期的展开与演变作了专题研究。作者认为，由先秦至两汉，论者主要将诗中所言之志理解为社会政治之志，而在魏晋以后，"诗言归天之志"和"诗言个体之志"新兴意涵代之而起。本文讨论了"志"的不同方面的内涵，讨论了先秦汉魏诗歌主旨内容的不同倾向，对于"诗言志"这个诗学命题的研究有一定的推进。

张峰屹《东汉文学思想史的几个理论问题》[②]考察了东汉文学发展史中的几种趋新现象，指出理论阐述中的文学思想与同时期文学创作倾向并不完全同步，谶纬思潮对文学思想的影响，文学创作中越来越重视个人情志的抒发，以及逞才游艺的文学创作倾向。这些问题，乃是在东汉时期首先呈现出来的，具有原发性。描述并阐释这些问题，对整个中国古代文学思想史都具有参照和借鉴意义。

胡大雷《〈古诗十九首〉以身体活动为修辞论》[③]一文，则专门考察汉代诗歌与身体活动之间的关系，从一个全新的角度来考察《古诗十九首》。作者认为在诗作外部的形式表达上，古人所称"言之不足，故嗟叹之；嗟叹之不足，故永歌

① 熊忭：《"诗言志"话语的意涵演变：从先秦两汉到魏晋南北朝》，《文艺研究》2022年第4期。
② 张峰屹：《东汉文学思想史的几个理论问题》，《南开学报》（哲学社会科学版）2022年第1期。
③ 胡大雷：《〈古诗十九首〉以身体活动为修辞论》，《北方论丛》2022年第1期。

之"，是提出诗以身体活动如嗟叹、咏歌之类求得抒情的升级；在诗作内部的语辞表达上，以身体活动来抒情达意，可称之为抒情修辞。《古诗十九首》以身体活动为抒情修辞尤为卓著，并以其实现着"直""真""自然为贵"的艺术魅力。身体修辞的研究在西方学术界是非常兴盛的，而在中国古代诗学，尤其是汉代诗学的研究中，则非常稀有。胡氏的研究，是个有益的尝试，为《古诗十九首》的理解提供了一个新的视野。但由于中国文学人、文合一的特殊性，身体活动修辞与诗中的身体活动写作的界限不容易界定清楚，本文也难以避免。其次，性别视野、"权力-身体"的思维结构是身体研究的擅场，《古诗十九首》的身体修辞中大量涉及男女、君臣的关系，如果能在此方向继续展开，或许身体研究的优势会更加凸显。

"缘事而发"是《汉书·艺文志》诗赋序中所提出的重要诗学命题，为学界所熟知。本年度有两篇论文涉及这一命题。王志清《乐府诗学"事"义命题的生成与内涵变迁》①围绕"缘事""即事"两个命题，考察汉唐乐府诗"事"传统的变迁，认为"缘事而发"解释诗情落实、据事而作的特点，倾向诗、事的实质性合一，以发挥"观风俗，知薄厚"的功能；而唐人新题乐府、新乐府所倡导的"即事立题""为事而作"，"事"义内涵有所收缩，从较宽广的现实社会风俗之事聚焦于时政之事。李大明《"感于哀乐，缘事而发"新解——汉武帝"立乐府而采歌谣"有关事理的考论》②对于"感于哀乐，缘事而发"一语进行了重新的阐发，认为此语并非如自古以来学者们所说的是反映了社会现实、民生疾苦，而是本自汉武帝夜祭用乐，以表达对神所特有的"乐以迎来，哀以送往"之意。而《序》

又言"亦可以观风俗、知薄厚"，则又兼及了《汉志》对人间歌诗的著录，强调了礼乐的教化功能。

三、汉代诗歌与制度、文化关系研究

本年度在文学制度研究上的创新，主要体现为对汉代幕府制度与文学关系的研究。有两篇文章考察了这一问题。

韦春喜、赵永江《汉代将军幕府文学集团形成的深层原因探析》③认为，自西汉武帝之后，将军幕府的性质发生了重大的变化，从单纯的军政场所转变为军政与行政兼具的机构，具备了行政职能。同时，汉代又实施了幕主领（录、平）尚书事的制度。这种性质转变与制度规定为士子文人入仕于此，为幕府文学集团的形成奠定了政治基础。而幕府所设员额、职位较多，能够为才能各异或文武兼备的士人提供更全面的仕进空间与机会。汉代士人入仕将军幕府，还与幕主手握辟除权、人才荐举权有密切关系。目前，学界对幕府制度及其相关问题的研究主要集中于唐代及其以后各时期，本文的研究在汉代文学与制度关系的研究上，是一个非常大的创新。作者对于出土文献非常熟悉，例如作者利用汉代出土印章证明幕府中职位的丰富，运用秦墓竹简书《秦律十八种·内史杂》《法律答问》等材料证明辟除制度的产生年代等。本文总体是以文学外部考察为主，对于幕府与文士的关系，考察极为细密严谨，结论令人信服。但对于汉代幕府对文学的实际影响，以及其与文学之间的互动关系，却没有具体的阐释。期待作者后续的研究。

杨允《幕府类型、文学语境与东汉幕府文学

---

① 王志清：《乐府诗学"事"义命题的生成与内涵变迁》，《学术界》2022年第11期。

② 李大明：《"感于哀乐，缘事而发"新解——汉武帝"立乐府而采歌谣"有关事理的考论》，《杜甫研究学刊》2022年第4期。

③ 韦春喜、赵永江：《汉代将军幕府文学集团形成的深层原因探析》，《湖南大学学报》（社会科学版）2022年第3期。

题材的嬗变》①从幕府这个角度来讨论东汉文学题材相对于西汉的嬗变。作者将东汉幕府分为三种类型：征戍幕府、辅政幕府、割据幕府。认为这三种类型的幕府为入幕文人提供的文学语境有所不同，带来了文学创作题材的鲜明变化。本文的创新之处是抓住了"东汉幕府制度"这个切入点，将幕府类型与文学主题一一对应来讨论，能解释不少诗学问题。但本文对于"嬗变"的阐释稍显不足，值得后期继续讨论。

除幕府制度外，袁方愚《文人徒诗在西汉的萌芽阶段探析》②探讨了西汉文人徒诗发展与政治的关系，认为西汉时期的文人徒诗并未形成气候的原因在于汉初对骚体文学的政治性接受，以及汉武帝后大赋的勃兴和《诗》的经术化。于涌《东汉太学生与〈古诗十九首〉的情感表达》考察了太学制度与文学的关系，认为太学生规模的扩大以及任子制的冲击感导致了太学生入仕的危机。很多太学生学无所成、学无所用，加之对政治腐败的极度失望，导致东汉末年的太学生对现实和人生普遍产生幻灭感。汉末组诗《古诗十九首》虽然不明作者，但其所涉及的主题和内容，恰恰符合太学生群体的生存状态和情感表达。本文的论证虽不能有确切的证据，但其推论是新鲜且具有一定合理性的，对于《古诗十九首》作者的研究是有所推进的。

本年度在汉代诗歌文化学研究上也有新的收获，主要呈现为诗歌与时代信仰、诗歌与地域文化关系的研究。

讨论诗歌与时代信仰关系的主要有两篇论文。王福利《乐府古辞"行胡从何方"或与汉时西域文化传入有关》③从一首乐府古辞"行胡从何方"出发，来推测、探讨佛教和西域文化进入中国的时间。作者用细密的博物学考证以及大胆的推论，认为"行胡"与西域佛种族有关，而乐府古辞涉及两类毛类织品（氍毹、毾㲪）和四种植物类香品（五木香、艾纳、迷迭及都梁），亦多是从天竺、罽宾等佛教圣地的西国传来。本文的研究虽然并未有直接的文献证据的支撑，但对类似佛教东传、早期中西文化交流等重大事项的研讨有所补益，对深度考究以至清晰解决诸多悬而未决的学术难题起到了相应的积极作用。曾智安《乐府古辞〈乌生八九子〉与汉代墓葬画像"树木+射鸟图"探微》④是一篇文图研究。作者通过汉乐府相和歌《乌生八九子》与汉代墓葬画像中大量出现的"树木+射鸟图"的对比研究，发现二者的深刻关联与相异视角；认为二者都是汉时通过射鸟以祈福这一普遍信仰的曲折反映，而曲辞在借用这一普遍信仰中关键元素的同时，却采取与"树木+射鸟图"相对立的视角和立场，最终形成了对汉代这一普遍信仰的质疑与解构。

汉代诗歌与地域文化的研究，主要是陆路的四篇文章：《汉晋河淮诗考述》《汉晋六朝巴蜀诗考述》《汉晋北朝河朔诗考述》《汉晋六朝岭南诗考述》。⑤根据这四篇文章的考述，产生于洛阳的汉代诗歌有东平王刘苍《武德舞歌》、崔骃《安丰侯诗》、班固《两都赋》所附五诗、班固骚体诗《汉

---

① 杨允：《幕府类型、文学语境与东汉幕府文学题材的嬗变》，《哈尔滨工业大学学报》（社会科学版）2022年第4期。

② 袁方愚：《文人徒诗在西汉的萌芽阶段探析》，《人文杂志》2022年第1期。

③ 王福利：《乐府古辞"行胡从何方"或与汉时西域文化传入有关》，《广东社会科学》2022年第3期。

④ 曾智安：《乐府古辞〈乌生八九子〉与汉代墓葬画像"树木+射鸟图"探微》，赵敏俐主编：《乐府学》（第二十五辑），社会科学文献出版社，2022年版，第42～54页。

⑤ 陆路：《汉晋河淮诗考述》，《清华大学学报》（哲学社会科学版）2022年第1期；《汉晋六朝巴蜀诗考述》，《四川师范大学学报》（社会科学版）2022年第3期；《汉晋北朝河朔诗考述》，《文史哲》2022年第4期；《汉晋六朝岭南诗考述》，《学术研究》2022年第5期。

颂论功歌》二首、梁鸿《五噫歌》、汉灵帝刘宏《招商》之歌、刘辩《悲歌》以及《古诗十九首》中的《青青陵上柏》《东城高且长》《驱车上东门》《去者日已疏》等;产生于巩县的汉诗有《诗说七言汉摩崖题记》中无名氏七言诗;产生于颍川郡的有仲长统《见志诗》二首、蔡琰《悲愤诗》、孔融《临终诗》;彭城郡的有韦孟《讽谏诗》;陈留郡的有蔡邕《酸枣令刘熊碑》中附诗;豫州之鲁郡有韦孟《在邹诗》;齐郡有《梁甫吟》;蜀郡有《白狼王歌》三首、无名氏《廉叔度歌》;犍为郡有无名氏《费贻歌》;永昌郡有无名氏《通博南山》;巴郡有无名氏《巴东歌》四首、无名氏《咏谯君黄》、无名氏《陈纪山歌》、无名氏《巴郡谣》、无名氏《吴资歌》、无名氏《刺李盛》、应承《严王思歌》、无名氏《李翊夫人碑叹》、无名氏《伤三贞》;巴东郡有无名氏《淫预歌》、无名氏《巴东三峡歌》;邺城有东汉无名氏《皇甫嵩歌》;广平郡有汉无名氏《陌上桑》;安平郡有西汉广川王刘去《背尊章》《愁莫愁》二诗;常山郡有东汉崔骃《北巡颂》附骚体歌;河间郡有东汉张衡《四愁诗》;涿郡有郦炎《见志诗》二首;燕国有无名氏《张君歌》;苍梧郡有汉代无名氏《喻猛歌》《陈临歌》《贾父歌》三首。过去的研究未从地理学的角度系统地考察汉代诗歌。陆路发表的这几篇论文系统地考察了汉代诗歌的发生地域,为汉代诗学地理学的继续研究提供了文献依据。另外,刘芯阳《文学地理学视域下汉乐府的研究》、王韬《江苏汉代诗歌之"楚调""乐府"研究》也是文学地理学方面的研究成果。

除信仰文化和地域文化外,还有李艳《汉代班昭的婚姻家庭教育思想及其当代价值——兼论汉乐府〈孔雀东南飞〉中人物家庭成员关系的处理》和刘小珍《先秦两汉隐逸诗赋中的休闲文化探析》二文,从女性家庭教育与休闲文化方面探讨汉代诗学与文化的关系。

四、乐府诗与音乐形式关系研究

乐府诗与音乐形式的关系研究,是近年来乐府研究的重点。音乐研究的加入,使乐府诗研究不再局限于纯文本研究,而是有效的还原了乐府诗的原始生态。

赵敏俐《〈陌上桑〉的生成与汉代的"流行艺术"》①便是这方面的一篇重要成果。过去对于《陌上桑》的所有讨论,基本上都建立在"民歌"这一立论基础之上。然而在本文作者看来,这一基础是有问题的。由采桑题材的历史溯源可以看出,《陌上桑》中的罗敷以采桑女的身份登场,并不意味着她就是一个真正的出身于下层的采桑女子,而只是将其置身于一个合于文化传统的题材之中。从"照我秦氏楼"看,罗敷住在楼上,她生活地点其实是城市而非农村。罗敷"同上倭堕髻,耳中明月珠。缃绮为下裙,紫绮为上襦"这样的穿着打扮,也是不符合其作为一般采桑女子身份的,却正是城市当时最流行的发式、最珍贵的首饰、最华丽的衣裳,体现了城市中这种炫耀富贵、崇尚奢侈的流行风尚。罗敷对她"夫婿"的夸赞,同样符合当时男子的流行审美标准。也就是说她既是一个符合传统审美观的采桑女子,更是一个符合汉代城市时尚审美观的"现代"女子。《陌上桑》并非所谓的"民歌",而是汉代的"乐府诗",用于表演,是为了满足汉代社会各阶层享乐需要而产生的。它属于相和歌曲,本是汉世的"流行艺术",需要与音乐、歌舞等紧密配合,表演者需要有专门的艺术训练,掌握专门的表演技能。作者还考察了《陌上桑》的演唱形态,认为其

---

① 赵敏俐:《〈陌上桑〉的生成与汉代的"流行艺术"》,《中山大学学报》(社会科学版)2022年第6期。

演奏要有七种乐器，歌弦六部，在正曲之前还有"艳"段，在正曲之后还有"趋"，有着相当复杂的表演程式。——以上的每一个论断都是新鲜而闪耀着光芒的。自张永鑫先生《汉乐府研究》（江苏古籍出版社1992年版）对所谓的汉乐府歌诗的"民歌性质"提出了质疑和甄别，学界对此陆续有讨论之声。本文在前人基础之上，以乐府诗的代表作品《陌上桑》为例，对此问题进行了明晰的论定。总体说来，本文对于《陌上桑》的研究是具有颠覆性意义的。它揭开了遮蔽在《陌上桑》诗上的百年迷雾，不但使我们对《陌上桑》一诗有了翻天覆地的认识，也使得我们对于所有的过去所谓"汉乐府民歌"的这一类作品都有了重新的目光，更促使我们对于庸俗社会学观念下的一切学术判断都要重新审视。

刘廷乾《歌行体之"歌体"与"行体"根源论》[①]一文则通过对音乐与歌辞的综合考量，全面考证乐府诗"行"的来源及内涵，认为"行"主要存在于朝廷礼仪套曲及相和三调行诗中，其中三调行诗是主体。"行"及三调行诗的内涵主要有"曲引"性、"散歌"式、"雅乐"性、"解"式扩张性、音乐追源性。它们对歌行体的成熟，有不同程度的影响，并由此形成了唐人行体与歌体注重平起与高起、写实与写虚、意义单行与内涵多面、整饬与纵恣、气韵与气势等不同的特征。本文的研究对于乐府诗中"行"内涵的解释，以及对歌行体这一诗歌类型的深入理解，都有很大的意义。

王梦《两汉魏晋"鼓吹"名实考论》[②]考察汉代鼓吹的名实问题。作者认为，汉代"鼓吹"可指称"短箫铙歌""横吹曲"，最初用作军乐，后来出现功能分化，"短箫铙歌"用于道路、给赐，而"横吹曲"用于军中。此外，汉代"黄门鼓吹"用于宫廷宴乐，还应用于册封典礼、葬仪等场合。而与之对应的演奏功能相同、使用者身份不同的情况，亦称作"鼓吹"。魏晋之后，"黄门鼓吹"逐渐消失，"鼓吹"主要指称"短箫铙歌""横吹曲"。现当代学者对于"鼓吹"的源流发展等问题已经有了许多研究，但还有一些问题仍然不够清楚，例如"鼓吹"是否为"军乐"的问题，汉代"短箫铙歌""黄门鼓吹""横吹曲"分别与"鼓吹"的关系问题。本文的研究对这些问题的理解都有所推进。与本文考察内容相近的论文还有马磊、张洁《鼓吹乐溯源辨析》一文。

此外，考察音乐形式与乐府诗关系的还有吴大顺《论汉魏六朝乐府诗的题名与命题方式》[③]、杨赛《汉乐府古题〈折杨柳〉的演变》[④]、岳洋峰《汉代乐府诗"风雅通歌"的演唱形态》[⑤]等文章。吴文认为汉魏六朝时期乐府歌辞歌、曲、讴、谣、操、引、行、吟等名称，反映了各自不同的音乐形式和表演风格；而乐府诗的命题方式又有据辞立题、因事立题、以曲代题、曲辞合题四种类型，反映了乐府诗各自不同的音乐形态和诗乐观念。齐梁文人拟乐府对"赋题法"的使用，逐渐构建起拟乐府主题与曲题的对应关系，极大地拓展了文人拟乐府的自由空间，在体制结构、题材、主题等方面为乐府诗随时而变提供了条件，从而开启了唐代古题乐府、歌行体和新题乐府兴盛繁荣的新局面。杨文考察《折杨柳》乐曲形式的变迁与题材、主题演变之间的关系。汉乐府古题《折杨柳》其曲汉武帝时自西城传入，经李延年改编，收入鼓

① 刘廷乾：《歌行体之"歌体"与"行体"根源论》，《文学遗产》2022年第6期。

② 王梦：《两汉魏晋"鼓吹"名实考论》，赵敏俐主编：《乐府学》（第二十五辑），社会科学文献出版社，2022年版，第84—99页。

③ 吴大顺：《论汉魏六朝乐府诗的题名与命题方式》，《玉林师范学院学报》（哲学社会科学版）2022年第3期。

④ 杨赛：《汉乐府古题〈折杨柳〉的演变》，《交响》（西安音乐学院学报）2022年第2期。

⑤ 岳洋峰：《汉代乐府诗"风雅通歌"的演唱形态》，《人民音乐》2022年第7期。

吹曲之横吹曲,原本表现军旅行役之苦;魏晋时向咏史、游仙主题拓展;南朝以来,吸收南方吴声西曲音乐,向羁旅、宫怨、闺怨主题拓展,至唐时升华了家国主题。岳文对两汉时期乐府诗演唱特征与形态的考察,认为两汉时期乐府诗在歌辞、演唱以及类目的组合上均存在"风雅通歌"的形态。这一形态的确立具有双面性质,既给新声俗乐提供了一定的发展空间,也导致了传统的雅乐地位的下降。

还有一些论文考察乐府机构与文学关系,如王小恒《试论中国古代官方音乐机关的设立与诗体的演进》、吕舒宁《汉唐宫廷音乐机构比较研究》、孔庆蓉《汉"乐府"兴废及文本生成模式探析》、郭艺涵《西汉王朝雅乐兴衰考》、郑丹平《汉乐府对汉代俗乐舞发展之重要性探究》等。

五、汉代诗歌叙事母题与写作策略研究

本年度汉代诗歌叙事母题的研究着力在"昭君故事"的探讨。昭君故事是文学史上长盛不衰的重要题材,其故事情节、人物形象在历代记叙中不尽相同。熊长云《昭君镜考释》[1]通过对清华大学艺术博物馆近来公布的东汉昭君镜及其所载诗歌的考订,还原了汉代昭君故事的关键情节。作者先从博物学的角度考订了昭君镜的地域与年代,认为其在地域上属于吴显镜,时间上大致在东汉早期。又对昭君镜诗及其所涉疑难字词进行了考释。作者接着又以昭君镜诗来考察汉代昭君故事的形成和演变,例如从昭君镜"长卧受诏应最先"句,证明昭君请行之情节不晚于东汉初就已出现,而非是"建安以后个人意识

觉醒风气下的一种文学创造";昭君镜"隐匿不见坐家贫"的记载证明了《西京杂记》和《世说新语》昭君未贿赂画工致使未得召的说法是有根据的;同时也证明画工毛延寿的故事在汉代还未成为昭君故事的关键情节,是古史层累的产物。本文为学界提供了不少新知识,例如昭君故事在汉代的基本形态,昭君故事演变的大致线索,汉代铜镜画像主题的共通之处等,不但具有学术性,也颇具趣味性。王娜《〈琴操·怨旷思惟歌〉的文学母题意义》[2]一文从《琴操·怨旷思惟歌》一诗出发,考察王昭君文学形象的历时建构。文章认为,《琴操·怨旷思惟歌》是昭君由历史人物到文学形象的转折点。《怨旷思惟歌》成为"昭君怨"文学母题的发端和昭君故事"自杀"结局的滥觞,末句作为"青冢"意象的源渊,直接影响到后世以"青冢"作为昭君归宿的故事结尾,并使"青冢"成为一个具有象征意义的文化符号。除昭君故事外,朱云杰《千年的邂逅——论汉乐府对元杂剧之影响》讨论了汉乐府母题(主要是采桑母题)和人物形象在元杂剧中的重构。

从写作策略角度研究汉代诗歌的,主要体现在海外学人的研究上。美国俄亥俄大学东亚系吴妙慧(Meow Hui Goh)《真语:欺骗作为一种战争策略和三世纪中国的一种写作模式》[3]一文从汉末军事书信上伪诈的案例中,抽绎出这一时期欺骗性写作(writing in deception)的现象,探讨了这一现象的复杂性和微妙性,继而对于该时期文学包括诗学在写作策略上的变化进行了精辟的讨论,非常具有方法论上的启发。德国学者沙敦如(Dorothee Schaab-Hanke)《蔡邕读〈诗经〉:以〈琴

---

① 熊长云:《昭君镜考释》,《文学遗产》2022年第5期。

② 王娜:《〈琴操·怨旷思惟歌〉的文学母题意义》,赵敏俐主编:《乐府学》(第二十四辑),社会科学文献出版社,2022年版,第212—220页。

③ Meow Hui Goh. *Genuine Words: Deception as a War Tactic and a Mode of Writing in Third-Century China.* Early Medieval China. Volume 2022.

操〉和〈青衣赋〉为视角的审读》①是探讨蔡邕的诗赋创作与其《诗经》阐释的关联性。以《熹平石经》为基础,讨论蔡邕对于鲁诗的态度,已被学界进行了深刻的讨论。然而,蔡邕自己的诗赋创作中是否也表现出了对于鲁诗的阐释偏爱,这一点尚未得到认真讨论。本文便尝试以蔡邕的《琴操》和《青衣赋》为材料来探讨这一话题。与本文角度相似的还有两篇:喻凡《汉代〈诗经〉阐释与汉诗》、韩芮《古代童谣的儒学话语建构——以先秦两汉为中心》。

还有把诗歌形式本身当作一种写作策略的。美国普林斯顿大学东亚研究系王棕琦(Peter Tsung Kei Wong)《〈淮南子〉的文本声景:早期中国的诗歌、表演、哲学与实践》②一文以《淮南子》中的诗歌音韵形式作为研究对象。文章提出,口头表演可能是中国早期的一种哲学活动。《淮南子》作为韵味深厚的哲学论文,其包含各种与声音相关的诗歌形式,不仅是为了实现文本的形式,而且通过听觉上的拟效,诱导人们对其哲学信息的直观理解。作者认为古代诗歌、哲学的研究者不应忽视这些文本中的声音形式。

口头诗学、互文性等理论也可以归为写作策略的范畴,在中国文学研究中已经有了很好的运用。冯文开《汉乐府民间歌辞程式化创作的诗学技巧及其与文人创作的关系》③是运用口头诗学理论系统、深入研究汉代乐府诗的一篇论文。文中某些判断新鲜而有说服力,如推定《相逢行》与《长安有狭斜行》是同一诗篇的不同呈现形式,是同一诗篇在不同时间和不同地点演唱的产物。这是很有道理的。而冯文开《汉鼓吹曲〈战城南〉

的结构及其文学传统论析》、杜自波《〈有所思〉与〈上邪〉两首诗的互文性解读》等论文则是从互文性的角度讨论乐府诗。

以上是对本年度汉代诗学的研究论文的综述。

本年度涉及到汉代诗学的学术会议主要有:"经典之解释:第三届早期中国经典研究学术研讨会"(北京师范大学人文和社会科学高等研究院)、"第二届古籍文献收藏、研究及整理出版国际学术论坛:东亚汉籍收藏、研究及整理出版"(北京大学中国古文献研究中心、广西师范大学出版社、温州大学人文学院)、"第六届汉文写本研究学术论坛暨中国典籍日本写本文献研究"(天津师范大学)等。

综上所述,2022年度的汉代诗学研究取得了很好的成绩,尤其是在汉代诗歌与制度关系研究、乐府诗与音乐形式关系研究、汉代诗歌叙事母题与写作策略研究上取得了一些突破性推进。但也有一些相对不足的地方,例如文献研究上,依赖传统目录学方法,对于新的研究范式注意不够;对于出土文献的研究不如先秦文学研究的规模化和体系化;大量图像材料没有得到重视和利用。在研究方法上,整体上相较于先秦文学、明清近代文学的研究更为保守一些。

基于过去的研究现状,窃以为有以下几个话题可以作为之后探讨的对象:1.物质媒介与汉代诗学的关系研究。口耳、简牍、纸张、书写技术、媒介制度、书吏制度等与汉代诗学的关系问题,还没有得到系统的研究。2.汉代诗歌与图像的互文研究。这个图像不只包括汉代的画像石、画像砖、壁画等当代图像,还包括后代对于汉代诗歌

① Dorothee Schaab-Hanke :Cai Yong'S Reading Of The Odes ,As Seen From His Qincao And His "Qingyi Fu".Early China.Volume 45.2022.

② Peter Tsung Kei Wong:The Soundscape Of The Huainanzi: Poetry ,Performance ,Philosophy ,And Praxis In Early China. Early China.Volume 45.2022.

③ 冯文开:《汉乐府民间歌辞程式化创作的诗学技巧及其与文人创作的关系》,《西北民族研究》2022年第3期。

的追摹和改写的图像。3.域外文献与乐府诗歌研究。域外汉籍的研究在唐以后的文学研究中如火如荼,但在汉代诗歌研究领域却相对冷淡。而关于域外乐府文献的整理、域外乐府机构与中国及乐府诗的关联、当地歌体文学与中国乐府诗的关系、乐府叙事诗在域外的接受与改写等问题,都有研究的必要。

魏晋南北朝诗学研究报告

安徽师范大学中国诗学研究中心、巢湖学院文学与传媒学院　陈先涛

魏晋南北朝近400年历史跨度,30余个大小王朝交替兴灭,长期的封建割据和连绵不断的战争,使中国文化发展受到内外多重因素影响,突出表现是儒学弱化、玄学兴起、佛教传播、道教勃兴,以及波斯希腊文化渗透。这一时期,文学的自觉使得创作和理论双双获得历史性突破,因而成为后世诗学研究的重点领域之一。仅2022年就出版著作18种,发表论文70余篇。

从研究内容来看,诗歌作品、诗学名家、诗学理论、文化背景等四方面内容是学界关注的重点;从研究方法来看,包括文献研究和理论阐释两种基本方法;从研究对象来看,主要分成整体观照、群体研究和个案研究等三类。要补充说明的是,部分专著和论文在时间上延及前后历史时期,或内容上涵盖但部分超越诗歌的文体范围,为了尽可能搜罗齐全相关研究成果,故一并列入考察范围并重点关注其诗学研究。

一、诗学文献研究

文献研究是诗学研究的文本基础。辨正文献错讹、对比文本异文、讨论诗歌音韵等,都离不开诗学文献研究。2022年诗学文献研究主要分为文集整理、诗文选本及文本考辨三个方面。

(一)文集整理

2022年新版有关魏晋南北朝文集整理共有3种《陆士衡文集校释》《陆士龙文集校释》和《陶渊明集笺注(修订本)》。

刘运好《陆士衡文集校释》[①]《陆士龙文集校释》[②]两部著作虽是《陆士衡文集校注》[③]《陆士龙文集校注》[④]的第三次修订本,但此次修订与原本相比,已是"脱胎换骨",故出版社以新版著作而不是以修订本著作的形式出版。在校勘上,既注意汲取历代校勘成果,又特别注意恢复宋本原貌;在注释上,既注重训诂,又注重章句,特别注意赏析文心,阐发义理。其目的乃在于为研究者提供可靠研究版本,丰富的资料,也为一般本科大学生及文史工作者提供庶几"无障碍"阅读文本。全书分为前言、凡例、正文、总评、附录五个部分。每篇校释分为题解、校勘、注释、集评、备考。"题解"主要引述前人评价,考定作品系年,简释作品之背景、本事、主旨、艺术、因革、影响等几个方面,既注意汲取历代选本的品评精华,也包含笔者涵咏其中的一得之见,力求品评精当、简约而富有启示。"校勘"以宋本或影钞宋本为底本,博校海内外其他善本,以及文学总集、类书、

---

① 刘运好:《陆士衡文集校释》,凤凰出版社,2022年版。
② 刘运好:《陆士龙文集校释》,凤凰出版社,2022年版。
③ 刘运好:《陆士衡文集校注》,凤凰出版社,2007年初版,2017年修订再版。
④ 刘运好:《陆士龙文集校注》,凤凰出版社,2010年初版,2018年修订再版。

史籍,既广泛汲取前贤校勘成果,又着意恢复宋本原貌。其中,台湾省"国家图书馆"藏陈仲鱼手录陆敕先校宋本《晋二俊文集》、邓邦述手校并跋明万历新安汪士贤校刊本、明长洲吴氏丛书堂钞本《陆士龙文集》及其过录韩应陛校宋本,皆系海内孤本。"注释"采取"就繁避简、由简驭繁"之原则。因陆机陆云诗文语多繁缛,动辄用典,有些文章颇为晦涩,故凡所注释不避繁难,典章故实、名物史实、文字训诂等,均详加注释,稽引史料、文献、古代字书,既释义言必有据,斟酌对照,亦断以己说,使一目了然。"集评"辑录前人对单篇作品之评笺,附于各篇注释之后。该书另附"总评"辑录前人对陆机某一文体或总体之评价,附于全书注释之后。若同一内容有多家评笺,则删其重复,基本按时代先后排列。"备考"主要是对《文集》中存在的文章真伪、著者归属、分篇标题等争议较大,且在校勘中三言两语无法说清之作品。"备考"一般按时代先后先引诸家之说,最后提出校释者一己之见。凡有争议,均在校勘中说明。尤其陆机籍贯、生平、行迹争议较大,以及文集篇名误题、作品存疑及系年等问题,本书皆有详细考释,本书的"前言""备考""年谱考辨"构成一种互补关系,力图厘清历史积案,回应学界争议。相较于俞士玲《陆机陆云年谱》[①],相关资料愈发翔实,考辨精审而更具说服力。而杨明《陆机集校笺》[②]"集评""总评"等体例则是取自此书早期版本。此外,本书作者另一专著《陆机陆云考论》[③],与本书构成一个完整系列,可以互相参阅。

袁行霈《陶渊明集笺注(修订本)》[④]收录了陶渊明全部存世诗文辞赋作品。陶集版本众多,近年来屡有精品问世。逯钦立《陶渊明集》[⑤]以元初李公焕《笺注陶渊明集》十卷本为底本,并以曾集诗文两册本、焦竑藏八卷本和传为苏轼笔迹的元刊苏写大字本等书为校本。杨勇《陶渊明集校笺》[⑥]的主要贡献是附录部分考证:除原有的《陶渊明年谱汇订》外,新增《陶渊明年寿应为六十三岁考》《陶渊明还旧居诗考释》二文。龚斌《陶渊明集校笺》[⑦]以陶澍《陶靖节集》为底本,同时以宋绍熙曾本等校勘,细审密校超越了逯本。

此修订本以毛氏汲古阁藏宋刻《陶渊明集》十卷本为底本,参校宋元诸本及总集、类书,并注意吸收今人主要校注本最新成果。修订本除作者补充了若干按语外,全面核对了引文,其他如书名、作者、卷数、标点、错字、繁简字、断句、格式等讹误也一并做了修正。经过此次文本校订,著作更加完善,可成为袁先生《陶渊明集笺注》之定本。

(二)诗文选本

诗文选本有三种类型:诗人诗歌全本、诗文综合选本、诗歌专门选本。

诗人诗歌全本,是收录某一作家全部诗歌而不及其他文体。共三种:第一,杨明《陆机诗全

---

① 俞士玲:《陆机陆云年谱》,人民文学出版社,2009年版。
② 杨明:《陆机集校笺》,上海古籍出版社,2020年版。
③ 刘运好:《陆机陆云考论》,中华书局,2020年版。
④ 袁行霈:《陶渊明集笺注(修订本)》,中华书局,2022年版。
⑤ 逯钦立:《陶渊明集》,中华书局,1979年版。
⑥ 杨勇:《陶渊明集校笺》,上海古籍出版社,2007年版。
⑦ 龚斌:《陶渊明集校笺》,上海古籍出版社,2011年版。

集》①。虽是依据上海古籍《陆机集校笺》重印，却汲取了刘运好《陆士衡文集校注》的体例修订而成。著作对陆机现存全部诗作展开的校订、注释，并辑录前人重要评点成果，既是规范的古籍整理，也是有深度的国学普及，力图做到学术性与普及性的完美结合。全书体例严谨，资料翔实，释文明畅，对深入了解陆机生平与创作具有很好的参考价值。第二，龚斌《陶渊明诗品汇》②，属于"中国古典诗词品汇"丛书中的一种。全部收录并注释陶诗，汇集古今名家对陶诗点评。虽以"集评"为特色，但并不是前人相关评论的简单汇总，而是"以我为主，有所取舍"，既注意反映历代品陶论陶的不同观点及不同角度、不同层次的解读，又赋予集评者个人的解析，在理解原诗的思想内容和艺术构思方面，给读者以启发。其收录作品篇目，诗歌求全而有据、附录求精而取舍。第三，殷石臞选注、王诚校订《谢灵运诗》③成书于20世纪30年代，此次是重排本。原作编选于20世纪30年代，以《文选》为主要依据，并参考前代名家所辑，精选谢灵运诗51首；在《文选》注和黄节注的基础上删取其要，间益以己见，对诗中的疑难字词、典故、史实、人名、地理等作了详略得当的注释，旨在帮助读者更好地理解和欣赏谢诗。新编"导言"部分补充了谢灵运其人其作的基本特征及其历史成因，特别从诗歌语言的角度出发，就如何阅读欣赏谢灵运诗歌谈了几点阅读建议，如注意其字句阐释、词语用法、炼字修辞、精巧刻画，以及谈玄说理的时代风格，等等。新编对原文和注释做了细致的校订，使之更契合新时代读者，特别是高中生、大学生以及广大传统

文化爱好者的阅读需求。该著无论是诗作遴选、文本考订、字词注释，还是艺术特征概括，或者是阅读指导建议，都有其独特的学术价值。

诗文综合选本。吴修丽《陶渊明：性本爱丘山》④精心收录了田园诗人陶渊明经典诗作122首，文章20篇。其中对部分诗文体裁，作者又重新归类。如将《尚长禽庆赞》归入诗，而将《扇上画赞附尚长禽庆赞》归入文，二者在形式上的唯一不同就是前者是五言，而后者是四言。类似的情况还有《读史述九章》，可能因其也是四言，故而被归入陶渊明之文。从选本本身来看，注释、译文详尽准确，传达出陶渊明诗文醇厚细腻的情韵。前附《陶渊明生平与创作》《创作艺术与成就》，是作者对陶渊明深入研究的成果，对读者知人论世、理解作品甚有裨益。

诗歌专门选本。曹旭、高智《陶渊明诗选》⑤是"古代诗词典藏本"丛书之一，共选陶诗124首，按照四言、五言及内容分为四卷。前附导言对陶渊明的身世、生平、作品留存、艺术特色诸问题进行了细致的考察，有助于读者对陶渊明其人其作的理解。对于所选诗歌，不仅有相对详尽的注解，而且附有笺说，介绍诗歌创作时间、背景，或引前人相关评论加以申述；尤其是最后的"旭谓"部分，采用古代评点方式对诗歌题旨加以揭橥，往往要言不烦，切中肯綮。

（三）文献考辨

涉及诗学文献考辨共3篇论文，主要考论《先秦汉魏晋南北朝诗》的文本讹误、齐梁陈隋诗文韵部的演变规律。

---

① 杨明：《陆机诗全集》，崇文书局，2022年版。
② 龚斌：《陶渊明诗品汇》，崇文书局，2022年版。
③ 殷石臞选注、王诚校订：《谢灵运诗》，商务印书馆，2022年版。
④ 吴修丽：《陶渊明：性本爱丘山》，河海大学出版社，2022年版。
⑤ 曹旭、高智：《陶渊明诗选》，商务印书馆，2022年版。

贺伟《〈先秦汉魏晋南北朝诗〉辨正》①在充分肯定逯书文献价值的基础上，简要总结了近四十年来学界关于该书在增补遗漏作品、考辨误收篇目、订正作者小传、商榷编撰体例、揭示校勘失误等方面的研究成果，重点对于书中存在的重复辑录、文献来源有误、误收作品、误收唐诗、文本脱讹等问题做出考辨，具有较高的参考价值。其中辨正"汉魏诗卷"8首，"晋诗卷"8首，"宋诗卷"4首，"梁陈诗卷"8首，合计28首。从具体讹误的情形来看，或是后世诗句作为残句被收入汉诗，或是重复收录，或是字词错讹。在考辨过程中，所引文献翔实，讹误原因分析精当，具有较强的说服力。此外，据作者初步统计，《先秦汉魏晋南北朝诗》标注作品来源讹误多达三十余处，作者年代归属亦有不少舛误。因此，作者呼吁重新编纂唐前诗歌总集，并给出较为中肯的建议：应充分考虑现存作家文集整理程度的差异，采取灵活的编辑策略。曹植、陆机、陆云、陶渊明、谢灵运、鲍照、江淹、庾信等作家，其文集已有质量较高的整理本，可直接采用今人的整理本，避免重复劳动；至于尚未有文集整理本的作家，可以逯书为底本，重点校订增补。至于作家时代归属，可严格按照卒世时间划分，统一体例。幸闻陈尚君先生已着手整理相关文献，新的唐前诗歌总集问世有望。

从音韵学角度对诗歌文献开展研究，是一种历久弥新的学术方法。或有助于考订诗歌文献的文本错误，如汪业全、郭明洋、冯媛媛《〈先秦汉魏晋南北朝诗〉韵脚字校勘十九则》②，对逯书所辑魏晋南北朝诗歌的韵脚字进行校勘，得校例十九则。文章把致误的原因分为因形近、同义近义

或类义换用、字序颠倒、套用古习语及断句不当等五种情形。根据诗歌押韵的文体特征，从韵脚字重点开展研究，对于校勘文本讹误、阐释语词字义、理解诗歌意义等都有积极意义。或者用统计学方法对相关文献的诗文韵部进行分析，探究其发展演变的客观规律。如梁倩婷《基于用韵空间分布综合评价方法的齐梁陈隋诗文韵部研究》③，以《先秦汉魏晋南北朝诗》《全上古三代秦汉三国六朝文》中的诗文材料为研究对象，补充了《历代辞赋总汇》《南齐书》《文心雕龙注释》中的有韵之文，运用用韵空间分布的综合评价方法对齐梁陈隋时期诗文用韵进行全面描写与统计，旨在归纳这一时期通用性质的诗文韵部系统，确证其通用性质。文章采用统计分析的研究方法，从可比较的相同韵部着手，考察其总数占比情况，得出的结论是：相比较来说，东晋刘宋北魏到齐梁陈隋时期韵部发生变化的程度更大；从东晋刘宋北魏到齐梁陈隋时期韵部分化趋势更为明显，齐梁陈隋到初唐时期韵部合并趋势更为明显。这种以基本文献为基础的实证研究方法对于拓展诗歌音韵学等诗学研究思路有一定的参考意义。

二、整体观照

2022年对于魏晋南北朝诗学的整体观照，有专著类3种，论文25篇，其内容大致可分为诗歌解读鉴赏、诗学发展研究、诗学意象研究、诗歌书写研究、诗学类型研究、诗学审美研究、诗学背景研究、诗学影响研究和《诗经》学研究等九个方面。

42

---

① 贺伟：《〈先秦汉魏晋南北朝诗〉辨正》，《图书馆杂志》2022年第2期。
② 汪业全、郭明洋、冯媛媛：《〈先秦汉魏晋南北朝诗〉韵脚字校勘十九则》，《古籍整理研究学刊》2022年第2期。
③ 梁倩婷：《基于用韵空间分布综合评价方法的齐梁陈隋诗文韵部研究》，广西民族大学2022年硕士学位论文。

（一）诗歌解读鉴赏

鉴赏类著述或以诗歌为主、兼顾其他文体，如赵阳《中国古代文学名篇隅解：上古秦汉魏晋南北朝卷》①。该书精选版本，采撷其中颇富弘正思想、高妙审美之篇什，参考各家旧注，篇前"题解"撮取大意，篇中"注释"疏浚难点，篇后"笺释"阐发幽微。关于诗学理论问题，作者在该书"序论"中专门选取建安"风骨"、竹林七贤、太康诸人、晋宋陶谢、梁陈之永明体、宫体诗、徐庾体，以及乐府民歌略加评述。其中涉及魏晋南北朝时期的具体作品，包括第九章到第十二章分别解读建安时期、晋宋诗坛和永明新体共25位名家49篇作品，其中绝大部分以诗歌为主；以及南朝乐府10首，北朝乐府7首。该著述无论是文学现象的解读、作家作品的选择还是诗歌内涵的阐释，都颇具代表性与创新性。

或专以魏晋南北朝诗歌为研究对象，如钱志熙《魏晋南北朝诗鉴赏》②。此是"新选中国名诗1000首"丛书之一种，编选并注评诗歌100首，基本囊括了魏晋南北朝时期诗歌精华。体例分为作者简介、诗歌原文、注释和鉴赏四个部分。作者简介中一般概述其生平事迹及其历史贡献，有时又重点以后人的经典评价突出其诗歌作品的风格特征。鉴赏部分多侧重于论述该作品的创作背景、内容结构和艺术成就，反映出作者独到的学术视野。

（二）诗学发展研究

诗学是一个不断发展的动态过程，这一时期的诗学演变也是如此。2022年学界关于这一问题研究，共发表文集类专著1部、论文5篇。

《魏晋南北朝文学论丛（周勋初文集）》③属于旧著重印。收录周勋初先生学术生涯早期有关魏晋南北朝文学的学术论文《〈文赋〉写作年代新探》等19篇，"后叙"1篇。内容涉及魏晋南北朝时期《文心雕龙》《文赋》《文选》等重要文献，"三世立贱""登高能赋""折衷说"等重要文学观念，以及阮籍、王粲、郭璞、谢灵运、左思等重要作家，体现了周先生治学广博精深的特点。其中专门研究诗歌的论文有《阮籍〈咏怀〉诗其二十新解》《郭璞诗为晋"中兴第一"说辨析》《论谢灵运山水文学的创作经验》3篇，涉及诗学理论的论文有《〈易〉学中的两大流派对〈文心雕龙〉的不同影响》《"登高能赋"说的演变和刘勰创作论的形成》《刘勰的两个梦》《刘勰的主要研究方法——"折衷"说述评》《梁代文论三派述要》《魏晋南北朝人对文学形象特点的探索》《魏晋南北朝时期科技发展对文学的影响》7篇。新版的体例和内容变化不大，虽是旧著新版，但是其观点和方法仍然具有很高的学术参考价值。

或关注某种类型化文学形象的演变历程。冯娟娟、吴从祥《早期文学作品中采桑女形象的空洞化历程》④认为，从先秦两汉到魏晋南北朝时期，文学作品中的采桑女形象经历了一个逐渐丧失自我、走向空洞苍白化的历程；文学作品中的采桑女形象逐步被说教化、功利化和虚拟化，成为一种空洞的能指符号。文章对同一种人物形象在不同历史时期发展变化的研究，且不同于文学史上世代累积型人物形象，有一定的新意。

① 赵阳：《中国古代文学名篇隅解：上古秦汉魏晋南北朝卷》，四川大学出版社，2022年版。
② 钱志熙：《魏晋南北朝诗鉴赏》，人民文学出版社，2022年版。
③ 周勋初：《魏晋南北朝文学论丛（周勋初文集）》，凤凰出版社，2022年版。
④ 冯娟娟、吴从祥：《早期文学作品中采桑女形象的空洞化历程》，《洛阳师范学院学报》2022年第3期。

或注意到诗学理论术语的意涵演变。熊怵《"诗言志"话语的意涵演变:从先秦两汉到魏晋南北朝》①聚焦"诗言志"在魏晋以后的发展变化,认为这一诗学话语在时代思潮的推动下,经历了深刻的意涵演变。魏晋以后,"诗言志"话语不再坚持汉代"诗言社会政治之志"的传统,转而传递出"诗言归天之志"和"诗言个体之志"两种新的意义,二者共同构成了魏晋南北朝时期"诗言志"意涵演变的两大脉络。文章对于"诗言志"在早期的理论内涵变化及其发展动因作出了较为详细而有价值的分析。

或重点讨论视角转换对诗学发展的影响。蔡彦峰、黄美华《从作者到读者:"读者意识"与齐梁诗歌"新变"》②从读者视角分析魏晋南北朝时期文学批评的发展,认为读者视角的批评注重读者反应和阅读期待,体现了批评中的读者意识,并由此形成不同于以作者为中心的文学批评观念,构成文学批评另一条发展路径。

或从自然现象和文学心理等因素考察特定类型诗歌形成与演变的规律。刘悦《愁人知夜长:魏晋夜诗的内涵及新变》③视角较为独特,选择有关夜与夜思的诗歌作为研究对象。作者通过考察先秦至魏晋的诗歌演变,发现在魏晋更替、政治动荡的历史背景下,以夜色为审美对象寄托情感的夜诗类型逐步出现;认为在夜诗中,诗人将夜的时景、场景与时代飘摇中个体的心境、愿景糅合在一起,形成意象与情感的互动。文章总结出夜诗的两大贡献:"丰富了诗歌艺术类型""对诗歌的艺术及精神有所兴发"。

或结合《文选》的断代诗歌选录考察其经典化的历史过程。陈丽平《萧统〈文选〉汉诗选录的经典化问题》④首先分析了汉诗的经典化过程,其次是关注汉诗经典观念的影响因素,最后强调了汉诗经典选录的原则,认为晋宋以来专门的诗歌总集编撰风气兴起,既有以求全为目的的诗总集,又有以求精为目的的诗歌总集,这对《文选》诗歌部分在类别设立、选篇等方面产生了直接影响,萧统的"略其芜秽,集其清英"选文宗旨正是在这个背景下出现。

(三)诗学意象研究

诗学意象一直是诗学研究的重点之一。2022年共有1篇期刊论文和2篇硕士论文针对魏晋南北朝时期诗学意象进行了专门研究。

或将早期动物的名物研究转化为意象研究。张升《魏晋南北朝诗歌中的动物意象研究》⑤将魏晋南北朝诗歌中所涉及的"鸟、兽、虫、鱼"四大类意象加以梳理与归纳,以便于读者能够更好地理解隐藏在这些意象背后的话语蕴藉。

或将研究聚焦特定时期诗歌的动物意象,使相关研究更为细化。侯冰玉《建安诗歌中的动物意象研究》⑥以《先秦两汉魏晋南北朝诗》为基础,全面搜集含动物意象的建安诗歌,并以此为研究对象,分析动物意象在建安诗歌中反映出的诗人思想情感以及呈现出来的艺术性。

或将时间范围拓展到隋唐时期,并对这一期间的某种意象开展多角度阐释。傅博《魏晋南北

---

① 熊怵:《"诗言志"话语的意涵演变:从先秦两汉到魏晋南北朝》,《文艺研究》2022年第4期。
② 蔡彦峰、黄美华:《从作者到读者:"读者意识"与齐梁诗歌"新变"》,《文艺理论研究》2022年第4期。
③ 刘悦:《愁人知夜长:魏晋夜诗的内涵及新变》,《阅江学刊》2022年第5期。
④ 陈丽平:《萧统〈文选〉汉诗选录的经典化问题》,《阜阳师范大学学报》(社会科学版)2022年第5期。
⑤ 张升:《魏晋南北朝诗歌中的动物意象研究》,《陇东学院学报》2022年第6期。
⑥ 侯冰玉:《建安诗歌中的动物意象研究》,广东师范大学2022年硕士学位论文。

朝隋唐诗歌中的"春酒"意象研究》①分四个方面对魏晋南北朝隋唐诗歌中的"春酒"意象开展研究：一是从酒文化角度还原春酒类文学创作的文化语境；二是针对这一时期春酒类诗歌进行初步量化统计，并分析其分布规律；三是关注诗歌文本中春酒形象，尝试探寻其在进入文学创作过程中的某种隐性规律；四是关注"春酒"意象本身，剖析这个文学形象内在构成要素及其审美特质、经典意象组合形式以及共同情感类型。

（四）诗歌书写研究

诗歌书写是近年来新崛起的一类研究对象。2022年共有相关学术论文4篇，其中1篇为书评，3篇是硕士论文。部分论文虽然可能还不够成熟，但总体上来说，研究视野较为开阔而自成特色，似乎代表着一种方兴未艾的学术新潮流。

韦晖《魏晋诗歌叙写及其特色鉴赏——评徐公持的〈魏晋文学史〉》②从"直面苦难不幸：社会民生的叙写""情感志趣投射：咏史与游仙访隐的叙写""独特视角实践：魏晋诗歌的反传统叙写"三个方面相对完整地评述《魏晋文学史》。

刘小敏《魏晋南北朝诗歌中的"不眠"书写研究》③以现存的魏晋南北朝诗歌中的"不眠"书写为研究对象，结合史料以及相关文献记载，通过文本细读，将魏晋南北朝诗歌中"不眠"书写的发展演变、意象使用、情感表达等方面所呈现出来的特征作为研究重点，最后明确其在魏晋南北朝诗歌中的独特价值。刘益霞《魏晋诗歌中的春季书写研究》④对魏晋诗歌中的春季书写进行了界定和论述，主要从其产生的历史文化背景、自然风光及重要节令、深层情感意蕴、典型意象四个方面展开。叶珊彤《魏晋诗文中的兄弟情感书写研究》⑤认为，魏晋时期兄弟情感书写的对象、内容、艺术表现均显现出不同的特征，体现了兄弟亲情在文学创作中所带来的影响力。

（五）诗学类型研究

2022年与诗学类型研究相关的5篇论文，大部分也是硕士论文。一般以诗歌的活动场景、产生地域或音乐形式界定为某一种诗歌类型，并展开多视角研究。

赵孟锦以《文选》作品为选题范围，以宴饮诗为研究对象，讨论其在魏晋南北朝时期的文学特征。《从〈文选〉看魏晋南北朝宴饮诗》⑥首先简要梳理了《诗经》以来宴饮诗的功能和内容，以及两汉以后宴饮诗在描绘宴饮场面、书写宴饮心理、创作形式等方面的创新；其次重点分析魏晋时期"建安文人""竹林七贤""西晋新变""东晋诗集"的宴饮诗变和南北朝时期"永明体""齐梁诗坛"的分题作诗等诗学现象，最后从创作内容、创作活动、创作地点、情感表达等四个方面讨论宴饮诗对文学的影响。

同样是以宴饮诗为研究对象，田乐乐《魏晋游宴诗的话题序列研究》⑦认为魏晋游宴诗是魏晋文学的重要组成部分，不仅折射出了当时的社会背景及文化氛围，也反映了士人的生活方式和

① 傅博：《魏晋南北朝隋唐诗歌中的"春酒"意象研究》，闽南师范大学2022年硕士学位论文。
② 韦晖：《魏晋诗歌叙写及其特色鉴赏——评徐公持的〈魏晋文学史〉》，《新闻爱好者》2022年第5期。
③ 刘小敏：《魏晋南北朝诗歌中的"不眠"书写研究》，西北师范大学2022年硕士学位论文。
④ 刘益霞：《魏晋诗歌中的春季书写研究》，西北师范大学2022年硕士学位论文。
⑤ 叶珊彤：《魏晋诗文中的兄弟情感书写研究》，闽南师范大学2022年硕士学位论文。
⑥ 赵孟锦：《从〈文选〉看魏晋南北朝宴饮诗》，《新纪实》2022年第12期。
⑦ 田乐乐：《魏晋游宴诗的话题序列研究》，西北师范大学2022年硕士学位论文。

精神风貌。文章从话题序列的角度出发，对魏晋游宴诗的思想内容以及写作模式进行探讨，试图对魏晋游宴诗进行全面系统的研究。

对地域性诗歌的研究一般多与历史发展和文化地理密切相关。李安妮《魏晋南北朝"荆州诗"研究》①从文化地理学的角度研究魏晋南北朝荆州诗，一是通过荆州诗的整理，梳理出魏晋南北朝荆州诗的数量，分析诗歌特点以及创作主体特点；二是结合时代背景，分析出魏晋南北朝时期荆州诗的嬗变、地域特点、主题等，并分析荆州的政治地位和文化地位的变化；三是对魏晋南北朝荆州诗的主题和文学意象进行解读，阐释出魏晋南北朝时期荆州的自然、人文风貌在诗作中被赋予的多重内涵。

对于诗歌音乐形式的研究具有较强的专业性，其成果有助于对早期诗歌形式与文本的诗学解读。刘爱《魏晋南北朝清商乐研究》②对自先秦以来就已经出现的与"清商乐"这一名称相关的"清商""商歌""清歌""清商三调歌诗"等名词进行辨析，并尝试对其名称来源进行考察。文章首先从清商乐与相和歌的关系着手，一方面，从创作团体、曲调类型、乐曲结构、作品名称四个方面来讨论魏晋时期清商乐与相和歌的关系；另一方面，从创作团体、创作过程、表演情况、乐曲四个方面来对南北朝时期清商乐与相和歌的关系问题进行探讨。其次将魏晋时期清商乐与隋唐时期多部乐中的清乐进行比较，通过清商乐溯源、乐曲内容以及所用乐器、曲调特征两个方面来讨论魏晋南北朝时期清商乐在隋唐时期的继承与发展，凸显出魏晋南北朝时期清商乐的时代特征。

"捣衣"本是一种常见的生产活动，由于其充满生活气息，后世诗歌又多将其与羁旅生涯相联系，从而成为一种较为重要的诗学研究对象。林诗芳《南北朝捣衣诗研究》③选取南北朝捣衣诗为研究对象，对南北朝各时期的捣衣诗作品进行具体分析，追溯捣衣诗的源头，探讨这一诗歌体类兴起和发展的原因，分析其演变，探讨其情感主题和艺术特点。

（六）诗学审美研究

文学鲜明的审美特性决定了诗歌与美学密不可分，因而诗歌审美研究也必然成为诗学研究的重要内容，并且往往具有跨学科交叉研究的多元化特征。

在诗教传统和诗画结合的文化背景下，礼乐文化的价值内涵与诗画美育具有交叉重叠性。赵志恒、王聪《礼乐重构视阈下魏晋诗画美育说会通考察》④另辟蹊径，一方面对魏晋时期儒学式微、道德失范的文化发展趋势作出新的判断，认为乱世反而催生了礼乐重构的现实需求；另一方面，从传统诗教开拓出"诗画会通"的美育理论新领域。文章虽然较为简短，但是研究视角新奇，思路清晰，具有一定的理论与实践价值。

诗歌所体现的审美倾向与其内容及其表达形式息息相关，不同类型的诗歌往往会呈现出不同的"魏晋南北朝"美学风貌。何靖《魏晋南北朝诗歌的审美探讨》⑤重点探究魏晋南北朝诗歌审美内容，从一般诗歌、玄言诗、山水诗、乐府诗四方面展开，结合具体诗歌内容探究其审美价值与

---

① 李安妮：《魏晋南北朝"荆州诗"研究》，长江大学2022年硕士学位论文。
② 刘爱：《魏晋南北朝清商乐研究》，上海师范大学2022年硕士学位论文。
③ 林诗芳：《南北朝捣衣诗研究》，闽南师范大学2022年硕士学位论文。
④ 赵志恒、王聪：《礼乐重构视阈下魏晋诗画美育说会通考察》，《甘肃开放大学学报》2022年第3期。
⑤ 何靖：《魏晋南北朝诗歌的审美探讨》，《新课程导学》2022年第8期。

影响,试图探究不同诗歌作者笔下的"魏晋南北朝",突出魏晋南北朝诗歌艺术效果与创作特点。

(七)诗学背景研究

研究诗歌创作的历史背景,既有利于较为准确地阐释诗歌文本,又有利于分析诗歌产生的原因、诗歌的时代文学特征及其内在要素之间的相互关系。

或从时代背景出发,分析当时的文学特征。徐涛、黄湑凡《基于时代背景的魏晋南北朝文学特点探析》①视野宏阔,纵论魏晋南北朝400年间的政局与文化思潮,强调文学创作空前活跃,并走上独立自觉的道路。

或从时代思潮出发,探究玄学与饮酒诗的内在关系。朱蕾《魏晋玄学与魏晋南北朝饮酒诗关系研究》②认为在魏晋玄学思潮背景下,士人将玄学投射到了自身饮酒诗创作的过程中。诗歌内容方面,自然山水成为了诗人在饮酒诗中寄托玄理、观览玄意以及遥想寰宇的媒介。语言风格方面,饮酒诗中倾注了诗人的玄思、玄意,诗风多有幽深、玄远、恬淡之感。创作形式方面,清谈也影响了饮酒诗创作,诗歌多有简约、明朗、干净之风。抒情方式方面,诗人对任情适意、逍遥无为、隐逸悠游的追求以及与物齐一、与道冥化的情感抒发,升华了自我的生命体悟,统一了虚实和有无。

(八)诗学影响研究

作为一个文化思想多元、诗歌创作繁荣、文学理论成熟的特殊时代,魏晋南北朝诗学成就对于影响广泛而深远。最典型的表现是,后世对这一时期"名士风流"和诗学理论的接受,以及文艺美学思想在当代的现实影响。

"魏晋风度"在后世褒贬不一,总体上是仁智互见、有所扬弃。李修建《论苏轼对魏晋名士的接受》③分析了苏轼对魏晋名士褒贬不一的接受情况,认为他对正始名士多持批判态度,对嵇康、阮籍等竹林名士有欣赏,也有批评;对王徽之、阮瞻、谢安、孟嘉等东晋名士,则表现出更多的褒扬。整体而言,苏轼从儒家持论,对于魏晋名士总体评价不高;所欣赏的名士皆有高洁的品性和旷达的胸襟,而这正是其本人性情的写照。

魏晋南北朝诗歌风格多样,诗学理论与创作实践成就卓著,对于宋代诗话等后世文学理论影响颇巨。张佳佳《宋诗话视域下的魏晋诗人接受研究》④以宋诗话中的魏晋诗人接受情况作为研究对象,以接受对象的生存时代为依据,将其分为建安诗人、正始诗人、西晋诗人和东晋诗人四个部分,分别论述南北宋诗话对各时期重点诗人的具体接受情况,并兼顾对中小作家的接受阐释,力求宏观把握宋诗话对魏晋诗人的接受状况。同时观照南北宋诗话对魏晋个体诗人的接受差异,微观审视魏晋诗人在宋代不同时期的接受变化。

魏晋南北朝政权更替频繁,思想活跃多元,对人的生存思考和对艺术的审美追求具有独特的价值,至今仍有一定的现实影响。石月《试论魏晋南北朝时期文艺美学的当代影响》⑤认为:魏晋南北朝作为中国历史上第二个"哲学思辨"时期,从人的觉醒到对生命本体的思考,从关于身

① 徐涛、黄湑凡:《基于时代背景的魏晋南北朝文学特点探析》,《齐齐哈尔大学学报》(哲学社会科学版)2022年第4期。

② 朱蕾:《魏晋玄学与魏晋南北朝饮酒诗关系研究》,西安工业大学2022年硕士学位论文。

③ 李修建:《论苏轼对魏晋名士的接受》,《美术大观》2022年第8期。

④ 张佳佳:《宋诗话视域下的魏晋诗人接受研究》,山西大学2022年硕士学位论文。

⑤ 石月:《试论魏晋南北朝时期文艺美学的当代影响》,《文化创新比较研究》2022年第11期。

的解放到关注生死的探寻,魏晋文人用热情浓郁、俊逸飞扬、啸傲人生的魏晋风度实现了本体自觉与个体完善的意识飞跃;这一时期追求自由、亲近自然、畅怀深情的文艺美学思想,对于当今艺术界一直寻求的何为生命、何为艺术,以及艺术的人文意义等问题,有着一定的启发意义。

(九)《诗经》学研究

由于中央集权政治的相对衰落,人才选拔制度发生根本性转变,经学由汉代鼎盛时期的官方显学转变为魏晋南北朝时期的民间潜流,《诗经》学也是如此。2022年2篇论文对这一时期《诗》学进行阶段性重点研究,也是魏晋南北朝诗学研究的重要组成部分。

云芊《两晋诗歌引〈诗经〉研究》①是以两晋诗歌引《诗经》为研究内容,在详细梳理引用《诗经》文献材料的基础上,探讨两晋诗歌引《诗经》的文化背景及引用特色,进而探究引《诗经》对两晋诗歌书写的影响及《诗经》学意义。第一章"两晋时期引《诗经》风气的生成与迁变",旨在厘清两晋诗歌引《诗经》的历史文化背景。第二章就两晋诗歌引《诗经》情况进行分类梳理、统计和分析。第三章主要探讨引《诗经》入诗对两晋诗歌书写的影响。第四章探究两晋诗歌引《诗经》所体现的《诗经》阐释特征,并以此为契机探寻其与魏晋《诗经》学、魏晋文学思想之间的关系。结论是在文学自觉的时代思潮下,"以《诗经》入诗"这种阐释方式,融入了诗人独特的审美情感,在发挥《诗经》文学影响力的同时,也极大地推动了后世《诗经》文学阐释的发展。

李娜《汉魏〈诗〉学发展与〈诗经〉名物释义》②则是较为纯粹的经学研究。作者认为,在汉魏

《诗》学演进与价值构建中,对于名物的释义有着清晰的发展线索与明确的内容表达。两汉经学今古文交错发展,《诗经》名物释义以"随文释义"为基本方式,释义形式灵活,内容丰富多样;魏晋南北朝经学衰微,以王郑之争、南北之争为背景,《诗经》名物释义在"随文释义"的基础上,出现以《陆疏》为代表的摆脱经学束缚而"独立阐释"的发展模式,且对后世影响深远。在此基本路径下,汉魏《诗经》名物释义整体上体现着以"伦理政治表达""语言文字训诂""名物本体疏解"为主的表达内容。这对唐代《毛诗正义》的成书产生重要影响。

综上,魏晋南北朝诗学整体观照的内容非常丰富。从论文数量上来看,25篇占比超过总数的1/3,属于研究重点领域;从研究维度来看,分成九个方面,可谓是视角多元化;从研究内容来看,或重诗歌美学,或重思想文化,诸家文章异彩纷呈;从研究水平来看,或者老成圆润,或者锐气十足,春兰秋菊各有擅长。

三、诗人群体研究

群体研究介于整体研究和个案研究之间,是对某一公认的文化团体及其成员的专题研究。2022年魏晋南北朝时期的群体研究共有11篇论文,其中9篇主要集中于"竹林七贤",另有涉及"河内文人群体"和"东晋诗僧群"研究论文各1篇。

(一)"竹林七贤"研究

"竹林七贤"指魏末晋初的七位名士:阮籍、嵇康、山涛、刘伶、阮咸、向秀、王戎。得名缘由一般是根据《晋书·嵇康传》和《世说新语·任诞》记

---

① 云芊:《两晋诗歌引〈诗经〉研究》,湖北大学2022年硕士学位论文。
② 李娜:《汉魏〈诗〉学发展与〈诗经〉名物释义》,《河北师范大学学报》(哲学社会科学版)2022年第3期。

载。因为此七人在当时社会地位颇高,并且都有较高的文学素养,影响较大,因此成为后世文学研究的热点之一。2022年的相关论文,或是对其群体特征进行共性研究,或是对其重要成员开展个性化研究。

或兼及"竹林七贤"的活动和其中主要人物的思想研究,如顾农《中古文学札记六题》①以"竹林七贤"的聚散为线索,分析了阮籍的思想转变过程与嵇康之死的专制主义逻辑。

或专门讨论"竹林七贤"对于唐诗的影响,如袁济喜《唐诗与竹林七贤》②认为,竹林七贤所代表的魏晋风度,其人格精神对于唐代诗人的影响至深,他们身上呈现出来的放诞、散淡的行为方式以及诗酒精神,感染了唐诗作者的思想与书写方式。

或重新探究"竹林七贤"作为文化团体形成的历史过程及其文学意义,如王洪军《竹林七贤的耦合及其文学价值》③首先论述了竹林七贤的耦合过程,认为东晋的清谈家们以著金兰之契的嵇康、阮籍、山涛为核心,耦合了三人的朋友圈,去除也与三人著金兰之契的吕安,加入被阮籍欣赏的聪颖少年王戎,最终提聚出七个人,又受佛教教义影响,称之为"竹林七贤"。其次论述了竹林七贤作为玄学家话题人物耦合而成的历史意义,不仅成为玄学理论承上启下的津梁,呈现出时代的思想镜像,也开启了相悖于世俗礼法的生命范式,拓展了中国传统士人的精神内涵,同时成就了魏晋诗歌的"正始体"。

或以"竹林七贤"最典型的文学风格为研究对象,如李婧《竹林七贤闲情文学研究》④认为,以竹林七贤为代表的"名士风流"远离政治纷争,徜徉自然之间,用文字抒发生活闲情,对后世闲情文学的书写产生了很大的影响。文章通过文史结合的方法,以竹林七贤这个文人集团作为切入点,去探究闲情审美的初期萌发。

或就不同文献评录"竹林七贤"作品的情况开展比较研究,如薛淇《〈文心雕龙〉和〈文选〉"竹林七贤"评录研究》⑤选取竹林七贤作为切入点,探讨《文心雕龙》和《文选》对竹林七贤的评录情况,试图还原魏晋时期竹林七贤的接受和传播情况。

"竹林七贤"中,对阮籍的诗学研究相对较多。袁亚铮《论史学对阮籍文学创作的影响》⑥认为,阮籍在曹魏晚期参与编纂官修史书《魏书》,成为他创作《咏怀》诗的契机。就诗歌内容而言,亲历魏晋政权更迭的经历形成了阮籍盛衰无常的历史观,在创作时他将这种历史观注入诗歌中,使其《咏怀》诗充满了无常之感;由于史学素养深厚,阮籍常用史学家的时空观念来思考人生,从而使其诗歌充满了时空感;此外,阮籍还以诗论史,使其诗歌充满了浓厚的史鉴意识。就诗歌形式而言,由于文史兼通,他在创作时有时会模糊史学与文学的界限,将史书的体例引入诗歌中,从而形成叙、论结合的创作模式;在阮籍之前,汉魏文人多用"语典",极少采用"事典",由于精通史籍,他在诗歌中开始大规模运用"事典"。

① 顾农:《中古文学札记六题》,《南京师范大学文学院学报》2022年第1期。
② 袁济喜:《唐诗与竹林七贤》,《中国高校社会科学》2022年第2期。
③ 王洪军:《竹林七贤的耦合及其文学价值》,《哈尔滨工业大学学报》(哲学社科版)2022年第3期。
④ 李婧:《竹林七贤闲情文学研究》,辽宁师范大学2022年硕士学位论文。
⑤ 薛淇:《〈文心雕龙〉和〈文选〉"竹林七贤"评录研究》,辽宁师范大学2022年硕士学位论文。
⑥ 袁亚铮:《论史学对阮籍文学创作的影响》,《河北师范大学学报》(哲学社会科学版)2022年第2期。

唐雪贤《阮籍〈咏怀诗〉的人格张力》①认为，阮籍作为"竹林七贤"的核心人物之一，仕不愿同流合污，多所回避；隐又不能敛迹韬光，了却尘念。于是陷入悲愤与苦闷中，由此体现出人格上的激烈冲突和矛盾。他以一种独特的人格张力，赢得了世人的赞许。阮籍的《咏怀诗》是诗人自身形象的塑造，体现了诗人的整体人格，反映了其矛盾的精神世界。

刘砚群《诗人阮籍的儒玄人格》②分析了阮籍由儒到玄的思想转变的两大原因：魏晋易代的夹缝环境与时代兴盛的玄学思潮。阮籍对传统儒家人格的尊崇及其因特定时期社会秩序破坏导致的儒家人格理想的破产、对逍遥自然人格的追寻及其因现实政治斗争导致的自我异化，直接造成了其人格的分裂。阮籍内心儒玄人格的对抗性存在，及其任诞之"形"与执着之"心"的焦灼相持，加深了这种分裂。魏晋易代的夹缝环境的选择使阮籍从崇儒走上了玄道自由之路，越名任心，从关注外在事功转向了追求心灵自然自由，从经济之学转变为寻找个体精神逍遥的人生哲学。

对嵇康的研究侧重于其个性特征与思想境界之间的关联。宋颖《嵇康的悲剧意识与诗化人生境界》③认为，最深层的悲剧意识与最高层次的诗性超越，是魏晋士人的一体两面。悲剧意识是魏晋士人会通名教与自然、建构新的价值体系的内在驱动力，而诗化人生境界则是魏晋士人价值建构的最高境界。嵇康以先秦儒道两家为资源，在王弼新的"自然"概念的基础上，就"心""性""情欲""智用"等有关人本身的"自然"进一步做

了非常细致的探讨，为魏晋人的诗化人生境界做出了独特的贡献，并在现实中尝试践行，有意识地将山水自然和音乐作为进入诗化境界的手段，在理论和实践上都对后世的文化精神产生了深远的影响。但其理论并不系统和缜密，"越名教而任自然"的主张中又内蕴了对名教的肯定，这一内在矛盾是其深层悲剧意识在现实中无法得到根本解决的体现。

(二)其他诗人群体研究

河内是魏晋时期的政治文化中心，也是当时文人群体高度集中之地，对"河内文人群体"的研究以往并不常见，故而此选题具有一定的开拓意义。王莉《河内文人群体与魏晋之际文学》④以曹魏至西晋时期河内籍以及寓居河内的文人群体为主要研究对象，将其分为司马懿为代表的世家大族和以阮籍、嵇康为代表的文人群体。文章分析了河内文化的形成原因和主要表现，以及对魏晋之际文学风格的实际影响。作者认为，河内文化一方面受到以洛阳为中心的河洛文化的影响，同时又有其独特之处，主要表现在家族文学的兴盛、以竹林七贤为代表的士人群体活动的频繁。因此，魏晋之际的文学表现出独特的形态特征，即以玄学阐发为其文学传统，以论辩文和赠答诗为载体来表达文人们的理论见解及性情抒发，形成独特的艺术风格。这种将地域文化、历史情境、文人群体和文学风格等多维度因素综合考量的研究范式，值得诗学研究者镜鉴。

在佛学开始广泛流行的东晋时期，具有较高文学素养的诗僧是一个特殊的文化群体；讨论

---

① 唐雪贤：《阮籍〈咏怀诗〉的人格张力》，《中学语文参考》2022年第3期。
② 刘砚群：《诗人阮籍的儒玄人格》，《文学教育》2022年第9期。
③ 宋颖：《嵇康的悲剧意识与诗化人生境界》，《关东学刊》2022年第4期。
④ 王莉：《河内文人群体与魏晋之际文学》，《古籍研究》编辑委员会编《古籍研究》(总第75辑)，凤凰出版社2022年版，第1—9页。

"东晋诗僧群"与五言诗创作的关系也是一个相当具有新意的研究视角。蔡彦峰、孙银莎《东晋诗僧群的五言体写作与五言诗史的建构》①以诗坛僧人这一特殊群体为研究对象，认为其形成了带有群体特点的诗歌创作风气。从创作形式来看，东晋僧诗几乎都为五言体，在东晋前中期四言体盛行、五言诗陷入低谷的背景下，是一个值得注意的现象。从创作内容来看，东晋诗僧群出自中下层家族，比较自然地继承了源自寒素阶层的汉魏五言诗传统，并进一步融合山水、佛理、仙道等内容，开启了晋宋五言诗新的风格，成为晋宋诗歌发展的一个重要环节。从创作影响来看，随着士僧交往的深入，东晋诗僧群以其五言诗创作实绩，改变了士人以五言为俗体的观念，重新开启了五言诗创作风潮，具有建构五言诗史的意义。

对诗人群体研究的独特学术价值在于：既有利于探究其形成规律和团体特征，从而为整体研究"求同存异"的时代性奠定基础，又有利于考察其主要成员"近而不同"的个性特征和艺术风格，进而为个案研究的丰富性涂上底色。

四、个案研究

这里所说的个案研究，在形式上包括专著和论文，在研究对象上包括作家专题研究、《文心雕龙》研究、宫体诗研究三个方面。

（一）作家专题研究

2022年魏晋南北朝作家专题研究主要集中于陶渊明，其次是陆机，同时涉及曹植、郭象、石崇、谢灵运等人。

1. 陶渊明研究。

陶渊明具有复杂的历史形象，既是不慕名利的隐士，又是饮酒赏菊的诗人；既饱含洞察世情的淡泊，又不乏金刚怒目的性情。诸多复杂形象的累积叠加，产生出言说不尽的魅力，成为千古存续的诗学研究对象。2022年出版研究专著3部，同时有论文2篇。

田晓菲注意到陶渊明形象的历史复杂性，并试图从文学接受理论和文本流动性角度讨论陶渊明文化的相关影响因素。《尘几录：陶渊明与手抄本文化研究》②属于重印本，英文版最早由美国华盛顿大学出版社2005年出版，中文版由中华书局2007年出版。《尘几录》研究视角极具特色，似乎可以归入文学接受理论与版本学的交叉研究领域。著作以陶渊明作为切入点，以欧洲手抄本文化研究作为参照系，展现了中国中古时期文本的流动性，以及中国手抄本时代的文本如何因为后代的需要而被重新建构和变形。

研究陶渊明生平及其思想演变的专著中，李长之《陶渊明传论》③也是旧著重印。该书以陶渊明的两个有名先辈陶侃和孟嘉为切入点，佐之以陶渊明的诗歌、书信等作品，通过对相关史料抽丝剥茧的分析，梳理了陶渊明的思想来源及发展变化，解读了陶渊明的隐逸生活和人生追求，完整展现了陶渊明从传统文人向隐逸诗人转变的思想脉络和陶渊明创造的理想生活。著作分成四个部分：一是"陶渊明的两个重要先辈——陶侃和孟嘉"，从六个方面论述二者对于陶渊明的影响；二是"陶渊明的一生及其作品"，实为陶渊明传，主要从七个阶段论述陶渊明的一生及其作品；三是"陶渊明论"，重点解决两个问题：陶渊明

① 蔡彦峰、孙银莎：《东晋诗僧群的五言体写作与五言诗史的建构》，《福建师范大学学报》（哲学社会科学版）2022年第1期。
② 田晓菲：《尘几录：陶渊明与手抄本文化研究》，生活·读书·新知三联书店，2022年版。
③ 李长之：《陶渊明传论》，华中科技大学出版社，2022年版。

的政治态度和思想态度；四是"附录"，收录李长之先生早期陶渊明研究论文7篇和《长之自订年谱》。总体而言，该著资料翔实可靠，内容丰富深刻，观点鲜明，多有新见，是一部价值很高的传记文学作品。

而钱志熙《陶渊明传》①没有重塑传统印象中隐逸诗人的肖像，而是试图真正走进陶渊明的内心世界，以对陶渊明生平经历的追溯和对陶渊明所有作品的文本细读为基础，开展跨越时空的心灵对话。全书除"序曲"和"尾声"外，共分27个专题，各自论述一个重要学术问题，并具有较强的独创性和说服力。最典型的例子是第一篇"疑年"，针对陶渊明年寿的历史争议，首先列举两种主要观点：沈约《宋书·隐逸传》"六十三岁"和张缜《吴谱辨正》"七十六岁"；其次，逐条分析后人相互辩驳的主要理由和相关证据，考辨其合理性与可靠性；再次，结合相关文献记载和诗人作品内证，作者"反复用六十三和七十六两种不同的说法概览全集，觉得后者处处扞格不通，前者则多有印证"。然后，通过《饮酒》组诗第十九首的具体表述加以分析，对照陶渊明生平事迹，一方面可以得出"六十三岁"较为可靠的历史结论，另一方面又可以更加合理地还原相关诗歌作品的历史现场。

陶渊明研究的两篇相关论文，分别从"饮酒"与"止酒"两个截然相反的角度，阐释复杂多元的陶渊明文化。霍建波、常智慧《从饮酒诗透视陶渊明的侠客精神》②认为陶渊明常以酒入诗，诗借酒显，他性格中的侠客风骨在酒的浸润下更加凸显。一方面，陶渊明在少年时期便立下济苍生的

豪情壮志，始终对百姓有着人文关怀；另一方面，面对黑暗的魏晋社会，他内心深处叛逆的侠客气质占据主导，促使他毅然选择远离官场，归隐田园。除此之外，他洒脱的行为也借酒气彰显，常常呼朋引伴，饮酒作乐，全然忘却困苦，怡然自得地生活。李寅捷《陶渊明〈止酒〉诗文本谱系及其接受历程》③认为，陶渊明《止酒》诗属魏晋南北朝时期文人游戏的俳谐体，其渊源或来自南方民歌。后世对《止酒》诗的诠释以胡仔"知止"说最为经典，因其抓住陶渊明安贫乐道、委运任化的生命哲学观。后代读者结合时代审美心理对《止酒》诗做出不同解读，使得"渊明止酒"的典故与拟和《止酒》诗包含身体健康、隐逸、刺世、知止、齐物等丰富的意蕴。

2.陆机研究。

除了前文关于陆机的文献研究以外，对其诗学理论研究也较为丰富，主要集中于《文赋》。诗歌专题研究只有顾承学的《论陆机诗歌的行旅心态与时空营构》④1篇。《文赋》研究则可分为三类：第一，《文赋》对后世诗话的影响研究。如潘林《〈文赋〉"文""意"论在明代的承袭与重构——以谢榛〈四溟诗话〉为中心》⑤认为，谢榛从"文""意"的生成、融合、实践及审美四个角度对陆机《文赋》进行承袭与重构。而这一过程又极其复杂，他们在架构"文""意"理论时又嵌入了刘勰、钟嵘、司空图、严羽等人的文论思想以及孔子、孟子、庄子、荀粲等人儒、道、玄的哲学思想。此外，前代特别是唐宋文学的创作得失也给了明代文论家很好的借鉴，在此基础上他们试图进一步解决陆机提出的"意不称物，文不逮意"核心问

① 钱志熙：《陶渊明传》，长江文艺出版社，2022年版。

② 霍建波、常智慧：《从饮酒诗透视陶渊明的侠客精神》，《焦作大学学报》2022年第1期。

③ 李寅捷：《陶渊明〈止酒〉诗文本谱系及其接受历程》，《九江学院学报》（社会科学版）2022年第3期。

④ 顾承学：《论陆机诗歌的行旅心态与时空营构》，《美与时代》2022年第4期。

⑤ 潘林：《〈文赋〉"文""意"论在明代的承袭与重构——以谢榛〈四溟诗话〉为中心》，《学术交流》2022年第2期。

题。第二,《文赋》在海外的流传与影响研究。沈强《〈文赋〉在日本的流传与影响》①从文化交流、汉诗文创作、文学理论的角度,谈陆机《文赋》在日本的流传与影响问题,重点阐述了"诗缘情而绮靡"说对日本古代诗学观的影响。同时,对近代以来日本学者关于《文赋》研究的成果进行梳理,旨在弥补目前学术界对《文赋》域外影响研究的不足,从而推进域外《文赋》研究向更加深入的方向发展。又如陈世骧、张万民《文学作为对抗黑暗之光——陆机生平与〈文赋〉考》②。陈世骧英译《文赋》共分三部分:第一部分考辨陆机《文赋》撰定时间,第二部分讨论英译的概念用语,第三部分为《文赋》全文的韵语英译。本篇为陈世骧英译《文赋》之第一、二部分的考证与分析之中译。因为《文赋》1948年之后译本流通较少,陈世骧后来将之重新整理,题为 Essay on Literature: Written by the Third-Century Chinese Poet Lu Chi,于1952年由美国 Anthoensen Press 出版单行本。吴潜诚曾将修订本的新序译成中文,题作《以光明对抗黑暗:〈文赋〉英译叙文》,刊于《中外文学》1990年第18卷第8期。第三,《文赋》的古今中外比较研究。辛媛媛《〈文赋〉与〈论崇高〉想象论之比较》③通过分析两部作品中的想象论的各自的特点及其各自的触发机制,以寻求古代东西方想象论之异同背后的深层原因。《文赋》在中国文论史上首次系统阐释了艺术想象论,认为情感乃是艺术想象的巨大动力,并在文论史上首次描述了高效率的艺术想象:灵感,体现出中国想象论长于形象的描述的特点。《论崇高》则阐释了想象力

在培养崇高思想过程中的重要性。朗吉努斯不再认为摹仿与想象是对立的关系,而是把摹仿当作能够促进想象力产生的行为。他也在文中涉及灵感,并将其与迷狂说相连,但是出于古典主义者的理性,对这个问题并没有深谈,体现出西方的想象论长于思辨的特点。《文赋》和《论崇高》的艺术想象论都植根于艺术思维过程中,两者都认为艺术家除了丰富的想象力,还需要具备高尚的道德情操;提倡在对前人的学习中又有所创新;两者都提到写作时的选义考辞、谋篇布局;都提到灵感问题,在如何进行文学创作方面提出了高度相似的观点。

3.其他作家专题研究。

2022年的曹植研究相对单薄,唯有一篇探讨其情感与意象关系的论文。袁济喜《曹植之"愁"与意象创变》④指出,曹植特殊的人生经历,造成其作品善写愁思。曹植通过意象的创变,对于愁思进行了细致感人的描写,创作了《洛神赋》《赠白马王彪》等作品。曹植将这种愁思与意象营构巧妙地融合起来,通过比兴手法创构意在言外、高度概括的意象类型。曹植晚期的诗赋还表现了逍遥游放、摆脱愁闷的心态,从而开启了正始文学的先河。

石崇研究也只有王琮凯《从石崇〈王明君辞〉看昭君文学形象的确立》⑤1篇论文,主要论述其诗作对王昭君文学形象的创新。文章论述了魏晋南北朝时期,昭君形象从史学的"单调"到文学的"丰富"的转变:首先分析《汉书》《后汉书》等史书中的王昭君形象;其次,以石崇的《王明君辞》

① 沈强:《〈文赋〉在日本的流传与影响》,赵敏俐主编:《中国诗歌研究》(第二十三辑),社会科学文献出版社,2022年版,第123—133页。

② 陈世骧、张万民:《文学作为对抗黑暗之光——陆机生平与〈文赋〉考》,《小说评论》2022年第5期。

③ 辛媛媛:《〈文赋〉与〈论崇高〉想象论之比较》,《海外英语》2022年第3期。

④ 袁济喜:《曹植之"愁"与意象创变》,《河北大学学报》(哲学社会科学版)2022年第4期。

⑤ 王琮凯:《从石崇〈王明君辞〉看昭君文学形象的确立》,《大众文艺》2022年第15期。

为例,分析昭君文学形象的确立及该诗对后世文学作品产生的影响。

研究郭象哲学与美学的论文是吕玉纯《郭象的自然观及其美学意蕴》[1],认为郭象的《庄子注》及其对老庄,尤其是庄子"自然"观念的改造具有不容忽视的价值。郭象在其所著《庄子注》中丰富和发展了老庄思想中"自然"范畴的内涵,创造性地提出了"独化"的概念,重新定义和阐释了"玄冥"的概念,探讨了"自然"与"理"的关系,认为"自然"包含了"理"的概念,即所谓"自然之理"。在《庄子注》中,郭象实现了对庄子自然观的改造和超越,凭借着对"自然"的独特理解而构建了全新的自然主义哲学观。郭象思想中独创的部分深刻地影响了当时士人们的自然审美观、人格审美观和艺术审美观,并深深地渗透于后来的各种乐论、书论、画论、文论、诗论等著作之中。

谢灵运诗学研究的两篇论文都是以其山水诗为研究对象,前者讨论赋体传统在谢诗中的新变,后者则聚焦其"身体美学"在谢诗中的体现。朱云杰《赋体传统与谢灵运山水诗的新变》[2]认为,汉赋传统中的铺陈笔法、山水因素、书写结构与魏晋赋中的宗教情怀都对五言诗产生了深远的影响,使其走上一条"赋化"的道路。谢灵运的山水诗在因袭昔日赋体传统的过程中力求新变,在书写结构、铺陈辞藻、视角变化上别具一格,将山水传统发展成为一种新型审美对象而存在。李小琴《谢灵运山水诗中的身体美学》[3]通过对谢灵运诗歌中身体意识的研究,寻找身体美学这一新概念与中国古典文化的重合点,为"身体美学"提供中国话语解释。作者指出,在时代意识的影响下,谢灵运山水诗中有较强的身体意识,极致雕琢后的身体游览行状结合身体行动和修饰层面,同时联系古典意象,审视身心关系,揭示身体不可忽视的实践重要性。

(二)《文心雕龙》研究

《文心雕龙》既总结了先秦以来文学创作的经验,又继承和发扬了前人文学理论的丰富遗产,在文学的各个方面提出了自己精辟的见解,形成了完整的理论体系。历代学者相关研究汗牛充栋,当代学人也屡有新作。2022年问世的"龙学"专著共有4部。

或侧重于《文心雕龙》的文道关系研究。李智星《政序与文采:文道之间的〈文心雕龙〉》[4]主要对《文心雕龙》的内在思想逻辑进行研究,分为上、中、下三编,由一篇导论和八篇论文组成。上编由三篇文章组成,分别透过宗经与辨骚、古体与新声、儒学与文学之间的关联揭示刘勰关于"文"的思想把握。中编两篇文章《以诗文行教化——儒家传统王政观中的王道和文教》《〈文心雕龙〉中的文变问题到政变问题》,前者重在剖析刘勰的"文道合一"原则,后者意在考察"时序"与"时文"的内在联系,为把握其"文—道"观提供思想视角和脉络。下编是散论,由《儒踪玄影——〈原道〉篇里的天道、人道与文道》《熔铸君子于文人作家——刘勰〈宗经〉体性〈篇的心性教育〉》《以圣王文心为师——刘勰〈征圣〉篇里的"文心"形塑》三篇文章和《余韵:〈文心雕龙〉与古今文学之争》组成。

或专注于《文心雕龙》旧注的"疑难杂症"研

① 吕玉纯:《郭象的自然观及其美学意蕴》,武汉大学2022年硕士学位论文。
② 朱云杰:《赋体传统与谢灵运山水诗的新变》,《濮阳职业技术学院学报》2022年第2期。
③ 李小琴:《谢灵运山水诗中的身体美学》,《文学教育》2022年第7期。
④ 李智星:《政序与文采:文道之间的〈文心雕龙〉》,中山大学出版社,2022年版。

究。李飞《〈文心雕龙〉旧注辩证》①在全面清整前人注释《文心雕龙》总成绩的基础上，逐篇考查学界所尚未解决、纷无定论的疑难问题，从版本校勘、标点句读、训诂释义、典故出处、史源征引、名物考释、直解今译、文化诠解、理论阐释九个方面，对注释中240多条疑难问题做出了自己的解答。这些疑难问题，前人多已有讨论，作者的原则是如不能提供新材料、新视界、新意见，则不论不议。虽言必己出，然无征不信，试图在前辈学者巨大成就的基础上，呈现出自己的思考成果。著述中对这240余条疑难所提出的辨证、解答，尽管未必皆能成为定论，但也可为今后的《文心雕龙》研究夯实地基，暴露或消除一些模糊不清的问题，进而为《文心雕龙》研究的实质性推进提供基础保障。例如，作者在辨正《原道第一》中连续两处"天地之心"时，认为二者之间既有不同之处，又存在一定的逻辑关联性：第一处（"为五行之秀，实天地之心"）指的是人，语本《礼记·礼运》"人者，天地之心也"；第二处（"言之文也，天地之心哉"）指"文言"（"言之文"）。人既然是天地之心，其"心"即体现为人之有"言"。同时对于其他如陆牟、牟世金、龙必锟、冯春田等学者认为刘勰第二处"天地之心"取自《周易·复卦》"复，其见天地之心乎"，故而"二者并无关联"的观点予以辩驳：通过分析王弼注"复者，反本之谓也。天地以本为心者也……寂然至无，是其本矣……"诸语，得出王弼具有以"无"为"本"的思想倾向，论证其

与《周易·复卦》无关，进而否定以上诸君之说。尽管两处论证尚有瑕疵②，但其价值在于较为完备地整理了前人关于这一问题的争论，并明确提出了自身的观点与论证思路，有助于后人进一步开展讨论。

或者是全面校勘注评。郝永《文心雕龙译注评》③以范文澜《文心雕龙注》为底本，并参考王利器《文心雕龙校正》、杨明照《文心雕龙校注拾遗》、詹锳《文心雕龙义证》等各家校勘，对《文心雕龙》五十篇进行了逐篇的注解、白话翻译和思想内涵评析。著者充分考虑到当代读者的阅读需求，对《文心雕龙》的文本作出了从注解到现代汉语翻译，再到评析等全方位的解读，诠解精当，深浅得宜。

或是早期选本重印。庄适选注、卜师霞校订《文心雕龙》④选原著26篇，注文多为选注者自注，以精妙简当为要，又旁采黄叔琳、李详、黄侃、范文澜诸家注本，取其长者。要其选目注释，皆以津逮初学为目的；又经当代学人校订考释，可谓初学上选。注释的主要倾向是重在训释事典出处及其相关人物事件，相对忽略文字的训诂阐释。新编"导言"还提出了两个非常有价值的阅读建议：一是要充分认识《文心雕龙》认为文学应该具有"文质兼备"标准的现代价值，二是在阅读时要吸取其关于文学创作的具体方法，并和自身的写作相结合。

2022年发表"龙学"研究论文主要有9篇，堪

---

① 李飞：《〈文心雕龙〉旧注辩证》，人民出版社，2022年版。
② 这里存在主要的问题有：一、"言之文"并不能等同于"文言"。"言之文"的表述应该是受到谶纬思想方法的影响，认为"天地之心"通过某种具有神秘功能的"文"来表示，所以代表着"天道"；这既与刘勰《原道》篇的宗旨相一致，也与《七纬·诗纬》"《诗》者，天地之心也"的语意逻辑颇为接近。二、王弼虽然确实具有"贵无"（以"无"为"本"）的思想倾向，但这既不能否定学者们"以本为心"的推理逻辑，更不能得出第二处"天地之心"就一定与《周易·复卦》无关的结论。相反，王弼注中"复者，反本之谓也。天地以本为心者也"符合《周易·复卦》作为儒家经典的一般性思想特点，"寂然至无，是其本矣"则体现了王弼援道入儒的玄学思想倾向的特殊性。"言之文"所代表的"天地之心"，不但与"人者，天地之心也"并不矛盾，而且恰恰可以体现出儒家以人为本的"仁"道。
③ 郝永：《文心雕龙译注评》，崇文书局，2022年版。
④ 庄适选注、卜师霞校订：《文心雕龙》，商务印书馆，2022年版。

称魏晋南北朝诗学研究热点之最。

（1）撷拾文句。或为《文心雕龙》重要表述的阐释补阙拾遗。许结《赋为"漆园义疏"说》①鉴于《时序》篇"赋乃漆园之义疏"一语罕有解说，因此结合晋人注《庄》与辞赋创作，特别是其中适性自然的人生观及逍遥义，深入阐释内涵。作者认为，对比"柱下旨归"之于玄言诗，"漆园义疏"之于晋人赋，其体道词语、问答方式与铺陈描写，尤为相类，赋家以物态、景候、情志喻理，呈现出晋赋用《庄》的主要特征。而由晋代到唐代，赋家用《庄》例证极多，但前者乱世忧患的"逍遥"义与后者借用其"逍遥"词的创作迥异，则形成了《庄》学盛于赋史而衰于赋义的历史走向。或阐释《文心雕龙》观念的思想渊源。严耀中《试释"庄老告退，而山水方滋"——以阐述儒学影响为主线》②认为，山水诗及画在晋宋之交出现，是儒家天人合一观念影响的结果。人与自然的关系是人被物化而归于自然，还是人将自然"文化"，这既是儒、道两家意识上的一条分界线，也是山水自然能否融入人的精神世界之关键所在。人将自身的本性原情赋予自然，山水也就有了人格与人性，从而在文学艺术里作为人的生命力的一种活泼能动的体现。如此构成的山水诗画涌现背景，是在魏晋六朝的玄谈中逐步形成的。在玄谈的思想交锋论辩过程中，山水被纳入以人为本的天地中，变得有声有色而活力四射，亦即所谓"山水方滋"。或为《文心雕龙》理论范式的意义重求解析。

（2）中外比较。即将《文心雕龙》放在世界文化的广阔视野中，开展国际化比较研究。不同语言文化背景下，部分核心范畴的译释对经典著作的国际化传播至关重要。戴文静《英语世界〈文心雕龙〉"神思"范畴的译释》③发现，英语世界对《文心雕龙》"神思"的译释，多直接征用"灵感""幻想""想象"等诗学概念，这不仅与"神思"的本义相去甚远，也导致中国古代文论译语的贫困化。译释中国古代文论范畴应摆脱"西方为方法"的束缚，按传统的方式音译其名，并尊重其内在逻辑，在会通中西的基础上，通过多重定义加以释解。作者认为这样或能更为精准、全面地把握其内涵，进而推动中国古代文论话语的海外传播。黄立《"意象"与 Image 之辩——以〈文心雕龙〉与意象派理论为例》④指出，刘勰在《文心雕龙》中提出了"意象"这一美学范畴，表现了先贤体道、为文、化民的人文创制过程，也是主客体交融的媒介和产物。刘勰的意象奠定了中国传统意象理论的基调和内涵。而与意象对应的英文术语image，则是欧美意象派诗歌理论的核心思想。意象派虽然视image为现代诗的本体与诗人情感表述的源泉，但意象物化成为意象派理论的基调，并贯穿于休姆、艾略特、威廉斯的诗歌理论之中。意象派核心人物庞德通过对中国传统诗歌的翻译和模仿，赋予意象深刻的内核，将意象诠释为创作主体情感与理性的结合物，以及启迪读者、净化社会的媒介，与中国传统意象内涵有着更多的同质性。

（3）古今比较。或是比较古今文论相似范畴的不同内涵，如叶当前《〈文心雕龙〉的"物色论"与桐城派文论"声色观"的比较》⑤认为，"物色"论不同于桐城派的"声色"论。前者论节物对创作

① 许结：《赋为"漆园义疏"说》，《文学评论》2022年第1期。

② 严耀中：《试释"庄老告退，而山水方滋"——以阐述儒学影响为主线》，《文史哲》2022年第3期。

③ 戴文静：《英语世界〈文心雕龙〉"神思"范畴的译释》，《文学评论》2022年第6期。

④ 黄立：《"意象"与 Image 之辩——以〈文心雕龙〉与意象派理论为例》，《中国文学批评》2022年第4期。

⑤ 叶当前：《〈文心雕龙〉的"物色论"与桐城派文论"声色观"的比较》，《湖北师范大学学报》（哲学社会科学版）2022年第6期。

主体的冲击，更侧重情感激发，属文学发生论；后者将文章的社会效益与文学性结合起来讨论，以声色服务于文章义理，关联写作学。前者所论物色讨论的是文章素材，重点是如何表达内容；后者所论色泽，以炼字、造句、隶事为色泽三要，是文章辞采问题。刘勰虽然也用"声色"一词，但没有以此为文学范畴的明确意识。《文镜秘府论》所录旧题王昌龄《诗格》与桐城派古文家分别对"物色"与"声色"理论有进一步阐释与运用。或是比较理论与选本之间的作家评论。许茉《〈文心雕龙〉与〈昭明文选〉评录"三曹"比较研究》①以《文心雕龙》与《文选》对"三曹"的评录内容为主要研究对象，概述"三曹"的生平经历、创作以及早期接受情况；分别将《文心雕龙》与《文选》中评录"三曹"的内容进行全面梳理，然后针对共同涉及到的文体展开比较；探究《文心雕龙》与《文选》评录"三曹"的成因。作者认为，二书对"三曹"的评录，反映了刘勰和萧统对"三曹"的不同接受，也表现出二人文学思想和审美观念的异同，体现出随着时代的发展，文学逐步走向自觉的趋势。

（4）接受研究。研究后世对《文心雕龙》接受的专题论文大致分为两种类型：一是断代分期的接受。刘尚才《清代〈文心雕龙〉接受研究》②认为，《文心雕龙》参与了清代诗论、文论等艺术门类话语体系的建构过程。清代诗论、文论等对《文心雕龙》的接受，涉及文之枢纽、文体论、创作论、批评论等方面，视野开阔，目的鲜明。清代诗论、文论等对《文心雕龙》的接受，是一条"明线"，虽然零星碎片、分布广泛，但也涉及《文心雕龙》的诸多方面，诸如文之枢纽、文体论、创作论、批

评论；清代书论、画论、乐论等对《文心雕龙》的接受，则是一条"暗线"，理论成果较为集中，且接受模式多样。清人对《文心雕龙》的阐释，亦有着多维的视野，与自觉的研究方法。清代《文心雕龙》的研究、阐释，与清代诗论、文论、书论、画论、乐论等对《文心雕龙》的接受，平行发展，呈现出多元并存的接受态势，它们共同锻造出《文心雕龙》的经典化道路。其在"龙学"史上的价值，主要体现为四个方面。其一，清人对《文心雕龙》性质的看法，较为符合此书本来面目。其二，清人《文心雕龙》的辑注、探究，对近现代"龙学"贡献颇巨。其三，清人《文心雕龙》的研究方法，对后世"龙学"启发尤多。其四，清人《文心雕龙》阐说的多维视野值得深思。清代《文心雕龙》接受，亦有不足之处。二是《文心雕龙》某一种文体批评在后世的接受。杜仲鹏《〈文心雕龙〉的"诗经"批评及其在后世的接受》③着眼于研究刘勰《文心雕龙》中的"诗经"批评及其在后世的接受情况，通过归纳总结刘勰对《诗经》的批评理论，并整理汇总其在后世的接受情况，从而对二者的关系及其对后世的影响进行探讨研究。干江涛《〈文心雕龙〉的"楚辞"批评及其在后世的接受》④一方面对《文心雕龙》中的"楚辞"批评进行总结，另一方面以时间为轴，梳理了后世文人对《文心雕龙》中"楚辞"批评的接受情况，并试图总结出《文心雕龙》中"楚辞"批评在后世接受的特点与规律。

（三）"宫体诗"研究

"宫体"既指一种描写宫廷生活的诗体，又指在宫廷所形成的一种诗风，始于简文帝萧纲。萧

---

① 许茉：《〈文心雕龙〉与〈昭明文选〉评录"三曹"比较研究》，辽宁师范大学 2022 年硕士学位论文。
② 刘尚才：《清代〈文心雕龙〉接受研究》，山东大学 2022 年博士学位论文。
③ 杜仲鹏：《〈文心雕龙〉的"诗经"批评及其在后世的接受》，宁夏大学 2022 年硕士学位论文。
④ 干江涛：《〈文心雕龙〉的"楚辞"批评及其在后世的接受》，宁夏大学 2022 年硕士学位论文。

纲为太子时,常与文人墨客在东宫相互唱和。其内容多是宫廷生活及男女私情,形式上则追求词藻靡丽。从研究侧重点来说,可分为"宫体诗"专题研究和《玉台新咏》研究。

1."宫体诗"专题研究。

"宫体诗"也是2022年魏晋南北朝诗学研究的关注点之一,3篇论文分别讨论了三个问题。

"宫体诗"在历史上是如何兴起的?刘宝春、管雅荻《徐摛、徐陵父子与萧纲的宫体文学运动》①认为,萧纲成为梁代宫体文学运动的领袖,与徐摛、徐陵父子的帮助密不可分。具体表现为:徐摛引导萧纲走上宫体诗创作的道路;萧纲继位太子后,徐摛发起了宫体诗运动;徐陵编纂《玉台新咏》,成为宫体诗的宣言书,推动宫体诗达到全盛。

"宫体诗"与"宫廷"之间存在哪些关联?杨东林《宫体诗与宫廷》②从三个方面论述梁代宫体诗与宫廷的关系。首先,以"宫"命体,揭示出萧纲为太子入主东宫即中大通三年(531)是文学思想史上的一个时间节点。其次,萧纲文学集团和宫体诗创作思潮经历由地方到京城、由边缘到中心的空间上的迁移集中过程。复次,宫体诗人围绕东宫主人进行创作活动,宫廷是宫体诗创作集散的中心。同时指出,梁代宫体诗的题材内容并不是其时宫廷空间环境和生活实际的反映,但宫体诗在陈隋唐初和宫廷生活发生实际的联系,因而后人在泛化宫体诗概念时,对宫体诗赋以宫廷题材风格的内涵,多侧重从道德格调方面进行评价。这容易掩盖宫体诗的实质,妨碍对其在诗史上的准确定位。

"宫体诗"的特点及其历史影响如何?李姝然《浅析宫体诗特点及其对后世诗歌创作的影响》③指出,宫体诗是诗歌发展中重要的一环,后世对其评价却大多都是对其中艳情内容的指责,较少关注于宫体诗在诗歌技巧和审美上的影响力。而宫体诗本身的审美特点与诗歌技巧,对后世的诗歌创作具有一定影响。

2.《玉台新咏》研究。

《玉台新咏》编纂的宗旨是"选录艳歌",入选各篇,皆取语言明白,而弃深奥典重者,所录汉晋时的童谣歌诗,就属这一类;《孔雀东南飞》也首见此书。其独特的诗学文献价值,一直是后人重要的研究对象。2022年共发表相关论文5篇。其论述重点:

(1)《玉台新咏》的空间书写和作者心态。彭淑慧《〈玉台新咏〉空间书写与宫体诗人心态研究》④统计出《玉台新咏》收诗800余首,其中涉及到空间书写的篇目达635首之多。这些诗篇中涉及的空间形态之丰富、精美,集中体现出宫体诗人空间意识和空间审美的自觉。首先,其包罗万象的宫殿形态以及精美华贵的空间样式体现出宫体诗人自我价值的投射;其次,其空间色彩的绚烂和空间构型的仿生得见宫体诗人艺术之心;最后,空间氛围每每透露出的寂寞忧愁更是宫体诗人深情的抒发和寄托。作者认为,《玉台新咏》空间书写所展现的巧丽雕琢、柔弱轻靡的技巧和风格是梁代宫体诗审美趣味的集中表现。诗人在创作过程中将生活空间与文学空间双向互动,继而通过读者阅读,起到了彰显宫体诗地位、扩大宫体诗影响的效果。

---

① 刘宝春、管雅荻:《徐摛、徐陵父子与萧纲的宫体文学运动》,《菏泽学院学报》2022年第6期。

② 杨东林:《宫体诗与宫廷》,《学术研究》2022年第5期。

③ 李姝然:《浅析宫体诗特点及其对后世诗歌创作的影响》,《古今文创》2022年第7期。

④ 彭淑慧:《〈玉台新咏〉空间书写与宫体诗人心态研究》,《辽宁工业大学学报》(社会科学版)2022年第3期。

（2）《玉台新咏》描述人际交往的文化内涵及其物质载体。彭淑慧《汉魏六朝交往文化及其心理：〈玉台新咏〉赠物诗的考察》[①]指出，《玉台新咏》诗歌作品中相当一部分诗歌涉及赠物行为，这些诗歌记录着古人的情感传达方式，体现出丰富的交往心理。其赠物诗中出现的礼物大致可分为自然之物和人工之物，自然之物中芬芳的草本植物较受青睐，人工之物种类较多且多富有文化内涵。其赠物方式可归结为单向赠物和双向赠物两种模式，单向赠物又可按有无中介分为面赠和寄赠或代赠。而通过赠物诗文本中抒情主人公追求品质、歌颂理想和抗争距离的表达，便能窥见汉魏六朝诗人或炫耀或移情或寄托的文化心理。

（3）成书问题及其相关书评。张驰《系统回顾与革故鼎新——评〈《玉台新咏》成书研究〉》[②]指出，《〈玉台新咏〉成书研究》将文献学层面的问题细化为十个专题加以讨论，包括《玉台新咏》的编撰者及编撰动机，对《玉台新咏序》的解读，以及《玉台新咏》的成书时间、选诗成书标准和书名问题等。同时厘清了三个问题：其一，为什么《梁书》《陈书》中没有对《玉台新咏》的记载；其二，为什么徐陵署名"徐孝穆"；其三，为什么《玉台新咏》不录徐摛诗，却收录徐陵仇人刘孝仪诗。著作者在发现研究中所存在的问题的基础上，或维护传统观点、或反驳现有研究、或提出新说，对这些问题均尝试给出自己的解释，体现出作者鲜明的问题意识、在学术创新上的努力，其在某些问题上确实有自己独到的见解和有力的证据。

（4）《玉台新咏》关于传统农耕社会生产生活方式及其文学书写。龚玉瑾等人的《〈玉台新咏〉

中的耕织传统与文学书写》[③]以《玉台新咏》为研究对象，从农桑、采摘、男耕女织的小农经济和农业时令指导思想四个维度，对六朝诗歌中的农业活动及农业现象进行挖掘，从不一样的视域研究中国封建社会女性的农业活动，对其耕织传统的文学书写进行探究。

（5）关于《玉台新咏》所收诗人的专门研究。陈浩东《论〈玉台新咏〉中庾信杂诗的艺术特色》[④]认为，《玉台新咏》收录庾信杂诗13首，虽然数量少，但是个性鲜明，艺术特色突出：一是感情真挚，借古叹今；二是风格迥异，形式多样；三是长于用典，文辞赡富。这三点在某种程度上体现了庾信的诗歌成就。

简言之，个案研究的针对性更强，内容更加丰富，视角更加多元。结合上述论文的述评可以看出，2022年魏晋南北朝诗学个案研究，不管是以诗学名家为中心的作者研究，还是以诗学名篇为对象的作品研究，或者是以诗歌类型为核心的本体研究，都取得了可圈可点的学术成就。

结　语

综上所述，2022年度魏晋南北朝诗学研究成果非常丰富。既有相当可观的学术专著，更有大量的期刊与学位论文；文献研究功底扎实，理论阐释多元创新；无论是整体观照、群体研究还是个案研究，既重点突出名家名作，又兼顾部分以往未引起注意的诗学作品与文化现象。同时必须看到，研究中也存在着一些不足，主要有以下三点：一是水平参差不齐，特别是相对于深入透彻的文献研究和个案研究，整体观照的论文普遍

① 彭淑慧：《汉魏六朝交往文化及其心理：〈玉台新咏〉赠物诗的考察》，《长江师范学院学报》2022年第5期。
② 张驰：《系统回顾与革故鼎新——评〈《玉台新咏》成书研究〉》，《中国教育学刊》2022年第12期。
③ 龚玉瑾、李捷、沙迪迪、赵一凡：《〈玉台新咏〉中的耕织传统与文学书写》，《名家名作》2022年第21期。
④ 陈浩东：《论〈玉台新咏〉中庾信杂诗的艺术特色》，《古今文创》2022年第37期。

显得较为空泛;二是理论建构不足,无论是对《文心雕龙》《文赋》等理论著作本身的阐释,还是对作家或作品的解读,都还未曾建构起一个相对完整的诗学理论体系;三是部分重点研究对象缺席,比较典型的是建安文学只有1篇关于曹植诗歌研究的小论文,齐梁文学除了"宫体诗"及《玉台新咏》以外,也未见其他重要诗人及其著述的研究成果,其他如《诗品》、佛教诗学、民歌谣谚等研究更是完全空白。但是我们相信,包括但不限于以上问题,会成为今后新的研究起点。如,对经典论著和重点诗人的研究会全面深入,对文学与其他学科的关联性研究将进一步拓展,研究视角也趋于多元化。这从近几年立项的国家级基金项目可以略见一斑:2019年以来国家社科项目共有10项,如杨隽2019年国家社科一般项目"《文心雕龙》的文献来源与知识谱系研究"、邓富华2019年国家社科后期资助项目"《陶渊明集》汇校汇注汇评"、戴文静2020年国家社科一般项目"英语世界《文心雕龙》百年传播研究"、乌玲花2020年国家社科一般项目"《汉蒙合璧〈文心雕龙〉》整理及其与蒙古族文论比"、刘奕2020年国家社科后期资助项目"陶渊明的历史世界、精神天地与艺术风貌研究"、张振龙2020年国家社科后期资助项目"魏晋文人文献整理与文学创作研

究"、刘涛2021年国家社科青年项目"历代魏晋风度图像谱系研究"、陈志平2021年国家社科一般项目"魏晋南北朝子书辑佚与研究"、陈士部2021年国家社科一般项目"《文心雕龙》中身体隐喻话语研究"和吴中胜2021年国家社科西部项目"《文心雕龙》与中国文章学体系建构研究";2020年以来教育部项目也有10项,如郑敏惠2020年教育部规划项目"中古文论核心审美范畴语义生成研究"、郑真先2020年教育部青年基金项目"汉魏六朝幕府与文学研究"、郑华萍2020年教育部青年基金项目"魏晋南北朝史官制度与文学研究"、杨柳2020年教育部后期资助项目"北朝墓志文学研究"、高文强2021年教育部规划基金项目"汉魏六朝释氏文论资料辑校、编年与阐释"、赵忠富2021年教育部青年基金项目"《文心雕龙》象喻批评研究"、陶禹2021年教育部青年基金项目"魏晋南北朝地志与诗赋演变的关系研究"、张静杰2022年教育部青年基金项目"魏晋南朝中央官学与文学发展研究"、程景牧2022年教育部青年基金项目"南朝礼学与文论研究"、何玛丽2022年教育部青年基金项目"北朝士族墓志的文学嬗变与地域流动研究",等等。这些高级别的魏晋南北朝文学研究项目,为2023以及其后几年持续出现高质量诗学研究新成果奠定了坚实的学术基础。

唐代诗学研究报告

安徽师范大学中国诗学研究中心　韩震军

根据中国知网期刊全文数据库和超星读秀学术搜索数据库等查询统计,2022年公开出版或发表的有关唐代诗学的论著有数百篇(部),较之上一年度成果数量稍有增长,在诸多方面取得了不俗的成绩。现分类择要加以简述。

一、整体研究

对唐代诗歌整体风貌的探讨,本年度体现出广度和深度上的双重增强。研究者将目光投向更广泛的唐诗相关领域,涉及更多样的诗歌体式、唐诗题材、历史文化和地域风情等。

从题材角度观照是近年来唐诗研究的常见形态,唐诗题材同样是本年度研究的重点,主要涉及音乐诗、游侠诗、咏佛寺诗、淮河诗、留别诗等多种类型,其中龙正华《羌笛意象与盛唐诗歌》[1]认为,盛唐嗜笛之风大行,史无前例。诗人的羌笛描写使咏笛诗从之前较为纯粹的咏物,转向抒情与咏物的水乳交融,这对诗歌风格的变化、创作技巧的创新及艺术魅力的升华等作用突出。王笑莹、柏红秀《论中唐听乐诗的叙事开拓》[2]系统考察了中唐听乐诗,指出其彰显了中国古典诗歌的叙事传统,体现了中唐诗人在叙事层面上的开拓,具有重要的诗学意义。石云涛《诗家与僧家的因缘——唐诗中佛寺上人房(院)书写》[3]具体分析了唐诗中涉及较多上人房或上人院的原因,指出这些咏上人房和上人院的诗从一个侧面揭示了佛教与唐诗的互动关系,对于认识唐代诗人的活动和创作,了解唐诗丰富的文化意蕴具有重要价值。辛鹏宇《唐诗中的禅学底蕴——以月亮和飞鸟的经典意象为例》[4]深入探讨了唐诗中的月亮、飞鸟意象,对从思想内涵和审美境界两方面把握禅学对诗学的价值有深刻的启示意义。朱栋《唐代应制诗修辞心理考证》[5]分三个时期考察了唐代应制诗作者的修辞心理:初唐自信从容、盛唐昂扬宏通、中晚唐低落犹豫。林虹伶《盛唐留别诗研究》[6]在广义的送别诗中抽出"留别诗"作为研究对象,阐述盛唐留别诗的兴盛原因,概括盛唐留别诗的情感主题,并探讨剖析盛唐留别诗的艺术特色。包庆章《唐代还乡诗研究》[7]以唐代还乡诗为研究对象,并分情况探

---

① 龙正华:《羌笛意象与盛唐诗歌》,《民族文学研究》2022年第5期。

② 王笑莹、柏红秀:《论中唐听乐诗的叙事开拓》,《江淮论坛》2022年第6期。

③ 石云涛:《诗家与僧家的因缘——唐诗中佛寺上人房(院)书写》,《社会科学战线》2022年第6期。

④ 辛鹏宇:《唐诗中的禅学底蕴——以月亮和飞鸟的经典意象为例》,《中国宗教》2022年第4期。

⑤ 朱栋:《唐代应制诗修辞心理考证》,《阜阳师范大学学报》(社会科学版)2022年第3期。

⑥ 林虹伶:《盛唐留别诗研究》,广西师范大学2022年硕士学位论文。

⑦ 包庆章:《唐代还乡诗研究》,西南大学2022年硕士学位论文。

讨,说明其历史价值与文学价值。郭丽《论唐代燕射乐曲、歌辞归类及相关问题》①解释了为什么郭茂倩在《乐府诗集·燕射歌辞》一类中未予收录唐代大量燕射歌辞这一问题,唐代燕射乐表演仪式性减弱、娱乐性增强,还受到在唐代音乐史料追求纯雅的修史观念影响,将唐代燕射歌辞归入近代曲辞,既符合其对近代曲辞的定义,又不违背雅俗观念,还遵循了有辞必录原则。李浩《"园林诗"范畴的史实与学理新说》②指出文学史研究中长期流行的山水诗与田园诗两分法及其至唐合流的说法的弊端,有必要引入"园林诗"和"园林文学"的概念。这有助于我们深入了解文人生活与心态、认识唐代园林文化,并对后代园林建设有一定的借鉴意义。

地域文化与文学的关系也是本年度唐诗研究的重要方向之一。慎泽明《文学地理学视域下的黄河文化传播研究——以唐诗黄河意象为例》③以文学地理学视域考察《全唐诗》中描写黄河的诗作,指出唐代诗人关于黄河意象的塑造蕴含着鲜明的黄河文化观念与价值取向。米彦青《唐代北部边境地带诗歌意象的生成与表征》④认为,由唐人书写的大量北部边境地带诗歌,忠实承载并生动演绎了北部边境地带的历史发展与丰富蕴意,为了解和认识唐代北部边境地带提供了鲜活的文本,在唐代诗歌发展史上有着重要意

义。龙成松《空间中的日常——白居易长安诗歌的"空间转向"》⑤关注到了白居易长安诗歌中的空间问题,指出白居易的长安主题诗歌与长安城市空间之间有着紧密联系,同时他对于空间的自觉也影响了他的创作心理(动机、灵感)和创作过程(构思、布局),抓住这一点也有利于我们更好地理解白居易诗歌。马鸣谦《唐诗洛阳记:千年古都的风物之美》⑥将诗人、诗作与古今城市的视觉之美、文化色彩、生活场景相结合,从唐诗中的生活风物这一角度展现古都洛阳的细节面貌,生动展现了唐代洛阳城市生活的诸面相。其姊妹篇《唐诗洛阳记:千年古都的文学史话》⑦则是从城市史、文学史、制度史等角度探寻唐诗繁荣的原因,并着眼于具体的人与事,将唐代诗人诗作与历史事件穿插叙述,让诗人生活行迹与地理空间彼此印证,共同交织出繁华的洛阳画卷。吴淑玲《驿路唐诗边域书写中的中原中心叙事》⑧注意到了不同于唐诗主基调——高华爽朗的驿路唐诗边域书写,在边域的诗人们体会到疏离感、孤独感、失落感,从而使其创作给唐诗带来陌生美、狞厉美、感伤美。另外,李浩《唐代三大地域文学士族研究》⑨《唐代关中士族与文学》⑩、吴淑玲《唐诗边域书写中的地理文学坐标》⑪、张蕾《先秦至

① 郭丽:《论唐代燕射乐曲、歌辞归类及相关问题》,《文学评论》2022年第5期。
② 李浩:《"园林诗"范畴的史实与学理新说》,《西北大学学报》(哲学社会科学版)2022年第5期。
③ 慎泽明:《文学地理学视域下的黄河文化传播研究——以唐诗黄河意象为例》,《新闻爱好者》2022年第1期。
④ 米彦青:《唐代北部边境地带诗歌意象的生成与表征》,《民族文学研究》2022年第3期。
⑤ 龙成松:《空间中的日常——白居易长安诗歌的"空间转向"》,《汉语言文学研究》2022年第1期。
⑥ 马鸣谦:《唐诗洛阳记:千年古都的风物之美》,浙江人民出版社,2022年版。
⑦ 马鸣谦:《唐诗洛阳记:千年古都的文学史话》,浙江人民出版社,2022年版。
⑧ 吴淑玲:《驿路唐诗边域书写中的中原中心叙事》,《中原文化研究》2022年第5期。
⑨ 李浩:《唐代三大地域文学士族研究》,陕西人民出版社,2022年版。
⑩ 李浩:《唐代关中士族与文学》,陕西人民出版社,2022年版。
⑪ 吴淑玲:《唐诗边域书写中的地理文学坐标》,《中国社会科学报》2022年8月25日。

唐江南山水空间演进研究》①、李梅花《唐代涉青海诗研究》②等均从地域文化的角度审视了相关唐诗的特征。此外,本年度在唐诗与政治制度、唐诗与唐人社会生活、民俗文化、内在心态等方面也都有一些研究成果,限于篇幅,不再一一赘述。

二、作家作品研究

本年度的唐诗作家作品研究重点关注的对象仍然是李白、杜甫、王维、白居易、韩愈、李商隐、杜牧等大家,今择重要者略述一二。

(一)初唐四杰与陈子昂研究

1.初唐四杰研究。

本年度总论或分论四杰的文章数量较少,其中有两篇文章值得注意。周晓宇《初唐四杰"王杨卢骆"并称考论》③在详细梳理了"王杨卢骆"并称形成过程的基础上,进一步考察随着诗学理论的发展,这一文学群体如何逐步被确立为初唐文坛的代表。而罗时进《"卢骆刘张"四杰说的成立及其意义》④却对"王杨卢骆"的四杰概念提出质疑,认为"卢骆刘张"歌行具有特殊的气度与标格,将此四子并称有利于认识初唐歌行体的价值,有理有据地论述了闻一多"卢骆刘张"四杰说的合理性。罗文还认为,从诗史角度看,"卢骆刘张"歌行传播和接受之所以在宋代出现断裂期:一是受"词句本位"的诗学评价观念的影响,二是

受"文各有体"的辨体传统束缚,三是受"恐与齐梁作后尘"的潜在意识约束。

2.陈子昂研究。

在陈子昂研究方面,大部分文章仍然集中在对其文学思想的探讨上,如赵晓华《陈子昂〈修竹篇序〉"正始之音"辨》⑤、戴思奇《陈子昂"风骨"说内涵探析》⑥、朱其欢《时代话语环境与陈子昂的"汉魏风骨"指向》⑦等文章或从审美角度,或从诗学价值上对陈子昂文学主张发表了较为新颖的见解。关于陈子昂诗歌的研究,主要研究点仍集中在《感遇》和《登幽州台歌》等具体篇目的解读上,其中孙绍振《从宫体浊流中崛起的直接抒情神品——读陈子昂〈登幽州台歌〉》⑧一文尤为值得关注。文章质疑使用传统情主景客、一切景语皆情语的理念去解读陈子昂的《登幽州台歌》,仍然会遇到困难,因为这首诗根本没有什么"画面",完全没有景语。作者认为《登幽州台歌》这首诗为当时的诗开辟了另外一种艺术途径,即并不一味借助景观意象间接抒情,而以"无景之景"直接抒情。

(二)李白研究

李白作为盛唐顶尖诗人之一,一直是唐诗研究的一大重镇。2022年的李白研究成果数量与往年持平,仅中国知网收录与李白有关的论文就多达100余篇,涉及文学、学科语文教学、文艺理论、书法美术、传播、音乐、旅游等多个学科。

---

① 张蕾:《先秦至唐江南山水空间演进研究》,浙江大学2022年博士学位论文。

② 李梅花:《唐代涉青海诗研究》,吉林大学2022年硕士学位论文。

③ 周晓宇:《初唐四杰"王杨卢骆"并称考论》,《巢湖学院学报》2022年第2期。

④ 罗时进:《"卢骆刘张"四杰说的成立及其意义》,《江海学刊》2022年第4期。

⑤ 赵晓华:《陈子昂〈修竹篇序〉"正始之音"辨》,《中国典籍与文化》2022年第4期。

⑥ 戴思奇:《陈子昂"风骨"说内涵探析》,《宿州教育学院学报》2022年第2期。

⑦ 朱其欢:《时代话语环境与陈子昂的"汉魏风骨"指向》,《辽东学院学报》(社会科学版)2022年第4期。

⑧ 孙绍振:《从宫体浊流中崛起的直接抒情神品——读陈子昂〈登幽州台歌〉》,《语文建设》2022年第15、17期。

1.李白本人研究。

本年度关于李白本人的研究涉及到生平家世、行迹交游、思想渊源几个方面。生平家世问题是李白研究中引人瞩目的话题之一,但是由于原始文献不足,加之又缺乏新材料,虽经诸多学人探索,依然歧说纷纭,未获可信之论。李芳民《"离散家族"与李白的家世记忆——兼论其与李白个性气质及诗歌艺术特征之关联》[①]一文转换研究视角,从李白家世的独特性出发,探寻李白的家世记忆与其人其诗之间的关联,对李白及其诗歌的传奇性特点作出新的诠解。作者认为,李白先世徙居碎叶,其家族可称为"离散家族"。李白家族的这一特点,导致了家族谱牒的坠失,也引起后人对其家世记忆的质疑,但李白有关其家世的记忆,不仅出于他本人对其家族世系的确信,同时也与其家族回归后文化寻根与文化认同心理密切相关。由此,其家族先世杰出人物的个性与功业,也就潜在地影响了其"英特越逸"个性气质的形成,而这种个性气质,又进一步成为其诗歌多"奔逸气"与不受羁勒、天马行空艺术特征的根基。文章还指出,李白的家世记忆,不仅于认识其家族特征颇有价值,对于解释诗歌史上的"李白之谜"也大有助益。林静《李白"五岁诵六甲"新考》[②]从李白作品本身、蒙学教材、出土汉简等三个方面入手,对"五岁诵六甲"作出新的考释,同时对李白的教育与游历进行推断和考证。作者认为,从李白的家世看李白并非出生世家,

也不是官宦子弟;从唐朝的教育系统看,5岁的李白也不可能进入唐朝的府学中学习。写作动机上,李白作"五岁诵六甲"这句并非为了彰显自己的神童和天才。因此,六甲应该是童蒙教材,而非道教方术和六经这类非童蒙读物。

在行迹交游方面,郭伟欣《盛唐诗人壮游活动略考——以李白、杜甫等十二位诗人为例》[③]间接涉及到李白壮游活的目的、范围、持续时间等内容,张维薇、李广志《日籍客卿朝衡与李白交往考释——以相关诗文及和歌为中心》[④]一文,则着眼于日籍客卿朝衡与李白交往的相关细节的考证。李白思想多元,成因复杂,一直是学界关注的一个重点,本年度有四篇对李白思想观念再辨析的文章值得关注。徐晋如《庄子、李白与张远山》[⑤]通过李白诗文某些作品的阐释,论证了李白思想上与庄子的关联性。作者认为李白绝非很多人所想象的那样,是一个非理性的纯粹的天才诗人,指出李白对自由的追求是近于庄子的——深刻、热烈而又不失理性。钱志熙《李白与佛教思想关系再探讨》[⑥]一文则探讨了李白佛道相融的思想,认为李白以"诸佛"之说为纲领,深入实相法门,融汇般若、涅槃、净土众说,参以道家有无之变、重玄之论。又有虚舟之喻、天机之悟。李白走出了一条非实非相、即空即色的了生死而游戏人间的生命实践之道。雷恩海,张志玮《纵横术对李白思想及行事之影响述论》[⑦]一文认为李白一生行事,很大程度受到赵蕤《长短经》纵横

---

① 李芳民:《"离散家族"与李白的家世记忆——兼论其与李白个性气质及诗歌艺术特征之关联》,《兰州大学学报》(社会科学版)2022年第3期。

② 林静:《李白"五岁诵六甲"新考》,《绥化学院学报》2022年第8期。

③ 郭伟欣:《盛唐诗人壮游活动略考——以李白、杜甫等十二位诗人为例》,《广州广播电视大学学报》2022年3期。

④ 张维薇、李广志:《日籍客卿朝衡与李白交往考释——以相关诗文及和歌为中心》,《唐都学刊》2022年第6期。

⑤ 徐晋如:《庄子、李白与张远山》,《社会科学论坛》2022年第1期。

⑥ 钱志熙:《李白与佛教思想关系再探讨》,《社会科学战线》2022第2期。

⑦ 雷恩海、张志玮:《纵横术对李白思想及行事之影响述论》,《兰州大学学报》(社会科学版)2022年第3期。

思想的影响。该文指出，纵横之学，使李白高迈的情性和疏放的天性，得到了很好的展现。李白的政治理想是帝王师，建功立业，其生活理想乃高蹈隐居，问道求仙，因而功成身退乃其人生的最高理想。平交王侯的思想，是对士之才具的自信与肯定，乃精神上的独立与自由。纵横之学以宏阔的视野，通达的知识，秉要执本，颇具辩证性思维，不拘一格，能够认识矛盾的互相转化。因而，李白能够将入世与出世的矛盾统一于一身，对战争有全面客观的认知，对孔子与儒学亦能见其本质，既有赞扬亦有批评；而强烈的忧患意识，使得李白怀有强烈的时光流逝而功业无成的焦虑，对现实的昏暗与不公，予以强烈的批判。张思齐《试论李白对董仲舒思想的积极继承与诗性表达》①一文，从历史发展观、民族进步观、经济振兴观、日常生活观、积极人生观五个方面考察了李白对董仲舒思想的继承和发展，指出儒学是李白思想的底色。

2.李白诗歌研究。

作品研究一直是李白研究的核心内容，本年度与之相关的论文数量多达40余篇，主要集中在对李诗文献研究、内容阐释、形式艺术技巧、师承渊源、传播与接受等几个方面的关注上。

本年度有关李诗文献研究的文章很少，张佩的《20世纪以来的〈分类补注李太白诗〉研究体系与方法论》②与陈尚君的《李白怎样修改自己的诗作？》③值得关注。宋杨齐贤集注、元萧士赟补注《分类补注李太白诗》是现存最早的李白作品注本，也是历来为研究者所重点关注的一部李诗文献。张文全面梳理了20世纪以来有关《分类补注李太白诗》研究的学术动态、学术史，进而对李白诗古注本研究的体系与方法论建构展开讨论。文章指出，20世纪以来，《分类补注李太白诗》研究可划分为两大类：关于注本文本，关于注家杨齐贤、萧士赟及其注释。以注本文本为原点，将注本研究的体系逐环展开，则主要涉及以下十一个方向：注释、注本、李白研究、注家、其他核心典籍、明代文学与刊刻出版、整体文学史与文学理论、文学鉴赏、文本形态、古籍注释及文学"元概念"探讨、出版史与出版思想。作者还指出，梳理古注本研究史对各类型、各方向所用方法进行归纳、提炼与融通，有助于古注本研究的体系与方法论建构。陈尚君的《李白怎样修改自己的诗作》则是关注到李诗存世文本中存在着大量异文，甚至有许多类型是别家文集中少见或未见者。作者认为，这些文本歧义当然有后世流传讹误的因素，更多的可能是李白本人反复修改定稿的结果，李白存诗也保存了他自己改诗的证据。

在内容阐释方面，研究者们关注李白不同意象、题材、地域、时期的诗歌，多角度透视出李白在不同状态下内心的真实情感。就意象研究而言，虽然文章数量众多，但很少有新颖独到的创见。成松柳、张碧云《论李白"酒"中的悲剧意识》④、卢芮青《昂扬、唏嘘与隐逸——李白涉"髪"诗的情志表达》⑤，刘向斌、程晓雅《李白诗歌中太白与北斗意象研究》⑥，张帅《论李白诗歌中的云

① 张思齐：《试论李白对董仲舒思想的积极继承与诗性表达》，《衡水学院学报》2022年第3期。
② 张佩：《20世纪以来的〈分类补注李太白诗〉研究体系与方法论》，《北京印刷学院学报》2022年第1期。
③ 陈尚君：《李白怎样修改自己的诗作》，《古典文学知识》2022年第2期。
④ 成松柳、张碧云：《论李白"酒"中的悲剧意识》，《长沙理工大学学报》（社会科学版）2022年第1期。
⑤ 卢芮青：《昂扬、唏嘘与隐逸——李白涉"髪"诗的情志表达》，《宁波开放大学学报》2022年第1期。
⑥ 刘向斌、程晓雅：《李白诗歌中太白与北斗意象研究》，《新余学院学报》2022年第2期。

意象及其特征》①、杨文娟《生态美学视域下李白诗歌的自然意象研析》②等论文,详细解读了李白诗歌中的酒、发、太白、北斗、云等诸多常见意象的特征,探讨了意象在李白诗歌情感表达中的多重意蕴。就题材研究而言,主要涉及爱情诗、送别诗、山水诗三类,值得关注的文章有一篇。孙绍振《送别诗的经典性:不可重复——李白〈闻王昌龄左迁龙标遥有此寄〉解读》③以李白《闻王昌龄左迁龙标遥有此寄》为例,探讨了一种微观个案文本解读的思路方案。作者通过对文本语言的特殊性还原与比较归纳,认为李白的这首送别诗之所以能够成为经典,正是在于其选题立意、情感内涵、诗体句法的特殊性。

就地域研究而言,主要涉及到李白在西域、长安、河北、皖南等地创作的诗歌,关注诗中所描写的山川风光、博物地理、心路历程。李白与西域有着密切的关系,首先是他出生于碎叶城,这是李白与西域关系的直接渊源,也是研究西域与唐诗关系的典型实例。除了碎叶城之外,胡可先《李白诗中的西域风光》④一文,介绍了李白诗歌对西域"交河""于阗""天山"风景的描写。卢雅雯、刘桂鑫《论李白二入长安时期的诗歌创作》⑤指出,二入长安的经历对于李白的心态和诗歌有着比较重要的影响。作者认为,这一时期李白的心态由春风得意到黯然失意,诗歌创作的题材主要有宫廷生活、边塞、咏怀以及赠答诗四类,均折射出诗人内心的复杂情感,艺术风格也表现出夸

张比喻、情感奔涌的特点。李博阳《唐朝河北道与李白的诗》⑥以天宝十载李白北上幽州之行为切入点,探讨河北道的地理文化对李白诗歌创作的影响。文章分析了李白北上之行的动机,考证了李白河北道行踪,并且将李白关于河北道诗歌分为在河北道创作的诗歌和诗中有河北道意象的诗歌两类。前者以赠别诗和边塞诗为主,或是表达对友人的不舍之情,或是寄托怀古之幽情,或是描写河北道边塞壮阔的风景,或体现河北人民的生活风俗。后者按照地理自然意象、历史意象和人物意象分为三类,每类意象寄托的诗人情感也不相同。此外,文章还对河北道的文学传统与李白诗风的关系进行了探讨,认为这次北上之行既加深了李白对河北道文学传统的理解,也加深了河北道文学传统的意义。而李进凤《秋浦河,太白情——李白秋浦与秋浦河书写及其意义探析》⑦、乔国良《青山明月夜千古一诗人——李白安徽诗路心路之追索》⑧等文章则分析了李白与安徽因诗结缘的过程。近年来,时空类数字人文研究得到文学界的高度关注,而高劲松、张强等《数字人文视域下诗人的时空情感轨迹研究——以李白为例》⑨显然属于此类。文章将GIS技术应用于李白诗歌的相关知识组织和时空分析中,从"人"的角度出发将情感与时空、轨迹结合起来,通过古诗文本获取李白情感倾向,最终完成对诗人李白的本体构建和时空情感轨迹分析。作者认为,该研究为诗人的时空情感轨迹提

---

① 张帅:《论李白诗歌中的云意象及其特征》,《绵阳师范学院学报》2022年第10期。

② 杨文娟:《生态美学视域下李白诗歌的自然意象研析》,《开封文化艺术职业学院学报》2022第12期。

③ 孙绍振:《送别诗的经典性:不可重复——李白〈闻王昌龄左迁龙标遥有此寄〉解读》,《语文建设》2022年第13期。

④ 胡可先:《李白诗中的西域风光》,《古典文学知识》2022年第5期。

⑤ 卢雅雯、刘桂鑫:《论李白二入长安时期的诗歌创作》,《名作欣赏》2022年第2期。

⑥ 李博阳:《唐朝河北道与李白的诗》,北京外国语大学2022年硕士学位论文。

⑦ 李进凤:《秋浦河,太白情——李白秋浦与秋浦河书写及其意义探析》,《淮南师范学院学报》2022年第2期。

⑧ 乔国良:《青山明月夜千古一诗人——李白安徽诗路心路之追索》,《江淮文史》2022年第4期。

⑨ 高劲松、张强:《数字人文视域下诗人的时空情感轨迹研究——以李白为例》,《数据分析与知识发现》2022年第9期。

供了实践经验,为人文领域相关问题提供了新思路和新方法。

就李白诗歌分期研究而言,则以谢琰的《长安经验与李白后期诗歌的自叙模式》①一文最富有新意,尤值得称道。文章以供奉翰林为界,将李白诗歌创作分为前、后两个时期,重点论述了"长安经验"对李白后期创作的影响。作者认为,从天宝初开始,李白自视为玄宗"宠臣",书写了政治意义的"通天"经验,形成"通天惊梦"的自叙模式。追忆长安,就是"通天";回到漫游生活,就是"惊梦",二者之间的关系,犹如梦境与实境的交接。此种"通天惊梦"的自叙模式成为李白后期诗歌的一项常见内容,同时也是一种常见的结构技法。从天宝三载开始,李白成为更高层次的道术修炼者,将诗歌中的身份转化为"谪仙",书写了宗教意义上的"通天"经验,突破了游仙诗"天人离隔"的旧传统。在部分作品中,李白还创造性地用宗教经验涵纳政治经验,制造出"天外有天"的宏大自叙模式,完成了对长安经验的重新定位,充分展现了自由意志。

此外,本年度还有十余篇文章对李白具体诗篇进行诗意主旨解读、阅读教学设计探讨,这也属于作品内容阐释研究范围,如邓华、魏茹霜《中国优秀传统文化融入大学生爱国主义教育路径探究——以李白诗歌中的爱国主义元素为例》②、姜春羽《李白〈闻王昌龄左迁龙标遥有此寄〉诗情探讨》③、武国强等《李白〈将进酒〉若干争议综论》④、李姣姣《高中语文〈李白诗选评〉整本书阅读教学研究》⑤等。其中,有一篇文章应加以关注。莫砺锋《李白〈清平调三首〉是美是刺?》⑥对李白的名篇《清平调三首》进行了诗意主旨辨析。作者认为李白奉诏作《清平调三首》,当然必须扣紧"赏名花、对妃子"的主题,故而三首诗都是既咏牡丹,又咏杨妃。关于诗中"解释春风无限恨"一句,后人歧解纷纭,或认为"春风"是指玄宗,或认为"春风"是指杨妃,或是认为"春风"不是指人。作者倾向于最后一种解读,认为将"春风"解成玄宗或杨妃,一来没有文本依据,二来损害了全诗的意境。

本年度关于李白诗歌形式艺术技巧研究的论文数量不多,其中有一篇文章新颖有创见,论述有理有据,应该重点关注。历来研究李白游仙诗的成因,大多着眼于唐代浓厚的道教求仙风气及李白自身从事于此的经历这一现实背景,而钱志熙的《略论李白游仙诗体制类型及渊源流变》⑦则从游仙诗本身创作传统的延续与发展来探寻李白游仙诗创作的真相。文章将李白的游仙诗及各种涉及神仙内容的诗歌作品分为"作为复古体之一种的'古风'、乐府体游仙诗""作为山水诗之流裔的游仙诗""以当世神仙家为塑造对象的游仙诗""作为讽喻诗之一种的神仙主题作品""直接以自身为主角的游仙诗"五类来进行论述,追溯其各自的渊源,并对李白以游仙为寄托的抒情艺术本质再行探究。文章认为,李白游仙诗内

① 谢琰:《长安经验与李白后期诗歌的自叙模式》,《文艺研究》2022年第4期。

② 邓华、魏茹霜:《中国优秀传统文化融入大学生爱国主义教育路径探究——以李白诗歌中的爱国主义元素为例》,《河池学院学报》2022年第1期。

③ 姜春羽:《李白〈闻王昌龄左迁龙标遥有此寄〉诗情探讨》,《豫章师范学院学报》2022年第1期。

④ 武国强等:《李白〈将进酒〉若干争议综论》,《赤峰学院学报》(汉文哲学社会科学版)2022年第5期。

⑤ 李姣姣:《高中语文〈李白诗选评〉整本书阅读教学研究》,西南大学2022年硕士学位论文。

⑥ 莫砺锋:《李白〈清平调三首〉是美是刺?》,《古典文学知识》2022年第1期。

⑦ 钱志熙:《略论李白游仙诗体制类型及渊源流变》,《文学遗产》2022年第4期。

部的这五种不同体制,都是源于汉魏六朝并加以发展的。

李白诗歌的师承渊源一直是学界关注的热点话题,此类研究本年度值得关注的主要有以下两篇文章:杨景龙的《李白对唐代之前中国诗歌抒情传统的继承与超越》①与谷维佳的《〈风〉〈雅〉嗣音,体合〈诗〉〈骚〉——李白〈古风〉溯源〈诗〉〈骚〉发微》②。杨文指出,诗、骚以降,从汉末到盛唐的文人诗歌发展历程,即在汉乐府凸显叙事性之后沿着"古诗"开创的抒情路径,逐步完成乐府诗的文人化,将诗歌的抒情性推向高峰的过程。文章在详细论述李白对《诗经》《楚辞》、汉魏六朝文人诗和乐府诗的师承与超越的基础上,认为李白实现了对唐前抒情诗艺术的系统总结和总体超越,从而成为前半部中国古代诗歌史截断众流的终结者。文章还强调,从中国诗歌抒情与叙事互动转换的关系上说,李白实际上是自风、骚以降包括汉魏六朝诗歌在内的前半部中国古代诗歌史的集大成者,杜甫则是李白之后的后半部中国古代诗歌史的开创者。

谷文则是在梳理前人对李白《古风》根源追溯的相关文献基础上,指出各家之说虽大体不出《诗》《骚》传统,但在认识上却比较混乱。文章将李白《古风》与《大雅》《小雅》《风》《骚》进行了全方位、多角度的分析与比较,认为《大雅》之于《古风》更多的是一种精神层面的向往和方向指引,所代表的是一种理想中的盛世愿景和自我承担的责任意识,在社会现实中是不可能完全实现的,只是诗人的一种美好愿望而已;《古风》对《小雅》的继承,更多是从诗歌内容主旨和艺术手法等具体技艺层面着手,在各篇中方方面面都有所体现;《古风》从《风》诗继承来的,主要是其委婉讽刺、风人教化之一面;《古风》从以屈原《离骚》为代表的《骚》体诗中继承来的,主要是对"明君贤臣"模式的期许和"士不遇"主题的表达,以及"香草美人"的意象。

李诗批评是李诗接受的重要内涵,本年度"李杜优劣论"是研究者关注的重点,如王红霞、陈泉颖的《朝鲜文人徐居正李杜观探析》③,蒋寅的《李杜优劣论背后的学理问题》④,吴怀东、潘雪婷的《"宁诎青莲而奉少陵"——论梅鼎祚〈唐二家诗钞〉对李、杜的认识》⑤,唐海韵的《四库馆臣对"李杜优劣论"的研判》⑥等文章都对此展开了继续阐释与讨论,下面择其要者,作简要介绍。

王红霞、陈泉颖《朝鲜文人徐居正李杜观探析》对朝鲜文人徐居正的创作和文学观念展开分析,指出其对李杜二人的评价不分轩轾,或整体褒扬李杜诗才,或具体评价李杜诗风,均持李杜并尊的态度。作者认为,徐居正对李白的推崇主要集中在肯定其天才个性和风流豪放的方面,对杜甫则主要褒扬其沉郁雄深和忠君爱国的一面,这些评价与中国大多诗家的观点不谋而合。出现这种现象的原因一方面是由于韩国古代文人深受中国文化和中国文学思想的影响,另一方面则是因为李杜本就才华出众,佳作连篇,即使在域外,其优秀的文学价值也会被彰显。

李杜可否论优劣?如何评判李杜优劣?杜甫凭什么理由胜出?蒋寅《李杜优劣论背后的学

① 杨景龙:《李白对唐代之前中国诗歌抒情传统的继承与超越》,《河北学刊》2022年第6期。
② 谷维佳:《〈风〉〈雅〉嗣音,体合〈诗〉〈骚〉——李白〈古风〉溯源〈诗〉〈骚〉发微》,《中国韵文学刊》2022年第1期。
③ 王红霞、陈泉颖:《朝鲜文人徐居正李杜观探析》,《四川师范大学学报》(社会科学版)2022年第1期。
④ 蒋寅:《李杜优劣论背后的学理问题》,《文学遗产》2022年第1期。
⑤ 吴怀东、潘雪婷:《"宁诎青莲而奉少陵"——论梅鼎祚〈唐二家诗钞〉对李、杜的认识》,《滁州学院学报》2022年第6期。
⑥ 唐海韵:《四库馆臣对"李杜优劣论"的研判》,《四川省干部函授学院学报》2022年第4期。

理问题》一文结合传统的作家品第论对这些问题背后的学理进行了深入探讨。作者认为，李杜是可以作优劣论衡的，杜甫的艺术成就不一定高出李白，但最终获得的评价和关注度却远过于李白，关键就在于杜诗的典范性超越伦理、技法、风格而上升到美学的层面。文章认为，经典化的核心要素，在思想、技巧、风格之上还有一个美学范式，根据诗人的艺术成就和历史贡献所对应的层面，就不难确定其典范性的级次。这些典范性的级次大致是：一般作家能写出一些杰作，以作品确立典范性；名家能成功地运用一些技法，或擅长某些题材、体式，以单项能力取胜；大名家则不仅兼善众体，而且能独创一种风格；至于大家，还要在兼容并蓄之外最终开辟一种新的美学范式，这样的作家在文学史上是屈指可数的。

（二）杜甫研究

2022年的杜甫研究成果数量创下了近5年的新高，仅中国知网就收录与杜甫有关的期刊论文700余篇，学位论文近20篇，涉及文学、学科教学、文艺理论、戏剧、传播、音乐、舞蹈等多个学科。就研究内容而言，包括了文献整理、生平考述、杜诗阐释、思想探源、杜诗传播、杜诗接受等几个方面。就研究方法而言，包括诗史互证、以杜证杜、平行研究以及注释学、音韵学、传播学、译介学、接受美学、认知诗学、语言学等学科的方法。这些研究从本土文学理论和西方理论双重视角重新认识、阐释、传播杜甫相关文献。就研究方向

而言，重视基础文献资料的整理、归纳、评价，继续深入探讨杜甫的思想、形象，继续拓宽研究视野，不断加强海内外杜甫研究在文献、方法、视野、实践方面的对话、沟通、评价，挖掘杜甫、杜诗新的时代内涵。下面将从杜甫及杜集文献研究，杜诗的考证与阐释，杜甫及杜诗的接受研究三个方面梳理本年度的研究成果。

1.杜甫及杜集文献研究。

杜甫及相关研究。本年度关于杜甫本人的研究涉及到行迹、交游、家世、官职、病症等几个方面。在行迹方面，有三篇文章值得注意，分别是李煜东的《安史之乱初期杜甫行踪的史料生成与建构》①、覃聪的《重探杜甫天宝七载前后行迹及心态——以"奉赠韦济"三诗为切入点》②、张村语的《杜甫去蜀相关问题研究》③。在交游方面，杜甫与严武之间的关系历来为研究者所重视，如张其秀的《杜甫、严武"睚眦"问题覆议》④，与杨胜宽的《"穷途愧知己，暮齿借前筹"——杜甫在严武幕府的心境、处境与作为》⑤两篇文章重新梳理杜甫入幕、辞幕的始末及原因，指出二人"睚眦"问题乃是唐五代笔记小说的伪造。

此外，王晓彤的《杜甫未再应进士试及其理想观照》⑥分析了杜甫未再应进士试的原因，张起、邱永旭的《杜甫华州去官是弃官还是流放？》⑦探讨了杜甫华州去官并非自身弃官而是被肃宗流放，张村语《杜甫检校工部员外郎为实职补

---

① 李煜东：《安史之乱初期杜甫行踪的史料生成与建构》，《中国文学研究》2022年第3期。
② 覃聪：《重探杜甫天宝七载前后行迹及心态——以"奉赠韦济"三诗为切入点》，《杜甫研究学刊》2022年第2期。
③ 张村语：《杜甫去蜀相关问题研究》，安徽大学2022年硕士学位论文。
④ 张其秀：《杜甫、严武"睚眦"问题覆议》，《唐都学刊》2022年第5期。
⑤ 杨胜宽：《"穷途愧知己，暮齿借前筹"——杜甫在严武幕府的心境、处境与作为》，《杜甫研究学刊》2022年第2期。
⑥ 王晓彤：《杜甫未再应进士试及其理想观照》，《石家庄学院学报》2022年第5期。
⑦ 张起、邱永旭：《杜甫华州去官是弃官还是流放？》，《中州学刊》2022年第11期。

正——以唐朝鱼袋制度为中心》①认为杜甫"检校工部员外郎"一职则是实职补正。谢明利的《从杜诗看杜甫的消渴症》②则关注到杜甫的身体书写，着重探讨了杜甫的消渴症及病症产生的原因。上述几个方面的讨论，不仅从史料的角度提供了论述的证据，也结合了杜甫的性情、人格理想、政治追求，着力还原出真实、鲜活、动人的杜甫形象。

杜集文献研究。本年度杜甫相关的文献研究可以分为两类，其一是杜甫诗文集文献的整理、评价与研究，其二是杜甫诗文评点文献的研究。第一类研究的文献涉及以下几种：王著书写的杜诗卷、宋本《杜工部集》、日本内阁文库藏"集千家注"、《分门集注杜工部诗》、《杜诗详注》、《杜甫全集校注》，既有古代原始文献，也有今人整理的文献集成，研究的对象则落实到了注释、版本、序跋三个基本方面。赵蓉的《仇兆鳌〈杜诗详注〉征引宋代杜诗学文献考述》③、田姣姣的《〈杜甫全集校注〉注释考补八则》④、马旭的《宋代集注本对杜甫诗自注的运用》⑤等论文关注诗注的准确性，对注释的内容进行了溯源、考辨、补充。方伟、彭燕的《中华经典文本的形成与影响研究——以杜

集祖本〈杜工部集〉在宋代的传播为例》⑥梳理版本的传播过程，评价优劣和价值，这些成果为杜诗文献资料的基础研究起到了不同程度的推进作用。陈依桑的《清初杜集序跋研究》⑦另辟蹊径，关注杜集的序跋，将其与杜诗学的研究有机结合，肯定了杜集序跋的文献价值和诗学理论价值。

第二类研究的文献以明清时期的杜集文献为主，有进行整体研究者，如梁伟荀的《李黼平〈读杜韩笔记〉研究》⑧、张子悦的《夏力恕及其〈读杜笔记〉研究》⑨、张翼的《周甸〈杜释会通〉研究》⑩、张诺丕的《李长祥及其〈杜诗编年〉研究》⑪等文章对《读杜韩笔记》《读杜笔记》《杜释汇通》《杜诗编年》的著者生平、成书过程、版本概述、体例内容、诗学观念、理论体系的研究；有从某个视角阐释、评价诗学观念者，如王燕飞、冯昊的《张綖〈杜律本义〉考述》⑫，张正的《胡震亨〈杜诗通〉析论》⑬，孙微的《杜堮〈十研斋杂识〉对杜甫文赋之评点》⑭等论文对《杜律本义》《杜诗通》《十研斋杂识》等文献的研究。值得一提的是，《十研斋杂识》是杜甫文赋评点史上稀见的材料，文献价值很高，孙微关注到该文献并对其进行研究阐释，

---

① 张村语：《杜甫检校工部员外郎为实职补正——以唐朝鱼袋制度为中心》，《新纪实》2022年第4期。

② 谢明利：《从杜诗看杜甫的消渴症》，《文物鉴定与欣赏》2022年第18期。

③ 赵蓉：《仇兆鳌〈杜诗详注〉征引宋代杜诗学文献考述》，牡丹江师范学院2022年硕士学位论文。

④ 田姣姣：《〈杜甫全集校注〉注释考补八则》，上海师范大学2022年硕士学位论文。

⑤ 马旭：《宋代集注本对杜甫诗自注的运用》，《杜甫研究学刊》2022年第2期。

⑥ 方伟、彭燕：《中华经典文本的形成与影响研究——以杜集祖本〈杜工部集〉在宋代的传播为例》，《中华文化论坛》2022年第5期。

⑦ 陈依桑：《清初杜集序跋研究》，华中师范大学2022年硕士学位论文。

⑧ 梁伟荀：《李黼平〈读杜韩笔记〉研究》，闽南师范大学2022年硕士学位论文。

⑨ 张子悦：《夏力恕及其〈读杜笔记〉研究》，山东大学2022年硕士学位论文。

⑩ 张翼：《周甸〈杜释会通〉研究》，山东大学2022年硕士学位论文。

⑪ 张诺丕：《李长祥及其〈杜诗编年〉研究》，山东大学2022年硕士学位论文。

⑫ 王燕飞、冯昊：《张綖〈杜律本义〉考述》，《西华大学学报》（哲学社会科学版）2022年第1期。

⑬ 张正：《胡震亨〈杜诗通〉析论》，《中国典籍与文化》2022年第4期。

⑭ 孙微：《杜堮〈十研斋杂识〉对杜甫文赋之评点》，《古典文学研究》2022年第1期。

这对今天杜甫的文赋研究具有极重要的意义。

此外,向伦常的《清初诗话中的杜诗学研究》①、张学芬的《明末清初杜诗评点研究》②两篇论文从清初的诗话评点文献中挖掘杜诗学的研究特点和价值意义,探讨了清初杜诗学的研究现状。总的来说,这些文献为梳理杜诗学史的脉络提供了有力且可靠的材料。

2.杜诗的考证与阐释。

杜诗的本体研究一直都是杜诗学研究的重点内容,本年度的研究重新讨论了某些杜诗创作时地,在杜诗的声律、语言、音韵、技法、典故、意象、主题、风格等方面继续深入探索,多角度透视出杜甫内心的真实情感和思想主张。下面将从杜诗考证、诗歌内容阐释、形式写作技法三个方面简要概括。

杜诗考证。杜诗的考证主要是考证作者身份、创作时地、注释以及诗意。这些文章大多从现存的争议出发,重新梳理历代文献资料,以此来证明自己的观点。如郭发喜的《〈江南逢李龟年〉作者问题新证》③,从开元年间玄宗改革的宗室制度入手,认为《江南逢李龟年》非杜甫所作;金志仁的《历史的误会,必须彻底纠正——再论杜甫〈登高〉诗的写作时地与评价问题》④重新审视了自己的旧作,并提出《登高》作于四川梓州涪

江之上;李煜东的《杜甫〈示从孙济〉系年新考》⑤认为《示从孙济》作于天宝八载至十二载之间;贾兵的《〈忆昔二首〉写作时地考》⑥认为《忆昔二首》是广德二年(764)春杜甫在阆州所作;王飞的《〈五盘〉小考》⑦则确定了杜甫《五盘》中"五盘"的准确地理位置。在注释考证方面,王帅、王红蕾的《杜诗"法华三车喻"钱笺辩议》⑧,谢璐阳《论〈蜀相〉异文"丞一作蜀"的来源与性质》⑨,陈迟的《杜诗"更调鞍马狂欢赏"释义考辨》⑩等论文大多注意到诗歌某一处的歧义,梳理出异文、歧义发生的过程,用发展的眼光,从主客体的创作、接受、传播的角度找出变异、误读发生的原因,并从唐代诗歌创作习惯、文化习俗等方面举证,还原诗歌、诗意的本来面貌,上述论文中《酬高使君相赠》"法华三车喻"的典故内涵、《蜀相》"丞一作蜀"的异文辨析、《乐游园歌》"更调鞍马狂欢赏"的释义皆是如此。对于杜诗的诗意辨正,如《草阁》《北征》《茅屋为秋风所破歌》三首诗,冯春晖、陈道贵的《杜甫〈草阁〉歧解辩证——兼及杜甫情感世界的一个侧面》⑪,陶长军、魏耕原的《对杜甫〈北征〉诗的一桩误读》⑫,王昱、李学辰的《关于〈茅屋为秋风所破歌〉两个争议的再评价》⑬还结合了杜甫的个人情感、思想主张进行综合讨论,对存在的歧义进行了辨正与评价。

① 向伦常:《清初诗话中的杜诗学研究》,山东大学2022年硕士学位论文。
② 张学芬:《明末清初杜诗评点研究》,山东大学2022年博士学位论文。
③ 郭发喜:《〈江南逢李龟年〉作者问题新证》,《云梦学刊》2022年第3期。
④ 金志仁:《历史的误会,必须彻底纠正——再论杜甫〈登高〉诗的写作时地与评价问题》,《名作欣赏》2022年第10期。
⑤ 李煜东:《杜甫〈示从孙济〉系年新考》,《中国诗歌研究》2022年第1期。
⑥ 贾兵:《〈忆昔二首〉写作时地考》,《杜甫研究学刊》2022年第4期。
⑦ 王飞:《〈五盘〉小考》,《杜甫研究学刊》2022年第3期。
⑧ 王帅、王红蕾:《杜诗"法华三车喻"钱笺辩议》,《杜甫研究学刊》2022年第3期。
⑨ 谢璐阳:《论〈蜀相〉异文"丞一作蜀"的来源与性质》,《杜甫研究学刊》2022年第3期。
⑩ 陈迟:《杜诗"更调鞍马狂欢赏"释义考辨》,《甘肃开放大学学报》2022年第3期。
⑪ 冯春晖、陈道贵:《杜甫〈草阁〉歧解辩证——兼及杜甫情感世界的一个侧面》,《皖西学院学报》2022年第3期。
⑫ 陶长军、魏耕原:《对杜甫〈北征〉诗的一桩误读》,《中国社会科学报》2022年8月17日第10版。
⑬ 王昱、李学辰:《关于〈茅屋为秋风所破歌〉两个争议的再评价》,《浙江海洋大学学报》(人文科学版)2022年第2期。

诗歌内容阐释。杜诗的文本解读呈现出丰富多彩的特点。首先，就内容来说，本年度的研究尤其关注杜甫不同意象、题材、地域、时期的诗歌。吴振华的《试论杜甫的咏雨诗及其文化意蕴》①、张晓东的《茅斋慰远游：杜诗"茅屋"意象探微》②、杨晓霭与王震的《杜甫和李商隐的"黄昏"》③、邱晓的《诗中有神：试论杜诗"大水"意象的神话色彩和原型意味》④、杨为刚与杜婷的《试探"扶桑"意涵在唐诗中的流变——以杜甫和李白诗歌为中心》⑤等论文详细解读了杜诗中的具体意象和抽象意象，前者如骨、鱼、雨、茅屋、杜鹃、黄昏、星象、弱水、桃源、大水、扶桑等，后者如空间意象，或结合他人用例，或以杜论杜，探讨意象在杜诗情感表达中的多重意蕴。对于不同题材诗歌，如绘事诗、论画诗、论书诗、边塞诗、送别诗、饮茶诗、干谒诗、投赠诗、寺院游览诗、花鸟题画诗、亲情诗等，吴夏平与田姣姣的《"马骨"与"沧州"——杜甫"绘事"诗的渊源与义趣》⑥、刘宁与魏佳乐的《论杜甫的送别诗》⑦、张子悦与孙微的《杜甫求仕长安期间投赠诗中的讽刺意味辨析——以〈钱注杜诗〉为中心》⑧、王帅的《论杜甫

寺院游览诗的题材开拓与体式创新》⑨、王鑫雨的《杜甫亲情诗的日常化书写及其对宋诗的影响》⑩等论文则注意阐释其中的生命意识、政治理想、人生际遇、书画理论。对于杜甫寓居陇右、漂泊西南时期创作的诗歌，陈江英、蒲向明的《杜甫陇右诗的盛唐西北边郡印象》⑪，王志鹏的《诗人杜甫的理想情怀与现实困境——以秦陇诗歌为中心》⑫，高昱的《杜甫巴蜀诗作中的博物视野——兼论杜甫的博物情怀》⑬等论文则关注到了诗中的山川风光、博物地理、生命悲情。

其次，就思想来说，杜甫的儒家思想、政治理想、道家态度、民族观念是研究者们的关注所在。柯小刚《杜甫诗的儒家解读》⑭、李芳民《杜甫"致君尧舜"的政治理想论》⑮等论文注意到了杜诗中的仁爱观念、民胞物与思想、内圣外王观念、忧国爱民情怀等儒家思想，从"致君尧舜"的理想与实践、贾谊典故的运用特征来阐释杜甫的政治理想和政治意图，赵谞鹏的《从〈冬日洛城北谒玄元皇帝庙〉看杜甫对道家的态度》⑯通过对《冬日洛城北谒玄元皇帝庙》等与道教相关的诗歌分析，客观评价了杜甫对道家的态度。在民族观念上，吴

① 吴振华：《试论杜甫的咏雨诗及其文化意蕴》，刘怀荣编《古典文学研究》（第六辑），中国海洋大学出版社 2022 年版，第 42—58 页。

② 张晓东：《茅斋慰远游：杜诗"茅屋"意象探微》，《语文学刊》2022 年第 2 期。

③ 杨晓霭、王震：《杜甫和李商隐的"黄昏"》，《古典文学知识》2022 年第 3 期。

④ 邱晓：《诗中有神：试论杜诗"大水"意象的神话色彩和原型意味》，《人文杂志》2022 年第 1 期。

⑤ 杨为刚、杜婷：《试探"扶桑"意涵在唐诗中的流变——以杜甫和李白诗歌为中心》，《杜甫研究学刊》2022 年第 4 期。

⑥ 吴夏平、田姣姣：《"马骨"与"沧州"——杜甫"绘事"诗的渊源与义趣》，《浙江师范大学学报》（社会科学版）2022 年第 1 期。

⑦ 刘宁、魏佳乐：《论杜甫的送别诗》，《唐都学刊》2022 年第 5 期。

⑧ 张子悦、孙微：《杜甫求仕长安期间投赠诗中的讽刺意味辨析——以〈钱注杜诗〉为中心》，《杜甫研究学刊》2022 年第 1 期。

⑨ 王帅：《论杜甫寺院游览诗的题材开拓与体式创新》，《渤海大学学报》（哲学社会科学版）2022 年第 3 期。

⑩ 王鑫雨：《杜甫亲情诗的日常化书写及其对宋诗的影响》，《闽南师范大学学报》（哲学社会科学版）2022 年第 2 期。

⑪ 陈江英、蒲向明：《杜甫陇右诗的盛唐西北边郡印象》，《宁夏师范学院学报》2022 年第 3 期。

⑫ 王志鹏：《诗人杜甫的理想情怀与现实困境——以秦陇诗歌为中心》，《石河子大学学报》（哲学社会科学版）2022 年第 6 期。

⑬ 高昱：《杜甫巴蜀诗作中的博物视野——兼论杜甫的博物情怀》，《四川文理学院学报》2022 年第 3 期。

⑭ 柯小刚：《杜甫诗的儒家解读》，《天府新论》2022 年第 1 期。

⑮ 李芳民：《杜甫"致君尧舜"的政治理想论》，《西北大学学报》（哲学社会科学版）2022 年第 1 期。

⑯ 赵谞鹏：《从〈冬日洛城北谒玄元皇帝庙〉看杜甫对道家的态度》，《闽南师范大学学报》（哲学社会科学版）2022 年第 2 期。

刚的《杜甫民族观及其对少数民族诗人影响研究述评》①对现有与杜甫民族观有关的研究成果进行了综合性述评,张宗福的《论"舅甥和好应难弃"》②则分析了杜甫150余首涉蕃诗中的民族观,并与唐代统治者的民族政策进行了对比性的论述,两位学者从整体和个体的角度展现了杜甫民族观的相关研究成果。值得肯定的是,不管是民族观还是道家态度、政治思想,研究者们都没有忽视儒家思想在杜甫思想体系中的主导地位,也只有认识到了这一点,才能对杜甫的思想给予正确而客观的评价。

最后,杜诗对前人的接受方面,刘哲好的《杜甫江湘诗歌诗骚接受研究》③分析了杜诗中诗骚传统,胡旭、万一方的《杜甫"颇学阴何苦用心"考论》④探析了杜甫对阴铿与何逊二人诗学观念和技法的学习状况,这些内容也从源头上探讨了杜诗的创作特征。

另外,田晓菲主持编著的文集《九家读杜诗》⑤,也属于杜诗阐释的范畴。该书仿照郭知达《九家集注杜诗》而名,收录了宇文所安、田晓菲、艾朗诺、倪健、王德威、罗吉伟、陈威、潘格瑞、卢本德九位学者论杜、读杜的心得,致力于通过名家言论来挖掘真实的杜甫。

形式艺术技巧。研究者们热衷于关注诗歌文本内部的构造,为了论述方便,此处将杜诗的诗体艺术和表达技巧统归为一类。首先,诗体艺术主要体现在诗歌体式和声律规则两方面。徐婉琦、沈文凡的《开阖排宕,抑扬纵横——论杜甫排律的诗法》⑥对杜甫的排律和绝句运用规则进行了论述,韩成武的《杜诗诗体学研究》⑦从"诗体学"的视角对杜诗的体式作了全面的研究。陈茂仁的《以闽南语文读音探论杜甫〈漫兴〉(其七)之声韵美》⑧,从音韵的角度探讨杜诗声律的审美性,而郝若辰的《从"鹤膝"到"上尾"的概念错置:杜甫律诗"四声递用"说献疑》⑨从诗体学角度对杜律"四声递用"之说提出了质疑,这些研究对杜诗声律的规则进行了细致的讨论,触及到杜诗艺术成就的核心——"律"的层面,值得关注。其次,表达技巧包括叙事艺术、语言运用、结构层次三方面。在论述时,研究者们大多采用形式技巧如何更好表达内容思想、情感主张的常规逻辑思路,将这些技巧与杜甫的情感指向、审美观念、文化追求、艺术价值、后世影响等结合起来。如白松涛的《构建事象:杜甫体物之法与古典诗歌叙事性》⑩、张高评的《杜甫诗史与六义之比兴——兼论叙事歌行与〈春秋〉笔削》⑪等论文讨论叙事艺术时,分析杜诗的事象构建、春秋笔法、比兴手法与诗史评价的关系;黄人二、童超的《"娇儿不

① 吴刚:《杜甫民族观及其对少数民族诗人影响研究述评》,《杜甫研究学刊》2022年第2期。
② 张宗福:《论"舅甥和好应难弃"》,《杜甫研究学刊》2022年第1期。
③ 刘哲好:《杜甫江湘诗歌诗骚接受研究》,内蒙古大学2022年硕士学位论文。
④ 胡旭、万一方:《杜甫"颇学阴何苦用心"考论》,《文艺理论研究》2022年第4期。
⑤ 田晓菲主编:《九家读杜诗》,生活·读书·新知三联书店,2022年版。
⑥ 徐婉琦、沈文凡:《开阖排宕,抑扬纵横——论杜甫排律的诗法》,《西北民族大学学报》(哲学社会科学版)2022年第6期。
⑦ 韩成武:《杜诗诗体学研究》,九州出版社,2022年版。
⑧ 陈茂仁:《以闽南语文读音探论杜甫〈漫兴〉(其七)之声韵美》,《嘉大中文学报》2022年第1期。
⑨ 郝若辰:《从"鹤膝"到"上尾"的概念错置:杜甫律诗"四声递用"说献疑》,《中华文史论丛》2022年第3期。
⑩ 白松涛:《构建事象:杜甫体物之法与古典诗歌叙事性》,《河南科技大学学报》(哲学社会科学版)2022年第5期。
⑪ 张高评:《杜甫诗史与六义之比兴——兼论叙事歌行与〈春秋〉笔削》,《人文中国学报》2022年第1期。

离膝,畏我复却去"之"却"字解》①讨论语言艺术时,则分析练字造句、句法修辞等的艺术表现力,马德富《杜诗语言艺术》②专门讨论杜诗的语言艺术;莫砺锋的《相同主题的不同表现——读杜甫的〈宾至〉〈客至〉》③讨论结构时,将两首题材相同的诗歌进行对比,分析二者不同的审美特点。上述内容是从某个角度深入分析杜诗艺术技法,也有对整体艺术特征进行阐释的研究,如胡可先《杜甫入蜀诗的艺术表现》对杜甫入蜀诗艺术特征的讨论,李芳民《杜甫晚年的家国情怀与诗歌艺术创新——以寓居夔州之初的诗歌创作为中心》④对杜甫夔州时期诗歌艺术的探究,吕家乡《试论杜甫名篇"三吏""三别"及其相关评说》⑤对"三吏三别"的评说,孙少华《杜甫〈壮游〉的"逆向阅读"与其"前文本形态"蠡测——兼论解读文本的一种可能》⑥对《壮游》"前文本形态"的推测等。

3.杜甫与杜诗的接受研究。

杜甫以其卓越的人格精神和集大成的诗歌成就垂范后世,其接受则包括杜甫本人的人格形象、诗歌创作、诗学批评三个方面。

首先,杜甫的形象及精神内涵影响深远,其接受史历久弥新。从唐五代文人的"杜甫情结"

草堂书写,到明代《杜子美沽酒游春》杂剧的考析,到冯至等现代文人对其形象的理解与重构,再到当今戏剧(话剧与舞剧)表演中的杜甫形象的刻画,张亚靖的《唐五代文人的"杜甫情结"及其对成都杜甫草堂的书写》⑦、张宏的《王九思〈杜子美沽酒游春〉成书及剧名考论》⑧、刘青青的《流徙记忆与诗人的复活——论冯至对杜甫的接受及其创作转变》⑨、王昭鼎的《古典诗人的现代重塑——杜甫在抗战时期的三重面相》⑩、任宏阳的《舞剧中动作语汇的叙事性分析——以舞剧〈杜甫〉中〈兵车行〉舞段为例》⑪等系列论文探求了不同时代、不同艺术形式中的杜甫形象的塑造。

其次,研究者们从诗歌的思想内涵和创作形式两个方面梳理杜诗对历代文人创作及其观念的影响,以此来审视杜诗在不同时代、不同群体以及不同个体中所呈现的面貌。比如韩宁的《"诗以诗传"与唐诗经典化路径——以杜甫与崔涂〈孤雁〉诗的传播为例》⑫、杨丽萍的《李梦阳仿作〈秋兴八首〉及其文学史意义》⑬、蔡玥的《宋代"秋兴"诗研究》⑭等论文探讨接受者对某些杜诗篇目(《秋兴》《孤雁》)的仿作、接受与不同艺术形式的再创作的特征,张忠纲的《皮日休、陆龟蒙学

---

① 黄人二、童超:《"娇儿不离膝,畏我复却去"之"却"字解》,《文艺理论研究》2022年第3期。

② 马德富:《杜诗语言艺术》,四川大学出版社,2022年版。

③ 莫砺锋:《相同主题的不同表现——读杜甫的〈宾至〉〈客至〉》,《古典文学知识》2022年第2期。

④ 李芳民:《杜甫晚年的家国情怀与诗歌艺术创新——以寓居夔州之初的诗歌创作为中心》,《复旦学报》(社会科学版)2022年第2期。

⑤ 吕家乡:《试论杜甫名篇"三吏""三别"及其相关评说》,《山东师范大学学报》(社会科学版)2022年第2期。

⑥ 孙少华:《杜甫〈壮游〉的"逆向阅读"与其"前文本形态"蠡测——兼论解读文本的一种可能》,《中原文化研究》2022年第6期。

⑦ 张亚靖:《唐五代文人的"杜甫情结"及其对成都杜甫草堂的书写》,西华大学2022年硕士学位论文。

⑧ 张宏:《王九思〈杜子美沽酒游春〉成书及剧名考论》,《四川戏剧》2022年第7期。

⑨ 刘青青:《流徙记忆与诗人的复活——论冯至对杜甫的接受及其创作转变》,《广西科技师范学院学报》2022年第2期。

⑩ 王昭鼎:《古典诗人的现代重塑——杜甫在抗战时期的三重面相》,《中国现代文学研究丛刊》2022年第3期。

⑪ 任宏阳:《舞剧中动作语汇的叙事性分析——以舞剧〈杜甫〉中〈兵车行〉舞段为例》,《戏剧之家》2022年第7期。

⑫ 韩宁:《"诗以诗传"与唐诗经典化路径——以杜甫与崔涂〈孤雁〉诗的传播为例》,《湖南大学学报》(社会科学版)2022年第1期。

⑬ 杨丽萍:《李梦阳仿作〈秋兴八首〉及其文学史意义》,《闽南师范大学学报》(哲学社会科学版)2022年第2期。

⑭ 蔡玥:《宋代"秋兴"诗研究》,西华大学2022年硕士学位论文。

杜与"吴体"之谜》①、李雅静的《早朝大明宫唱和诗的传播与接受》②、何方形的《戴复古的诗学史意义——以论诗诗为中心》③等论文分析诗歌体式上杜学的特点和价值,黎婕的《〈花月痕〉引杜诗研究》④与杨海龙的《宋代集杜诗的递嬗历程及其诗学阐释》⑤两篇文章梳理诗词文中集杜、引杜现象的变化历程和特点,程冲、方盛良的《论桐城方氏的杜诗观》⑥,方伟的《朱德与杜甫——兼论朱德的诗歌创作》⑦等论文讨论家族群体的杜诗接受与传承观念,文人个体对杜诗的继承创新和发展状况等。杜诗在当今社会有着优越的传播条件和广泛的接受基础,张鹏霞的《杜甫诗歌的新媒体传播与接受研究》⑧还结合现代传播学理论着力探讨当今时代杜诗传播与接受的特征,以探讨杜甫和杜诗传播更多的路径及意义。

最后,杜诗批评是杜诗接受的重要内涵,此处主要表现在诗学观念方面。王猛的《元代"诗史"说考论》⑨、吴怀东与胡晓博的《孟子"〈诗〉亡而〈春秋〉作"说的文学史意义——论杜诗"诗史"说的思想渊源及其生成的学术逻辑》⑩、李昊宸的

《宋代贬杜诗案探赜》⑪等论文对杜诗批评史上诸如"诗史说""宋代贬杜诗案"等话题进行继续阐释与讨论;林海的《学诗当以子美为诗:陈师道的学杜理论》⑫与薛俊芳的《刘辰翁的杜诗批评与接受》⑬对受杜甫影响较深的诗人兼评论家如陈师道、刘辰翁等的杜诗批评理论进行深入的剖析;聂济东的《〈四库全书总目〉的杜诗、杜集接受及批评意识》⑭则对《四库全书总目》中的杜诗学成就加以重新认识和评价,不同诗学背景下的杜诗批评的特质、差异及产生的原因也得到了清晰、充分的阐释。

当然,还有一些主要从批评理论角度来审视杜诗接受的,如王汝虎《杜诗注释学中的形式批评理论及其意义》⑮从注释学视角重新审视和评价了这种形式批评理论的意义和价值,查金萍《"杜韩":从并提到并称》⑯从"杜韩"并称的形成脉络来讨论杜甫及诗歌在不同时期的接受现状。

总的来说,杜甫及杜诗的接受因接受环境、接受主体的不同呈现出多样的面貌。研究者们不断放宽眼界,关注不同学科、不同艺术形式对

---

① 张忠纲:《皮日休、陆龟蒙学杜与"吴体"之谜》,《杜甫研究学刊》2022年第1期。

② 李雅静:《早朝大明宫唱和诗的传播与接受》,《杜甫研究学刊》2022年第1期。

③ 何方形:《戴复古的诗学史意义——以论诗诗为中心》,《杜甫研究学刊》2022年第4期。

④ 黎婕:《〈花月痕〉引杜诗研究》,《湖北文理学院学报》2022年第10期。

⑤ 杨海龙:《宋代集杜诗的递嬗历程及其诗学阐释》,《忻州师范学院学报》2022年第4期。

⑥ 程冲、方盛良:《论桐城方氏的杜诗观》,《滁州学院学报》2022年第3期。

⑦ 方伟:《朱德与杜甫——兼论朱德的诗歌创作》,《杜甫研究学刊》2022年第1期。

⑧ 张鹏霞:《杜甫诗歌的新媒体传播与接受研究》,吉林大学2022年博士学位论文。

⑨ 王猛:《元代"诗史"说考论》,《民族文学研究》2022年第5期。

⑩ 吴怀东、胡晓博:《孟子"〈诗〉亡而〈春秋〉作"说的文学史意义——论杜诗"诗史"说的思想渊源及其生成的学术逻辑》,《淮南师范学院学报》2022年第1期。

⑪ 李昊宸:《宋代贬杜诗案探赜》,华中师范大学2022年硕士学位论文。

⑫ 林海:《学诗当以子美为诗:陈师道的学杜理论》,《宜春学院学报》2022年第1期。

⑬ 薛俊芳:《刘辰翁的杜诗批评与接受》,《古籍研究》编辑委员会编《古籍研究》(第75辑),凤凰出版社2022年版,第55—66页。

⑭ 聂济东:《〈四库全书总目〉的杜诗、杜集接受及批评意识》,《古籍研究》编辑委员会编《古籍研究》(第76辑),凤凰出版社2022年版,第103—112页。

⑮ 王汝虎:《杜诗注释学中的形式批评理论及其意义》,《杜甫研究学刊》2022年第3期。

⑯ 查金萍:《"杜韩":从并提到并称》,《天津社会科学》2022年第1期。

杜甫和杜诗的接受,对杜诗接受史的研究具有积极的建设意义。

除了公开发表的期刊和学术专著,本年度的两次学术会议也呈现出了出色且丰富的研究成果。在成都杜甫草堂博物馆第五届全国硕博论坛、中国唐代文学学会第21届年会暨唐代文学国际学术研讨会上,有近30位学者就杜甫的生平、形象、思想、家族,杜诗文本,杜集文献,杜诗批评与接受等方面的研究成果进行了交流与分享,为海内外的学者提供了交流互鉴的宝贵机会。

(三)山水田园诗派及相关诗人研究

1.王维研究。

本年度王维研究的论文有20多篇,内容涉及王维的生平思想、文本阐释、诗意技巧、传播与接受等方面,但有新意与深度者不多,以下仅就几篇较为突出者略作介绍。

王维一生大部分时间都在长安度过,长安经历对王维的思想观念与诗歌风貌都产生了重大影响。高萍的《论王维初入长安与帝都文化的融合与疏离》[①]与王永波的《王维任职郎官期间的思想轨迹与诗文创作》[②]两篇论文都围绕王维的长安经历展开探讨,不过侧重点有所不同。前者认为王维在初入长安的干谒宦游时期,主动接受并融入帝都文化,遵循盛唐的主导文化模式塑造自我,与长安文化进取精神相一致;但面对都城的文化环境和权力漩涡,又产生了对历史沧桑人生无常的感伤和怀才不遇的悲屈感,表现出与帝都文化的间隔与疏离,形塑了初期的矛盾心态,这

种矛盾伴随了王维的一生。后者则认为,王维在长安任职郎官十年期间,思想以平和为主,尚无出现消极颓废的一面,诗文作品以应制诗和交往诗为主,其应制诗描绘的盛唐气象及政治理想,在某种程度上再现了盛唐时期国力的强盛与社会的安定,堪称盛唐气象的艺术再现;其交往诗艺术手法的创新,开启了唐代京城僚阁诗歌唱和交往的新篇章,尤其是在送人从军诗中着力展现出的积极豪迈的乐观精神和坚定从容的理想信念,对后世诗歌创作产生了深远的影响。

在内容阐释研究方面,以莫砺锋的《射猎诗中的盛唐气象——读王维〈观猎〉札记》[③]最为出色。文章在结合前人对王维《观猎》评价的基础上对此诗加以阐释,指出此诗典型地体现了盛唐诗的风格优点,即风格蕴藉、意境浑成。作者还将此诗与中唐张祜的《观徐州李司空猎》进行比较,认为两诗的优劣正体现了不同时代的诗风之差异。文章指出,从风格气象看,二诗颇异其趣,张诗境界狭小,手法拘谨,不如王诗浑成自然,韵味无穷;从诗歌主题看,张祜的目光紧盯着射者自身唯恐有失,王维却悠然自得地纵目四望,这说明盛唐诗人胜过中晚唐诗人的关键在于胸襟气度。

在诗艺技巧研究方面,有三篇论文较为出色,值得留意,分别是高萍、刘凡的《王维山水田园诗中的人物布局及其美学意蕴》[④]、刘少杰的《山水诗的融通之境:王维〈辋川集〉中的空间叙事艺术》[⑤],唐尉的《人与自然视域下王维诗歌审美研究》[⑥]。

---

① 高萍:《论王维初入长安与帝都文化的融合与疏离》,《唐都学刊》2022年第5期。
② 王永波:《王维任职郎官期间的思想轨迹与诗文创作》,《南宁师范大学学报》(哲学社会科学版)2022年第6期。
③ 莫砺锋:《射猎诗中的盛唐气象——读王维〈观猎〉札记》,《古典文学知识》2022年第3期。
④ 高萍、刘凡:《王维山水田园诗中的人物布局及其美学意蕴》,《西安文理学院学报》(社会科学版)2022年第4期。
⑤ 刘少杰:《山水诗的融通之境:王维〈辋川集〉中的空间叙事艺术》,《广西科技师范学院学报》2022年第3期。
⑥ 唐尉:《人与自然视域下王维诗歌审美研究》,湖北民族大学2022年硕士学位论文。

在传播与接受研究方面，本年度仅有张文曦《宋代诗画坛对王维的身份认知》①一篇论文。文章立足于唐宋两代对王维身份认知的差异，对宋代诗坛与画坛及其身份的认知展开深入研究。文章对王维的诗歌、绘画作品在当世及后世的流传、编撰、保存情况进行梳理，指出王维的绘画作品在宋代反而出现了题材扩大、总数激增的态势，而诗歌作品因受到官方辑录而流传情况相对稳定。文章还将唐人与宋人对王维的认知情况进行对比，指出唐人对王维的身份认知倾向于"诗名冠代"的诗人，对其画手身份也较为称许，但其地位全然不能与前者相比；而宋代文士在不同历史时期对王维的身份认知有不同的倾向性，其诗人身份的内涵虽然随着时代演进不断深化，但几乎始终不及其画手身份般受到重视。文章还从宋人在道德、现实仕途、诗学风尚及宋代兴起的文人画四个方面探析了宋人对王维身份认知情况的复杂面貌。

2.孟浩然研究。

本年度孟浩然研究论文数量颇为可观，主要涉及孟诗的文本阐释、传播与接受两个方面。在孟诗文本阐释方面，本年度有数篇论文，而以吴怀东的《孟浩然的江南印象——〈早发渔浦潭〉析论》②、王薇的《认知视角下孟浩然诗歌风格与意境解析》③两篇文章尤为值得留意。

吴文认为《早发渔浦潭》是孟浩然在科举失利后进入越中的第一站渔浦留下的作品，反映了他对江南暨越中风土、风物、风景的认知，具有一定的艺术特色与独特的认识价值。文章指出，孟浩然以"外来客"的新奇视角耳闻目睹，展示了新鲜的渔浦观感和越中"第一印象"——富有山水野趣、充满浓郁的生活气息，流露出"遁世无闷"的解脱感、自由感。作者认为此诗不同于一般情景结合的抒情诗，属于纪行诗，具有鲜明的纪实性，容易获得一般读者的"共情"，如此朴素的写法在孟浩然山水诗、行旅诗中并不多见，别具一格。

孟浩然诗歌"清""淡"的文风，"妙悟"的意境从何而来？王文从认知语言学的视角给予了回答。文章运用概念隐喻理论和图形—背景理论，对《唐诗三百首》所收录的15首孟浩然诗歌进行隐喻分类，分析其文风和意境的认知建构方式与概念化途径。作者指出，基本隐喻是孟浩然诗歌语言概念化的主要构建形式，诗人的日常生活经验是诗歌"清、淡"文风的语言实现的重要基础。文章还认为，诗人运用图形—背景分离这一认知原则，以独特的识解视角建构语言时空结构，概念化建构和呈现主题的妙悟意境。

在传播与接受方面，本年度仅有一篇论文。雷正娟《明代唐诗选本中孟浩然诗的接受起伏及其原因》④结合明代社会环境、文学观念、选家态度等因素，全面、细致考察孟浩然诗歌在明代重要唐诗选本中的接受情况及其原因。文章指出，孟诗在明前期接受度高与崇尚"和而正"思潮相关；中期孟诗接受度降低，与推崇格高调逸有关；明后期，诗歌审美多元，孟诗接受度再度回升。孟浩然诗歌在明代唐诗选本中的接受情况，正是孟浩然诗歌审美特征是否契合明代社会思潮、文学主张等的结果。

---

① 张文曦：《宋代诗画坛对王维的身份认知》，江西师范大学2022年硕士学位论文。

② 吴怀东：《孟浩然的江南印象——〈早发渔浦潭〉析论》，《阜阳师范大学学报》（社会科学版）2022年第1期。

③ 王薇：《认知视角下孟浩然诗歌风格与意境解析》，《浙江工业大学学报》（社会科学版）2022年第1期。

④ 雷正娟：《明代唐诗选本中孟浩然诗的接受起伏及其原因》，《湖北文理学院学报》2022年第10期。

(四)边塞诗派及相关诗人研究

1.边塞诗派研究。

本年度总论盛唐边塞诗派的论文仅有三篇,以孙宇男的《丝绸之路视域下的盛唐边塞诗研究》①最为突出。文章回溯了丝绸之路上的盛唐边塞诗源流,分析其繁盛的缘由主要有三:盛唐边塞诗人对时局的关注、丝路建功之旅、对前人诗作兼收并蓄。文章指出,这些边塞诗在不同地域意境迥异:九曲回肠的陇山有幽咽哽塞的意境;凉州有凉诗的壮美;阳关、玉门关有凄凉哀婉的意境。丝绸之路的文化交流给盛唐边塞诗人提供了更多的想象空间,拓宽了诗人的创作思路。作者认为,丝绸之路的开拓影响了盛唐边塞诗基调,而盛唐边塞诗为丝绸之路演绎出响彻千古的华美乐章,两者交相辉映,为后人研究盛唐边塞诗和丝绸之路留下了宝贵史料。

2.岑参研究。

本年度岑参研究论文数量尚不到十篇,研究者仍然将目光集中在对其边塞诗上,如裴佳敏的《岑参西域诗中的汉代情结和英雄意识》②、邹钰莹的《奇法绘奇景,奇景寓奇情——论岑参边塞诗之"三奇"及独特价值》③、阎福玲的《如果盛唐没有岑参的边塞诗——"随古典文学去远行"之二》④等。

其中,邹源芳的《安史之乱后岑参诗歌的转型研究》⑤与田雨鑫的《类书与岑参送别诗的模式

化探讨》⑥两篇文章给人以耳目一新之感,值得留意。前者认为安史之乱后,岑参的诗歌特点不复北庭边塞诗中的雄奇瑰丽,发生了从哀怨到华丽,又从华丽到凄清的两次诗风转变。后者则认为岑参送别诗的模式化主要体现在语意雷同重复和结构章法的模式化两个方面,其模式化的创作存在多种成因。

3.高适研究。

本年度高适研究成果数量不多,主要包括人物评价、文献考证、内容阐释三个方面。

在人物评价方面,仅有一篇值得留意。李振中《"有唐以来,诗人之达者,唯适而已"中"达"之意略论》⑦对学界质疑该句准确性的说法进行了反驳。文章根据《旧唐书·文苑传》所立传记及其不列文苑传中而文学有建树者进行考察比较,指出在高适生活时代及其以前的诗人,均没有高适之"达"。作者认为,"达"之意不仅指官位显贵,也有仕途顺达、畅达之意,还有"达见""达识"之意,即对形势透彻预见、见识通达。

在文献考证方面,胡可先的《敦煌诗集残卷高适诗读札》⑧和张干的《高适〈燕歌行〉"李将军"人物辨析》⑨两篇尤为值得留意。胡文认为,利用敦煌残卷所存高适诗进行辑佚、辨伪、校勘,不但能够加深人们对于唐人以诗为交往契机而从事的政治活动和社会活动的了解,也能够进一步研究唐代诗人编集的主观目的和客观流传效果。而张文则对高适《燕歌行》中的"李将军"确指何

---

① 孙宇男:《丝绸之路视域下的盛唐边塞诗研究》,《洛阳师范学院学报》2022年第12期。

② 裴佳敏:《岑参西域诗中的汉代情结和英雄意识》,《新乡学院学报》2022年第2期。

③ 邹钰莹:《奇法绘奇景,奇景寓奇情——论岑参边塞诗之"三奇"及独特价值》,《名作欣赏》2022年第18期。

④ 阎福玲:《如果盛唐没有岑参的边塞诗——随古典文学去远行"之二》,《博览群书》2022年第5期。

⑤ 邹源芳:《安史之乱后岑参诗歌的转型研究》,《河南广播电视大学学报》2022年第1期。

⑥ 田雨鑫:《类书与岑参送别诗的模式化探讨》,《唐都学刊》2022年第3期。

⑦ 李振中:《"有唐以来,诗人之达者,唯适而已"中"达"之意略论》,《古籍整理研究学刊》2022年第6期。

⑧ 胡可先:《敦煌诗集残卷高适诗读札》,《古典文学知识》2022年第1期。

⑨ 张干:《高适〈燕歌行〉"李将军"人物辨析》,《文史杂志》2022年第3期。

人进行了辨析,指出当前李广、李牧二说争论产生的焦点主要有三个方面:其一,李牧、李广在战争中均注重养护士卒;其二,李广与李牧皆符合诗歌之语境;除《燕歌行》外,高适还有一诗中的"李将军"有可能指李牧。文章认为"李将军"当为西汉名将李广,指出在《史记》中,与吴起、李牧、赵奢等战国名将相比,李广恩待士卒的特征更为突出,此与军功共同成为其个人标志。高适诗中李广的形象继承自《史记》,在《送浑将军出塞》一诗中即突出此人物特性。此外,高适《塞上》诗中"李将军"为李广而非李牧。

在诗歌内容阐释方面,有三篇论文角度新颖且富有创见,值得关注,分别是胡可先的《解读高适〈营州歌〉》①、高建新的《"天寒万里北,地豁九州西"——高适笔下的河西》②以及李娜、田峰的《唐蕃河陇之争与高适的边塞诗》③。

胡文从诗题释证、诗句解读、"胡儿"释证三个方面对高适的《营州歌》进行了重新阐释,并指出这首诗看起来平白如话,直抒胸臆,很好理解,实际上却具有特殊的背景和丰富的内涵。

高文则认为高适在河西节度使幕府任职期间的诗作,集中反映了河西的战争、边防情况,描绘了河西的自然环境及山水胜迹。文章认为高适善于描写河西的苍凉辽阔之景,注重远观、俯瞰,大笔开合,以成旷景,亦即视野开阔、豁人心胸的大景,故常有惊人之笔。作者还指出,高适的河西之作,皆与"丝绸之路"相关,内容充实,感情饱满,笔力雄健,气势奔放,洋溢着盛唐时期奋发进取、蓬勃向上的时代精神。

而李文则认为安史之乱前唐蕃河陇之争对高适诗歌创作内容与思想风格均有深入影响。文章指出,高适第三次出塞正值唐蕃河陇博弈激烈,边境百姓常年遭受战火侵扰,诗人亲临唐蕃交锋的正面战场,以诗歌来书写战争,留下大量边塞诗叙写唐蕃在河陇地区的博弈,堪称"诗史"。

4.王昌龄研究。

本年度王昌龄研究成果不多,有三篇文章值得注意,分别为吴昌林、刘泓希的《论王昌龄对盛唐离别诗创作传统的悖离与新创》④,龙成松的《新出〈柴阅墓志〉与王昌龄〈送柴侍御〉诗发覆》⑤,章继文《"关"和"闺":王昌龄诗的两种情结——兼论王昌龄的家国守望情怀》⑥。

吴文认为王昌龄一反主流,放弃了以王维诗作为代表的作品群逐渐固定的离别诗创作传统,在诗歌体式、叙景程式、意象营造三方面上形成了个性化的离别诗程式化创作。文章指出,王昌龄在诗歌体式上,背离主流中具有应酬性的律体诗,转而大量使用短篇绝句和长篇古诗抒写离别真情;在叙景手法上,背离"沿路叙景"的"隔离"功能,形成了个性化的"临水意境"叙景程式;在意象营造上,发展了"月"意象的联结性,帮助双方情感沟通。

龙文以近年新出土《柴阅墓志》所揭示的一些关键信息,辨析王昌龄《送柴侍御》诗中"柴侍御"即是柴阅。在此基础上,文章还根据王昌龄生平、作品和柴阅生平信息,对他贬龙标的时间、原因可以作出新的判断,指出他很可能是因为天

① 胡可先:《解读高适〈营州歌〉》,《古典文学知识》2022年第2期。
② 高建新:《"天寒万里北,地豁九州西"——高适笔下的河西》,《内蒙古大学学报》(哲学社会科学版)2022年第5期。
③ 李娜、田峰:《唐蕃河陇之争与高适的边塞诗》,《边疆经济与文化》2022年第12期。
④ 吴昌林、刘泓希:《论王昌龄对盛唐离别诗创作传统的悖离与新创》,《中北大学学报》(社会科学版)2022年第6期。
⑤ 龙成松:《新出〈柴阅墓志〉与王昌龄〈送柴侍御〉诗发覆》,《杜甫研究学刊》2022年第2期。
⑥ 章继文:《"关"和"闺":王昌龄诗的两种情结——兼论王昌龄的家国守望情怀》,《岭南师范学院学报》2022年第1期。

宝八载牵连刘巨麟赃案而被贬。王昌龄与刘巨麟幕僚在时间、空间上存在多重的联系，这些因素自然导向他与刘巨麟赃案的联系。文章还指出，王昌龄被贬后的命运较柴阅更为惨痛，这一方面可能是因为他缺乏柴阅那样家世的扶持，另一方面则是他被罗织的"罪名"与政治集团斗争相连，所以被打击的程度更重。尽管如此，《送柴侍御》诗却在心态上表现出超越的意识，这种张力也是该诗感人至深的原因。

章文指出"关"和"闺"及与二者相关的物象、意象大量而密集地直接或间接地出现在王昌龄的边塞诗、闺怨诗甚至羁旅赠别诗中。文章认为这两类意象不仅体现了王昌龄诗的风格，更成了王昌龄诗的两种情结，作者还指出这两种情结并非互相孤立无关，而是在矛盾中紧密伴随的，共同凝结了王昌龄的守望情怀，前者守望国家、民族，后者守望家园、情爱。

（五）元白诗派及相关诗人研究

1.元白诗派研究。

本年度总论元白诗派的文章仅有陈冬根《试析中晚唐元、白等人诗中的"估客"形象》[①]一篇。文章对白居易、元稹、刘禹锡、张籍、刘驾诗歌中的"估客"形象进行了分析比较，指出在元、白等人笔下，估客的形象多是贪婪、狡诈、奢侈的财富追求者，他们是破坏生产、危害国家社会的蛀虫。而在张籍和刘驾笔下，估客的形象则更为真实与客观，估客生涯是一个充满艰辛的旅程，而估客们则是一群无可奈何的冒险家。作者认为，元、白与张、刘等诗人分别代表着中晚唐社会不同阶层的心理，也反映了中国小农经济下不同人群的价值观和审美观。

2.元稹研究。

本年度元稹研究论文数量不多，值得注意的有三篇，分别是杜光熙的《元稹自编百卷本〈元氏长庆集〉诗歌部分体例原貌初探》[②]、黄芬的《元稹诗歌风土书写研究》[③]、丹子欢的《元稹越州诗歌创作研究》[④]。

杜文认为，《新唐书·艺文志》著录"《元氏长庆集》一百卷"，为元稹生前自编规模最大的诗文别集，奠定元稹作品后代流传的基础。该集在北宋后期已大量散佚。不过，由刘麟父子重编的《元氏长庆集》六十卷本中，仍保留有许多百卷本元稹自编集的原貌信息。作者通过分析这些信息，梳理出二十二组百卷本《元氏长庆集》诗歌部分的文集原貌片段。文章认为，这些片段在一定程度上反映出元稹自编文集的诗歌编排体例、作品呈现思路、文体分类观念。

黄文分析了元稹诗歌风土书写的丰富内容，指出元稹诗歌书写了长安的牡丹，还书写了长安的曲江、杏园等胜地；但写的最多的是其贬谪之地江陵与通州的风土，两地独特的气候环境、生产生活民俗等都在其笔下有具体的展现；此外元稹诗歌还书写了嘉陵江胜景、会稽风光以及岭南水土。文章认为，元稹诗歌风土书写的抒情功用有四：一是渲染对险恶环境的恐惧，二是强化遭受贬谪的愤懑以及怀才不遇的遗憾，三是自然展示对百姓疾苦的关心，四是巧妙揭露批判各种不合理现象。文章还指出，元稹诗歌风土书写的方式主要有两种：一是以组诗或长诗多方展现风

① 陈冬根：《试析中晚唐元、白等人诗中的"估客"形象》，《商丘师范学院学报》2022年第11期。
② 杜光熙：《元稹自编百卷本〈元氏长庆集〉诗歌部分体例原貌初探》，《名作欣赏》2022年第36期。
③ 黄芬：《元稹诗歌风土书写研究》，广西师范大学2022年硕士学位论文。
④ 丹子欢：《元稹越州诗歌创作研究》，湖北师范大学2022年硕士学位论文。

土,二是用诗序介绍风土,用自注对所书写风土加以补充。此外,文章还认为元稹诗歌热衷于风土书写主要是受诗学传统、诗坛风气、自身经历的影响。

丹文则将元稹任职越州时期的诗歌作为研究对象,以地域文化为切入点,从横向、纵向两方面分析诗人在越州诗歌创作的整体风貌,探究其这一时期诗歌创作与江南文化的关系。文章认为,江南文化使元稹更加注重个人情感的直接抒发,关注江南山水的描写。这时元稹依然具有强烈的思乡、归京意识,但这与他关注日常生活并不冲突,两者反而达到一种和谐、平衡的状态。文章还认为元稹的越州诗尝试取材于日常生活,改变了前期的创作风格,丰富了创作题材,推进了元和诗。此外,文章还指出元稹居越期间有意识的进行诗歌形式的探索,寻找新途径,促进了晚唐皮陆对诗歌的探索。

3.白居易研究。

本年度白居易研究成果数量较多,内容涉及到思想观念、文本阐释、诗艺技巧、传播与接受等诸多方面。

在思想观念研究方面,本年度富有新见的论文不多,仅有周静敏的《贬途与心路——白居易被贬江州思想转折时间再考》①与刘国伟的《白居易佛禅诗的成因与风格体现》②两篇文章值得关注。

学界历来把江州之贬认作是白居易思想转变的关键点,但周文却通过对白居易贬途诗歌的分析与考证,指出其退隐的想法是在贬途中逐渐产生,逐渐坚定的,具有一个动态的过程。作者认为,陆路阶段由于畏祸心态,白居易不敢在诗歌中表现出明显的政治倾向,且受特定环境的影响,初步产生远离政治,保全自身的想法,但同时还有被贬的不甘。至汉水段,白居易畏祸心态减弱,政治在诗歌中的比重增多,多处隐喻官场黑暗,前文的不甘亦在此刻表现出来,也表明了白居易对时局的关注。

而刘文则对白居易的佛禅思想进行了再辨析,指出江州之贬是白居易佛禅思想由隐到显的关键点,也是其诗风因以巨变的转折点。作者认为佛禅思想启发了白居易的"中隐"观,这些对其诗作影响颇深,是以产生佛禅诗。文章还指出,白居易的佛禅诗多具禅意,诗采与禅理交映成趣,佛禅思想将其诗风引向与前期判然两殊的轨道。

在文本阐释研究方面,本年度的研究者主要关注白居易不同意象、题材的诗歌,诸如李准的《从"文"义角度看白居易诗中的品色衣描写》③、汉英的《论白居易官服书写中的仕宦情结》④、付兴林的《白诗笼禽意象的喻指类型及其诗意的多元变调》⑤、金顺森的《论白居易诗歌中"雪"意象的解读》⑥等论文详细解读了白诗中官服、笼禽、雪等意象,探析这些意象在白诗情感表达中的多重内蕴。在这类论文中,以张锦辉的《官服·仕宦·心态——论白居易的官服书写》⑦与刘璐的

① 周静敏:《贬途与心路——白居易被贬江州思想转折时间再考》,《九江学院学报》(社会科学版)2022年第3期。
② 刘国伟:《白居易佛禅诗的成因与风格体现》,《武夷学院学报》2022年第4期。
③ 李准:《从"文"义角度看白居易诗中的品色衣描写》,《黄山学院学报》2022年第4期。
④ 汉英:《论白居易官服书写中的仕宦情结》,《咸阳师范学院学报》2022年第5期。
⑤ 付兴林:《白诗笼禽意象的喻指类型及其诗意的多元变调》,《陕西理工大学学报》(社会科学版)2022年第4期。
⑥ 金顺森:《论白居易诗歌中"雪"意象的解读》,《文化学刊》2022年第6期。
⑦ 张锦辉:《官服·仕宦·心态——论白居易的官服书写》,《陕西师范大学学报》(哲学社会科学版)2022年第5期。

《白居易的人生境遇与物我书写》①两篇最值得称道。

张文从白居易诗歌呈现的官服现象出发，探析官服书写反映的仕宦心态，分析白居易仕宦情结的生成机制。文章指出，在唐代文人中，白居易的官服书写极具代表性，涉及官服佩饰、服色，以及借服、赐服、典服等特殊的官服现象等，构成了唐代礼制文化制度的重要组成部分。作者认为官服承载着白居易初入仕途时进取与不甘、迁谪起伏时喜忧参半以及晚年退隐时厌宦与知足等复杂的仕宦经历、角色意识和心态变迁，形成了在服饰文化传统、政治统治力量以及官本位意识作用下的多元仕宦情结，体现了复杂政治生态下中唐文人的角色抉择与挣扎，在丰富诗歌内容，增添诗歌韵味，强化诗人情感之外，为中唐诗歌的多样书写开拓了新的领域。

刘文则以白居易的人生际遇及其物我书写为研究对象，探讨其思想发展、情感需求和社交心态的独特脉络。文章指出，从物我这一角度出发，可从多个维度理解白居易全部生命历程中思想情感的细节。首先，物作为白居易理想志向、人生信念的载体，在特定阶段承载着诗人的政治理想和人生选择。其次，除了用以自喻、寄托，生活中的物还成为白居易占有和享用的对象，并被视为陪伴自己的伙伴，满足其情感上的需求。这种需求的满足可视之为替代性满足。最后，物不仅为白居易本人独赏，还充当着社交生活的中介，诗人在以物相邀、以物相赠和睹物思人中感受凝结于物的友谊与情感体验。

在诗艺技巧研究方面，本年度也有两篇值得

称道之作，分别是谢琰的《论西湖诗歌的景观书写模式——以白居易、苏轼、杨万里为中心》②与李冰的《白居易新乐府诗叙事模式探究》③。这两篇文章都对白诗的叙事艺术、结构层次进行了一定的探讨，前者认为白居易对于西湖景观的典范书写属于"全景模式"，后者则指出白居易新乐府诗歌在叙述故事、叙述声音及叙述视角上所体现出的叙事意识及叙事艺术对后世叙事诗创作具有良好的借鉴价值。

本年度有关白诗传播与接受的研究成果数量众多，主要包含白居易人格形象的接受和文人个体对白诗的学习与评点两个方面，以下仅就几篇较为突出者略作介绍。陈才智《苏东坡眼中的白乐天——以徐州为中心》④以徐州为中心，梳理和分析苏轼眼中的前代诗豪白居易形象。文章指出，苏轼在古城徐州留下的山水吟咏、文学创作和诗文评论，处处可见白居易的影子，多方面地体现出对白居易的主动接受，其中既有继承前贤和师长的成分，以及时代因素的熏陶，更有自己的独到理解。文章还认为，苏轼眼中的前贤白乐天，不仅是其诗文创作学习效仿的重要对象，也是他为人处世的榜样之一。

姚晓彤《北宋白居易闲适诗接受研究》⑤对白居易闲适诗的渊源进行梳理，分析白居易闲适诗在北宋的接受情况。文章认为北宋文人对白居易闲适思想的接受是贯穿始终的，但各个时期也呈现出不同的特色。作者指出，在北宋初期，文人效法白居易闲适的生活方式，认同并接受闲适诗中蕴含的知足保和思想、在闲适生活中吟赏情性。文人对白居易创作上的接受，还流于表面，

① 刘璐：《白居易的人生境遇与物我书写》，河北师范大学 2022 年硕士学位论文。
② 谢琰：《论西湖诗歌的景观书写模式——以白居易、苏轼、杨万里为中心》，《文学遗产》2022 年第 5 期。
③ 李冰：《白居易新乐府诗叙事模式探究》，《河南牧业经济学院学报》2022 年第 5 期。
④ 陈才智：《苏东坡眼中的白乐天——以徐州为中心》，《河北大学学报》(哲学社会科学版)2022 年第 3 期。
⑤ 姚晓彤：《北宋白居易闲适诗接受研究》，辽宁大学 2022 年硕士学位论文。

追求"形似"。到了北宋中期,文人并不一味吟咏闲适,而是将"闲乐"精神代入诗中,并发展"中隐"思想。在创作技法上,学习白居易闲适诗中散体的创作手法。在北宋后期,文人则继承白居易的平淡诗风。在创作上学其以组诗的形式写闲适、运用叠词以及口语化的表达方式。同时,文章也构建出白居易闲适诗的接受脉络,即由上升到继起再到下降的发展过程。

(六)韩孟诗派及等相关诗人研究

1.韩孟诗派研究。

本年度总论韩孟诗派的文章仅有两篇,分别是郭江波的《韩孟诗派的崇骚倾向》①与王治田的《竞技与游戏:论韩孟联句之文体革新意义》②。

郭文从崇骚原因、崇骚痕迹、崇骚价值三个方面考察了韩孟诗派与屈原之间的关系。文章认为,韩孟诗派崇骚原因有二:一是主观的心理作用,即同悲体验促使韩孟诗派沾染了屈骚的气息;二是客观的诗歌创作需求,屈骚以强烈的抒情性和讽刺性为主要文体特征,为韩孟诗派抒发不平之气提供抒写范式。韩孟诗派崇骚痕迹主要表现在情感抒发、生命意识和创作心理矛盾三个方面。作者还指出,韩孟诗派对屈骚的接受不仅展现出文学革新的精神,同时透露出唐诗审美风尚的转变,且开拓出融文学抒情传统与时代精神为一体的新天地。

韩孟诗派好用奇字、僻典的缘由,学界已多有论述,而王文则认为这很大程度上来自诗派成员联句的竞技活动。文章指出,韩孟联句在穷形极相、铺排逞辞和强烈的竞技性方面继承了大历时期江南联句的传统,但也出现了追求险怪、刻意造语、注重章法和叙事性强的新特点。这些特点最早在《远游联句》中显露,并在元和元年的一系列联句中得到发扬。作者通过对《征蜀联句》和《元和圣德诗》的分析比较,发现二者对元和元年平蜀战役的描述有一些相似之处,因而认为《征蜀联句》的创作为《元和圣德诗》的写作起到了试验场的作用,由此可以窥探韩孟联句对于其整体诗歌创作的试验性和先导性之一隅。作者还认为,韩孟联句不仅对诗派整体创作产生影响,而且在唐宋诗歌嬗变中具有过渡意义。

2.韩愈研究。

本年度韩愈研究的文章有三十余篇,涉及面较广,角度亦多样,内容包含韩愈的生平经历、思想观念、诗学主张,韩诗的考证与阐释、诗体艺术、传播与接受六个方面。下面仅择其要者,作简要概述。

就韩愈的生平经历研究而言,韩愈身穷志困与贬潮事件的人生经历对其诗文创作产生的影响为本年度的研究者所关注。皮凌斐的《韩愈穷困考论》③考述了韩愈"穷困"的不同内涵、成因及其影响,指出身穷志困的现实经历对其身体健康、诗文创作和道统思想均产生了一定的影响。而董佳欣《韩愈诗文中的家庭观念探析——以贬潮事件为例》④则就韩愈贬潮后所遭遇的家庭观念背离与现实之家的离散探析对其诗文内容与风格的影响。文章认为,韩愈谪潮路上所触发的家庭记忆、家庭遭遇、家庭居住空间的转变、家庭秩序感的破坏、家族赓续等问题使得他的诗文从怨怼、苦楚到接纳与改变态度。

① 郭江波:《韩孟诗派的崇骚倾向》,《佳木斯大学社会科学学报》2022年第2期。

② 王治田:《竞技与游戏:论韩孟联句之文体革新意义》,《古典文学研究》2022年第1期。

③ 皮凌斐:《韩愈穷困考论》,《韩山师范学院学报》2022年第5期。

④ 董佳欣:《韩愈诗文中的家庭观念探析——以贬潮事件为例》,《哈尔滨职业技术学院学报》2022年第4期。

就思想观念研究而言，有一些文章对韩愈的反佛思想进行了再辨析，如段永升《韩愈反佛思想刍议》①认为韩愈对于佛教思想理论是融汇接受的，其对"佛迹"的批判，真正原因在于中唐时期的因佛害政与因佛害民。就诗学主张研究而言，研究者主要关注对韩愈"不平则鸣"之论的阐释，如汪琴兰《从〈荆潭唱和诗序〉看韩愈的诗学主张》②。就韩诗考证与阐释研究而言，研究者或是关注韩诗的版本异文现象，如尹亦凝的《韩愈诗歌版本异文研究》③通过对各版本韩集中诗歌文本文字变异现象进行考察，探讨版本异文产生的原因，梳理版本异文的发展变化过程，分析版本异文所引发的相关讨论研究及其在韩愈诗歌研究中的意义；或是阐释韩愈某一名篇的艺术价值，如雷恩海的《韩愈〈石鼓歌〉：元和中兴的先鸣之声》④。

就诗体艺术研究而言，韩愈"以文为诗"的创作特色为研究者所关注，如葛晓音的《"以文为诗"辨正——从诗文之辨看韩愈长篇古诗的节奏处理》⑤就是一篇出色之作。文章认为，以古文"文法"来解读韩诗，无论褒贬如何，均难切合韩愈的创作用心。作者通过对历代诗论中的"以文为诗"的梳理，指出"以文为诗"只是前人对韩诗的印象式评价，由于界定标准模糊，从字面上又可理解为以散文笔法创作诗歌，便容易产生韩愈诗文不辨的错觉。作者还对韩诗"记体"和"议体"代表作进行了深入的文本分析探究，指出韩

愈运用早期汉诗和杜诗的创作原理，力图加大以散句连属的长度和密度，将五七言古诗叙述和议论的功能拓展到最大限度。作者认为，这种对于长篇古诗表现潜能的探底式尝试，虽然导致某些作品看似触碰到诗文分界的底线，但是始终遵循着五七古抒情节奏的不同推进方式，并没有以散文的概念和逻辑来取代诗歌应有的情绪、感受和言外之意，而且形成了与其雄厚才力相称的独特表现方式和气势磅礴的艺术风格。

韩诗传播与接受研究本年度论文数量较多，主要涉及到对韩愈本人人格形象的接受、文人个体对韩诗的继承创新和发展状况、韩诗诗学批评三个方面，其中尤以后两者的相关论文最为出色。韩愈的形象及精神内涵影响深远，刘锋焘《文人精神的积淀与抒发——说秦岭韩愈祠及相关诗作》⑥通过对历代咏秦岭韩愈祠诗篇的梳理总结，指出韩愈的人格、风骨、精神，已经化为中国文人的一种传统精神，这种精神的核心内涵就是坚守本心和铮铮风骨。

在个体对韩诗的接受方面，研究者则对历代文人评点探讨韩诗艺术技巧、模仿韩诗风格面貌进行诗歌创作等现象保持关注，如安生的《〈南山诗〉与"神童"群像——论朝鲜朝汉诗发展中的次韵诗学》⑦论述了韩愈兼具诗、赋二体的《南山诗》为朝鲜朝士人们的创作实践提供了满足其科举应试与外交酬唱双重目标的典型范本；查金萍的《"杜韩"：从并提到并称》⑧则论析了"杜韩"从并

① 段永升：《韩愈反佛思想刍议》，《咸阳师范学院学报》2022年第5期。
② 汪琴兰：《从〈荆潭唱和诗序〉看韩愈的诗学主张》，《重庆电子工程职业学院学报》2022年第2期。
③ 尹亦凝：《韩愈诗歌版本异文研究》，吉林大学2022年硕士学位论文。
④ 雷恩海：《韩愈〈石鼓歌〉：元和中兴的先鸣之声》，《名作欣赏》2022年第1期。
⑤ 葛晓音：《"以文为诗"辨正——从诗文之辨看韩愈长篇古诗的节奏处理》，《清华大学学报》（哲学社会科学版）2022年第2期。
⑥ 刘锋焘：《文人精神的积淀与抒发——说秦岭韩愈祠及相关诗作》，《陕西理工大学学报》（社会科学版）2022年第3期。
⑦ 安生：《〈南山诗〉与"神童"群像——论朝鲜朝汉诗发展中的次韵诗学》，《外国文学评论》2022年第3期。
⑧ 查金萍：《"杜韩"：从并提到并称》，《天津社会科学》2022年第1期。

提到并称的发展历程,指出韩诗师承杜诗并与杜诗一起成为后代宋型诗歌的宗法对象,其发展历程与内涵演变蕴含着丰富的学术史意义;丁俊丽的《清代韩诗经典化进程中被遮蔽的一环——清初诗学语境下汪森的韩诗研究及其意义》①论述了汪森在探析韩诗平易晓畅之风、评析韩诗含蓄蕴藉之貌、揭橥韩诗关怀现实的忧世情怀、抉发韩诗中的个人情感等方面的贡献,肯定了汪森韩诗评点在清代韩诗经典化中的意义;而赵松元、常娜娜的《〈大千居士六十寿诗〉对〈南山诗〉的承与变》②则论述了当代学者饶宗颐先生追和韩愈《南山诗》之作《大千居士六十寿诗》在诗歌体式、用韵、赋法铺排之技巧及精神气度方面对韩诗的承继与发展。

关于韩诗诗学批评的研究,研究者大多集中在对"以文为诗"内涵的辨析、考论上,如周子翼的《"以文为诗"本义考论》③和《"以文为诗"解读悖误析论》④、孟亚杰的《明诗话"以文为诗"观研究》⑤等。此外,查金萍《〈御选唐宋诗醇〉与清代韩愈诗歌的接受》⑥一文,认为《御选唐宋诗醇》韩诗选评的特色是大量选入韩诗,并以古体为主,指出韩诗本源或类似《雅》、《颂》、《史记》、《文选》、汉乐府之处,认为其与杜诗一脉相承,深入揭示了宋人宗法韩诗之事实,并对韩诗排佛宗儒思想以及文学理论进行了高度肯定。文章还指出,这种特色的形成与清代浓厚的文治风气、唐宋诗之争与汉宋之争以及君臣编选团队的韩

喜好密切相关,同时这些特色又对清中叶研韩、学韩高潮的产生,乃至韩诗经典地位的确定以及嘉、道之后的宗韩都产生了重要影响。

3. 李贺研究。

本年度有关李贺研究的论文有二十余篇,内容上主要包括文本阐释、诗体艺术、表现技巧传播、传播与接受四个方面。

本年度有数篇文章对李贺的一些经典性名篇进行了丰富多彩的文本解读,值得关注。莫砺锋《一样幽艳,两般哀怨——读李贺〈苏小小墓〉与白居易〈真娘墓〉》⑦将李贺的《苏小小墓》与白居易的《真娘墓》进行了对比阅读,认为二者题材都是咏名妓之墓,但主旨差异甚大。即使从诗歌自身的艺术成就来看,也有细微差别。《苏小小墓》在表面上纯属对墓主的客观描写,对诗人自身则一言未及,但充溢于字里行间的情愫除了同情之外,也有自抒怀抱的因素;白居易则不然,他对真娘虽也满怀同情,但真娘只是他欣赏、怜惜的对象,因而就感情的深度而言,《真娘墓》比《苏小小墓》稍逊一筹。此外,《苏小小墓》的意境浑融自然,全诗句句皆是描写墓主,此外不赘一字,绝不拖泥带水。诗人对苏小小的同情、赞美皆从具体的描写和叙事中自然流露,可谓不着一字,尽得风流。《真娘墓》则异于是,诗人不特亲自显身,而且大发议论。

而盛大林的《李贺〈雁门太守行〉中应该有"鬼"》⑧则对《雁门太守行》中的"月"与"日"、"鬼"

① 丁俊丽:《清代韩诗经典化进程中被遮蔽的一环——清初诗学语境下汪森的韩诗研究及其意义》,《新疆大学学报》(哲学·人文社会科学版)2022年第1期。

② 赵松元、常娜娜:《〈大千居士六十寿诗〉对〈南山诗〉的承与变》,《韩山师范学院学报》2022年第1期。

③ 周子翼:《"以文为诗"本义考论》,《江海学刊》2022年第6期。

④ 周子翼:《"以文为诗"解读悖误析论》,《江西社会科学》2022年第8期。

⑤ 孟亚杰:《明诗话"以文为诗"观研究》,黑龙江大学2022年硕士学位论文。

⑥ 查金萍:《〈御选唐宋诗醇〉与清代韩愈诗歌的接受》,《江淮论坛》2022年第4期。

⑦ 莫砺锋:《一样幽艳,两般哀怨——读李贺〈苏小小墓〉与白居易〈真娘墓〉》,《古典文学知识》2022年第4期。

⑧ 盛大林:《李贺〈雁门太守行〉中应该有"鬼"》,《太原学院学报》(社会科学版)2022年第1期。

与"角"、"塞上"与"塞土"、"燕支"与"燕脂"、"寒声"与"声寒"等几组异文进行了文献梳理与辨析,指出判断异文的关键在确定昼夜。文章作者综合各种因素,认为此诗描写的应该是夜间的景象。"黑云压城","黑"的是云,也包括夜。因为是夜,所以"甲光向月"。也因为夜,才会"鬼声满天"。而"鬼"的出现,以及全诗所营造的恐怖、悲壮的氛围,正是李贺诗歌一贯的风格,也更能体现边塞及战争的残酷和血腥。如果是白天,就达不到这样的效果,或者大打折扣。

此外,本年度还有数篇论文涉及到文献考证,如朱家英《李贺不写七言律诗?——简谈〈南园十三首〉的形成问题》①通过对李贺诗集版本源流的考察,指出以《南园十三首》为代表的几个组诗都曾经有篇目离合、诗体割裂的现象出现。文章认为,借此不仅可以重新认识李贺不写七律的传统观点,同时也可以清楚地看到传抄错讹对李贺诗歌面貌带来的影响。

在诗体艺术研究方面,本年度有三篇文章值得关注,分别是龙成松、张晖敏的《速度与激情之歌:李贺古体诗转韵技巧与诗风生成》②,葛晓音的《李贺部分七古中的"断片"现象及其内在脉理》③,李昌平《论小说对李贺诗歌创作的影响》④。这些文章对李贺古体诗歌中的转韵现象、"断片"现象、诗歌与小说"破体"现象进行了深入地探讨,富有创见。

李贺以"辞尚奇诡"闻名,学界多从思想个性、语言艺术等角度论述这种诗风的成因,而龙文则着重探析转韵对其奇诡诗风的影响。文章分析了李贺古体诗转韵的文本特征、艺术特征,

论述了李贺古体诗转韵手法的本质和效果,指出短韵段的大量使用和转韵章法上的多变构成了李贺转韵手法最基本的外在特征。在此基础上,韵段本身的艺术特性,乃至韵段与诗体、韵段与文本内容的配合共同影响了李贺独特诗风的生成,是奇丽诡谲的辞藻和虚荒诞幻的意象之外的重要补充。文章还指出李诗通过韵段长短的特殊处理与韵段位置的灵活排布,增加了诗歌速度、节奏的变化,打破了创作及批评传统"中和"原则的限制,形成了独特的文本张力和音乐效果。

葛文则对李贺部分七古中的"断片"现象加以考察和梳理,认为这种现象并非如古今诗论家所谓因锦囊中碎句的凑合所致,而是出于诗人自觉的创作意图。文章通过寻绎这部分七古中内藏的意脉,发现其中内在的理路大致有三类:一是因典故意象的重组或融化成情景而隐蔽的脉理;二是在意象大幅度跳跃中暗藏的思路转折;三是在密集细节时断时续的堆砌中暗示的情思。文章认为,这三种理路是李贺对七古跳跃跨度的探底,其意义在于部分打破了古诗和律诗在基本表现方式上的界限,从某些角度拓展了七古的表现空间,并以富有暗示性和跳跃性的意象组合技巧丰富了晚唐诗词的艺术。

李文则注重探讨李贺诗歌与唐代传奇小说之间的"破体"关系,认为李贺诗歌在意象选取上采撷小说意象和典故入诗;在创作手法上借鉴传奇小说之法,虚构情节,营造氛围,铺演故事,让诗歌的叙事性加强,抒发情感更加深刻;在艺术特色上使用志怪小说中鬼怪神仙的意象,形成鬼

---

① 朱家英:《李贺不写七言律诗?——简谈〈南园十三首〉的形成问题》,《古典文学知识》2022年第2期。
② 龙成松、张晖敏:《速度与激情之歌:李贺古体诗转韵技巧与诗风生成》,《中国韵文学刊》2022年第3期。
③ 葛晓音:《李贺部分七古中的"断片"现象及其内在脉理》,《北京大学学报》(哲学社会科学版)2022年第6期。
④ 李昌平:《论小说对李贺诗歌创作的影响》,《洛阳理工学院学报》(社会科学版)2022年第2期。

魅骇人、奇崛荒诞的艺术特色。

在表现技巧研究方面，本年度有新意和深度的文章不多，而蔡丰的《李贺诗歌比喻修辞运用研究》①与刘美燕的《李贺诗歌的模式化倾向》②两篇文章值得称道。蔡文指出，李贺在运用比喻修辞的过程中，善于通过挖掘与前代不同的本体视角、赋予本体和喻体灵动的色彩、力求喻体的凄美之感等方式来创新审美的建构；善于通过化实为虚、化虚为实和创造本体和喻体"陌生感"的方式来提升比喻修辞的表达效果；善于通过描摹奇诡幻化幽冥意境、融入敏感丰沛的诗情和坚持独辟蹊径的诗心来凸显其幽奇的"诗鬼"本色。

刘文则认为，贺诗之奇，是与惯常手法相比较而言的，就李贺自身创作情况来看，是有模式可寻的，这种模式化的写作倾向在李贺的感时伤世诗和赠答诗中表现最为明显。

本年度研究李贺诗歌传播与接受的论文数量不少，但富有新意者，则以张悦的《李贺诗在日本的传播与影响》③与刘青海的《论姜夔词对李贺诗的取法》④两文尤为值得称道。张文指出，李贺诗自日本镰仓、室町时期传入日本后，深受推崇，《将进酒》《雁门太守行》《苏小小歌》等名篇被广为传诵。文章还认为，从汉诗开始，到谣曲、小说、俳句、新体诗，直至随笔、绘画，李贺诗的影响涉及日本文学的诸多领域及绘画等艺术领域；从诗句的借用和改写，到诗风的模仿，再到翻译，影响不断深入；同时，其生平故事也广为流传，"鬼才"形象日益深入人心，李贺的影响力由面的广度走向了质的深度。

而刘文则主要关注姜夔对李贺诗的取法，认

为姜夔采用李贺诗入词的方式，主要是学习其写景艺术，一方面化用李贺诗句、借用其字面、镕炼其语面，并由此窥入其造词之法，而自琢新词，其影响主要限于字法和句法。

4. 贾岛研究。

贾岛的研究，本年度张震英《论姚合、贾岛诗歌清新奇峭之美学风格》⑤一文颇有新意，值得称道。文章认为，姚合、贾岛之所以为后人相提并论，与二人在创作过程中形成的清新奇峭的总体风格密不可分。作者从"清"的传统、"新"的变革、"奇"的追求、"峭"的效果四个方面分析了姚合、贾岛诗歌的美学风格，指出二人诗歌中"清"的传统除了与盛中唐山水田园审美主题一脉相承外，更多表现为形式上的"清词丽句"及风格上的"清幽清苦"，在诗歌的语言、格调与韵律方面也常常体现出清绝、清整、清硬、清峭、清奇的特色。姚合、贾岛二人"清"的特质同时也与弱、浅、浮等审美风格息息相关。文章还认为，姚合、贾岛在诗歌创作上的"刻意求新"，不仅是对大历元和以来主流诗风的变革，也表现为形成了一种在立意、谋篇、遣词、造句、形貌、境界等多方面全新风格的五言律体，被时人追捧和后人认可。作者指出，姚合、贾岛诗歌中"奇"的表现同中有异，"奇"在姚诗中可用"拙中藏巧"概括，在贾诗中可用"大巧若拙"概括。文章指出，姚合、贾岛诗风中的"峭"除表现在总体风貌、声律格调等方面外，也表现为一种在精神与人格上的追求。

（七）李商隐研究

本年度有关李商隐研究的论文有30余篇，虽

① 蔡丰：《李贺诗歌比喻修辞运用研究》，《黄冈师范学院学报》2022年第4期。

② 刘美燕：《李贺诗歌的模式化倾向》，《邢台学院学报》2022年第2期。

③ 张悦：《李贺诗在日本的传播与影响》，《中国社会科学报》2022年8月1日第7版。

④ 刘青海：《论姜夔词对李贺诗的取法》，《北京大学学报》(哲学社会科学版)2022年第3期。

⑤ 张震英：《论姚合、贾岛诗歌清新奇峭之美学风格》，《广西社会科学》2022年第6期。

然数量上不算少,但有所创见的却不多,学者关注的焦点仍然集中在李商隐的思想观念、文献考证与阐释、传播与接受等方面。

李商隐的思想复杂多变,其与儒道佛的渊源关系,前人已多有论述。胡丽娜的《晚唐诗人李商隐诗歌的禅宗美学特性研究》①与《晚唐诗人李商隐诗歌的禅宗美学意蕴研究》②两篇文章则着眼于论述禅宗义理对李商隐诗歌审美意蕴生成的影响。文章探讨了李商隐思想上与佛家禅宗的紧密联系,论述了李商隐参悟禅宗的具体成因,分析了李商隐诗歌的禅宗美学意蕴。作者认为,李商隐的悲剧遭遇、独特性格与气质使得他思想上逐步接受了佛家的禅宗思想。文章指出,李商隐的无题诗运用了大量朦胧、虚幻的佛教意象,紧密联系了感伤情绪和禅学情怀,为诗歌增添了朦胧美、悲怆美以及生命美,表达了诗人历经坎坷生活后的人生体验与佛道感悟。

李诗考证研究主要是考证一些具体诗篇的创作时地、注释以及诗意。这些文章或是从现存的争议出发,重新梳理历代文献资料,以此来证明自己的观点;或是转变考察视角与研究方法,对具体作品的诗意主旨作出全新的解读。"一篇锦瑟解人难",学者历来对李商隐《锦瑟》《无题》《夜雨寄北》等诸多名篇诗意主旨的解读就争议不断,莫衷一是。谢慕沙《李商隐〈锦瑟〉〈偶成转韵七十二句赠四同舍〉诗新笺》③在结合李商隐的生平经略和思想感情的基础上,对《锦瑟》《偶成转韵七十二句赠四同舍》进行了详实有据的笺

注。作者认为,这两首诗在李商隐作品中具有代表性,虽特点不同,但都寄托其身世浮沉之感与家国之痛,过去将《锦瑟》解成恋爱诗或悼亡诗,实在牵强附会。冯灿《〈夜雨寄北〉中"巴山"地点和诗人情感争议的再评价》④在梳理相关文献基础上,指出《夜雨寄北》作于李商隐在梓州担任幕府期间去参访游览缙云寺之夜,全诗表达了诗人对故去妻子的思念之情。董乃斌《人与花树的对话——说李商隐〈临发崇让宅紫薇〉》⑤则一改以往诗歌研究的抒情视角,从叙事角度分析阐释《临别崇让宅紫薇》。作者认为,《临别崇让宅紫薇》存在叙事因子,甚至可以找到它的人物、场景、叙事结构、表现层次、叙事主题,乃至体会到它的"戏剧性处境"。

李诗文本阐释研究主要体现在对李商隐不同意象、题材诗歌的关注上。就意象而言,学者们详细解读了李诗中"堕蝉""栖鸟""黄昏""花"等诸多意象,或是结合他人用例,或以李论李,探讨意象在李诗情感表达中的多重意蕴,分析意象运用对李诗风格生成的影响。李谟润、王捷翔《"堕蝉"与"栖鸟":李商隐禅意的人生书写》⑥梳理考订了李商隐一生游历佛寺的大致情形,指出李商隐常以佛禅观照个体自我的孤独,而在诗歌创作中,则表现为引禅语,融禅相,化禅境,"堕蝉"与"栖鸟",是李商隐在表达孤独之感时常用的在视觉上具有极强冲击力的意象。杨晓霭、王震《杜甫和李商隐的"黄昏"》⑦则将杜甫与李商隐诗歌中的"黄昏"意象进行了分析比较,认为二者

---

① 胡丽娜:《晚唐诗人李商隐诗歌的禅宗美学特性研究》,《南昌师范学院学报》2022年第4期。
② 胡丽娜:《晚唐诗人李商隐诗歌的禅宗美学意蕴研究》,《文化学刊》2022年第12期。
③ 谢慕沙:《李商隐〈锦瑟〉〈偶成转韵七十二句赠四同舍〉诗新笺》,《文史杂志》2023年第1期。
④ 冯灿:《〈夜雨寄北〉中"巴山"地点和诗人情感争议的再评价》,《名作欣赏》2022年第35期。
⑤ 董乃斌:《人与花树的对话——说李商隐〈临发崇让宅紫薇〉》,《名作欣赏》2022年第7期。
⑥ 李谟润、王捷翔:《"堕蝉"与"栖鸟":李商隐禅意的人生书写》,《文艺评论》2022年第4期。
⑦ 杨晓霭、王震:《杜甫和李商隐的"黄昏"》,《古典文学知识》2022年第3期。

均为"黄昏"赋予了深重的家国忧患,都借"黄昏"营造氛围,抒写悲愁,都能做到怨而不怒,哀而不伤。薛冰花《李商隐诗歌花意象研究》①则综合探析了花意象所体现的李商隐独特的艺术个性。就题材而言,赠答诗是李商隐诗歌中的一个重要类型,更是探析李商隐交游情况、人生际遇和思想情感的重要依据,周鹏波《李商隐赠答诗研究》②对此展开了综合研究,着力发掘李商隐赠答诗的艺术魅力。

本年度有关李诗传播与接受的研究成果不多,单芷君的《明清唐诗选本中李商隐诗歌接受研究》③《〈又玄集〉与李商隐诗歌接受》④两篇文章将李商隐诗作为独立的研究对象和审美接受对象,选取唐明清时期五部具有代表性的唐诗选本,考察李商隐诗在不同时期唐诗选本中的接受情况,探析李商隐诗被阐释和接受的过程,客观认识李商隐诗的艺术独创性。

(八)杜牧研究

本年度有关杜牧的研究成果数量不多,内容主要有文献考证、内容阐释、诗体艺术、传播接受四个方面。

在文献考证方面,胡可先、林洁《新出墓志与杜牧研究》⑤与罗漫《文献辨伪的歧路与杜牧〈清明〉的追踪认证》⑥两篇文章值得注意。胡文利用与杜牧相关的新出墓志来印证杜牧在史馆修撰与湖州刺史的生平经历,考察杜牧与李甘、韦楚老、崔钧、陆泻的交往唱和细节,印证杜牧散文多为叙事文体。

晚近以来,杜牧名篇《清明》逐渐被怀疑是出于宋人之手的"伪唐诗",而罗文则对此加以反驳。文章揭示了以往学界步入此诗辨伪歧路的误判原因,探索"杜牧式江南话语"的内涵、风格,确证《清明》为杜牧"杏花时节在江南"的"伤春"之作。作者通过侦探式的学术追踪,利用以往讨论中较少涉及甚至没有涉及的大量诗词资料,还原晚唐至两宋杜牧《清明》的传播轨迹,进而指出"杏花村"是一个被文化共同体将文学意象成功转换为多地景观和地方历史的文学标本。

在内容阐释方面,莫砺锋《杜牧〈过华清宫绝句〉为何独占鳌头》⑦一文,将杜牧《过华清宫绝句》与其他相同主题的晚唐七言绝句进行比较,指出此诗能够力压众作、独占鳌头的原因在于意蕴之深厚、构思之巧妙。而顾农《说杜牧诗四题》⑧则将杜牧《张好好诗》《将赴吴兴登乐游原一绝》《赠别二首》《金谷园》诸篇在创作背景、典故事迹、主题意旨等方面进行了阐释。任映雪《论杜牧诗中女性形象的类型、写作手法及艺术特点》⑨指出,杜牧运用对比、比喻、反问、用典多种诗歌创作手法塑造了诸如民女、宫女、歌妓、皇妃等一系列女子形象,表达出其对晚唐女性凄凉、悲惨命运的同情。

在诗体艺术方面,"拗峭"是研究者论及杜牧诗艺时常提及的一个概念,吴晋邦《杜牧七律拗

① 薛冰花:《李商隐诗歌花意象研究》,《西安石油大学学报》(社会科学版)2022年第5期。
② 周鹏波:《李商隐赠答诗研究》,聊城大学2022年硕士学位论文。
③ 单芷君:《明清唐诗选本中李商隐诗歌接受研究》,宁夏师范学院2022年硕士学位论文。
④ 单芷君:《〈又玄集〉与李商隐诗歌接受》,《戏剧之家》2022年第10期。
⑤ 胡可先、林洁:《新出墓志与杜牧研究》,《图书馆杂志》2022年第5期。
⑥ 罗漫:《文献辨伪的歧路与杜牧〈清明〉的追踪认证》,《江汉论坛》2022年第3期。
⑦ 莫砺锋:《杜牧〈过华清宫绝句〉为何独占鳌头》,《古典文学知识》2022年第5期。
⑧ 顾农:《说杜牧诗四题》,《古典文学知识》2022年第5期。
⑨ 任映雪:《论杜牧诗中女性形象的类型、写作手法及艺术特点》,《湖北第二师范学院学报》2022年第3期。

峭风格新论》①认为诸家论述"拗峭"虽然囊括声律、句法、内容、意境、结构诸方面,但其意蕴内涵尚有不明之处。将"拗峭"置于原始语境中辨析其所指,并通过对杜牧、许浑、李商隐七律语言的比较分析其准确性,以便更为精准地理解"拗峭"概念的意涵,并探求其在诗歌发展中的意义。文章认为,杜牧诗歌的拗峭特征在声律上指出律的拗体而非"丁卯句法"一类变更奇数字平仄的拗句,与许浑等晚唐诗人间畛域明显。除失粘出现较多且形成"背律体"外,杜牧七律中的出律现象分布较散,主观性不强,多源于其"以意为主"的创作思想。在句法上,打破传统节奏、离析语句结构、字面对仗而结构不同的"假平行"也时常导致"意深语僻",是促成拗峭的重要手法。拗峭只是杜牧七律中的一种重要风格,在高华流丽、浅率滑易等其他风格的调和下并未被刻意发展到极致。将杜牧置入从杜甫到黄庭坚的拗体发展谱系,是基于部分相近风格的后世建构,杜牧的整体风格则嗣响不显。

在传播接受方面,苏铁生的《论金元人对杜牧及其诗文的接受与传播》②考察了杜牧诗文在金元的接受与传播状况。文章认为,金代后期文人逐渐重视杜牧的诗文,认为杜牧文笔宏放雄健,其诗有豪俊之气。元代前期文人则对杜牧的绝句、律诗加以关注,认为杜牧的绝句雄伟,律诗极工而全美。元代中期文人则对杜牧诗歌风格较为关注,认为杜诗诗情豪迈、语率惊人、好奇。文章还指出,杜牧诗文在金元的接受和传播与宗唐复古的诗学思潮、战乱不断的社会环境和尚俗

的审美风潮紧密相关。

(九)其他作家研究

1.宋之问研究。

宋之问的研究,本年度胡明柯的《明代宋之问诗接受研究——以明代唐诗选本为考察中心》③颇有新意,尤为值得称道。文章以明代重要唐诗选本为中心,考察了宋之问诗在明代的接受状况。作者统计并比较了初唐诸家诗篇在诸选本中被选录数量的多寡,指出明前期,宋之问诗受到各选家重视,重要选本录宋之问诗数量多居初唐诗人前列,远超陈子昂、王勃等大家;明中期,前后七子主张"诗必盛唐""高古"等,宋之问诗因不合文坛主流选诗标准接受度降低,但仍高于杨炯等初唐大家;明后期社会审美渐趋多元,《唐诗归》《石仓唐诗选》等录宋之问诗远超明前、中期。文章认为,宋之问诗在明代整体接受度较高,这与明代推崇"和而正"及"盛唐理想"等密切相关。

2.张若虚研究。

本年度张若虚研究成果不多,其中以李金坤的《张若虚〈春江花月夜〉作于镇江焦山之再考——兼与徐振宇〈张若虚《春江花月夜》诗中景地推测〉商榷》④与陶慧的《〈春江花月夜〉中的"海"》⑤较为出色,值得关注。这两篇论文都是围绕张氏《春江花月夜》展开探讨,只不过侧重点有所不同:前者注重考证创作地点,后者则注重探析"海"这一意象的审美内蕴。李文从前人于焦山所见"江""海"对举描写的情形、诗人所作"江

---

① 吴晋邦:《杜牧七律拗峭风格新论》,《文学遗产》2022年第6期。
② 苏铁生:《论金元人对杜牧及其诗文的接受与传播》,《内蒙古大学学报》(哲学社会科学版)2022年第1期。
③ 胡明柯:《明代宋之问诗接受研究——以明代唐诗选本为考察中心》,《洛阳理工学院学报》(社会科学版)2022年第2期。
④ 李金坤:《张若虚〈春江花月夜〉作于镇江焦山之再考——兼与徐振宇〈张若虚《春江花月夜》诗中景地推测〉商榷》,《语文学刊》2022年第4期。
⑤ 陶慧:《〈春江花月夜〉中的"海"》,《古典文学知识》2022年第6期。

海交流处"之诗句与《春江花月夜》首句"春江潮水连海平"的相同之处,又从四面环江的江中"浮玉"焦山的"芳甸"与"汀"现实场景、后人描写焦山"春江花月夜"的情景与张若虚《春江花月夜》意境的相吻合的情状及其张若虚可能夜泊焦山的合乎情理逻辑的分析,认为张若虚的《春江花月夜》作于镇江焦山最有可能,而焦山"春江花月夜"之情景意境与《春江花月夜》亦最为契合。

而陶文则联系全诗整体脉络,用文本细读的方式重加寻绎"海"意象的审美效果。文章认为,《春江花月夜》中的"海"意象并非仅为营造壮阔宏大的意境而存在,而是与"江"共同构成了"游子思妇"的主题情境,首尾呼应,以一片迷离惝恍的月光为纽带,将全诗统摄在相思爱情的传统主题之下。作者还指出,诗中"江畔何人初见月"等数句,虽尤为精彩且富于哲思,但从全诗的主题脉络来看,若将其理解为作者着意表达的"宇宙人生意识",或许是一种"读者之心何必不然"的创造性阐释。

3.大历十才子研究。

本年度大历十才子的研究主要集中在对卢纶、钱起、司空曙三人生平家世及其作品内容的考证与辨析上,其中富有新意者,则以吴淑玲、宋波的《卢纶生年新考及卢纶诗作中生年诗句新解》[1]、胡可先的《唐代湖州钱氏文学世家述论》[2]、郭殿忱的《邯郸唐才子司空曙考略与其诗考异》[3]三文尤值得称道。

吴文结合卢纶诗作,其母亲、父亲墓志以及其弟卢绶墓志的信息,联系卢纶所处时代的边境战争,重新考订卢纶生年为天宝元年(742),并对

其诗作中有关卢纶生年的诗句进行了重新解读。胡文则认为唐代湖州钱氏形成了世代传承的文化世家,指出钱起是"大历十才子",在唐代诗坛上具有较高的地位;钱起之子钱徽,诗文兼擅,立身高洁,堪称修身诗人;钱起之孙钱可复亦能诗歌,但陷于晚唐甘露之变而形成悲剧;钱起曾孙钱珝是唐末诗坛重要的山水诗人。郭文则在前人研究基础上,对司空曙的姓名表字、郡望乡贯、称谓、科举、作品异文作了进一步的考证与辨析。

除上述对诗人生平家世及作品考证予以研究的成果外,施剑南的《大历律诗程式化研究》[4]亦值得留意。文章从程式化角度对大历律诗进行考察,分析其是否形成程式以及程式的具体表现和成因。文章指出,大历律诗兼具统一性和经典性,可称为一代范式的同时,也因对形式的过度倚重而造成对内容的压倒,从而落入形式主义的窠臼。作者还指出,大历律诗程式有意象、结构、主题程式三种。意象程式表现为具有统一性状的意象群对稳定想象空间的构建,具有极强的表意性、符号性和画面感。结构程式表现为对传统律诗结构惯例的打破,并在新的结构惯例上调整句法结构和扩大对仗的运用范围,从而形成能大幅发挥律体声律优势的清空流畅之体。主题程式表现为主题的循环往复,用事上的统一取向,并形成一种韵律语法单元,从而帮助大历诗人快速构思。文章还指出,思想上,佛学与诗学的合流促成诗境理论的诞生。三大程式中的意象程式和结构程式可视作构造诗境的表意方式。制度上,以进士举为晋身核心途径的时代环境使得诗赋创作更注重功能性和目的性,从而影响结

① 吴淑玲、宋波:《卢纶生年新考及卢纶诗作中生年诗句新解》,《保定学院学报》2022年第6期。

② 胡可先:《唐代湖州钱氏文学世家述论》,《江苏师范大学学报》(哲学社会科学版)2022年第5期。

③ 郭殿忱:《邯郸唐才子司空曙考略与其诗考异》,《邯郸学院学报》2022年第3期。

④ 施剑南:《大历律诗程式化研究》,武汉大学2022年硕士学位论文。

构程式和主题程式的形成。

4.韦应物研究。

韦应物的研究,本年度有数篇论文,以杨巧羽的《韦苏州体研究》①最为突出。文章从韦应物诗歌的基本体制和风格、韦应物诸多并称背后的个人面貌、后人对于韦应物的批评与追拟三个方面来探析"韦苏州体"的特征。作者认为,韦应物诗中既有汉魏之质,又兼六朝之流丽,更具盛唐遗韵。文章还指出,"王孟韦柳"并称背后韦应物的个人面目依旧清晰可辨:看过盛唐繁华气象,却又落入中唐萧瑟之境,选择吏隐两难下的折中,诗歌既有盛唐之气,又成清疏之境,本色为萧散淡冷的有人之境。作者指出,宋人诗话对韦应物的批评及诗作对韦诗的追拟奠定了韦苏州体在后世接受的基本面貌。具体来看,他诸体皆备,且各具特色,师法多家,熔铸一炉,没有成为风格或技法特别明晰的模仿对象。后人拟作也往往难以抓取他的特色所在,故而宋人拟作并无太多相似之处,更少有超出原诗之作。明清两代,论韦诗大多沿袭苏轼和朱熹的成说,也多有拟韦之作。

5.刘禹锡研究。

刘禹锡的研究,本年度有两篇论文较为出色,分别为黄静的《论刘禹锡诗歌自注的学术价值》②以及杨恬、张中宇的《明代刘禹锡诗歌接受研究——以唐诗选本为考察中心》③。

唐诗自注,近年来颇受学者关注,黄文就是从文献价值、史料价值、文学价值等角度对刘诗自注展开探讨。文章认为,刘禹锡的诗歌自注,具有中唐诗歌自注叙事性与纪实性的特点,交代了诗歌的创作背景,提供了刘禹锡生平经历的细节,补充了史载文献的不足,记录了贬谪期间当地的风土民俗、社会关系等。它还反映出刘禹锡诗歌精于用字、用典等特点。刘诗自注体现了诗人强烈的读者意识与传世意识。透过自注,读者既可以考察刘禹锡之创作、行迹,还可以更为全面地了解刘禹锡的文学观念以及诗歌的内涵。作者指出,刘禹锡的诗歌自注,不仅提供了诗人自我表达的渠道与途径,同时又有效地避免了读者理解的偏差与误读,具有较高的学术价值。

杨文则以明代唐诗选本为中心,考察了刘禹锡诗歌在明代的接受状况。文章指出,明代前、中期唐诗选本选录刘禹锡诗歌数量甚少,刘诗接受度不高,甚至一度陷入低谷。至明后期,刘诗选录数量才略有增多,但其地位仍低于白居易、元稹等中唐诗人。明人对刘禹锡诗歌的接受以七言绝句为主,对其律诗、古诗则多有批评。作者认为,刘诗在明前、中期的接受整体"热度"低,与"和而正""崇盛唐"社会思潮及"正变"观念密切相关;明后期文化思潮趋向多元,中晚唐诗歌重受选家关注,故刘诗接受度出现起伏。

此外,本年度"刘禹锡与中唐文学国际学术研讨会"在广州大学举行,与会学者围绕刘禹锡的文学创作、史实考证、经学观念、传播接受等问题展开深入研讨,成果丰富、观点新颖,展现出刘禹锡与中唐文学研究学术前沿的热点和动向。

6.柳宗元研究。

柳宗元研究本年度论文数量较多,涉及面广泛,角度亦较多样,而以柳宗元的思想观念、柳诗文本阐释、后世接受研究的论文较出色。

在思想观念研究方面,本年度有一篇论文值

---

① 杨巧羽:《韦苏州体研究》,扬州大学2022年硕士学位论文。

② 黄静:《论刘禹锡诗歌自注的学术价值》,《武陵学刊》2022年第6期。

③ 杨恬、张中宇:《明代刘禹锡诗歌接受研究——以唐诗选本为考察中心》,《平顶山学院学报》2022年第4期。

得关注。段鸿丽《柳宗元天人思想研究》①一文，对柳宗元天人思想产生的社会文化背景、理论框架建构、评价及影响等进行全面而又系统的论述。文章指出，柳宗元在中唐道教和佛教繁荣发展以及儒学式微的大背景下，主张统合儒释，复兴儒学，在吸收、融合、改造基础上发展了荀子、王充等前人的天人思想。中唐兴起的古文运动也对柳宗元天人思想的产生也具有直接的推动作用。文章认为，柳宗元的天人思想并未局限于"天人"这一对范畴本身，而是以天人关系为基础建构了一个天人思想体系。柳宗元的天人学说既包括元气一元论的自然观，也包括"天命之性""自然之性"的人性论。作者还指出，柳宗元还提出了顺民之欲、遂民之性的民本思想，确立了"利安元元"的政治观。文章认为，柳宗元"天人不相预"的立场还延伸到了其社会历史观中，主张社会历史发展也是"自动自休"的，有着不以人的意志为转移的客观必然之"势"。文章还认为，柳宗元提出"元气本原论"肯定天之自然，认识到天人之间的差别，反对天命论，提出无神论的社会历史之"势"和民本思想，具有进步性，也存在机械的思维局限，但无论从学术上还是从现实社会发展需要上，他的思想理论都有一定的贡献，也对后人产生了一定的影响。

本年度在文本阐释研究方面，则主要集中在对柳宗元左迁永柳时期所创作诗歌的解读上，如陈彤、王湘华的《论柳宗元对永州地方景观的建构与书写》②，南超的《风物书写与诗风嬗变——柳宗元柳州风土诗创作的变与因》③，罗姣的《柳宗元谪柳诗中的岭南风物书写》④，刘淼的《柳宗元山水诗文的生态探析》⑤等论文或是关注到了柳诗中永柳二州的山川风光、博物地理，或是探析了风物书写对柳诗诗风生成的影响，或是从生态视角考察柳宗元的山水诗。

而祁萍萍《柳宗元交往诗研究》⑥一文，则对柳宗元的交往诗进行了全面系统的考察。文章对柳宗元交往诗总体概况进行了梳理，指出其交往对象主要为活动于岭南地区的官员和士子、僧侣与道士、皇帝与朝廷重臣这三类。作者还认为，柳宗元交往诗阶段分布和其整体诗歌发展基本一致，孤寂的个人心理、较少的群体活动和坚定的"立言"之志是柳宗元交往诗中多寄赠酬答诗、献赠雅诗，而较少创作同题共赋诗、联句诗的重要原因。文章还对柳宗元交往诗的内容进行分析，指出柳宗元交往诗根据交往对象身份和交往事由的不同而呈现出不同的内容：面向皇帝重臣则以正德扬功为主，并在其中表达自己的政治理想；写给亲友则主要抒发自己孤苦愁闷的情绪，以及寄情于山水景物的生活状况；与僧道则以说理谈禅为要。文章还对柳宗元交往诗的艺术表现方式进行了深入探讨，指出柳宗元交往诗在诗歌体式上呈现了一个由古体向近体转变的变化趋向。此外，文章还将柳宗元、刘禹锡的交往诗进行比较，指出二者存在着明显的不同，凸显了柳宗元交往诗的独特个性。

本年度在传播与接受研究方面，仅有周玉华《王夫之对柳宗元诗歌接受情形探究——以〈唐

---

① 段鸿丽：《柳宗元天人思想研究》，河北师范大学2022年硕士学位论文。

② 陈彤、王湘华：《论柳宗元对永州地方景观的建构与书写》，《湖南人文科技学院学报》2022年第4期。

③ 南超：《风物书写与诗风嬗变——柳宗元柳州风土诗创作的变与因》，《湖北文理学院学报》2022年第6期。

④ 罗姣：《柳宗元谪柳诗中的岭南风物书写》，《文化学刊》2022年第12期。

⑤ 刘淼：《柳宗元山水诗文的生态探析》，《咸阳师范学院学报》2022年第3期。

⑥ 祁萍萍：《柳宗元交往诗研究》，广西师范大学2022年硕士学位论文。

诗评选〉为考察中心》①一篇论文。文章以王夫之《唐诗评选》中柳宗元诗选及柳诗评论为中心,探析其对柳宗元诗歌的接受情况。文章认为,由于身处明末清初朝代更替的特殊时期,王夫之与柳宗元有着相似的忠君情结,故而非常同情柳宗元的不幸贬谪遭际,但对柳宗元参与政治革新谋划和行动则持否定态度。

7.皎然。

皎然的研究,本年度有三篇论文较为出色,分别为高帆的《从皎然题画诗看其佛教思想与诗、画观念的融通》②、金建锋的《僧身与士心:论释皎然诗歌的现实性》③、张培锋的《唐代诗僧皎然生年新证——兼说大数据时代的文本细读》④。

高文讨论的是皎然题画诗所折射出的诗画观念与佛教思想的融通。文章认为,皎然的题画诗不仅渗透着他的诗学观点,还反映出他深厚的佛学修养以及对绘画的独特见解。具体体现在:联系佛教中的"作用"论,皎然认为创作诗画都需要精心构思;结合佛教的真实观,他认为诗画作品应当体现"真"风格;受佛教"空观"影响,皎然论诗强调"取境",书画也应注重"取势","气韵"与"体势"密切相关,取势得当而后"气韵"自高。作者认为,皎然从佛理参悟延展到对诗歌"意境"和对绘画、书法"气韵"等关键命题的思考,其题画诗融入了禅思和禅悟,具有较高的创作水准和理论价值。

金文则探析了皎然反映现实生活的诗歌,指出皎然现实性歌主要体现在三个方面——一是自身现实:求学赶考,求仕不畅,抒发怀才不遇之感;二是社会现实:身遭战乱,忧心国事,体现忧

国忧民之情;三是边塞现实:关注边塞,赞扬边塞将士保家卫国英勇杀敌,体现爱国之心。文章认为,释皎然创作现实性诗歌的原因既有时代使然,又有个人际遇,也有佛教世俗化和禅宗灵活思想的推动等。作者还指出,释皎然诗歌的现实性实际上是一位生活在伟大时代背景下,身为僧人却士心仍存的亦僧亦士文学家的典型文学创作表现。

张文则通过文本细读,重新考证了皎然的生年。文章认为皎然所作《五言赠李中丞一首》的后半部分绝非皎然的作品,而是李洪所作。以往据此诗得出的皎然生年为公元720年的结论是无法成立的。作者认为,对于古代文献的考察必须全面深入,弄清其来龙去脉,尤其注意一些用语的语气身份,不能简单地断章取义。文章还指出,在古籍数据库广泛使用、查找文献较之以往变得更加"容易"的今天,真正做到细读文本,发现其中的隐微之处,正是今日古代文学研究亟应重视的问题。

8.温庭筠。

温庭筠的研究,本年度有两篇文章值得注意。王雯婧、明言的《温庭筠乐评诗作初探》⑤对温庭筠《夜宴谣》《弹筝人》《郭处士击瓯歌》《觱篥歌》《舞衣曲》等评乐诗作进行了文本细读,指出这些诗在"摹写声音"的细腻度、艺术性皆有可取之处。

而侯飞宇、丁放《从〈贯华堂选批唐才子诗〉

---

① 周玉华:《王夫之对柳宗元诗歌接受情形探究——以〈唐诗评选〉为考察中心》,《湖南科技学院学报》2022年第4期。

② 高帆:《从皎然题画诗看其佛教思想与诗、画观念的融通》,《江苏科技大学学报》(社会科学版)2022年第1期。

③ 金建锋:《僧身与士心:论释皎然诗歌的现实性》,《湖州师范学院学报》2022年第1期。

④ 张培锋:《唐代诗僧皎然生年新证——兼说大数据时代的文本细读》,《古典文学知识》2022年第1期。

⑤ 王雯婧、明言:《温庭筠乐评诗作初探》,《音乐文化研究》2022年第2期。

看金圣叹对温庭筠七律诗的选评》①则从金圣叹《贯华堂选批唐才子诗》选诗偏好与评诗特点入手，考察其诗学思想与温庭筠七律的独特价值。文章认为，金圣叹的《贯华堂选批唐才子诗》选录温庭筠七律诗二十首，既彰显了其深受尊唐思想浸润而推重杜甫、标举七律、以敦厚雅正为旨归的诗学思想，同时也突破了时人对温庭筠其人、其诗评价不高的禁锢，一定程度上体现出金圣叹不为时代束缚的独到眼光与灼灼创见。文章还指出，金圣叹对于温庭筠诗歌的具体品评，一方面，通过颇具特色的起承转合分解法拆分诗歌结构，剖析了温庭筠七律字法的常语成妙与句法上的转笔奇巧，关注到频繁出现的对比辞格，重点聚焦了其中时间、空间的非线性处理与时空的数次转换；另一方面，评点中也时见金圣叹个人情感体验的介入，不仅饱含对诗歌内容情感共鸣的直接表达，也兼重对诗人创作情境与创作心理的复原，呈现出理性与感性色彩的完美交织融合。

9.韦庄。

本年度韦庄研究的论文较少，罗曼的《百年来韦庄研究的"竟"与"未竟"》②值得关注。文章对百年来韦庄研究成果进行了梳理，指出学者们在韦庄的文献整理、生平考订、诗、词、《又玄集》和文学思想等方面用力劬勤，取得了丰硕的成果，尤以早期的《秦妇吟》研究、韦庄词研究和近20年来的韦庄诗研究为代表。文章认为，当前韦庄研究尚存在"基础研究瓶颈化""研究视角狭窄化""研究方法静态化"等问题。作者指出，就目

前韦庄研究的困境而言，将韦庄诗、词、文、选本等相结合进行联动研究，或许是未来韦庄研究的新思路。

10.罗隐。

罗隐研究本年度论文不多，而莫砺锋的《罗隐七律的成就及其在唐末诗坛上的地位》③则是一篇出色之作。文章将罗隐与其他唐末重要诗人分成各具特色的六组进行基于文本分析的比较研究，相对准确地揭示罗隐七律在唐末诗坛上卓然挺出的事实及其主要原因，并导出对罗隐诗歌总体成就的新评价，即在思想内容与艺术造诣两个方面都达到了唐末诗歌的最高水平。

11.韩益。

作为小诗人的韩益，陈尚君《新见唐韩益〈悼亡诗八首〉发微》④给予了重点关注。该文利用杜镇合著《陕西新见唐朝墓志》所收《李季推墓志》对其中韩益《悼亡诗八首》作了翔实考论。

三、诗学理论研究

本年度的诗学理论研究成果数量不是太多，但在深度上有所开拓，关注点主要集中在诗歌体式的考论、理论范畴的探讨、意象理论的演进，以及诗学批评方法的揭示等。

"格诗"原意如何？"平声赊缓"为什么"有用处最多"？杜晓勤《唐代"格诗"体式考原》⑤、卢盛江《论"平声赊缓"》⑥分别给出了有理有据的回答。杜文在仔细分析唐人"格诗"一词之用例和所指作品之体格律的基础上指出，高仲武《中兴

---

① 侯飞宇、丁放：《从〈贯华堂选批唐才子诗〉看金圣叹对温庭筠七律诗的选评》，《安徽理工大学学报》（社会科学版）2022年第3期。

② 罗曼：《百年来韦庄研究的"竟"与"未竟"》，《宁夏大学学报》（人文社会科学版）2022年第3期。

③ 莫砺锋：《罗隐七律的成就及其在唐末诗坛上的地位》，《文艺研究》2022年第4期。

④ 陈尚君：《新见唐韩益〈悼亡诗八首〉发微》，《文史知识》2022年第11期。

⑤ 杜晓勤：《唐代"格诗"体式考原》，《文学遗产》2022年第2期。

⑥ 卢盛江：《论"平声赊缓"》，《学术研究》2022年第10期。

间气集序》中"格律兼收"之"格",乃指与"律诗"相对之体,即此集所有古体诗,含五言古诗、七言古诗和杂言诗,苏涣《变律诗》亦属"格诗";白居易和元稹所云之"格诗",亦涵盖所有非律诗,并不等同于"古调诗",更非单指"齐梁格"诗;中唐人标举"格诗"、创作"格诗",反映了对近体诗因声律精切而导致骨格不存这一创作流弊进行反拨的艺术用心。卢文认为,自齐梁至盛唐,人们均重视平声用声。创作情况比较复杂,有的声律思想不具有实践品格,没有反映诗歌创作倾向。但不少人对平声确实放得较宽。这与汉字语音本身的事实有关,与诗歌声律化的实际有关,与平声轻扬舒缓、言音流利的语音特点有关,可能还与南朝人多轻清之声有关。由声而及情,齐梁追求诗情平和,文风靡丽,多用平声,声韵和诗情都更显舒展。以声韵诗情平稳平和为正,自然重视平声。

对诗学理论范畴的研究涉及"兴寄""兴象""风骨""雅调""秀句""格律"等。除了张晶、黄俊婷《初唐秀句语境与元兢的秀句观》①外,尚有黄琪《盛唐"兴寄""兴象"范畴中的诗歌体制实践和诗歌功能观念》②等论文若干篇。

"兴寄""兴象"范畴在初盛唐革新齐梁诗风的诗史背景下产生、发展,体现出盛唐诗人对诗歌体制的实践以及对诗歌功能的具体认识。黄琪《盛唐"兴寄""兴象"范畴中的诗歌体制实践和诗歌功能观念》指出:从体制上看,"兴寄"说呼应的是发扬汉魏比兴艺术的唐人古体创作。"兴象"之确立则受到近体诗演进过程的实际推助,与盛唐律诗创作存在紧密联系。从时人对诗歌功能的认识来看,"兴寄"说强调诗歌抒情言志,针对的是南朝后期诗歌逐渐演变为娱乐性的工具的弊端;"兴象"突出的是诗歌审美功能,盛唐人延续了南朝诗歌重视艺术美的传统,并结合晋宋以来的山水审美意识加以改造,以当时士人清新壮大的审美理想革清了六朝余弊中的低级趣味。盛唐"兴寄""兴象"范畴相互补充,体现出初盛唐以来诗歌发展的时代要求,在唐诗史上有其独特价值。

"雅调""风骨"是盛唐人十分重视的诗学概念。在唐诗学语境中,其蕴含着丰富的审美要义与批评内涵。亓颖《从〈河岳英灵集〉看殷璠"雅调"旨趣》③、王雨晴《论〈河岳英灵集〉的"雅调"观》④不约而同地讨论了殷璠的"雅调"观。二文立足角度不同,指向归一,都注意到了其"雅调"与体式批评的关联。王赟《唐朝"风骨"诗学观的发展历程》⑤以时代为经,以关键人物为纬,梳理和归纳了"唐之前""初唐至盛唐"的"风骨"发展特征,并指出在这一发展进程中魏征、陈子昂等人所发挥的重要作用。以上研究结论对于理解当时诗歌的艺术特征、审美情趣和创作方式都有着很大的帮助。

格律和意象也是学者探讨唐诗理论的切入点。李飞跃《唐诗格律的统计分析及问题》⑥通过全样本统计与整体分析证伪了一些流传已久的命题,更加准确地揭示了诗歌的声律要素特征及结构关系。简圣宇《中国传统意象理论在隋唐五

---

① 张晶、黄俊婷:《初唐秀句语境与元兢的秀句观》,《河北师范大学学报》(哲学社会科学版)2022年第2期。

② 黄琪:《盛唐"兴寄""兴象"范畴中的诗歌体制实践和诗歌功能观念》,《北京大学学报》(哲学社会科学版)2022年第1期。

③ 亓颖:《从〈河岳英灵集〉看殷璠"雅调"旨趣》,《贵州师范学院学报》2022年第1期。

④ 王雨晴:《论〈河岳英灵集〉的"雅调"观》,《重庆第二师范学院学报》2022年第2期。

⑤ 王赟:《唐朝"风骨"诗学观的发展历程》,《宁波教育学院学报》2022年第6期。

⑥ 李飞跃:《唐诗格律的统计分析及问题》,《文学遗产》2022年第5期。

代的拓展和深化》①认为,中国传统意象理论在隋唐及五代这一时段里,逐步完成了从具体话语表述到深层思想结构等各方面的优化和升级。这一时期的意象理论的发展在深度和广度上都超越前代,形成了包括"境"(意境)、兴象、韵味等在内的家族概念群。

关于诗学批评方法的揭示,黄志立《"解镫":从诗格理论到赋学批评》②很具有代表性。文章指出,"解镫"源于生活现象,过渡到军事术语,有解除马镫暂歇、延缓之意。后经诗论家撷取其延伸意于诗学病犯论中,旨在厘正五言诗创作节奏板滞、韵律单一的弊端。"解镫"是初唐颇具影响的批评理论。随着科举试赋盛行,"解镫"由诗格范畴向赋学批评迁转,变成律赋创作中用一联隔句对解决两个限韵字的特殊形式。龚方琴《〈本事诗〉与本事诗学》③在考论晚唐人孟启《本事诗》的基础上,瞻前顾后,系统梳理了作为一种诗学批评方法,本事批评的源与流,重点分析了本事批评理论的形成与运用。立论有据,结论公允。

四、唐诗选本整理与研究

选本是唐诗得以保存和流传的重要载体,也是历代选家表达诗学观念的重要依托。本年度学界对唐诗选本给予了较为广泛的关注。整理方面,继上年年底凤凰出版社推出詹福瑞主编的《历代唐诗珍稀选本汇编(唐宋金元卷)》(全50册)之后,2022年6月黄山书社又出版了徐礼节校注的清代李怀民选评的《重订中晚唐诗主客图》等。徐礼节《重订中晚唐诗主客图校注》以咸丰甲寅(1854)新化邓瑶校跋本为底本,校以其他抄刻本、唐诗选集、总集及唐人别集,纠正了底本的刊刻之误,对相关文字进行了注释,为学者深入探讨李怀民诗学思想提供了可靠的文献基础。研究方面,单篇论文、学位论文、专著均有涉猎,对象从唐人选唐诗到钱锺书选唐诗,国内、域外,几乎历朝历代唐诗选本均有触及。有的考论某一唐诗选本的成书年代和编纂宗旨,如杨金花《〈唐诗七言律选〉编撰特点与价值再发掘》④、李(木萧)璐《高仲武〈中兴间气集〉编纂的政治意识——兼论其成书年代》⑤、刘芳亮《江户时代取材于中国选本的日本所编唐诗选本——以篠崎小竹〈唐诗遗〉为例》⑥等。有的梳理某一选本的版本源流,像彭绍骏《略论〈唐诗三百首〉的版本流变与编辑思想》⑦等。有的探讨某一唐诗选本的诗学观念,像孙欣欣《明嘉靖〈全唐诗选〉的诗学理念》⑧、陈光《"世运"与"风雅"的合流:杨士弘〈唐音〉与元末江西宗唐复古思潮》⑨、李沛媛《论高棅〈唐诗品汇〉的唐诗观》⑩等。有的研究选本与唐诗经典化的关系,如王宏林《唐诗别裁集与唐诗经典化》⑪选择沈德潜《唐诗别裁集》为依据

① 简圣宇:《中国传统意象理论在隋唐五代的拓展和深化》,《中国政法大学学报》2022年第4期。
② 黄志立:《"解镫":从诗格理论到赋学批评》,《中山大学学报》(社会科学版)2022年第5期。
③ 龚方琴:《〈本事诗〉与本事诗学》,上海古籍出版社,2022年版。
④ 杨金花:《〈唐诗七言律选〉编撰特点与价值再发掘》,《甘肃社会科学》2022年第2期。
⑤ 李(木萧)璐:《高仲武〈中兴间气集〉编纂的政治意识——兼论其成书年代》,《开封大学学报》2022年第2期。
⑥ 刘芳亮:《江户时代取材于中国选本的日本所编唐诗选本——以篠崎小竹〈唐诗遗〉为例》,《东北亚外语研究》2022年第2期。
⑦ 彭绍骏:《略论〈唐诗三百首〉的版本流变与编辑思想》,《出版参考》2022年第5期。
⑧ 孙欣欣:《明嘉靖〈全唐诗选〉的诗学理念》,《济南大学学报》(社会科学版)2022年第1期。
⑨ 陈光:《"世运"与"风雅"的合流:杨士弘〈唐音〉与元末江西宗唐复古思潮》,《地域文化研究》2022年第1期。
⑩ 李沛媛:《论高棅〈唐诗品汇〉的唐诗观》,《新纪实》2022年第8期。
⑪ 王宏林:《唐诗别裁集与唐诗经典化》,中华书局,2022年版。

来考察唐诗的经典化情况,沈德潜《唐诗别裁集》充分吸收了前代研究成果,带有鲜明的官方色彩和时代特征,代表了传统诗学主流观念对唐诗的定位,该书以此选为基础,全面而深刻地揭示了唐诗经典生成与演化的过程。有的分析特殊唐诗选本的语图之关系,像段德宁、王松景《空间、视点、赏读:〈唐诗画谱〉的语图关系新探》①。更多的是对某一选本编选某一类诗歌的探讨,如张焕忠《〈唐诗三百首〉中的奉和应制诗》②等。这类成果多是就某类诗歌探讨,没能回归选本,将诗与诗人、诗与诗选、诗与时代背景结合起来。本年度关于唐诗选本的研究更值得称道的是对域外唐诗选本的大量关注,诸如霍怡《近藤元粹〈笺注唐贤诗集〉研究》③、顾佳贝《冈岛竹坞〈唐诗要解〉研究》④等。

另外,本年学界还新编选了几种唐诗选本,像黄天骥《唐诗三百年》⑤"以一诗见一人","以一人见一时代"。韩经太、葛晓音《唐诗鉴赏新选中国名诗1000首》⑥选取200首唐诗(诗174首,词26首)做了简明扼要的注释,配上细腻贴切的鉴赏,发掘出了每首名诗的思想意蕴和艺术特征,语言丰富而优美,是一部能够体现作者学养和严谨学风的选本。这些对唐诗的普及与传播无疑发挥着积极作用。

五、唐诗之路研究

自20世纪80年代竺岳兵提出"唐诗之路"这一概念之后,"唐诗之路"研究成为一个学术热点话题,在中国古代文学、文化、文学地理等领域都引发了一系列讨论,本年度这一方面的研究同样也取得了丰硕成果。

李招红《浙东唐诗之路学术文化编年史》⑦以编年史的形式记录了1967—2020年间浙东唐诗之路学术文化产生、发展、勃兴的整个历程,展现学术研究与文化建设在浙东唐诗之路这个大题目下有机结合的详尽面貌,既是对浙东唐诗之路研究现阶段发展成果的全面总结,也是对全国范围内各条唐诗之路研究的推动和展望。卢盛江、李谟润《初唐浙东诗路的发展》⑧梳理了初唐浙东诗路的发展情况,认为这一时期诗路的发展与初唐士风政风有关,也与漫游之风的发展有关。并指出初唐是浙东诗路发展的初级阶段,同时也是东晋南朝诗路向唐代诗路高潮的一个过渡。李谟润《佛寺与浙东唐诗之路》⑨讨论了唐代在浙东盛行的佛寺。佛寺是浙东唐诗之路的重要支点,在浙东逐渐形成了浓烈的文化氛围。至唐代,浙东诗路上的文人游寓佛寺更为普遍,还有一些诗僧有着独特的寺院生活。佛寺文化因而融入浙东诗路,并影响着诗路文学与诗路文化。肖瑞峰《唐诗之路视域中的贺知章》⑩认为贺知章描写唐

---

① 段德宁、王松景:《空间、视点、赏读:〈唐诗画谱〉的语图关系新探》,《洛阳师范学院学报》2022年第6期。

② 张焕忠:《〈唐诗三百首〉中的奉和应制诗》,《黑河学院学报》2022年第1期。

③ 霍怡:《近藤元粹〈笺注唐贤诗集〉研究》,上海师范大学2022年硕士学位论文。

④ 顾佳贝:《冈岛竹坞〈唐诗要解〉研究》,上海师范大学2022年硕士学位论文。

⑤ 黄天骥:《唐诗三百年》,东方出版中心,2022年版。

⑥ 韩经太、葛晓音:《唐诗鉴赏新选中国名诗1000首》,北京人民文学出版社,2022年版。

⑦ 李招红:《浙东唐诗之路学术文化编年史》,中华书局,2022年版。

⑧ 卢盛江、李谟润:《初唐浙东诗路的发展》,《江西师范大学学报》(哲学社会科学版)2022年第4期。

⑨ 李谟润:《佛寺与浙东唐诗之路》,《南开学报》(哲学社会科学版)2022年第1期。

⑩ 肖瑞峰:《唐诗之路视域中的贺知章》,《浙江社会科学》2022年第2期。

诗之路的虽然作品不多,而且用笔甚简,却为后人"导夫先路",对浙东唐诗之路的形成起到了关键作用,所以我们需要将他与唐诗之路联结起来看待。

戴伟华《地域文化与唐诗之路》①用文学地理学的理论方法来建构唐代诗歌创作的动态结构,并从文化或文学发生学的角度去探讨唐诗体式和题材的演变,进而呈现唐诗之路的部分面貌。对唐诗创作分布格局及其意义提出了中心平衡和转移的观点;论述了诗人和历史传统的认同、断续和相斥的多种形态,揭示出诗人生存状况和思想的联系和冲突;引入弱势文化的理论,对贬谪诗和边塞诗进行更高理论层面上的阐释。胡可先《西陵·渔浦:浙东唐诗之路的起点》②分别梳理了不同时期的唐代诗人在西陵和渔浦两个地方的游历、作诗情况,从地理条件和文化底蕴两

个方面论证它们是浙东唐诗之路的起点。马路路《唐诗之路镜湖客籍诗人行迹与诗作考述——兼论唐人镜湖诗创作动因》③梳理了李白、刘长卿及其他唐代诗人在镜湖这一地的诗作,并指出六朝名士山水情结和文人交游群体创作趋同心理是唐代镜湖诗大量出现的原因。房瑞丽《论唐诗中浙东地理空间的建构及其文化意蕴》④指出唐代浙东诗歌表现出方位、自然、人文、宗教、生态五种地理空间的五重建构方式,认为诗人在对浙东自然景观、地理意象的选取与欣赏中建构了地理空间,浙东诗歌的审美价值因此体现出来。

总体说来,2022年的唐诗研究既有沿着前人方向继续前行的一面,也有开拓新领域,探索新方法的一面。这些都将唐诗研究往更深入的阶段推进,期待来年有更多更好的成果涌现。

① 戴伟华:《地域文化与唐诗之路》,中华书局,2022年版。
② 胡可先:《西陵·渔浦:浙东唐诗之路的起点》,《浙江社会科学》2022年第6期。
③ 马路路:《唐诗之路镜湖客籍诗人行迹与诗作考述——兼论唐人镜湖诗创作动因》,《玉林师范学院学报》2022年第2期。
④ 房瑞丽:《论唐诗中浙东地理空间的建构及其文化意蕴》,《天水师范学院学报》2022年第2期。

宋代诗学研究报告

安徽师范大学中国诗学研究中心　胡健

2022年度的宋代诗学研究成果丰硕,其主要成绩和特点可从以下七个方面来看:第一,文献整理成果水平较高,中小作家的诗集得到较好的整理,著名作家范成大集的整理,成绩尤为突出。同时,在宋人诗集影印方面,也有新的收获。兼具学术和普及性的诗集整理陆续出现。辨伪、版本、订正等方面文献研究持续推进。第二,以欧阳修、柳永、苏轼、周邦彦、辛弃疾为代表的诗学大家名家的研究仍是重点。其他作家研究,多注重考订诗人行实,推动作品深层解读;注意诗人交游研究,突出师门传承脉络;侧重诗人的思想学术,尤其是理学对文学的影响;重视定量分析作者身份,包括地域和时空分布。第三,题材研究进一步发展,或关注整个宋代,或关注某一具体诗人,或关注某一流派,成为一个新的拓展方向。第四,对宋代诗学史、诗话和诗学源流持续关注。北宋诗学思想史出现力作。诗话关注理论渊源与作者身份。诗学渊源研究关注白居易和杜甫较多,流变研究关注苏轼和陆游的清代接受以及宋代诗文选本的域外传播较多。第五,宋代诗学通论以论文集与诗歌史著作为主。论文集重视宋代诗学中的重大问题,结构安排上重视史学发展脉络,诗歌史著作注意文学史发展阶段的描述和大作家的关键性意义。第六,交叉学科视野下的诗学与哲学、史学、艺术学和文化关系

研究成果非常丰富,而社会文化生活的关注度极高。地域诗学研究较为突出,关注到福建、四川和江西三大区域。第七,普及读物质量不断提升,能够兼具学术性,做到雅俗共赏。以下对此略作述论。

一、对中小作家诗集的整理

本年度宋代诗学文献整理和研究持续展开。文献整理包括诗集整理和影印。文献研究主要包括辨伪、版本、诗作订正和自注研究等。

中小作家的诗集得到深度整理,成绩斐然。其特色表现在三个方面,一是较为全面的辑录作品,二是尽可能进行文字校订,三是较多附录相关文献资料,为学界提供最新的可供利用的可靠版本。

较成规模的值得注意的是《永康文献丛书(第一辑)》。第一辑共有10种,宋代的陈亮、楼炤、林大中、应孟明和徐无党五人的文集,皆在其中。《陈亮集》①是在多年前邓广铭整理本的基础上完成的。除参考陈亮研究新成果外,又辑录一些诗文,为学界提供一个更加完善的版本。比如,新编《陈亮集》采用2012年北京大学《儒藏》本,因其已经做过一定的新的整理。新编《陈亮集》在《儒藏》本《陈亮集》基础上作增订补遗,将卷目明确的《问武举》《问知人官人之法》补入正

---

① (宋)陈亮著,邓广铭编:《陈亮集》,上海古籍出版社,2022年版。

文，补齐增订《代妻祭弟何少嘉文》阙文20字，另将卷目不明，但可以确定为陈亮遗文的《赠刘改之》等十一篇诗文，附于卷三十九之后，即"补遗"。包伟民认为，由此"庶几形成一个迄今最为完整的陈亮文集的版本"①。其余四种皆由钱伟强整理，诗文收录较为完备，但未能在《全宋诗》《全宋词》《全宋文》等外辑得佚作。楼炤并无完整的文集传世。《楼炤集》乃辑佚而成。正编为编者所辑楼炤所作诗文，诗三首、词四首、各体文四十余篇。附录是与楼炤相关的各种史料文献，包括楼炤年谱、传记文献、诏敕及交游、诸史杂记、著述等。《徐无党集》《林大中集》《应孟明集》三人文集内容较少，故而合刊。《徐无党集》正编中仅列徐无党三篇文章，而附录列"交游诗文"目次，收欧阳修所作与徐无党有关的诗文十多篇。《林大中集》正编辑录林大中诗词多首，较为完备。《应孟明集》则未录诗词作品，只附录他人创作的交游作品。

浙江金华市文化工程除了《永康文献丛书》，还有"北山四先生全书"系列。此系列共收著作十一种，涉及何基、王柏、金履祥、许谦四人主要著作。四人著述以经学为主，其中涉及诗集整理的是四人别集。何基文集《何北山先生遗集》②由王锟整理。王柏《鲁斋王文宪公文集》③由宋清秀等三人整理。金履祥《金仁山先生文集》④由李圣华、慈波整理。许谦《许白云先生文集》⑤由崔小敬、黄灵庚整理。四种别集整理成绩相当。仅以《何北山先生遗集》为例，进行具体说明。此集共

四卷。卷一收书序箴铭十二篇。卷二、三卷收诗近四十首。卷四为附录，包括后人的传状评记等，尤以其弟子王柏为多。此书整理全依原版，未有改动。作者用力处有二：第一，对何基理学思想的揭示。何基是南宋中期理学家，一生治学本于朱熹，是弟子王柏学问的引导者。第二，除了点校《遗集》之外，增加了两个部分。一是补遗，辑录一些诗文和语录。通过补遗，使得何基的相关资料更加齐全。二是附录四卷，包括碑传志铭、师友酬赠、序跋题赞和后人记评节录等，有助于读者了解何基在历史中的评价。然而，四人诗词作品皆在《全宋诗》《全宋词》所收范围之内。另外，金履祥所编总集《濂洛风雅》得到整理。整理的贡献主要也体现在文字校订与篇目考证上。上述文集的深度整理，比清人所编《金华丛书》更具有学术价值。

还有三种宋人文集整理本应当注意。一是刘云军整理的韩元吉《南涧甲乙稿》⑥。整理者选择以广雅书局影印聚珍本为底本，参校《四库全书》本以及现存《永乐大典》和《历代名臣奏议》等书中所引韩元吉的相关文字。韩元吉《南涧甲乙稿》原先有诗七卷，词一卷，文十四卷。此次整理辑佚不多，主要是将广雅书局影印聚珍本后附录清人孙星华辑佚的韩元吉佚文三篇收入。二是陈平点校《袁说友集》⑦。本书为宋人袁说友文集的点校整理本。袁说友是《易》学名家，组织编纂有《成都志》《成都文类》《高宗实录》及《会稽志》等文史著作。袁说友著作《东塘集》，四库馆臣据

① 包伟民：《〈陈亮集〉整理再版说明》；（宋）陈亮著，邓广铭：《陈亮集》，上海古籍出版社，2022年版。
② （宋）何基著，王锟整理：《何北山先生遗集》，上海古籍出版社，2022年版。
③ （宋）王柏著，宋清秀等整理：《鲁斋王文宪公文集》，上海古籍出版社，2022年版。
④ （宋）金履著，李圣华、慈波整理：《金仁山先生文集》，上海古籍出版社，2022年版。
⑤ （宋）许谦著，崔小敬、黄灵庚整理：《许白云先生文集》，上海古籍出版社，2022年版。
⑥ （宋）韩元吉著，刘云军整理：《南涧甲乙稿》，中国社会科学出版社，2022年版。
⑦ （宋）袁说友著，陈平整理：《袁说友集》，福建教育出版社，2022年版。

《永乐大典》辑录二十卷。前七卷是诗歌,收录各体诗歌500余首。此集在四库本的基础上,增补诗歌9首(包括残句)。附录部分增入袁说友相关资料,包括家传、墓志铭、传记及其交游诗文等,资料较为齐备。三是叶航整理《陆九渊全集》[1]。该本以清代学者李绂批点《陆九渊文集》为底本,以五种明清陆九渊文集为参校本。比起中华书局1980年版《陆九渊集》选用《四部丛刊》影印明代嘉靖刻本,底本更为精良。该本也展示参校众多明清版本的成果,即增加很多校勘记、订正部分文字错讹。其中,卷二十五为诗,另外在附录部分也收集一些遗漏的诗歌作品,资料更加丰富齐全。

大作家的文集方面,吴企明《范成大集校笺》[2]贡献颇大。范成大诗集整理本不多,主要以2006年上海古籍出版社和2020年中华书局的《范成大集》为代表。前者整理校勘不足,后者甚至出现大规模径改题目及异文的情况。吴企明的整理本较为精良,多处订正史实错误,补充文献材料,是值得信赖的善本。同时,该著不同于一般的史料典故的笺注方法,而是采用以范注范、多学科并举、多元化研究的方法,尤其强调文学元素。这主要表现在诗前的题解之中。作者认为"范成大历史贡献与文学成就被低估",他重新审视范成大的历史地位,全面评判他的文学创作,给予这位历史上的名臣、文人新的评价。另外,还有一些大作家的文集得到修订。高克勤《王荆文公诗笺注》[3]出版已经超过十年,此次进

行修订主要是择本重校,在校勘方面做了较大的修改和提升。比如,修改一些此前因引排印本造成的误字,也更多的发挥参校本的作用。2021出版的董岑仕点校的《王安石诗笺注》[4]也是王安石诗歌李璧注的整理本。二者都是采用朝鲜本作底本,高本较大程度忠于底本面貌,但参校范围不如董本广泛。董本特点在于较为充分利用南宋抚州刊刻本(今存十七卷藏台北故宫博物院),校勘记也更加丰富,更加接近李璧注原貌。另外,在体例上亦有不同,董本不仅点校李璧注,还校勘刘辰翁的评点。另外,张健对《沧浪诗话校笺》[5]也有一些错字和标点修订,尤其是吸收张伯伟教授的研究成果,将唐人张南史诗首二句标点作了修改,使校笺整理更加完善。本年度还有一些诗词全集及其校评作品。如崇文书局持续推出古代文学家的全集校注,形成"中国古典诗词校注评丛书"。一般会包括编年、题解、校注、汇评、辑佚、辨伪工作,同时增加前言进行说明,附录也会有一些相关资料。此项工作已经持续多年。本年度完成出版的有李珊《吴文英词全集》[6]、谢永芳《陈与义诗词全集》[7]两种,虽然是较为严肃的古籍整理,但其面对的主要还是社会大众,为诗集的通俗阅读做出贡献。

宋代诗学文献不仅仅包括宋人文集,也包括宋人编纂的宋前诗人别集。杜甫诗集在宋代有多种注本,但整理本尚少。近年来,学界开始关注这一点。比如,曾祥波《新定杜工部草堂诗笺斠证》、刘跃进和徐希平主编《杜集珍本文献集成

① (宋)陆九渊著,叶航整理:《陆九渊全集》,上海古籍出版社,2022年版。
② (宋)范成大著,吴企明校笺:《范成大集校笺》,上海古籍出版社,2022年版。
③ (宋)王安石著,高克勤点校:《王荆文公诗笺注》,上海古籍出版社,2022年版。
④ (宋)王安石著,董岑仕点校:《王安石诗笺注》,中华书局,2021年版。
⑤ (宋)严羽著,张健校笺:《沧浪诗话校笺》,上海古籍出版社,2022年版。
⑥ 李珊:《吴文英词全集》,崇文书局,2022年版。
⑦ 谢永芳:《陈与义诗词全集》,崇文书局,2022年版。

（宋元卷）》等。本年度出版的是聂巧平整理的宋代郭知达编纂《新刊校定集注杜诗》①。郭知达"九家注"是宋代较早的注本，具有重要的杜诗学史意义。此前，陈广忠点校《九家集注杜诗》（2020），选用《四库全书》本为底本，整理效果不佳。聂巧平以台湾"故宫博物院"藏广东五羊漕司覆刻本为底本，为各种九家注祖本，显然更为精良。聂本有效补充了文献阙失，如卷二《奉同郭给事汤东灵湫作》中"先莫能传"句以下，四库本内容阙失的内容得以补充。对比二王本，四库本还有不少文字讹误。如卷四《病后遇王倚饮赠歌》"只愿无事长相见"中"愿"讹作"顾"、卷十《屏迹》"衰年甘屏迹"中"衰"误作"暮"等，在聂本中都得以纠正。

此外，宋代诗集影印方面也有推动。如国家图书馆出版社出版的《国学基本典籍丛刊》②，今年推出《元本元丰类稿》《元本稼轩长短句》《宋本详注周美成词片玉集》等，为学界研究宋人文集提供方便之门。

除了文献整理之外，文献研究也是古籍整理中的重要工作。考察本年度的文献学研究，主要包括叙录、辨伪、版本、诗作订正和自注研究等方面。叙录方面主要是李舜臣专著《历代释家别集》。此书收录从东晋到清代僧人别集，其中涉及从北宋释智圆到南宋末年释梦真等20位宋代僧人诗文别集。叙录内容主要包括僧人小传、版本流传和内容介绍等。李著的特点是特别重视以下两个方面。一是撮述撰者之创作旨趣、题材

内容与诗文风格。如"惠洪诗文大抵诗法苏黄论诗作文亦多崇元祐而抑熙宁，其诗题材广泛，举凡山水、释境、禅理、酬赠诗，皆有所及""行海之诗，中间二联，常以时间、空间对照，读之有浓烈之沧桑感……万般感悟皆入诗中，虽极力突出时空感，然境界未必阔大，此亦为宋季诗坛之通病，无关乎方外释子之诗料识见"③等。这些评价能够结合作者的生平与时代，非熟读诗集内容，不能如此妥帖。二是叙录中每言诗歌题材风格都有举例，又突出诗集的史料价值。比如"《芝园》三集虽以内学为主，然其述律宗、台宗之发展，尤具史料价值""道璨交游广泛，与江万里、方逢辰、姚勉、谢枋得等直臣志士皆有往来，集中所载相关诗文，可资考证其人事迹"④等。与《宋人别集叙录》相比，李著更具有文学研究的色彩。这反映的是作者对于别集的观念深刻理解，即"按一定的体例将最能反映一个作者'辞章'与'才情'而非'学问'和'经术'的文献汇编"⑤。辨伪方面有尹波、郭齐《旧题朱熹〈训蒙绝句〉〈性理吟〉之作者考辨》⑥，考证旧题朱熹《训蒙绝句》《性理吟》非朱熹所作，真正作者为黄士毅和谭宝焕，基本解决几百年的争讼。孙利政《苏轼佚诗辨伪一例》⑦对苏轼一首佚诗进行辨伪，也有理有据。版本研究有李俊标、朱新月《密韵楼藏元刻本〈南丰先生元丰类稿〉版本关系初探》、曾祥波《〈仇池笔记〉的成书来源及其价值——以明刊〈重编东坡先生外集〉为切入点》、吴娟《两宋别集合刻考

① （宋）郭知达编纂，聂巧平整理：《新刊校定集注杜诗》，上海古籍出版社，2022年版。
② 《国学基本典籍丛刊》，国家图书馆出版社，2022年版。
③ 李舜臣：《历代释家别集叙录》，中华书局，2022年版，第70、82页。
④ 李舜臣：《历代释家别集叙录》，中华书局，2022年版，第64、108页。
⑤ 李舜臣：《历代释家别集叙录》，中华书局，2022年版，第6页。
⑥ 尹波、郭齐：《旧题朱熹〈训蒙绝句〉〈性理吟〉之作者考辨》，《文艺研究》2022年第5期。
⑦ 孙利政：《苏轼佚诗辨伪一例》，《中国诗歌研究》第22辑，社会科学文献出版社，2022年版。

论——兼谈别集合刻与文学的交互关系》①等，对于版本的优劣情况、互相关系和刊刻形态进行考证，都非常细致。考订方面有郑斌《南宋浙江乌伤四君子考论》②、彭文良《点校本〈苏轼诗集合注〉缺误补正》③和韩莉薇《〈全宋诗〉中的音乐史料研究》④，分别考订梳理"乌伤四君子"的生平经历与文学创作，《苏轼诗集合注》的部分缺误和《全宋诗》的音乐史料。自注方面的代表有彭询《贺铸诗歌自注研究》⑤和马旭《宋代集注本对杜甫诗自注的运用》⑥两篇文章。前者对贺铸诗自注的真伪识辨和内容及其特色分析，关注诗与注之间的互文关系，揭示自注独立文本的价值，进而管窥贺诗自注在诗歌史上呈现的深远意义。后者探讨宋人编纂杜诗集注本对于杜甫自注的改造和利用，时有将部分杜甫自注冠以他人名字或将自注扩充或羼入诗题的情况。上述文献研究主要涉及到苏轼、贺铸、曾巩、朱熹等宋代名人，一方面说明研究具有价值，另一方面说明宋代文献的整理与研究，任重道远。

二、名家仍是研究重点

宋代诗学中，以欧阳修、柳永、苏轼、周邦彦、辛弃疾为代表名家研究仍是重点。作品众多，名篇较多和思想深刻是名家的重要特征。因而，名家研究的最主要的特点是精细的文本阐释和宏阔、多面的解读。本年度的名家研究体现这一特点。

刘子健著《欧阳修：十一世纪的新儒家》⑦是向西方读者介绍欧阳修的研究著作。该著写作时间最早可上溯至1963年香港出版的《欧阳修的治学与从政》，此后经过几次缩写和修订，今年才被翻译成中文出版。其特点是强调欧阳修"新儒家"的身份。第一至六章考察欧阳修的身世、家庭、仕宦等，第七至十章分别探讨欧阳修"经学大师""史学家""政治理论家""宋代文学大师"等身份。第十章特别指出欧阳修在诗、词、赋和古文等文体发展中的作用和成绩。例如，书中强调欧阳修对于诗歌摆脱西昆体、培养下一代诗人的特殊贡献，而词体创作具有口语化特征。这种介绍对于西方读者是必要的。然而，刘著行文明显采用各种文体分开叙述的结构，却在诗歌举例时，用了两首词作。第十一章总结欧阳修作为"新儒家"代表体现出来的理性主义，与宗教是有区别的。作者认为，欧阳修不仅是传统的化身，同时还要为传统增光添。这将欧阳修提高到前所未有的高度，也是作者所谓"新儒家"的内核。

洪本健《一代文宗欧阳修十讲》⑧也是欧阳修研究力作。本书并非一般的通俗读物，而是深耕多年的专精之作，涉及欧阳修的经学、史学和文学。就文学部分而言，颇有创新。如第一讲和第

①李俊标和朱新月：《密韵楼藏元刻本〈南丰先生元丰类稿〉版本关系初探》(《中国韵文学刊》2022年第1期)、曾祥波：《〈仇池笔记〉的成书来源及其价值——以明刊〈重编东坡先生外集〉为切入点》(《文学遗产》2022年第2期)、吴娟：《两宋别集合刻考论——兼谈别集合刻与文学的交互关系》[《苏州大学学报》(哲学社会科学版)2022年第6期]、徐阳：《再论〈洛水集〉的版本源流》(《文献》2022年第6期)等文。

②郑斌：《南宋浙江乌伤四君子考论》，《安康学院学报》2022年第2期。

③彭文良：《点校本〈苏轼诗集合注〉缺误补正》，《黄冈师范学院学报》2022第1期。

④韩莉薇：《〈全宋诗〉中的音乐史料研究》，浙江师范大学2022年硕士学位论文。

⑤彭询：《贺铸诗歌自注研究》，西南大学2022年硕士学位论文。

⑥马旭：《宋代集注本对杜甫诗自注的运用》，《杜甫研究学刊》2022年第2期。

⑦[美]刘子健著，刘云军、李思、王金焕译：《欧阳修：十一世纪的改革家》，重庆出版社，2022年版。

⑧洪本健：《一代文宗欧阳修十讲》，福建教育出版社，2022年版。

二讲叙欧阳修成就伟大文学事业的天时地利人和，第三讲论苏轼对欧阳修人格魅力的解读与接受，第六讲论欧阳修的"以诗为文"与"以文为诗"，第七讲论欧阳修、刘敞的交往与他们的崇高品格，第十讲论欧阳修《诗本义》历代评说述略等，对于欧阳修的人格解读、诗文观念、交游品格及其诗经研究，作了独到分析。其中，欧阳修"以诗为文"前人研究较多，"以诗为文"关注不多。该著认为，"以诗为文"是散文的诗化，表现在行文一唱三叹和回环往复、句式长短灵活和整饬有序、节奏跌宕有致和起伏不平、声韵前后照应和和谐自然，能够自成一说。洪著提出"欧学"概念，其对欧阳修的诗学研究是纳入这个体系之内的，所以更强调综合性研究。两部著作虽然对于其诗学涉及较少，但从不同角度总结和评价欧阳修的历史地位，更加全面地塑造欧阳修的历史形象，为欧阳修的综合研究指明方向。

在文学史叙述中，欧阳修与梅尧臣往往并称齐名，学者也注重研究二人文学的相同之处。徐涛《论欧、梅"诗骚观"的差异及表现》①和孙宗英《〈六一诗话〉中欧阳修和梅尧臣诗学观的"错位"》②，则仔细分辨欧阳修和梅尧臣诗学观念的不同之处。前者认为，欧阳修主张超越个体愤悱愁嗟之情，故其诗表现为通达的超旷，梅尧臣则对"骚怨"精神抱着同情之理解，故其诗表现为老成的平淡，二人赋予北宋诗文革新的多元性与深刻性。后者指出，《六一诗话》中梅尧臣的诗学观更多反映的是欧阳修的主张，不应把它当作梅尧臣的诗学观原貌全盘接纳，而应看到其中呈现的二

人间复杂幽微的诗学观念差异。以前学界关注欧阳修与梅尧臣重视其相同之处。两篇文章对二人诗学差异的细致分析，细化了北宋诗歌革新的发生过程。梅尧臣未有系统的诗学著作，必须结合诗歌创作才能理解其诗学观念。张剑《梅尧臣诗体诗论析疑》③综合考量梅尧臣的诗歌创作和诗学主张，指出"宛陵体"并非专指五古，而其提倡的"意新语工""状难写之景，如在目前，含不尽之意，见于言外"论，主要指五律而言，对于其他诗体并不完全适用。此文同时指出，梅尧臣虽然提倡诗歌的"平淡"，但并不排斥奇险；他的平淡论与情性雅正、语言古朴相关，并非其最看重的诗学观念，他更推崇诗歌的刺美精神。

柳永是第一个大力写词的作家，本年度得到高度关注。这主要表现在三个方面。一是从语言句法角度分析。如汪超《试论柳永词的文本重复及其传播效果》④关注到柳永词在字面、立意和章法结构方面的重复度相对较高，原因在于受预设接受者、创作时长和修改重收影响。但这并未影响流传，而且词的重复在在慢词初兴的时代或具有一定的积极意义。王卫星《宋词新风：柳永长调论析》⑤认为柳词开创长调，关键句式灵活，体势灵变，顺应歌咏太平、拓展词量的时需，更适合表现直俗意格，更擅铺叙，也更能兼容刚柔、雅俗、直婉诸格。两篇文章都强调柳词语言句法的独特性，体现了文本细读的能力。赵惠俊《代言与自我之间：柳永羁旅慢词程式化结构的类型、渊源及词情归属》⑥以柳永羁旅慢词为中心梳理其常见的结构形式，挖掘其开创性并解释柳词的

① 徐涛：《论欧、梅"诗骚观"的差异及表现》，《中国文学研究》2022年第1期。
② 孙宗英：《〈六一诗话〉中欧阳修和梅尧臣诗学观的"错位"》，《中国社会科学报》2022年5月9日。
③ 张剑：《梅尧臣诗体诗论析疑》，《文学评论》2022年第2期。
④ 汪超：《试论柳永词的文本重复及其传播效果》，《文学遗产》2022年第3期。
⑤ 王卫星：《宋词新风：柳永长调论析》，《文学遗产》2022年第3期。
⑥ 赵惠俊：《代言与自我之间：柳永羁旅慢词程式化结构的类型、渊源及词情归属》，《新宋学》，复旦大学出版社，2022年版。

文本形态为何介于代言与自我之间。二是关注柳词的乐调。刘学《〈乐章集〉的编撰与用乐继承——基于乐章渊源的考察》①讨论柳永《乐章集》受到宫廷乐章辑录的影响，依据俗乐的乐律体系而编次，由乐类词，而以词存谱。其编撰体例、宫调体系均与宋教坊大曲高度吻合。《乐章集》反映音乐在宫廷与民间的双向流动，以及乐章观念与词体观念的相互渗透。昝圣骞《新声何以多成僻调——〈乐章集〉创调特征与词史接受透视》②认为，柳永创制僻调主要乐曲来源本是教坊曲，大量使用长句、长韵和上下片很不对称的"自由体"，需要较高表演技巧，虽声传一时却格外受传播条件的限制，不适用于绝大多数因为不通音律而不得不按谱填词、依字声行腔的词家，显示出北宋词坛创作理念的分化和词史接受的复杂趋向。三是关注柳词的地位和后世批评。姚逸超《论苏轼及其门人对柳永新调的接受》③指出苏门词人不同程度上都受到柳永新调的影响。符继成《唐宋文化转型与柳词新变的生成及扩散》④指出，柳永处于唐宋文化转型的关键节点，其词的新变代表新兴平民社会力量的审美要求，形成"俗"风，同时士大夫文化精神和宫廷的礼乐文化活动为柳词带来词言志和歌颂特征，为"东坡范式"与"清真范式"成熟和词在南宋的"宋调时代"奠定了基础。孙克强《千年词学史上的柳词批评述论》⑤讨论千年词学史的对柳词批评，包括雅俗之辨、慢词铺叙手法、柳词艺术特征和柳词词史意义四方面，不同的文化背景和文学思潮

的影响下，对柳词的探析和价值判断十分对立。纵观上述观点，提到的"雅俗""创调""句式"等关键词是对于柳词特征的深化认识。

苏轼研究成果也很丰硕。庆振轩《苏轼研究论稿》⑥是值得注意的成果。此书共计22篇论文，发表时间跨度超过三十年，从多个角度对苏轼其人其文以及后世影响进行立体化研究。本书分为五编。第一编"个性论"探讨苏轼幽默诙谐的性格与超然思想。第二编"人生观探论"考察苏轼的妇女观、君臣观及其军事思想。第三编"科技活动探论"关注苏轼的科技活动。第四编"'苏海'蠡测"考察苏轼的松情结、与文同的交游，以及对欧阳修"穷而后工"说、陆贽的继承与超越。第五编"俗文学探论"探讨苏轼诗文中的敦煌佛影、"广告意识"，苏轼与"说参请""说诨话"之关联，元代贬谪剧中的东坡形象以及清代王士禛对苏轼的接受等。像苏轼这样的大家，仍然值得更多专书研究。另外，也有一些较为突出的论文。较有影响力的是王兆鹏、王友胜和阮忠共同撰文发表在《光明日报》上的《苏轼：问汝平生功业，黄州惠州儋州》⑦。文章认为，苏轼能够成为宋代文学乃至宋代文化的典范，与他一生三黜的人生经历不无关联。黄州、惠州、儋州时期，既是他一生的苦难期，也是其文学创作的高峰，可以充分反映出苏轼自身的心性变化及其文学成就。王兆鹏指出，"黄州词作全面立体地展现苏轼在痛苦中挣扎、探求、超脱的心路历程，提升词的思想深度、情感力度和艺术精度。苏轼的黄州词，标志

---

① 刘学：《〈乐章集〉的编撰与用乐继承——基于乐章渊源的考察》，《文学遗产》2022年第3期。
② 昝圣骞：《新声何以多成僻调——〈乐章集〉创调特征与词史接受透视》，《文学遗产》2022年第3期。
③ 姚逸超：《论苏轼及其门人对柳永新调的接受》，《新宋学》，复旦大学出版社，2022年版。
④ 符继成：《唐宋文化转型与柳词新变的生成及扩散》，《湖南师范大学社会科学学报》2022第2期。
⑤ 孙克强：《千年词学史上的柳词批评述论》，《文学遗产》2022年第3期。
⑥ 庆振轩：《苏轼研究论稿》，中国社会科学出版社，2022年版。
⑦ 王兆鹏、王友胜、阮忠：《苏轼：问汝平生功业，黄州惠州儋州》，《光明日报》2022年5月14日。

着词体思想情感的丰富性、复杂性、深刻性达到前所未有的新高度,开启词作的新路向,提供新的抒情范式"。王友胜认为,苏轼惠州诗文题材渐趋生活化与地域化,是其晚年创作除艺术风格外,最主要的两个变化。阮忠强调,苏轼在海南完成了两大心愿:遍和陶诗和完成《易传》《论语说》《书传》"海南三书",留给海南至今闪烁着光彩的"东坡文化"。另外,杨传庆《词学史上的东坡艳词批评》[1]主要分析词学史上的东坡艳词批评。该文指出,南宋士林将东坡艳词与政教、道德相关联,又附会艳情本事,明人注重东坡词的本色多情之处;清人则将其建设为象喻文本,肯定并践行艳词寄托的书写方式。沙红兵《论苏轼的"物我平等"思想与诗艺》[2]指出苏轼有独特的物我平等思想,认为世界是由包括人在内的万物的多样性组成的,但"我"不能完全表达"物",因而美学活动凸显出以隐喻、象征、情境创造等手段迂回接近事物、打开物我之间无限空间及变化多样性的特点。

周邦彦是北宋著名词人,但生平事迹却稀见于史乘。薛瑞生对2008年出版的《周邦彦别传》进行修订,题名《周邦彦行实新证》[3]。书中批驳王国维、陈思、罗忼烈三家研究,将周邦彦还原为奉行中庸之道的平常人。据作者言,虽然有些地方增加多种文献考证论述,但此次修订主要是做"减肥"的工作,直接削减10余万字。从目录上看,第四章"元祐事迹新证"第三节削去"邦彦前妻之亡",第六章"京师十五年事迹新证"删去第二节"邦彦在朝之事迹与睦州之行"、第五节"邦彦姑苏之行"、第六节"邦彦自姑苏回朝后之事迹",第七章"晚岁十年事迹新证"删去《开元夜游图》当作于知隆德时"。内容虽然减少,但其中一些论述则加强了。另外,还有两篇文章研究周邦彦,较为重要。一是马莎《〈少年游〉词事演变考论:兼论周邦彦"风流词客"形象之嬗变》[4],从《少年游》词事论探讨周邦彦的"风流词客"形象的塑造及其演变过程。这个探讨不在于对词作解读,而是从词作的叙事性及其自我塑造角度,讨论文学与历史共生互动问题,具有启发性。二是沈松勤《论"周姜体派"》[5],从"体派"上把握周邦彦在词史上的意义。沈文指出,词学史上的"周姜体派"以姜夔、张炎为代表,远祧周邦彦、近宗姜夔并形成独特的体格、体性和语体,在后来词的中兴历史中,具有范式意义。

朱敦儒词学研究也有关注。如郁玉英《诗词离合视野下的朱敦儒词之嬗变及其词史意义》[6]指出朱敦儒词具有诗歌特质,是诗词离合之文体演进的典型样本,彰显着宋词特质的嬗变轨迹。赵惠俊《南宋士大夫的退居词与朱敦儒〈樵歌〉——苏辛之间的另一重路径》[7]认为朱敦儒词开创了苏辛之外的创作方式,表现的是退居士大夫的品格。郑鑫、李静《朱敦儒〈樵歌〉的填词选调及其声情》[8]强调朱敦儒对词调声情的选择根源于词情表达的需要,以南渡为界限,时代风云

---

① 杨传庆:《词学史上的东坡艳词批评》,《文学遗产》2022年第4期。

② 沙红兵:《论苏轼的"物我平等"思想与诗艺》,《四川大学学报》(哲学社会科学版)2022年第1期。

③ 薛瑞生:《周邦彦行实新证》,商务印书馆,2022年版。

④ 马莎:《〈少年游〉词事演变考论:兼论周邦彦"风流词客"形象之嬗变》,《中山大学学报》(社会科学版)2022年第2期。

⑤ 沈松勤:《论"周姜体派"》,《文学遗产》2022年第1期。

⑥ 郁玉英:《诗词离合视野下的朱敦儒词之嬗变及其词史意义》,《词学》第47期,华东师范大学出版社,2022年版。

⑦ 赵惠俊:《南宋士大夫的退居词与朱敦儒〈樵歌〉——苏辛之间的另一重路径》,《词学》第48期,华东师范大学出版社,2022年版。

⑧ 郑鑫、李静:《朱敦儒〈樵歌〉的填词选调及其声情》,《词学》第47期,华东师范大学出版社,2022年版。

与个人经历决定了其心境与词情之变,对其清隽疏阔词风之形成具有重要意义。上述成果皆有助于从作者生平与心态角度理解文学创作。

辛弃疾也是学界关注的热点,出现许多研究文章。本年度有三篇文章值得关注。一是陶文鹏《论辛弃疾词意象的创新性和交融性》①。该文虽然选题一般,但体现作者扎实的功底和高超的独断力。辛弃疾意象研究很多,但此文特别提出辛弃疾善于"社会意象"和"自然意象"的交互表现,并将这种表现手法放在两宋词史发展中考察。该文指出意象的互相表现,是变北宋词的"就景叙情"为南宋的"即事叙景",辛词的意象创新交融为南宋及其后词作提供重要的启示。二是巩本栋《辛弃疾何以"胸中今古,止用资为词"》②。文章认为,辛弃疾一生多作词而很少写诗,其中既有个人的兴趣爱好和师承等因素,又与其词体观念和特殊的生活经历密切相关。辛弃疾南归后被猜忌、怀疑和排斥的身世感和忧谗畏讥、隐忍怨艾的心态,使他不得不十分注意自己的一举一动,十分谨慎,不肯轻发一言,以避诗祸。三是王兆鹏、肖鹏《辛弃疾〈菩萨蛮·书江西造口壁〉的现场勘查与历史钩沉》③。此文通过考察辛弃疾《菩萨蛮·书江西造口壁》一词创作的自然环境推动该词的深层次认知。文章指出,此词作于江西赣江边上深山环抱的造口驿。"行人泪"既是过往行人普遍感受的赣江难行,人生行路难的辛酸泪,也有词人时不我待的伤心泪,更含隆祐太后带着六宫百司逃难而死伤无数的国耻泪。创作现场关联的每一种历史掌故和创作传统,都给文本提供不同的意义指向,丰富充实着文本的

多层意蕴,郁孤台的改名和赴任地点的历史人事,都影响着词人的写作思路。这是作者近年来一直提倡的古典诗词的现场勘查研究的具体表现。文章指出,古典诗词的现场勘查要注意四个结合:点线面结合,实地勘查与文献考证结合,客观的现场勘查与主观的情感体验结合,文本细读与现代技术结合。本文虽然只是对辛弃疾一首词作的分析,但是无疑具有方法论意义。

名家研究成果虽多,但是重复研究较多,此处不过多赘述。除上述名家之外,宋代其他诗人的研究也较为丰富(有的分散在其它部分的介绍中)。下面从行实考订、师友交游、思想学术、身份信息等四方面进行介绍。

第一,注重考订诗人行实,推动作品深层解读。在诗人生平考订方面,姚红《宋代东莱吕氏家族年谱长编》④可为代表。姚著对吕氏家族政事和文学活动进行编年,考订翔实,条理清晰。它分为上中下三编。上编叙吕氏家族的萌发崛起,时间跨度是后梁太祖开平元年(吕梦奇撰写《招讨使李存进墓碑》)至咸平二年(吕蒙正三度拜相)。中编叙吕氏家族的走向兴盛,时间跨度是咸平三年(吕夷简登进士第)到元祐八年(吕夷简三入中书)。下编叙吕氏家族的发展转型,时间跨度是绍圣元年(哲宗亲政)至理宗景定二年(吕祖谦追封开封伯)。姚著通过编年真实反映吕氏家族兴衰发展过程,为宋代家族文学研究提供有益借鉴。末附《东莱吕氏家族宋代世系表》《宋代东莱吕氏姻亲关系表》,资料丰富。此书较有特色的是编年材料之下,多附有考证和释意案语。考证驳斥《资治通鉴长编》《宋史》处较多。

---

① 陶文鹏:《论辛弃疾词意象的创新性和交融性》,《武汉大学学报》(哲学社会科学版)2022第2期。

② 巩本栋:《辛弃疾何以"胸中今古,止用资为词"》,《名作欣赏》2022年第28期。

③ 王兆鹏,肖鹏:《辛弃疾〈菩萨蛮·书江西造口壁〉的现场勘查与历史钩沉》,《中山大学学报》(社会科学版)2022年第6期。

④ 姚红:《宋代东莱吕氏家族年谱长编》,浙江工商大学出版社,2022年版。

如不能定,也会标明。又有为传主辩护处,如庆历三年(1043)蔡襄上疏弹劾吕夷简。作者于此辩护曰:"蔡襄意气用事,言辞尖刻。乾兴以来,朝廷亲君子,远小人,吕夷简功不可没。朝廷用兵失利,有历史的原因,怎们能完全怪罪吕夷简?"①这个评价较为客观。又,此著对少数诗作在书中作了一定的介绍。如皇祐二年(1050)叙"吕公著与欧阳修等于聚星堂邀友分韵赋诗"条列吕公著诗。《全宋诗》收吕公著18首诗,作者根据李震考证辨伪文章,仅使用真实作品。由于该书主要是史学著作,故于吕夷简、吕公著等政治家叙述较多,吕本中、吕祖谦等文学家颇为简略,这也是此书重心在北宋的原因。另外,姚著在吕祖谦部分参考杜海军《吕祖谦年谱》,如杜谱考证朱熹与吕祖谦于隆兴元年(1163)会面,为姚著吸收。当然,也有一些不同。如杜谱考证吕祖谦出生时间为"二月十七日",姚著仍然坚持"三月十七日",此点可以再做考证。但是,杜谱还有一些考证成果,姚著并未充分吸收。例如,绍兴三十年(1161)吕祖谦赴临安铨试被评为上等第二人的时间,杜谱系"六月",特别驳斥《续金华丛书》本《东莱吕太史文集》中《年谱》"六日"有误,姚著仍然沿袭错误②,不免遗憾。其它如陈雨星《宋人张咏〈新市驿别郭同年〉之"新市"考》、张硕《作为"诗人"的晚宋临安高僧——宋僧居简〈送高九万菊涧游吴门序〉考论》、商宇琦《陆游入幕行实考辨》、王馨鑫《南宋词人吴文英家世补论——从新发现翁逢龙传记资料谈起》、刘驰《南宋词人卢祖皋生平及词作编年考》③等论文对于张咏、僧居简、陆游、吴文英、卢祖皋的一些生平事迹作了细致考证。

当然,考订诗人行实生平,最终希望的是能够有助于解决诗学问题。这方面的研究亦颇有成果。李腾焜《张炎北游南归事迹新考——兼论与其词学的关系》④堪称典型。文章认为,张炎北上有意求官未果的经历促使张炎决意归隐,形成传承一代词学的自觉,其词学形态也因此而改变。教人填词成为一种立身、谋生的手段,一种系统、细致引导初学者的"江湖词学"也由此形成。这是用文献考证解决文艺问题。具体来说,即从诗人事迹考证,推断诗人心态变化,从而考察其如何细致影响到诗学观念变化。此外,顾宝林《欧阳修扬州地域的诗歌书写与创作企向》⑤指出欧阳修在扬州的地方描写和感受,陈修圆《时与空的编织:论苏轼黄州诗的时空设计》⑥叙述苏轼在黄州诗歌的时空感,马自力、赵秀《苏轼任扬州知州的日常世事与审美超越》⑦考察苏轼任扬州知州时日常世事和诗学审美超越,訾灿灿硕士

① 姚红:《宋代东莱吕氏家族年谱长编》,浙江工商大学出版社2022年版,第170页。
② 查《宋集珍本丛刊》所收《东莱吕太史文集》附录《年谱》作"六月"。根据文意,前面是"四月岳祠满",后面是"八月归婺州",中间应以"六月"为是。(参见《东莱吕太史文集》附录卷一《年谱》,《宋集珍本丛刊》第62册,第659页。)
③ 参见陈雨星:《宋人张咏〈新市驿别郭同年〉之"新市"考》(《中国历史地理论丛》2022年第4期)、张硕:《作为"诗人"的晚宋临安高僧——宋僧居简〈送高九万菊涧游吴门序〉考论》(《中国诗学》第34辑,2022年第2期)、商宇琦:《陆游入幕行实考辨》(《中国典籍与文化》2022第1期)、王馨鑫:《南宋词人吴文英家世补论——从新发现翁逢龙传记资料谈起》(《词学》第47期,华东师范大学出版社,2022年版)、刘驰:《南宋词人卢祖皋生平及词作编年考》(《词学》第48期,华东师范大学出版社,2022年版)等文。
④ 李腾焜:《张炎北游南归事迹新考——兼论与其词学的关系》,《文学遗产》2022年第2期。
⑤ 顾宝林:《欧阳修扬州地域的诗歌书写与创作企向》,《国学学刊》2022年第2期。
⑥ 陈修圆:《时与空的编织:论苏轼黄州诗的时空设计》,《乐山师范学院学报》2022年第2期。
⑦ 马自力、赵秀:《苏轼任扬州知州的日常世事与审美超越》,《求是学刊》2022年第1期。

论文《南宋诗人晁公遡及其诗歌研究》①研究晁公遡生平事迹及其诗歌艺术特色，朱迎平《陆游或为庶出的推想——从〈祭鲁国太夫人文〉谈起》②从陆游一篇文章推向陆游可能是庶出，从而影响了其文学创作心态，赵惠俊《南宋中兴诗人的清简仕宦心态与山林之诗——以楼钥添差台州通判任上的文学活动考察为中心》③考察楼钥通判台州时的诗学活动，皆能够在文献研究的基础上进一步探求解决文学问题，值得肯定。

二是注意诗人交游研究，突出师门传承脉络。蒋成德《陈师道与其师友》④仔细梳理陈师道与曾巩、苏轼、黄庭坚、秦观、晁补之、张耒等人的交往关系，其最重要的贡献就是将陈师道与上述六人交谊分别系年，突出陈师道的中心位置，资料翔实，然目次简单，所得有限。汪超《北宋士人师承与文学》⑤一书则研究北宋士人的师承活动与文学关系。该著就北宋士人师承谱系观念，师承关系、文人流动日常交游、师门记忆等主题进行较为充分的论证。书中指出，宋人重视师承关系，又重点分析北宋师承关系的流变类型和聚散因由，较为全面地梳理北宋师承关系网络，还善于抓住师门弟子赠诗馈物、同题共作、文字回忆等现象，观察北宋师门交流的细节和文人的生存状态。本书从社会人际关系视角切入文学研究，有助于宋代文学观念流变和宋代文学功能转变的研究，具有启发性。此外，论文方面有胡传志

《范成大与金接伴使田彦皋交往考》⑥一文。该文从范成大诗作中考察其与接伴使田彦皋的密切关系，爬梳钩沉，利用文学材料解决了史学问题。

三是侧重诗人的思想学术，尤其是理学对文学的影响。郑慧《理学观念与叶适的文学思想》⑦和孔妮妮《真德秀研究》⑧是两部代表著作。叶适和真德秀不以诗歌著名，却都是南宋理学大家。郑著着眼叶适的学术思想与文学思想之间的关系。其中，涉及诗学研究的有：第二章中论叶适的辩证唯物思想影响叶适对"永嘉四灵"的评价，第三章中叶适德艺兼成的文艺观对诗学取向产生影响，第四章中阐释叶适的"中和"思想特征与平淡的文学创作追求。出于篇幅和体例，郑著讨论叶适学术思想对文学的影响，诗学研究所占比重较少，尚不全面。孔著的两个关键词是"理学思想"和"国家治理"。本书重点解读真德秀经史思想和政治观念，试图通过对以真德秀为中心的晚宋士人群体考察，厘清理学在社会各层面不断延伸的脉络，对理学影响下的宋元社会转型进行连贯性研究。孔著主要是史学论述，因而文学活动不是研究重点，诗学也只占很小比重，如第四章通过《文章正宗》编选考察真德秀文章观，论述其诗学思想。两部著作虽然涉及诗学研究不多，但专人研究在思想学术方面的深入对于诗学研究必有启发。此外，王友胜《宋诗视域下的周敦颐人格精神及其范式意义》⑨认为周敦颐在北宋

① 誉灿灿：《南宋诗人晁公遡及其诗歌研究》，闽南师范大学2022年硕士学位论文。
② 朱迎平：《陆游或爲庶出的推想——从〈祭鲁国太夫人文〉谈起》，《新宋学》，复旦大学出版社，2022年版。
③ 赵惠俊：《南宋中兴诗人的清简仕宦心态与山林之诗——以楼钥添差台州通判任上的文学活动考察为中心》，潘务正主编：《中国诗学研究》（第二十一辑），凤凰出版社，2022年版。
④ 蒋成德：《陈师道与其师友》，《古典文学研究辑刊》第二六编第10册，花木兰文化出版，2022年版。
⑤ 汪超：《北宋士人师承与文学》，中华书局，2022年版。
⑥ 胡传志：《范成大与金接伴使田彦皋交往考》，《苏州科技大学学报》（社会科学版）2022年第3期。
⑦ 郑慧：《理学观念与叶适的文学思想》，人民日报出版社，2022年版。
⑧ 孔妮妮：《真德秀研究》，上海古籍出版社，2022年版。
⑨ 王友胜：《宋诗视域下的周敦颐人格精神及其范式意义》，《新宋学》，复旦大学出版社，2022年版。

并非无名,文章从宋代诗人对周敦颐涵养心性、庭草悟道、以莲明志、清廉从政及以拙处世等维度试作阐述,以见其心性气象、人格精神及其在两宋士人中的范式意义。

四是重视定量分析作者身份,包括地域和时空分布。王兆鹏、齐晓玉《宋代诗文词作者的层级与时空分布》[①]一文放眼整个宋代作家分析诗词作者的层级与时空分布。该文以作品产生的作者、地域和时代为中心,采用定量分析方面,从而为文学史提供数据支撑。比如,该文分析地域,发现诗作量浙江称雄。分析时代则是宋代在元祐时期进入诗词高峰,数据印证了元祐文学的辉煌和南宋中兴时期文学的"中兴"。定量分析的方法虽然细化了我们对文学发展进程的认识,但也很遗憾未能提供更新的观点。

三、题材研究成为新的关注点

近年来,题材研究受到研究者较多的关注,本年度似尤其突出。

古人对于诗歌题材或者主题早有深刻认知。题材或主题的产生、形成、扩大或消亡,有着深刻的社会生活和历史文化背景。时代不同,题材各异。诗歌发展到宋代,一些传统题材或有消亡,或有新变,而一些新的题材又不断进入诗人视野。这两种现象都是值得关注的。本年度的重要成果,则多体现在新题材的研究上,或关注整个宋代,或关注某一具体诗人,或关注某一流派,皆有可观。

关注整个宋诗题材的代表性成果有两篇。一是李雅静《宋诗中的负暄书写及其诗学意义》。

文章指出,"负暄是欣享暖阳照晒的行为,在生活中极为常见。宋人对此抱有浓厚兴趣,书写负暄的诗歌在数量和丰富性上远超前代,意味着诗歌表现重心的倾斜,也反映出自觉的创作意识。"[②]"负暄"书写成为宋代发展起来的一种新题材。该文发掘宋代诗歌中的负暄题材,在对比宋前诗歌的基础上,指出宋人赋予负暄题材诗意栖居的观念,体现宋人以负暄翔实记录生命感受、彰显生活情趣和熔铸生命情调。此研究挖掘宋诗中负暄题材的丰富内涵,有助于我们理解宋人的日常审美及其日常化书写的意义。二是周剑之《花担上的帝京:宋代卖花诗词的都城感知及文学意蕴》[③]。宋代诗词中存在大量卖花书写,都城作为政治经济的中心,最为典型地承载着花卉买卖的行为,也最为直接地激发文学中的卖花书写,卖花诗词包含着宋代文人对都城的新鲜感知,既有对日常生活的细腻观察与深切体会,又有对王朝气象的敏锐把握和潜在思索。此文关注宋代诗歌中卖花主题的书写,指出买花构成一种清新优美的诗歌意境,是透视都城文学发展的较佳视角。负暄书写与卖花主题是在宋代发展起来的新题材,前人几乎皆未能意识到这种题材的存在。两篇文章予以总结和揭示,能让人眼前一亮,体现题材研究的最新成果。

关注某一位诗人题材的是周剑之《曾巩诗歌的溪山佳兴与自然观照》[④]和汪超《论曾巩诗歌的景观审美与身体感知》[⑤],均是对曾巩诗歌题材的研究。前者指出,曾巩诗歌喜爱描写溪山等自然景观,影射时代对于仕宦与归隐、自然与自我等思想维度的新探索和新体认。曾巩诗歌对自然

① 王兆鹏、齐晓玉:《宋代诗文词作者的层级与时空分布》,《中南民族大学学报》(人文社会科学版)2022年第1期。
② 李雅静:《宋诗中负暄书写及其诗学意义》,《文学评论》2022年第3期,第195页。
③ 周剑之:《花担上的帝京:宋代卖花诗词的都城感知及文学意蕴》,《文学评论》2022年第3期。
④ 周剑之:《曾巩诗歌的溪山佳兴与自然观照》,《清华大学学报》(哲学社会科学版)2022年第3期。
⑤ 汪超:《论曾巩诗歌的景观审美与身体感知》,《东华理工大学学报》(社会科学版)2022年第1期。

的关照体现其注重心性的儒学素养和思维方式，展现明净澄澈的诗歌境界。后者则特别关注到曾巩在景观审美活动中重视身体感知，以己体物，包括观景的愉悦感、极端气候的不适感和感知外物的空间体验等，尤其突出疾病、醉酒等有缺陷的身体观景感受。

关注到一个流派的主题书写的是赵鑫《自然意象的回归与江西诗法的转变》①一文。该文注意到江西诗风从生新瘦硬到圆转流美并非突变，而是由众多宗派诗人促成的渐变，而渐变脉络之一是自然意象的回归。自然风景意象的描写成为江西诗派诗风转型的主要特征。由此，题材研究不仅仅是诗歌内容的分析，也不仅仅只是诗人思想的模式化总结，而是能够关涉诗学的各个方面的话题。研究者文本细读及其内化后的精彩阐释摆脱了传统诗歌题材研究的窠臼，是近几年来诗歌内部研究的一个新趋势，应该肯定。

由上可见，发掘新题材、运用新方法，成为题材研究的新趋势。当然，也还有一些研究方法虽然较为传统，但仍然有创新。比如，题画诗也是唐宋新发展起来的题材，但前人的研究成果较多。李松石《两宋题画诗词研究》②则将宋代题画诗词研究推进一步。李著内容主要有两个方面：一是探讨题画诗的渊源及其形成因素。书中指出，题画诗源于咏物诗，宋代题画诗的繁荣因素主要有"科举制度""文人雅集""宫廷风尚""祖宗之法"。二是文献辑录与定量分析。一方面，从《全宋诗》《全宋诗补编》《全宋词》《全宋词补编》中，辑录两宋题画诗凡3619首、题画词共139首，最大限度的占有材料；另一方面，分析这些作品

的描写内容、作家作品数量及时间分布，指出两宋题画诗词有着以雅为主、雅俗结合的审美内涵。这个研究细化了宋代题画诗的发展轨迹，对两宋题画诗词的传承及地位等问题进行探析，较有参考意义。山水诗也是常见题材。陈显锋《南宋山水诗研究》主要研究南宋山水诗的背景、形成、发展、接受与创作特征等，梳理较为细致。论文指出，文化普及推进南宋山水诗异变，比较恰当的指出了南宋山水诗的社会背景。然而，文章在结论中指出："南宋诗坛主体乃是山水诗，山水诗乃南宋诗最佳代表、亦且唯一代表。南宋山水诗发展状况几可代表南宋诗坛发展状况，南宋诗家与南宋山水诗家几乎合一，历代南宋诗选本均以山水诗为主体，诗家个体亦多以山水诗著称，山水诗主体性成为南宋诗坛基本特征。"③这对研究对象的评价过于拔高，有些说法较为绝对，并不完全符合文学史实际情况。

除了上述具有代表性的研究成果外，还有一些较有成绩。比如谢琰《论西湖诗歌的景观书写模式——以白居易、苏轼、杨万里为中心》④考察唐宋西湖诗，主要以白居易、苏轼和杨万里为中心。本文认为，西湖诗歌在三位诗人手里形成三种书写模式，堪称典范。文章以西湖诗为例，讨论的是宋代"十景"诗词流变问题，从侧面提供权力、习俗、山水、文学之间的复杂互动关系的例证。同一题材在不同诗人手里形成形态各异的书写模式。这样的题材研究之法虽然并不新颖，但是很值得关注。有几篇文章对陆游诗词题材的进行考察。朱子良《从古代文学嘲谑传统看陆游自嘲诗创作》⑤将陆游的自嘲诗放在嘲谑传统

---

① 赵鑫：《自然意象的回归与江西诗法的转变》，《文学遗产》2022年第2期。
② 李松石：《两宋题画诗词研究》，新华出版社，2022年版。
③ 陈显锋：《南宋山水诗研究》，广西师范大学2022年博士学位论文。
④ 谢琰：《论西湖诗歌的景观书写模式——以白居易、苏轼、杨万里为中心》，《文学遗产》2022年第5期。
⑤ 朱子良：《从古代文学嘲谑传统看陆游自嘲诗创作》，《宁夏大学学报》（人文社会科学版）2022年第2期。

背景下考察,刘炳辉《陆游〈剑南诗稿〉中的岁时诗与南宋民俗》①结合南宋民俗探析陆游岁时诗的特色,诸葛忆兵《论陆游艳词情诗之同调》②认为陆游部分作品表现出诗词同调的创作倾向,表现传统"诗教"给宋词创作带来的巨大冲击与艳情词创作传统逐渐渗入诗歌的领域。罗墨轩《陆游海棠书写的双重面相与奉祠心态——兼对"祠官文学"概念的补充》③认为陆游诗文中的海棠书写与退居心态关系密切。从陆游研究看,这些成果无疑推进一步,但从题材研究角度看,还有不足。又如,梁思诗《宋诗中的种植书写与士大夫精神内蕴》、朱新亮《玄言诗的蜕变:宋代哲理诗的艺术实验》、侯本塔《论临济宗思想与宋代咏物诗的新变》、陈序《饮食 审美 哲思——杨万里饮食诗歌微探》、马俊铭《论杨万里〈退休集〉景物诗中的主体凸显——诚斋晚年诗歌新变的一种考察》④等,关注到种植书写、哲理诗、饮食诗、景物诗等多种题材,体现本年度宋代诗词题材研究的丰富性。但是,对于新题材挖掘较少,也较少注意到旧题材中的新问题。

题材或者主题研究是较为容易入手的选题,有着一定的研究套路,因而也最受年轻作者欢迎。粗略考察本年度硕士论文发现,以宋代诗词题材或者主题为研究对象的题目极多,如李春梅《宋代荼蘼花诗歌研究》、蔡玥《宋代"秋兴"诗研究》、刘彦伯《南宋后期行船诗研究》、杨紫君《北宋上人的莲花审美意识研究》、许诗宜《唐宋樱桃诗歌研究》、刘预兰《宋代"补天石"意象研究》、武子含《蜀道与北宋诗歌》、郭丽《宋代题卷诗研究》、穆聘《宋诗枯木意象研究》、邓哲雯《黄庭坚翻案诗研究》、杨雁《宋代笛诗研究》、张润滋《北宋熙丰年间郡斋诗研究》⑤等。这些研究选题主要以自然意象或者书写为主,方法套用居多,观念创新不足。这固然说明进入古代文学研究队伍的初学者们的阅读元典能力不足、研究方法单一和视野不够宽广等缺点。但是,硕士学位论文也是学界研究生态的重要组成部分,能够反映宋代诗学乃至整个古代文学研究呈现模式化写作态势,一定程度上体现古代文学研究的某种困境。恐怕硕士论文中诗歌意象研究的选题重复且新意不足的情况在一段时期内较难改变。

对比而言,李雅静、周剑之等人的研究,显得难能可贵,为题材研究开辟了一条新途径。他们能够立足于作品内容,切近作家心理,探索创作的发生层面,深入挖掘其内部规律,具有一定的研究方法论意义。

四、诗学与其它学科的关系

古代文学的研究并非仅有文学的方法,也需要其它学科方法。本年度诗学与哲学、史学、艺

① 刘炳辉:《陆游〈剑南诗稿〉中的岁时诗与南宋民俗》,《贵州文史丛刊》2022年第2期。
② 诸葛忆兵:《论陆游艳词情诗之同调》,《江淮论坛》2022年第2期。
③ 罗墨轩:《陆游海棠书写的双重面相与奉祠心态——兼对"祠官文学"概念的补充》,《新宋学》,复旦大学出版社,2022年版。
④ 参见梁思诗:《宋诗中的种植书写与士大夫精神内蕴》(《宁夏大学学报》(人文社会科学版)2022年第3期)、新亮:《玄言诗的蜕变:宋代哲理诗的艺术实验》(《学术界》2022年第4期)、侯本塔:《论临济宗思想与宋代咏物诗的新变》(《荆楚学刊》2022年第2期)、马俊铭:《论杨万里〈退休集〉景物诗中的主体凸显——诚斋晚年诗歌新变的一种考察》(《新宋学》,复旦大学出版社,2022年版)等文。
⑤ 参见李春梅:《宋代荼蘼花诗歌研究》(长春理工大学)、蔡玥:《宋代"秋兴"诗研究》(西华大学)、刘彦伯:《南宋后期行船诗研究》(吉林大学)、杨紫君:《北宋上人的莲花审美意识研究》(广西师范大学)、许诗宜:《唐宋樱桃诗歌研究》(辽宁师范大学)、刘预兰:《宋代"补天石"意象研究》(四川师范大学)、武子含:《蜀道与北宋诗歌》(河北师范大学)、郭丽:《宋代题卷诗研究》(沈阳师范大学)、穆聘:《宋诗枯木意象研究》(牡丹江师范学院)、邓哲雯:《黄庭坚翻案诗研究》(广西民族大学)、杨雁:《宋代笛诗研究》(陕西理工大学)、张润滋:《北宋熙丰年间郡斋诗研究》(河北师范大学)等2022年硕士学位论文

术学和文化关系研究成果非常丰富。交叉学科的研究,有助于文学作品的深层次和多角度解读。

一是经学、佛学视角等。韦春喜、吴博群《宋代〈春秋〉学对史论体咏史诗的影响》、程刚《"心为太极"与邵雍诗歌中"狂""闲""乐"的生命境界》、辛亚民《聊验天心语默间:张载诗歌的易学底色》、许家星《朱子四书学中的诗学》①等从春秋学、理学、易学和四书学角度阐释诗歌特色和诗学观念。邓莹辉、罗帅《"新学"语境下的宋代昭君诗:以王安石〈明妃曲〉二首为例》②则将王安石名篇《明妃曲》的研究置于新学兴起的背景之下。又如,黄文翰《北宋云门怀深的生平与净土诗创作》、张峰《佛禅诸趣——黄庭坚〈演雅〉内涵再探》③考察了宋代诗学的佛学思想渊源。

二是史学视角,主要探索宋代诗歌创作或诗学观念形成的政治、军事制度等时代背景。值得注意的是丁沂璐《北宋边塞诗研究》④和卫亚昊《两宋乐府制研究》⑤二书。丁著针对北宋边塞诗进行探析,虽是题材研究,但重心放在题材生成的背景研究上。这种背景分为两个层次,一是北宋边塞中军事、政治、地理、历史、经济等自然和社会要素,二是诗人的地域书写与恢复情结、忧患意识与家国情怀、民族交流与战和认知、理性

精神与突围经营等言行心理。如果说前者是边塞诗生成的外部环境,那么后者就是联接环境与作品的中介。诗人是通过感知世界,将理想抱负、精神风貌、心理状态注入在诗歌创作之中。这种研究尤其值得肯定。卫著论述的是宋代乐府制度,属于史学研究,但是对于诗学研究也有帮助。此书通过对大量史料的梳理和辨析,准确描述宋代乐府制度,在此基础上就宋代乐府制度与宋代音乐文学的关系做出探讨。例如第七章讨论太常寺、大晟府与宋代音乐文学关系,能够对于宋代歌诗和词体研究提供新视角。此外,宋皓琨《北宋诗与史的离合与蜀汉正统倾向》、杨一泓《北宋运河时代语境下汴水的新书写》、丁沂璐《北宋边塞诗的军储保障与重农思想》、张剑《方志文献的若干问题与对策浅探:以宋人诗歌为例》和张振谦、谭智《宫观官制度视野下的陆游诗文创作》⑥等,涉及到政治、河运、军事、方志和制度等方面。此外,陈斐《〈天地间集〉:赵宋遗民的另一部"心史"》⑦大力挖掘"心史"内涵,仿陈寅恪"心史"研究理路,借鉴西方心态史、情感史的一些理念,亦值得关注。此文认为,宋元鼎革之变激发出士人思想、情感的巨大能量,使其诗歌所蕴情感的强度和密度大增,进而凸显诗为"心史"的性质。而谢翱所编《天地间集》能够展示这种

① 参见韦春喜、吴博群:《宋代〈春秋〉学对史论体咏史诗的影响》(《社会科学战线》2022年第2期)、辛亚民:《聊验天心语默间:张载诗歌的易学底色》(《光明日报》2022年4月19日)、许家星:《朱子四书学中的诗学》(《光明日报》2022年4月18日)等文。

② 邓莹辉、罗帅:《"新学"语境下的宋代昭君诗:以王安石〈明妃曲〉二首为例》(《福州大学学报》(哲学社会科学版)2022年第1期。

③ 参见黄文翰:《北宋云门怀深的生平与净土诗创作》(《法音》2022年第2期)、张峰:《佛禅诸趣——黄庭坚〈演雅〉内涵再探》(《中国诗学》第34辑,2022年第2期)。

④ 丁沂璐:《北宋边塞诗研究》,上海古籍出版社,2022年版。

⑤ 卫亚昊:《两宋乐府制研究》,中国社会科学出版社,2022年版。

⑥ 宋皓琨:《北宋诗与史的离合与蜀汉正统倾向》(《中国诗学》第34辑,2022年第2期)、杨一泓:《北宋运河时代语境下汴水的新书写》(《社会科学战线》2022年第2期)、丁沂璐:《北宋边塞诗的军储保障与重农思想》(《湖南人文科技学院学报》2022年第2期)、张剑:《方志文献的若干问题与对策浅探:以宋人诗歌为例》(《中国地方志》2022第1期)、张振谦和谭智:《宫观官制度视野下的陆游诗文创作》(《中国诗学研究》第21辑,江苏:凤凰出版社,2022年版)等文。

⑦ 陈斐:《〈天地间集〉:赵宋遗民的另一部"心史"》,《中山大学学报》(社会科学版)2022年第5期。

"心史"，即悲痛与眷恋、惊悸与诧异、闲适与郁怅、空幻与落寞、坚守与忧惧等多种情感心路。此文对易代之际与遗民身份认同相关的心态做了立体、动态的透视，企图激活中国古代文学史的"心史"意蕴，是一个有益尝试。

三是艺术学视角，包括乐器、园林和绘画等。宋代文化艺术高度发达，诗学创作往往与艺术学叠加出现。如靳雅婷《宋代诗词与士人器乐文化研究》①研究器乐艺术与诗学，梳理宋代器乐文献，围绕士大夫阶层的器乐观念，士人的乐器偏好、乐曲选择，诗词作品对音乐意境的文学化呈现，士人的器乐听赏与器乐演奏，士人与乐工乐妓、方外乐人的交往以及士阶层内部交际活动等展开研究。宋代诗词中有大量的乐器与音乐的描写，器物研究为宋代诗学研究提供认识的知识性背景和深层次解读的基础。又如，侯迺慧《诗情与优雅：宋代园林艺术与生活风尚》②讨论园林艺术与诗学关系。此书最重要的贡献是梳理包括诗词在内的宋代园林文献，探讨宋代园林的艺术成就以及园林生活内容和文化意涵。其落足点虽是宋代园林艺术的审美性问题，但对于园林的考察亦有助于理解宋人诗词中的审美意趣。乐器是宋代文化中较为集中反映士大夫雅趣的艺术形式，园林则为宋代诗学的创作提供对象和空间。这两部著作的专题研究有助于我们加深对宋代艺术及其文学关系的认知。另外，程杰《"淤荫"何谓：宋楼璹〈耕织图·淤荫〉相关诗歌、绘画与农学问题》③也打通了文学与绘画艺术之间的隔阂，既是解决艺术问题，也是解决诗学问题。

三是语言学视角。文学是语言的艺术，从语言学角度分析诗词是可能也是必要的。蒋绍愚《唐宋诗词的语言艺术》通过对大量例证的分析比较，从歧解和误解、意象和意境、炼字和炼句、句式和语序、话题句和名词语、今昔和人我、比喻和对比、奇巧和真切、细密和疏朗、继承和发展等十个角度对唐宋诗词语言艺术进行探讨，揭示唐宋诗词的巧妙构思和艺术表达，推动诗词的语言艺术研究往更加精深方面发展。蒋著发掘宋代诗词中独特的语言现象，是作者阅读心得的呈现，兼具学术和普及意义。李东宾《词体形态论》④较为系统梳理词的演进历程、分析总结词体语言面貌和美感特质。本书注重从语言学的角度阐释词体发生和演进中的词学现象。它分为四编。第一至三章是第一编，讨论词的音乐性。词体是一种"文学文化现象"，其语言面貌受制于音乐。第四至六章讨论词体散文化在字法、句法和章法方面的表征。第七至九章是第三编，论述语言转型中的词体特质。第十至十一章是第四编，考察词体演进中的雅俗问题。贯穿于整个论著的思路是将词放在"诗体穷变"的背景下。比如，第一编认为，词的音乐性是诗体句式的延展和体制的丰容。第六章特别注意从律诗的局限看词体叙事铺陈之法发生的必然性。第三编认为由诗到词是意象语言向散文语言的转移过渡，体现散文化趋势，是表达方式的转移。第四编讨论词体向诗歌回归，"诗"与"词"对应的是"雅"与"俗"、"含蓄"与"发越"。其中，张先被认为是雅俗之间，词史地位得到重新定位。苏轼的"以诗为词"不仅是一种艺术手法，也是词体诗化和雅

① 靳雅婷：《宋代诗词与士人器乐文化研究》，四川大学出版社，2022年版。
② 侯迺慧：《诗情与优雅：宋代园林艺术与生活风尚》，浙江人民出版社，2022年版。
③ 程杰：《"淤荫"何谓：宋楼璹〈耕织图·淤荫〉相关诗歌、绘画与农学问题》，《江海学刊》2022年第2期。
④ 李东宾：《词体形态论》，北京大学出版社，2022年版。

俗整合的关键。这些论述皆让人耳目一新。不过,词体的语言形态研究只是该著的形式结构,而诗体新变代雄才是其思想核心。此外,方舒雅《转向与超越:北宋诗学语言观念下的"换骨夺胎"》①一文也值得注意。它强调在北宋诗学语言学转向下的写作策略下,著名的"换骨""夺胎"二法其实淡化对"意新"的自创,更多关注诗歌语言本体。以"造语"与"形容"的表达艺术,或改变诗句的语言风格,或增强对诗意的修饰,最终实现诗句由"言"及"意"的提升。而句法层面之超越,既是"换骨夺胎"生成时的内在规范,亦成为接受语境中绝大多数宋人认可此诗法的内在标准。由此,从北宋诗学语言观念的视域观照"换骨夺胎",呈现出不同于传统解释"意"或"语"因袭的新貌,这同时构成回归历史语境探究二法的意义所在。

四是社会文化生活视角。文学是宋人日常生活的一部分,也日渐发挥着社会功能。张春晓《从文学题咏到政治文化范本——〈世彩堂集〉成书、进献和传播考论》②一文探讨文学题咏如何成为文化范本。它以廖刚所编《世彩堂集》集名为考察点,指出其因为契合高宗标榜孝道而被树立为政治文化范本,被不断在社会上接受、解读和实践,反映两宋之交文学、伦理、思想、政治等交融互摄的立体景观。这对于我们客观评估、深入研究艺术水准不高的交际文学在古代社会生活中的真实价值,颇有启示意义。刘俞廷《宋代的食蟹风尚与文学书写》③指出文学创作对于饮食风尚的雅化作用。该文认为,东南地区饮食好尚在宋代渐渐成为整个时代的趋向,宋人大力塑造

蟹的文化意蕴。经过文人士大夫的关注和文学书写,雅韵情致的氛围成为食蟹文化的主要趋向和文雅生活方式的组成部分。李贵《汴京气象:宋代文学中东京的声音景观与身份认同》④一文则聚焦与宋代声音景观在文学中的表达。此文结合宋人文、诗、赋、词和笔记杂著等多种作品进行文史互证,还原北宋东京城的13类声音景观及其对应空间。该文指出,南宋人所谓叫卖声的"汴京气象"可作为东京声景特征的简要概括。此文虽然不研究作品,但声音的揭示仍然需要通过传统文献的文字记录。通过分析宋人对于听觉的记录,本文提出声音景观的研究方向,有助于学界关注古人感官记录史料。这两篇文章虽然主要立足于史学角度,但使用的材料多是宋代诗学文献。

佛教文化日渐成为宋人生活的组成部分。何复平《宋代文人的精神生活》⑤着眼于宋代文人对于佛教的态度,指出宋人不同于唐人的寺院碑记中表达的虔诚和歉意,而是对佛教批判,甚至将其作为表达政治和思想的工具。该书提出宋代文人是"俗世的虔诚"概念。佛教在宋代并不边缘化,而是深入文人的精神生活。宋代文人对于佛教呈现出复杂心态,一方面从精神作风、伦理道德、个人情感等角度对于佛教进行肯定,另一方面又出于世俗的目的、评价和考量,并没有把宗教信仰和彼岸追求放在首要位置。作者敏锐地指出,"俗世的虔诚"其实解构了佛教,在拥护宗教信仰的某一方面的同时,又对另一方面进行严厉的批判。

当器物成为艺术品时便形成一种新的审美

---

① 方舒雅:《转向与超越:北宋诗学语言观念下的"换骨夺胎"》,《文艺理论研究》2022年第1期。
② 张春晓:《从文学题咏到政治文化范本——〈世彩堂集〉成书、进献和传播考论》,《文艺研究》2022年第8期。
③ 刘俞廷:《宋代的食蟹风尚与文学书写》,《东南学术》2022年第2期。
④ 李贵:《汴京气象:宋代文学中东京的声音景观与身份认同》,《学术月刊》2022年第1期。
⑤ [美]何复平著,叶树勋、单虹泽译:《宋代文人的精神生活(960~1279)》,江苏人民出版社,2022年版。

意象,日益渗入文人日常生活。李溪《清物十志—文人之物的意义世界》①研究的是器物的文人化及其"用物"审美的发生过程。由于器物是审美的,故书中称之为"清物"。此著选取十种"隐几""听琴""挂剑""铭砚""坐亭""策杖""友石""玩古""煎茶""种菜"等文人行为,中心问题展示文人如何荡涤器物的时俗浊气,还以清气闲雅,并进行自我修养。此书虽然不限于宋代及其诗学,但是多数器物成为"清物"并进入雅文化范畴都是在宋人手里完成的。例如,第七章"友石",白居易虽然开始石头审美,但苏轼、米芾、宋徽宗等人的诗文画书写创作使得石物足够高雅,可以为文人之友。燕居焚香也是宋代士人的生活方式。徐莺《燕居与焚香:宋代士人的鼻观与修身》②指出,焚香鼻观、冥想修身是儒释道融合的结果。至朱熹焚香将"半日静坐、半日读书"定义为修身的方法,焚香静坐、观想山水正式成为士人修身的日课。而宋代鼻观修身也成为研究士人修身思想不可忽略的一环。

五是宋代诗学的地域性研究成果较为丰富,主要突出三大地域。

首先是福建地区。张艳辉《宋代闽地唐诗学研究》③一书探析两宋福建地区诗人和学者唐诗观的变迁,主要内容包括理学家诗人、诗话笔记和唐诗文献收藏刊刻整理等。其中最重要的研究还是严羽及其《沧浪诗话》和蔡正孙及其《诗林广记》,中心是围绕李杜韩三人的评价问题。张著指出,宋代的闽地诗人和学者的共同努力,使闽地的地域诗学特征凸显。比如,第一章第三节论及宋代闽地的行政区划、文化背景。第二、三章论述宋代闽地诗人在诗歌创作和诗学观念逐渐形成对李杜盛唐诗歌的推尊,是明代闽中诗派形成的渊源。但这种写作理念并没有一直贯穿全书。另外,诗人们的地域书写也是地域诗学形成的过程之一。张隽、黄擎《从"蛮夷渊薮"到"富庶上国"——论唐宋文人对福建书写的嬗变》考察宋代诗人对福建书写的态度转变,说明福建地区在诗人们心中逐渐形成某种特征。这仅是诗人对于福建印象的变化,其诗歌创作与地域诗学有一定偏离。

其次是四川地区。彭燕《宋代巴蜀杜诗学文献研究》④将宋代巴蜀杜诗学文献作为整体进行全面细致研究。此书共五章,分别从巴蜀文化、杜集编纂、杜诗单注本、杜诗集注本和杜诗年谱五个方面阐述巴蜀杜诗学的成就。从研究重心看,它又主要围绕二王本《杜工部集》、赵次公《新定杜工部古诗近体诗先后并解》、郭知达《校定集注杜诗》为代表杜诗整理和研究名著进行展开,涉及杜集的义例、编刻、版本、流传、伪注和价值等。彭著的梳理为我们展示了巴蜀地区杜诗著作全貌。

最后是江西地区。宋代以江西地区为中心,形成"江西诗派",展示江西地区形成诗学地域诗学的可能性。范子烨《凌濛初套印本〈陶靖节集〉宋人批语辑考》考察哈佛大学哈佛燕京图书馆所藏明人凌濛初套印本《陶靖节集》集录31家89条评语,并指出这反映宋代以江西为核心的陶渊明批评的地域性,为江西地域诗学增补又一个基本诗学特征。

此外,温州地区也有相关研究。陈增杰《宋

① 李溪:《清物十志—文人之物的意义世界》,北京大学出版社,2022年版。
② 徐莺:《燕居与焚香:宋代士人的鼻观与修身》,《杭州师范大学学报》(社会科学版)2022年第6期。
③ 张艳辉:《宋代闽地唐诗学研究》,上海古籍出版社,2022年版。
④ 彭燕:《宋代巴蜀杜诗学文献研究》,上海古籍出版社,2022年版。

元温州诗略》用选本的形式研究宋代温州地区的诗歌。选本编纂也是研究方法。本编选录宋元时期温籍诗人180家计诗800首,共为六卷,其中宋略四卷。本书对作者生平事迹、作品存佚互见等有一定的考辨,为地方的文史研究提供线索和参考,但于地域文学特质亦未有揭示。

上述研究最重要的贡献是以福建、巴蜀和江西地区为考察范围,揭示其具有的总体诗学特征,即"唐诗学""杜诗学""陶诗批评",有力地推动了宋代地域诗学研究。但是,这些研究还缺少对地域诗学的品格特性的解答。江西、巴蜀和福建的宋代诗学研究到底呈现怎样的精神品质是比较模糊的,由此而来的诗学建构其实是不稳定的。例如,彭著所谓"巴蜀杜诗学文献"包括"宋代巴蜀人编纂的杜诗学文献"和"宋代巴蜀地区出现的杜诗学文献"两种,前者代表苏舜钦和后者代表吕大防、蔡兴宗等人。但这仅仅是从文献归属来看,离总结共同特质还有一段距离。此外,第一章强调巴蜀文化以"好文"为特征,显然完全难以解释巴蜀地区杜诗学勃兴的现象。而入蜀的学者编纂的杜诗学著作是否具有巴蜀文化特性,也还值得进一步探讨。张著与范文虽然总结出福建和江西地区诗学的部分特征,但推尊陶诗和盛唐是否属于地域独有的特质,也难以确定。诚如王水照先生所言:"中国古代文学具有显著的地域特征,在作家的地域分布和作品的地域流动上,有着自己的特点和规律,但是中国长期是个统一的国家,遵奉的思想原则又基本一致,尤为重要的是使用同一的汉语言文字这一文学表达工具,因而能够从地域特征的基础上发展出真正意义上的'某地域文学'或'某地域文学区',还是需要再加斟酌的。"①因而,地域诗学研究是一项长期且艰难的工作。不过,上述研究对于宋代地域诗学的研究无疑有巨大推动作用,应该予以高度肯定。

比起对某一地域诗学整体把握的困境,对于单个诗人的地方文化感知与书写的揭示则更为容易。如尹子豪《宋诗惶恐滩意象的形成和发展——兼论中国古代诗歌地域意象的发展规律》②讨论具体地理意象,又尝试总结地域意象的发展规律。又如,中国陆游研究会选编出版的《陆游与浙江诗路文化研究》③,所收文章即关注到陆游的地域书写问题,如《杜甫陆游巴蜀酒诗比较研究》《陆游的关中情结论述》《论陆游宦游巴蜀间悲抑情怀之异变》《陆游宦赣交游考述》《陆游与岭南》等。该论文集是"2020爱国诗人陆游与浙江诗路文化"国际学术研讨会的论文选集,将于本年度出版呈现。本书的一个特色,是将陆游看成乡土诗人,指出其笔下描写的浙江山水诗是浙江诗路文化的瑰宝。这个研究与近几年浙江提倡的"诗路"研究息息相关,是一个新的学术生长点。

五、宋代诗学通论的进境

宋代诗学的通论从形式上看主要分为论文集和诗歌史两种。

一是论文集,主要是王水照、肖瑞峰和程杰三位宋代文学研究专家的研究成果。

① 王水照口述,侯体健采访:《宋代文学研究的前沿问题——王水照先生学术访谈》,《问学:思勉青年学术集刊》第3辑,复旦大学出版社,2018年版。

② 尹子豪:《宋诗惶恐滩意象的形成和发展——兼论中国古代诗歌地域意象的发展规律》,《宋代文化研究》第28辑,北京:线装书局,2022年版。

③ 中国陆游研究会选编:《陆游与浙江诗路文化研究》,中国社会科学出版社,2022年版。

王水照《宋代文学十讲》①收录其在宋代文学研究领域的十余篇代表性论文,涉及宋代文学、宋型文化、苏轼研究、宋词研究、北宋文人集团研究等诸多方面,集中展现作者在这一领域深耕细作数十年所取得的卓著成就和宋代文学研究的独特魅力。《十讲》可以分为两个部分,前面五篇关注的问题,如宋型文化、祖宗之法、宋代文学新貌、北宋文学结盟和南宋文学定位,都是极宏观重大的问题,具有引领作用。后5篇是具体作家研究,如对欧阳修贡举、苏轼文化性格和豪放词、曾巩散文和辛弃疾退居心态。这些也是宋代文学史乃至整个古代文学史都不可以忽略的。书后还有"新见文献考论"部分,收录《评久佚重见的施宿〈东坡先生年谱〉》《记蓬左文库所藏〈王荆文公诗李壁注〉(朝鲜活字本)》两篇文章,体现作者对于新材料的一贯重视。

《诗国游弋》②是肖瑞峰的学术文选,浓缩了二十多年的治学和教学心得。第一辑"唐苑拾翠"是唐诗研究,收录七篇论文。第二辑"宋圃掇英"为宋代诗词研究,收录论文六篇。第三辑"东瀛探骊"收录六篇日本汉诗方面的研究论文。第四辑"门外探艺"探讨古典文学方法论,第五辑"书山揽胜"收录三篇书评和五篇书序。其中,第二辑《宋圃掇英》为宋代诗词研究,收录《重评〈西昆酬唱集〉中的杨亿诗》《苏诗时空艺术论》《苏轼诗中的西湖镜像》《论淮海词》《论陆游诗的意象》《宋词中的别离主题》等文章。这些文章有的发表很早,虽作者谦称展示的是自己的"一份接近原始面貌的学术记录,或许还可使读者借以观照我们这一代学人在学术道路上跋涉的屐痕",然

其中对宋代诗词的许多论述,凝结其多年研究的心得,学术价值很高,对人启发也多。比如,《重评〈西昆酬唱集〉中的杨亿诗》为杨亿"西昆体"翻案,《苏轼诗的西湖镜像》拓展浙江地域文学研究范式等,都具有开拓性。

如果说,"宋圃掇英"重视的是作品内容与艺术特色,程杰《宋代文学论丛》③则更重视宋代诗学的"革新"脉络。本书是作者宋代文学研究领域相关学术论文的结集,包括论述诗文革新、宋诗审美、宋词特性、诗人诗派等内容的文章12篇,代表其早年治学特色,至今仍值得注意。前面8篇论宋诗革新的地域因素、"乐"的主题和陶杜的典范性,同时将"西昆体"、"后西昆体"、京东文人群体、范仲淹等都纳入革新的群体当中。又指出革新的宋诗形成的"平淡"理论,而南宋范成大又形成宋诗的另一个艺术倾向。后面8篇论宋词的音乐艺术、歌词特性、秦观词和咏物词等。程著后半部分是《宋诗概说》《宋辽金文学课程纲要》等教材讲义,内容简明、重点突出,然其架构则未出一般文学史范围。

二是诗学史,代表性成果是张伯伟、陶文鹏、宇文所安和王水照的著作。

通史方面有张伯伟《中国诗词曲略》④和陶文鹏《陶文鹏说中国诗歌史》⑤。张著对于中国古代两千年诗学作一个简要的概述,特别突出诗体的发展轨迹。其中有关宋诗部分是第六章《宋诗的特征及其形成》和第十章《两宋词的发展》。第六章分两节,一是宋诗产生的文化背景,二是宋诗的发展及其特征的形成,叙述宋诗产生、发展及其特质。第十章从三个方面论述宋词,即"从伶

① 王水照:《宋代文学十讲》,复旦大学出版社,2022年版。
② 肖瑞峰:《诗国游弋》,浙江工业大学出版社,2022年版。
③ 程杰:《宋代文学论丛》,凤凰出版社,2022年版。
④ 张伯伟:《中国诗词曲略》,北京大学出版社,2022年版。
⑤ 陶文鹏:《陶文鹏说中国诗歌史》,黄山书社,2022年版。

工之词到士大夫之词""慢词的创新与词境的升华""格律词和豪放词的发展",揭示宋词演进的三个重要阶段及其特征,立论闳阔通达。陶著第四章"继续开拓创新的宋诗"论述宋初诗人对唐诗的沿袭和革新和宋末诗人的成就,重点论述苏轼、黄庭坚、杨万里和陆游诗歌的特色,疏朗简明,较多高明的论断。二者结构安排上,宋代诗词概述比重皆较大,注意文学史发展阶段的描述。

断代史主要是宇文所安《只是一首歌:11世纪至12世纪初的词》①。此书特色表现在两个方面,一是将词的表演实践、文本传播、作者问题、词集编纂与流变等看成"词集史",二是对代表性词人如柳永、晏几道、苏轼、秦观、贺铸、周邦彦、李清照等人的作品进行文本解读,分析他们各自不同的风格特征及相互之间的关联与影响,力图从多个层面呈现词的历时性发展及其作者化、风格化和经典化的过程。该著最重要的贡献还是"他者"的视角,为中国本土研究提供一种借鉴。该著于2019年刊出英文版,2022年翻译成中文,才为人所熟知。

单篇论文中也对宋代诗学有相当精彩的考察。如郑佳琳《五言排律在诗学理论上的阐述过程及命名原理探析》②探讨宋代诗论家如叶梦得、张戒、杨万里、刘克庄等,在诸诗学范畴之下探讨长篇诗歌在诗法、诗风、题材功能及内在原理等多方面的特点,其论述对象虽不特指长篇近体,却对五排诗体理论的深化有重要影响。从渊源和原理两个角度,探析将"排律"作为该诗体的通用名目的合理性所在。张立荣《北宋后期江西诗派七律诗风论析》③认为江西诗派的诗风发展体现出明显的诗体流变特征,黄庭坚之下,"四洪"、徐俯、临川四友、韩驹和李彭等江西诗派诗人的七律诗风各有继承与创变,细化了学界对于江西诗派整体诗歌风貌的认识。

此外,王水照主编的《宋代文学通论》④出版修订本,也需要留意。修订本主要增加三大方面的内容,也涉及到宋代诗学史问题。一是"宋代的禅僧文学",二是"宋代的理学诗",三是"宋代的通俗文学",使结构、内容更为完善丰富,同时也凸显宋代这个时代在文学由雅而俗的演变过程中的重要意义。比如,禅僧文学的研究是随着域外汉籍研究兴起而受到重视的。不同于中国古代士大夫文学,日本"五山"禅僧是当时文学主流,其最直接的来源是宋代的禅僧。朱刚编成的《宋代禅僧诗辑考》十卷,是研究宋代禅僧诗的基础。从派别来说,北宋时期最为繁荣的宗派是云门宗,南宋禅林基本上是临济宗的天下,主流是杨岐派。从诗人来看,雪窦重显、参寥子道潜、大慧宗杲、懒庵鼎需、希叟绍昙等人存诗较多。从文献来看,别集有《参寥子诗集》《证道歌颂》《北磵集》《无文印》等,总集有《禅门诸祖师偈颂》《禅宗颂古联珠通集》《禅宗杂毒海》等。禅僧文献保存依赖寺庙传承,也依靠域外尤其是日本僧人珍藏。从形制上说,禅僧诗分文人诗、"赞""颂"韵文、偈颂和颂古等四种。从风格特征看,宋代禅僧诗在题材上受限制,语言上却无禁忌,非常讲究技巧,具有白话化倾向。

值得关注的还有《吴小如文集》⑤。它体现了吴先生广博精深成就和多元造诣。《文集》分"讲

① 宇文所安:《只是一首歌:中国11世纪至12世纪初的词》,生活·读书·新知三联书店,2022年版。
② 郑佳琳:《五言排律在诗学理论上的阐述过程及命名原理探析》,《文艺理论研究》2022年第6期。
③ 张立荣:《北宋后期江西诗派七律诗风论析》,《江西社会科学》2022年第12期。
④ 王水照主编:《宋代文学通论(修订本)》,复旦大学出版社,2022年版。
⑤ 吴小如:《吴小如文集》,中国书籍出版社,2022年版。

稿编"和"笔记编"。"讲稿编"中"古典诗文述略"收录《宋诗导论》一文,谈论自己如何读宋诗和宋诗的特点、地位和分期等,指出在文学发展大势下宋诗在于一个"变"字。"笔记编"中"吴小如学术丛札"收录《王安石诗臆札》《读词散札》《邓广铭〈稼轩词编年笺注〉(卷一)遮遗》,对梅尧臣、苏轼、王安石、辛弃疾等多人的多首诗词作了细致解读。

六、对诗学史、诗话和诗学源流的持续关注

本年度的宋代诗学思想的总体特征是突出诗学史、诗话和诗学源流研究。

第一,北宋诗学思想史出现专著,即宋皓琨的《北宋诗学思想史论》[1]一书。本书强调北宋诗学思想的整体性和史学发展脉络,共有十章。除了第十章为余论外,其余各章节都是围绕北宋诗学思想史展开阐述。第一章为萌芽,指出宋初诗学的"多元""开放"。第二至四章是建立,突出"经世诗学"和儒学风气。第五、六章是调整,强调苏轼的作用。第七至九章是成熟,肯定的是黄庭坚的典型作用、宋诗的自立及其对唐诗的超越。宋著特别强调北宋诗学的"体系",比如,认为宋初"三体"并非简单的唐诗延续,宋诗中的儒学山林气是"晚唐体"兴味的延续,宋诗中儒学乐道精神是"白体"风神的张扬等。又如,强调儒学与党争是北宋诗学调整的内外因,而苏轼被称为"风向标",在其中起了关键性作用。又如,提出"辨证诗学"的概念,指出其在北宋的发展与成熟。这些都具有较为独特的认识。宋著较为完整再现北宋诗学思想的全貌,有助于北宋诗学史的深入研究。

第二,《沧浪诗话》与理学关系得到深入研究。吴承学《〈沧浪诗话〉与宋代理学》[2]一文,提出理学对严羽《沧浪诗话》的曾"被遮蔽"的影响。他运用的方法是词语相似性比对及理论观念与思维方法层面的探寻。该文指出,《沧浪诗话》与宋代理学的关系可以从诗歌理想与人格理想、诗歌境界与圣贤气象、学诗门径与学理门径等方面找到关联。具体来说,《沧浪诗话》把"不假悟"置于"透彻之悟"上,是基于理学家所弘扬的理想人格模式而获得逻辑自洽。以气象评诗歌也是理学家的人物品评思路用于诗歌批评实践。严羽自幼受到理学熏陶并积淀成无意识和潜意识,在《沧浪诗话》中不自觉地流露出来。这种细致入微的探究,无疑有助于《沧浪诗话》研究向更深方向发展。由于理学对《沧浪诗话》中是隐约影响,如何将二者的关系明确揭示,又不会过度或者不及,吴文在论述上显示了高超的分寸感,足为典范。另外,宋代诗话的作者问题也得到讨论,有助于我们更加清晰的知晓诗话的归属情况。如裘江《〈蔡宽夫诗话〉为叶梦得作献疑》[3]是商榷文章,主要针对《文学遗产》2021年第1期发表的《〈蔡宽夫诗话〉当为叶梦得所作考辨》一文。裘文从六个方面指出该文的漏洞,不能轻易否定蔡宽夫的作者身份,可信度较高。周子翼《〈后山诗话〉考辨》[4]认为,《后山诗话》不能全部认定为陈师道所作,应该是未能定稿的著作,因为其中部分文字有衍有讹,一些本属作者自己的言论混为他人,运用时应该慎重。

① 宋皓琨:《北宋诗学思想史论》,社会科学文献出版社,2022年版。
② 吴承学:《〈沧浪诗话〉与宋代理学》,《文学评论》2022年第1期。
③ 裘江:《〈蔡宽夫诗话〉为叶梦得作献疑》,《文学遗产》2022年第2期。
④ 周子翼:《〈后山诗话〉考辨》,《海南大学学报(社会科学版)》,2022年第4期。

第三,宋代是中国古典诗歌的转型时期。宋代诗学渊源与流变研究更加深入,特征是以个案研究为主。

从渊源上看,宋代诗学的特征显现主要以唐代诗学为参照。本年度对白居易和杜甫关注较多。比如,陈才智《苏东坡眼中的白乐天:以徐州为中心》①认为,白与苏并称奠基于苏轼在徐州时期,苏轼对白居易理解深刻,是白居易接受史上十分典型和优秀的代表。左汉林、李新《宋代杜诗学研究》②是研究宋代杜诗学的力作。它主要从诗歌创作和艺术批评两个角度,探讨杜甫诗歌对宋诗的影响。具体来说,从诗歌成就、艺术渊源、体裁特征、主体风格、对仗、用典等不同方面,系统总结宋人对杜甫诗歌艺术的体认,从而较为细致地勾勒出宋代杜诗学发展的基本情况和主要特征。此著特别注意揭示宋人学杜促成的宋诗风貌。如第四章指出宋人学杜形成老健疏放、雄浑悲壮、萧淡婉丽的宋诗风格,第五章叙述宋诗"当句对""时空并驭"等句法和章法来自对杜诗的模拟。刘月飞《论陈与义的诗学渊源——以〈增广笺注简斋诗集〉为中心的考察》③认为胡稺强化陈与义学杜方面,从而为将其纳入江西诗派提供理论支持。学习陶渊明也是宋人的普遍创作观念之一。张鹏飞《"陶渊明接受"视域下司马光与"宋调"的离合》④认为司马光的诗歌创作与

所谓"宋调"之间存在着别调情况。

从流变上看,宋代诗学名家在后世乃至域外皆有影响。宋诗的本朝早期传播值得考察,郑斌《论宋人对林逋及其咏梅诗的接受》⑤叙述林逋咏梅诗在宋代的传播和唱和情况。清代诗人对宋诗的认识较为深刻,尤其对于苏轼、陆游等宋诗名家认可度较高。如李若辰《清乾隆时期诗话中的苏轼研究》⑥,分析清代乾隆时期苏轼研究的鼎盛情况;吴宇婕《康乾时期宋诗选本对陆游诗歌的接受研究》⑦,论述陆游诗歌在清代康乾时期中选本中的接受问题;林雨鉴《陆游接受史上的清代"第一个读者"及其影响》⑧,考察陆游在清代的早期阅读情况,《由杜入陆——张谦宜对陆游诗学的解读与接受》⑨,分析张谦宜诗学观念的由杜入陆的转变问题等,都对清人的这些认识有所揭示。

宋诗在域外的影响研究不多,但也有佳作。如李岩《域外接受与变革:朝鲜朝唐宋诗之辨审美趋向探析》⑩指出,唐宋诗之辨是李氏朝鲜最重要的文学现象之一,各个时期绝大多数诗人、文学流派甚至最高统治者,几乎无不处于唐宋诗之辨的影响之下,因时代风尚之推移,作者好尚多元,逐分唐宋之门界。巩本栋《"词林之弘璧,艺

① 陈才智:《苏东坡眼中的白乐天:以徐州为中心》,《河北大学学报(哲学社会科学版)》2022年第3期。
② 左汉林、李新:《宋代杜诗学研究》,中国社会科学出版社,2022年版。
③ 刘月飞:《论陈与义的诗学渊源——以〈增广笺注简斋诗集〉为中心的考察》,《中国诗歌研究》第22辑,社会科学文献出版社,2022年版。
④ 张鹏飞:《"陶渊明接受"视域下司马光与"宋调"的离合》,《文化与诗学》第32辑,北京大学出版社,2022年版。
⑤ 郑斌:《论宋人对林逋及其咏梅诗的接受》,《中国韵文学刊》2022年第1期。
⑥ 李若辰:《清乾隆时期诗话中的苏轼研究》,广西大学2022年硕士学位论文。
⑦ 吴宇婕:《康乾时期宋诗选本对陆游诗歌的接受研究》,中国矿业大学2022年硕士学位论文。
⑧ 林雨鉴:《陆游接受史上的清代"第一个读者"及其影响》,《江西社会科学》2022年第4期。
⑨ 林雨鉴:《由杜入陆——张谦宜对陆游诗学的解读与接受》,《中国诗学》第34辑,人民文学出版社,2022年版。
⑩ 李岩:《域外接受与变革:朝鲜朝唐宋诗之辨审美趋向探析》,《文学评论》2022年第4期。

苑之玄珠"——略谈〈古文真宝〉的评价问题》①从《古文真宝》的内容、传播和接受等方面对《古文真宝》一书进行评价，详细阐述《古文真宝》是一部产生于宋末元初的蒙学读物，同时也是一部渊源有自、特色独具的诗文选本，又是一部在形式和内容上都在不断演变，因而在文学史和书籍史上都有着特殊意义的选本，在中国与东亚的文化交流史上起了重要作用，占有特殊地位，为我们在更广阔的视野下认识中国文学，提供了一个不可替代的范例。冯龙哲《六如上人对宋诗的接受研究——以〈六如庵诗钞〉二编为中心》②探讨诗僧六如上人代表江户中期开始崇尚宋诗的创作情况。邱美琼、杨操《日本学者村上哲见的辛弃疾词研究》③考察日本学者村上哲见辛弃疾研究的三项成就，即详细考证辛弃疾仕宦经历；考察辛弃疾和吴文英词在历代词选中的收录情况，展示不同时期的词学思潮及词学观；分题材探讨辛弃疾词的丰富多样性，反对以"豪放"简单概括其词风。村上哲见的辛弃疾词研究继承日本"以实证为基"的传统，同时不断地拓展延伸，成为辛弃疾词研究的重要组成部分。

七、普及读物质量不断提升

近年来，宋代诗词的鉴赏和普及成果大量涌现，但是好的普及读物并不多见。宋代诗词普及读物的作者主要是作家和学者。作家代表是白落梅，其《雅宋词客》④一书用散文化和抒情性语言描述宋代12位词人的人生际遇、官场浮沉、情感历程，对于普通读者有相当大的吸引力，具有普及宋代诗词的积极意义。但是，其本质属于文学创作，很难避免情感夸张或虚构想象。另外，何永炎《醉听清吟：唐宋诗赏读》⑤则以考据态度为赏读之事，对唐宋大作家的生平和作品进行解读和介绍，性质介于学者和作家之间，也具有一定特色。作家撰写普及读物的优点是语言精美，缺点是知识性或者见解心得不足。

从研究者角度看，文学鉴赏是文学研究的前提，而准确的解读和鉴赏是文史研究者的必备素养。文史工作者的一项重要工作就是传承和普及传统文化，撰写诗词文化普及读物是最突出的表现之一。当学术名家撰写的普及读物时，则雅俗共赏，且具有一定的学术价值。本年度有5种宋代诗词普及读物，值得注意。这可以分为两个方面，一是作品鉴赏，二是作家介绍。

作品鉴赏方面，莫砺锋《宋诗鉴赏》⑥和周裕锴《禅诗精赏》⑦是本年度普及著作的代表。莫砺锋是著名的宋代文学研究专家，所著精选宋代诗词200首，选目经典，注释简明准确，赏析细腻妥帖，注意发掘每首名诗的思想意蕴和艺术特征，语言丰富而流畅。然而，本书并非简单的宋诗鉴赏，而是名家名作选释。书中涉及宋人达66家，所选超过十首的有苏轼（诗14首、词10首）、黄庭坚（诗9首、词2首）、陆游（诗10首、词3首）、辛弃疾（词15首），大致体现宋代诗学大家应有地位，给予读者正确的文学史知识和观念。从选本角度看，以作家为纲兼选诗词是本书的一大特色，

① 巩本栋：《"词林之弘璧，艺苑之玄珠"——略谈〈古文真宝〉的评价问题》，《光明日报》9月24日。
② 冯龙哲：《六如上人对宋诗的接受研究——以〈六如庵诗钞〉二编为中心》，四川外国语大学2022年硕士学位论文。
③ 邱美琼、杨操：《日本学者村上哲见的辛弃疾词研究》，《苏州科技大学学报（社会科学版）》2022年第6期。
④ 白落梅：《雅宋词客》，湖南文艺出版社，2022年版。
⑤ 何永炎：《醉听清吟：唐宋诗赏读》，商务印书馆，2022年版。
⑥ 莫砺锋：《宋诗鉴赏》，人民文学出版社，2022年版。
⑦ 周裕锴：《禅诗精赏》，复旦大学出版社，2022年版。

在体例上颇有创新。同时,该书的注释和赏析部分尤其精彩,值得反复阅读。诚如作者指出,"宋代诗歌最深刻、最生动地体现着宋代文化的精神内蕴,从而成为我们继承传统文化精神的重要渠道,理应走进当代国人的阅读视野。"①本书竭力阐释宋代诗词中的人格精神和文化底蕴,体现强烈的人文关怀与现实精神。周裕锴则在宋代禅诗研究方面耕作多年,《禅诗精赏》一书正是多年研究心得的外化。该著能够深入解读文本,得出既新颖独到又不失深刻的观点,真正给人以美的享受和思想的启迪。该书设置"深林返景""薄暮空潭""水穷云起""山空鸟鸣""渔歌入浦"等100个主题,选录唐宋两代禅诗。或讲述其背景知识,或发掘其美学意蕴,或阐释其思想内涵,或探索彼此关联,既适合于普通大众阅读,也能给专业研究者以有益的启示。另外,朱悦进《朱敦儒词赏鉴》②也具有可读性。朱敦儒活跃与两宋之际,对宋词的词风转变贡献至伟,但在普通读者中,声名不彰。朱著辑录和评注朱词,不仅数量最全,而且文献扎实,注释详尽,流畅简洁的赏析语言颇便于普通读者。

作家介绍方面,王立群《宋十家诗传》③和符海朝《范仲淹十讲》④两种较为突出。二者都是采用为诗人立传的形式,展示他们波澜壮阔的诗意人生。前者选择柳永、欧阳修、王安石、苏轼、黄庭坚、李清照、杨万里、陆游、范成大、辛弃疾等十位宋代诗人,以诗传的形式梳理其生平,在讲述诗人故事的同时对其性格特征与诗歌背景进行解析与品评。该书最主要的特色是运用诗歌题写总结诗人生平特征,如"奉旨填词柳三变——

柳永诗传""自是花中第一流——李清照诗传",语言平易生动,然普及意义高于学术意义。后者专为范仲淹一人立传,就其身世家庭、仕宦生平、师友交游、思想学术、文学成就和历史地位进行介绍,有助于普通读者深入了解范仲淹的精神风范。此著采用评传的方式,对范仲淹的介绍非常完整全面。另有郭宝平《范仲淹》⑤一书,以历史小说形式展示范仲淹的传奇人生,具有可读性。

作家的普及能够以优美的语言和饱满的情感调动读者的阅读兴趣和审美体验,但以往有些普及读物因撰者学术功底的欠缺,书中思想性较弱,虽能一时畅销,但恐很难持久。文史专家多数则不擅长用文学化语言吸引读者,常以思想内容取胜。从效果来看,学术名家参与普及工作能够恰当处理好普及和学术的关系,值得更多期待。

八、学术展望

一种研究可能涉及多个层面,着眼点不同则认识各异。本文对于研究成果的分类归纳和介绍,肯定有不完整和诸多不当之处。但是,上述介绍大致可以体现本年度宋代诗学研究的基本格局。

纵览2022年古代文学研究,宋代诗学一直是被关注较多的研究对象,论文和专著数量都比较多。就专著而言,既有在博士论文基础上的修订出版的新人新作,体现年轻学者的勇敢开拓,也有早已成名的专家出版的论文集或专著再版,具有个人学术生涯的阶段性总结意义。就论文而言,在很多期刊逐渐减少刊登古代文学研究的情

---

① 莫砺锋:《〈宋诗鉴赏〉前言》,《宋诗鉴赏》,人民文学出版社,2022年版。

② 朱悦进:《朱敦儒词赏鉴》,作家出版社,2022年版。

③ 王立群:《宋十家诗传》,大象出版社,2022年版。

④ 符海朝:《范仲淹十讲》,河南文艺出版社,2022年版。

⑤ 郭宝平:《范仲淹》,凤凰出版社,2022年版。

况下，仍然有不少佳作呈现，体现了宋代诗学的不断推陈出新，得到学界的广泛认可。本年度最重要的关注点还是对宋代大作家的研究，而最具有创新意义的则是诗歌题材或主题研究。另外，研究者立足文学本位，从哲学、史学、社会学、语言学等各视角进行交叉学科研究，同样取得了可喜的成绩。然而，在宋代诗学的研究上，我们感觉还有许多问题值得思考或需要更多的关注：

一是文献整理。一些宋人的别集和总集亟待整理。本年度的中小作家诗集整理主要依靠地方政府文化工程的推动，文化意义大于学术意义。自《全宋诗》《全宋文》《全宋词》整理之后，宋代文学文献整理和研究得到长足发展，但同时也一定程度上影响了宋人别集整理的热情，即使著名作家的别集也并非尽善尽美，遑论中小作家。比如，苏诗诗集仍需要采用域外版本作进一步补充校勘，《王状元集注分类东坡先生诗》也没有整理本。梅尧臣集自朱东润先生进行校注之后，再没有进一步做过笺释工作。韩琦、宋祁、张耒等皆未有笺注本。宋人编纂的一些重要总集也没有点校本，如《文苑英华》《唐文粹》等。随着宋代文学研究的深入，文集整理的工作也应进一步加强。

二是作品研究。首先，较少关注传统题材在宋代的新发展。许多题材在唐宋时期发展成型，也有一些消失或者产生新变，如何解释和阐述是值得考虑的。比如，赠答、送别、咏物等题材在宋人手中有何新变，目前研究述多论少，还需要下大力气探究。这一方面需要更多更新的理论支撑，另一方面也需要研究者潜心学问，认真进行文本细读和深入思考。其次，对宋代诗学的域外接受问题研究还不够。宋代著名诗人、总集和文学观念的域外接受，还只有苏轼、陆游等少数个案研究，缺乏全面系统的论述。再次，对于宋代诗歌的俗化研究不够。宋代文学是由雅转俗的，诗歌在其中扮演何种角色，诗人如何处理，有何种技巧，都需要进一步探究。

三是需要更深入的作家的个案研究。宋代诗人都往往身兼多种身份。每一位名家都是可以反复发掘研究的对象，通过分析其哲学、史学、艺术学等方面的成就，有助于探讨思想学术、时代背景与诗学观念之间的关系。除此之外，诗人的复杂心态、情感表达和文化个性，也都应该成为诗人研究的重要组成部分。

四是宋代诗学理论研究还不够充分。尽管各类诗人、流派和选本的诗学思想都已经得到大力挖掘。但从总体上来探讨宋代诗学的新的理论著作还很少见。大诗人的一些诗学观念研究相对成熟，如何在此基础上撰写出体现宋代诗学精神特质的著作，值得更多思考。

第五，宋代诗学与其它学科交融还需加深。宋代文献丰富，内容多样，也呼吁多种交叉学科研究。科际整合日益成为古代文学研究的新手段，但如何在加强其它学科视角研究的同时保持文学本位，也是需要思考的问题。

此外，硕士学位论文的相关选题也非常多，但是低层次的重复研究较为严重。这也应当尽量避免和纠正。

辽金元诗学研究报告

安徽师范大学中国诗学研究中心　张勇耀

经过学者们40余年的潜心探索和深耕细作，辽金元诗学文献整理和理论研究都在不断取得令人瞩目的新成果。近三年颇值一提的是颜庆余的《元好问与中国诗歌传统研究》[①]、薛瑞兆《新编全金诗》[②]、胡传志《元好问传论》[③]、邱江宁《元代文人群体的地理分布与元代文学格局研究》[④]、张怀宇校注王寂《拙轩集》[⑤]、杨富有《元上都扈从诗辑注》[⑥]等几部专著，都是辽金元诗学文献整理与文学研究的重要成果。2022年度的辽金元诗学研究成果数量和质量都保持在较高水平，总体可以用"十余种专著，近七十篇论文，一个会议，一场争鸣"来概括。"十余种专著"指查洪德《元代文学散论》《元好问诗词选》，狄宝心《中华传统文化百部经典·元好问集》，杨亮《混一风雅：元代翰林国史院与元诗风尚》，陈增杰《宋元温州诗略》，多洛肯等辑校《元明清蒙古族汉文创作叙录及散存作品辑录》，郭中华《金元全真文学研究——以全真诗词为中心》，米彦青《中国古代蒙古族汉诗研究》，吴光正《金元道教文学史》，张晶《辽金元诗鉴赏》，任红敏《元代文坛格局与走向研究》，还有一些通代研究专著中涵盖辽金元诗学版块，以

及几种关于辽金元诗学的经典著作重印；"一个会议"指2022年9月23—25日在山西大同举办的"中国元好问学会第九届年会暨辽金元文学学术研讨会"；"一场争鸣"指《光明日报文学遗产版》关于"元好问《雁丘词》是否为写情之作"的讨论，接连发表了三篇文章。以下分别从"专著""论文"两方面对研究成果加以论述，"会议动态"另附。

一、专著：文献与理论的双重突破

2022年出版的辽金元诗学论著包括诗学文献整理与诗学理论研究两类，其中文献整理和理论研究专著各四种，以下分别来谈。

（一）诗学文献

2022年度辽金元诗学文献的主要成果是五种诗歌选本，其中有两种是元好问诗文选本，一种是地方诗歌选本，一种是蒙古族汉语诗歌选本，一种是辽金元诗歌选注评鉴。

元好问选本此前有郝树侯《元好问诗选》、刘逸生《元好问诗选》、狄宝心《元好问诗词选》等，

① 颜庆余：《元好问与中国诗歌传统研究》，上海古籍出版社，2020年版。
② 薛瑞兆：《新编全金诗》，中华书局，2021年版。
③ 胡传志：《元好问传论》，中华书局，2021年版。
④ 邱江宁：《元代文人群体的地理分布与元代文学格局研究》，中华书局，2021年版。
⑤ 张怀宇校注：《拙轩集》，三秦出版社，2021年版。
⑥ 杨富有：《元上都扈从诗辑注》，东方出版社，2021年版。

2022年推出的这两种选本后出转精、后来居上，在编选理念、注释评鉴等层面较前都有重大突破。狄宝心选评《元好问集》①是中宣部委托原文化部实施的中华优秀传统文化传承发展工程中的重点项目"中华传统文化百部经典"中的一种，在已出版的60部经典中，元好问与陶渊明、李白、杜甫、王维、韩愈、柳宗元、欧阳修、王安石、辛弃疾等人并列，足以见出其一流大家的地位。《元好问集》前有"导读"，包括"元好问的生平事迹""元好问的思想""元好问的文学创作与成就""元好问集的版本源流、收编范围及校注情况"等内容。全书按体分类，共选诗107首，文16篇，词57首，每篇作品后附"注释""点评"，作品左侧或右侧加以旁批。旁批、点评都颇见功力，不但引入了沈德潜选、赵翼、李祖陶等人评语，而且引入了流传不广的日本小松直之进《元遗山诗选》的评语。有的点评对元好问诗词的解读颇有发明，有助于读者深入领会元好问作品。查洪德《元好问诗词选》②共选诗77首，词24首，篇幅相对较小，更适合一般读者阅读。在编排上，诗以体式为序，同一体式中按时间先后编排；词则大致以时间为序。该书侧重选取公认的佳作，做细致精深的注释和评点，并力求解出诗的辞、意、味三个层面，揭示元好问语言与诗法运用的高妙之处，在词语注解、诗意解读中常有独到之见。在评点分析诗歌中，尤其注意诗词解读的"方法论"，主张读诗重在理清诗人思路，明晰贯穿于诗中的血脉针线，而不能就词解词、就句解句。作者还指出了一些元好问诗歌研究的新方向，如元好问效法韩愈、苏轼所写的长篇诗体游记，取得了很高成就，

但还没有人对这一问题加以研究。总之，这两种选本各有千秋，代表着元好问研究的最新成果。

陈增杰《宋元温州诗略》）③是一部地方诗歌选本，共六卷，包括《宋略》四卷、《元略》二卷。共选录宋元时期温州籍诗人180家，诗800首；其中元代诗人52家，诗238首。编者自言诗歌取材于诸家别集和有关总集、选集、各类选本。分析可知，这部诗选的可贵之处有三：一是收入《全元诗》未收的20位诗人50首诗，可补《全元诗》之不足；二是编者对这部诗歌选本进行了精细校勘，自序称参校了多种版本，文字上择善而从；三是对所选诗歌加以评笺，通过评笺将这一时期的优秀作品或较有特色在当时产生过影响的诗作介绍给读者。该书另立"附考""附记"，对作者生平事迹及作品的存佚互见等加以考辨，意在为这一历史时段本地区诗歌创作成绩、发展风貌及交流情况和宋元诗研究、区域历史文化研究提供线索和参考。

多洛肯等辑校的《元明清蒙古族汉文创作叙录及散存作品辑录》④是对散见于各种文献的元明清三代蒙古族作家的汉文作品进行的辑录，共收录作家196人，其中元代58人，有诗歌作品的37人，诗歌155首，佚句1则。全书按照作者行年先后顺序排列，每位作家先列小传，再介绍作品现存情况和所用版本，最后附作品。该著所收元诗的出处主要有《元诗选》（包括癸集、初集、三集）及《御选元诗》《永乐大典》《草木子》《元诗纪事》《南昭野史》等总集、笔记、方志类文献。与《全元诗》相较，这部诗选有三方面的优点值得称道：一是收录了一些《全元诗》未收的作品，可补

① 狄宝心选评：《元好问集》，国家图书馆出版社，2022年版。
② 查洪德：《元好问诗词选》，商务印书馆，2022年版。
③ 陈增杰：《宋元温州诗略》，浙江大学出版社，2022年版。
④ 多洛肯等辑校：《元明清蒙古族汉文创作叙录及散存作品辑录》，上海古籍出版社，2022年版。

《全元诗》之缺；二是底本首选《元诗选》，而以其他出处为校本，《元诗选》未收时才会用其他底本；三是进行了相关考证。如《全元诗》收有达溥化诗16首，3首出自戴良所编《大雅集》，13首出自《元诗选补遗》，并已指出其中一首又见于李孝光诗集，但依然分录在二人名下；该著经过详细考证，剔除了确定为李孝光的3首诗和存疑的《题赵子昂画马图》，收录达溥化诗12首。该著对元代蒙古族汉诗创作的基本情况进行了梳理，对研究蒙古族文人的汉诗写作具有文献价值。

张晶《辽金元诗鉴赏》①是韩经太主编"新选中国名诗1000首"丛书（共八册）中的一册，共选录辽金元三代63位作家102首诗、词、曲并进行了注释和鉴赏。作者在"前言"中说明编选标准，是以作品的审美价值作为弃取标准，而审美价值在于诗歌语言的艺术表现力及其内在的生命感，能否唤起读者的审美情感。编选者尤为关注作品的经典性质，虽然有一些还并非"名诗"，但意在通过选评促使其经典化，为中国古代诗歌的"经典化"做出努力。注释力求繁简得当，赏析文字则表达了编选者的审美趣味、文学史识等，力求提示辽金元文学对中国文学史的独特贡献及其特殊的美学风貌。

此外，李舜臣《历代释家别集叙录》②著录了元代僧人释文明等12位僧人的16种别集，也是元代诗学研究尤其是元代佛教文学研究的重要文献，值得引起关注。

（二）诗学理论

2022年度出版的辽金元诗学理论研究专著主要有六种，另有一些通代诗学研究论著中涉及辽金元诗学，还有一些相关文献和著作重印。

查洪德《元代文学散论》③是一部元代文学研究的论文集，作者意在收集自己三十余年来从事元代文学研究的"脚印"。其中部分论文发表于20世纪90年代，因其"久"和"旧"而不太容易进入当下学者的关注视野；但作者不悔"少作"，重新将它们公之于世。事实上，通过作者的结集遴选并重新发布，这些"旧作"完成了它们的经典化，对以后的研究同样具有指导意义。第一部分《元代文学的多元丰富性》《元代民族融合与文学关系的思考》等文是对元代文学的整体性思考；第二部分《辽金元诗歌研究之成就与未来的任务》《元代诗文论研究概述》《元人的文道观与文章功用论》等文是关于元代诗文、文论的研究，重在讨论元代诗文的发展历程、重要作家及他们的成就；第三部分《辽金元笔记文献整理述论》《元曲"蛤蜊味"说献疑》等文是关于元曲和笔记的考论；第四部分是对杨奂、耶律楚材、刘秉忠、方回、姚燧、刘因、袁桷和李洧八位诗人的个案研究；第五部分三篇文章分别是对耶律楚材、刘秉忠、释行秀三人著述及流传情况的考论；第六部分《研究中国文学须有中国思维》《近古诗学的"变"与"复"》二文是突破元代文学的通代性宏观研究；最后一部分是为学界同仁或弟子后学所写的12篇书序。总体来看，这部名为"散论"的著作，其实是作者在元代文学研究道路上艰辛跋涉和探索的足迹，与作者《元代诗学通论》《元代文学通论》二书相辅相成，足资参证。

杨亮《混一风雅：元代翰林国史院与元诗风

---

① 张晶：《辽金元诗鉴赏》，人民文学出版社，2022年版。
② 李舜臣：《历代释家别集叙录》，中华书局，2022年版。
③ 查洪德：《元代文学散论》，东方出版中心，2022年版。

尚》①是首部关于元代翰林国史院与元代文士活动的研究著作。上编(一到五章)为"制度篇",从历史角度梳理翰林国史院的兴建沿革、基本职能等,属于文学背景研究;下编(六到九章)为"文士活动篇",探讨翰林国史院在元代文学与制度之间的错综关系。作者在绪论部分指出翰林国史院与文学的关系:翰林国史院是元代正统文脉延续和诗风导向的核心,南北文士的交游酬唱奠定了元代诗文偏重以雅正复古为主导的风格特征,并逐渐形成了一个以大都为中心,辐射四方的复古诗文圈;而元代两都巡幸制促成了翰林国史院的大批文士扈从,上都纪行诗形成了独特的元诗景观。其中第六章"翰林国史院与元初文坛"部分,作者指出,正是由于元代强大的国力和包容的态度以及文人普遍的盛世心态,使元代在中国古典文学史上开创了继汉魏风骨、盛唐气象之后的第三个文学高峰。第七章"翰林国史院与元中期文坛的演变及其新格局"、第八章"元代翰林国史院与雅正诗风"则对元诗发展历程中翰林人士的倡导、参与、推动作用进行了多层面的考察。第九章"明清诗论视野下的元诗与元诗史"涉及元诗传播接受史研究,作者认为,从明代的"疏离与排异"到清代的"认同与系统化",对元诗的接受实际上由单纯的诗学评点逐渐演变为对元诗史的构建,认识也逐渐理性与客观。全书构架严密,宏观与微观交错推进,对翰林国史院这个政治机构对元代文坛的影响及其诗歌风貌和理论的演进过程进行了深入细致的考察。

郭中华《金元全真文学研究——以全真诗词为中心》②是以金元时期全真宗师所创作的诗词为研究对象的文学研究论著。据作者考证,存世

全真道士词有3600余首,诗有5000余首,是金元文学中一个庞大的存在,也是文学研究中不可忽略的部分。全书共六章,除第一章为金元全真诗词概述外,其余五章分别对金元全真诗词的文化特征、审美特征、济世精神、精神家园、价值消解与重构、多重天地与情怀进行了考论。作者以文本细读与文化解析双径并行、互为经纬,有些阐发颇有新意。如在内容特点方面,作者提出全真诗词以"三教合一"为立论基调,强调儒释道的义理相通、真道相融,在开启群迷、济度众生及修行之理上有着一致性;在诗词结构方面,全真诗词具有"开放""收摄"两种审美结构,形成了与时空关系的多元性与复杂性;在济世精神方面,全真家是从"求正""求觉""守柔弱处谦和"等层面对大众的精神境界进行接引,尤其是诗词中体现的"众生平等"观念,以及"我命在我不在天"的价值本有和自信,都具有时代的进步性。全书以"大文学"眼光审视研究对象,从心理、文化、社会等视角,对金元全真诗词形式、特征、内涵、价值等进行了多角度、多层面的考论,拓展并深化了文学观照的广度和深度。

吴光正《金元道教文学研究》③是作者所著《中国宗教文学史》第五卷的上册,全书共60万字,从宗教实践的立场梳理了金元时期的道教文学及其文学史意义。该书突出了两个维度的研究:一是从宏观视角对金元时期道教文学的发展演进和总体特征加以考述,二是从微观视角对金元时期重要的道士诗歌以及儒士的涉道创作进行论析。宏观视角如《金元道教文学的历史进程》《性命双修与金元全真教的辞世书写》《南方道教文学的多元面相》《宗教实践与金元道士的

---

① 杨亮:《混一风雅:元代翰林国史院与元诗风尚》,社会科学文献出版社,2022年版。

② 郭中华:《金元全真文学研究——以全真诗词为中心》,中国社会科学出版社,2022年版。

③ 吴光正:《金元道教文学研究》,北方文艺出版社,2022年版。

文、赋创作》等章节;微观视角则对王重阳、马丹阳、全真七子、吴全节、张雨等道士的诗文创作进行专章考述。但这两个维度又是相互照应的,对金元道教文学总体特征的论述是以金元时期360余位道士的诗文作品作为依据的,而对重要道士诗词创作风格与特征的考述又放在元代诗坛风貌的总体背景之中。该著还关注到了元代著名文人的道教情结与诗歌创作,如第十四章《虞集的宗教实践与文学创作》;也关注到了道教诗歌选本的编选,如第十二章《元代南方道教山志、仙真事迹、圣地题咏的编撰》。全书从多侧面、多维度揭示了金元道教文学的精神风貌和诗学特点,既是宗教文学史的一部分,也是金元文学史的重要组成部分。

米彦青《中国古代蒙古族汉诗研究》①是关于蒙古族汉诗的研究著作,颇可与多洛肯等人《元明清蒙古族汉文创作叙录及散存作品辑录》相照映。刘跃进先生在序言中指出这部书稿的三大特点:一是占有资料的丰富性,二是文学家界定的广义性,三是作品评价的历史眼光,总之"开辟了中国古代蒙汉文化交流研究的新天地,彰显了中华民族共同体意识的深厚渊源和历史流变"。全书按照元、明、清三代分为甲、乙、丙三编,甲编为《元代蒙古族汉诗创作》。第一章《空间—政治秩序建构下的元代蒙古族汉诗创作》为总述性研究,第二到四章分别为萨都剌、泰不华、答禄与权个案研究,第五章为《元代其他蒙古诗人诗作述论》,按照时间先后,包括忽必烈家族、伯颜、元代后期综合研究,并以专门一节对元代后期蒙古人创作的宗教影响进行考论。作者试图将空间迁转作为研究萨都剌、泰不华、答禄与权的视角,在他们名字前都加以与空间迁转相关的定语,标题

分别为"变动的仕宦空间中的萨都剌诗歌创作""南—北流转中泰不华的交游与创作""由北入南迁移的答禄与权的交游与诗歌创作"。作者还抓住不同作家的不同特点,如突出叙事文学对萨都剌的影响,双重身份对泰不华的影响,宗教对元后期诗人的影响等。作者在序言中表达了"以新的研究方法和角度来呈现一个系统性的中国古代蒙古族汉诗创作史"的希望:一是告别过去历史背景与文学史阐述的"两张皮"式写法,深入讨论作家作品产生的根源;二是尊重传统文学史研究中的基本考订、艺术价值研究等方法;三是采用"互现法"对各编之间进行勾连,实现历史线性时间上的首尾呼应。作者试图将元代与后面的明、清部分形成整体,从时间流变上考察三朝蒙古族汉诗创作的发轫、发展和嬗变的轨迹,展示蒙古族汉诗创作的独特面貌和发展历史,以及蒙汉文学交融在中国文学精神和中华文化传统生成中的重要作用。

任红敏《元代文坛格局与走向研究》②是一部综合研究元代文学总体特征及其走向的文学史类著作,但比一般的文学史写作更为深入和细致。全书共分十章,以宏观视野综合考察了元代独特的社会文化环境下各种文学现象及其意义,提出了一些有价值的命题,如元代作家队伍的雅俗分流,元代盛世文风的形成与表现,理学对元代文风的影响,科举与元代文人的生存状态及其与文学的关系,民族融合与三教交融背景下元代文学的新风貌等,都是对元代文学重要文学现象与特征的把握与探研。这些文学现象中都包含着诗学的内容。正如查洪德先生在序言中所说,元代诗歌成为实用文体,纪实性、叙事性色彩强化,并由精英走向世俗,色目人等新型人物加入

---

① 米彦青:《中国古代蒙古族汉诗研究》,中国社会科学出版社,2022年版。
② 任红敏:《元代文坛格局与走向研究》,天津古籍出版社,2022年版。

创作,书写以往未曾有过的事物,记录前人未曾感受过的心理体验,形式与风格情趣也随之发生新变,而任红敏的著作对这些方面都做了有力的探索,因而这部书"是元代文学研究的重要成果。它的出版,是元代文学研究的新收获,也是对元代文学研究的积极推进"。

2022年度辽金元诗学研究成果在一些通代诗学研究中也有所体现。如陶文鹏《陶文鹏说中国诗歌史》①第五章《通向近代与现代诗歌的桥梁》第一节《重感情尊自我的元诗》,将承自辽、宋、金的元诗放在诗歌史的脉络中,重点强调了元诗在突出个体情感方面的诗学史意义。作者认为,从元初元好问提出"真"和"诚"是诗歌之本,到元末萨都剌、杨维桢冲破"儒雅"的框子,以"乐而淫,哀而伤"的情感基调描绘感官之乐以及以此为实际内容的浪漫生活,元代诗人"力求把宋诗中被压抑甚或丧失了的自我寻找回来,把诗歌从重理智轻感情的道路上拉回来,在创作实践上作出了不可低估的成绩"(121页)。尤其指出元末诗人丰富、瑰奇的想象和哀艳风格的形成是缘于对李贺的学习,但把李贺诗中凄冷的色调换成了暖热的色调。又杨明、刘明今、邬国平、羊列荣、周兴陆编著的《中国古代文论选编》②,"金元"部分收录了王若虚《论苏黄诗四首》、元好问《论诗三十首》、刘祁《归潜志》节选、胡祗遹《赠宋氏序》、虞集《中原音韵序》、贯云石《阳春白雪序》、杨维桢《沈氏今乐府序》八篇诗词论,将金元诗学

中的重要观点置于通代诗歌演进史上,某种意义上促进了辽金元诗学在中国诗学史上的地位和影响。

2022年也有一些与辽金元诗学相关的文献和文学研究著作再版重印。文献类如上海辞书出版社文学鉴赏辞典编纂中心主编的《元明清词鉴赏辞典》③2022年2月由上海辞书出版社修订再版;人民文学出版社出版的邓绍基选注《金元诗选》④于2022年11月再版,该书选入金诗近百首、元诗近三百首,并加以详实的注释。研究类如张伯伟出版于1998年的《诗词曲志》于2022年10月由北京大学出版社修订再版,易名为《中国诗词曲史略》。该书上编《诗歌史略》第七章为《少数民族诗人的崛起》,分别对辽、金、元、清四代的少数民族诗人加以考论。作者指出辽诗中特别值得注意的是女性文学,金诗则突出女真帝王对汉文化的热爱及元好问的成就与影响,元诗强调少数民族诗人的华化及题材上的归隐山水田园、题画和塞外风光。作者认为,元代少数民族诗人受华夏文明浸染,工于诗文并在创作上自成一家,在整个文学发展史上有不可忽视的价值(186页)。此外,2022年出版的诸如朱军《元代理学与社会》⑤、李秀莲《金朝社会形态的历史书写》⑥、于磊《元代江南知识人与社会研究》⑦、李涵《宋辽金元史论》⑧等几部论著虽非专门的诗学研究著作,但对相关问题的研究考辨无疑为辽金元诗学研究提供了重要的背景参考。

① 陶文鹏:《陶文鹏说中国诗歌史》,黄山书社,2022年版。
② 杨明、刘明今、邬国平等编著:《中国古代文论选编》,复旦大学出版社,2022年版。
③ 上海辞书出版社文学鉴赏辞典编纂中心主编:《元明清词鉴赏辞典》,上海辞书出版社,2002年版。
④ 邓绍基选注:《金元诗选》,人民文学出版社,2005年版。
⑤ 朱军:《元代理学与社会》,巴蜀书社,2022年版。
⑥ 李秀莲:《金朝社会形态的历史书写》,中华书局,2022年版。
⑦ 于磊:《元代江南知识人与社会研究》,上海古籍出版社,2022年版。
⑧ 李涵:《宋辽金元史论》,四川人民出版社,2022年版。

二、论文:考辨与阐释的别开生面

就已见诸各大刊物的辽金元诗学研究论文来看,2022年度依然可以算是个丰收年,不少成果可圈可点。以下就辽金元诗学的独特性,分别从诗学文献、传统诗学、民族诗学、易代诗学、诗人个案和诗学争鸣六个方面加以述评。一些诗学研究是融合在文学研究的总体框架中的,我们尽力将其中的诗学成分剥离出来,以期对诗学研究的进展有更全面的了解。

(一)诗学文献

诗学文献主要包括诗学文献的整理和考辨。

稀见文献是文学研究的新质,对稀见文献的推介与考辨具有独特的价值。杜春雷《稀见元人总集〈武夷诗集〉考论》①对元人编纂的收录武夷山题咏之作的诗歌总集《武夷诗集》进行了考论,作者考证诗集编者为武夷冲佑万年宫道士张一村。据作者介绍,这部诗集传本稀少,只知静嘉堂文库藏有一部明刊本,国家图书馆有一部清抄本。全书共两卷,卷一除杂收唐人李商隐一诗外,作者基本为宋人;卷二作者基本为元人。全书共收录有45位诗人164首诗歌,但并非完帙。对诗人的著录也没有统一标准,名、号、字、籍贯混用,也有人名重列、错误,诗文字误等现象,但这部诗集仍然具有文献校勘、辑佚,辅助判断诗歌收录和署名情况的价值,值得引起学界重视。

诗学文献的考释与考辨同样值得引起重视。狄宝心、赵兴华《元好问词作年考辨五则》②对元好问《江梅引》(红杏墙头粉光匀)、《鹧鸪天》(临锦堂前春水波)、《江城子》(来鸿去燕十年间)、《定风波》(离合悲欢酒一壶)、《人月圆》(重冈已隔红尘断)五首词的编年问题进行了考辨,厘清了元好问生平与创作中的一些问题,对此前出版的吴庠《遗山乐府编年小笺》、赵永源《遗山乐府校注》进行了有益的补正。对诗歌总集的补正同样令人瞩目,陈小辉《〈全宋诗〉与〈全元诗〉同名诗人误收考》③对宋、元两代诗歌总集中的误收问题进行了考辨。论文共分三部分:一是《全宋诗》与《全元诗》所收同名诗人实为同一人,《全宋诗》误收,共11人;二是《全宋诗》与《全元诗》所收同名诗人并非同一人,《全宋诗》误收,共17人;三是《全宋诗》与《全元诗》皆误收,共3人。这些考证证据充分,令人信服。如考证《全宋诗》收录的李庭、高诩、王旭、陈赓、张珪、释来复、李祁都是元代诗人,无疑是正确的结论。这些考证对于《全宋诗》《全元诗》的修订以及学界的进一步研究具有特别意义。

还有一些文献考辨散见于研究性论文中。如杨万里《元好问的绘事游艺实践与诗画同宗观念》④对狄宝心《元好问诗编年校注》中的一则注释提出质疑。在《学东坡移居八首》其三中,元好问提到《渔父图》出自"晋公"之手,狄注认为"晋公"疑指的王诜,作者认为可能指唐代画家韩滉,并举出了三条证据,有一定道理,值得引起学界关注和进一步讨论。

对诗歌文献的总结评价也是诗学研究的重要方面。王昕《一代诗集整理的经验——读〈新编全金诗〉》⑤是对薛瑞兆先生出版于2021年的《新编全金诗》整理经验的总结和评价。作为薛

---

① 杜春雷:《稀见元人总集〈武夷诗集〉考论》,沈乃文主编:《版本目录学研究》,复旦大学出版社2022年版,第290—300页。

② 狄宝心、赵兴华:《元好问词作年考辨五则》,《忻州师范学院学报》2022年第1期。

③ 陈小辉:《〈全宋诗〉与〈全元诗〉同名诗人误收考》,《集宁师范学院学报》2022年第2期。

④ 杨万里:《元好问的绘事游艺实践与诗画同宗观念》,《民族文学研究》2022年第2期。

⑤ 王昕:《一代诗集整理的经验——读〈新编全金诗〉》,《内江师范学院学报》2022年第7期。

先生的弟子,作者对薛先生古籍整理经验的传达很值得重视。如作者转引薛先生的观点,认为一代诗集的整理主要包括作品辑佚、诗人考订、作品校订三方面的工作,《新编全金诗》也正是在这三方面取得了突破性进展。又作者引述薛先生的话说:与金相邻的宋、元,存世文献众多,校不胜校,如有疏略似可理解;而金之文献存世甚少,须宝而重之,悉心校读,尽可能减少或避免谬误。又薛先生说:在社会科学研究领域,尽管学术成果的"完善"难以企及,然而只要坚持对"完善"的追求,就会推动学术研究的进步。作者的总结对于揭示这部诗歌总集的价值、为学界提供总集编纂的经验,尤其是对薛先生编纂心得的转述,都很有价值。

(二)传统诗学

这里所说的"传统诗学",是适用于其他时代诗学理论的共性特征。2022年辽金元诗学研究,在传统诗学理论研究方面可圈可点之处颇多。具体可从以下五方面分别进行总结。

其一,诗学现象及其理论研究

辽代诗学由于文献有限,出新已经较为不易。张晶、王永《赋诗与讽谏:辽代契丹诗人创作的文化功能》[1]是2022年度唯一一篇关于辽代诗学研究的论文。作者指出,在圣宗、兴宗、道宗三朝,赋诗在朝廷的政治文化活动中扮演了重要角色,君主本人赋诗,或赐诗于臣下,或命臣下赋诗,呈现出文质彬彬的气氛。而由于契丹统治者对儒家文化思想传统接受的自觉性,以及他们的吸纳侧重于现实政教功能,白居易质朴直切的补察时政之作成为契丹统治者的首选。辽圣宗亲

以契丹字译白居易《讽谏集》,萧观音诗《伏虎林待制》《君臣同志华夷同风应制》,萧瑟瑟诗《讽谏歌》《咏史》都体现出强烈的讽谏意识。论文对中国传统诗学体系中的"赋诗""讽谏"功能,辽朝君臣的赋诗活动、对白居易诗歌讽谏精神的学习及其意义都进行了揭示和考论。

金元诗学虽然有几十年的研究史,但依然是一座"富矿",有诸多有意义的话题被源源不断地发掘出来,并且仍有可继续发掘的态势。

"以诗为专门之学"是元好问在《通真子墓碣铭》《张仲经诗集序》《陶然集诗序》等文中反复提到的金人诗学特征,牛贵琥《元好问"以诗为专门之学":金代诗人身份独立的标志》[2]认为这一提法既是特定时代的产物,也是文学自身发展的必然结果,更是金代诗人身份独立的标志。作者认为金代文士"以诗为专门之学"是在努力走出一条新路子,他们从古代对六经的阐释中感受到诗的特殊性,从传统的情志、温柔敦厚、无邪、怨而不怒、哀而不伤的界定中,发现了诗作为文学之一特有的审美特征。这既给予诗歌崇高、高雅的色彩,也给予诗人自由,促成了诗人身份的独立和文学的整体成熟。

雅集赋诗是元代诗人的生活方式之一,也因此产生了数量庞大的雅集序。南开大学马颖杰《以性情为旨归:元代雅集序体现的诗学精神》[3]就以雅集序为视点,探寻序中"雅集赋诗"的记载以及所体现的赋诗人、作序人的诗学观念。作者认为,雅集序包含的精神内核与元代诗学"性情论"有着极大的契合与关联,而此类"性情论"可以分为三种:一是"自然性情论",诗序所记载的雅集地点和环境,湖光山色、曲水流觞、禽鱼飞

① 张晶、王永:《赋诗与讽谏:辽代契丹诗人创作的文化功能》,《民族文学研究》2022年第1期。

② 牛贵琥:《元好问"以诗为专门之学":金代诗人身份独立的标志》,《名作欣赏》2022年第10期。

③ 马颖杰:《以性情为旨归:元代雅集序体现的诗学精神》,《文学与文化》2022年第1期。

鸟、茂林修竹、野水烟霞等体现了诗人们的自然趣味,诗人于此可以充分展露各自的自然性情;二是"自适性情论",诗人关注内心而不受外物影响,随意自在,这种诗学思想的萌发得益于元代士人本体意识的增强,体现为随性任情、无拘无束的人格独立;三是"自约性情论",主张释放感情但有所约制,理论本旨为有限抒情,体现了"性情之正,冲和之至"的诗学思想。这种由诗序考察诗学现象及其意义的视角颇具独特性,对三种诗学精神的揭示也很有理论价值。

征诗活动盛行是元代另一个值得关注的文学现象,不仅频次多、影响大,而且发起人身份多元,形式灵活多样。如杨维桢等主评的聚桂文会征诗、至正十年吕辅之奎文会征诗,参与者都达到500余人;泰定年间的小桃园诗盟征诗,仅徽州一府就收到337卷同题诗;又僧人释可观修葺岳飞庙墓,征得72位元人所作92首诗,参与者有赵孟𫖯、柯九思、杨维桢等名士以及色目诗人贯云石、泰不华等,余波所及一直到元末,倪瓒、凌云翰、廼贤、王逢等十余位名士继续题诗。这些现象及其原因、意义、影响等都很值得深入探究。李文胜《论元代文人的征诗现象》[①]即以大量资料探讨了这一问题。据作者考证,宋元之际月泉吟社开启了古代文人征诗的序幕,此后征诗活动一直活跃在不同文人群体之间,也成为国际友人与元朝诗人交往的媒介。作者分析了元代征诗活动繁荣的六大原因:一是元代宽松的政治环境;二是满足了存史、存人、存诗、存事、存故实的需要;三是为了弘扬礼教;四是为了树立忠臣形象,平反冤案;五是为了彰显友谊;六是满足了诗社活动的需要。作者总结其意义有三:一是反映了元代多民族文学的交融;二是发挥了诗歌兴观群

怨的功用,并极大挖掘了诗歌自然之真情;三是深刻影响明清文学书写。作者特别指出元代文人诗人身份的建立是征诗的前提条件,诗人身份在元代下移到普通文人,无论是汉人还是少数民族士人都喜欢以诗人自居,诗是文人间交流情感的重要媒介,因而诗的价值和社会功能就能得到充分彰显。论文资料详实,对元代征诗活动频繁这一诗学现象及其原因和意义都进行了深入考察,很有学术价值。

有一些问题在唐宋诗学研究中常被提及,而金元时期相关研究较少,比如咏茶诗,它是对诗人精神生活与诗歌关联性的考察。董守轩《金代文人咏茶诗研究》据《全辽金诗》《中州集》等文献统计金代咏茶诗共有123篇,涉及58位诗人,约占金代诗人总数的25.6%。作者从"金代咏茶诗的主要类型""金代咏茶诗的艺术特征""金代咏茶诗的新变"三个方面,探讨了金代咏茶诗的独特价值。作者认为,中国咏茶诗发展到金代,由于外部政治环境和内部思想文化的变化,具有以写意为主、突出诗人主观情感、集豪迈与清丽于一体、类型丰富而手法多样等特征,也展示出南北文风融合的一面。

综上,2022年度在发现诗学现象并挖掘现象背后的诗学理论方面颇有新见。还有一些新的提法试图为研究打开新思路,如蒙翔《略论元代馆阁文人"送诗"创作》依据方回《瀛奎律髓》,将送别诗分为"送诗"和"别诗"两种,对元代馆阁文人"送诗"中体现的元代士人心态和盛世书写展开考察,体现出考察问题的新角度,同样值得肯定。

其二,金元诗学宗尚及其传承研究

"宗唐"是元人诗学的重要路径,也是元代诗

---

① 李文胜:《论元代文人的征诗现象》,《学术界》2022年第11期。

学研究常说常新的话题。一般涉及三个层面:一是对唐代某位著名诗人的接受宗尚研究,二是对唐诗选本的编纂研究,三是对唐诗风格与理论的接受传承研究。2022年度在这三方面都有可圈可点的成果。

对唐代著名诗人的接受研究方面,王猛《元代"诗史"说考论》①、苏铁生《论金元人对杜牧及其诗文的接受与传播》②对金元时期的杜甫、杜牧接受问题进行了考论。前文的背景是后至元三年(1337)四月元成帝下诏"谥唐杜甫为文贞",这是中国诗学史上的重大事件,2021年出版的翟墨《追谥杜甫与元明时代政治文化研究》便是对这一问题的专论。王猛论文别出新意,立足杜甫"诗史"说在元代的源起、话语流变和生成场域,将其放在元代诗学背景中加以详考。作者认为,杜甫"诗史"说虽自晚唐已经提出,但元代是杜甫与杜诗走进中华文化多地域和多民族文士的重要时期,各个阶层、地域、民族的文士在尊杜、论杜为尚的风气中参与着杜甫和"诗史"说的话语塑造,并渐形成相应的话语体系;而元代的杜集编选与诗歌批点的流行对"诗史"说形成了推动。正是在理论建构与文献编纂背景下,杜诗成为元人学诗之规矩所在;而元代"多源归一、多元竞胜"的文学场域又为杜甫与杜诗走进多地域和多民族文学提供了条件。后文是对金元时期的杜牧接受所作的考察。作者认为,杜牧及其诗文在金元的接受传播与宗唐复古的诗学思潮、战乱不断的社会环境和尚俗的审美风潮紧密相关。杜牧诗歌在金代前中期受到关注较少,后期逐渐引起重视,赵秉文、元好问等诗评家认为杜牧诗歌具有豪俊之气;元前期,杜牧绝句的雄伟和律诗

的工美受到诗评家赞誉,元中期诗评家则多看重杜牧诗歌的诗情豪迈、语率惊人和好奇;对杜牧的接受到元代后期转入低潮。杜牧诗文在金元时期也通过选本传播,元好问《唐诗鼓吹》、方回《瀛奎律髓》、杨士弘《唐音》都选录杜牧诗歌。金元诗人还有意仿拟杜牧诗歌,如张之翰说杜瑛"追随工部仍多感,摹拟樊川更好奇"等等。这些考论对于揭示金元时期的杜牧诗学具有参考价值。

对唐诗选本的编纂的研究方面,陈光《"世运"与"风雅"的合流:杨士弘〈唐音〉与元末江西宗唐复古思潮》③就《唐音》与元末江西复古诗学的关系进行了考察。作者认为,在元末的江右文坛,宗唐复古是朝廷文臣与布衣文人共同持有的文学思潮,《唐音》即是此种思潮下的产物。馆阁文臣傅若金等人虽指出晚唐诗风之弊,但尚未有初、盛、中、晚的唐诗谱系划分,也并非出自与盛唐诗的比较视野;而以杨士弘为代表的布衣诗人群体,不仅从理论依据上将馆阁文臣以世运为立论基础的宗唐观与布衣文人的风雅唐诗观融合在一起,更在师法对象上明确了盛唐诗的至高地位。《唐音》以李、杜为核心,以四分唐诗的方式确立盛唐诗的至高地位,最大意义在于明确了宗唐的理论路径。《唐音》以"正音"为主体,"始音"为"正音"之发端,"遗响"为"正音"之补遗,这种正变论使四分唐诗的观点具有了诗学本体论的内涵。杨士弘《唐音》的创造性还体现在诗法层面,他着眼于各诗体之诗法,明确唐人各家之"可法者",这无疑使宗唐复古思潮具有了诗法层面的效仿路径。

对唐诗风格与理论的接受传承研究方面,陈

---

① 王猛:《元代"诗史"说考论》,《民族文学研究》2022年第5期。

② 苏铁生:《论金元人对杜牧及其诗文的接受与传播》,《内蒙古大学学报》(哲学社会科学版)2022年第1期。

③ 陈光:《"世运"与"风雅"的合流:杨士弘〈唐音〉与元末江西宗唐复古思潮》,《地域文化研究》2022年第1期。

贝、高林广《元初东南文士的复古思想及其现实指向——以戴表元为中心》对元初东南文人群体为倡导宗唐复古的内涵、原因、意义等进行了探讨。作者认为，"宗唐"只是戴表元复古的逻辑起点，其逻辑肌理在于"以唐音为主、直溯三代两汉魏晋"。以戴表元为首的东南文人鉴于宋末文坛"气弱"的实际，更强调唐前文学朴实浑厚的法度和理到韵至的气骨。而"宗唐"所宗者大要有三：一是崇道，二是尊养，三是志节。这就将诗学放在时代、学术及人生价值观中加以考察。对于戴表元等东南人士复古倾向的形成原因，作者认为有三个方面：一是恢复儒学正统，二是革除宋末积弊，三是疗救易代痛楚。而东南文士复古主张有三个现实指向：一是以文养德，拨正朱子之失；二是去华务质，纠正江西诗弊；三是捐俗趋雅，力弃场屋程文。作者认为，正因为戴表元宗唐复古的思想代表了当时相当一部分东南文人的朱陆合流思想和艺术追求，同时也映射出元初文化的儒道融合取向，因而能够在元初的东南一呼百应。他们对宋季文学的反思，深刻影响了元初诗坛的走向。

此外，金元诗学的后世影响同样值得关注。张瑞杰、李燕《论元好问易代出处对清初山西诗人的影响》[①]谈到了元好问对清初山西诗人的影响。作者认为，清初山西诗人的夷夏观较江南淡薄，他们多关注个人志向的实现和民生疾苦，体现出浓厚的"民本"之思和救世济民倾向，并在更广阔的视野上看待王朝的更迭，关注道统的传承和文化的延续，都受元好问影响较大。清初山西诗人对元好问人格的认可和对其诗歌精神的继承，潜在地提升了地域诗歌的价值和他们自身的

影响力。

其三，诗歌与绘画等艺术形式的关系研究

诗歌与绘画是不同的艺术形式，但有着诸多交集，如文人题画诗对绘画作品的阐释与再创作、同一社会思潮和审美趣味对诗画艺术的影响等，都属于诗学理论的研究范畴。2022年度学界在这方面颇有新见。

胡传志《论金元文人题咏杨邦基绘画的诗歌》[②]是就金元诗人题咏杨邦基画作进行的考论。作者认为，由于杨邦基画作全部失传，导致他在绘画史上地位不高；然而金元时期蔡珪、王寂、萧贡、庞铸、完颜璹、赵秉文、路伯达、王庭筠、元好问、王恽、胡祗遹等一流文人纷纷为他的绘画题诗，存世诗歌多达40余首，足见其画作在当时的广泛影响。论文从"题画诗研究的主要模式及局限""从题画诗看杨邦基绘画的题材倾向""从题画诗看杨邦基的绘画拓展""从题画诗看同题竞作的写作策略"四个方面展开讨论。在题画诗研究模式方面，作者一反过去题画诗研究侧重于诗歌和侧重于绘画两种模式，提出了"以画家为中心"的研究视角，认为这样不仅可以进一步充实画家研究，还可以在特定时空中观察诗人同题竞作的写作策略，进一步拓展题画诗的研究。作者还对题画诗的同题竞作问题进行了考察，认为诗人们对五古、七古、六绝、七绝等不同体式的运用，体现着他们有意避熟就生的写作策略。

刘露露《试论郭熙〈林泉高致〉在金代的流传及影响》[③]是对北宋画家郭熙名画《林泉高致》在金朝境内流传和影响情况的考察，认为诗人题咏是考察流传情况的重要载体。据作者考证，《林泉高致》当在金兵攻入汴京之后被运载北上，前

---

① 张瑞杰、李燕：《论元好问易代出处对清初山西诗人的影响》，《忻州师范学院学报》2022年第3期。
② 胡传志：《论金元文人题咏杨邦基绘画的诗歌》，《安徽大学学报》（哲学社会科学版）2022年第3期。
③ 刘露露：《试论郭熙〈林泉高致〉在金代的流传及影响》，《美术观察》2022年第3期。

期蔡松年《念奴娇》（其五）中的魏道明注可以作为旁证。到了金末，刘济川收藏的《林泉高致》引发元好问题写了《夏山欲雨》《夏山风雨》《郭熙溪山秋晚二首》四诗，表达了对郭熙画风的称赏。而麻九畴《跋范宽秦川图》诗中"大山岩岩如国君，小山郁郁如陪臣"中象喻君臣关系的方式，与《林泉高致》中"大山堂堂为众山之主，所以分布以次冈阜林壑为远近大小之宗主也……长松亭亭为众木之表，所以分布以次藤萝草木为振契依附之师帅也"如出一辙，可知郭熙画作中传达的"正统"思想也对金末文人有所影响。

元好问喜欢收藏古画并创作了大量题画诗，杨万里《元好问的绘事游艺实践与诗画同宗观念》①即对元好问鉴藏题咏名画及其在文艺理论方面的贡献进行了多维度的探讨。作者认为，元好问题咏人物图像多注意对画中人物独特风神气质的揭示，在对图像的演绎和意涵的揭示上起到了重要的补充作用。元好问还注意到了自赞写真时的道德内省，以及圣贤图像在宣扬儒学过程中的特殊意义。元好问题咏山水图画在空间迁移功能方面也别有会心，图像世界为其精神提供了一个可以"卧游"的艺术空间。元好问还往往借机对画家技法和图画主人的德行进行赞美，这种以物比德的题画模式提升了画作的品格。尤其在诗画关系上，元好问提出了诗画同宗的观念，崇尚诗中有画，更推重画中有诗。作者认为，元好问诗画同宗观念的提出，进一步引领了文人群体以其观物方式和文艺观念干预并改造绘画领域原有的匠工习气与理论形态，推动了文人画

理念的发展，也为其后诗画艺术融合发展的文艺思潮接续了意脉。

2022年度在题画诗研究方面还有一些成果，如张静、裴兴荣《论元好问题画诗中的情与理》②，王嘉宸、辛昕《论刘秉忠题画诗的归隐情怀》③、《论王恽题画诗的慕陶情结》④，王嘉宸《论王恽的飞禽走兽题画诗》⑤，王子瑞《清俊和融——元初名臣程钜夫的题画诗风》⑥等，从不同方面对金元文人的题画诗及其意义加以考察。如王子瑞论文考察《程钜夫集》中有共诗歌699首，题画诗就有162首，占到了诗歌总量的近四分之一，内容上涵盖了山水景物画、花鸟梅竹画、人物故事画等多种门类，且不乏题咏赵孟頫、钱舜举、李公麟等历代名画之作；从体裁来看，程钜夫的题画诗不仅囊括常规的五七言古体、律诗、绝句，还出现模仿《诗经》体的四言诗、骚体及少见的六言绝句。这些深入文本的考察，都使论文有了深广度。金元题画诗研究也是一个可以不断开发出新题目的领域，但如何在理论和方法上出新，还值得进一步思考。

其四，空间与诗学关系研究

探讨空间文化及空间流动对于诗人、诗歌、诗学理论等产生的影响，是近年诗学研究中的常用视角，2022年度以这一视角进行的研究产生了一些有价值的成果。

元代诗学一个突出的文化现象是诗人的南北流动，邱江宁《南北融合与元代文坛格局的建

① 杨万里：《元好问的绘事游艺实践与诗画同宗观念》，《民族文学研究》2022年第2期。
② 张静、裴兴荣：《论元好问题画诗中的情与理》，《山西大同大学学报》（哲学社会科学版）2022年第2期。
③ 王嘉宸、辛昕：《论刘秉忠题画诗的归隐情怀》，《美与时代》2022年第1期。
④ 王嘉宸、辛昕：《论王恽题画诗的慕陶情结》，《黑龙江教师发展学院学报》2022年第8期。
⑤ 王嘉宸：《论王恽的飞禽走兽题画诗》，《文化学刊》2022年第6期。
⑥ 王子瑞：《清俊和融——元初名臣程钜夫的题画诗风》，《平顶山学院学报》2022年第2期。

构》①即对这一问题进行了深度考察。作者认为，元代"南北"的含义是随着元朝的一统进程发生变化的，元朝经历了四轮南北大融合：第一轮在1260年前后，中原与塞外的一统格局逐渐形成，多个民族、多元文化相互包容融进，使文学格局走向大一统并深刻影响了元代文学的审美追求，呈现出"清丽""清和""粹密"等风貌特征；第二轮分别在1278年、1286年左右，是南宋治下区域与蒙古统治区域的融合，北人南下形成了杭州文学中心，南人北上则激发了大都文坛新的活力，基本改变了金源文人为主的元初文坛格局；第三轮以延祐首科（1315）为标志，科举考试为元代中叶南北多族融合找到了支点，元代文学体现出更为高远且符合时代的"清和"特征；第四轮在元顺帝"至正更化"时期（约1340—1352年前后），元廷对汉儒、南人的重视与示好态度激起了士人对蒙元政府的认同与忠诚，使元代中期大一统文坛局面得以继往开来，余波所及甚至牢笼有明初期文坛。论文还对第一时段中元好问与全真教诗歌的意义，第二时段赵孟頫复古思想的影响等进行考论，使全文既突出整体又注重杰出精英的影响，呈现出宏观与微观视角的有机结合。

空间对文学的影响还表现在地域文化方面。张建伟《元代诗人的流布与文学格局的新变》②从"元代诗人地理分布的统计分析""元代诗人地理分布的新变""元代诗人的流动与诗歌版图的扩大"三个层面，对元代诗人的地理分布及其意义进行了讨论。据作者考察，在元代，浙江、江西、江苏承袭南宋以来的趋势不断繁荣；山西、山东、河北有所上升；上海和广东后来居上；东北、内蒙古和西北是文学版图中新出现的区域，北方各民

族诗人为文学带来了新鲜血液；上都、西域、安南等地的诗歌创作极大地拓展了元代的诗歌版图；而福建、四川、河南等地下降明显，广东、广西、云南等地依然是诗人数量较少的省区。作者认为，元代诗人数量发生区域性变化的一个主要原因就是诗人的流动，诗人流动不仅催生了大量的纪行诗，还促成了大都、上都、杭州三大诗歌中心的形成；而诗人的南北流动、东西流动还引发了上京、西域、安南等地的诗歌创作。这种立足时间流变中的空间诗学研究，对读者了解元代政治背景下诗学的流动性特征和地域性差异有着参考价值。

其五，元杂剧与元诗的互证性研究

元杂剧与元代诗文具有时代特征和题材、情绪等方面的共通性，但此前打通文体壁垒的研究并不多见。李文胜《论元代清官及文学书写》③即试图在这方面做出努力。作者认为，长期的元杂剧研究将元代视为没有清官的时代，这种刻板印象遮蔽了元代清官本来的面目；事实上元代诗文中写到的清官数量众多，且广泛分布于各个时期，包括不同身份、不同民族的官员。作者考察的清官主要有汉人清官、少数民族清官、小吏清官三类，元人对这三类清官的书写丰富了元诗的题材宝库。作者还专节考察了对清官的同题集咏现象，如对郭郁政绩的赞颂产生了九次同题集咏，对叶恒政绩的赞颂同题集咏者有53人。作者认为，元代出现的数量庞大的勤政爱民的好官，是儒家教化在元代获得成功的例子，这些真实的事迹与元杂剧中的黑暗官府形成了鲜明对比。元代诗文记录了大量清官，纠正了杂剧研究带来的刻板印象。尤其汉族诗人书写少数民族清官，

① 邱江宁：《南北融合与元代文坛格局的建构》，《中山大学学报》（社会科学版）2022年第4期。
② 张建伟：《元代诗人的流布与文学格局的新变》，《文艺评论》2022年第1期。
③ 李文胜：《论元代清官及文学书写》，《哈尔滨工业大学学报》2022年第2期。

少数民族诗人书写汉族清官,少数民族诗人书写少数民族清官,丰富了元诗的清官书写,成为元诗宝贵的历史记忆。

其六,诗学研究成果综述

对诗学研究成果的综述是对此前研究的盘点梳理及其意义的阐发,对此后的研究具有资料价值,在研究史上起着承前启后的作用。

2022年度较有代表性的研究成果综述一是张建伟、张志杰《近三十年元人编选元代诗文总集研究综述》①,一是徐艳丽《20世纪90年代以来元代乐府诗研究述论》②。前文对近三十年学术界元人编选元代诗文总集研究的成果进行了梳理,考察可知近三十年有相关整理本7部,研究专著9部,期刊专题论文87篇,硕博论文25篇。成果主要集中在七个方面:一是元人编选元代诗文总集的整理点校,二是遗民诗歌总集研究,三是文士交游与唱和诗文总集研究,四是文学家族诗文总集研究,五是同题集咏诗文总集研究,六是地域性诗歌总集研究,七是全国性诗文总集研究。作者认为目前存在的问题主要是文献整理不够、研究对象不均衡、研究角度不全面等。后文是对20世纪90年代以来元代乐府诗研究历程的综述。该文以时间为序,分为"从依托于元诗研究到独立兴起的自觉期(1990—1999)""多维视角下的开拓期(2000—2009)""乐府学视域下的发展期(2010—2021)"三个时期。作者认为,在乐府诗的整理校笺、乐府诗人生平考述及作品的辑考、乐府诗歌研究等方面都有了突破性进展的是第三阶段的第二个10年。作者在最后一部分指出目前元代乐府诗研究存在的突出问题:一是元代乐府诗的界定问题;二是乐府学研究视域尚未全面展开,缺少系统性的宏观层面的观照;

三是元代乐府诗的校注整理亟待加强;四是乐府在音乐方面的社会功能研究需要深入;五是乐府诗人个案、诗题、体式等方面的研究有待深入,等等。全文考证详实,分析入理,对于今后元代乐府诗的研究具有指导意义。

总之,2022年度辽金元诗学研究在以上六方面都取得了可圈可点的进展。但有些论文也存在一些不足,如上引苏铁生论文对金元诗人的时代划分稍欠严谨。论文以元好问为金人,《唐诗鼓吹》编于金代;又以方回为元前期人,而以张之翰、李治为元中期人,都缺乏具体考察。还有一些观点值得商榷,如认为郝经《与撖彦举论诗书》"于是近世又尽为辞胜之诗,莫不惜李贺之奇,喜卢仝之怪,赏杜牧之警,趋元稹之艳"等句的意思是"郝经认为杜牧的诗是辞胜之作,读之使人警醒。杜牧诗作的辞胜契合了郝经论诗的讲究文采,郝经对杜牧辞胜之作的评价是肯定的",应该说这是没有读懂文本,也没有深入考察郝经的文学观导致的,事实上郝经反对的正是辞胜之诗。这也是研究中需要注意的。

(三)民族诗学

辽金元时期都是非汉族政权统治下的多民族交融时期,因而民族诗学是辽金元诗学研究的题中之义。辽金元时期的民族诗学包含两个层面:一是非汉族诗人的诗歌创作、诗学理论对汉语诗学的接受与传承、吸收与转化,以及对汉语诗学边界的拓展、艺术的促进与推动;二是多民族诗人之间的交流与互动带来的汉语诗学的整体演进。2022年度学者的研究在这两方面都颇有新论。

女真族是金朝统治阶层,女真族帝王、官员

① 张建伟、张志杰:《近三十年元人编选元代诗文总集研究综述》,《宁夏师范学院学报》2022年第3期。
② 徐艳丽:《20世纪90年代以来元代乐府诗研究述论》,《民族文学研究》2022年第4期。

及下层猛安谋克对汉语文学的热爱是金代文学研究的重要方面,而女真文人入元后的文学创作同样值得关注。多洛肯、李连旭《文学交融下的金元女真族文人群体刍议》①从"金元时期女真族文人群体的形成""创作题材广泛,诗歌主旨多样""体裁风格多元,文学交融深入""金元女真族文人群体繁盛的历史文化语境"四个方面,对金元两代女真族文人及其创作进行了考论。作者统计金代有诗文传世的女真文人48人,存世诗歌76首,佚句6句;元代有诗文传世的女真文人17人,存世诗歌500余首。就风格而言,金元女真文人的诗歌一方面体现豪迈奔放、尚真质实的民族性格,另一方面又呈现出与儒家文化的文学交融之势。论文分析了金元女真族文人群体繁盛的历史文化语境,认为主要受到了文学领域的北扩、地理环境及金元民族政策与文化宽松政策,以及女真人的民族性格的影响。而金元女真文人的国家认同是他们创作的基础,促进了交融性文学的发展,在中国文学发展史和民族交融史上具有不可忽视的意义。

中国非汉族王朝的"内亚"特征是近几年民族融合研究中的热点视角,邱江宁《元朝的内亚特征与元代文学研究的路径》②一文认为,内亚特征深刻影响了元朝的社会、政治、文化面貌,对元代文学的研究路径有着不容忽略的影响。诗学方面,论文主要谈到三个方面:一是西域纪行诗的内亚特点,丘处机、尹志平、李志常等全真教徒及耶律楚材父子书写中亚及岭北区域的纪行创作俨然"非复中原之风土",成为这个时代典型且独特的内容;二是辽金元朝的捺钵制度对宋词产生影响,姜夔《契丹风土歌》突破了清空蕴藉的婉约风格,呈现出直截明朗的写实气质,可以看出宋人创作揉入了内亚游牧民族文化的痕迹;三是元朝的内亚特征对明初诗坛的影响,高启、袁凯、顾瑛、张羽等人创作了不少体现着元朝内亚特征的作品。作者认为,元、清都是内亚族群建立的王朝,而明朝处于承前启后的位置,因此很值得以内亚特征为视角,将元明清文学作长时段的观照和会通研究。

汉文化及汉语文学对少数民族诗人的影响是民族文学研究的常规视角,但少数民族诗人是否也对汉语诗歌产生过影响?邱江宁《西域作家对元代文风的影响》③即从"西域作家与元代文学'自得天趣'韵致的相得益彰""西域作家与元代文学流丽风格的相互成就""西域作家别开生面的抒情场域"三个方面,就西域作家对元代文风的影响进行了考论。"自得天趣"是南方文人邓文原、赵孟頫、虞集等人对高克恭、薛昂夫、贯云石等西域文人诗歌的评价,其意义在于南方诗人通过西域作家作品突破创作的困境。"流丽"是干文传《雁门集序》对萨都剌诗歌风格的评价,作者据此钩沉出赵孟頫、虞集、袁桷、杨维桢等人对西域诗人诗风普遍的"流丽"评价。作者认为,西域文人的汉语写作与元代文坛的流丽风格相互成就,成为元代典型的创作风气。"不工"是西域作家缘于跨文化写作而带来的特征,正是西域作家以非母语写作而形成的独特风格,以及他们对传统写作技法的不熟练,相当程度地解放了因为"谨守绳尺"而文体大坏的金、宋诗坛,为元代文学打开创作局面,在一定层面上丰富了元代文坛乃至整个中国传统文学世界。

非汉族诗人虽然努力融入中原汉文化,但本

---

① 多洛肯、李连旭:《文学交融下的金元女真族文人群体刍议》,《兰州文理学院学报》(社会科学版)2022年第2期。
② 邱江宁:《元朝的内亚特征与元代文学研究的路径》,《北方工业大学学报》2022年第1期。
③ 邱江宁:《西域作家对元代文风的影响》,《清华大学学报》(哲学社会科学版)2022年第4期。

民族的宗教与文化依然是影响他们创作的重要因素。刘嘉伟《多元文化的交融：色目诗人丁鹤年的文化底蕴新探》①对元末明初色目诗人丁鹤年的伊斯兰文化底蕴进行了多层面考察。作者认为，伊斯兰文化是丁鹤年融入中华文化的"前理解"，对于中原汉文化，丁鹤年是在伊斯兰文化前理解的基础上消化吸收的。丁鹤年的文化特质事实上是"四教"融通。如对佛教文化的接受有四方面的原因：一是在寺庙中避难的需要；二是心灵的慰藉；三是元代儒释道合流的社会文化氛围和师友濡染；四是他在践行着穆罕默德的"圣训"，即"学问虽远在中国，亦当求之"。丁鹤年与道教思想的融通，则是由于道教神仙世界中的奇幻想象与丁鹤年家族之阿拉伯文化有融通之处。作者认为，对于相关问题的探讨，可以为今天铸牢中华民族共同体意识、"一带一路"倡议的实施提供历史的借鉴。

少数民族诗人融入中土汉文化，他们对中土风物的书写与汉族诗人有何不同？张建松《元代少数民族咏水诗歌中的心灵抒写》②即以"水"这一特定形态为视点，以元代少数民族诗人高克恭、萨都剌、马祖常、迺贤、释鲁山、贯云石、余阙等人题咏水的作品为对象，考察了元代少数民族咏水书写的价值和意义。作者认为，中原、江南等地的河流湖泊等各类水环境在元代少数民族诗人眼中充满了新鲜感，他们对水上生活、民情风俗等的描写，清新流丽，情趣盎然；他们用审美的眼光看待身边的水，他们的描述色彩明丽，意境清新，充满活力；他们还以水表达羁旅遣怀、赠别怀友、思古兴怀等情感；他们也在观察体认所咏之水的基础上，结合时世及个人遭际，感水而吟，托水言志，表达忧国爱君、怀才不遇、避世退

隐等心志内涵，发挥水的兴寄讽谕功能。他们细腻的笔触与纵横驰骋的想象，不仅为我们观照他们丰富的内心世界，而且为体察他们融入中土文化的历程提供了更加丰富、形象的素材。

综上，2022年度的辽金元民族诗学研究呈现出丰富生动的视角，新颖的观点和精彩的论述都使人耳目一新。但也不可避免地存在一些不足，如有论文论述非汉族诗人某一方面的创作，感觉缺一点"比较视野"，即与汉族诗人相比，同样的题材书写有什么不同，他们的风格特征在汉族诗人中是否也有等，这样或许更能显示非汉族诗人汉诗创作的独特性。又如对金、元两代非汉族诗人的诗歌创作放在一起考察，总论诗歌特征而未考察具体人物所处时代及其创作背景，也感觉有一些生硬笼统。也有论文对金元诗人的族属考察错误，如将著有《寓庵集》的李庭视为女真人，并大段讨论其诗文创作的非汉族特征，事实上元代李庭有二，女真人李庭为武将，《元史》有传；著有《寓庵集》的文人李庭是汉人，生平见王博文《故咨议李公墓碣铭并序》。这些都是民族诗学研究中应该注意的问题。

（四）易代诗学

辽金元时期的易代诗学可以按照时间先后，分为辽金易代、金元易代、宋元易代、元明易代四个时段。总体来看，2022年度在金元易代、宋元易代、元明易代三个时段都有较为成功的诗学研究成果。以下分别来谈。

一是金元易代。金元易代诗学的主要成果有张勇耀《金元之际的汉唐情结与文史建构——兼论"金源氏典章法度几及汉唐"说的虚实》《金元之际"蜀汉正统"论的文史演进与南北汇流》

① 刘嘉伟：《多元文化的交融：色目诗人丁鹤年的文化底蕴新探》，《中华文化论坛》2022年第3期。
② 张建松：《元代少数民族咏水诗歌中的心灵抒写》，《北方工业大学学报》2022年第4期。

《金元之际的汴京书写与文化记忆》①三篇论文，俱采用文史结合与诗史互证的视角，对金元之际一些重要的文学文化现象及其原因、影响等加以考论。

《金元之际的汉唐情结与文史建构——兼论"金源氏典章法度几及汉唐"说的虚实》从"'金源氏典章法度几及汉唐'的虚实""金源制度与普遍的汉唐情结""金元易代与汉唐情结的传递""汉唐话语与元初政治"四个方面层层推进，对金元两代士人的汉唐情结及其意义加以考论。诗歌是最能反映文人心迹的原始文本，金人李汾《远祖雁门武皇》《汴梁杂诗四首》，高廷玉《飞山怨》，刘昂《送河南府尹张寿甫赴阙》《上平西》等诗词，都反映了金人以汉唐名将良相自期的人格理想和以金源比附汉唐的正统心态。金亡后，元好问《出都二首》、杨奂《长安感怀》等诗以金源比附汉唐更多表达的是故国追怀，而元好问《甲午除夜》、王恽《游琼华岛》、刘因《金太子墨竹》等诗则表达了金元之际士人对金朝典章制度的肯定。希望忽必烈建立汉唐之世是元初士人的理想，徐世隆《挽文丞相》表达了对忽必烈不能如汉唐帝王的失望，但促使忽必烈立政时"心有汉唐"却是这一时期汉唐话语的重要意义。诗与史的互证使对问题的考察更为切实。

《金元之际"蜀汉正统"论的文史演进与南北汇流》同样采用诗史互证的视角，对金元之际"蜀汉正统"论的演进过程加以考论。作者引王寂《寄题涿郡先主庙》、周昂《谒先主庙》等诗论证金人对刘备"自家儿童"的偏爱，元好问《新野先主庙次邓州帅》诗论证金末动荡的现实中诗人对刘备患难境遇中民本意识的重视，引赵秉文《涿郡先主庙》诗论证诗人对刘备"永安托孤"中"公天下"之心的重视，引郝经《题涿州昭烈皇帝庙》、王恽《祇谒昭烈皇帝庙》诗论证刘备从"先主"到"昭烈皇帝"的正名过程。作者还认为，曹操形象的滑落是"蜀汉正统"确立的关键环节，并引用大量金人诗歌考证金元北方扬刘抑曹倾向的长期存在，又引郝经《西陵行》诗对曹操设疑冢和发布遗令的格局之小进行了批判。对诸葛亮恢复三代礼乐的期望，则在赵秉文《涿郡先主庙》，元好问《丰山怀古》《新野先主庙次邓州帅》，郝居中《题五丈原武侯庙》等诗词中有突出体现。随着南北交融与统一，"蜀汉正统"论逐渐汇流，元好问《摸鱼儿》词，刘秉忠《读诸葛传》《读梁父吟》《太常引·武侯》等诗词，徐钧《昭烈帝》《孔明》诗及魏初《诸葛武侯》、陈孚《涿州》、傅若金《涿州楼桑村先主庙》、吴澄《题诸葛武侯画像》等诗，都印证着南北"蜀汉正统"论的合流过程。

《金元之际的汴京书写与文化记忆》是对金元之际汴京文化空间书写的历时性考察，作者按照时间顺序，分为"空间与历史：隋宋遗存与金人的兴亡忧思""创伤与修复：故国凭吊与空间的虚实转换""阐释与重构：隔代重回与记忆的传承新变"三部分。王良臣《汴堤怀古》，完颜璹、雷琯、辛愿等人的隆德故宫诗歌，赵秉文、元好问的西园诗歌及杨弘道的《临水殿赋》，表达了金人对隋、宋亡国的伤悼和以宋鉴金的忧思。对于金亡后文人的汴京书写，作者选取了梁园、西园、夷门、遇仙楼、汴京故宫等空间，以元好问、刘祁、李俊民、杜瑛、段克己等人的诗词考察士人追怀故国的情感。参与汴京书写的还有二代文人和统一后北上的南方文人，作者引王恽《梁园对月》

---

① 张勇耀：《金元之际的汉唐情结与文史建构——兼论"金源氏典章法度几及汉唐"说的虚实》，《中原文化研究》2022年第1期；《金元之际"蜀汉正统"论的文史演进与南北汇流》，《河北师范大学学报》2022年第7期；《金元之际的汴京书写与文化记忆》，《中州学刊》2022年第10期。

《哀故宫》《龙德宫》等诗,郝经《龙德故宫怀古一十四首》《哀三都赋》等诗赋,陈孚《汴梁龙德故基》诗论证了汴京文化记忆的传承变异及对汴京历史文化的阐释重构。作者认为,汴京为金元之际的诗风演进提供了特定空间,诗人们则依赖于这一空间实现了风格的转型。

二是宋元易代。与金元易代诗学相比,宋元易代诗学研究史较长,此前的研究成果也较多,但2022年度还是涌现出一些令人耳目一新的论文。

陈斐《〈天地间集〉:赵宋遗民的另一部“心史”》[①]以谢翱编《天地间集》为中心,从“悲痛与眷恋:连结的断裂与复原”“惊悸与诧异:战乱创伤与奴役怨懑”“闲适与郁怅:隐居的政治意涵”“空幻与落寞:儒家伦理纲常之外”“坚守与忧惧:与时间抗争”五个层面,对宋元易代之际的遗民心态做了立体、动态的透视。关涉诗学的主要有以下几方面:一是《天地间集》的编选凸显了黍离之悲与故国之思;二是《天地间集》所选郑思肖《四砺二首》、王镃《春雨感怀》、郑协《钱塘晚望》等诗,表达了有着自觉遗民意识的南方文人对南方士民效仿北人语言、服饰、风俗等的担忧;三是遗民诗人以“天水”意象双关地表达对赵宋王朝的眷恋之情,引发了山水、田园诗的井喷式繁荣,成为宋元之际独特的文学景观;四是遗民诗人的多重矛盾与痛苦使他们对儒家伦理进行反思,也使参禅问道在遗民群体中流行,但汪元量、马臻等入了佛道遗民并未全然放下,他们的书写反而是维护和巩固了儒家伦理纲常;五是遗民诗人不断地昭证、强化着“遗民”身份,表现在诗歌创作中则是发扬比兴寄托传统,松、竹、兰、梅、潮汐等高洁、耐寒、有节、常青、芬芳、独立、守信的物象往往受到赞颂,萧、艾、藤、蔓等恶草或具有依附性、易变性的事物则会受到贬斥。作者在“余论”部分提出了作为方法论的“心史”观,认为易代之际的“诗为心史”说彰显了诗歌“善传心曲”的文体特征和诗人的主体性,在对“抒情”传统的强化中于诗史关系做出新的阐发,具有重大的诗学史意义。

方回研究是宋元易代诗学的经典话题,不算新鲜,但新鲜的视角还是令人眼前一亮。任永刚《试论方回诗歌批评的标准及特征》[②]对方回诗歌的批评标准和特征加以考察。作者认为,“格高”是方回诗评的第一标准,但还有诸如律熟、韵味、意到、语工、流丽等标准。丰富多样的诗歌批评标准反映出方回诗歌批评视野开阔的个性,避免了批评标准的单一化。对于方回诗歌批评的特征,作者概括为“扬江西,贬晚唐”“重作法,轻原理”“重背景、源流,不尚空谈”三个方面,认为既具有时代特色,又体现出自身的局限。郭庆财《宋元之际的“方氏合族”与方回的诗歌宗派观》[③]则以方回的宗族观念为视角,认为方回与方氏族人有着广泛的交往,成为沟通淳歙方氏宗族的核心人物,“大宗”观念在很大程度上催生了他的“一祖三宗”说。方氏宗族诗学与江西派“一祖三宗”的共性均是“格高”,但“宗族”与“诗学”的视角和评价标准毕竟不同。作者认为,尽管如此,根深蒂固的宗法观念还是会影响到古人对诗歌史的认识。

三是元明易代。2022年度元明易代诗学研究成果数量较多,也多有新论,可知这一时段的文学现象与理论受到的关注更多一些。

① 陈斐:《〈天地间集〉:赵宋遗民的另一部“心史”》,《中山大学学报》(社会科学版)2022年第5期。
② 任永刚:《试论方回诗歌批评的标准及特征》,《宁德师范学院学报》(哲学社会科学版)2022年第2期。
③ 郭庆财:《宋元之际的“方氏合族”与方回的诗歌宗派观》,《安徽大学学报》(哲学社会科学版)2022年第3期。

晏选军、韩旭《元明易代之际杨维桢与高启的差异性评价考述》①以元明之际对杨维桢和高启评价发生改变为视角,对元明易代时期的诗学走向进行微观考察。作者认为,明清时期的杨、高优劣论其实滥觞于元明易代之际。元末文人对杨维桢矫正流弊的努力多持肯定态度,入明后对他的批评声却越来越多;而高启在元末文坛的影响不大,入明前后却受到越来越多的认同。作者考察对二人评价产生巨大差异的原因有四:一是明初浙东文人受到重用,而吴中文人的政治热情不高,吴中诗派迅速走向消歇;二是元末文人思想多元,文学观念逐渐出现逸出传统儒家诗教范畴的倾向,而明初有意识地在文艺领域引导构建"盛世之音",经过"理"的规范的崇儒复雅审美趣味成为文艺与意识形态的共同诉求,杨维桢倡导的铁崖体诗风与这一审美趣味相去更远;三是元明之际文学的地域性特征明显增强,越诗派的主张更符合明王朝鼓吹盛世之音、倡导新文风的要求;四是杨维桢、高启论诗虽然都主张宗唐复古和注重性情,但杨维桢反对模拟,倡言自抒胸臆以求古人之用心,高启则主张遍师古人,拓宽取法的途径而后浑融自成气象。从文学思想发展的内在理路上看,对杨维桢及其铁崖体流弊的反思和扬弃,成为高启在评论者眼中后来居上的重要原因。

雅集之风盛行是元代重要的文化现象,而元末诗人雅集却透露着对魏晋风度的追慕。张建伟《论元末文人对魏晋风度的追慕与超越——以雅集为中心》②即以雅集为视点,考察元末文人追慕魏晋风度的多种表现:一是参与玉山雅集的诗人提到多位魏晋人物,如阮籍、嵇康、刘伶、潘岳、陆机、陆云、山简、王衍、支遁、顾恺之等人,远多于唐宋人物;二是在精神取向上,元末文人追求"适意"而不是功名,也与魏晋士人的适意玄心异代同响;三是元末文人"续兰亭雅集"是直接对兰亭集会的效仿,刘仁本《续兰亭诗序》在主题上承《兰亭序》之余韵。元末文人又在三个方面体现出对魏晋风度的超越:一是文人地位不同;二是雅集参与者不同,体现的精神有异;三是雅集诗歌不同。总之,元人的雅集没有贵族形质,体现的是文人的独立品格。

晚唐曹唐创作"小游仙"诗七绝,五代和两宋时期的影响并不明显,到了元末明初却似乎迎来了一次"复兴"。程瑜瑶《"小游仙"诗题在元明时期的传承与书写》③对这一文化现象加以考论。据作者考察,元末杨维桢创作有20首"小游仙"诗,与他对道教神仙说的兴趣以及和喜欢创作"游仙"诗的江南道士、好道文人往来密切相关。杨维桢对"小游仙"诗的热情影响了他的交际网络,铁崖派成员或玉山雅集的参与者多成为"小游仙"诗的创作者。作者认为"小游仙"诗之所以在元末和晚明受到重视,正与易代诗人的生活美学和隐逸理想相契合。易代诗人也在书写中注入了新的元素、旨趣和思想感情,使诗歌的内容和主题都得到进一步的扩展,逐渐形成"游仙"诗的一脉支流,余波甚至影响到了明清之际。

2022年辽金元易代诗学中颇受关注的是陶渊明崇尚问题,有多篇论文谈到这一问题,涉及金元易代、宋元易代、元明易代三个时段。

蔡丹君《〈陶渊明集〉文献与易代诗学传统之

---

① 晏选军、韩旭:《元明易代之际杨维桢与高启的差异性评价考述》,《浙江学刊》2022年第3期。
② 张建伟:《论元末文人对魏晋风度的追慕与超越——以雅集为中心》,《中原文化研究》2022年第4期。
③ 程瑜瑶:《"小游仙"诗题在元明时期的传承与书写》,《安徽大学学报》(哲学社会科学版)2022年第3期。

关系》①是以《陶渊明集》的编刊为视点,对易代之际的陶渊明崇尚进行了历史性考察。他举了宋元之际的例子,如吴澄为詹天麒陶诗注本作序,认为"盖其功与朱子之注《楚辞》等",将陶渊明与屈原并举,将"注陶"作为易代之际抒发胸中郁愤的出口。辛昕《元初北方诗坛的慕陶之风》②则对金元易代之际元初北方诗坛的陶渊明崇尚进行了考察。作者认为,元初北方诗坛延续宋金以来的慕陶传统,形成了和陶、咏陶、咏菊、咏桃源及创作关于陶渊明的题画诗盛行的局面。这一时期对陶渊明的评价一方面认可其隐逸、高洁的原有形象,另一方面则更强调其豪爽刚烈的一面,豪爽、刚烈、洒脱等特征也成为元代慕陶的重要特色。元初北方诗人不仅延续唐宋以"陶谢"并称,而且以"陶李""屈陶"并称,将李白作为陶渊明后身,讨论陶渊明与屈原截然相反的价值取向,影响所及直到元中期南北统一之后的吴澄、虞集等人。作者认为金元之际的这些讨论极大地提高了陶渊明在元代以后的诗学地位。

元明之际的陶渊明崇尚同样引发了学者的关注,左东岭《元末明初和陶诗的体貌体征与诗学观念——浙东派易代之际文学思想演变的一个侧面》③、武君《论元末文人"崇陶"与"学陶"》④二文即对元明之际的"崇陶"现象及其意义进行了考察。据武君统计,元末遗民诗人有300多首咏陶、和陶、题陶画诗,其中咏陶、和陶诗人占遗民诗人总数的四分之三。左东岭论文立足于元明之际的浙东文坛,考证出元明之际写作和陶诗的7人中,戴良、叶垨、桂彦良、范文焕、童冀5人均为浙东人。作者将元明之际崇陶诗分为三类:

一是戴良《和陶诗》52首体现的是遗民诗学观,在超然旷达的表象下蕴含着耿介悲慨的主调;二是桂彦良、邓雅与舒頔的和陶、拟陶、咏陶诗体现了"幽贞"的特点;三是童冀的《后和陶诗》99首体现出"清刚"特质。作者认为,元明之际的诗坛上,拟陶、和陶是诗人表达自我之情志的有效方式,他们依靠对于陶诗的追慕与仿效构建起自我的诗学理想,满足了自我精神需求,从而度过易代之际坎坷、痛苦、困窘乃至无奈无聊人生。武君论文则提出了元末诗人取法陶渊明的两个重要方面:一是"儒士形象"解读与"性情之正"的取法;二是"逸士形象"解读与"平淡自然"的取法。作者认为,一方面,元遗民以陶渊明为"儒士",陶诗中田园、孤松、归鸟成为忠义的化身,菊花也被引申为高蹈清绝的象征;他们也因此强调陶诗得"性情之正",主张学习陶诗"优游恬淡""舒平和畅之气",并对其"忠义激烈"的诗风给予肯定。另一方面,元末文人以陶渊明为"逸士",以陶渊明的超脱襟怀否定"入世"的价值向度,警示世人放弃"上下求索"的艰辛痛苦和事功的虚无价值,陶渊明因此被元末文人借来,以一种绝俗超世、自适自乐的形象填充他们对自由极度渴望的精神空缺。要之,元末诗人学习陶诗首先主张从其人品出发,他们也在陶诗中品味到对自然、宇宙的适意,以平淡之笔陶写一己之心灵与情绪,而两种不同的解读与取法实则培养了属于元末文人自我的诗歌风格。

综上,2022年度在金元易代、宋元易代、元明易代诗学研究方面都有一些代表性成果,既是对以往研究的继承和补充,又是对以后研究的启发

① 蔡丹君:《〈陶渊明集〉文献与易代诗学传统之关系》,《清华大学学报》(哲学社会科学版)2022年第5期。
② 辛昕:《元初北方诗坛的慕陶之风》,《西北民族大学学报》2022年第2期。
③ 左东岭:《元末明初和陶诗的体貌体征与诗学观念——浙东派易代之际文学思想演变的一个侧面》,《文学评论》2022年第1期。
④ 武君:《论元末文人"崇陶"与"学陶"》,《阴山学刊》2022年第1期。

和铺垫,具有一定的诗学史意义。

(五)诗人个案

金元诗人个案研究薄弱环节较多,除元好问等著名诗人外,尚有较多诗人的诗歌创作和诗学理论未被学界充分关注。而由于存世文献有限,金元学界对一些诗人的生平和创作也未作深入探究。因此,学者发掘新见资料或整合零碎资料,对一些"有话题"的诗人做多层面的考论,可以使这些诗人的面目变得清晰丰富,既可填补研究的空白,也能在一定程度上促进这些诗人的经典化。

边元鼎是元好问选入《中州集》的诗人,存诗42首,对于金代诗人来说,这个数量不算少,但诚如狄宝心在《边元鼎诗之心灵纠结历程及迥异宋诗的特色渊源》①一文所说,以往学界讨论金初诗歌"借才异代"的历程时,较多关注由宋入金的诗人群,而对辽文化圈中的边元鼎无专文论及。作者将边元鼎放在金初中叶之交的社会文化背景中,通过对其诗歌细读,对其心灵纠结及迥异于宋诗的特色渊源加以考论。作者认为,边元鼎侧重于屈原、李白式的个人情感宣泄,专注于自己恃才肆志、不合时俗的正直真率,形成了其诗不加持择、绝无矫揉的抒情态势。他的诗在两方面体现出迥异宋诗的特色:一是"专注自我情结,不及君国民生",将只重功名利禄的苏秦、张仪树立为人生道路上的终极坐标,与宋代诗人特重"一饭不忘君"大不相同;二是不分雅俗,喷涌直泻,不加节制,与宋人重气度雅量,以平和平淡为诗的最高境界多有不同。如边元鼎的诗中多"酒"且不愿小酒浅酌,性喜狂饮轰饮;还将《新香》这样宋人视为俗调的婚外情爱题材纳入诗中,都与

宋诗不同。作者认为,对边元鼎诗歌的研究对于考察金诗的多元生成史及其特质有重要价值。

相较边元鼎,田彦皋在以往研究中更是无人提及。元好问编《中州集》,仅在姚孝锡小传中引入"田彦皋云:'琳琅风月三千首,游戏尘凡八十秋。三径尚存元亮菊,五湖空负子皮舟'"三十余字,薛瑞兆《新编全金诗》考得其简略生平为作小传。金代文学领域他的"出场率"仅此而已,但他却在南宋范成大诗文中被多次提及。胡传志《范成大与金接伴使田彦皋交往考》②结合宋、金文献,对田彦皋的生平、仕履、创作及与范成大的交往加以考论。作者考证田彦皋生于宣和二年(1120);正隆五年(1160)前后任京兆府户判;大定十年(1170)前后任兵部郎中;大定二十一年(1181)任西京都转运使,作《吊姚孝锡》诗;大定二十七年(1187)任河中府尹,与副使完颜琥一同出使南宋贺生辰;大定二十八年(1188)十一月再次出使南宋祝贺新年。作者还对田彦皋和范成大的交往情形加以考论,举出三条证据断定范成大与田彦皋的交往比较融洽。而相处融洽的原因,作者认为除了和平的时代大背景之外,一定与田彦皋其人有直接关系,而"爱好诗歌,是范成大与田彦皋友好交往的重要基础"。正是田彦皋通情达理、富有才华的个性和杰出表现,赢得了宋孝宗、周必大等南宋君臣的好评和敬重,从而为宋金使节友好交往留下了难得的样本。这些考论都是首次公布于学界,对金代诗学研究有着特别的意义。

周昂是金代著名的诗人和诗论家,此前张晶《辽金诗史》有相关考论,但篇幅不大。宋巍、张

---

① 狄宝心:《边元鼎诗之心灵纠结历程及迥异宋诗的特色渊源》,《北方工业大学学报》2022年第4期。
② 胡传志:《范成大与金接伴使田彦皋交往考》,《苏州科技大学学报》(社会科学版)2022年第5期。

亚楠《论金代诗人周昂的诗学观及其诗歌创作》①从"以意为主""巧拙相济""尊杜抑黄"三个方面对周昂的诗学理论与创作进行专文考论。作者认为,周昂"以意为主"的理论对于拨正金中期诗坛整体趋向形式雕琢弥足珍贵;周昂"以巧为巧,其巧不足;巧拙相济,则使人不厌"等语及《有感》诗中"却恨诗情消减尽,语言枯淡到中边"之句,体现了巧拙相济的诗学观;在尊杜方面,周昂与黄庭坚、陈师道等宋人不同,周昂认为杜甫的诗作植根于社会时代,乃宇宙之呼吸、时代之脉搏,是由诗人博大的胸怀生成的,非技巧可致。在创作方面,周昂诗同样体现出这三方面的特点。作者认为,周昂的诗学理论与诗歌创作不仅首开唐、宋诗歌比较的先河,也为金代后期诗歌借宗唐而变宋、以复古而创新的转型做了舆论准备。

萨都剌研究此前已有较多成果,但查洪德《元代中后期诗风转变中的萨都剌》②还是别出新意,将萨都剌放在元代中后期诗风转变的关节点上。论文从三个层面对萨都剌的诗学史意义加以考论。一是"元代中后期诗风转变之过渡性诗人",考证萨都剌的近体诗与五言古诗大致体现出中期诗风,而其乐府、歌行诸作则打破中期诗风,有些创作与杨维桢相近。作者特别指出萨都剌与虞集、杨维桢的关系:与杨维桢为进士同年,虞集是他们的座师,萨都剌正处于承上启下的过渡性位置。二是"如何'别开生面'",认为可从几方面把握,即"风流俊爽"与"开阖变怪";变元代中期的"元气"为诗成后期的"清气"为诗;中期诗雍容、蕴藉、儒雅,而后期诗动感、直白、放浪。三是"朝廷君臣时事诗:诗歌精神之变",萨都剌创作中最能体现其独特精神的是那些直接批评朝廷君臣的时事诗,特别是直接暴露元朝在帝位争夺中的阴谋与杀戮且多写在当时的诗作,这在几千年的中国诗歌史上绝无仅有。作者指出,如何在元代中后期诗风转变中认识萨都剌,揭示其独具的特色与价值,客观准确把握他在诗歌史上的地位,仍是需要进一步深入研究的课题。

元代还有数不清的"小诗人",对"小诗人"的研究同样具有意义。宋亚文《元代天台诗人曹文晦隐逸思想探微》③是对天台诗人曹文晦的专文考论。作者以吴澄评价金元之际段克己、段成己的"陶达杜忧"之说,移评曹文晦的隐逸思想,认为曹文晦一方面喜爱自然山水和隐逸生活,另一方面也关注着社会现实和百姓遭遇。作者从三方面分析曹文晦"陶达"思想的成因:一是曹氏家族传统的影响,二是天台隐士的影响,三是台州地域文化的影响;又从三方面分析曹文晦"杜忧"思想的成因:一是社会环境的恶劣,二是理学思想的影响,三是对杜甫的学习。作者认为,曹文晦的隐逸思想,为元代隐逸思想的多样化提供了更多的诠释角度。

对某位著名诗人某类文体、某种书写题材的研究,是个案研究中更为专门化的研究,需要对相关文体或题材的学术流变史有较为清晰的认知。徐艳丽《郝经乐府诗辑考及其乐府诗创作研究》④对郝经的乐府诗进行专论,作者认为郝经"是元初大力创作乐府诗的第一人,是元代乐府诗发展的导引式人物"。论文指出,由于《郝经集》以古诗、歌诗和律诗分类而没有列入乐府类,导致其乐府诗歌的价值长期受到遮蔽。作者辑

---

① 宋巍、张亚楠:《论金代诗人周昂的诗学观及其诗歌创作》,《河北科技师范学院学报》2022年第1期。

② 查洪德:《元代中后期诗风转变中的萨都剌》,《民族文学研究》2022年第2期。

③ 宋亚文:《元代天台诗人曹文晦隐逸思想探微》,《天中学刊》2022年第2期。

④ 徐艳丽:《郝经乐府诗辑考及其乐府诗创作研究》,《山西师大学报》(社会科学版)2022年第6期。

考郝经乐府诗116首,并从题名、本事、曲调、体式、风格等方面,探究郝经乐府诗的继承与新变及其在乐府发展史上的地位与影响。据作者考证,郝经乐府诗内容丰富,包罗万象,又善于将乐府与政治相结合,以"行"为题的"即事名篇"类歌行占到了全部乐府诗作的45%。郝经乐府诗题是在继承元好问乐府诗题基础上,融合了李白、苏轼的拟题方式;其七言歌行体继承白居易新乐府体创作,并融入四言、五言及骚体句式形成杂言体,使意蕴更为丰富。结构安排上融合李贺、李白乐府诗特点,又将杜甫"直赋时事"、以"史"写诗的手法运用得淋漓尽致。在风格上,郝经乐府诗创作以被困仪真馆为界分为前后两个时期,前期多受李贺诗风影响,善于运用奇特的语言描绘险怪突兀的壮观景象;后期则以一种旷达、平易自然之笔,表现出"飘逸哀婉"的乐府诗风格。作者特别注意到了郝经乐府诗的音乐声情,认为《听姚尚书弹玉磬琴》等诗体现出郝经良好的音乐素养,以及他在音乐声情上对乐府古调的追慕。作者对郝经在元代乐府诗创作中的地位给予高度评价,认为郝经乐府诗是以"浑厚高古"的风格和"风雅"的艺术表现手法,加上"性情"的艺术表现力而构成,在元代乐府诗发展史上具有重要的开创意义,对王恽、虞集、吴莱、杨维桢都有不同程度的影响。

2022年度学界对几位金元诗人生平、诗学风格及其理论的研究,是金元诗学个案研究的重要成果,我们也期待对这一时期更多诗人的研究取得突破性进展。

(六)诗学争鸣

2022年金元文学研究界发生了一个著名"事件",《光明·光明文学遗产》连发三文,探讨元好问的《雁丘词》是否是"写情之作",涉及元好问创作此词的年龄及"词心"问题。

此事的发端是《光明日报》2022年5月31日发表了深圳大学人文学院徐晋如副教授的《元好问〈雁丘词〉是写情之作吗》一文。文章据李治和词中"鸟道长空""龙艘古渡"句,认定李治词作于金亡之后;又据"诗翁感遇""拍江秋影今何在,宰木欲迷堤树"等语,认为元好问《雁丘词》改定也应在金亡之后。作者还考定了具体时间,是蒙古太宗九年(1237)元好问由冠氏(今山东冠县)往东平、还太原,在崞山(今山西崞县)的桐川与李治相会,作有《桐川与仁卿饮》一诗,"雁丘词当改定于此时或稍前数载,仁卿和词则应作于是年"。文章又引金哀宗自焚幽兰轩事,认为元好问古乐府《幽兰》是吊哀宗之作;又引杨果和作《同遗山赋雁丘》,认为词中"想塞北风沙,江南烟月,争忍自来去"寄托着故国之思,末句"一杯会举。待细读悲歌,满倾清泪,为尔酹黄土""应该也是读出了遗山词背后的遗民心迹"。结论是:元好问"想要在词中寄托其对哀宗、末帝的无限同情","雁丘实指代哀宗在汝上的坟茔","雁丘词就不是一首爱情颂歌,而是感慨兴亡、心系故国的遗民血泪之唱"。

文章发出后,一石激起千重浪,奋袖振臂想要反驳者往往而在,笔者所在的"元好问研究群"学者还建议以名家执笔、集体修改的方式推出一文以表达态度。2022年9月19日,《光明日报》推出江南大学文学院颜庆余副教授《元好问〈雁丘词〉确是写情之作》一文,颇能代表"元好问研究群"的基本观点。

颜庆余文章认为,徐文结论的得出基于四个方面:一是从词的内在矛盾提出疑问,认为上下片割裂疏离;二是将词重新系年于金亡之后,使其存在寄托故国之思的可能;三是引证李治词与元好问《幽兰》诗,以构建此词与金哀宗自缢幽兰轩之间的联系；四是援引杨果和词作为旁证。之后对这四个方面一一加以辩驳：一是《雁丘辞》上下片并无内在矛盾；二是元、李相会未必只在蒙古太宗九年，李治追和遗山词也未必要在相会之时，李词称元好问为"诗翁"只能说明追和时元好问已成老翁，不能说明元好问改定时已成老翁；三是元好问《幽兰》诗与金哀宗自缢的"幽兰轩"未必有内在指涉关系，元好问直述故国之思的例子并不少见，未必要以《幽兰》诗隐晦影射，《幽兰》诗实际上是元好问取资于文学传统，展现复杂的文学技巧，借以表露心迹的一首抒情诗；四是杨果和词中是否有故国之思，是否"读出了遗山词背后的遗民心迹"并无证据，实际上杨果只是在技巧上忠实地回应元好问的原唱。结论是：徐先生的翻案并不能改变由来已久的定论，元好问《雁丘辞》是基于瘗雁实事歌咏生死相许至情的一首词，并无借雁丘影射金哀宗汝上坟茔的政治寄托。

就在公众以为此事将告一段落之时，《光明日报》2022年10月31日推出兰州大学文学院雷恩海教授的《元好问〈迈陂塘·雁丘〉作年及词心之再探讨》一文，开篇提出徐、颜二文的争论，"问题似尚未解决，此词义旨何谓，实有进一步探讨的必要"，似是为前两场争论做一场总结或平息。实际上此文似乎并未达成这一效果。

雷文首先在观点上肯定了《雁丘词》追怀故国的性质，是对徐文的遥相呼应，也是对颜文的全面否定。基于这一根本性的认识，作者又举出多个方面论证这首词的遗民书写性质：一是元好问序中"旧所作无宫商，今改定之"的宫商指音律，即元好问的原作应是一首诗，后来才改定为更具抒情特质的词；二是蒙古太宗八年元好问47岁，客居冠氏，九月作《东坡乐府集选》，引发对词体这一特殊抒情体裁的浓烈兴趣，回想当年所作

《雁丘辞》，而今对二帝之死、金廷覆亡三致意焉，遂改定为《迈陂塘·雁丘》，寄寓家国兴亡深衷；三是次年秋自冠氏还太原，途经陵川（今山西陵川）与李治相会，有《陵川与仁卿饮》诗，相对话兴亡，将改定之《迈陂塘·雁丘》示于好友，李治遂有《和元遗山〈雁丘〉》之作；四是李治和词中的"诗翁感遇"直指原唱元好问，因为陵川相会时元好问48岁。作者又以"感遇"对接陈子昂《感遇》诗，并认为"招魂楚些何嗟及"中的"招魂"与楚辞《招魂》意思相近，而李治和词"幽兰"指元好问《迈陂塘·雁丘》）。作者又以"词心"说还原元、李二人的家国之情。结论是：元好问《迈陂塘·雁丘》乃晚年改定之作，时间应为蒙古太宗八年，李治和词似应在九年，咏物抒情，词心所寄，乃借双雁之殉情殒命，抒发哀悼金廷覆亡、二帝殉命之悲怆与深衷。

总体看来，雷文比徐文"走得更远"。且不说元好问和李治相会是在今山西西北忻州市崞县境内（桐川），而不是位于山西东南晋城市的陵川，元好问诗题是《桐川与仁卿饮》而不是《陵川与仁卿饮》；单是将"宫商"解作"诗歌"，元好问是因为整理《东坡乐府集选》才"引发对词体这一特殊抒情体裁的浓烈兴趣"，以及将"感遇"联系到陈子昂，"招魂"联系到楚辞《招魂》，就很令人惊讶。元好问在金亡当年（1234）在聊城时已编订《遗山新乐府》，意味着之前已有一部词集，此时又编新作；元好问还写了一篇序，大谈自己对黄庭坚、陈与义等人词作的看法，他对词有多年创作和深切理解，对词产生兴趣岂要到冠氏编订《东坡乐府》时期？周振甫先生《诗词例话》中有《忌穿凿》一文，说道："也有的诗词，诗人就是赞美风光的美好，祖国河山的壮丽，并不是咏时事，但有的读者深求作品的寓意，向单纯写景物的诗词中去追求寄托，不免发生种种穿凿附会的说

法,引起了对诗词理解上的混乱。"2022年的这一"事件",或许用这句话来作结最为恰当。

综上所述,2022年度辽金元诗学研究话题丰富,产生了不少有分量的成果,但也有不少值得反思的地方。我们有理由相信,在学界同仁的共同努力下,2023年一定会产生更多有分量的著作和论文。这么说的一个依据,是近几年获批的几个很有看点的基金项目,如李文胜2019年教育部规划基金项目"元代诗歌同题集咏现象考述"、2020年国家社科一般项目"交通视域下的元代少数民族汉语诗歌研究",史广超2020年国家社科一般项目"'永乐大典本'辽金元诗文文献搜集、叙录、整理与研究",王培友2021年国家社科重点项目"元代理学诗文献集成与研究",裴兴荣2021年教育部人文社科一般项目"金代题画诗研究",王川2022年国家社科一般项目"日藏元代赴日禅僧诗文整理与研究",和谈2022年教育部哲学社会科学研究重大课题攻关项目"契丹文学文献整理与研究",胡传志2022年国家社科后期资助项目"元好问资料类编"等,都有望陆续产生一些新成果。此外,2022年10月公布的《2021—2035年国家古籍工作规划重点项目(第一批)》中也有不少辽金元诗学文献会在未来几年整理出版,都颇可期待。

明代诗学研究报告

安徽师范大学中国诗学研究中心　马涛

明代诗学研究在新世纪以来发展迅速,究其原因,"一方面是因为它可以借鉴其他学术领域的成熟经验,另一方面,它又是一个新开垦的领域,就像一座富矿,具有无比的丰富性和可能性。"①我们总结2022年明代诗学研究成果,即是尝试将其放置在此种势头与局面之下,对之进行观照、考量、评述,希望能到得"一叶知秋""显微知著"的效果。就整体的写作思路而言,我们拟从年度成果中,提炼出诸种最能标示整个明代诗学研究格局与方向的"问题"或"主题",通过"瞻前与顾后""整体与局部""本土与海外"相结合的方式,以求对诸多研究"问题(主题)"的评述达到深入而立体的境界。"照花前后镜,花面交相映",观照本年度的研究时,我们尽量避免孤立、悬绝、斩截式地"就一点论一点""就一年论一年""就一篇论一篇",尽量将相关研究成果置放在一个较长时段构成的参照坐标及整体系统中,进行介绍与评述,尽管有时此坐标(或系统)已融入到写作者的整体布局与具体论述中,而非显在与刻意。总之,通过以上方式把握具体研究的"来龙去脉",或许能更细致深刻地勾勒出本年度学术生长的轨迹与肌理。我们以问题为导向,提炼出了八个方面的专题,它们涉及到文学现象研究、文学批评研究、文体与体派研究、文学思想史研究、地域与社团研究、作家创作研究、文献考论等方面。这八个专题所覆盖论著的基本内容,大体来说也呈现了明代诗学研究的知识架构。当然,从事这一领域研究的学者也许都有自己的学术理解图式,我们做如此分类,不仅是为了便于有层次地进行述论,也希望在一定程度上反映出明代诗学研究的一些主要方向,或重要问题。树高千丈,每一圈年轮的暗自生成,都积淀蕴蓄着天地造化的艰辛与伟力;日月不居,潜运默移,学术积累亦是在群体的智慧合力中日益厚实丰盈。站在这一年所搭建的时光瞭望台上,我们期待能为欲要远行的学术跋涉者提供一些标示行进方向的记号,或者佐助前行的手杖。

一、纂辑·流播·审美:选集与总集中的批评因素

"现代人心目中的中国文学经典谱系,大致源于明清两代的形塑与阐释。从经典形塑与阐释角度看,明清诗文选本的繁盛,是对前代诗文的总结并完成经典化的过程。这一过程使许多作品在文学史上的经典地位得以确立。"②汉魏六朝隋唐的文学作品作为明人复古的宗尚对象,在文献层面被不断地搜集、整理、刊印,在文学层面借助选集、总集的形式被有针对性地阅读、摹拟,

---

① 吴承学:《明清诗文研究的"后发之势"》,《文学遗产》明清诗文论坛闭幕词,2022年11月。
② 吴承学:《明清诗文研究七十年》,《文学遗产》2019年第5期。

并尝试超越,成为明代文学生态中必须正视的一股力量。通过实在的书籍,汉唐以来的经典文学与明代文学得以交缠在一起。①因此,研究者试图以选本的编纂意图、分类方式、取舍标准、流播状况等作为切入点,凝聚提炼出其中蕴含的诗学理论及反映的诗学思潮走向。具体而言,选本批评在理论层面上可分为三种形态,即选本的序跋、选本的评点和选者的选文。选本的序跋集中地表达了选者的文学思想,选本的评点散金碎玉式地表达了选者的批评理念,但这两者均是用可见的文字材料直接表露其文学观点的,它属于有形的批评,可将之成为选本的显性批评;而选者的选文却与前两者不同,它是通过选者主观的选择行为来实践自己的文学批评,属于无形的批评。选本中入选的作品本身就蕴含着选者的文学思想和批评理论。我们将这个选择活动本身称之为隐性批评。选家的文学趣味、批评观念、审美好尚甚至脾性禀赋都各有差异,进而会影响到他对作家及其作品的取舍、排列和评价。优秀的选本对于文学和文学批评的意义,不仅在于它是作家借以表明文学主张的手段和方式,而且其影响也远远超过了作家的专集和专门的文学批评著作。②基于对以上文学史实及研究理路的认知,我们拟按不同诗体形态分述相关成果:

其一,明人对唐宋诗的选辑与刊刻。

明代唐诗选本数量众多,孙欣欣《明代唐诗选本与诗歌批评》③在文献整理基础上,通过对明代众多唐诗选本序、跋、凡例、评点、批注的分析解读,利用选目的比较,结合明代诗学的发展对明代唐诗选本作总体观照,对唐诗选本在明代的发展脉络进行线性的勾勒评析,从众多的唐诗选本中挖掘提取明人诸如格调、辨体、性情等文学批评观念,探讨唐诗选本与明代复古、性灵等诗歌流派的关系,总结明代唐诗选本的理论特色,是目前较为集中探讨明代唐诗选本所体现出的明代诗歌观念、诗歌批评思想的专著,它不仅丰富了明代文学理论的内容,拓展了明代诗歌批评的研究思路,也为明代文学批评研究提供了新的视角。与唐诗相比,宋诗虽在明代颇受歧视(尤其是在成化至嘉靖年间),却没有失去它的价值。宋诗选本、别集、总集的编刻流行,无疑也在不同程度上影响着具体时期与作者的审美意识。对这一文学史识的观照已积累了不少成果,如申屠青松《明代宋诗选本论略》④、李程《明代宋诗接受研究》⑤、郑婷《宋诗与明代诗坛》⑥、张波《明代宋诗总集研究》⑦等等。本年度陈颖聪《从明代宋诗刻本看"崇唐抑宋"》⑧在进一步的文献疏理统计基础上,认为在明代崇唐抑宋的主流意识下,宋诗及宋诗的刻本却是传世不绝,其板刻最盛者恰恰就是出现在崇唐抑宋风气最盛的嘉靖至万历年间,所选则主要是黄庭坚、严羽、苏轼、朱熹、陆游、文天祥的集子居多。这不但反映了明人对宋人学唐而又变化唐的肯定,而且在明初及明中晚期,明人喜爱文天祥的诗歌,更是反映了以文天

---

① 相关观念可参叶烨《明代:古典文学的文本凝定及其意义》,《中国社会科学》2020年第2期。

② 关于选本的批评价值,可参张伯伟《中国古代文学批评方法研究》、王兵《古代文学选本批评效能的影响因素》、葛瑞应《古代选本批评的价值追求及其当代启示》、党圣元《论选本的文体批评功能》等论著。

③ 孙欣欣:《明代唐诗选本与诗歌批评》,中华书局,2022年版。

④ 申屠青松:《明代宋诗选本论略》,《北京科技大学学报》(社会科学版)2007年第3期。

⑤ 李程:《明代宋诗接受研究》,华中师范大学2011年硕士学位论文。

⑥ 郑婷:《宋诗与明代诗坛》,复旦大学2012年博士学位论文。

⑦ 张波:《明代宋诗总集研究》,花木兰出版社,2013年版。

⑧ 陈颖聪:《从明代宋诗刻本看"崇唐抑宋"》,《中国韵文学刊》2022年第3期。

祥为代表的宋人的爱国情怀和民族气节,得到了明人的继承和肯定,成为明人对抗外来侵略的精神力量。这类研究无疑能丰富我们对文学史"主线""主调"之外,那类更加幽深的细节与多声部协奏景况的认知。

其二,明代本朝诗歌的选编及清人对明诗的选编。

如果说唐宋诗集的编选刊刻表现出明代借助前代诗歌来构建诗美典范的用心,那么,唱和诗则反映了本朝人选本朝诗所独特的诗学趋向。明人有很强的辨体意识,王天觉《论明人的唱和诗体观念——以唱和诗集序跋为中心的考察》①认为,关于唱和诗的功能,明人将其归结为知己交心、诗艺切磋、游戏竞技、治道、教化、存史等,从而凝定了唱和诗的多功能性。唱和诗的源头,明人或追溯至先秦赓歌,或追溯至《诗经》,或认为始于唐代,"诗唱和莫盛于弘治"一语是明人构建本朝唱和诗史坐标的创见。关于唱和诗的体制,明人认为唱诗与和诗存在着三重关系:一是批评层面上的优劣关系,二是阅读层面上的互文关系,三是写作层面上的模拟关系。关于联句的源流发展,明人多有新见,其中对李东阳联句的推崇确立了李东阳继韩、孟以后在联句史上的崇高地位。明人对追和《梅花百咏》的风气与心态既有肯定,又有批评,客观公允。唱和批评论上,明人反对庸俗主义,批判崇古抑今,主张以人论诗,提出了"唱和合离"这一批评术语。总之,明代唱和诗集序跋是研究唱和诗体理论的渊薮,明人的唱和诗体观念在古代唱和理论史上占有重要地位。除明人自选本朝诗这种形式外,清人编撰的各代、各类诗歌总集之中,明诗总集有百余种。诗歌总集之辑选作品,是一个鉴别取舍的过程,其素材选择与结构安排在一定程度上反映出作者独特的诗学审美。李程《明诗总集编撰与清代诗学的演进》②即是一篇沟通明清诗学流脉的文章。作者认为明代诗歌总集编撰与清代诗学的演进有着密切的关系。诗学思潮的迭代、诗学流派的论争、诗学观念的表达、诗学群体的标举等都常常以编撰总集的方式进行思想的表达和主张的宣传。此文对明诗总集编撰的意图、类型、诗学观念、群体风貌等,都进行了扼要论述。

其三,借助选本来探讨明清词学观念的演进。

清代被称为词学的中兴时期,其实在晚明这个重要时段已经积蓄着若干重要的词学思想跃动,故明清之际的词学研究在本年度颇受关注。陈水云《晚明词坛的推尊唐词与"唐音"复归》③指出明代万历以后词坛,有一种推尊唐词的倾向,不但多次翻刻有关唐五代词的典籍,而且还新编新刻了《花间集补》《唐词纪》这样的唐五代词文献,当时的选本或评论中也反复出现"唐词""唐调""唐音"的提法,表明"唐词"作为一种观念在晚明渐已形成,它的意义指向是:词祖、古音、香艳、温丽,这对明末清初"唐音"的复归产生了直接的影响。本年度围绕着选本,学者对"词统"这一重要词学范畴进行了深入探讨。陈水云《明末清初的词选词派与词统观念的嬗变》④指出"词统"是一个从辨体批评发展而来、与正变观念相关联、体现着词派审美取向的新观念。该文从观念史立场出发,以明末清初重要的词选或词派为

153

① 王天觉:《论明人的唱和诗体观念——以唱和诗集序跋为中心的考察》,《中国文学研究》2022年第2期。
② 李程:《明诗总集编撰与清代诗学的演进》,《中国社会科学报》2022年11月8日版。
③ 陈水云:《晚明词坛的推尊唐词与"唐音"复归》,《西北师大学报》(社会科学版)2022年第5期。
④ 陈水云:《明末清初的词选词派与词统观念的嬗变》,《文学遗产》2022年第5期。

切入点,力图呈现出一种作为观念的"词统",是如何在明末发端再到清初逐步形塑的。作者指出"词统"作为一种观念,在明万历至崇祯年间开始形成,以《古今词统》的刊刻为标志。入清之后,邹祗谟、王士禛等编《倚声初集》,接续《古今词统》,并以其重变崇今的理念对云间派复古论统序观进行改造。陈维崧、顾贞观、纳兰性德等人,或标举苏、辛的直抒胸臆,或推崇李后主的舒写性灵,通过《今词苑》《今词初集》的编选践履以性情为本的统序观。从西泠词人的《见山亭古今词选》《古今词汇》到浙西词派的《词综》,又在融合《古今词统》和清初诸词派思想的基础上新建了以周、姜为典范的雅正词统。在这一嬗变过程中,《古今词统》和云间派对清初诸词派统序观的形成产生了深刻的影响。沈松勤《明清之际的词统建构及其词学意义》[1]指出明天启、崇祯年间,词坛揭开了中兴帷幕。作为词学批评的一种新的表现形态,词统应运而生。崇祯初年,卓人月、徐士俊合编《古今词统》,在选人存史的基础上,率先建构"委曲""雄肆""和雅"三大词统序列,体现出鲜明的词史意识。康熙前期,纳兰性德、顾贞观与朱彝尊从自身的创作实践出发,分别编纂《今词初集》与《词综》,在《古今词统》的基础上重构"今词"与"醇雅"统绪,呈现出鲜明的尊体观与复雅观。这些词统以词选为媒介,以词人词作、词学现象为对象,以词论中经常运用的范畴为批评形态,对唐以来的词史进行阐释和总结,形成整体性和引导性的词学思想,同时也作用于当时词坛创作,具有重要的理论意义和实践意义。

二、典范生成:经典文本的阐释接受与明诗之关系

明人的"复古"诗潮很大程度上促成了对前代文学的经典形塑,同时亦折射出自己所在诗派的审美旨趣。就"复古精神"与"美典生成"的深层关系而言,学者指出"(明人)将古诗、近体诗的形成和完熟的源头,与它们各自原始的审美特征联系起来加以审视,赋予这种原始的审美特征以足供取法的典范意义,以返至他们所认为的真正意义上的'古俗',并且认为,自此出发,才能切实把握古典诗歌系统之正脉,维护诗道延续发展的纯正性。鉴乎此,他们更用心去体认、推尚古诗和近体诗的原始的审美特征,注意分辨古典诗歌历史进程中的近'古'与远'古'的承传及变异之现象,突出了古典诗歌系统审美之原始性与典范性之间的对应关系。"[2]基于这种对明代诗学的认知,研究者往往在文学受容的视野之下,通过考查明代作家对前代经典作品、重要题材、审美范式的历时性阐释、批评、重塑,凸显明代诗歌审美风尚所具有的独特性。需要注意的是,众多的文学集团、诗学流派,诸如台阁体、茶陵派、前七子、后七子、公安派、竟陵派……所持的诗学理论和审美尺度不同,必然会造成对前代诗歌接受与批评观点有异。其间差异的辨析、传承与转变,呈现出极其繁复的图景。唯有结合明代各个时期的社会政治背景、文化思潮以及诗歌美学等方面,深入剖析明代文人的心态及其诗歌接受的期待视野,对明代各个时期的诗歌接受与批评进行深入的探究,方能从具体诗人接受与批评的角度探讨明代诗学思想的发展。总之,站在学术史的角度看,对中国文学的经典形塑与文本阐释,是

---

[1] 沈松勤:《明清之际的词统建构及其词学意义》,《文艺研究》2022年第6期。

[2] 郑利华:《明代诗学思想史》,上海古籍出版社,2022年版,第5页。

明清诗文极为重要而尚未完全受到重视的价值。以下通过两方面分别评述：

其一，明人对汉魏、唐宋诗的阐释与接受。

当代学者对明代中古诗歌接受的研究成果颇为丰硕，如陈斌《明代中古诗歌接受与批评研究》①、郑婷尹《明代中古诗歌批评析论》②、王征《明代陶诗接受与批评研究》③等，然本年度在此范围内亦有新作产生。王粲和刘桢的优劣论是建安文学史上一大公案，历代众说纷纭。易兰《明代王粲、刘桢优劣论的转向及其诗学原因》④一文，指出魏晋南北朝时期，王粲的优势地位初步确立，刘桢相对居于弱势地位。降至隋唐五代宋金元时期，刘桢地位显著提升。然而发展到明代，情况又与唐宋有别，称誉刘桢者仍占一定数量，但大部分评论家主张王优于刘。究其原因，对建安气骨的省思以及对婉约抒情的关怀，造成了明代对王刘优劣评论的变化。由此入手，可以窥见明代诗学趣味的转变；同时，明人的论述也有助于进一步体味王、刘的诗歌风格。黄守宇《明代诗话中陈子昂诗歌接受研究》⑤重点考察了明诗话对陈子昂五古、律诗、《感遇》诸诗的评析。

在"诗必盛唐"的主潮之外，宋诗在明代的衍播流传受到了研究者的关注。陆敏《晚明宋诗学研究》⑥对明人学宋人宋诗的风尚进行了阶段性分析。作者指出，晚明文人对"唐""宋"诗学的客观鉴赏态度，既丰富着明人对宋诗的认知，也促使清代文人提出"转益多师"的师法主张。从文化角度而言，晚明文人对宋诗学的接受上升至宋型文化层面，即晚明文人从推崇具有个性的文人人格，复归为重道、重家国的圣人人格。同时，宋代文人的诗画观亦对晚明书画创作中的尚意与性灵之风产生重要影响。沈周是吴中文坛与画坛的重要人物，汤志波《论沈周的交际身份与诗学宗尚》⑦指出沈周早年学诗宗唐，这既受当时主流文坛风尚的影响，也是作为诗坛晚辈在诗歌交际时的必然选择。沈周30岁以后开始绘画交际，图画逐渐取代诗歌成为其主要交际工具，于是不再留心诗艺，并创作了大量即兴题画诗，语言浅白近于宋诗一路。沈周终身不仕，晚年多作描写日常生活、个人感受的田园诗与闲适诗，给人以"卒老于宋"的印象。沈周的诗学转向，是由其诗人、画家、隐士的交际身份不断转变乃至交融之产物，也与自身性格及吴中崇尚博雅的诗学环境有关。显然，此文关于沈周交际身份与诗学实践之考察，有助于我们更好地了解明代吴中文坛的诗学审美旨趣。王世贞晚年诗论思想的转变乃是一件学术公案，康琳悦⑧《"盛唐"与"自悔"的误区：王世贞诗论书写轨迹的再审视》认为王世贞既没有于早年非盛唐之诗不取，也没有在后期对自身诗学产生突发性否定。《明诗评》的审美多样化与其附带的政治功能，在隐现王世贞独立诗学意识上做到了对立统一；《艺苑卮言》中的部分诗

① 陈斌：《明代中古诗歌接受与批评研究》，上海三联书店，2009年版。

② 郑婷尹：《明代中古诗歌批评析论》，文史哲出版社，2013年版。

③ 王征：《明代陶诗接受与批评研究》，知识产权出版社，2021年版。

④ 易兰：《明代王粲、刘桢优劣论的转向及其诗学原因》，赵敏俐主编：《中国诗歌研究》（第二十二辑），社会科学文献出版社，2022年版。

⑤ 黄守宇：《明代诗话中陈子昂诗歌接受研究》，四川师范大学2022年硕士学位论文。

⑥ 陆敏：《晚明宋诗学研究》，湖南师范大学2022年硕士学位论文。

⑦ 汤志波：《论沈周的交际身份与诗学宗尚》，《苏州大学学报》（社会科学版）2022年第5期。

⑧ 康琳悦：《"盛唐"与"自悔"的误区：王世贞诗论书写轨迹的再审视》，赵敏俐主编：《中国诗歌研究》（第22辑），社会科学文献出版社，2022年版。

歌理论也呈现出融解之道;而散见于各类序跋中的诗论,则客观上对相关概念进行了澄清与增设,继而昭示了宋诗接受的新局面。

其二,明人对宋词的阐释与接受。

在文学受容视野之下,重要词人及词作的经典化历程亦受到学者关注。王夫之的苏轼阐释,集中出现在《宋论》和《姜斋诗话》中,此外《读通鉴论》也零星可见。何林军《王夫之的苏轼阐释:中国古代阐释学的特殊个案》①指出王夫之对苏轼所进行的否定性阐释,乃是缘于延续了洛党和朱熹的看法,其中既有对作为参政主体和学术主体之苏轼的全盘否定,也有对作为文学创作主体之苏轼的接近于全盘的否定。其阐释方式一方面是传统的,另一方面是个性化的,具有过度阐释的特征,显性原因是明亡带来的反应,隐性或深层原因是他对党争遗患的痛恨,对佛老的反思,对道统的维护,对诚、贞观念的首肯等。词学史上对东坡艳词的批评呈现出复杂面貌,或是对其加以遮蔽,或是显现其本色一面,或是以之为寄托之具,杨传庆《词学史上的东坡艳词批评》②一文对此复杂的批评现象进行了深入梳理。文章指出,南宋士林崇雅黜艳,依托儒家诗教,将东坡艳词与政教、道德相关联,以阐释其寄托之意,把苏轼树立为柳永的对立面,遮蔽了东坡的绮艳之作;同时,南宋人于东坡艳词还热衷附会艳情本事,体现了世俗大众维度上的娱乐性。明清时期,东坡词被贴上雄豪、变调的标签。在尚情观念的影响下,明人对东坡艳情词甚为爱赏,他们的选词、评论抛开道德、人品,显示出东坡词的本色多情之处;清人则将其建设为象喻文本,肯定

并践行艳词寄托的书写方式。历代学者对东坡艳词的批评展示了这些词作的历史生命和审美价值,也鲜明地体现了不同时代词学的特征。具体作家所创作出的不同题材内容与审美风格的作品,会因历史语境与文人心态的变化而产生不同的接受状况。郁玉英、杨剑兵《论朱敦儒词在元明两代之影响——以选与评之间的关系为中心》③指出,元明时期的选本传播中,朱敦儒词的影响与时俱增,其彰显世俗情怀与个性高致的词大得声称于世,乱离悲歌则声名消减。元明评点中,朱敦儒词的影响力增强,元明文人均聚焦于朱敦儒及其词的个性高致,朱敦儒词中的乱离悲歌获文人共鸣,书写世俗情怀的词仅获得艺术审美方面的评点。选、评离合间,吟咏个性高致的词一直保持旺盛生命力。元明两代朱敦儒词的选本传播主要彰显着时代文化气候的重要作用,评点阐释主要渗透着历史文化传统的强力影响,两者亦有一定的交错整合。朱敦儒词的影响效应彰显了历史文化传统与时代文化气候的角力与融合。

三、通观·集群:诗学思想史与流派观念的生成演变

明代各类诗人群体或派别众多,在诗坛相继崛起,诗家层出不穷,这些诗人群体或派别以及诗家个体,或在中心诗坛担当主导诗学风尚的引领角色,或在不同的地域发挥着活跃诗学活动气氛的重要作用。因此,学者们已注意到,"对于明清诗文的生态特征,要有更多超越于一般文体的眼光,注重从时代和审美风气的转变、集团和流

---

① 何林军:《王夫之的苏轼阐释:中国古代阐释学的特殊个案》,《中国文学研究》2022年第4期。

② 杨传庆:《词学史上的东坡艳词批评》,《文学遗产》2022年第4期。

③ 郁玉英、杨剑兵:《论朱敦儒词在元明两代之影响——以选与评之间的关系为中心》,赵敏俐主编:《中国诗歌研究》(第二十三辑),社会科学文献出版社,2022年版。

派的整体风貌、交流与交锋的过程中来进行审视和研究，如此才能更契合明清诗文的原生形态。"①故而对明代诗学观念的研究往往呈现出鲜明的"通观"意识，可概之四个方面：其一，历时性地对明代诗学理论的生成演变作系统化的整合疏理。学者常将明代诗学划分为元明之交，正统、成化时期，弘治、正德时期，嘉靖、隆庆时期，万历时期及明末六个阶段进行探讨，主要选择各个阶段若干代表性流派、作家或论家，包括如《古今诗删》《诗归》《诗薮》《诗源辨体》《诗镜》等几部重要诗歌选集和论诗著作，阐发其主要诗学观念，对各个时期诗学特点作出勾勒。其二，从历时（逻辑进程）与共时（主要理论问题）的两个维度来探察明代诗学的特征。比如陈文新的《明代诗学》即将将明代的诗学发展进程分成"明代前期的哲学流变与诗学建构""同质异构的阳明心学与七子古学"及"启蒙学术思潮中的诗学变异"三部分加以论述，以时代精神的变迁作为切入点，较为清晰地阐析了明代诗学建构与演变的阶段性特点。主要将台阁体和山林诗、茶陵派、前后七子、李贽及公安派等的诗学倾向或观念作为考察的对象。其三，将明代重要诗学理论放在历史坐标中探讨其前因后果，左右之源。明清时期的文学思想往往具有密切的关联性。从某种程度而言，清代前期的文学，甚至是整个清代文学，都是在反思明代文学的过程中展开的，如果忽略了与明代文学的关系，清代文学很难研究清楚。因此对于明代不同诗学流派的主张及重要性的诗学范畴，唯有在"会通"视野下观其源流异变之迹，方能有深微周全的解会。其四，"通观"强调

不偏执于一隅，不障目于片面，也不迷惑于某类历史假象，需要周遍圆览，烛照隐微。比如复古与性灵两条主线的交替脉动，复古派内部不同成员理论趋向的异变，具体诗学流派的地位显晦之迹及理论观念的流播，凡此种种，皆需细加分疏考辨，得其通理正见。以下对本年度的相关研究成果分述之：

其一，历时性地考察整个明代诗学思想（或思潮）史、批评史。

文学思想与思潮是近四十年来文学史研究的新领域，也是明清诗文研究的重要开拓。罗宗强从20世纪80年代开始倡导文学思想史研究，以思想史的方法治文学批评，把文学批评、理论与文学创作实际所反映出来的文学思想倾向结合起来。在诗文的研究领域也形成具有一定规模的学术成果②，其中无论是有关文学思潮演变、诗文流派、文人群体、诗家或论家的个案研究，还是围绕这一时期哲学、历史与文学思想关系的探讨，特定时段和地域文学思想特征的阐析，诗学接受脉络的梳理等，也多在不同的层面涉及明代诗学思想的讨论。本年度此类研究的重要成果是郑利华《明代诗学思想史》③。本书旨在系统考察有明一代二百七十余年间诗学思想的发展历程，立足于历史与逻辑的角度，努力廓清横亘在这一重要历史时期的诗学思想演化的总体态势，在此基础上，揭橥其在中国诗学思想发展史上的作用和意义。具体来说，集中体现在两大方面：一是力图从整体而有机的层面出发，在系统开掘和解析有明一代丰富诗学资源的基础上，全面梳理这一历史时期诗学思想的多重脉络，深入辨识

---

① 石雷：《明清诗文研究的观念、方法和格局漫谈》，《文学遗产》2011年第3期，第144页。

② 以往的研究往往以"文学"这一大类为观照主体，而非将视点聚焦于诗学方面。如罗宗强《明代文学思想史》（中华书局，2013年版）、左东岭《李贽与晚明文学思想》（天津人民出版社，1997年版）、《王学与中晚明士人心态》（人民文学出版社，2000年版）、廖可斌《明代文学思潮史》（人民文学出版社，2016年版）。

③ 郑利华：《明代诗学思想史》，中华书局，2022年版。

它的总体演化趋向,结合对其具体发展历史进程的探讨,展示它在各个不同阶段的形态特征和精神内蕴,并进而审观明代诗学在整个诗学思想发展史上的特殊位置;二是通过对明代诗学思想史的系统考察,深化对于整个明代文学思想、乃至于中国文学思想发展史的系统认知,促进包括诗学思想在内的文学思想这一研究领域朝着更为全面而深入的方向拓展,推动明代文学史、乃至于中国文学史等相关领域研究的纵深开展。作者认为站在一种历史过程的观照角度,文学和文学思想的发展变化均具有其自身的进行特征,而对不同的特征描述,则应以从历史过程中抽绎出来的价值系统为参照。这也是此书有意借助的一种观照方式,即从"历史过程"而非理想化或抽象化的"类型或种类"出发,考察明代诗学思想发展变化的历史样态,检视这一诗学思想系统为与"历史过程"相缔结的"规范体系"所"支配"或"界定"的不同的"时间的横断面"。

其二,聚焦诗歌流派及文人集群考察其诗学观念之生成与演化。

近三十年中,有关复古派的研究已积累了诸多重要成果,如廖可斌《明代文学复古运动研究》(1994)、陈书录《明代前后七子研究》(1994)、陈文新《明代诗学》(2000),另外该时期完成的相关博士学位论文有:章伟《明七子文学思想论稿》(1990)、史小军《明七子派及其文学复古运动研究》(1996)等。孙学堂《王世贞与十六世纪文学复古思想》(2000)对复古派重要作家做深入细致的研究,将其理论批评与诗歌创作密切结合起来研究其文学思想,既扎实深入而又全面系统,显示了文学思想史研究方面的长处。在长期的学术积累之下,孙学堂于本年度又推出了两篇关于

复古派的力作。《康海落职与"前七子"的初步塑造——关于弘、正复古思潮的一个原发性问题》①指出,文学史关于"前七子"的记载存在一些疑点,如七人是否构成文学集团,是否在弘治末或正德初就有了清晰的文学派系意识等。这些疑点的源头,可以追溯到王九思、张治道、李开先关于康海落职的相关记述。对于至为关键的"康长公行述事件",他们的记述过于强调文学层面的派系斗争,夸大了康海的文章成就和文坛影响,从而在一定程度上遮蔽了康海的现实关怀和政治理想。这些带有主观性的记述,塑造了一个以康海、李梦阳为领袖的复古文学集团,为文学史上"前七子"的层累式书写拉开了序幕。《"前后七子"并称与"前七子"塑造之完成——以钱谦益〈列朝诗集小传〉为重点》②指出"前后七子"并称始于明末,此前"嘉隆七子"的名号已广为流传,而李开先用过的"弘德七子"之称至此方被主流文坛所知。"前后七子"并称,实质是强调二者的相似性。以此为契机,钱谦益对明代复古派展开了系统的述评,在派系关系方面,把历史上本不清晰的"茶陵派"与"复古派"分野勾勒得轮廓鲜明,并强调"前七子"反对台阁体;在派系特征方面,认为二者皆"摹拟剽贼"、缺乏个人面目,相互标榜以猎取声名。复古派的代表性言论"不读唐以后书"则被归于李梦阳名下。这些看法与事实多不相符,但大都被《明史》和《四库全书总目》所继承,产生了深远影响,有些说法流传至今,成为我们的文学史常识。由此可以说,明清之际钱谦益等人把"前后七子"并称,标志着文学史上"前七子"塑造之完成。此外,嘉靖前期"六朝初唐派"是近三十年来学界分歧较大的话题。多数意见认为"六朝初唐派"是由唐顺之、陈束等"为初

---

① 孙学堂:《康海落职与"前七子"的初步塑造——关于弘、正复古思潮的一个原发性问题》,《文学遗产》2022年第2期。
② 孙学堂:《"前后七子"并称与"前七子"塑造之完成——以钱谦益〈列朝诗集小传〉为重点》,《文史哲》2022年第4期。

唐者"与杨慎、薛蕙共同构成的具有反复古性质的流派。然王春翔《嘉靖前期"六朝初唐派"商榷——兼辨析"为初唐者"》①指出其实际情况并非如此,"为初唐者"、杨慎和薛蕙等人的立场诉求、诗体选择与诗歌风格均存在较大差异。杨慎、胡应麟等人基于其诗学立场,对"为初唐者"的描述背离了事实,而后世学者过于相信他们的记载,受其误导提出了"六朝初唐派"的概念。此一概念的提出遮蔽了嘉靖诗坛的历史真相。

论及晚明曲坛,所谓汤沈之争,无论事实真相如何,一主"格律"一主"才情",其间所隐寓的曲学内涵及其衍变,长期以来成为我们重构晚明曲学的关键所在。然而,如果要真正理解所谓汤沈之争,"格律"二字最为关键,无非在"守"与"不守""如何(不)守"之后所体现的音律思想如何;这样看来,发生在此之前的刘汤论乐,或许正是我们理解沈汤说律的前提。李舜华《从复古、性灵到会通:刘汤论乐与隆万间文学思潮的嬗变》②指出:一般以为,刘汤论乐,一力倡复古,一独主性灵。其实不然,刘凤对北音与器数的质疑,矛头直指前七子复古(乐)思潮,其论南北异风、音声在耳(心)、取径南音,以及借径六朝、不废唐宋、文质辞意并重,都可见性灵底色;反而是汤显祖尚依违前七子议论,主张楚辞与秦音并,不妨因胡证雅,以北化南。可见,刘、汤主张并非截然对立,而都体现了当时会通风气下江南文坛的复杂变动。然而,一个志在复古乐,其实质是将吴中立场推向极致,试图以南音取代北音一统天下;另一个却始终疏离于体制之外,一任个体性命体验、各鼓其音,遂以今曲自放,二人最终在精

神志趣上分道扬镳。刘汤论乐的差异,成为隆万之际文人士大夫重新体认性命之道的重要变象之一。此文将刘汤往复论乐的数篇文献,放置在特定的时代背景与语境中作出深入分析,论定其所蕴含的独特文学思想史价值。作者具有深厚的文献分析功夫,以点带面,见微知著,没有孤立地看待具体作者的论述,而是在文学生态圈与文学交往活动中,深刻洞察不同作者对同一命题的态度及立论的异同转变,细致剖析其态度及立论的真实趋向,及彼此思想碰撞、沟通、歧异、自我确认的诸多逻辑路径。此文的价值不仅在于对具体学术问题提出了具有新意与深度的探讨,而且在选题角度与阐释思路方面也具有典范意义。

其三,明清"汇通"视野下观照诗学观念的源流异变之迹。

在以格调、性灵、神韵为主流脉络的明清诗论史书写中,王世贞、王渔洋诗论被分别视为明代"格调说"、清代"神韵说"的代表。然而学界对王世贞"格调说"中的体格声调论关注较多,对其"格调说"中富含的"神韵见解"却鲜有论及。张建国《明代"格调说"与清初"神韵说"诗学渊源发覆——以王世贞、王渔洋诗论为中心》③指出,在探究明代"格调说"与清初"神韵说"诗学渊源时,学界多关注胡应麟、陆时雍等人诗论与王渔洋诗论间的关联,而忽略了与王渔洋诗论关联更为密切的王世贞诗论。王世贞有意识地吸收了从刘勰、钟嵘到严羽等历代诗学谱系中的"神韵"内涵,重视诗歌的自然传神与韵外之致,其"神韵见解"直接体现在他对历代诗歌"神韵"的鉴赏论以及重性情、学问、兴会的创作论中,以《艺苑卮言》

① 王春翔:《嘉靖前期"六朝初唐派"商榷——兼辨析"为初唐者"》,赵敏俐主编:《中国诗歌研究》(第二十三辑),社会科学文献出版社,2022年版。

② 李舜华:《从复古、性灵到会通:刘汤论乐与隆万间文学思潮的嬗变》,《文学评论》2022年第3期。

③ 张建国、许建平:《明代"格调说"与清初"神韵说"诗学渊源发覆——以王世贞、王渔洋诗论为中心》,《海南大学学报》(人文社会科学版)2022年第4期。

为代表的王世贞诗论对王渔洋的"神韵说"产生了深刻的影响，成为上接《诗品》《沧浪诗话》《谈艺录》，下启清初"神韵说"的"桥梁和过渡"。对王世贞诗论中"神韵见解"的发掘与审视，为重新认识明代"格调说"与清初"神韵说"内在诗学渊源提供了一条新的路径。此外，姬毓《七子派的自省：从王世懋晚年诗论看明清神韵说的嬗递》①一文也对神韵说进行了通代性的论述。

清初诗坛对竟陵诗派特别是其领袖锺惺和谭元春的接受，具有多元面相和复调特征。代亮《清初诗坛对竟陵诗派的回护——兼论清初诗学对中晚明诗学的承继》②指出，有识之士反拨指责竟陵的风气，廓清锺、谭与其趋从者的界限，并揄扬其诗心、诗风与诗论中的精髓，肯定其在明诗发展链条中的地位。与此同时，众多诗坛翘楚的创作实践也不同程度地取法锺、谭。在此基础上，他们折中七子与竟陵，力图消弭门户之争，呈现出兼容并蓄的趋向，从而催生了回护竟陵诗派的潜流。这一潜流虽然在后世受到了极大的遮蔽，却是竟陵诗派在清初接受的重要侧面，也展现出清初诗学与明代中后期诗学一脉相承的关系。此文之价值，不仅在于对竟陵诗派于清初的接受状况提出新见解，更为重要的是，作者的研究思路具有重要的方法启示意义。文学史上关于某些事件或思潮的记载，有时一开始便不尽符合历史原样，再经后人多次塑造，成为"层累式"的文学史叙述。这个过程中存在许多原发性问题，需要研究者通过对史料的仔细辨析予以清理。

就此文而言，作者勾稽相关言论并辨析其理论内蕴，探究诗人在创作实践中对锺、谭的效法，不但有助于全面把握竟陵诗派在清初接受的真实情形，也有助于深入认识清初诗学与前代诗学尤其是中晚明诗学的内在关联。

其四，考察具体诗学著作及诗学观念的理论内涵。

学者对复古派的经典理论著作《诗源辩体》进行了深入研究。该书被今人视为与现代的西方文学史著作相类似的诗论著作，而它与本土诗学传统的互动关系值得深究。徐隆垚《许学夷〈诗源辩体〉的理论资源》③指出许学夷对六朝以降的选本、诗论著作皆有自觉反省：在总集领域，重视宋元以来兴起的世次分类法，以许宗鲁《选诗》重编本等为典范；在诗文评领域，重视南宋以来宗唐诗论的结构与范畴，以严羽、王世贞、胡应麟三家为典范。而这种反思意识与许学夷当下的诗论建构实相呼应，通过引入总集世次分类法、宏观结构专业化、批评范畴程式化等手段，《诗源辩体》成就了一种高度历史化、体系化的新型诗论，集中展现了晚明诗学书籍的智识面相。就《诗源辩体》在明代复古诗学中的重要作用而言，郑利华、王婷《〈诗源辩体〉与明代复古诗学的重新整合》④指出，许学夷《诗源辩体》，体现了纠驳前人之说以指引诗道的自觉意识，其基本宗旨乃在于重新确立诗歌复古的方向，变革"近世"的"背古师心"现状。该书论述的基本思路与七子派的复古诉求比较接近，对诸子的论诗之见或有汲取。然又并非对诸子之论的单纯承袭，而是在汲取应和之际间辨其中之得失，凝聚着作者个人的阅读经验和独特思考。特别是较之王世贞、胡

① 姬毓：《七子派的自省：从王世懋晚年诗论看明清神韵说的嬗递》，巩本栋主编：《中国诗学》（第33辑），人民文学出版社，2022年版。

② 代亮：《清初诗坛对竟陵诗派的回护——兼论清初诗学对中晚明诗学的承继》，《文学遗产》2022年第1期。

③ 徐隆垚：《许学夷〈诗源辩体〉的理论资源》，《文学遗产》2022年第2期。

④ 郑利华、王婷：《〈诗源辩体〉与明代复古诗学的重新整合》，《古代文学理论研究》2022年第1期。

应麟等人相对体系化的诗学论见,该书表现出更为详密、中正、严饬的思想结构,尤其集中反映在宋前诗歌价值序列的系统展示,宋、元、明诗的全面检视,以及"诗先体制"说的具体阐释等方面,实是对明代复古诗学的重新整合。

除了《诗源辩体》外,学者对《升庵诗话》的研究亦有所推进。杨慎此著虽是杂笔式地记录下字句校考、诗歌品评、源流述论,以及自我的创作心得,却是其诗学理论的具体表征,并且带着显著的时代特征,"不随风俯仰,卓然自立,高举反复古主义的旗帜,论诗主性灵,表现出一种可贵的批判精神""拔戟自成一队",在明代诗学发展史上具有较为重要的地位和影响。高小慧的《杨慎〈升庵诗话〉与明代诗学》[①]从《升庵诗话》的版本流变、文化语境和明代同期的诗学环境等方面对其挖掘剖析,专章论述了高棅《唐诗品汇》、李东阳《怀麓堂诗话》对升庵诗学思想的影响,以及升庵诗学与六朝派的学术亲缘关系、杨升庵"诗史论"再观照等。此外,学者对几种重要的诗学理论在明代的发展进行了专题论述。以文为诗"话题,经由宋元诸多重要作家与文学理论家的探讨,至明,已经成为诗文辨体、唐宋诗之争乃至文学史正变等问题不可回避的命题,孟亚杰《明诗话"以文为诗"观研究》对此作了颇深入的梳理。明清易代特殊历史背景下,黄宗羲发展了传统的"诗史"观,提出了"诗史相表里"的重要命题,王珏《黄宗羲"诗史相表里"思想论析——史学本位的考察》[②]指出黄宗羲的诗史观具体包括以诗记史、以诗补史、以诗证史、寓史识于诗作四个方面的内涵。

四、多维交叉视野:性别·民族·地域·社交·制度

研究明代诗学,不仅需要阅读历史留下来的诗歌文本以品评其高低,还需要弄清楚当时的文本是如何产生的。研究者往往着力分析背景层面的诸多因素,如"时"(政治风潮、时风世态)、"地"(地域文化、地理风貌)、人(遭际命运、理想信念、情感心境、学术积淀等)的三维互动,及它们与诗歌创作的关系。在传统"知人论世"理论与现代文化生态学指导下,学者们注意到,欲将明代诗歌的生存状态进行全方位观照,需打破了原先将作家作品、文学流派粘贴于历史背景上具体分析的机械性研究框架,突破了以往"一代有一代文学"理论的羁绊,在社会现象与思想学术的交织考察中还原、构拟明诗的文学生态,开掘、诠释明诗背后的生命存在、精神内涵、文化意义,并在明代社会文化、思想学术、士民心态、政治经济、生活观念等的综合考索、细致思辨中大致理出明诗的嬗递过程及其背景原因。[③]但是在具体的研究实践中,这种多维交叉视野仍然不能忽视对文学本身的观照。有学者指出,就当代的中国古代文学研究现状来看,对某一时期文学创作发展及其背景的宏观把握,应该建立在对这一时期文学创作的独特性,及其相关背景的具体深入的分析和探讨之上。从关涉中国文学史发展的若干具体问题出发,从不同的角度和方面,探索中国文学史发展背后的文化动因,从而阐释和揭示在文学史发展的不同阶段所形成的不同的文学面貌和特点,或者能从新的研究层面更加贴近和

① 高小慧:《杨慎〈升庵诗话〉与明代诗学》,上海古籍出版社,2022年版。
② 王珏:《黄宗羲"诗史相表里"思想论析——史学本位的考察》,《史学史研究》2022年第1期。
③ 可参郭万金《明诗文学生态研究》之序言,人民出版社,2021年版,第23—24页。

进一步加深我们对中国文学史的认识。①总之，借助哲学、考古学、社会学、宗教学、艺术学、心理学等邻近学科的成果，参考他们的方法，会给文学史研究带来新的面貌，在学科的交叉点上，取得突破性的进展。

其一，女性文学批评。

明清女诗人研究是北美明清文学研究的热点，在国内学界也产生了较大的影响。这股热潮与欧美学术界对文学的再经典化思潮相关，女性文学成为文学再经典化的重要方面。在这种风气推动下，国内的明清女性文学研究也颇为活跃，与海外的研究互相呼应。就明代而言，相关著作有赵雪沛《明末清初女词人研究》②、张丽杰《明代女性散文研究》③、欧阳珍《明代青楼女词人研究》④、刘士义《明代青楼文化与文学》⑤等。与此种研究的活跃相呼应，文献整理方面的成果也提供了有力的支撑。本年度的研究中，叶晔《女性词的早期阅读及其历史认识的形成》⑥指出女性词在宋元明时期的阅读情况，受到性别观、文体观、出版条件等多方面的限制。直到明万历《花草粹编》问世，女性词才有了一个相对集中的展示空间。但以调编次的"谱体词选"模式，尚不足以构成相对清晰且自觉的关于女性词的历史认识。以世次为编纂方式的《古今女词选》《名媛诗纬诗余集》《林下词选》的出现，让晚明以前的女性词在历史时间的维度上完成了文本汇集。而对《兰雪集》《杨升庵夫人词曲》的适时发现与

表彰，更是填补了女性词曲史在宋末至明中叶间的名家空白。这一观念上的变化，发生在崇祯至康熙前期的数十年间。只有女性读者普遍形成了对女性词的历史认识，女性词文学传统方可谓"成立"，进而才能实现真正意义上的创作及批评自觉。吴琳《明末清初女性文学空间研究》⑦认为处在转折期的明末清初，是清代乃至整个古代史上第一个女性创作的高峰，著有别集的女作家数百人，女性诗文总集至少有四十余部，这一阶段产生的各种复杂文学现象，在古代女性文学史也具有开风气的意义，但还缺乏较为系统深入的研究。本成果不仅为明清文学研究拓宽了领域，也为其它文学群体的研究提供有益的借鉴。

其二，文人交际及社团活动。

文学流派间的门户之争及党社运动的兴盛，是明代较有时代特殊性的社会文化状况，既包含社会、政治关系，也与诗文的创作、流通及文学观念的消长密切相关。参照历史学科对明代党社运动的关注与考察，明清文人结社的学术空间非常广阔，在近二十年的诗文研究中，已经成为学界关注的热点。其中一些著作较好地阐释了文人结社的诗文创作与不同的政治、社会、地缘、学缘、风格流派之间的张力。中国文学研究近年发生显著的空间转向，促使学人从空间维度来重新省察文学史。田明娟《明晚期文学复古活动中心及话语权力的空间转换》⑧指出白雪楼和离薋园、弇山园作为文学活动的承载空间，表征了明晚期

---

① 可参巩本栋师《思想与文学：中国文学史及其周边》之"绪言"，北京大学出版社，2022年版，第6—8页。

② 赵雪沛：《明末清初女词人研究》，首都师范大学出版社，2008年版。

③ 张丽杰：《明代女性散文研究》，中国社会科学出版社，2009年版。

④ 欧阳珍：《明代青楼女词人研究》，广西师范大学出版社，2014年版。

⑤ 刘士义：《明代青楼文化与文学》，中国社会科学出版社，2018年版。

⑥ 叶晔：《女性词的早期阅读及其历史认识的形成》，《文学遗产》2022年第1期。

⑦ 吴琳：《明末清初女性文学空间研究》，浙江大学出版社，2022年版。

⑧ 田明娟：《明晚期文学复古活动中心及话语权力的空间转换》，《浙江学刊》2022年第3期。

文学由高调复古渐趋多元包容的态势。考察这三座园林的营运和兴替,既能标识"李王"所主导的文学复古思潮发展演变诸环节,也能呈现文学话语权力由"李王分据"到"王氏独掌"之代际更迭。是可以说,在明晚期文学发展演变中,楼园空间转换发挥特殊作用,大略有三项重要的文学意义:一是标识文学话语权力中心由北方转到南方,二是表明文学好尚由高调复古走向多元并存,三是展示创作态度由封闭自守趋于包容开放。从空间维度深入发掘其文学意义,适可回放明晚期文学复古之变调。秦藩宗室在万历年间所结诗社是关中地区值得注意的文学和文化现象。高益荣、刘爽《秦藩宗室"青门社"与晚明诗坛的互动与融合》①指出"青门社"作为文化活动的主要组织载体,彰显出秦藩宗室文化行为的精致性、地域性和示范性等特征。诗社成员与晚明诗坛的不同文学流派及社团的交游是积极互动的;诗社创作中强烈的宗唐主张是同晚明诗坛主动融合的结果;这一互动与融合的过程,是秦藩宗室在寻求身份认同与重建关中文学传统方面的有益尝试。文人交游是考察文学创作生态的重要角度,贾飞、王慧《王世贞与李攀龙的文学交游》②认为通过分析王李两人的文学交游,可知两人文学复古主张的差异性,李攀龙主张存在尺寸古法,王世贞追求性情之作,强调学古的多样性。二人文学交游过程体现了明代复古文学发展的变迁,其中孕育了复古与反复古的因子,共同推动晚明文学流派的演化进程。

其三,政治制度与文化。

政治文化是政治制度、政治价值、政治思想、政治生态四个基本维度,透视出来的特定社会共同体公共权力设置和运作的精神倾向和生态格局。具体时代的政治文化与文学创作关系密切。其中,制度与文学是明清诗文研究中值得关注的学术增长点,已出现了如叶晔《明代中央文官制度与文学》③、郑礼炬《明代洪武至正德年间的翰林院与文学》④等著作。本年度的相关研究集中在以下几篇论著:王婷《嘉靖时期中央上层文官对复古风气的审察及文学秩序的构建》⑤提出嘉靖时期中央上层文官权力的抬升,其皇权代理人的身份愈益突显,而此际复古思潮的流衍,加剧台阁文柄的下坠。上层文官在审视文坛走向之际,自觉投入文学秩序的构建。他们重塑台阁文学的影响力,在重视"鸣盛"与经世意义的基础上辨析古典资源价值;既注重传统人格精神的揭橥,又重新解读"诗必穷而后工"说,表彰庙堂之作。同时,选择调协乃至改造复古风气的路径,重振平正典雅、雍容和厚的台阁气象;扶植相关的文学势力以削弱七子派的影响,并借助正文体之策的推行整肃文章作风。这也成为其重点抗衡复古风气、重新构建文学秩序的一个举措。安家琪《魏阙江湖:中晚明"布衣权"的可能及其文学史意义——以布衣山人与朝中官员的关系为视角》⑥提出"布衣权"的兴起是明代中后期的一个显著现象。表现在文学领域,即在权力世界中被边缘化的布衣山人,尝试利用诗歌与古文书写

① 高益荣、刘爽:《秦藩宗室"青门社"与晚明诗坛的互动与融合》,《陕西师范大学学报》(哲学社会科学版)2022年第2期。
② 贾飞、王慧:《王世贞与李攀龙的文学交游》,《语文学刊》2022年第5期。
③ 叶晔:《明代中央文官制度与文学》,浙江大学出版社,2011年版。
④ 郑礼炬:《明代洪武至正德年间的翰林院与文学》,中国社会科学出版社,2011年版。
⑤ 王婷:《嘉靖时期中央上层文官对复古风气的审察及文学秩序的构建》,《中国文学研究》2022年第2期。
⑥ 安家琪:《魏阙江湖:中晚明"布衣权"的可能及其文学史意义——以布衣山人与朝中官员的关系为视角》,《苏州大学学报》(社会科学版)2022年第2期。

突破阶层壁垒。布衣书写的文体选择,既是对权力世界的被动适应,也是对利用有限资源实现阶层流动的尝试。自阶层关系而言,"布衣权"的可能在于,布衣在同官员的资源交换与利益制衡中换取文名。特定的制度环境及权力与文学互动策略的共同作用,催生了中晚明"文在布衣"的时代景观。刘英波《明代政治文化与仕宦文人的贬谪命运》①指出明代统治政策与政治局势的复杂变化,政治人物树威争权与排除异己的多重需要,团体或个人之间的交恶争斗,文人群体或个体的独有特点等诸多因素,致使仕宦文人的贬谪命运呈现出多元的特点。其中,暴露出的权力任性、专政之祸、党争之烈、仕途险恶、人性幽微,以及仕宦文人崇尚理想、坚守节操、率性迂拙的特点给后世留下了深刻的反思空间。

其四,地域与民族。

自20世纪80年代以来,明诗的地域流派研究成为一个明显的学术增长点,相关成果如陈建华《明代江浙文学论稿》、陈广宏《明代福建地区城市生活与文学》、韩结根《明代新安地区的文学》、魏崇新《明代江西文学的演进》等。有学者指出在此类研究中应关注创作水平较高、地方特色鲜明,并曾经与主流诗坛发生关联的那些诗派与诗人,并应坚持两个基本原则:"一是在突出其地域特色的同时,考察其与主流诗坛的互动关系,从而判定其在明诗发展史上所起的作用与所占据的地位;二是重点考察各地域流派之间的交互影响,以展现明代诗歌史的复杂多彩的局面。"②就本年度的研究成果而言,程鹏瑛《明代湖广地区文人诗文集序跋整理与研究》③与张梦婷《明代安徽地区文人诗文集序跋整理与研究》④,分别考察了不同地域文人的诗文风格、家风家学传承、文学价值观、交游结社等情况。作为河朔诗派的先声,刘荣嗣在明末清初诗坛上产生了一定的影响,在燕赵诗学史上是一位具有承上启下意义的重要诗人。王新芳、孙微《河朔诗派的先声:刘荣嗣〈简斋先生诗选〉考论》⑤认为明末曲周诗人刘荣嗣及其好友卢世㴶、钱谦益、张镜心、瞿式耜等人形成了一个对杜诗颇为关注的文人群体,其中卢世㴶、钱谦益都是当时著名的注杜学者,故而刘荣嗣诗歌无论是思想内容还是艺术形式都有明显的学杜倾向。他继承了杜甫关心民瘼的诗史精神,对清初河朔诗派的兴盛起到了发凡起例的作用。与地域流派密切关联的是少数民族的汉诗创作。米彦青《中国古代蒙古族汉诗研究》⑥"乙编"中对明代的蒙古族诗人及其创作进行论述。多洛肯《明代少数民族诗文创作叙论——中华文学交融一体的历史缩影》⑦在介绍明代多元化的少数民族作家、家族式的文学创作群体等明代少数民族诗文创作概貌的基础上,试图再现明代少数民族诗文创作体裁多样、题材广泛、地域特色鲜明、诗歌创作中的宗唐倾向明显等风貌,并从民族文教政策、边地移民政策及科举制度等方面对明代少数民族诗文繁荣的人文

---

① 刘英波:《明代政治文化与仕宦文人的贬谪命运》,《宁夏大学学报》(人文社会科学版)2022年第2期。

② 左东岭:《明代诗歌研究的几个问题》,《文学遗产》2011年第3期,第135页。

③ 程鹏瑛:《明代湖广地区文人诗文集序跋整理与研究》,上海师范大学2022年硕士学位论文。

④ 张梦婷:《明代安徽地区文人诗文集序跋整理与研究》,上海师范大学2022年硕士学位论文。

⑤ 王新芳、孙微:《河朔诗派的先声:刘荣嗣〈简斋先生诗选〉考论》,潘务正主编:《中国诗学研究》(第二十一辑),凤凰出版社,2022年版。

⑥ 米彦青:《中国古代蒙古族汉诗研究》,中国社会科学出版社,2022年版。

⑦ 多洛肯:《明代少数民族诗文创作叙论——中华文学交融一体的历史缩影》,《西北民族研究》2022年第2期。

生态进行考索,以期描绘明代中华文学交融一体的缩影,再现中华民族形成与发展的历史段。赵映蕊《明代纳西族木氏土司文学家族的日常生活与诗文创作——以木公、木增为中心》①提出木氏家族的诗文创作涵盖山水游赏、诗酒遣怀、交游酬唱、文化休闲与风物民俗等方面,反映出云南少数民族文学与中原文学的深度融合,加强其研究对中华民族共同体建设有积极作用。

总之,文学作为人类错综复杂的精神世界中的重要存在,其与社会文化中的诸多层面皆旁通互涉,诚有《华严经》所说的"珠网叠映""众镜相照"之趣。然而对于文学背景及文化生态等因素的考察,以及孤立性地分析某类群体及某个地域的文学活动,并非是文学研究的最终归宿点。如何处理好"文本之内"与"文本之外"两种研究侧重面的关系;如何在文学主流主脉的涌动势头下,洞悉局部地带及支流叉道处的发展特质与样貌;如何精切透辟地洞悉到创作者多元性的思想学术因素,对其文学创作所产生的深入影响。诸如此类的问题,乃是研究者需要深入思考的。我们认为,在文化视野下的中国文学史研究的目的和意义,不在于说明背景与文学之间是否存在联系,而在于指出在多种纷繁复杂的背景因素中,究竟是哪些因素,从哪些方面、通过何种渠道和在多大程度上影响了文学史的发展。文化背景的研究,从学理上说,属于中国传统的知人论世之法,也与西方十九世纪风行的社会—历史学派的批评方法相近。然我们主张,在这种研究中,既要十分注意思想文化背景对文学的影响,又不应将文学本身的特点淹没掉,相反,而是要将其特点更加突出地显示出来。兼采中西文学社会

批评传统之长,而又尽去其弊。着眼于思想学术、时世政治、文士交往、书法绘画等文化背景因素与文学的关系,提出问题,解决问题,而不作理论预设。在研究方法上,我们需尽可能地努力把文艺学与文献学(包括目录学、哲学、史学以及其它文艺学之外的诸种方法)方法结合起来,以期更好地解决中国文学史研究中遇到的问题。②

五、"诗—哲"互通:思想学术与诗学之间的关系

明代是三教思想发展的重要阶段,不同思想观念对诗学理论与创作产生深远影响,唯有通过探求诗学与哲学义理、宗教观念、文艺思想传统等意识形态因素之间的互动,方能为某类具体的诗学批评"范畴""概念""观念"得以生成的学理轨迹及其所包蕴的深层意涵,提供更为切近的阐释。关于诗歌史与思想史的交叉研究,已有马积高《宋明理学与文学》(1989)、左东岭《李贽与晚明文学思想》(1997)、黄卓越《佛教与晚明文学思潮》(1997)、周群《儒释道与晚明文学思潮》(2000)等。这些著作都以思想史与文学观念的关联性研究为中心,探讨明代文学思潮发展演变的线索与复杂内涵。由于这些著作所使用的大都是诗文别集中的文献,所以往往同时进行诗文方面的研究,而其研究成果又使读者加深了对明诗的理解与认识。明诗的创作与理论批评结合紧密本来就是其一大特色,这种思想史与诗歌史相结合的研究恰恰突出了此种特色,从而扩大了研究视野,推进了明诗的研究。需要注意的是,以往发表的部分论著只是将思想学术的因素作为诗歌转型的"外缘背景",对"哲学"渗透下诗歌

---

① 赵映蕊:《明代纳西族木氏土司文学家族的日常生活与诗文创作——以木公、木增为中心》,《玉溪师范学院学报》2022年第5期。

② 可参巩本栋师《思想与文学:中国文学史及其周边》之"绪言",北京大学出版社,2022年版,第6—8页。

审美嬗变得以发生的载体、关节点、产生条件及运行机制等缺乏必要的关注,特别是思想文化背景的要素要求如何转化迁移为文学要素要求的途径、实现方式等,多未能做出明晰切要的阐释。本年度的相关论著往往能从思想史文献中选取与诗学密切相关的基本范畴、基本命题,作为"诗歌—哲学"会通研究的立足点与切入口,深度透视具体时空背景下哲学思想的理论根基、精神旨趣与价值理路,并揭示出其渗透于士人心态、转化为审美意识的深层运行逻辑,在此基础上进一步揭示出明诗在审美构成层面的特质。循此思路,使视点聚焦到创作与文本的具体问题上,以避免研究的空泛化与平面化。

其一,儒家思想谱系之下的诗学理论与创作。

心学在明代文学发展中产生了重要作用,王阳明——王艮——罗汝芳——李贽——公安派的发展序列,既是晚明思想界演变的脉络,也是晚明文学思潮的哲学基础。近二三十年中,像陈献章、王阳明、王畿、王艮、焦竑等人的文学思想与诗歌创作,均已进入文学研究的视野。此论域依旧是本年度的研究热点,艾冬景、郭万金《心学哲思下的诗情关怀:王阳明诗歌态度论》[①]指出,王阳明虽曾"溺志辞章之习",但进德修业却是更为核心的人生关注,诗文始终被其视为"道德"余事。追慕狂者品格、豪杰精神的王阳明虽以"讲学明道"为志,但对"本于性情"的应酬文字亦有一定认可,良知学说中本就包含着对个体志愿的积极关注,而此,正是阳明心学对于诗歌的最大宽容所在。《白沙先生诗教解》是湛若水辑录并阐

发陈献章诗教观念的语录体著作,安家琪《〈白沙先生诗教解〉的文本形态及其诗学观念》[②]指出其文本的生成主要表现为将陈氏在不同语境下所形成的文本内容重新摘录整合。其直接的编纂动机当聚焦于扩大陈氏影响、进而助力其入祀孔庙。陈献章于有明一代得以从祀孔庙,一定程度上得益于《白沙先生诗教解》《白沙先生至言》及《白沙先生文集》的编纂与问世。而陈献章本无系统论诗之作,承载其诗学思想的文本的生成与传播,也得益于《白沙先生诗教解》的成书与刊行。

在心学背景之下观照童心说、性灵说、神韵说的相关理论内涵,一直是明代诗学研究的重要路径。本年度于此论域中依旧有重要收获。杨遇青《晚明诗学中的主体质素论述及其演生过程——从李贽的"二十分识"到公安派的尚趣重学》[③]指出从童心说到性灵说,文人主体性规定发生了深刻变化。李贽的"才胆识"三要素说重视写作主体的独立识见与批判能力,而袁中道以李贽三要素说为基础,把袁宏道万历二十五年的唯趣说和万历二十七年以后重学问的倾向加以整合,归纳出了性灵主体的"识才学胆趣"五要素,形成了以"尚趣"和"重学"为特色的新论述。"尚趣"是袁宏道漫游吴越时从自然山水中获致的生命体验,"重学"是其任职北京时从宋人别集和禅学实践中生成的诗学经验。把尚趣与重学的倾向统一起来,赋予性灵主体以崭新意义,这是公安派对性灵诗学的重要拓展,也展现了此期诗学演进的深层逻辑。与传统学界将李贽诗学归之为"童心"说不同,苏利海《李贽的"大人"之学与

---

① 艾冬景、郭万金:《心学哲思下的诗情关怀:王阳明诗歌态度论》,《北方论丛》2022年第2期。

② 安家琪:《〈白沙先生诗教解〉的文本形态及其诗学观念》,赵敏俐主编:《中国诗歌研究》(第二十三辑),社会科学文献出版社,2022年版。

③ 杨遇青:《晚明诗学中的主体质素论述及其演生过程——从李贽的"二十分识"到公安派的尚趣重学》,《四川大学学报》(哲学社会科学版)2022年第4期。

"快乐"诗学——兼议李贽诗学的"现代性"特质①从李贽"大人"之学入手，溯源其心性锤炼历程，梳理出"快乐"诗学的特质。陈刚《公安派的奇人观及其文学姿态之生成研究》②指出受心学思潮影响，公安派文人认为常和奇并非事物本身所具备的物质属性，而是人们在认知过程中产生的感觉性概念，由此得出不能以一己见闻来定义、衡量整个世界的观点。为了达到"视奇为常"的精神境界，公安派文人往往对奇持一种积极的态度，并在常、奇二者之间以奇自居，由此对常发起一股猛烈的撼动与冲击。具体到人格领域，公安派所谓的奇人有以下三种类型——遗世独立的宗教奇人、经世致用的豪杰之士、骨趣兼备的文人才士，而独立性是三者的共同特征。公安派正是将独立自主的奇人品格灌注到文学创作之中，通过与复古派在古今、学古等问题上的诸多龃龉，构建了自身在晚明文坛上奇人的文学姿态。胡直是较早将"神韵"论引入诗学的重要阳明派学者。温世亮《胡直"神韵"说的心学因缘及诗学意义》③指出胡直论神韵，强调寄寓，重视主体精神的根基作用，尊情意识突出；同时，将神韵视为一种艺术境界，重本色，强调主体情感的自然外化，非专注于某种风格之表现，重视诗的精神感染价值。胡直"神韵"说与后来神韵论有差异也有趋同，它的生成与其"心造天地万物"思想相关，它的提出又以中晚明诗学生态为背景，与复古派、唐宋派、性灵派均有联系，在晚明诗坛产生了一定反响，在神韵诗学发展历程中有其价

值。此外，相关研究还有刘倩《胡直诗学观及其诗歌创作研究》④。

除了考察心学思想与诗歌理论的对接以外，理学家及受理学影响之文士的诗歌创作亦受到重要关注。高攀龙不仅在学术上是东林学派的主要领袖，而且其诗歌创作也代表了东林学人的最高成就。高诗格律清和，诗意冲澹，以效陶著称。渠嵩烽《东林学人高攀龙拟陶诗刍论》⑤指出虽然高攀龙并非"无心学陶"，但高诗仅得陶诗委任自然、达天知化的一面，而缺乏陶诗中丰富饱满、真挚动人的情感内蕴，因此整体上不及陶诗生动耐读，这与两人不同的生活境遇以及高攀龙的性理思想有着密切关系。"素位之学"是陈确的论学宗旨，兼含学术与人生价值取向双重内涵。汪冬贺《"素位之学"与陈确的诗学思想》⑥认为陈确学术层面强调笃实践履、尚实求真，人生价值层面则将自我安顿与振济天下相结合，二者共同塑造了其诗学思想。"素位之学"在陈确的诗歌创作中体现为清新自然与悲郁激直两种审美取向，展现出陈确诗学思想的复杂丰富，亦代表了明清之际理学家文学观念的典型特征。在明代诗歌史上，陈白沙诗歌具有独特的精神内涵与美学价值，章继光《明代诗人陈白沙诗的地位与评价》⑦通过梳理了白沙不同题材的创作，认为其中展现出诗人作为心学家的独有的"心境"与心学气象，它们拓展、丰富了明代山水诗的意境和美学品格，带给读者跨越时空的通灵共感，文化、美学的启示与沉思。

① 苏利海：《李贽的"大人"之学与"快乐"诗学——兼议李贽诗学的"现代性"特质》，《晋阳学刊》2022年第4期。

② 陈刚：《公安派的奇人观及其文学姿态之生成研究》，《文艺理论研究》2022年第1期。

③ 温世亮：《胡直"神韵"说的心学因缘及诗学意义》，《中国文学研究》2022年第2期。

④ 刘倩：《胡直诗学观及其诗歌创作研究》，汕头大学2022年硕士学位论文。

⑤ 渠嵩烽：《东林学人高攀龙拟陶诗刍论》，《湖南大学学报》（社会科学版）2022年第3期。

⑥ 汪冬贺：《"素位之学"与陈确的诗学思想》，《中国诗歌研究》2022年第23辑。

⑦ 章继光：《明代诗人陈白沙诗的地位与评价》，《中国韵文学刊》2022年第4期。

其二,佛、道思想影响下的诗歌创作及诗学观念。

诗禅关系是中国文学史研究的重要话题。王廷法《晚明禅林诗禅关系的重构与援儒入禅的诗学转向:以吹万广真为中心》①指出吹万广真对明末禅林抄袭模拟之风有着清醒的认知,其诗禅观念立足禅林,提出"诗家法即禅家法"的"以诗喻禅"之说,不但是禅林"借诗解禅""借诗悟禅"的迭代,也体现了吹万禅师指陈时弊,力图纠正晚明禅林真源渐昧的现状。吹万以"真参""真悟"为"真诗",将谢榛"四格"诗法导向了"真参实悟"的参禅之法,融参禅之道于诗学,认为古今之道一以贯之,以禅僧的立场道出了诗家的真髓。在动乱频仍的晚明,吹万禅师以忠孝作佛事,展现了自己的忠义菩提心,将禅林缭绕之佛音与诗韵相结合,援儒入禅,体现了禅门的救世情怀。禅门"诗言志""和声律入佛音"虽有用世之思,但其道最终导归于禅,诗与非诗在于性觉妙明之"真心",而非艺苑本身。释明河既是明末一位著名的佛教史学家,又是一位当之无愧的诗僧。由于释明河的诗歌一直被束之高阁,未得到当时和后世的文人阅览和品评,导致他诗歌的思想内容和艺术价值几乎湮没无闻。金建锋《论明末诗僧释明河的诗歌创作及其文学史意义》②认为释明河的诗歌创作主要可以分为山居诗、佛事诗、赠友诗和咏物诗。释明河诗风形成与明末思想转型相关,又与其自身学识、士僧交游、多居山林寺院有关。释明河诗歌昭示明末诗僧的一种生存状态,是明末居士佛教兴盛背景下僧人诗歌创作的一个缩影,也是明末佛教文学兴盛的典型个案。

明代流行的"性灵"思想,除了与心学密切相关外,还有一份"道缘",蒋振华、王啸然《张三丰诗歌"灵性"说及其与明代"性灵"说之关系》③指出张三丰诗歌"灵性"说以道家道教本体论哲学为指导,将诗歌的产生归之于诗人客观存在的心灵或灵性之流露,不同于传统儒学"诗言志"观从义理上对诗所做的阐释,通过对吕洞宾、韩湘子和苏轼、邵雍分别代表的道、儒诗人诗作的验证,圆通了自己的诗歌灵性说,并进一步设计了诗歌灵性流露的多种方法原则。不仅如此,他对于"灵性"的语汇称谓及其文学意趣诉求与审美追求,与中晚明"性灵"诗学存在着一定逻辑关系。因此,张三丰诗歌"灵性"说在我国诗学史上具有重要意义。

明代诸多诗学理论往往是在佛禅思想启发之下构建起来的,尽管其理论内涵已具有多元性。"香观说"为钱谦益晚年所倡诗论,虽有佛学因素的浸染,但明显呈现出作者独特的立论指向。李秉星《钱谦益"香观说"中的感官隐喻与明诗批评》④认为以香气的感官经验与隐喻表达为契机,钱氏不仅系统地批评了声色迷乱的七子派诗风,也建构了可以对抗时代、逆风远熏的理想诗学。他将徐波、旦公等人的诗歌推为内蕴香气的代表,以对照于时人创作中熏染著香、偷词窃句的"伊兰恶臭"。借助香法来疗救病入肺腑的恶道诗魔,可谓钱氏的核心关切之一。"香气诗学"的诠释旨趣,便是希冀通过对抒情诗"灵晕"的追寻,使诗歌创作摆脱近代诗论的诸多桎梏,从而回归更为纯粹的情感与诗学世界。"参悟"一词跟佛教关系密切,但其指涉范围可加以拓展,

168

① 王廷法:《晚明禅林诗禅关系的重构与援儒入禅的诗学转向:以吹万广真为中心》,《文艺理论研究》2022年第2期。
② 金建锋:《论明末诗僧释明河的诗歌创作及其文学史意义》,潘务正主编:《中国诗学研究》(第二十辑),凤凰出版社,2022年版。
③ 蒋振华、王啸然:《张三丰诗歌"灵性"说及其与明代"性灵"说之关系》,《湖南师范大学社会科学学报》2022年第1期。
④ 李秉星:《钱谦益"香观说"中的感官隐喻与明诗批评》,《文学遗产》2022年第1期。

用来描述所有源于道、儒哲学的超验心理活动。蔡宗齐《元明清诗学中以参悟为主的创作论》①在元明清诗学中梳理出四种以参悟为主的创作论，即参悟造化心游说、参悟山水观照说、参悟文字摄魂说、参悟情感直觉说。在参悟造化心游说中，郝经等人引入"内游"等源于中土的概念，描述了漫游天地的超验想象。在参悟山水观照说中，虞集等人遵循王昌龄佛教诗学的思路，描述如何在隐居生活中静观山水，获得超验的体悟。在参悟文字摄魂说中，谢榛、锺惺等人将唐宋硕儒阅读论观点移植到创作论，描述作者在学习古文的一瞬间实现与古人精神交融，达到一种借古人之魂来写作的境界。在参悟情感直觉说中，况周颐以自己的创作经验证明，情感是产生直觉的途径而非障碍，这种观点在中外诗学中极为罕见，无疑在超验心理活动的描述上实现了重大突破。

六、"易代之际"与"晚明诗学"：聚焦两个重要时段

新旧王朝的更替不仅使政治制度、社会形态发生明显变化，也使文化艺术转型、演进之痕迹极为明显，士人的生存境遇与心态产生剧烈的震荡。时代、诗人心态和诗歌走向问题，是我们在关注易代之际的诗歌创作和诗歌演变史时必须高度重视的问题。元之代宋和清之代明有着非常特殊的历史情境，与历史上任何朝代的更替都不相同。故宋元之际和明清之际出现了大量不仕新朝的遗民，故国之思和悲凉之气弥漫文坛，朝野离立之势愈加凸显。晚明诗人唱响的衰世之音，清朝统治稳定之后贰臣诗人流露的愧悔之

情，国朝诗人表达的复杂心态，都是在明清易代的大时空背景下士人心态的自然表露。诗人心态的变化严重影响了诗歌创作和诗风走向。随着2014年国家社科基金重大招标项目"易代之际文学思想研究"的立项，近几年该领域的研究也有明显的进展。如朱雯、左杨、左东岭、杨绍固、于婧等都发表了相关成果。易代之际是一个新的学术增长点，有巨大的学术空间。传统研究往往依照朝代划分格局，常常将易代之际的作家作品进行人为的切割，从而影响了研究对象的完整性和历史发展的连续性。其实易代之际往往是思想活跃、流派纷呈而创作丰富的历史时期，加之文献散佚错乱较多，因而具有相当的研究难度，同时也为研究者提供了更为广阔的施展平台。②以下就本年度的相关成果进行分述：

元明之际和陶诗的诗学观念具有丰富的情感内涵与复杂的思想指向。左东岭《元末明初和陶诗的体貌体征与诗学观念——浙东派易代之际文学思想演变的一个侧面》③指出戴良那种沉郁顿挫与高雅闲淡兼而有之的倾向，是易代之际遗民诗学观念的典型体现，而对于诗人情操境界的重视和对于寄寓道理的讲究，以及对冲澹自然体貌的追求，则是当时和陶诗的共同取向，其中"幽贞"品格与"清刚"气节构成了和陶诗的核心意念。入明之后的童冀，其和陶诗对于归隐生活的向往体现了陶诗的清纯，而自我节操之坚守则使其拥有了挺拔的骨气，此种"清刚"体貌使之在台阁体之外保持了一股难得的文坛风骨，从而使疲软的诗坛呈现出一抹亮色。甲申年（1644）是明清易代历程中最为重要的一年，这也是观照易代诗心的重要切入口。朱雯《甲申之际的诗史与

---

① 蔡宗齐：《元明清诗学中以参悟为主的创作论》，《学术研究》2022年第10期。

②相关论述可参左东岭《20世纪明代诗歌研究综论》，《华中师范大学学报》（人文社会科学版）2013年第1期。

③ 左东岭：《元末明初和陶诗的体貌体征与诗学观念——浙东派易代之际文学思想演变的一个侧面》，《文学评论》2022年第1期。

心史——以方以智〈瞻旻〉为中心》①指出《瞻旻》诗歌中有北京城破前后之史事,有方以智抛妻弃子、弃家南奔之心绪,有逃亡路途中"千里涂炭"之见闻,亦有其在南都横遭名捕后之愤懑与反思。方以智可谓以诗笔为史笔,在诗歌书写中饱含国难、家难、身难的种种历史细节,为研究此际士大夫命运与心态提供了典型个案。张兵、杨东兴《明清之际:诗人心态与诗歌走向》②指出明清之际的诗学及诗学批评标志和引导着诗风新变及诗歌走向,如更加强调诗歌反映社会现实,更加注重学问,更加注重人格气节,儒家诗教传统得以引申与扩展。张娜娜《明清易代士人"诗史"书写中的自我建构——以钱谦益为中心的探讨》③指出钱谦益在诗文补史、证史之外,加入其身份、心态、记忆的阐述,将之纳入遗民诗的传统之中,进一步开拓了诗人自我书写的空间。如在诗歌创作中,将个人影像铭刻在宏大的历史叙述之中,勾连"一人之史"与"一朝之典故";在社交网络中,通过剪裁和提炼"他者"(当朝历史人物)的言行事迹,进行自我言说。此外,吴梅村诉诸"野夫游女"的"面具"诗艺,钱澄之的个人年谱,杜浚的"梦忆体"等,也与钱谦益的诗史创作一道,共同呈现了易代士人"诗史"创作中的自我建构,丰富了"诗史"的美学实践与诠释体系。

"晚明诗学"因其特异风貌与丰富内涵向受学人关注,此方面研究成为热点,皆非单纯事件,个中背景、脉络、机制及影响皆有待梳理与申发。王逊依托国家社会科学基金项目"晚明诗学现代阐释研究"发表了系列成果,颇具启发性。《晚明诗学研究的两种路径及其反思》④指出,与一般学术热点不同,晚明诗学研究又可抽绎出两种路径。其一,自然是传统范式下专门领域中的常规研究,就古代文学研究(包括部分古代文艺理论研究)而言,有关晚明文艺的考察本就是题中之义,相关成果不胜枚举,遍及诗、文、小说、戏曲等诸领域,此可称之为"专门研究"。其二,亦是晚明特异所造就,即"晚明较之中国历史上其他时期显示出特别明显的'现代'参与性和文化意义",它往往被视为后世建构当代文学理论乃至思想理论的重要资源,因而后人屡屡在古今参照的名义下,通过历史回溯的方式,对其基本问题、演进轨迹、经验教训等进行细致钩沉,这一系列行为姑且可名之为"追溯晚明"现象。两种路径,彼此虽紧密关联,却有不同旨趣,不应混做一谈。学人对此已有相当的考察,但由于晚明自身的缺席、先入之见的制约以及学科界限的束缚,一应认识有待深化。通过对晚明叙事与诗学建构关系的考察,有助于廓清时下认识迷雾,回归晚明诗学原貌,并重建古今对话的可能性。《现代学人视域下的诗学晚明及其研究路向》⑤指出学界对晚明有广义的晚明(作为时段)与狭义的晚明(作为话题)之区分,前者是相对单纯的历史分期,主要指明代中晚期,后者则受到特定理论的影响,有其特别的研究对象及旨趣。现代学人视域下的诗学晚明深受后者影响而形成。就形式上看,现代学人较之以往研究,对诗学晚明的旨趣可称之为从全景到异质,即它并不是对彼时诗学流派、主张、现象等的通盘系统考察,而是专注于以公安、竟陵派为重点,认为其具有革新、解放等特征;就本质上说,现代学人对晚明的研究则表现为从

---

① 朱雯:《甲申之际的诗史与心史——以方以智〈瞻旻〉为中心》,《清华大学学报》(哲学社会科学版)2022年第6期。

② 张兵、杨东兴:《明清之际:诗人心态与诗歌走向》,《西北师大学报》(社会科学版)2022年第4期。

③ 张娜娜:《明清易代士人"诗史"书写中的自我建构——以钱谦益为中心的探讨》,《中南大学学报》(社会科学版)2022年第4期。

④ 王逊:《晚明诗学研究的两种路径及其反思》,《福建论坛》2022年第3期。

⑤ 王逊:《现代学人视域下的诗学晚明及其研究路向》,《江苏社会科学》2022年第5期。

"矫弊循环"论向"进步"史观的转型,认为诗学历史的演进轨迹不该被视为单纯的替代模式。在一部分现代学人看来,复古与革新二者分别代表了落后与进步的发展方向,由复古向革新的演进具有充分的历史必然性。该思路较之以往虽日益丰富和完善,但个中缺失也亟待反省。

七、明诗经典化历程及回向作家作品的研究

无论是阐释诗学理论,还是考察诗学与其他周边因素的互动,都不要能忽略作家作品这个文学研究的重要园地。钱锺书指出"文学研究是一门严密的学问,在掌握资料时需要精细的考据,但是这种考据不是文学研究的最终目标,不能让它喧宾夺主、代替对作家和作品的阐明、分析和评价。"①现代人可以从"水平"与"接受"两个不同维度去评价明诗的独特价值。就艺术本身而言,明代有一大批诗人的创作的确达到了很高的水平,不可鲁莽地以"复古"之名遮蔽其灿烂光华,"纵观有明来三百年的诗史,诗杰迭出,流派踵兴,各有其面貌,各有其精神,各有其艺术上的戛戛独造。"②但从接受的角度看,明清时代早已过了诗文文体发展的巅峰期,诗文被边缘化是难免的。在 20 世纪 80 年代之前的明诗研究中,更多的是研究诗学理论与诗学观念,而往往忽视对诗歌文本的具体解读与分析,因而也就不能真正认识明诗的真面目。到了 20 世纪 80 年代以后,对明诗的文本研究逐渐为学界所重视。能够进入到研究视野中的文本,至少应该包含两个基本层面的要素:一是文本属于何种文体,作家在写作这种文体时有无创新;二是这种文本的写作是否达到了较高的水平(其内涵既可以是对现实的深广反应,也可以是很高的审美境界)。③如果这两方面都具备了,自然会在文学史上占据较重要的地位;如果二者皆无则可予以忽略。唐宋时期的大家、名家,甚至小家,皆已有大量研究成果不断推进我们的认知,相较而言,关于明代重要作家之创作情况的考察,深度远远不够,这为进一步的研究留下了空间。

其一,发现明诗的价值:作家作品的整体性研究。

对于作家的整体性研究,多以硕博学位论文选题为主,内容大体都包括考证作者生平、家世、交游及文集编纂流播情况,评述作品思想内容及艺术风格,阐释相关文艺思想等方面。如刘国蓉《梁有誉及其诗文集研究》④、胡得义《明代武靖侯赵辅及其诗文研究》⑤、姜安然《高攀龙及其诗歌研究》⑥、刘倩《胡直诗学观及其诗歌创作研究》⑦、张天琪《高濂研究》⑧、黄凌云《晚明诗人程嘉燧诗歌创作及理论研究》⑨。除了以上惯常性的研究路径外,还有学者关注到具体诗人创作与前代文学经典的关系。如焦炯炯《王夫之诗歌中的先秦

---

① 钱锺书:《古典文学研究在现代中国》,《钱锺书集·人生边上的边上》,生活·读书·新知三联书店,2001 年版,第 179 页。

② 羊春秋:《明诗三百首》,东方出版中心,2020 年版,第 4 页。

③ 左东岭:《20 世纪明代诗歌研究综论》,《华中师范大学学报》2013 年第 1 期。

④ 刘国蓉:《梁有誉及其诗文集研究》,陕西理工大学 2022 年硕士学位论文。

⑤ 胡得义:《明代武靖侯赵辅及其诗文研究》,宁夏师范学院 2022 年硕士学位论文。

⑥ 姜安然:《高攀龙及其诗歌研究》,山东师范大学 2022 年硕士学位论文。

⑦ 刘倩:《胡直诗学观及其诗歌创作研究》,汕头大学 2022 年硕士学位论文。

⑧ 张天琪:《高濂研究》,黑龙江大学 2022 年博士学位论文。

⑨ 黄凌云:《晚明诗人程嘉燧诗歌创作及理论研究》,黄山书社,2022 年版。

文学资源研究：以〈诗〉〈骚〉〈庄〉〈易〉为中心》①从学人之诗的角度出发，关注王夫之以《诗经》《楚辞》《庄子》《周易》等先秦文学资源，进行诗歌创作，特别是构建"拟风雅脉络"，以表达其身世之感、亡国之情和哲学沉思的文学现象。作者认为船山作诗有三个鲜明特征：一是大量创作拟诗、和诗，同古人、时人进行诗艺切磋和思想对话，并构建以理学诗为指归的"风雅脉络"和"拟风雅脉络"；二是广泛运用先秦典籍的语词、话题、思想，以进行诗歌形式和意义的建构；三是以明亡清兴为关键节点，详细记录船山的生命历程，并在参与政治、退隐山林、读书传道的文化心理演进意义上与《诗》《骚》《庄》《易》这四部典籍构成对应关系。

明代重要作家作品在后世的评价与接受亦受到学者的关注。元明易代之际，杨维祯和高启是两位具有典范性的诗人。晏选军、韩旭《元明易代之际杨维祯与高启的差异性评价考述》②指出元代末期，时人对杨维祯别开生面以矫流弊的努力多持肯定态度。入明后，则因其开创的铁崖体诗风背离了官方文艺建构的方向而导致批评声越来越多。高启在元末文坛的影响力无法和杨维祯相比，评论者也不多。入明前后，则因其作格高调雅，得到了时人尤其是吴中文人和浙东文人越来越多的认同。二人遭遇的这种差异性评价，与元明之际文学思想由追求个体自适走向强调平和典雅，地域文人群体中吴中诗派与浙东诗派的消长，以及作家个人诗学观的差异，均有着直接的关联。此外，晏选军、韩旭还在《纠缠的经典化评价历程：高启诗歌评论的传播与接受》③

进一步论述高启诗歌的评价问题，指出以四库馆臣为代表，历代评论者对高启多持一种较为矛盾的态度：一方面，因为诗人众体兼擅且佳作甚多，认为他代表着明代诗坛的最高成就，"实据明一代诗人之上"；另一方面，因为诗人英年早逝及其创作和理论上表现出来的复古倾向，又惋惜地认为他最终未能摆脱摹拟而自成一家。建立在感悟式的阅读体验基础之上的这种看法，通过一代代评论者的反复强调，伴随着高启文学史地位的提升和其作品经典化的过程，逐渐在传播过程中形成一种刻板印象，迄今仍然在影响着文学史对高启的定位和书写。

其二，经典化的助推力：断代诗歌选本的普及与流行。

明诗的经典化是一个当下依旧进行的历程，选本是断代诗歌普及与流行的重要助推力量。近四十年出现了几种明诗的选本，如黄瑞云《明诗选注》（1988）、袁行云《明诗选》（1988）、羊春秋《明诗三百首》（1994）、金性尧《明诗三百首》（1995）、朱安群《明诗三百首详注》（1997）等，这些选本本身便是对明诗的推介与认可，尽管由于整体研究尚缺乏深度而对明诗的评价依然流于泛泛而谈，但将明诗作为中国诗歌史的一个重要阶段来看待则已是学界共识。总之，选出那些有创造性与高水平的诗歌文本，既是对那些优秀作家的表彰与尊重，也使今天读者能够分享其文学审美创造的成果。本年度左东岭注评的《明诗鉴赏》④是此领域的重要收获。此书的编选是基于作者对整个明诗发展脉络与格局的认知，以明诗的基本发展线索由传统诗歌思想与性灵诗歌思

---

① 焦炯炯：《王夫之诗歌中的先秦文学资源研究：以〈诗〉〈骚〉〈庄〉〈易〉为中心》，吉林大学2022年博士学位论文。

② 晏选军、韩旭：《元明易代之际杨维祯与高启的差异性评价考述》，《浙江学刊》2022年第3期。

③ 晏选军、韩旭：《纠缠的经典化评价历程：高启诗歌评论的传播与接受》，《中南大学学报》（社会科学版）2022年第4期。

④ 左东岭注评：《明诗鉴赏》，人民文学出版社，2022年版。

想而构成。性灵诗歌思想又包括性理诗与性灵诗两个方面。其次是明诗的发展往往具有流派论争、理论批评与创作实践密切结合的特征。其三是明诗发展中呈现出明显的地域特征与相互之间的文风影响。明代诗歌的地域差别比较明显，如吴中、浙东、江右、闽中、岭南、中原等等。他们之间各具特色并相互影响，从而形成了明代诗坛的复杂局面——无论是研究明诗还是欣赏明诗，作者以为上述三种主要特征都应在考虑范围之内，因为只有深入了解这些特征，才会对明诗发展的大格局有一个整体的把握，同时对深入体认各家风格也有很大帮助。本书共选明代37位诗人的各体诗歌作品107首。作者的编选原则是，兼顾到诗歌作品的创作水平与各流派、各时期的代表性，目的是既要使读者领略到明诗的面貌与美感，也要通过这些作品了解到明诗的基本发展线索及流派特征。

其三，文体·题材·意象：回归文本本位的研究。

受复古思想的影响，明人严于辨体、强调文体古今正变。在诸多诗歌体式中，乐府诗是本年度的研究热点。学者对明代乐府诗评价不高，多斥之为"模拟剽窃"，其历史实情如何，值得深思。王立增《古乐想象与文学呈现：明代乐府诗的复古和新变》[①]指出明代从立国之初就大力提倡古乐，在此种背景下，文人试图通过拟写乐府诗恢复汉魏古乐，以形式上的相似形成对古乐的想象，同时将目光转向民间俗曲，但最终从古歌谣中获得滋养。明人在创作乐府诗的过程中，努力寻求古题乐府诗的"本义"，继承元白新乐府、咏

史乐府诗传统，加强讽喻，采用附加题目、加入诗序、固守形式、追求多元风格等方式彰显个性化。所有这一切都表明，明代乐府诗已完全脱离歌辞系统，文学性进一步增强。"乐府变"是明清文人在模拟现有乐府诗体类时产生的一种变体。贾飞《论"乐府变"的发展历程及其价值衡估》[②]认为自王世贞开创该体，它便具有因事而发、希冀"备采"、叙事散化等特点，深受明清文人的青睐。"乐府变"的存在，不仅扩大了乐府诗的体类和内涵，承载着文人内心的真性情，还成为后世部分历史文献的来源，具有其独特价值。王世贞《乐府变》所涉本事经陈田、徐朔方等学人的考证，渐趋明朗，唯《暴公子》《金吾缇骑行》《凌节妇行》三篇尚无说法。叶晔、魏柔嘉《王世贞〈乐府变〉本事新说》[③]对相关诗篇之本事进行了详细考辨。

在"知人论世"阐释观念引导下，考察诗人生平行迹与诗歌思想内容之关系，乃是诗学研究中的重要传统。乔光辉《瞿佑宣德三年南还再探——以〈乐全诗集〉为中心》[④]通过考证瞿佑在宣德三年的行迹，指出《乐全诗集》记载瞿佑的人生悲欢，运河纪行也见证了"全人"背后的内心苦况，同时此诗集亦提供了大明宣德三年（1428）运河行船的生动样本。谭德兴《何景明奉使南方的诗文与创作心态》[⑤]指出弘治十八年（1505）何景明奉哀诏出使南方时所作诗文，蕴含着诗人的复杂心态，揭示了文学创作与政治、驿道、地理之密切关系，体现了中原与边省文化之互动。同种题材在不同时代与不同诗人笔下皆会有特异的风格面貌，故研究者常以"题材"作为切入点进行文本阐释及考察诗歌审美流变之迹。程瑜瑶《"小

① 王立增：《古乐想象与文学呈现：明代乐府诗的复古和新变》，《中州学刊》2022年第10期。
② 贾飞：《论"乐府变"的发展历程及其价值衡估》，《中国文学研究》2022年第2期。
③ 叶晔、魏柔嘉：《王世贞〈乐府变〉本事新说》，《浙江大学学报》（人文社会科学版）2022年第8期。
④ 乔光辉：《瞿佑宣德三年南还再探——以〈乐全诗集〉为中心》，《广东社会科学》2022年第1期。
⑤ 谭德兴：《何景明奉使南方的诗文与创作心态》，《河南大学学报》（社会科学版）2022年第2期。

游仙"诗题在元明时期的传承与书写》①对宋元时期游仙诗的归类及二曹诗集的刊印流播进行了考论,指出后世诗人在继承二曹遗风之外,又注入了新的元素、旨趣和思想感情,诗歌的内容和主题都得到进一步的扩展,逐渐形成游仙诗的一脉支流。张天琪《论高濂〈百花词〉创作手法及特点》②指出原本咏物之作重寄托而轻物象,高濂却似以韵文为百花素描,体现出明体词之特点。在结构与体制上,《百花词》不仅对分类本《草堂诗余》有所承袭,且其对联章体的大规模运用亦呈现出明词的曲化倾向。彼时,江南玩好之风盛行,《百花词》的创作不仅与高濂的实际生存状态密切相关,且传达了晚明文人对物的痴迷与闲赏之趣,体现出晚明文人特有的日常生活美学观念。颜子楠《模件化的创造力:以高启的咏物律诗为例》③借用艺术史领域"模件化"研究的基本概念,以高启的咏物律诗为例,尝试将结构主义阐释角度运用于明代诗歌文本的解读。

此外,研究者还通过沟通诗画两种艺术形式,多层面地分析"意象"所具有的文化内涵与审美意蕴。

张玉霞、高源《枯柳意象与明遗民诗画中的悲情》④指出明遗民文人与画家将凄凉悲苦、亡国悲愤、荒落悲戚等悲情赋予枯柳中,并寄寓丰富的情感,由秋冬季节的枯柳而存"柳枯春复荣"之念,饱含复苏与希望;由人为砍伐致残的枯柳而生"卧柳自生枝"之呼,是饱经沧桑后的冀求;由枯萎朽败的老柳而发"纵有春风不再青"之叹,则满含无奈与哀伤。悲情是明遗民文人与画家寄寓枯柳意象中的情感共鸣点。对枯柳意象在明遗民诗画中的悲情的梳理,丰富与拓展了传统柳意象的内涵。王璜《沈周诗画中的江南》⑤选取江南作为主题,以苏州为核心,围绕名胜、风物等具体内容,展开叙述。一方面因为沈周本人长期生活、游历于此,另一方面亦是因为围绕着他,一个明代中前期的文人集团得以显现。这些文人有的入朝为官,有的与沈周一样隐居乡里,他们各自不同的生活都时常带有江南的痕迹与对故乡的热爱和眷恋。以点带面,以沈周诗画中的江南,亦可窥见当时江南地区文人才情雅致的世界。此书并不仅仅以讨论具体作品为主,还更为重视人物关系、创作情境以及知识来源的叙述,是一部沈周的交游史与视觉经验史,为理解相关艺术作品,包括书画与诗文的创作,提供新的视角与理解方式。

纵观相关研究成果,我们发现在明清诗文领域中的选题碎片化、重复化现象依旧存在,特别是学位论文常集中于二三流作家,这必将制约研究者审美欣赏水平的提升与学术能力的训练,因此我们还需要继续重点关注在中国文学史上占据主流地位的作家及其作品。此外,在本年度成果中显得最为薄弱的是对作品的研究,其实这不仅是明代文学研究中出现的状况,在整个古代文学中也显得十分普遍。有论者指出,"学者们关注到了很多前人不太注意的材料、作家与文学外围的现象等,但是相对来说反而是主流文学现象的研究突破不大。"也就是说,在文学发展的内因、外因两方面,"目前的倾向是,研究者更偏向于外因"。造成这种现象的原因之一,"是与传统偏见有关,总觉得文学艺术性的研究很难做得深

---

① 程瑜瑶:《"小游仙"诗题在元明时期的传承与书写》,《安徽大学学报》(哲学社会科学版)2022年第3期。

② 张天琪:《论高濂〈百花词〉创作手法及特点》,《学术交流》2022年第2期。

③ 颜子楠:《模件化的创造力:以高启的咏物律诗为例》,《励耘学刊》2022年第2期。

④ 张玉霞、高源:《枯柳意象与明遗民诗画中的悲情》,《淮北师范大学学报》2022年第4期。

⑤ 王璜:《沈周诗画中的江南》,北京大学出版社,2022年版。

入，好像是软学问，不如文献的整理和考据'过硬'"①，因此在目前的古代文学研究中，以文献挤压批评，以考据取代分析，以文学外围的论述置换对作品的体悟解读，已是屡见不鲜的现象，故回向文学本身与深入研读作品成为迫切的呼声。②就明代诗学而言，由于对相关专题研究不够深入，而做文学史、诗歌史者又没有时间与耐心去对明诗做深入细致的研究，因而当他们触及作家作品时，便缺乏独立的判断力而只能引述明清诗论家的现成结论，尤其是钱谦益、朱彝尊、沈德潜、四库馆臣这些权威性的评价。文学研究的起点是作品，终点是作品，重点也还是作品，如果脱离了对文本真切深入的体验分析，而仅靠陈陈相因的权威之言立论，那么，并不能实质性地推进研究水准的提升。研究文学从文化、史学、哲学各个角度切入都可以，但文学毕竟是审美的，总结古人的艺术创作手法、经验、规律，这是今人的责任。

八、筑基之功：明代诗学文献的考辨、整理、笺注

本年度文献考辨方面的研究主要集中在以下著述。徐隆垚《许学夷〈诗源辩体〉编刊始末考》③详细考察了《诗源辩体》的编纂史，可以帮助我们动态地解读许学夷的诗学建构意图。魏刚《传世书画真迹对于徐渭研究的文学文献意义——兼及〈徐渭集〉未收诗文辑补》④指出传世书画真迹之异文对于《徐渭集》具有校勘价值；落款与识语可为作品系年、史实编年提供依据；有助于探究关于《徐渭集》的一些较为原始的文献学信息；题写时的具体形态可提供徐渭文学研究的新视角；原创诗文可据之对《徐渭集》进行补遗。郭永臻《〈皇明律范〉编者考》⑤通过对《皇明律范》之印本系统、卷端题署、刊印面貌、诗学理念等诸方面进行考察，认为此书实际编者为胡应麟。郑斌《明清集句诗籍考补》⑥在裴普贤、张明华、李晓黎等学者研究的基础上，经检方志、书目等文献，辑补明清集句诗籍39种，包括尚存于世的12种、已佚或可能已佚的27种。这些文献的辑补既可为集句诗研究提供助力，也可为研究明清时期陶诗、杜诗之接受提供参考。

文献整理是考察学术发展的特殊角度。它既是文学研究的基础，也是研究趋势的风向标，既反映出该领域研究的需求情况，又推动该领域学术研究。有学者提出："目前明诗文献整理最迫切的工作，首先是将已接近完成的成果抓紧完善结项，编制出一套《明代诗文别集总目提要》，让学界能够了解明诗文献的存佚及收藏状况。其次是先将搜集到的明人别集影印出版，使学界能够方便看到较好的明诗文别集本子，以保证研究的质量。其三是重新组织队伍及筹集经费编辑《全明诗》，并及时出版。其四是继续有计划的点校整理著名的明代诗文作家的别集出版，使一般研究人员能方便使用。五是继续作明代诗文作家的年谱编制工作，并通过这种学术训练培养明诗研究人才。只有这些文献整理的工作做好

① 葛晓音：《关于未来十年的三点想法》，《古代文学前沿与评论》第1辑，社会科学文献出版社，2018年版，第15—16页。

② 张伯伟：《回向文学研究》，商务印书馆，2022年版，第152—168页。

③ 徐隆垚：《许学夷〈诗源辩体〉编刊始末考》，赵敏俐主编：《中国诗歌研究》（第22辑），社会科学文献出版社，2022年版。

④ 魏刚：《传世书画真迹对于徐渭研究的文学文献意义——兼及〈徐渭集〉未收诗文辑补》，赵敏俐主编：《中国诗歌研究》（第22辑），社会科学文献出版社，2022年版。

⑤ 郭永臻：《〈皇明律范〉编者考》，赵敏俐主编：《中国诗歌研究》（第22辑），社会科学文献出版社，2022年版。

⑥ 郑斌：《明清集句诗籍考补》，潘务正主编：《中国诗学研究》（第二十一辑），凤凰出版社，2022年版。

了,明诗研究才会真正具有扎实的基础和良好的学风。"①本年度文献整理的相关成果,正是在这种方向与期许中展开的,以下分述之:

其一,目录提要是治学之门径,李舜臣的《历代释家别集叙录》②为研究释家文学提供文献指引。本书叙录了作者所经眼的325种历代释家别集,借鉴传统书志的优良传统,依时代先后,著录书名、撰者和卷数等要素,其中涉及明僧的别集有三十六种之多。为摸清少数民族文学创作的文献家底,多洛肯,赵钰飞等人编纂了《明代少数民族诗文创作总目提要(叙录)及其散存作品辑录》③,此书以族别为类,以作家生年为序,对作家散存诗文作品进行搜集整理;全面搜集整理明代少数民族散存诗文文献,将分存各地的明代少数民族散存诗文文献力争进行科学规范的整理,从而有效地保护传承明代少数民族诗文文献。书中叙录内容主要是作家简介,包括生卒年、字号、族属情况、籍贯、科第、仕履、师承、学术渊源;创作基本情况即文学活动,别集及作品存佚情况;作家生平资料,主要依据正史、笔记及金石资料以及中国大陆及台湾地区出版的各类工具书、史志目录、地方志、年谱、清人别集、家乘以及各省区民族事务委员会古籍办所藏孤本资料。在本年度,与此书并行出版的还有多洛肯等人辑校的《元明清蒙古族汉文创作叙录及散存作品辑录》④,此书收录了元明清从事汉文创作的蒙古族作家共196人及其作品,共计诗1472首(其中残句34联),词17首,套数8套,小令34首,散文159篇。本书体例详明,基本按照作者行年先后顺序

排列,先列小传,并介绍作品现存情况、所用版本,后附作品。

其二,在明人别集的影印出版方面,本年度产生了两种大型著作。其一为吴格编《明别集丛刊·第六辑》⑤。本辑收录现存日本内阁文库、名古屋蓬左文库中精选的前辑所未收录的明人别集一百五十余种,大多是明刊本、钞本,清初刻本、钞本,这些底本保存完好,未经后人删削,保存了作品的原貌及许多宝贵资料,是史家不可或缺的原始资料。其二为侯荣川编《日本所藏稀见明人诗文总集汇刊·第二辑)》⑥。本辑共收录日本内阁文库、静嘉堂文库、关西大学、京都大学等处所藏明人诗文总集十四种,均为稀见文献,具有较高的文献版本价值和资料使用价值。从时间上来看,本书所收各集涵盖明洪武至崇祯各朝,如《二妙诗集》《皇明百大家文选》《崇祯八大家诗选》等代表了明初至明末不同时期的文学典范,有助于加深研究者对明代诗文发展演变的了解和认识。从作者身份上来看,既有进士、举人出身的各级官员,也包括诸多下层文士,较为全面地展示了明代文学的多重样貌,可为构建准确、可靠、全备之明代文学文献系统提供资料基础。文学研究价值之外,总集中奏疏、策论、墓志铭、传记、杂著等内容对中国古代政治、历史、文化等方面的研究亦有重要价值。此外,从域外汉籍研究角度看,明代文学文献对汉籍、汉学等的海外传播发挥了重要作用,本书出版也可为东亚汉文化圈的形成与发展等研究提供重要的文献支撑。

---

① 左东岭:《20世纪明代诗歌研究综论》,《华中师范大学学报》2013年第1期。

② 李舜臣:《历代释家别集叙录》,中华书局,2022年版。

③ 多洛肯、赵钰飞等:《明代少数民族诗文创作总目提要(叙录)及其散存作品辑录》,社会科学文献出版社,2022年版。

④ 多洛肯等辑校:《元明清蒙古族汉文创作叙录及散存作品辑录》,上海古籍出版社,2022年版。

⑤ 吴格编:《明别集丛刊》第6辑,黄山书社,2022年版。

⑥ 侯荣川编:《日本所藏稀见明人诗文总集汇刊》第2辑,广西师范大学出版社,2022年版。

其三,在重要作家诗文别集点校整理方面亦取得了进展。王世贞著述宏富,在明代思想文化史与文学史上影响深远,许建平、郑利华主编的《弇州山人四部稿》①为《王世贞全集·正编》所收内容之一,分《赋部》《诗部》《文部》《说部》,共180卷。以万历五年世经堂本为底本,以万历四年的郧阳本为校本,以《凤洲笔记》《新刻增补艺苑卮言十六卷》《丙辰奉使三郡稿》《阳羡诸游稿》《伏阙稿》《戊辰三郡稿》《入楚稿》等万历五年前的单行本、选本为参校本。此书考订版本源流,精心校勘文字,并施以标点,可为明代文学和史学的研究提供一部有重要学术参考价值的文献。黄佐是明朝中期岭南著名思想家、教育家、文学家,陈广恩点校的《泰泉集》②乃其诗文全集。本次点校整理,以中山大学图书馆藏清康熙二十一年黄逵卿、黄铭父子重刻本为底本,以明万历元年黄在中、黄在素、黄在宏刻本为对校本,以嘉靖二十一年黄佐弟子李时行刻本、广东省中山图书馆藏清重刻本、暨南大学图书馆藏清黄逵卿重刻本、北京大学图书馆藏清重刻本等版本为参校本。此书完整呈现了黄佐在思想、学术、教育及文学方面的成就,具有重要的文学价值和史料价值。张宇初为道教正一派第四十三代天师、明初著名道教思想家、文学家,段祖青点校的《岘泉集》③为其诗文别集。本书整理采取点校方式,以北京大学图书馆藏崇祯本为底本(文字漶漫处辅以南京图书馆藏本),以《道藏》本、乾隆十九年刻本、《四库全书》本为校本;另,张宇初诗文自明以来被不少文献采录如《列朝诗集》《明诗评选》等,整理中也加以参校。《岘泉集》文体种类众多,最有价值的有三种:一是探讨道家道教思想乃至三教合一思想的;二是阐述文学思想尤其是诗歌理论的;三是墓志、书、传等,可补史乘之阙。余晓栋校注的《徐渭集诗文辑佚》④可以为徐渭生平及文学研究补充一些文献资料。

此外,在已出版文献的"优化升级"及重要作家诗集的笺注诠评方面,亦有新成果产生。《草堂诗馀》在词学史上影响深远,宋元以来经过多家续补增修,版本林立。海继恒整理的《新订类编草堂诗余》⑤在近五十种版本中细加辨择,以在"分调本"系统中颇有开创之功的明嘉靖时期顾从敬刊家刻本《类编草堂诗馀》为底本,校订全部词作,恢复并校核刊刻时删落的旧注,汇集诸家评点,后附参考资料,为学界提供了一部完整、严谨的《草堂诗馀》整理本。王阳明诗歌是心学精神与诗性情怀的结晶,在明代诗史中具有不可忽视的价值。李庆《王阳明诗校注》⑥全面吸收浙古社《王阳明全集(新编本)》和束景南《王阳明佚文辑考编年》等辑佚成果,收录齐备;广参众本,精心校勘;考释部分阐明题意,辨明出处,编年,考证真伪、本事等;注释部分详注文字、典故、专门概念、时间、地点、人物、事件等,间或串讲句意;文末另附"王阳明诗赋编年"。

① 许建平、郑利华主编:《弇州山人四部稿》,上海古籍出版社,2022年版。
② 黄佐著,陈广恩点校:《泰泉集》,凤凰出版社,2022年版。
③ 张宇初撰,段祖青点校:《岘泉集》,中华书局,2022年版。
④ 余晓栋校注:《徐渭集诗文辑佚》,浙江古籍出版社,2022年版。
⑤ 顾从敬编,杨万里、海继恒整理:《新订类编草堂诗余》,上海古籍出版社,2022年版。
⑥ 李庆:《王阳明诗校注》,中华书局,2022年版。

清代诗学研究报告

安徽师范大学中国诗学研究中心　潘务正　黄振新

2022年各类学术期刊及报刊发表清代诗学研究论文300余篇,产生硕博士学位论文近100篇,出版著作30余部,依旧保持着强劲的发展势头,继续成为古代文学研究中最有活力的领域。本年度清代诗学在文献整理与研究、诗歌总集、诗学理论及诗学渊源、身份角色与清代诗学、地域民族与清代诗学、事件与诗歌等方面取得引人瞩目的成就。本文拟从以上几个方面分别进行介绍,虽间亦有分类不严密、互相包容者,但为叙述清代诗学研究的特征与成就的方便,也只好如此。同时,由于成果众多,而报告篇幅有限,故挂一漏万也在所难免,还请作者谅解。

一、清代诗学文献整理与研究

与前代相比,清代有浩如烟海的诗学文献需要整理,因此,每年整理出版的古代文学文献中,清代所占比重最大。本年得到整理的清人诗学文献就有十余部之多,包括别集、总集和诗话等。别集如黎兆勋《侍雪堂诗钞》①、钟瑞廷《龙溪诗草》②、陈景星《叠岫楼诗草》③、周锡恩《周锡恩集》(收入《荆楚文库》)④、归懋仪《归懋仪集》⑤、周灿《愿学堂诗集》(收入《海上丝绸之路基本文献丛书》)⑥等。《清代少数民族文学家族诗集丛刊》2018年以来陆续推出了和瑛、萨玉衡、丁澎、蒋攸铦、鄂尔泰、法式善等文学家族诗集,本年出版《完颜氏文学家族诗集》⑦,对于清代少数民族诗人的诗歌创作研究具有重要的意义。

总集如中华书局出版的张应昌《清诗铎》,该书第一次出版在50年代初,是北京中华书局较早出版的古典文学总集;80年代再版,值全国出版工作恢复正常后不久;2022年正值中华书局成立110周年,因此重新出版具有特殊的意义。地域诗歌总集如陆英选、徐克润辑、朱孔阳续辑《淞南诗钞》、沈葵编《淞南诗钞合编》、章末辑《张泽诗征》⑧,此三部诗歌总集为彭国忠总主编《松江总集丛刊》系列之一。

徐礼节《重订中晚唐诗主客图校注》⑨是清代诗话整理的重要成果。本书对李怀民编撰的《重

---

① 向有强编年校注:《侍雪堂诗钞编年校注》,吉林大学出版社,2022年版。

② 胡传淮、胡云柯点校,四川宋瓷博物馆编:《龙溪诗草点校》,中国华侨出版社,2022年版。

③ 陈景星:《叠岫楼诗草》,巴蜀书社,2022年版。

④ 陈春生校注:《周锡恩集》,武汉理工大学出版社,2022年版。

⑤ 赵厚均点校:《归懋仪集》,人民文学出版社,2022年版。

⑥ 周灿:《愿学堂诗集》,文物出版社,2022年版。

⑦ 多洛肯、路凤华校注:《完颜氏文学家族诗集》,中国社会科学出版社,2022年版。

⑧ 赵厚均、杨焄、刘宏辉等整理:《淞南诗钞 淞南诗钞合编 张泽诗征》,上海古籍出版社,2022年版。

⑨ 李怀民编撰,徐礼节校注:《重订中晚唐诗主客图校注》,黄山书社,2022年版。

订中晚唐诗主客图》进行全面整理，不仅纠正底本刊刻之误，且校出许多可通之异文，并对《图说》、诗人小传以及诗歌评点文字进行注释，促进了山左诗人群体的研究，对于晚唐诗歌研究也有一定的推动作用。郭曾炘论诗绝句130首系统评论清代著名诗人，可谓小型"清诗史"，在清代诗歌史、诗论史上均具有重要的地位。谢海林《郭曾炘论诗绝句笺释》①（收入《中国古典文学理论批评专著选辑》）对郭氏论诗绝句进行笺释，是书征引繁富，校订精审，解析准确，对于通观清诗发展历程、名家诗歌特色以及郭曾炘诗学思想等都具有较高的学术价值。

目录学方面值得注意的有李舜臣《历代释家别集叙录》②。自东晋迄清末，以稿本、抄本、刊本等形式面世的释家别集应在2300种以上，存世者约425种。本书叙录了所经眼的325种历代释家别集，而其中清代就有174种之多，超过总数的一半。本书的出版，为深入研究释家文学提供了文献指引。

诗学文献研究方面，一些重要的诗学典籍，如宋琬《安雅堂集》、魏宪《百名家诗选》、王卓华《沛上停云集》、徐世昌《晚晴簃诗汇》、八旗诗歌总集《白山诗介》以及陶誉相《芎圃诗草》、刘倬《江都刘云斋先生诗集》等，其编纂情况、版本源流经过考辨得以清晰化③。文献整理也往往预示着作品的经典化问题，如龚自珍诗文集被谭献、袁昶整理的同时，也是其经典化的过程④。另外，朱则杰在完成《清诗考证》之后，不断进行完善，并对柯愈春《清人诗文集总目提要》加以订补，且于清代女诗人及江浙地域诗人给予比较集中的关注，本年发表了系列成果，值得关注⑤。清代诗人诗作的辑佚也是清代诗学文献研究的重点⑥。

二、诗歌总集与清代诗学

诗歌总集的编纂总是在特定的时代背景下展开的，并体现时人的诗学观念。史哲文研究清诗总集，发现他们有一个比较共同的倾向，即溯源《诗经》。其《论清诗总集溯源〈诗经〉的编纂理

---

① 谢海林：《郭曾炘论诗绝句笺释》，人民文学出版社，2002年版。

② 李舜臣：《历代释家别集叙录》，中华书局，2022年版。

③ 朱泽宝：《稿本〈安雅堂诗〉的编订与宋琬生平新考》，《文学遗产》2022年第6期；丁洁琼、方丽萍：《魏宪〈百名家诗选〉版本源流辩正》，《中国文学研究》2022年第4期；智晓倩：《王卓华〈沛上停云集〉考述》，《安阳师范学院学报》2022年第4期；丁小明、尹伟杰：《〈晚晴簃诗汇〉编纂新考——以〈金兆蕃致曹秉章尺牍〉为中心》，《文艺研究》2022年第7期；侯婷：《〈晚晴簃诗汇〉诗人小传校释七则》，《名作欣赏》2022年第26期；刘娟：《〈十子诗略〉流传考述》，《中国典籍与文化》2022年第3期；韩丽霞：《八旗诗歌总集〈白山诗介〉编纂特点研究》，《赤峰学院学报》2022年第5期；王新芳、孙微：《陶誉相〈芎圃诗草〉考述》，《唐山师范学院学报》2022年第4期；李舜臣：《释守仁〈梦观集〉刊刻与流传考论》，《文献》2022年第6期；王文欣：《〈御定历代题画诗类〉和刻本及其生产阅读群体》，《西华师范大学学报》（哲学社会科学版）2022年第5期；尚鹏：《稀见清黄承增〈楮山诗话〉辑录》，胡晓明主编：《古代文学理论研究》（第五十四辑），华东师范大学出版社，2022年版，第626—662页；著作如贺闱《〈江都刘云斋先生诗集〉整理研究》（东南大学出版社，2022年版）等。

④ 孙之梅：《龚自珍经典化过程中的谭献与袁昶：兼论"惊四筵""适独坐"的审美分层》，《山东师范大学学报》（社会科学版）2022年第3期。

⑤ 朱则杰：《〈清诗考证〉前两编订补——兼谈人物生卒年研究的若干问题与方法》，《淮阴师范学院学报》2022年第1期；《〈清人诗文集总目提要〉订补——以沈豹等五位江苏籍作家为中心》，《常熟理工学院学报》2022年第1期；《〈清人诗文集总目提要〉订补——以俞公谷等四位绍兴作家为中心》，《绍兴文理学院学报》2022年第2期；朱则杰：《〈清人诗文集总目提要〉订补——以张延绪等五位作家为中心》，《厦门城市职业学院学报》2022年第4期；《清代女诗人丛考——以马世俊姊马氏、吴琪、顾季蘩为中心》，《江南大学学报》（人文社会科学版）2022年第4期；《清代嘉兴诗人生卒年丛考——以卞洪载等为中心》，《嘉兴学院学报》2022年第2期等。另，张宏波、王洪：《张惠言"一生未有诗作"再议》，《集美大学学报》2022年第2期。

⑥ 如陈腾：《吴梅村的八首"佚诗"》（《读书》2022年第3期）、李建江：《左宗棠佚诗》（《读书》2022年第8期）等。

念及经典化意图》①一文认为,清诗总集追慕《诗经》,如尊崇诗教观念、效仿采诗行为、认同删诗之法等。清人追慕《诗经》编纂总集,体现出对其"雅正"品格的崇尚:清人反驳晚明文学观念,而重回经典;服务清代帝王的政治需求,为巩固统治而树立经典;在尊崇经典的行为中,传达出清代学术的折中思想,并体现出对抗新学的思潮。这一经典化的编纂动机,反映了清代学术融合下文体渗透的状况,促进了清诗叙事性的凸显,体现清人对本朝文学成绩的高度肯定。他的《清人选诗总集地域观念生成与"十五国风"重塑》②认为,清人选诗总集将地域文学观念与"十五国风"相比并,并加以重塑。而南方吴越文人认定当地是众风之首,楚地文人则称未入"十五国风"另有原因。由这一现象不难发现,《诗经》在中华文化符号中的重要意义。这种对清诗总集特征的把握具有一定的启发性。

乾隆年间馆阁文臣奉敕编纂《御选唐宋诗醇》,研究韩愈接受史的查金萍《〈御选唐宋诗醇〉与清代韩愈诗歌的接受》③看出是选大量选入以古体为主的韩诗,评语中指出韩诗本源,其与杜诗的传承关系,及韩诗对宋诗的影响等。这类观念的形成,与清代中期唐宋诗之争及汉宋之争有密切的关系。是选在清代经典化的过程中,从选本成为科举教材是重要的一环,孟国栋、陈圣争《从选本到教材:〈唐宋诗醇〉的经典化之旅》④以翔实的材料论述其在科举考试中充当着诗题"考试大纲"的角色,日益成为书院教育中必备的"通行教材"。由于上至翰林、下至普通学诗者都将其作为科举考试与研习诗学的重要参考书,其经典地位自然得以巩固。这一切入点剖析了《唐宋诗醇》在清代经典地位形成的重要原因,推动了是选研究的深化。

清代翰林院馆课、散馆及大考的考试科目中有试帖诗一项,试帖诗选因此有很大的市场。吴蔚《〈唐人试帖〉整理的价值和意义——兼论清代试律诗学与古典诗学演进之关系》⑤论述康熙诗坛神韵诗学盛行之际,毛奇龄编纂的《唐人试帖》主张"浑化无迹",强调"气象""诗常在法外"等观念。而乾隆二十二年之后乡会试考试帖诗,于是纪昀《唐人诗律说》集试律诗学之大成,由关合"无迹"到重法度、恕平直,由强调整体气象到局部传神。毛、纪之作,体现出试律诗学与清代主流诗学的发展呈密切呼应之趋势。另外,清初赵臣瑗《唐诗七言律选》也得到关注,杨金花《〈唐诗七言律选〉编撰特点与价值再发掘》⑥一文对其选本性质、编纂特点及诗学价值进行考察和评估⑦。

钱仲联先生曾编纂《清诗三百首》《清诗精华录》,二者收诗较少重复。对于后者,原上海教育学院教师刘衍文先生曾有评点,张寅彭《寄庐刘

---

① 史哲文:《论清诗总集溯源〈诗经〉的编纂理念及经典化意图》,《中州学刊》2022年第7期。

② 史哲文:《清人选诗总集地域观念生成与"十五国风"重塑》,《民族文学研究》2022年第5期。

③ 查金萍:《〈御选唐宋诗醇〉与清代韩愈诗歌的接受》,《江淮论坛》2022年第5期。

④ 孟国栋、陈圣争:《从选本到教材:〈唐宋诗醇〉的经典化之旅》,《浙江大学学报》(人文社会科学版)2022年第7期。

⑤ 吴蔚:《〈唐人试帖〉整理的价值和意义——兼论清代试律诗学与古典诗学演进之关系》,《北京理工大学学报》(社会科学版)2022年第6期。

⑥ 杨金花:《〈唐诗七言律选〉编撰特点与价值再发掘》,《甘肃社会科学》2022年第2期。

⑦ 关于清诗总集研究的学位论文有:陈敏《冯金伯〈海曲诗钞〉研究》(浙江师范大学2022年硕士学位论文)、陈思杭《张应昌〈清诗铎〉研究》(华中师范大学2022年硕士学位论文)、李博涵《陶梁〈国朝畿辅诗传〉研究》(华中师范大学2022年硕士学位论文)、叶雪露《〈粤东诗海〉研究》(广西师范大学2022年硕士学位论文)、王骞《孙雄〈道咸同光四朝诗史〉研究》(云南师范大学2022年硕士学位论文)等。

衍文先生评点钱仲联〈清诗精华录〉述略——兼谈刘先生以诗法为中心的清诗观》①一文揭示出其评点的特色是以诗法为中心，以及其抑前期扬中叶的清诗史观。在青木正儿、郭绍虞等提出的清诗四说即神韵、格调、性灵、肌理之外，再增加重法度的"质实"为第五说，对于丰富清代诗学思想具有一定的启发意义。

王宏林长期以来致力于沈德潜诗学选本的研究，曾出版《沈德潜诗学思想研究》②等。今年又推出《〈唐诗别裁集〉与唐诗经典化》③一书，着力研究沈德潜《唐诗别裁集》对唐诗经典化的作用。沈氏此著带有鲜明的官方色彩及时代特征，代表传统诗学主流观念对唐诗的定位。以此选为基础，揭示唐诗经典生成与演化的过程。全书共分六章，主体部分着重论述唐诗大家的推举与确立、分体经典观、组诗经典观、小家单篇经典观及经典序列的现当代承传等。由于作者对沈德潜有多年的研究积累，故本书不落窠臼，选取精妙的角度切入，全面而深刻地揭示出《唐诗别裁集》的诗学价值。

三、诗学理论及诗学渊源

清代诗学文献资料丰富，观念多元，研究清代诗学理论的文章亦精彩纷呈。从总体上研究清代诗学元理论的有刘新敖《时空观念：清代诗学元理论探析的一种视角》④，该文认为时空观念既是清代诗学的理论建构逻辑，也是艺术家处理

文化与政治生活的坐标。清代诗学在思想上继承儒家的社会理念，在社会秩序中重新规范了诗学与社会政治的位置；诗家主体意识觉醒，使清代诗学注重诗歌及诗话写作与学术文化的距离；理论形态上诗话写作仍以时空意识为逻辑基础，呈现出时空化的审美形态。该文虽然使用了一个比较新的术语——"元理论"，但并未予清代诗学以新的阐释，总体上来说仍流于空泛，距离建构清代诗学的目标还很遥远⑤。

清代诗学的诸多范畴得到学者的重视。钱谦益晚年以"香观"论诗，李秉星《钱谦益"香观说"中的感官隐喻与明诗批评》⑥一文讨论这一重要诗学范畴，该文认为钱氏以香气的感官经验与隐喻表达为契机，不仅系统批评了声色迷乱的七子派诗风，也构建了可以对抗时代、逆风远熏的理想诗学。他借助香法来疗救病入肺腑的恶道诗魔，希冀通过对抒情诗"灵晕"的追寻，使诗歌创作摆脱近代诗论的诸多桎梏，回归更为纯粹的情感与诗学世界。该文对"香观"诗说的论说较青木正儿、孙之梅等更推进了一步。王夫之是清初注重诗学理论建构的诗人，丁友芳、周群《王船山诗以达情论的理论特质》⑦揭示其诗学理论独特之处，在易代的特殊历史境遇中，他提出诗以达情论。学理特质上，其诗情与儒学性情有逻辑同构之处，体现儒学在其诗论中的展开与投射。济世特质上，其诗情关涉诗教与世运、国运及世风人心密切相关，期以正诗情来匡正世风，体现

① 张寅彭：《寄庐刘衍文先生评点钱仲联〈清诗精华录〉述略—兼谈刘先生以诗法为中心的清诗观》，《复旦学报》（哲学社会科学版）2022年第2期。

② 王宏林：《沈德潜诗学思想研究》，人民出版社，2010年版。

③ 王宏林：《〈唐诗别裁集〉与唐诗经典化》，中华书局，2022年版。

④ 刘新敖：《时空观念：清代诗学元理论探析的一种视角》，《延安大学学报》（社会科学版）2022年第1期。

⑤ 力图构建清代诗学理论的尚有程景牧：《清代诗学的"清空"理论范式》（《中国文艺评论》2022年第7期）等。

⑥ 李秉星：《钱谦益"香观说"中的感官隐喻与明诗批评》，《文学遗产》2022年第1期。

⑦ 丁友芳、周群：《王船山诗以达情论的理论特质》，《中南大学学报》（社会科学版）2022年第4期。

强烈的现实关怀。诗道特质上，船山重诗情，亦是其发明诗道之悟的表达。在易代的特殊生命体验中，诗以达情论是其情感创伤转化为对诗学体认的呈现。王夫之诗论好以"镜"为喻，胡诗黎《王夫之诗论中的镜喻》①对此问题进行了探讨，其镜喻可分为心镜取影、两镜相照和一镜空函三类：心镜取影是以诗中主人公的心为镜照见万象；两镜相照则是多角度、多层面的相涵相摄；一镜空函是用一面镜子收纳一切来比喻大开大阖的笔力或诗歌整体意境。镜喻要求诗歌达到自然浑融的境界，这与华严宗所说的"圆融"境界非常相似②。陈子龙论诗力主"温柔敦厚"诗教说，夏秀《陈子龙论"温柔敦厚"——兼论中国古代范畴阐释中的"既/又"思维模式》③认为陈氏既主张诗应有"温厚之旨"，又批评"温厚"之诗不足以"写哀宣志"；既认为"悲愤峭激""不平之气"不违背"风人之义"，又为"婉刺"提供了多种策略。作者指出，这种"既/又"结构折射出在传统资源背景下进行创造性阐释的复杂性。叶燮以"诗风正变"论诗，唐芸芸《叶燮以"诗风正变论"为核心的文学史观》④指出后《诗经》时代之诗，汉魏至宋诗的"变"包含"启盛"和"有因"两个因素，否定了"因=盛"，一改传统的"变=衰"为"变=盛"，直指明七子要害；而对"变"中有"因"的强调，也有力地批驳了以公安派为代表的楚风。叶燮将诗歌史视为"盛衰因变"的动态发展过程，并用"变而不失其正"贯穿关联，突出"有意为工拙"的宋诗之

价值。

诗学思想随着时代的潜进而不断演变。蒋寅《嘉道间诗学对袁枚性灵说的反思》⑤论述嘉道时期诗学以反思袁枚性灵诗学的弊端为逻辑起点，"性灵"概念将淫靡庸俗的情欲塞进"性情"之中，为此，诗坛重新祭出"性情"这一古典诗学核心概念，并就性与情、性情与道德、性情与学问的关系展开讨论，将"性情"概念放在诗学史的演进、发展中加以锤炼，拓展性情的范围，强调性情必与社会身份相称，避免虚矫客气的偏向，完成了对这一传统概念的周密诠释，为嘉道诗学的平衡发展以及此后诗学观念的转型并融入近代化的潮流奠定了基础。本文虽主要阐释嘉道诗坛对袁枚性灵诗学的反思，实际上关涉到中国古典诗学重要范畴"性情"理论的完善，是诗学思想史上的一个大题目⑥。唐芸芸《翁方纲诗学对趋同和发露的消解和转换》⑦一文考察翁氏诗学的核心"事境"和"肌理"，翁方纲用"事境"理论完成"诗中有人"，以补救渔洋神韵在面对学问因素时出现的趋同；又用"肌理"理论完成"诗中有我"，消解"事境"带来的新的趋同危机。他强调杜诗肌理之"显"，"情境虚实之乘承"的结构指向的是"有迹"，于是"发露"正可以表现诗歌的"细肌密理"。而同时又要求于笋缝处"消纳"诗歌的"色相"痕迹，使得整首诗达成"无迹"。诗歌的"发露"最终归于"蕴藉"，由此翁方纲完成了对宋诗价值的转换。欧阳一锋《方玉润诗学思想中的义

---

① 胡诗黎：《王夫之诗论中的镜喻》，《船山学刊》2022年第1期。

② 对王夫之诗学的研究尚有陈娟：《论叶朗对王夫之诗学意象思想的阐释》（《船山学刊》2022年第5期）、何振、葛恒刚《王夫之对明诗史的建构》（《南京师范大学文学院学报》2022年第1期）等。

③ 夏秀：《陈子龙论"温柔敦厚"——兼论中国古代范畴阐释中的"既/又"思维模式》，《社会科学战线》2022年第1期。

④ 唐芸芸：《叶燮以"诗风正变论"为核心的文学史观》，《重庆师范大学学报》（社会科学版）2022年第3期。

⑤ 蒋寅：《嘉道间诗学对袁枚性灵说的反思》，《湖南师范大学社会科学学报》（社会科学版）2022年第1期。

⑥ 研究性情诗学及袁枚诗学的尚有吴大平：《论杨彝珍对性情诗学理论图景的建构》（《江西科技师范大学学报》2022年第5期）、蔚然：《性灵诗学的践行——清代画家奚冈诗歌研究》（《中国文学研究》2022年第4期）等。

⑦ 唐芸芸：《翁方纲诗学对趋同和发露的消解和转换》，《贵州社会科学》2022年第1期。

理因素》①探讨方玉润诗学思想,方氏认为诗情充塞天地之间,义理根源于外物对作者之感发,也离不开作者内心之情志,主张"诗言志",论诗重义理、重气节,但能辩证看待诗品与人品之关系,在众多诗歌风格中,又从义理的角度出发,推崇雄健诗风,欲以昂扬之气矫性灵之流弊。孙银霞《光宣诗坛情感论的复古与新变》②讨论大转型时期的晚清诗坛,呈现明显的"过渡轨迹",有对传统"治情"模式的执著回归,有对孤独重"我"的情感觉醒,还有中西思潮下对情感的大胆突破。光宣诗人内心的复杂与彷徨、萧索与孤寂,历经复古与革新的锤炼,推动中国诗歌由古典走向现代③。

党圣元、李正学主编《清代文艺思想史》④是李春青主编的《中国文艺思想通史》第七卷,主要论述清代前中期文艺思想,该书每一编先论诗学思想,如第一编第一二章论清顺治、康熙年间的诗学思想,包括钱谦益、冯班、吴乔、顾炎武、黄宗羲、傅山、王夫之、王士禛、叶燮、朱彝尊、吴伟业等的诗学思想或诗学观念。作为通论性质的著作,且涉及人物众多,研究自然很难深入,但其系统性却是值得关注的。该著虽无法和专论清代诗学的蒋寅《清代诗学史》第一二卷相比,亦自有特色。

清代诗学广泛地从前代吸取养分,而唐宋诗无疑是最主要的渊源,对于此二代之诗,清人与明人诗分唐宋不同,力求做到熔铸二者,查慎行、李重华、姚鼐、翁方纲等重要诗家无不主张融合唐宋。王新芳《从查慎行〈初白庵诗评〉看其"唐宋互参"诗学理论》⑤考察查慎行选取唐宋两朝诗歌成就最高的杜甫和苏轼作为主要师法对象,表现出其对诗学史极为敏锐的洞察力,及其取法乎上的眼界与抱负。杨晖、张瑞钰《李重华的唐诗宋诗论》⑥讨论在清代前期"尊唐"与"趋宋"之争中,李重华力主融合,肯定唐代古体诗古朴、厚重的风格特色,赞扬唐代近体诗的辉煌;同时也看到宋诗对于唐诗的吸收与突破,并认同宋诗多抒议论、重视义理、风格质朴的特色,对西昆、江西诗派提出批评。潘务正《姚鼐"镕铸唐宋"新论》⑦揭示出姚鼐论诗在学习方法上注重模拟与新变的结合,在主旨上强调性情与知识的兼融,在风格上主张高奇与蕴藉的糅合,在审美上追求宏阔与幽深的统一,以此规避诗歌发展的弊端,为清诗找出一条新的出路。姚鼐的这一论诗旨趣,在清代具有一定的代表性。与姚鼐关系密切的翁方纲也持相近的观点,唐芸芸《清代唐宋诗之争中宋诗代表及唐宋源流脉络的确立》⑧指出翁方纲虽然回到了最初介入唐宋诗之争的张戒、严羽以苏轼、黄庭坚为宋诗代表的主张,但价值判断完全不同:他以苏、黄继承杜甫之肌理和正面铺写,完成了对宋诗价值的判定,及唐宋源流脉络

① 欧阳一锋:《方玉润诗学思想中的义理因素》,《阴山学刊》2022年第5期。

② 孙银霞:《光宣诗坛情感论的复古与新变》,《烟台大学学报》(哲学社会科学版)2022年第1期。

③ 研究清代诗学理论的硕士学位论文有:包文凤《"现量说"诗学理论研究》(哈尔滨师范大学)、刘敏《王士禛诗学思想研究》(哈尔滨师范大学)、刘润枫《王士禛诗学"根柢"在经学和文献学中的表现》(山东大学)、郑新宇《袁枚诗学"真"的审美范畴研究》(哈尔滨师范大学)、韩雪霏《〈石洲诗话〉的诗歌美学思想研究》(哈尔滨师范大学)等。

④ 党圣元、李正学主编:《清代文艺思想史》,北京师范大学出版社,2022年版。

⑤ 王新芳:《从查慎行〈初白庵诗评〉看其"唐宋互参"诗学理论》,赵敏俐主编:《中国诗歌研究》(第二十三辑),社会科学文献出版社,第174—183页。

⑥ 杨晖、张瑞钰:《李重华的唐诗宋诗论》,《阜阳师范大学学报》(社会科学版)2022年第4期。

⑦ 潘务正:《姚鼐"镕铸唐宋"新论》,《安徽大学学报》(哲学社会科学版)2022年第6期。

⑧ 唐芸芸:《清代唐宋诗之争中宋诗代表及唐宋源流脉络的确立》,《学术界》2022年第9期。

的确立①。

从具体作家或流派的渊源来看,学人通常认为清初诗坛对竟陵派持清算的态度,而代亮《清初诗坛对竟陵诗派的回护——兼论清初诗学对中晚明诗学的承继》②则一反成说,指出清初有识之士反拨指责竟陵的风气,廓清钟、谭与其趋从者的界限,并揄扬其诗心、诗风与诗论中的精髓,肯定其在明诗发展链条中的地位。与此同时,众多诗坛翘楚的创作实践也不同程度地取法钟、谭。在此基础上,他们折中七子与竟陵,力图消弭门户之争,呈现出兼容并蓄的趋向,从而催生了回护竟陵诗派的潜流。这一潜流虽然在后世受到了极大的遮蔽,却是竟陵诗派在清初接受的重要侧面,也展现出清初诗学与明代中后期诗学一脉相承的关系。此文启发学者,任何看似理所当然的定说,如果深入下去,可能会是另一番情形。王夫之从《庄子》思想中获得灵感,陈勇《王夫之诗学批评观与〈庄子〉"朝彻"之境》③以"朝彻"为王夫之《庄》学阐释的重要范畴。与前人相比,本文以《庄》学注疏为关联点,探讨王氏诗学与《庄子》的渊源关系。在王夫之诗学中,"朝彻"之天象衍化为"春晴始旦"等意象,涵摄诗歌的情感表达、艺术境界、语言风格、意脉气韵等。超越一切对待关系的"无耦之天钧",在诗学批评方法论上体现为形色与天性、性与情、古与今等不生对待且能相互包涵的关系。王夫之于《庄子》"朝彻""天钧"之义避免了虚无主义的倾向,且批评其"有所明而丧其诚",坚守儒家"诚明同德"的中

庸之道。此文将学术思想与诗学理论比较圆融地结合起来进行论述,为类似的课题展开提供了较好的思路。林雨鋆《陆游接受史上的清代"第一个读者"及其影响》④分析赵翼对陆游诗学的接受:文学上,发掘陆游生平事迹与其文学创作的关系,有系统的诗话作品;史学上,熟练运用知人论世、考辨归纳、比较研究等方法研究陆游;创作上,从用陆游句、用陆游典、诗风近陆三方面学陆。由此来看,称赵翼为陆游的清代"第一个读者"并不为过。

四、身份角色与清代诗学

创作主体的身份角色对文学面貌有重要的影响,本年清代诗学研究尤为关注诗人身份角色对诗歌的作用。清初的遗民、清中期性灵派中流露的平民意识以及清代盛行的女性诗人创作,使得清代诗坛展现出千姿百态之面貌。

首先是明清易代之际的不同身份之人的诗学。张兵、杨东兴《明清之际:诗人心态与诗歌走向》⑤注意到此时不同身份的诗人其创作的精神旨趣大不相同:晚明诗人唱响的衰世之音,入仕新朝的贰臣诗人流露的愧悔之情,遗民诗人表达的故国旧君之思,新朝成长的诗人展示的复杂心态,都是在明清易代的大时空背景下士人心态的自然表露。诗人心态的不同严重影响了诗歌创作和诗风走向。其中最为复杂的是遗民诗人,姜维枫《"温柔敦厚"与"风雅正变"——清初遗民对传统诗学的接受与突破》⑥指出明清易代,遗民直

---

① 持相近观点的还有郑晶燕:《翁方纲论诗诗对唐宋之辩的超越》(《长江丛刊》2022年第8期)。
② 代亮:《清初诗坛对竟陵诗派的回护—兼论清初诗学对中晚明诗学的承继》,《文学遗产》2022年第1期。
③ 陈勇:《王夫之诗学批评观与〈庄子〉"朝彻"之境》,《文学遗产》2022年第1期。
④ 林雨鋆:《陆游接受史上的清代"第一个读者"及其影响》,《江西社会科学》2022年第4期。
⑤ 张兵、杨东兴:《明清之际:诗人心态与诗歌走向》,《西北师大学报》(社会科学版)2022年第4期。
⑥ 姜维枫:《"温柔敦厚"与"风雅正变"——清初遗民对传统诗学的接受与突破》,《山东师范大学学报》(社会科学版)2022年第1期。

面传统诗学,主张风雅正变系乎时,认为"愤而不失其正,固无妨于温柔敦厚",从诗学理论与诗文创作两个维度实践"变风变雅"之音,实现对"温柔敦厚"诗学的接受与突破。易代之际,"诗史"观念进一步凸显,以钱谦益为代表的学者纷纷重释"诗史"理念,张娜娜《明清易代士人"诗史"书写中的自我建构——以钱谦益为中心的探讨》①一文认为,钱谦益在诗文补史、证史之外,加入其身份、心态、记忆的阐述,将之纳入遗民诗的传统之中,进一步开拓了诗人自我书写的空间。诗歌创作中,将个人影像铭刻在宏大的历史叙述之中,勾连"一人之史"与"一朝之典故";在社交网络中,通过剪裁和提炼"他者"(当朝历史人物)的言行事迹,进行自我言说。此外,吴梅村诉诸"野夫游女"的"面具"诗艺,钱澄之的个人年谱,杜浚的"梦忆体"等,也与钱谦益的诗史创作一道,呈现了易代士人"诗史"创作中的自我建构,丰富了"诗史"的美学实践与诠释体系②。

其次,平民身份、意识与清代诗学。清代中期,由于诗学教育的普及,更多平民百姓参与到诗歌创作中来,诗学体现出平民的立场与意识。石玲《从"评诗""品味"看袁枚持论的民间立场》③一文的重要观点有二:一是将袁枚诗论与味论结合起来,诗论家与美食家相兼,构成袁枚诗学言说的显著特色,于诗歌,讲求真"性情",推崇"天籁",摆脱形式上的堆砌雕琢;于饮食,追求"先天本味",不贪"贵物之名",不夸"多盘叠碗","庸德庸行,做到家便是圣人",不喜各种排场和俗套。他以"评诗"之心"品味",又在诗论中融入美食体验,以"品味"来"评诗"。二是袁枚出身城市贫寒之家,其诗学思想、美食观念中的"窭人子"底色和"草茅"心理、对"天籁""本味""口头话"的推崇,以及"性情"本位主导下的去经典化、去程式化、去学术化,体现出鲜明的民间色彩。以味论诗虽不始于袁枚,但无疑袁枚是将二者结合并实践得最成功者。尤其是从诗论与味论中发现其平民立场,则体现出作者敏锐的学术嗅觉。由于作者沉潜袁枚研究多年,故能有此独得之见。黄科安《从训蒙工具到参与建构中华传统文化:"位列"诗在清代民间的流布与转身》④指出"位列"诗在明代之前晦暗不明,文献异常稀少,然而到了清代民间,这类诗却呈现活跃形态:在蒙学领域,它既被用于闽台两岸私塾识字的描红字帖,又辑录于小儿吟诵的《神童诗》和越南编的《幼学五言诗》;在宗教领域,它既出现于八卦教徒在龛壁上遗留下的墨迹里,又演化为天理教反清起事时之口诀;在说唱领域,它既流入评话小说《小五义》,渲染易学卜筮之神秘"术数",也参与《白雪遗音》的"八角鼓"以及闽南语歌仔《位正花会歌》等俗曲唱本之改编。

再次,女性诗学研究。清代涌现出大量女诗人,创作出众多诗歌,张宏生最早投入对清代女诗人的研究,本年发表了2篇相关的研究文章。《闺阁的观物之眼:清代女诗人的咏物诗》⑤讨论清代女诗人创作的一种独特题材——咏物诗,这类诗多写她们琐细的日常生活,但同时也敏锐地关注社会上出现的新事物,尤其对西洋传进的物件深感兴趣。她们不刻意追求寄托,但也重视对

---

① 张娜娜:《明清易代士人"诗史"书写中的自我建构——以钱谦益为中心的探讨》,《中南大学学报》(社会科学版)2022年第6期。
② 研究遗民诗学的硕士学位论文有:李艳《明遗民诗人杜浚研究》(扬州大学)、陈浩文《明遗民诗人王隼研究》(中山大学)、周磊琦《清初遗民诗人和陶诗研究》(扬州大学)等。
③ 石玲:《从"评诗""品味"看袁枚持论的民间立场》,《文学评论》2022年第5期。
④ 黄科安:《从训蒙工具到参与建构中华传统文化:"位列"诗在清代民间的流布与转身》,《东南学术》2022年第3期。
⑤ 张宏生:《闺阁的观物之眼:清代女诗人的咏物诗》,《北京大学学报》(哲学社会科学版)2022年第1期。

于"意"的表达。重视以形传神,甚至希望做到以貌取神。处于强大的中国文学的咏物传统中,她们也和前代的经典作家或同时代较为重要的文学现象进行对话,以表达自己的审美情趣,体现出一定的时代特色、性别特色和个人特色。《内闺与外乡:清代女性诗歌中的寄外书写》①则关注另一种独特的题材——寄外诗。文章揭示清代大量的寄外诗,感情的基调是关心、牵挂和鼓励,也有劝勉或督责,体现出家庭生活中夫妻关系的多样性。寄外诗在离别的书写中往往涉及节日,其中又以新年和七夕最为突出,能够写出特定的情愫。而清代后期经常出现的战乱,使得正常的家庭生活受到冲击,寄外诗因此更加被赋予了突出的时代内涵。寄外诗有着特定的书写方式,对前代诗人的佳作时有借鉴,为了描绘规定的情境,往往喜欢从对方写起。寄外诗作为一种特殊的书信形式,展现出清代士人家庭生活的一个侧面。这两篇文章运用西方女性文学研究的方法,为清代诗学研究增加了一抹新鲜的色彩。

另外,詹颂《佟佳氏仿红诗补考》②也是一篇研究女性诗学的文章,该文围绕《葬花吟》中"一抔净土"的来源问题展开论述。周汝昌曾指出清代乾嘉时期八旗女诗人佟佳氏《谒茔》一诗中"一抔净土"之语来自《葬花吟》,本文作者则认为《谒茔》直接模仿的是八旗前辈女诗人思柏的同题之作。思柏等清前期八旗女性的作品有助于学界探讨《红楼梦》创作取材与构思灵感的源泉,亦为深入研究小说中女性人物与闺阁世界提供了重要的文学与文化背景资料。清代女性文学有广阔的研究空间,相信今后会有大量相关研究成果出现。

陈启明《清代女性诗歌总集研究》③一书集中研究清人编刊的以女性诗人诗作为选录对象的总集。清代是古代女性文学高度繁荣的时期,选录女性诗人诗作的总集之编纂盛况空前。明清以前专门收录历代女性文学作品的总集不足十种,有明一代三十八种,而清代则有近百种之多。本书结合清代文学思想的发展状况,着重考察清人在前期、中期与后期不同历史阶段所编选的女性诗歌总集的情况,包括编纂背景、编选体例、取舍标准、纂辑过程、版本源流、文献价值,以及其中所体现的性灵与闺阁本色的审美理想、诗教与女性书写的道德高标等女性诗学批评。书末还附录了清代女性诗歌总集叙录及相关序跋资料辑录等。这些总集的编纂伴随着清代诗学思潮的发展和嬗变,因此研究其编纂旨趣和批评特色,有利于考察清代文学思想的演进。

最后,清代帝王与诗学。清代帝王能诗,且重视诗歌的教化功能,他们的诗学活动及提出的文教措施,对清代诗歌的发展产生较大的影响。郭康松、李明欣《用御制文献做"江南"文章——以康熙御制诗总集的编纂为中心》④探讨康熙编纂诗歌总集的政治文化意图。康熙在《全唐诗》御制序中阐发儒家诗学"温柔敦厚"的儒家诗教观,将明遗民为了救世而重建的儒家诗教体系涵摄在内,完成对遗民诗学观念的收编。康熙还有意识地选择出身江南的士人担任御制诗总集编纂的主力,引导他们在编纂实践中增强对其诗学理念的认同,拉拢江南士绅群体拥护清朝统治。康熙御制诗总集刊发后的江南诗选皆传达"温柔

---

① 张宏生:《内闺与外乡:清代女性诗歌中的寄外书写》,《学术研究》2022年第2期。

② 詹颂:《佟佳氏仿红诗补考》,《红楼梦学刊》2022年第6期。

③ 陈启明:《清代女性诗歌总集研究》,复旦大学出版社,2022年版。

④ 郭康松、李明欣:《用御制文献做"江南"文章——以康熙御制诗总集的编纂为中心》,《南昌大学学报》(人文社会科学版)2022年第5期。

敦厚"的颂圣之音,客观上达到了统一诗学思想的效果。王文欣《何人题何诗:清高宗弘历的题画活动》①揭示乾隆于题画诗特别用心,赋予严肃的政治意义;将题画诗的题款上升到事关国体的高度;乾隆积极参与推广、传播其题画诗,主动散布其题画之作②。不仅康熙、乾隆二帝,嘉庆帝也能吟咏,且爱好书法,尤李《嘉庆帝所题圆明园淳化轩诗考析》③论述嘉庆帝对《重刻淳化阁帖》及淳化轩的独特情感。在皇子时代,他曾临摹《淳化阁帖》,登基之后多次吟诵淳化轩诗,表达仰慕父亲、渴望淳朴之风的心境,并立志努力治理国家。清仁宗所作淳化轩诗多次感叹社会风气浮薄,盼望"淳化"之风,甚至认为只要回归淳化之风,就能治理好国家。这一社会理想与嘉庆的帝王身份极为相符。

五、民族、地域与清代诗学

清代统治者以满族身份入主中原,经过康乾二帝连年征战,平定准噶尔及大小金川,于是蒙古、新疆、西藏等地进入帝国版图,疆域扩大,民族众多,诗歌中描写边疆的作品也较前代为夥,诗学的地域特征更为明显。

张博、米彦青《清代博尔济吉特氏诗人群体研究——以氏族、宗族为视角》④从整体上讨论清代蒙古博尔济吉特氏家族诗人群体,该氏不同家族之间是以姓氏、宗族进行交往的,不仅有别于中原汉姓,与满洲著姓亦有区别。他们在明代散居各地,在清代又重新聚为一堂,有着共同的文化记忆和群体特征。他们的诗集多由后人刊刻,内含诗歌理论、教育事实等;他们在刊刻自己诗集时,也会收录同时期同族之人所作之诗。清代博尔济吉特氏诗人群体也是八旗制度下满洲巨姓贵族文学群体的一个缩影。本文由此展开,较好地论述了这一少数民族家族的诗人群体⑤。与这篇文章论述对象相近的是多洛肯、侯彪《清代蒙古族女性诗人诗歌艺术审美脞说》⑥,该文讨论蒙古女性诗人在长时期的中华文化熏陶成长滋润中,用汉语进行诗文创作,其诗作或语言精致典雅、清丽自然,或女性意识浓厚。她们以独有的女性意识和诗学理念进行情感生命的诗化与开拓,使生命与诗歌完成融合,拓展出一片属于蒙古族女性诗人的审美空间,进行自我灵魂的建设与探索,最终确立了作为女性文学书写的价值。殷晓燕《清代少数民族女性诗歌辑存与主题研究》⑦探讨咸丰时期江西宜春黄秩模所辑,保存清代少数民族女性诗歌最多的《国朝闺秀诗柳絮集》。该集存录27位女性的236首诗歌,涉及奉亲思亲、教子诲女、关注现实、咏史怀古、伤病抒怀、行旅地理等主旨,呈现出对传统文化的接受,彰显出民族、身份、地域等典型化特征⑧。

探讨少数民族诗学的尚有郑升《八旗名典〈雪桥诗话〉批评研究》⑨,由旗籍学者、诗人杨钟

① 王文欣:《何人题何诗:清高宗弘历的题画活动》,《紫禁城》2022年第2期。
② 研究乾隆诗歌的尚有陈圣争、常建香:《乾隆帝农业民生类诗歌意蕴探析》(《楚雄师范学院学报》2022年第1期)等。
③ 尤李:《嘉庆帝所题圆明园淳化轩诗考析》,《内蒙古师范大学学报》(哲学社会科学版)2022年第1期。
④ 张博、米彦青:《清代博尔济吉特氏诗人群体研究——以氏族、宗族为视角》,《苏州大学学报》(哲学社会科学版)2022年第4期。
⑤ 研究满族诗人的尚有师丹阳:《清代满族诗人博尔都与纳兰性德的交友及诗歌研究》(《文化学刊》2022年第10期)可参看。研究少数民族诗人诗学的学位论文有张晔:《清代汉汉文学交融视域下的白衣保诗歌研究》(内蒙古大学2022年硕士学位论文)等。
⑥ 多洛肯、侯彪:《清代蒙古族女性诗人诗歌艺术审美脞说》,《阴山学刊》2022年第3期。
⑦ 殷晓燕:《清代少数民族女性诗歌辑存与主题研究》,《民族文学研究》2022年第6期。
⑧ 研究满族女诗人的尚有胥洪泉、何瑞芳:《满族女诗人顾太清与云南大理石画》(《太原学院学报》2022年第5期)等。
⑨ 郑升:《八旗名典〈雪桥诗话〉批评研究》,《云梦学刊》2022年第2期。

羲编纂的《雪桥诗话》，是研究八旗文史、清代文史的重要文献，其批评标准是"持论允正"，批评性质是价值批评，批评目的是读诗解诗，批评方法以比较批评、源流批评为主。《雪桥诗话》显示了八旗诗学、少数民族诗学及相关批评与儒家诗教传统、汉族诗学及相关批评相互交融的情形，具有文献学和批评学的价值[①]。

清代诗人因仕宦、流放等原因来到偏远的边疆和地区，从而写下了一系列诗歌，丰富了中国古代边塞诗。王军涛、张建强《承继与滥觞：毛振翩〈西征集〉藏事诗的诗学价值研究》[②]论述第一个自觉且全方域大量创作藏事诗的诗人毛振翩及其《西征集》，由于他的努力，"藏地""西藏"成为边塞诗除西域、蓟辽边关等表现意象群之外的又一"新意殊象"；对藏地历史事件的记载、民族融合的吟咏以及民俗的描述，开创了清代藏事诗的叙事传统。毛氏将中国古代文学边塞诗推向继盛唐之后的又一新高地。王晓云《驻藏大臣衙门的文学活动与清代咏藏诗》[③]研究驻西藏地方的最高行政官驻藏大臣的文学活动。驻藏大臣衙门的文学活动，主要是驻藏正、副大臣与僚属开展的诗作唱和、诗文品鉴、作品刊印等。通过此类文学活动，促进清代汉语西藏题材文学的发展。同时，由于驻藏大臣及其僚属在藏时间长，对其人文、物候感受深切，形之于诗，有勾勒雪域山川形胜的山水诗，有描摹当地物产的咏物诗，触及了雪域高原自然、人文的各个方面。通过他

们的文学活动，进一步拓宽了咏藏诗的表现领域[④]。吴宪贞《清代诗人颜光猷贵州宦绩与诗歌风情发微》[⑤]勾稽颜光猷康熙三十年至三十五年在贵州安顺任职期间所作诗歌，其诗以境内的古迹、名胜为题，展现了独具特色的贵州地域风情。他以亲历目及入诗，以"温柔敦厚"之教浸润的儒者眼光描绘安顺府境风情，体现出独特的人文价值[⑥]。

清人书写边疆，往往以江南作为比照。道光时期，阮元作为云贵总督，对滇南景物具有独特的审美视角和体验，杨增良《滇南景物与江南视角：论阮元诗作的滇中江南书写》[⑦]一文考察阮元以江南视角书写滇南景物，使其呈现江南化。由于阮元的特殊身份和巨大影响力，他的书写方式成为滇南边疆景物书写的新话语，滇南景物的特征从"蛮荒僻远"转向"人文江南"，对边疆描写具有开创性的意义。与阮元仕宦身份不同，杨霖《西域流人庄肇奎的情感世界与流放心态——以〈胥园诗钞〉为中心》[⑧]讨论乾隆时期流人庄肇奎的西域诗歌创作特色，谪戍期间，其情感经历了从初期地理环境造成的冲击与不适以及流人身份所带来的愁苦，到逐渐适应西域，转而以欣赏的眼光看待西域的转变，并真实地反映在诗歌中。面对西域与江南的巨大反差，庄肇奎热衷于改造所处的环境，移花植草，使其成为"塞上江南"。这一江南视角，与阮元滇中景物的书写有异曲同工之妙。集中讨论此一问题的论文是周

---

① 研究八旗诗歌总集的尚有韩丽霞：《八旗诗歌总集〈白山诗介〉编纂特点研究》(《赤峰学院学报》2022年第5期)等。

② 王军涛、张建强：《承继与滥觞：毛振翩〈西征集〉藏事诗的诗学价值研究》，《西藏大学学报》(社会科学版)2022年第3期。

③ 王晓云：《驻藏大臣衙门的文学活动与清代咏藏诗》，《西藏研究》2022年第1期。

④ 探讨西域诗歌的还有李世忠、王梦旎：《清代西域诗路论略》(《吉林师范大学学报》(人文社会科学版)2022年第5期)、王淑芸、郝青云：《乾嘉时期新疆竹枝词的诗注研究》(《阴山学刊》2022年第1期)等。

⑤ 吴宪贞：《清代诗人颜光猷贵州宦绩与诗歌风情发微》，《贵州民族大学学报》(哲学社会科学版)2022年第3期。

⑥ 研究贵州诗学的尚有黄江玲：《洪亮吉黔中视学与文学创作》(《贵州文史丛刊》2022年第1期)等。

⑦ 杨增良：《滇南景物与江南视角：论阮元诗作的滇中江南书写》，《浙江师范大学学报》(社会科学版)2022年第2期。

⑧ 杨霖：《西域流人庄肇奎的情感世界与流放心态——以〈胥园诗钞〉为中心》，《集美大学学报》(哲学社会科学版)2022年第2期。

燕玲《抒写方式的新变与文学西域的重塑——江南文化对清代西域诗的渗透》①，清代诗人对西域的描写努力寻求新变，其中江南地方元素渗透入西域诗的创作是突出表现之一，从西域的山水风貌、人文景观到西域情怀，写景写情都颇具江南的俊秀缠绵之姿。西域描写的江南化，承载了文人对于精致生活的向往，呈现了文人内心中的隐逸情怀。江南文化为西域文化注入了新的质素，改变了西域诗的抒写方式，重塑了文学西域的形象。清代边疆诗歌与前代有明显不同，这类成果对于开拓边疆诗研究具有重要的意义。

地域景观、风物及诗歌地域性的研究，也是清诗研究的重点。地域景观如马强《论清代蜀道诗中的定军山题咏及历史文化意蕴》②讨论清代蜀道诗中关于定军山的题咏诗，揭示其中的历史文化意蕴：山因人名，人因山存，崇忠颂圣，景仰先贤，使定军山、诸葛亮成为三国文化的重要表征，反映清代士大夫拥刘反曹、以汉为宗的正统观念的进一步强化，表达了对诸葛亮伟大风范和非凡功业的思慕与景仰。地域风物如郭薇《清代诗文中的罗浮仙蝶书写及其文化意蕴》③，论述清代罗浮仙蝶书写的两大文化意蕴：一是以"罗浮仙蝶"为仙缘神物，作为吉祥之兆，亦表达游仙归隐之趣；二是以"罗浮仙蝶"为殊方异物，以此寄寓身世，表达人生漂流羁旅之感。罗浮仙蝶书写见证了岭南与外界的联系，以及二者之间文学的

交流与互动，丰富了文学传统中作为重要审美意象"蝴蝶"的文化意涵。地域诗风如张瑞杰《论清代山西诗歌的地域性特征》④，探讨清代山西诗歌作为一种区域性的诗歌创作，主要表现为对乡贤元好问等代表的地域文学传统的理解和尊崇，创作上对乡里先辈作家的接受和模仿，注重地域名山大川、特有风俗民情的描写，以及地域形态商品经济对诗人观念、诗坛生力军、诗歌刊刻传播等的影响⑤。地域诗选也能见一地风气，孙文周《论孙桐生〈国朝全蜀诗钞〉及其诗学意义》⑥阐释孙氏编选《诗钞》，一为保存蜀地文献，二为光大巴蜀诗学。《诗钞》既大量入选性情诗，又不废有补风化之作和试帖诗，彰显"崇性情、重教化、尚技巧"的诗学观，并在评语中阐发了重神味、尚雄健及追求清丽淡雅语言风格的审美理想。

至于吴中、桐城、湘乡等地域诗派，仍是研究的重要对象。于金苗《"松陵四子"并称的意义及文学影响》⑦讨论吴中文人计东、顾有孝、潘耒、吴兆骞四人之并称，四子群体折射出清初江南文人群体创作、交游乃至文学批评的某些特征，关联着文学流派、文学趣尚以及政治文化环境，可以作为清代诗学研究一个有益的切入点⑧。史哲文《方宗诚〈说诗章义〉评解趣旨与清代诗经学中的

---

① 周燕玲：《抒写方式的新变与文学西域的重塑——江南文化对清代西域诗的渗透》，《文学研究》2022年第1期。

② 马强：《论清代蜀道诗中的定军山题咏及历史文化意蕴》，《陕西理工大学学报》（社会科学版）2022年第1期。

③ 郭薇：《清代诗文中的罗浮仙蝶书写及其文化意蕴》，《集美大学学报》（哲学社会科学版）2022年第3期。

④ 张瑞杰：《论清代山西诗歌的地域性特征》，《晋阳学刊》2022年第2期。

⑤ 研究中州诗学的尚有梁尔涛：《明末清初中州诗坛格局与诗学主潮》（《天中学刊》2022年第1期）等。

⑥ 孙文周：《论孙桐生〈国朝全蜀诗钞〉及其诗学意义》，《河南大学学报》（社会科学版）2022年第2期。

⑦ 于金苗：《"松陵四子"并称的意义及文学影响》，《苏州大学学报》（哲学社会科学版）2022年第1期。

⑧ 研究清代江南地区诗学的尚有赵杏根：《江南名园青山庄及相关诗文考》（《苏州教育学院学报》2022年第4期）、吴德馨：《论清代"诗史"观念下的扬州竹枝词创作》（《扬州职业大学学报》2022年第3期）、袁鳞：《三藩之乱背景下的寓杭文人与杭州文坛》（《苏州科技大学学报》2022年第4期）、陈灿彬：《嘉兴后学与朱彝尊诗注的再生产》（《文献》2022年第2期）等。

桐城家法》①通过方宗诚《说诗章义》考察桐城家法,此书运用"以文论诗"的桐城家法评点《诗经》,显露"义法"痕迹;又将温柔敦厚之道加以艺术化阐释,从"忠厚"转向"气厚",并以"沉郁顿挫"与"高大宏远"两方面具体解释"气厚"的内蕴。此书与方东树《昭昧詹言》一脉贯通,构成桐城诗派的诗论著作体系,同时也是桐城诗经学体系中的重要一环②。桐城诗派与文派一样,由桐城传衍到全国各地,吴大平《桐城诗派传衍湖南考论》③一文重点考察桐城诗派传衍到湖南的状况,这一过程分三个时期:一是道光中叶至咸丰初年,湖南士人在都下问法于梅曾亮,由此开始了接受和传衍;二是咸丰初年至同治末年,湘籍诗人尤其是曾国藩主持诗教,推进了群体认同;三是光绪初年至民国时期,湖南士人通过书院教育等方式推动薪火赓续。湖南诗人极大地拓展了桐城堂庑,促进了桐城诗派中兴,对桐城和湘乡两地来说是"双赢"。涉及曾国藩于湖湘诗风作用的尚有向双霞《曾国藩与晚清湖湘宗黄风尚的形成及意义》④,该文考察曾国藩以高位力倡黄庭坚诗,吸收其倔强之长,去除其生涩之弊,又将黄庭坚与杜甫、苏轼等几位诗人并举,提升了黄庭坚在晚清被接受的效度。曾氏此举得到湖湘士子的积极响应,是后此地一改或宗杜或崇苏或尚韩的传统,转而尊黄,拓展了诗学路径,推动了湖湘诗坛的繁荣发展⑤。

在东亚文化圈中,中国古典文学对日本、朝鲜均有深刻的影响。熊啸《袁枚性灵诗学与江户后期汉诗的本土化转向》⑥考察袁枚性灵诗学在日本诗坛的回响。天明、宽政以降,日本江户诗坛的创作风尚由格调转向性灵,这肇始于山本北山对公安派观点的译介。其后,以大窪诗佛和菊池五山为代表的江湖社吸收了袁枚的诗学观,并将其贯彻于诗话之中。江户中期以降,汉诗人群体的出身渐趋"下沉",袁枚性灵诗学对诗教权威的解构、取消诗歌写作的学问壁垒及对表达男女之情的认可,为日本汉诗呈现本土的风物习俗及审美情趣提供了理论依据,从而表现出一种"本土化"书写的转向,这可视为日本古典文学向现代文学演进过程的一个前奏⑦。朝鲜使臣燕行,

---

① 史哲文:《方宗诚〈说诗章义〉评解趣旨与清代诗经学中的桐城家法》,胡晓明主编:《古代文学理论研究》(第五十四辑),华东师范大学出版社,2022年版,第488—510页。

② 研究桐城诗学的尚有李爽:《清代桐城诗派涉佛诗风格考论》,《古籍研究》编辑委员会编:《古籍研究》(第76辑),凤凰出版社,2022年版,第71—81页。

③ 吴大平:《桐城诗派传衍湖南考论》,《湖南科技大学学报》(社会科学版)2022年第1期。

④ 向双霞:《曾国藩与晚清湖湘宗黄风尚的形成及意义》,《湖南师范大学社会科学学报》2022年第4期。

⑤ 研究地域诗学的学位论文有张靖沅:《广西清代石刻诗歌研究》,广西大学2022年硕士学位论文;黄娟:《晚清庐陵文人龙文彬生平及创作研究》,东华理工大学2022年硕士学位论文;马露:《清初淮安诗人邱象随研究》,阜阳师范大学2022年硕士学位论文;于莉:《清代桐城扶风马氏家族诗歌研究》,安庆师范大学2022年硕士学位论文;张臣:《清代任丘边氏家族文学研究》,河北师范大学2022年硕士学位论文;李学英:《清代云南石屏朱氏文学家族诗歌研究》,北方民族大学2022年硕士学位论文;高云翔:《清代云南诗人师范诗歌研究》,云南民族大学2022年硕士学位论文;于昕平:《吴振棫山东诗研究》,鲁东大学2022年硕士学位论文;赵丹:《洪亮吉伊犁纪行诗研究》,内蒙古大学2022年硕士学位论文;黄玉佩:《清代吴地庄钱家族女性诗词研究》,西华大学2022年硕士学位论文;张亚华:《庄肇奎及其西域诗研究》,新疆师范大学2022年硕士学位论文;刘冉:《清中期云南女诗人李含章诗歌研究》,北方民族大学2022年硕士学位论文;王垚峰:《和瑛藏事诗研究》,西藏大学2022年硕士学位论文;邢渊渊:《清代蒙古族诗人汉文创作传播研究》,内蒙古大学2022年博士学位论文。

⑥ 熊啸:《袁枚性灵诗学与江户后期汉诗的本土化转向》,《文学评论》2022年第6期。

⑦ 研究中国古典诗学对日本诗坛产生影响的尚有王文欣:《〈御定历代题画诗类〉和刻本及其生产阅读群体》[《西华师范大学学报》(哲学社会科学版)2022年第5期]等。

对明朝与清朝的态度截然不同,并通过诗歌加以表达,杨柳青、温兆海《从抵牾走向认同——清代朝鲜使臣燕行诗中的盛京书写》[1]论述朝鲜使臣对清廷态度的变化,明亡后朝鲜坚持"尊周思明",此时追思明朝、"悲情想象"成为盛京燕行诗主旋律;"康乾之治"下的清朝日益强盛繁荣,朝鲜使臣燕行诗也从单一的历史情感抒发,扩展到对城池建筑、军政设施、社会经济、人文风俗等的全面观察;18世纪下半叶愈加繁昌的盛京,带给朝鲜使臣全新的视域与体验,使他们更加感受和见识到清朝的鼎盛伟业;19世纪盛京终于以一座普遍意义上的异国城市形象出现在燕行诗中,朝鲜使臣以兴奋的笔触描绘异域景物风俗,同时抒写着羁旅之苦与思乡情怀。

叶晔、颜子楠编《西海遗珠:欧美明清诗文论集》[2]是陈平原主编《文学史研究丛书》的一种,该书从学术史的角度编选、译介近几十年欧美汉学界明清诗文研究成果21篇,多为明清文学领域的重要学者,力求较全面反映海外明清诗文研究自1980年代以后的整体发展面貌与热点变化情况,做到兼顾海外明清诗文研究的学术史与前沿问题,唤起学界对海外中国古典文学研究中明清诗文研究的重视,进而反思其研究方法。其中清代诗学研究的论文有齐皎瀚《吴嘉纪诗中的道德行为》《钱谦益的黄山诗:作为游记的诗歌》、白润德《旧都南京的句法、音韵与情绪:王士禛的〈秦淮杂诗〉》、管佩达《"孰为是我孰为渠"——一位18世纪佛教善女人的诗作》、舒衡哲《盘桓于虚无:清皇子奕绘生平与诗歌中的记忆》、林宗正《袁枚的叙事诗》、方秀洁《铭记在母家的自我意识:洪亮吉的回忆录与追忆诗》、李惠仪《吴伟业诗中的历史与记忆》、王安国《袁枚及其与众不同的"雅

集"》、斯定文《诵陀罗尼时梦丁香:龚自珍〈己亥杂诗〉中的佛教与北京》及苏源熙《〈两个世纪的满族女诗人:一部总集〉引言》等,可以看出涉及面非常广,而主要着眼于吴嘉纪、钱谦益、吴伟业、王士禛、袁枚、洪亮吉、龚自珍等著名诗人,关注文学与地理、历史与记忆、道德与宗教等,与国内学界研究清诗的路径有所不同,自有值得借鉴之处。

六、事件与清代诗学

清代社会发生的重要事件,以及个人人生中的重大变故,清人多有诗歌描写记录,事件与诗歌的关系变得极为密切。《苏州大学学报》2022年第3期"明清诗文研究"专栏推出"事件与诗歌"专集,发表两篇相关的研究文章。沈德潜入仕之前及仕宦前期,多用诗歌隐晦描写朝廷发生的重大历史事件,潘务正《作为讽喻的事件——沈德潜时事讽喻诗考论》一文对这些隐晦的时事诗进行考证,诗人以感事的方式抒写其立场与态度,矛头往往指向最高统治者。为达到"言之者无罪,闻之者足以戒"的艺术效果,以比兴的方式表达。沈氏前中期深怀遗民意识,故对朝政多有批评;然自乾隆八年正式进入仕途后,歌功颂德之作增多,时政讽喻诗为应制诗替代。朱付利《事件与日常:邓廷桢、林则徐的社会交游与文学唱和》考察林则徐、邓廷桢在虎门销烟之后的诗歌唱和。二人主持禁烟,后同谪伊犁。从粤东至塞外,林、邓两家往来酬赠,唱和盈帙,邓氏后人蒐辑编刻为《邓林唱和集》,在对先贤绸缪风雅的追慕中,寄寓着编刻者"激发国耻、挽救颓风"的期冀。邓、林唱和及唱和之作,体现出时局状态与士人精神祈向,事件与诗歌密切结合在一起。

① 杨柳青、温兆海:《从抵牾走向认同——清代朝鲜使臣燕行诗中的盛京书写》,《延边大学学报》(社会科学版)2022年第1期。

② 叶晔、颜子楠编:《西海遗珠:欧美明清诗文论集》,北京大学出版社,2022年版。

咸同以降,清代进入大变革时期,诗坛对这些重要历史事件更为关注。孙启华《太平天国战争与咸同时期上海诗坛的早期生成》①考察此一时期重要的历史事件太平天国战争与早期上海诗坛的关系。太平天国与清政府在江南的对垒造成了大规模的人口迁移,上海作为江南地区一个特殊的政治、文化场域,成为文人避难的首选。寓沪文人丛聚上海,通过熟人社会效应、名士吸附效应、操持选政效应等方式加强了聚合度,形成推动上海诗坛走向繁荣的合力。租界里的华洋杂处,西学观念的流行,给咸同时期寓沪文人造成极大的冲击。他们的思想渐趋开放,产生了一定程度的近代化意识,体现在对新事物的描写、忠君爱国观念的分歧以及夷夏之辨尤其是夷兵利用问题上。文章将两个着眼点即太平天国战争、上海诗坛联系起来,对事件与地域诗坛作了极富开创性的研究。

太平天国战争时期上海诗坛活跃的人物中就有王韬,陈玉兰《论王韬诗歌的精神世界》②主要论述作为较早提倡维新变法的改良主义诗人王韬,其诗歌形构了一个矛盾统一的精神世界:人生旨趣的入世与出世、生命哲思的存在与虚无,思想境界的超前与滞后、灵魂归宿的浪迹与栖居、诗美格调的高雅与低俗五个共存。文章揭示了这种诗歌精神是近代改良主义者特有的矛盾心态及奋斗不彻底性的反映,并指出其诗歌矛盾的主要方面是入世而肯定现实存在,超前而探求生存新路,总体看来还是格调高雅的。文章虽分析的仍是王韬诗歌主旨与艺术特征,但在体悟

细腻、思考圆通等方面却有别于泛泛之作。讨论改良主义诗歌创作的尚有高旭东《谭嗣同在新体诗与传统诗之间的徘徊:兼论其绝命诗的被误读歪曲》③,本文对谭嗣同绝命诗《狱中题壁》进行新的解读,尤其是把末句"去留肝胆两昆仑"之"去留"理解为"生死",这样一来"两昆仑"的意义就极为显豁:生,堂堂正正振兴中华,像巍巍昆仑;死,舍生取义唤醒民众,像巍巍昆仑!谭嗣同以"昆仑"来象征为中华民族献身殉道,与文天祥以"汗青"的古竹简记事来比喻青史留名,有异曲同工之妙。作者又论述谭嗣同诗歌创作的艺术悖论,即当他徜徉于庄禅的优美境界时,就完全沉入传统诗歌的艺术趣味中,能够写出傲视千古的佳作,不过却与新体诗无关;而他追随黄遵宪与梁启超立意创作新体诗时,却又发生伤害诗意的现象。

晚清文士走出国门,见识了世界文明,从而对其诗歌创作产生影响。罗时进《在"近代"已近"晚清"未晚之际——论曾纪泽的西学知识结构与域外诗创作》④考察曾纪泽出使诗。作为郭嵩焘继任者,曾纪泽前后八年驻节英法等国,创作了一定数量的域外诗歌,包括纪程记事、写景咏物、寄思怀人等作品,在"近代已近""晚清未晚"的历史背景下,具有特殊的文学和社会学价值:他在出使前赠送外国人士的中西合璧诗,是近代诗史上一种有意味的尝试性写作;出使后创作的《中国先睡后醒论》及画狮子题诗,与近代民族主义"醒狮"论的产生具有密切关联,成为近代文学史上的典型事件⑤。研究晚清出使诗的尚有关爱

---

① 孙启华:《太平天国战争与咸同时期上海诗坛的早期生成》,《文学遗产》2022年第6期。

② 陈玉兰:《论王韬诗歌的精神世界》,《文学遗产》2022年第6期。

③ 高旭东:《谭嗣同在新体诗与传统诗之间的徘徊:兼论其绝命诗的被误读歪曲》,《东方论坛》2022年第1期。

④ 罗时进:《在"近代"已近"晚清"未晚之际——论曾纪泽的西学知识结构与域外诗创作》,《苏州大学学报》(哲学社会科学版)2022年第4期。

⑤ 关于"醒狮"说的研究,可参看罗时进、王丹:《近代文学事件"醒狮"说的形成与延异》(《社会科学》2022年第12期)。

和、孙军鸿《"读我连篇新派诗"：黄遵宪文学论略》[①]，该文讨论黄遵宪出使与诗歌创作之关系，在十余年出使东洋和西洋的过程中，黄遵宪已经成为站在自立于世界民族之林的高度比较东西方文明优劣，从自强、富足、进步的角度思考国家与民族命运的知识分子。黄遵宪"吟到中华以外天"的诗，以"我手写我口"，"诗中有人，诗外有事"的努力，体现了诗人丰富的情感经历，也留下了晚清"游东西洋者"艰难的思想跋涉历程。俞樾虽未出使日本，但他以诗文作为媒介，传达了对日本的印象，张燕婴《诗文为媒：俞樾的日本观察、交往与书写》[②]着重于此。光绪八年、九年间（1882—1883）俞樾受岸田吟香之托编纂并刊刻《东瀛诗选》，使其与日本汉文化界结下长久的因缘，日本也成为俞樾"看世界"的一个重要窗口。俞樾以赠答诗记录下他与日本人士的交往，在风物诗中有他对来自日本什物"新""奇"等特质的体认。文章还别出心裁地比较俞樾与竹添光鸿观察对方国家的方式，展现晚清时期中国和日本知识阶层视界的差异。

"诗界革命"也极大地影响到晚清民初诗坛。任小青《"诗界革命"场域下宋诗派的理论困境与内在诉求》[③]一文揭示宋诗派在晚清氛围中的调整，在"诗界革命"浪潮的席卷下，宋诗派保持着卓异的诗学姿态，主张"自尚其志"，重建诗人的主体地位；既承认以旧风格写新意境的合理性，又以入古浑厚为旨归；虽提倡新名词入诗，但反复强调"雅驯其要"；在诗体革新的问题上折衷新旧，提出"熟调炼生""以辞就乐"等创体思想。将宋诗派置入近现代历史转型时期进行考察，可以

看到传统诗学在通变中走向深化、不断发展的内在诉求。长期以来，由于学界难见《半哭半笑楼诗草》真面目，于右任晚清时期创作的诗歌诗话未受到关注，致使其在中国近代诗歌史上的突出业绩隐而未彰，胡全章《于右任与晚清诗界革命思潮》[④]重在定位于右任的诗歌成就。《半哭半笑楼诗草》题材题旨上有着鲜明的民族民主革命思想倾向，诗体诗风上属于较为典型的"诗界革命体"，是梁启超发起的诗界革命运动延展到西北地区的典型个案。癸卯前后，于氏充当了"诗界革命"在关中士林的有力响应者；寓沪时期，于氏所办革命报章及其诗歌诗话助推了革命思潮和革命诗潮；寓台时期，革命元老于右任仍对旧体诗抱有满腔改革热望，终其一生不负"革命诗人"和"爱国诗人"名号。从晚清到民国，从大陆到台湾，从梁启超到于右任，从主张作诗押韵"以现在口音谐协为主"，到提议采用国语的"中华新韵"，两位文化名流跨越时空的诗学探索与历史接力，为中华"古体新诗"对传统诗歌的创造性继承和创新性发展提供了重要的思路与有益的启迪。文章在个案研究中凸显时代变革之际传统诗歌的新变，视野开阔，思考亦较深刻。

结社是清代诗学活动中的重要事件，本年有两部著作研究清代诗社。胡媚媚《清代诗社研究》[⑤]与同类著作不同之处在于，本书以社诗总集为线索和文本依据，展示清代诗人结社方式的多样性。全书分六章，分别从诗社总集的编纂与结社方式呈现、结社主体、特殊类型、地域分布、诗歌创作及文化阐释等方面展开，意图透过不同视角，还原清代诗学观念及审美的建构过程，分析

① 关爱军、孙军鸿：《"读我连篇新派诗"：黄遵宪文学论略》，《华南师范大学学报》2022年第1期。
② 张燕婴：《诗文为媒：俞樾的日本观察、交往与书写》，《中国典籍与文化》2022年第2期。
③ 任小青：《"诗界革命"场域下宋诗派的理论困境与内在诉求》，《文学遗产》2022年第3期。
④ 胡全章：《于右任与晚清诗界革命思潮》，《文学评论》2022年第4期。
⑤ 胡媚媚：《清代诗社研究》，中国社会科学出版社，2022年版。

群体性趋同化创作在清人实现社交需求和情感互动等方面所发挥的功能,并结合当时的政治文化环境呈现清代诗人群体的艺术修养和道德约束。朱光明《巾帼何曾让须眉:蕉园诗社与清代杭州才女文化》①则以杭州地区女性结社为考察的主体。蕉园诗社是清代杭州才女结成的一个诗社,是钱塘女性文学的明珠。关于该社,此前曾有吴晶《西溪与蕉园诗社》②加以讨论。朱著设"信美湖山是杭州""钱塘女儿有奇志""湖山佳处结诗社""清词丽句咏钱塘""文学雅集重钱塘""儿女情长成佳话""流风余韵泽后世"等部分,该书收入《杭州文史小丛书》系列,而这套丛书的编纂目的是追求雅俗共赏的旨趣,因此科学化与通俗化并存,从本书各章标题可以看出其通俗化的取向,加之作者文史作家的身份,也使得这部著作不以学术研究见长③。

在以上六大区块之外,诗体研究亦是清诗研究的一个重要方面,如钱谦益歌行体研究④、吴伟业的"梅村体"研究⑤、王士禛诗与文的并行⑥、朱彝尊的酬赠诗⑦等,不再一一介绍⑧。

本年,清代诗学研究影响最大的学者蒋寅出版了两部著作,一部是《清代文学论稿》,另一部是《清代文学论稿续稿》⑨,前者是旧著的重版(2009年曾由凤凰出版社出版),后者是近年来著

者研究清代诗学成果的合编,共由14篇文章组成,分别是《生活在别处——清代诗歌的写作困境及策略与应对》《张伯驹旧藏〈楝亭图卷〉新考释》《七律结构论的模式化及其消解——以徐增的七律分解说及其创作实践为中心》《乾隆时期诗歌声律学的精密化》《袁枚之出世——乾隆朝诗学思潮消长的一个浮标》《翁方纲宋诗批评的历史意义》《乾嘉之际诗歌自我表现观念的极端化倾向——以张问陶的诗论为中心》《法式善:乾嘉之际诗学转型的典型个案》《性灵诗观在女性诗学中的回响——熊琏〈澹仙诗话〉的批评史意义》《诗学、文章学话语的沟通与桐城派诗歌理论的系统化——方东树诗学的历史贡献》《黄培芳与粤东诗学的发轫》《杨岘年谱补述》《铃木虎雄〈中国诗论史〉与中国文学批评史框架的形成——尤以明清三大诗说为中心》《钱锺书清代诗学评论刍议》等。著者力图把握清代诗学的总体特征,如清诗对日常化的解构以求新意、清代诗歌声律学、性灵诗学与诗歌的自我表现、女性诗学、桐城派诗学、粤东诗学等,均具有开拓性的意义。这些观念,不仅是其《清代诗学史》第二卷的补充,有些也将是第三卷的核心内容。

学术著作之外,蒋寅还出版了《清诗鉴赏》⑩,这是韩经太主编的《新选中国名诗100首》中的一

---

① 朱光明:《巾帼何曾让须眉:蕉园诗社与清代杭州才女文化》,杭州出版社,2022年版。

② 吴晶:《西溪与蕉园诗社》,杭州出版社,2012年版。

③ 研究清代诗社的尚有论文赵红卫:《清代地域性文学社群与高密诗派的形成及传衍》(《齐鲁学刊》2022年第3期)等。

④ 姜克滨、张兰兰:《论钱谦益歌行体创作艺术风格》,《淮北师范大学学报》(哲学社会科学版)2022年第1期。

⑤ 如郭天骄:《袁枚"梅村体"诗歌的仿体与新变》(《华北电力大学学报》(社会科学版)2022年第5期)、李肖锐《传统诗型的嬗变:以晚清民国几种"梅村体"诗为例》(《中国韵文学刊》2022年第2期)等。

⑥ 黄鹏程、徐永明:《典范的视距:王士禛与清初诗、记文体的并行创作》,《江淮论坛》2022年第2期。

⑦ 黄鹏程:《论朱彝尊的酬赠诗与仕隐心态》,《中国诗歌研究》2022年第1期。

⑧ 研究诗体的学位论文尚有聂飞:《顾炎武纪行诗研究》,贵州师范大学2022年硕士学位论文;刘伟青:《赵翼纪行诗研究》,山东师范大学2022年硕士学位论文;姜玲:《斌良闲适诗研究》,内蒙古师范大学2022年硕士学位论文等。

⑨ 蒋寅:《清代文学论稿续稿》,浙江古籍出版社,2022年版。

⑩ 蒋寅:《清诗鉴赏》,人民文学出版社,2022年版。

种。清诗别集约四万种,作者一万多人,数量超过前代诗歌作品的总和①。尽管前人一直在从事清诗的经典化工作,如邓汉仪《诗观》、沈德潜《国朝诗别裁集》、徐世昌《晚晴簃诗汇》、钱仲联《清诗三百首》等,但清诗经典化不是短期内就能完成的事情。本书限于篇幅,所选仅一百首,作者认为这些诗"未必都是清代最著名、最出色的作品","但相信他们多少呈现了清诗在情感内容方面的深刻性和艺术技巧的丰富性,通过阅读这些作品,足以体会和认识清代诗歌的魅力"。经过这番遴选,"为今天的读者阅读清诗提供一个入门的引导"(《前言》)。是书选入自钱谦益至王国维等七十七位诗人的诗作,多则三首,少则一首,选目经典,注释精确,鉴赏独到,对诗的思想意蕴和艺术特征作了深入的分析,是一部鉴赏类的上乘佳作。

另外,邱林山《洪亮吉诗歌研究》②对洪亮吉诗歌进行了系统的研究。该书主体部分分五章,分别从生平、著述及思想、交游、诗学思想、题材内容及艺术特色等方面展开。余论部分还兼及其词、骈文、散文的研究。本书是在作者的硕士学位论文基础上加工完善的,总体来说还显得比较平浅,问题意识不是太足。

2022年举办了几次清代诗学研究相关的学术会议,如中国社科院《文学遗产》编辑部主办、湖南师范大学文学院承办的第六届清代文学研究青年学者读书会、中国社科院《文学遗产》编辑部与中山大学中文系联合主办的"《文学遗产》明清诗文论坛"及安庆师范大学与中国近代文学学会联合主办、安庆师范大学人文学院、皖江历史

文化研究中心承办的"桐城派与近代文学研究"等,清诗研究是这些研讨会的核心内容。这些学术会议的召开,进一步推动清诗研究的发展。

正如杜桂萍发表的《现状与反思:清代诗文研究的学术进境》③所展望的:"一个尊重学术的时代不需要刻意追求'主调',清代诗文研究也应在复调中灿烂生存,'喧嚣嘈杂'正可以为'主调'的澎湃而起进行准备,给予激发。而只有处于这样的文化进境中,我们才能切实释解清代诗文的独特性所在,真正捕捉到清代文人的心灵密码,促成一代文献及其文学研究意义的丰沛、丰满,并由此出发,形成有关清代诗文及其理论的重新诠释,进而重构中国古代诗文理论及其美学传统。"此语为清代诗文研究的学术进境指明了方向,相信今后清代诗文研究尤其是清诗研究当继续为古代文学研究贡献辉煌的学术成果。

七、清代词学研究

清代词学是清代诗学的重要组成部分。2022年,广大学者围绕词学文献整理与研究、词人词作研究、词统研究、词律词韵研究、词学范畴研究、经典化问题和接受史研究、地域词学和词学流派研究等话题,继续对清代词学相关问题进行探讨,取得了较为丰富的研究成果。是年出版清代词学相关著作10余部,各类学术期刊及报刊发表清代词学研究论文百余篇。现将主要成果总结报告如下。

(一)词学文献整理与研究

文献整理是词学研究的基础。南京大学中

---

① 据罗时进先生的说法,清诗约有800万至1000万首之多,见《基层写作:明清地域性文学社团考察》,收入《文学社会学——明清诗文研究的问题与视角》,中华书局,2017年版,第69页。

② 邱林山:《洪亮吉诗歌研究》,中国社会科学出版社,2022年版。

③ 杜桂萍:《现状与反思:清代诗文研究的学术进境》,《求是学刊》2022年第5期。

国语言文学系1982年开始启动《全清词》编纂工作，经过40多年的辛勤耕耘，《全清词·顺康卷》（20册）《全清词·顺康卷补编》（4册）《全清词·雍乾卷》（16册）《全清词·嘉道卷》（30册）先后问世，皇皇巨著为清词研究奠定了坚实的基础。然而，清代词家众多，词作浩如烟海，清词总集辑补和别集编校工作一直在持续推进之中，这也是年度词学研究的基础工作之一。为了推进清代名人词作的辑校工作，华东师范大学出版社2009年开始推出《清代名家词选刊》系列作品，此前已出版《忆云词》《复堂词》《香雪词钞·小山诗馀》《周济词集辑校》《黑蝶斋词校笺》《珂雪词笺注》《汪渊词集辑校》《吴藻词集辑校（外二种）》等多部著作。①2022年，苏小隐校笺《樊榭山房词校笺》问世，点校者分别以乾隆四年（1739）和乾隆十六年（1751）《樊榭山房集》《续集》为正集、续集底本，集外词《秋林琴雅》则以《续修四库全书》所录康熙六十一年（1722）重刻本为底本，对清朝中期浙西词派巨擘厉鹗词集进行了深度整理，该著除了常规点校之外还附以校记、集评、评述以及传记、序跋、酬赠等资料，为深化厉鹗词作研究提供了基础文本和素材。②

清代出现了大量词谱专书。江合友此前在全面普查明清词体声律文献的基础上，精选代表性文献，汇编影印了集30余种清代词谱词韵的《清代词谱丛刊》，为学界开展清代词体声律学研究提供了重要的文献支撑。③朱惠国等拟选取20余种具有代表性的明清词谱，编纂"词谱要籍整理与汇编"丛书，在词谱整理上进一步用力。2022年，丛书第一辑业由华东师范大学出版社出版发行，个中清代词谱有《选声集 记红集》《诗余协律 自怡轩词谱》《词榘》《填词图谱》等。④《选声集记 红集》收录了清康熙前期吴绮编选的《选声集》和吴绮、程洪合编的《记红集》，陈雪军、胡晓梅以中国人民大学图书馆藏清大来堂刻本《选声集》为底本，校以浙江图书馆藏大来堂本，《记红集》则以哈佛燕京图书馆藏清康熙二十五年（1686）大来堂刻本为底本，校以中国国家图书馆藏署名李日华校注之大来堂本。《诗余协律 自怡轩词谱》收录了李文林编《诗馀协律》和许宝善编《自怡轩词谱》二种词谱，欧阳明亮分别以清乾隆三十四年（1769）刻本《诗馀协律》和清乾隆三十六年（1771）朱墨套印本《自怡轩词谱》为底本进行校刊。方成培《香研居词塵》流传较广，而其重要的词谱专著《词榘》则鲜为人知，王延鹏、鲍恒以安徽省博物馆藏程本为底本加以整理。《填词图谱》由赖以邠编著，查曾荣、王又华同辑，是一部对清词与词学中兴具有重要意义的典型词谱，余意以北京大学图书馆藏清康熙十八年（1679）《词学全书》本为底本加以整理。丛刊中多种词谱尚属首次整理出版，系列点校本问世对推动清代词谱和词学研究必将产生积极的推动作用。

① 具体出版信息如下：项鸿祚撰、黄曙辉点校：《忆云词》，华东师范大学出版社，2009年版；谭献撰、黄曙辉点校：《复堂词》，华东师范大学出版社，2010年版；王策、王时翔著，段晓华、戴伊璇点校：《香雪词钞·小山诗馀》，华东师范大学出版社，2014年版；周济著、段晓华点校：《周济词集辑校》，华东师范大学出版社，2016年版；沈岸登著、胡愚校笺：《黑蝶斋词校笺》，华东师范大学出版社，2017年版；曹贞吉著、段晓华笺注：《珂雪词笺注》，华东师范大学出版社，2018年版；汪渊著，张明华、胡晓博辑校：《汪渊词集辑校》，华东师范大学出版社，2020年版；吴藻著、段晓华辑校：《吴藻词集辑校（外二种）》，华东师范大学出版社，2021年版。

② 厉鹗著、苏小隐校笺：《樊榭山房词校笺》，华东师范大学出版社，2022年版。

③ 江合友：《清代词谱丛刊》，国家图书馆出版社，2020年版。

④ 吴绮、程洪编著，陈雪军、胡晓梅整理：《选声集记红集》，华东师范大学出版社，2022年版；李文林、许宝善编著，欧阳明亮整理：《诗余协律 自怡轩词谱》，华东师范大学出版社，2022年版；方成培编著，王延鹏、鲍恒整理：《词榘》，华东师范大学出版社，2022年版；赖以邠编著，查曾荣、王又华同辑，余意整理：《填词图谱》，华东师范大学出版社，2022年版。

就单篇文章而言,陈昌强、陆勇强从总集、别集、地方志等文献中广泛搜罗,分别补得《全清词·顺康卷》未收词作三十二阕[①]、八十四阕[②],二者还对《全清词》未及收录作者的姓氏、字号、里籍、科第、仕历、著述等进行了考证,以便读者获悉作词者身份信息。

是年,清代词学文献研究也取得了一定的成绩。吴晨骅的《论词韵之书的编订方法、定位与评价——以明末清初的词韵研讨为例》,阐释了沈谦、毛先舒等明末清初学人,编订《词韵略》等词韵之书的思路与方法,指出其是"求真"与"便用"折中的产物,既对建构词体格律规范具有促进作用,也存在诸多不够完的地方。[③]他的另一篇文章《论康熙帝的文治意图与〈钦定词谱〉的编纂》,指明《钦定词谱》的编纂目的在于推行诗教与乐教,浙西词派将所偏爱的词学文献作为纂谱的重要依据,将醇雅词学观念渗入其中,促进了词律规范和词体地位的提升。[④]王琳夫的《〈钦定词谱〉编纂始末》,对《钦定词谱》的编纂背景、编纂时间、楼俨进入编纂队伍的原因及其在编纂活动中的贡献等问题作了较为系统地考察,指出《历代诗馀》并非《钦定词谱》的底本,《钦定词谱》扩充词调之功与《历代诗馀》的编纂关系不大,楼俨在《钦定词谱》理论构建过程中处于核心地位,词谱编纂背后有着深厚的浙派渊源。[⑤]文章纠正

了以往一些误解,深化了对《钦定词谱》编纂情况及其词学理论的认识。杨秋圆的《孔传铎〈名家词钞〉的文献价值》以孔子68代孙孔传铎编选的清代词选《名家词钞》为考察对象,揭示了《词钞》存人、存词、保存词学史料的价值意义。[⑥]

(二)词人词作研究

学界对清代词人词学思想和词作关注较多,产生了诸多代表性著作。[⑦]尽管学界关于吴伟业、丁绍仪、朱彝尊、顾贞观、纳兰性德、厉鹗等著名词人研究已关涉多个方面,2022年仍有学者从不同角度对这些对象进行审视,推动词人词作研究走向深入。就整体研究而言,党圣元、李正学主编的《清代文艺思想史》将词学研究作为一个重要组成部分,对云间、阳羡、浙派、常州等重要词派和李渔、顾贞观、纳兰性德、厉鹗、王昶、郭麐、蒋重光、田同之、戈载、吴衡照、张惠言、周济等重要作家的词学思想作了介绍。这部著作是李春青主编的《中国文艺思想通史》丛书的第七卷,丛书旨在打破以往的学科界限而开展综合性研究,显示出鲜明的"整理关联性"特征,该著出版有利于在清代文艺思想的宏观架构中把握清代词人词学主张及其价值。[⑧]就个案研究而言,陈国安的《论梅村词的开拓与清代学人之词的奠基》通过对吴伟业词诸般开拓面貌的考察,展示

① 陈昌强:《〈全清词·顺康卷〉待补词人词作十一家三十二阕》,《汕头大学学报》(人文社会科学版)2022年第2期。

② 陆勇强:《〈全清词·雍乾卷〉辑补49首》,《唐山学院学报》2022年第1期;陆勇强:《〈全清词·雍乾卷〉辑补35首》,《衡水学院学报》2022年第5期。

③ 吴晨骅:《论词韵之书的编订方法、定位与评价——以明末清初的词韵研讨为例》,马兴荣主编:《词学》(第四十八辑),华东师范大学出版社,2022年版,第140—154页。

④ 吴晨骅:《论康熙帝的文治意图与〈钦定词谱〉的编纂》,《民族文学研究》2022年第2期。

⑤ 王琳夫:《〈钦定词谱〉编纂始末》,《文献》2022年第2期。

⑥ 杨秋圆:《孔传铎〈名家词钞〉的文献价值》,《图书馆学刊》2022年第5期。

⑦ 具体内容可参见:胡建次:《新世纪以来清代词学研究主要著作成就述论》,《河北师范大学学报》(哲学社会科学版)2017年第2期。

⑧ 党圣元、李正学主编:《清代文艺思想史》,北京师范大学出版社,2022年版。

了他学人之词的状貌,得出吴伟业及其梅村词当是清代学人之词奠基的结论,并结合吴氏生平遭际与思想变迁,透视了其人其词成为清代学人之词奠基的原因。①孙克强的《丁绍仪词学批评论略》以《听秋声馆词话》为核心文本,考察了清代中后期词学家丁绍仪的词学观念,反映了他对于雅俗之辨、诗词之辨、比兴寄托等词学问题的看法,揭示了他不同于浙西词派、常州词派的见解。②袁美丽的《邓廷桢的词学思想及其词学史意义》从词学渊源着手考察了邓廷桢与常州词派、浙西词派的关系,认为其深受常州词派的影响又对该派词学理论进行了调整,其对浙西词派词学成果有所总结和发展,揭示了他独立于浙、常二派的词史地位。③王先勇的《纳兰性德影响下顾贞观〈金缕曲〉的创作与流传》探讨了纳兰性德对吴兆骞《金缕曲》创作和流传的影响,展现出古代文学作品因“名人效应”而流传的特征。④王先勇的《论顾贞观对〈弹指词〉的改定:从〈沁园春〉一词谈起》从顾贞观词作异文出发,探讨了其词作修改现象,揭示了词作改定过程中的心境变化。⑤本年度还产生了多篇清代词家个案研究的

硕士论文,呈现出从一流作家向二三流作家延伸的趋势。⑥

清代女性词人众多、佳作频出,在词学复兴中发挥了重要作用。黄嫣梨的《清代四大女词人——转型中的清代知识女性》⑦、张菊玲的《旷代才女顾太清》⑧、赵雪沛的《明末清初女词人研究》⑨等著作是业已出版的清代女性词人研究的代表性成果。2022年,女性词人研究可谓清代词学研究的一个热点。乔玉钰的《清代女性词学生态刍议》依据《倚声初集》《今词苑》等具有代表性的清词选本展示了女性词史地位的确立情况,立足词学批评考察了清代女性词人的经典化建构问题,结合具体作品分析了女性词人在取法对象、作品风格等方面的主张。⑩该文是一篇系统研究清代女性词人的佳作,对男性词人主导的清词体系研究作了重要补充。林静的《清初女词人寄外词初探》探讨了清初女性词人寄外词不同于男性词人思妇作品的别样风貌⑪,其另一篇文章《明末清初闺秀词的传播》则考察了明末清初女性词作的传播路径⑫。虽然两篇文章深度有待延展,但是作者为深化清代女词人研究所作的努力

① 陈国安:《论梅村词的开拓与清代学人之词的奠基》,《文艺理论研究》2022年第3期。

② 孙克强:《丁绍仪词学批评论略》,胡晓明主编:《古代文学理论研究》(第五十四辑),华东师范大学出版社,2022年版,第511—528页。

③ 袁美丽:《邓廷桢的词学思想及其词学史意义》,《中国韵文学刊》2022年第3期。

④ 王先勇:《纳兰性德影响下顾贞观〈金缕曲〉的创作与流传》,杜桂萍主编:《励耘学刊》(第三十五辑)。

⑤ 王先勇:《论顾贞观对〈弹指词〉的改定:从〈沁园春〉一词谈起》,《文学研究》2022年第2期。

⑥ 相关学位论文如:朱帆:《陈维崧唱和诗研究》,浙江大学2022年硕士学位论文;习文:《论陈维崧词的学辛倾向》,江西师范大学2022年硕士学位论文;彭智谋:《宋征璧词曲研究》,四川师范大学2022年硕士学位论文;胡莹莹、沈尔爆:《月团词研究》,云南师范大学2022年硕士学位论文;黎美玲:《沈谦词研究》,广西民族大学2022年硕士学位论文;胡俊洁:《先著词研究》,广西民族大学2022年硕士学位论文;隋欣:《“香雪小山词”研究》,黑龙江大学2022年硕士学位论文;代雪莲、蒋景祁:《瑶华集研究》,西华师范大学2022年硕士学位论文;魏然:《江顺诒的词学批评研究》,扬州大学2022年硕士学位论文。

⑦ 黄嫣梨:《清代四大女词人——转型中的清代知识女性》,汉语大词典出版社,2002年版。

⑧ 张菊玲:《旷代才女顾太清》,北京出版社,2002年版。

⑨ 赵雪沛:《明末清初女词人研究》,首都师范大学出版社,2008年版。

⑩ 乔玉钰:《清代女性词学生态刍议》,马兴荣主编:《词学》(第四十七辑),华东师范大学出版社,2022年版,第131—154页。

⑪ 林静:《清初女词人寄外词初探》,《名作欣赏》2022年第27期。

⑫ 林静:《明末清初闺秀词的传播》,《湖北第二师范学院学报》2022年第6期。

值得肯定。于海月的《顾太清梦词探微》以女词人顾太清梦词为考察对象,分析了词中的三种梦境及其蕴含的深厚情感。①陶运清的《钱斐仲词的图画书写及其词史意义》聚焦钱斐仲词中的图画书写,彰显了女性词人在清词中兴过程中于题材开拓、词学风格多样化方面取得的成就。②

(三)词统研究

不同的词学统序寄蕴着不同的词学主张,在词体创作上呈现出不同的艺术风貌。此前的词统研究多围绕《古今词统》《词综》等词选展开③,常州词派的词统建构问题也受到学界关注④,2022年词统研究视域有所扩大。沈松勤的《明清之际的词统建构及其词学意义》阐释了卓人月、徐士俊《古今词统》以体性为核心建构的"委曲""雄肆""和雅"三大词统序列;分析了纳兰性德、顾贞观与朱彝尊基于"尊体"与"复雅"的词学观及其自身创作实践,重构的"今词"与"醇雅"两大统绪;挖掘了词统对于阐释、总结词体特性及其演变历史的理论意义,对其助益词坛创作的实践价值作了考察。⑤陈水云的《明末清初的词选词派与词统观念的嬗变》从词选词派着手,对清代词统观念的嬗变进行了研究。⑥文章揭示了邹祗谟、王士禛等人接续《古今词统》编选《倚声初集》,以重变崇今的理念对云间派复古论统序观

进行改造;陈维崧、顾贞观、纳兰性德等人通过《今词苑》《今词初集》的编选,践履以性情为本的统序观;西泠词人到浙西词派通过《见山亭古今词选》《古今词汇》《词综》的编选,在融合《古今词统》和清初诸词派思想的基础上,新建了以周、姜为典范的雅正词统。谢娟娟的《论清代浙西词派之宗法统序》集中考察了浙西词派宗法统序问题,揭示了浙派"对南、北宋词持并尊体认、兼收并采"的隐性和"专宗南宋,以姜夔、张炎为家祖"的显性两大传统。⑦文章指出浙派宗祖朱彝尊建构了南宋和清代两个宗法统序,厉鹗、郭麐等后来浙派词人及蒋敦复、谭献等常派词人不断补充完善,最终形成远祖姜、张,近宗朱、厉的宗法统序。

(四)词律词韵研究

词本是合乐歌唱的文词,尽管后来词乐分离,但对词体韵律的探讨仍是词学研究的题中之义。龙榆生曾经提出,词乐之学、词韵之学、词谱之学、声调之学是词学研究的重要内容。但是,令人遗憾的是,学界此前关于清代词体韵律研究的重要成果并不丰富,代表性的成果仅有《"词律之严在声不在韵"刍论——兼及晚清四大家词律论之同异》⑧等为数不多的论文和《词体声律研究与词谱编纂》⑨《词调史研究》⑩等少数专著。前文已经提及,2022年已经推出多种词谱整理著作,

---

① 于海月:《顾太清梦词探微》,《名作欣赏》2022年第23期。

② 陶运清:《钱斐仲词的图画书写及其词史意义》,《新疆大学学报》(哲学·人文社会科学版)2022年第1期。

③ 代表性文章为张宏生:《统序观与明清词学的递嬗——从〈古今词统〉到〈词综〉》,《文学遗产》2010年第1期。

④ 代表性文章有:陈文新:《论常州词派的词统建构》,《社会科学研究》2004年第2期;黄志浩:《论常州派词统的形成》,《南京师范大学学报》(社会科学版)2003年第5期。

⑤ 沈松勤:《明清之际的词统建构及其词学意义》,《文艺研究》2022年第6期。

⑥ 陈水云:《明末清初的词选词派与词统观念的嬗变》,《文学遗产》2022年第5期。

⑦ 谢娟娟:《论清代浙西词派之宗法统序》,《名作欣赏》2022年第20期。

⑧ 杨传庆:《"词律之严在声不在韵"刍论——兼及晚清四大家词律论之同异》,《文学遗产》2013年第5期。

⑨ 田玉琪、陈水云、江合友主编:《词体声律研究与词谱编纂》,人民出版社,2012年版。

⑩ 田玉琪:《词调史研究》,人民出版社,2012年版。

相关理论研究也有所进展。杜玄图的《清代词韵学的建构性特征》指出，清人讨论词体用韵法不是对旧词用韵的再现，其以清代词体学的系统架构为旨归，以当时韵学为津筏，旨在规范韵法，具有人为建构性。[①]鲁杰、杜玄图的《从〈笠翁词韵〉看清初曲化词韵的词体音律观念》，以《笠翁词韵》为中心，揭示了李渔、朴隐子、潘之藻等清初以音律为观照视角、以今音时曲为编韵参照的曲化词韵特征，文章对于弥补以格律类词韵为重点的清代词体学研究的不足具有启示意义。[②]杜玄图的《谢元淮"以曲歌词"的时代特质与困境》，结合时代背景探讨了谢元淮"以曲歌词"论提出缘由及其面临的理论困境，揭示了随着时代变迁词之音乐体性衰败的必然结果。[③]莫崇毅的《晚清民初词坛的严苛声律观念及其影响》揭示了清末民初词人高度重视声律，甚至出现过于严格的倾向，认为这种观念造成了"知律"的焦虑，抬高了创作门槛，同时造成理论主张与创作实践之间的鸿沟，因而在民国时期遭到质疑和反驳。[④]张兵、马甜的《陈维崧多用〈贺新郎〉词调原因探析》，对陈维崧偏嗜《贺新郎》词调原因进行了探析，指出该词调慷慨激昂的声情特征符合词人对豪放词风的追求，同时该调具有的叙事潜质也与作者长于叙事的特征相契合，陈氏对辛弃疾和辛派词人的追慕也影响了他对该调的偏爱。[⑤]自度曲乃

"新词自撰新腔者"，清代词人好以本朝新创词调进行创作，继作相对较多。刘深、沙先一的《清词自度曲的创作方式与音乐、文本的双重形态》，对清代词人自制新腔的典型手法、自度曲呈现的形态和模式、依托的乐曲类型和蕴含的词学观念等问题进行了考察。[⑥]自注字音是清词词律研究与创作结合的产物，为词律研究提供了新的视角。赵王玮、沈松勤的《清词自注字音现象中的声律学实践及得失》考察了清词自注字音这一文学现象的理论根据、运作方式和成败得失，折射了当时词人的词律观与时代风貌。[⑦]黄子育、陈水云的《吴藻〈百萼红词〉考述》，对吴藻专以《一萼红》词牌填写的词集《百萼红词》进行了考察，揭示了《一萼红》词牌情况和吴藻的词学成就、生活状态。[⑧]

（五）词学范畴研究

不同范畴指涉不同对象，包孕着不同的性质和内涵。学界关于词学范畴研究研究取得了一系列成果，周明秀的《词学审美范畴研究》深入阐释了多种词学范畴的内涵和意义[⑨]，杨柏岭的《词学范畴研究论集》讨论了20多个词学范畴的内涵、历史演变及词学建构价值[⑩]，为我们理解词学范畴提供了重要文本。当然，词学范畴众多，还有继续研究的必要性。曹明升的《清代词学中的

① 杜玄图：《清代词韵学的建构性特征》，《中国社会科学报》2022年5月16日。

② 鲁杰、杜玄图：《从〈笠翁词韵〉看清初曲化词韵的词体音律观念》，《江汉论坛》2022年第11期。

③ 杜玄图：《谢元淮"以曲歌词"的时代特质与困境》，《宁夏大学学报》（人文社会科学版）2022年第2期。

④ 莫崇毅：《晚清民初词坛的严苛声律观念及其影响》，《文学遗产》2022年第2期。

⑤ 张兵、马甜：《陈维崧多用〈贺新郎〉词调原因探析》，马兴荣主编《词学》（第四十八辑），华东师范大学出版社，2022年版，第124—139页。

⑥ 刘深、沙先一：《清词自度曲的创作方式与音乐、文本的双重形态》，《文艺理论研究》2022年第3期。

⑦ 赵王玮、沈松勤：《清词自注字音现象中的声律学实践及得失》，《浙江大学学报》（人文社会科学版）2022年第5期。

⑧ 黄子育、陈水云：《吴藻〈百萼红词〉考述》，《齐齐哈尔大学学报》（哲学社会科学版）2022年第9期。

⑨ 周明秀：《词学审美范畴研究》，上海古籍出版社，2014年版。

⑩ 杨柏岭：《词学范畴研究论集》，安徽师范大学出版社，2014年版。

性灵说——一种"非主流"词学理论的生存状态与词史错位》对词中性灵的内涵进行了阐释,展示了性灵说在清代词学浮沉历程,揭示了崇尚性灵之于标举真情、抵制诗教的独特价值,考察了性灵说在清词创作中的表现,通过性灵说在词学理论与创作实践中的错位审视了主流、非主流间的关系。①比兴寄托是中国古典诗学的重要论题,清代词家常常撷取"比兴"、标举"寄托"。张宏生的《相似的内涵与不同的思路——朱彝尊和张惠言关于比兴寄托的论述及其后学的接受》,对浙西词派和常州词派领袖朱彝尊、张惠言比兴寄托论词之异同,以及后学接受情况进行比较。②文章指出,朱彝尊主要是延续以往传统,将比兴寄托作为一种书写策略;张惠言将词中寄意置于最重要的位置,将其作为崇高品格的基础。"雅"与"艳"是一对相互对立而又相互依存的概念。冯乾的《清代词学中的"雅"与"艳"》,对清代词学中的"雅""艳"说作了梳理,从创作上讨论了本事词去"艳"归"雅"的问题,从理论上分析了浙西词派和常州词派的"雅"与"艳"观念。③

(六)经典化问题和接受史研究

清词经典化问题是词学界近年关注的一个热点。2013年,沙先一、张宏生刊发《论清词的经典化》一文,指出清人无论在理论批评还是创作上都有对本朝创作加以经典化的明确意识,借助选本、词话、评点、论词绝句、点将录等多种方式、从不同层面建构着清词中的经典,文章指引和推动了清词经典化问题研究。④2022年,沙先一以国家社科基金项目"清词经典化研究"为依托,发表了《清词经典化建构之路》一文。⑤文章通过与唐宋词经典化过程内在比较,从自觉的理论创新意识、求新求变的创作实绩、多元开放的建构过程三个方面,对清词经典化问题进行了新的解读和阐述。对前代及同代人词学批评与接受的问题,是一个与经典化息息相关的问题,是年也有相关成果问世。谢娟娟的《论姜夔在清代之经典化》,探讨了姜夔在清代的经典化过程,强调推尊姜夔使得浙派"清空骚雅"审美理想成为词坛的普遍风尚,客观上推动了浙、常两派的融通。⑥马帅的博士论文《清代姜夔词接受研究》,从清代选本、清词创作题材、清词创作形式、清词艺术风格等方面,呈现了姜夔词在清代接受情况。⑦高恒昱卓的硕士论文《论常州词派对东坡词的接受》,考察了常州词派及其后学对东坡词的接受情况,指出常州词派为东坡词的传播与留存拓宽了道路,为东坡词在晚清接受高潮的形成奠定了坚实的基础。⑧王延鹏的《变格与定法:万树〈香胆词〉与〈词律〉关系发覆》通过对《香胆词》与《词律》关系研究,揭示了万树词体创作和词学理论的差异与悖反,指出前者注重求新求变、后者强调词之定法,文章为讨论《词律》经典地位问题提供了新

① 曹明升:《清代词学中的性灵说——一种"非主流"词学理论的生存状态与词史错位》,《文学遗产》2022年第5期。

② 张宏生:《相似的内涵与不同的思路——朱彝尊和张惠言关于比兴寄托的论述及其后学的接受》,《苏州大学学报》(哲学社会科学版)2022年第5期。

③ 冯乾:《清代词学中的"雅"与"艳"》,《复旦学报》(社会科学版)2022年第3期。

④ 沙先一、张宏生:《论清词的经典化》,《中国社会科学》2013年第12期。

⑤ 沙先一:《清词经典化建构之路》,《中国社会科学报》2022年11月22日。

⑥ 谢娟娟:《论姜夔在清代之经典化》,《名作欣赏》2022年第8期。

⑦ 马帅:《清代姜夔词接受研究》,东北师范大学2022年博士学位论文。

⑧ 高恒昱卓:《论常州词派对东坡词的接受》,中国矿业大学2022年硕士学位论文。

（七）地域词学和词学流派研究

不同地域、不同流派的文学抒写和理论主张具有不同的特征。随着文学地理学的兴盛，有不少学者开始对清代具有代表性的地域词人群体进行考察，代表性著作有李丹的《顺康之际广陵词坛研究》等。[②]2022年，虽然没有地域词学研究专著出版，但是有几篇文章涉及梁溪（无锡）词坛和藏族、边疆地区词作问题。何扬的《梁溪词人词学思想与清初词坛之演进》以梁溪词人群体为考察对象，系统揭示了从顾贞观、严绳孙到侯文灿再到杜诏等人的词学思想，并通过对该群体词学理论分野与演进脉络的考察，管窥清初词坛风貌，揭示不同派别之间思想观念交锋和词风嬗变情况。[③]张芷萱、赵义山的《论马若虚咏藏词的文化风貌及词史意义》阐释了马若虚咏藏词抒写的民俗文化内容，彰显了其突破深受浙西词派笼罩的时代藩篱，在清词史上独树一帜的价值。[④]谢承国的博士论文《中国古代边塞词研究》对清代边塞词的时代背景与文学背景进行考察，展示了随着清词复兴边塞词也走向繁荣的景象，得出了清代边塞词取得中国古代边塞词集大成之成就的结论。[⑤]该论文首次对中国边塞词发展史作出了通代研究，将边塞词研究提到新的高度。词学流派往往不局限于某个地区，但其大多从一地一域发端，又与地域文学研究息息相关。苏静的《清代词派论争与论词绝句关系发微》揭示了清代中后期阳羡、浙西、常州等词派更替迭兴，对论词绝句内容拓展和诗歌形式发展的影响，以及诸派词人通过论词绝句参与词派论争对清代词学批评发展的意义。[⑥]韩智卓的硕士学位论文《浙西词派与常州词派词学思想比较研究》，探析了浙西词派与常州词派在词体态度、词体功能、审美情趣等方面的异同和产生原因，以及两派在清代词学史上的地位。[⑦]此外，张坤的博士学位论文《清遗民词人群体研究》以清遗民词人群体为考察对象，系统考察了遗民的构成、分类、主要特征及其心路历程与词作创作，进一步推动了清代遗民研究和词学研究。[⑧]彭志的《〈阙里孔氏词钞〉的词史价值》以集中展现清代曲阜孔氏家族填词盛况的《阙里孔氏词钞》为考察对象，对其编纂始末、选政期待、词作意蕴进行了探讨，把具有高度政治身份象征意义的曲阜孔氏对小道末技的态度转变，作为词体创作群体扩大的佐证和清词整体勃兴的表现。[⑨]

（八）其他方面研究

清代词学包罗万象，涉及面广泛，除了上述几个相对集中话题之外，学界对其他词学相关话题还有所关注。一是词学分期研究。关于清词史分期向来有三期、四期等不同分法，相同的分

① 王延鹏：《变格与定法：万树〈香胆词〉与〈词律〉关系发覆》，《文艺理论研究》2022年第3期。

② 李丹：《顺康之际广陵词坛研究》，上海古籍出版社，2009年版。

③ 何扬：《梁溪词人词学思想与清初词坛之演进》，赵敏俐主编：《中国诗歌研究》（第二十三辑），社会科学文献出版社，2022年版，第205—215页。

④ 张芷萱、赵义山：《论马若虚咏藏词的文化风貌及词史意义》，《民族文学研究》2022年第3期。

⑤ 谢承国：《中国古代边塞词研究》，华中师范大学2022年博士学位论文。

⑥ 苏静：《清代词派论争与论词绝句关系发微》，《殷都学刊》2022年第1期。

⑦ 韩智卓：《浙西词派与常州词派词学思想比较研究》，江南大学2022年硕士学位论文。

⑧ 张坤：《清遗民词人群体研究》，吉林大学2022年博士学位论文。

⑨ 彭志：《〈阙里孔氏词钞〉的词史价值》，《中国社会科学报》2022年9月19日。

期数因标准不同,内涵也有所差异。孙文婷、孙克强的《晚近词学中的清词史分期及其意涵》对晚清词学家清词分期作了系统梳理,探讨了不同研究者分期的依据和意涵,认为词学分期论强化了对清词艺术特质的认识,反映了清代词史发展规律和深层动因。[①]二是词学传播研究。陈雪军《同行切磋,博采众长——从王鹏运两个词社词集看晚清词集的传播与校勘》,通过分析王鹏运早年社集作品《王龙唱和集》手稿本和《校梦龛集》稿本传播过程及其结集、刊印过程,探视了晚清词集传播与校勘形态。[②]三是“以学为词”现象研究。“以学为词”是词学史上的一个老话题,唐何花的《清代“以学为词”刍议》结合有清一代之学术风气,对“以学为词”的演变历程、艺术表现、价值意义进行了挖掘。[③]四是词序研究。莫崇毅的《明末清初词序综论》,剖析了明末清初词序写作兴盛的缘由,通过厉鹗对姜夔的词序创作风格的追寻,揭示了词体审美价值之于小序上的呈现。[④]五是词学批评研究。金凤的硕士论文《清代中期论词绝句批评观念与论说特点研究》和吴玉宛的硕士论文《晚清民国时期论词绝句批评观念与论说特点研究》,以论词绝句这一词学批评体式为考察对象,分别对清代中期和晚清民国词人的论词绝句论说特点与批评观念进行了阐

述。[⑤]程诚的《近代词学批评方法及其内涵》对近代词学批评方法进行了探讨,揭示了比较法、喻象法、溯源法、例举法、归纳法等批评方法及其内涵。[⑥]六是词选研究。程诚的《梁令娴与〈艺蘅馆词选〉》从词学文献、词学思想、词学新变、词学史演进四个方面阐释了《艺蘅馆词选》在近代词学史后期发展中的价值,借此反映时人的审美旨趣以及词选与词学互促互进的关系。[⑦]七是词与小说、曲联通研究。《红楼梦》作为中国四大名著之一,包含了大量经典诗词,有学者对其中的词作进行剖析。朱志远的《曹寅悼亡诗词本事:曹寅“梨花词”隐喻的原配身份及“康熙八年入侍说”新线索》,考稽了曹寅悼亡词的本事,以词补史,消除了朱淡文首提“续娶李氏说”庶几孤证的嫌疑,同时为周汝昌、刘上生等坚执曹寅实以“哈哈珠子”身份入侍“康熙八年说”提供了新证。[⑧]郭文仪的《离合之间:清代词学视域下的〈柳絮词〉》对《红楼梦》中的《柳絮词》进行了考察,将其置于词体传统与清代词学发展之中,揭示了小说中作为副文本的词在文人词的大传统和艺人词的小传统共同影响下生成的独特艺术魅力。[⑨]沈谦的词带有鲜明的曲化特征,刘富杰的硕士论文《沈谦词曲互动研究》对其词、曲两种文体之间所呈现的互动融通进行了专门探析。[⑩]

---

① 孙文婷、孙克强:《晚近词学中的清词史分期及其意涵》,《河南大学学报》(社会科学版)2022年第2期。

② 陈雪军《同行切磋,博采众长——从王鹏运两个词社词集看晚清词集的传播与校勘》,马兴荣主编:《词学》(第四十七辑),华东师范大学出版社,2022年版,第176—193页。

③ 唐何花:《清代“以学为词”刍议》,《南京师范大学文学院学报》2022年第3期。

④ 莫崇毅:《明末清初词序综论》,马兴荣主编:《词学》(第四十八辑),华东师范大学出版社,2022年版,第107—123页。

⑤ 金凤:《清代中期论词绝句批评观念与论说特点研究》,云南师范大学2022年硕士学位论文;吴玉宛:《晚清民国时期论词绝句批评观念与论说特点研究》,云南师范大学2022年硕士学位论文。

⑥ 程诚:《近代词学批评方法及其内涵》,《长江大学学报》(社会科学版)2022年第4期。

⑦ 程诚:《梁令娴与〈艺蘅馆词选〉》,《光明日报》2022年6月13日。

⑧ 朱志远:《曹寅悼亡诗词本事:曹寅“梨花词”隐喻的原配身份及“康熙八年入侍说”新线索》,《红楼梦学刊》2022年第1期。

⑨ 郭文仪:《离合之间:清代词学视域下的〈柳絮词〉》,《红楼梦学刊》2022年第5期。

⑩ 刘富杰:《沈谦词曲互动研究》,黑龙江大学2022年硕士学位论文。

本年度举办的相关学术会议也将清代词学研究作为重要议题，包括由中国词学研究会主办、江苏师范大学文学院和香港浸会大学孙少文伉俪人文中国研究所共同承办的第十届中国词学研究会年会暨词学国际学术研讨会，中南大学文学与新闻传播学院主办、中华经典吟唱研究与传播基地协办的"2022年青年学者词学研讨会暨青年学者同人会第六次活动"，由中国韵文学会、安徽师范大学中国诗学研究中心、安徽师范大学文学院共同主办的"第十一届中国韵文学会年会暨国际学术研讨会"，等等。学界专家的深入研讨对清代词学研究的深入推进起到了促进作用。

本年度诸多学者围绕清代词学研究的相关问题开展研究，取得了不错的研究成果。概而言之，有两个方面的趋向值得肯定。一是研究对象扩大化。学界从关照清代一流大家，拓展到二、三流作家，同时研究涉及多个方面，体现了从不同侧面推动清代科学研究的发展趋势。二是研究内容深入化。就文献整理而言，"词谱要籍整理与汇编"丛书第一集出版，为清代词谱研究提供了重要的文本基础；就理论阐释而言，词统研究、词律词韵研究、清词经典化问题研究等都有较高水平的文章问世，在以往研究基础上进一步向前迈进。当然。本年度清代词学研究也还存在一些缺憾。一方面，本年度没有产出太多研究专著，在学界引起重大反响的大部头标志性研究成果数量十分有限，有些文章存在低水平重复的现象，没有突破以往研究取得新进展。另一方面，本年度研究大多沿着以往的路径延展，运用新思维、新技术、新方法不多，研究方法创新不够。比如，如何运用新的计算机技术和大数据，提高研究效率，所取得的成果不多。我们认为，未来的清代词学研究需要在三个方面着力。一是打造标杆成果。聚焦清代词学大家和词学核心问题，深入研究，推出高质量的标志性研究成果，引领清代词学研究繁荣发展。二是创新研究范式。植根优秀传统文化沃土，主动吸收多学科研究方法，运用现代信息技术，提高研究水平和能力，助力中国自主知识体系的构建。三是推动成果转化。学术研究的目的是要和当下人们的生活相联系，提高人们的思想境界，因此有必要将学术研究与文化建设和经济社科发展相链接，推动清代词学资源创造性转化、创新性发展，为实现中华民族伟大复兴贡献力量。社会在进步，学术在发展，我们相信在学界同仁的共同努力下，清代词学研究一定会取得更为丰硕的研究成果，为经济社会发展和文化建设提供更多助益。

民国诗学研究报告

安徽师范大学中国诗学研究中心　傅宇斌　程诚

回望2022年的民国古典诗学研究,是极具生命力的一年,相关的学术成果展现了学人们不断探索诗学高峰的努力。学者们在学术史与方法论、作家作品研究、诗学文献整理与研究、诗学理论研究几个方面都取得了瞩目的成就。

一、学术史与方法论研究

民国古典诗学学术史与方法论的研究在本年度取得比较突出的学术成果,主要有四个方面的内容。

首先是对百年诗学发展历程的总结、批判与展望。胡晓明《百年中国诗学之回顾与前瞻》①把20世纪以来的中国诗学的百年发展分成少年、中年、壮年三个时期,五四迄20世纪三四十年代分属少年和中年期,可见民国诗学在胡晓明诗学史中的位置。胡晓明认为少年期指以西学为标准的阶段,主要特征是"以提倡白话反对文言等新文学观念和目光来审视总结中国古代文学,对诗歌也是一次重新定位。"三四十年代的诗学属于中年期,是"至今无法超越的一个时代",这个阶段预示了中国诗学发展的两个方向:一个是以钱锺书《谈艺录》为代表的方向,"最大的性格特征,即博雅、精思。博雅乃以诗为意园神楼,接续文化生命;精思乃以诗为美与智慧,续命文化新机";另一个是以陈寅恪《元白诗笺证稿》为代表的方向,其特征是"将诗学与社会文化心态史学结合为一。以其精湛的诗史考证的功夫,提炼出今典与古典的命题,即诗学又超诗学,诗通往政治、通往宗教、通往历史事件,还原了诗骚国身通一的传统"。在定位民国诗学的主要特征后,胡晓明又提出民国诗学的五大传统,"一个是开荒拓宇的传统,还有一个是汉宋兼采的传统,第三是中西融合的传统,第四是学艺双修的传统,最后一个是古今贯通的传统"。不管是对民国诗学特征与发展阶段的总结、归纳,还是对民国诗学传统的抽绎,都反映了胡晓明对中国诗学精神一以贯之的思考,即"中国传统之学术观念,诗与历史、哲学、政治等,并非判然各别,其精光所聚之处,心心相印,源源相通,如万川之中,共有一月"。

其次是对民国诗学研究方法与路径的反思与思考。《文学遗产》2022年第3期组织了一次近代文学研究笔谈,5位学人发表了他们对近代文学研究的心得、体会与期待,这对于民国古典诗学研究方法的进一步思考同样有较大的启发价值。左鹏军《近二十年近代文学研究的观察与思考》②指出当前的近代文学研究存在"基本问题的淡化与创新能力的不足""文献史实价值评估的

---

① 胡晓明:《百年中国诗学之回顾与前瞻》,《中国文化》2022年第2期。
② 左鹏军:《近二十年近代文学研究的观察与思考》,《文学遗产》2022年第3期。

失当或欠缺""整体性、综合性研究的欠缺与乏力""基本能力素养的弱化与欠缺""学术精神理想的淡化与失落"五个方面的问题,认为此后的近代文学研究应培养四种意识或能力:文献考据与理论思维、微观考察与宏观视野、技术操作与思想感悟、本学科基础与跨学科能力。以个案研究而言,左鹏军认为"个案考察、专题研究需要注意避免只关注局部、细节的倾向。应当提倡就具有重要意义的微观问题进行'小题大做',有意识、有计划地逐渐丰富、不断积累,形成具有系统性、整体性意义的成果"。徐雁平《"文献集群"与近代文学研究的新拓展》①提出应关注并建立"文献集群",以期扩展近代文学研究的新视野与新路径。徐雁平认为"近代文学中的文献集群主要包括四个系列:一是某一作家较完整的著述系列,如诗文集、日记、书信以及其他著作;二是某一作家之交游群体的较完整著述,据此可组织出其交游网络中的关联著述系列;三是某一作品的多种版本形态,如手稿初稿、定稿、初刊本、修订本等等;四是某一主题或某一类型文献,即在以人为中心之外,以事和文体等方式组织出的文献集群"。显然,建立研究对象的"文献集群"可以更深入地把握"文献、文人、事件及其在历史层面上的'内在关联'"。其对于诗学研究的意义也是不言自明的。陆胤《近代文学研究的生活史维度》②基于"近代视角",认为"一味固守'作者视角',忽略传播、接受等层面的效应,更有可能错估作家、流派在近代文化整体中的地位"。因而,陆胤特别强调从"文人交游、文学教育、文本阅读三个方面略作延伸,以期呈现近代文学研究在生活史维度展开的更多可能"。以近代文学与教育关系来看,陆胤指出"在乾嘉以来知识分化和西学导入的情势下,近代书院考课呈现出一定的专业化趋势。其中涉及词章的内容,在举业导向的官课制艺之外,亦有以古文辞赋对接时事乃至格致新知的尝试"。因此,"结合知识社会学视野考察新、旧文学教育模式之间漫长的拉锯、冲突过程,或可增进关于文学社会分层的认知,呈现近代文学生活更为丰富的肌理"。潘静如《近代文学研究的社会、文化视角及其省察》③认为近代文学研究中的"社会""文化"视角虽然有利弊得失,但"近代文学则天然地离不开当时的社会、文化;社会、文化不仅是近代文学的土壤,甚至就是近代文学的'形质'。"因此,不管是考察社会、文化视角、范畴对近代文学的塑造作用也好,还是考察近代文学如何以文学的方式承载社会、文化视角,都应"避免仅仅把它们当作门面","在方法论上,近代文学研究不宜完全充当各种社会史、文化史及其理论的注脚,而应以其幽微、深邃的特点,呈现出一般社会史、文化史论著所难以呈现的世界,体现出自身(指文学)无可替代的意义"。周游《近代文学研究中"现代性"问题之再思考》④鉴于"现代性"本身的暧昧性,认为近代文学研究中对"现代性"的三种研究模式:"以外缘为主的研究模式""'西洋'即'现代'的研究模式""从后溯往的研究模式"均存在程度不等的偏颇,因此"或许将'现代性'看作是一种正在生成,并未完结的状态会更加合适"。并提出近代文学研究的四种未来图景:一暂时搁置某种明确的"现代性"框架,"应该尽可能详细地勾勒近代文学发生的

---

① 徐雁平:《"文献集群"与近代文学研究的新拓展》,《文学遗产》2022年第3期。
② 陆胤:《近代文学研究的生活史维度》,《文学遗产》2022年第3期。
③ 潘静如:《近代文学研究的社会、文化视角及其省察》,《文学遗产》2022年第3期。
④ 周游:《近代文学研究中"现代性"问题之再思考》,《文学遗产》2022年第3期。

背景,考察近代文学中一些具体的诗风、文风所赖以生长的土壤"。二是近代文学中的"创新"需要在历史脉络中得到确认。"我们所发现的近代'创新',究竟是不是真的创新,一定要放置在整个中国古代文学的发展光谱中才能得到确认。"三是比起对文学内容的研究,近代文学形式的变化值得花更多精力去关注。四是影响研究应该做得更细致,考虑得更多元。

再次是民国诗学史进程中学术现象的纵深研究。本年度民国诗学现象的研究呈现出两个主要特征:一是从接受史层面观察民国诗学的时代性特质。李浴洋《"现代的"与"科学的"——"整理国故"运动与王国维文学论著的接受》①一文注意到胡适、顾颉刚、傅斯年三人"都在'整理国故'运动中凸显了对于王国维越来越强烈的推崇。他们的推崇都远超个人观点与情绪的抒发,而是与对于理想的学术范式的理解联系在一起,带有学术史判断的色彩"。李浴洋认为"国故运动"的基本观念之一"取外来之观念,与固有之材料相互参证"的实践源于王国维,因此王国维的《宋元戏曲史》《红楼梦评论》《人间词话》等文学著作的价值在"整理国故"运动中被重新认识。王昭鼎《古典诗人的现代重塑——杜甫在抗战时期的三重面相》②同样立足于民国学人对杜甫诗歌的阐释而梳理出民国杜甫研究的三个特征,即"国族的杜甫""非战的杜甫""人民的杜甫",这些由于政治立场而衍生出不同面相的杜甫提醒学术史研究应当反思两个问题:"其一,关于追认古典诗人的限度意识,亦即在建构诗人偶像的过程中,如何平衡历史真实与时代需要之间的关系。……其二,关于追认古典诗人的路径选择,换言之,在调动古典诗人及其诗学资源以因应民族危机的时代主题时,是否必然将其引向政治化解读?"王逊《现代学人视域下的诗学晚明及其研究路向》③从形式与本质两个方面讨论了民国对晚明诗学研究的取径与特征。"就形式上看,现代学人较之以往研究,对诗学晚明的旨趣可称之为从全景到异质,即它并不是对彼时诗学流派、主张、现象等的通盘系统考察,而是专注于以公安、竟陵派为重点,认为其具有革新、解放等特征;就本质上说,现代学人对晚明的研究则表现为从'矫弊循环'论向'进步'史观的转型,认为诗学历史的演进轨迹不该被视为单纯的替代模式。在一部分现代学人看来,复古与革新二者分别代表了落后与进步的发展方向,由复古向革新的演进具有充分的历史必然性。"刘福春、于晓庆《新诗集序跋与初期新诗诗人的旧体诗观》④注意到五四新诗人对旧诗的矛盾心态。新诗集序跋中,表现出"新诗脱胎于对旧形式的反叛,亦拥有与古典诗歌成就一较高下、树立自身合法性的宏图伟志,但也由此陷入到既希望超越古典诗歌,又无法摆脱古典诗歌语境的矛盾之中"。也因为诗歌的一些共同属性,"新诗诗人们对诗歌情感与读者共鸣的追求,不仅激励他们尽情释放自然的真情,也使其落入对新旧诗体分野与诗人身份认同的迷茫之中"。这篇文章的视角无疑是锐利的,新旧诗之争是民国诗学争论的主要焦点,从诗人的角度而非从批评家的角度来看民国古典诗学的特征与价值显然是值得进一步讨论的方向。房启迪《民国报刊所涉龚自珍接受及其新变探

① 李浴洋:《"现代的"与"科学的"——"整理国故"运动与王国维文学论著的接受》,《文艺争鸣》2022年第2期。

② 王昭鼎:《古典诗人的现代重塑——杜甫在抗战时期的三重面相》,《中国现代文学研究丛刊》2022年第3期。

③ 王逊:《现代学人视域下的诗学晚明及其研究路向》,《江苏社会科学》2022年第5期。

④ 刘福春、于晓庆:《新诗集序跋与初期新诗诗人的旧体诗观》,《成都大学学报》(社会科学版)2022年第6期。

析》①认为民国报刊研究与批评龚自珍诗文有三点意义："第一,民国报刊的龚自珍接受,既折射出民国时期的文学追求和审美趣味,也为龚自珍的经典化积累了丰富的材料。……第二,民国报刊的龚自珍的研究奠定了现代龚自珍研究之基石。……第三,就接受史研究而言,可以进一步挖掘民国报刊所载材料以补当下接受史研究之不足。"

二是民国古典诗学的主流建构。民国古典诗学一直以百川并流的面貌呈现,是否有主流诗学贯串其中? 傅宇斌《地方风习与主流建构——晚清民初浙江词人的词学选择与词风嬗变》②从地方风习与主流建构的关系入手,细致、深入地考察多位晚清民初浙江词人的词学宗尚,发现他们此时期"在词学门径上,由以师法姜、张为主变成出入诸家之间;在词学风格上,由南返北,风格更为多元;在词学宗旨上,则由浙入常"。而这种转变是由时代变化的外因与词学发展的内因相互作用共同决定的,是一种主客观因素相结合而形成的"传统词学向现代词学演进"的必然现象。因此,该文对于词学主流或者流派得出更深层的认识:"文学流派非仅风格相近而成派,也非仅以地域相同而成派……它们之所以仍成为超大规模的流派,主要在于流派内部创作精神和宗旨的接近,以及每个时期均有卓出的创作者、批评家的推动,而在创作风格上不管是始倡者还是继任者,并不求风格的全同。而恰在于他们的通变和包融,才使此一流派长盛不衰。"

孙克强《千年词学史上的柳词批评述论》③、杨传庆《词学史上的东坡艳词批评》④都从经典词

人的批评史出发,发掘民国词学史的特质。孙文从宋、明、清、民国几个阶段对柳词的雅俗之辨、慢词体式和铺叙展衍、艺术审美特征、词史意义四个方面的批评出发,以展现柳词批评在各个时期不同文化背景和文学思潮影响下的发展与深化。他认为,由于文化背景的变化以及新文艺观念的出现,使得"民国时期对柳词的评论,一改前人从道德品行方面的批评,从艺术审美讨论的新角度对柳词的价值进行分析和总结,肯定柳永词体创新者的意义。论者从在词史上的新变和影响的角度,对柳词的贡献予以充分肯定"。这种"翻案式的评析和反思"的背后,反映的是"文人本位(或云贵族本位)转为平民本位之后的词史新见",正是"民国新词学的重要内容"。杨文详述了历代对东坡艳词批评的复杂面貌,"或是对其加以遮蔽,或是显现其本色一面,或是以之为寄托之具"。晚近词学在常州派寄托理论的影响下,"东坡艳词成为重要的词学资源,为词论家所取用"。他们"将其建设为象喻文本,肯定并践行艳词寄托的书写方式"。这些发展新变正是不同时代不同的文化语境以及不同读者个体的学识、经验、心境等因素造成的,恰恰"展示了这些词作的历史生命和审美价值,也鲜明地体现了不同时代词学的特征"。另外,孙文婷、孙克强《晚近词学中的清词史分期及其意涵》⑤详细梳理了晚清民国词学中关于清词史分期的"三期说"和"四期说",阐释了其各自背后的理论依据、内涵及其学术意义,由此反映出现代词学的发展嬗变。

最后是对民国重要学人的诗学成就与价值的考察。钱锺书与陈寅恪的诗学研究与方法是

① 房启迪:《民国报刊所涉龚自珍接受及其新变探析》,《苏州教育学院学报》2022年第2期。
② 傅宇斌:《地方风习与主流建构——晚清民初浙江词人的词学选择与词风嬗变》,《社会科学辑刊》2022年第1期。
③ 孙克强:《千年词学史上的柳词批评述论》,《文学遗产》2022年第3期。
④ 杨传庆:《词学史上的东坡艳词批评》,《文学遗产》2022年第4期。
⑤ 孙文婷、孙克强:《晚近词学中的清词史分期及其意涵》,《河南大学学报》(社会科学版)2022年第2期。

学界一直较为关心的话题。夏中义《释"神韵"：钱锺书的诗贵清远说——古典今释的地缘语境》①认为王士禛晚年将"神韵"说内涵定位为"诗贵清远"，是对青年时期"神韵"说的重要突破，如何理解"清远"则是现代诗学亟待解决的谜题。夏中义认为"钱锺书以释'神韵'为平台重构'诗贵清远'之现代学说，是依次从源头（谢赫《古画品录》）、拐点（借南宗画理来'以画论诗'）、机制（范温'余味即韵'）三层次来纵深营造"。针对王士禛所述"清远"的三种关系："清而不远""远而不清""清远圆融"，夏中义注意到钱锺书其实是从陆机《文赋》中借鉴"意象言"模式来解释。而言能否称意"主要取决于'意-象'关系处理得怎样。将此定律落到'诗贵清远'框架，'意-象'关系也就可生三种境况：一曰'意寄于象'，清而不远；二曰'意未附象'，远而不清；三曰'意溢象外'，清远圆融"。钱锺书的这种解释方法与路径，夏中义定义为"古典今释"，其意义在于"不仅意味着将生涩僻奥的古汉语转述为明朗通畅的现代汉语，更是期盼将幽闭在原典中、极可能激活现代创意的古老睿智，凭借'古典今释'而敞亮乃至弘扬光大"。欧婷婷《论陈寅恪的实证诗学——以其指导论文〈李义山无题诗试释〉的写作为例》②根据李炎全的论文、回忆录与陈寅恪的评语，重新讨论陈寅恪"实证诗学"的内涵。欧文通过追溯李炎全对学术问题铺展、衍生的足迹，既揭出陈寅恪研治中国古典诗学从理论到实践的问题，也总结出陈寅恪实证诗学的研究方法，即"以'时、地、人事直角坐标'法为考证的重要手段，以'了解之同情'的生命情感对待研究对象，

在'整个历史关系'中阐释中国古代文学的具体问题"。

民国词学上承清代词学中兴之余绪，下启现当代词学之伟业，期间诞生了如王国维、夏承焘、唐圭璋、龙榆生、詹安泰、宛敏灏等一批极负盛名的词学家。本年度的词学家研究成就突出，主要围绕着词学家的词学思想、词创作等问题进行深挖，且呈现研究对象多元化的发展趋势。

其一是王国维研究。众所周知，王国维《人间词话》的思想内容多受西学影响。陈建华《王国维〈人间词话〉与康德哲学》③一反学界长期以来认为《人间词话》受叔本华影响的观点，创新提出《人间词话》融汇了康德的三大批判，引进了一种以科学实证为基础的'自然'观"。他认为"《人间词话》含有以康德为代表的启蒙哲学，引进了一种新的二元世界观及认知主体，具有突破传统思想模式的意义；而'境界说'的镜子'再现'论对二十世纪中国的文艺领域中写实主义产生深刻的影响"。夏志颖《〈人间词话〉摘句批评的基点、旨趣与影响》④针对《人间词话》的摘句批评形式进行了分析，认为《人间词话》采取"旧"批评形式的潜在观念依据是"王国维认为真正的'名句'必属自然神妙、伫兴而为，是创作者天赋的体现"。由此，王国维"重新标举两宋词史中的名句，并以之衡量南、北宋词的高下，为词学史上旧有的南、北宋之争增添了一个新的讨论维度"。王国维与其他词学家的比较研究也是一个重要的思路。彭建楠《在历史与艺术之间——胡适与王国维词学离合考论》⑤从历史、艺术的维度对两位词学家词学思想的异同进行了论证，认为二者

① 夏中义：《释"神韵"：钱锺书的诗贵清远说——古典今释的地缘语境》，《文艺理论研究》2022年第3期。
② 欧婷婷：《论陈寅恪的实证诗学——以其指导论文〈李义山无题诗试释〉的写作为例》，《东南学术》2022年第2期。
③ 陈建华：《王国维〈人间词话〉与康德哲学》，《复旦学报》（社会科学版）2022年第4期。
④ 夏志颖：《〈人间词话〉摘句批评的基点、旨趣与影响》，《中南大学学报》（社会科学版）2022年第4期。
⑤ 彭建楠：《在历史与艺术之间——胡适与王国维词学离合考论》，《江海学刊》2022年第2期。

"词学之合主要基于在历史维度中的一致性",例如"两人考证'词的起原'虽分持中唐说与盛唐说,但都以之为进入词学批评的前提"。而二者词学思想的根本分歧则在于"胡适在历史维度动观词境从浅显局促到充实广阔再到衰落的过程,提炼文学嬗变规律;王国维臻于艺术维度,专注静观词境,揭出词人观我观物的深微,及对精神生命乃至宇宙人生问题独特深彻的感受"。王国维词学研究的其他论文还有余来明、王蕾《以小令写壮怀——王国维论陆游词"有气乏韵"新释》、王林瞄《从原始思维视角看王国维的"赤子之心"说——以李煜词为例》、丁栩《论〈人间词话〉中的"风人深致"》、王梅《〈人间词话〉与中国传统美学的现代转化》、王飞《王国维论〈蒹葭〉考辨》、侯冰玉《论〈人间词话〉中词作的研究方法》等。

其二是唐圭璋研究。2021年是唐圭璋先生诞辰120周年,学界为此召开了盛大的纪念会,故本年度有多篇研究唐圭璋的论文发表。孙克强《唐圭璋批评王国维和现代词派析论》①以民国时期新旧词派的分野与对立为研究背景,论述了作为传统派主将的唐圭璋对王国维及现代派的批驳。他认为,"唐圭璋继承并发展了常州词派、晚清四大家的词学思想,坚持'重拙大'的论词宗旨,指出《人间词话》的境界说和隔与不隔之说的理论缺陷,批评'境界'说缺少'情韵',强调含蓄蕴藉、沉郁顿挫、情景交融的美感,指出王国维的'不隔'乃专尚赋体,以白描为主。唐圭璋回应现代词派对梦窗词雕琢的批评,并对梦窗词的艺术价值作了新的阐释,指出切磋琢磨、始成精品是

梦窗词的审美特质"。陈水云《唐圭璋先生对传统词学批评方法的继承与发扬》②认为唐圭璋继承与发扬了宋代以来词学批评的传统,"从传记批评、词林纪事、选本笺注等方面,从知人论世、回归现场、阐释意义等角度,建构了以'人''事''文'为结构体系的词学批评模式"。这种系统化的批评范式为唐门弟子所继承,对当代词学研究产生了很大影响。曾大兴《〈宋词三百首笺注〉的得失及其补救》将唐圭璋《宋词三百首笺注》③的特点归纳为五点:"一是尺度很严;二是以'浑成'为旨归;三是所选词人多达82家,便于读者一窥宋词全貌;四是所选作品章法井然,便于初学;五是收录了不少史料、词人逸事珍闻和宋、元、明、清各代词话,便于读者了解词人生平、理解作品。"他又将《宋词三百首笺注》的局限归为四点:"一是过于推崇梦窗词,使得20世纪前40年的词坛几乎被梦窗词风所笼罩,造成不良影响;二是对苏、辛词缺乏认识,甚至连苏轼的《念奴娇·赤壁怀古》都不选;三是所附评论主要是传统词家的评论,很少采择现代词家的评论;四是注释比较简单。"其他重要论文还有钱锡生《圆融而通达

睿智而明澈——唐圭璋先生谈唐宋词》、王筱芸《"词府千年仰泰斗,教坛举世颂楷模"——论唐圭璋先生对20世纪20年代至40年代词学教育体系的师承与发展贡献》、何群《词学家唐圭璋先生的词论及创作》等。

其三是其他词学家研究。杨传庆《词籍辑佚的范型确立:赵万里校辑词籍探论》④对赵万里的词籍校辑活动进行了详细考察,认为赵万里"甄选古本、善本为辑佚底本,明辨辑佚来源'不注撰

---

① 孙克强:《唐圭璋批评王国维和现代词派析论》,《清华大学学报》(哲学社会科学版)2022年第6期。
② 陈水云:《唐圭璋先生对传统词学批评方法的继承与发扬》,《南京师范大学文学院学报》2022年第1期。
③ 曾大兴:《〈宋词三百首笺注〉的得失及其补救》,《南京师范大学文学院学报》2022年第1期。
④ 杨传庆:《词籍辑佚的范型确立:赵万里校辑词籍探论》,《中山大学学报》(社会科学版)2022年第2期。

人'之体例,并且利用校勘、辨伪阙疑存真,制定了严谨的辑集体例,确立了'客观'的词籍辑佚范型,对之后的词籍辑佚及词籍整理产生了深刻影响。而精于流略之学、反思清儒辑佚得失、坚守阙疑求真的精神以及得天独厚的观书条件是赵万里词籍辑佚获得成功的重要原因"。陈泽森、王兆鹏《饶宗颐词学思想阐微》①从"折衷浙、常二派""对《人间词话》的反拨""创作'形上词'"三个方面对饶宗颐的词学思想进行了总结。许贵淦《饶宗颐论书"重拙大"与晚清词学批评之间的关系研究》②则以饶宗颐书法思想上的"重拙大"说为切入点,分析了近代以来书论与词论之间的相互影响。本年度相关论文还有:沈文凡、林婉心《宛敏灏先生词学思想探赜——围绕〈词学概论〉词调观展开》,樊庆彦、李敏《刘乃昌先生的词学贡献》,周维、杨柏岭《龙榆生词体艺术鉴赏学研究》,赵家晨《现当代"学人之词"的特征》等。

本年度生活书店出版了几位现代诗词学家的论文选集,每部论文集的前言对这些学人的诗学贡献进行了重新的总结与论定。张之为、戴伟华在《诗可以歌》③导读中对任中敏的诗学成就与方法、特征进行了综合论述。他们认为任中敏对于诗词曲的研究有两个基本观念:一是"主艺不主文",即指"从音乐文艺的角度来认识作品:文学作品的样式受到其表演音乐与伎艺的制约,音乐的体裁和伎艺的表演形式最终会反映到辞章的文体样式上,影响其辞样;其应用功能,如用于娱乐、娱神或其他,会影响到文辞的内容,进一步会影响文辞的风格"。二是"歌辞总体观念",即

指诗词曲的共同属性皆为歌辞,"在歌辞观念的统摄下,文本间个别字词增减造成的体式差异不再具有本质分判意义,研究的中心转向探索音乐体裁、伎艺表演形式与辞章文体样式之间的联系,进而梳理、建构整个'歌辞系统'发生、演进之过程"。关于任中敏的研究方法,以总结其声诗研究较有代表性,张之为、戴伟华指出任中敏声诗研究的具体方法是:"先辑录唐诗及唐代民间齐言中确曾歌唱或有歌唱可能者约两千首,从中提出曲调百余名;次以相关记载排比沟通,建立理论;再根据理论重审各曲,著录一百五十余调、一百九十余体;最后从以上三者之间抉剔矛盾,互相改正,最终成稿。"彭玉平在《词史与词境》④书前导读中重点总结了詹安泰的词学成就与特征。简而言之,在詹安泰词学"十二论"中,声韵、音律、谱调、章句、意格、修辞、境界、寄托为"学词所有事",侧重以"学词"来建立"词学";起源、派别、批评、编纂则是在"学词"的基础上的推衍与提高。"追源溯流以明其正变,参酌各派以广其学识,参究批评而折中至当,如此则'词学'宛然已成专门之学。"对于其中篇章,彭玉平尤认为《论修辞》"是迄今为止最为完备、最成体系的词的修辞学研究成果。……总体上构成了兼具总结和开创意义的细致绵密的修辞学体系",并认为此章的每一个专题"都带有创新的色彩",如风格与修辞的关系,詹安泰分词的作风为"拙质""雅丽""疏快""险涩"四种,并指出"拙质"有"初期之拙质""后期之拙质"的差异,彭玉平认为"类似这样的分析,实际上把文体发展的共同规律总结了出

---

① 陈泽森、王兆鹏:《饶宗颐词学思想阐微》,马兴荣、方智范、高建中、朱惠国主编:《词学》(第四十七辑),华东师范大学出版社,2022年版,第268—280页。

② 许贵淦:《饶宗颐论书"重拙大"与晚清词学批评之间的关系研究》,陈春声、林伦伦主编:《潮学研究》(第25辑),社会科学文献出版社,2022年版,第237—250、258—259页。

③ 任中敏著,张之为、戴伟华编选:《诗可以歌》,生活书店出版有限公司,2022年版,第5页。

④ 詹安泰著,彭玉平编选:《词史与词境》,生活书店出版有限公司,2022年版,第7页。

来,其理论意义又不仅是词之一体所能限量的了"。景蜀慧在《奇气灵光之境》①的导读中也总结了缪钺的诗词学的成就。景蜀慧引缪钺论词语概括缪钺的诗学特征,即"诗文之中,有精言警句如宝玉明珠,精光四射,能引起读者遐思远想的文字,即是有奇气灵光,而能臻于此境者,唯学养深厚、识力敏锐之士"。以诗词研究而言,景蜀慧注意到缪钺研究方法的三个特征:一是"其所关注的,不仅仅在一个时代的诗词本身,更从时代背景探求时代精神及其在诗词中的反映;而对古代作家及其作品,也强调'知人论世',先考订研究其家世背景与身世经历,由此获得超越前修的精邃见解,对一个时代的诗文以及具体作者作品更能通观全貌,理解入微,阐发其意义"。二是"其论诗词,不仅有宏观的通识,又有深邃的情思。对作者的身世及相关历史事件考订精详,更对诗词作品的意境神韵与作者之心灵情感体察入微"。三是倡导"文史互证"的方法,"古代诗人秉承诗、骚传统,往往自觉或不自觉地在诗文创作之中,将自己所历时代的政治、思想、文化、制度以及社会风俗的状况连同自己的襟怀、抱负、精神、情感、生活一齐写入,实际上是为后人留下了大量反映当时时代现实包括社会心灵史、思想文化史的第一手材料"。刘跃进、蔡丹君在《诗的传统与兴味》②导读中爬梳了余冠英的学术历程,并着重论述了余冠英诗学研究的两大特征:"一是他总结了诗的两个传统——民间传统与文人传统;二是他十分擅长通过准确的注诗,来寻到诗的兴味。"论述余冠英对"民间传统"和"文人传统"的重视时,提出了两点值得注意之处:其一,

诗歌创作的现实主义精神源于《诗经》,而余冠英的"《诗经选》是将诗歌的'民间传统'往前延伸之作,以此来寻觅中古之先声"。其二,余冠英将古诗视为乐府,认为古诗中有不少"对乐府诗的拼凑与分割"。关于余冠英的注诗工作,刘跃进、蔡丹君认为余冠英"促进了文学经典普及工作的系统化,形成了非常独到的阐释方法"。余冠英注释诗歌的特点有三,其一是"擅长整理旧说,并以现代语言将之融会";其二是"十分重视诗人、诗歌的艺术特点",如释曹植"思欲赴太山"句指"赴死","拨开了在此问题上的千年迷雾";其三是独出新见,其解释态度"既不似训诂家之穿凿附会,也不似一些人'不求甚解'式的'以意逆志',他能本着乐府诗的精神别求新解,使诗焕然生色,而又言必有据,从历史和诗本身来证明这样解释的真确"。

其他被关注到的学人还有汪辟疆、周作人、朱希祖等。杨婷婷《新发现汪辟疆〈小奢摩馆诗话〉的诗学史价值》③从民国报刊《中华小说界》《上海亚细亚日报》发现散佚之《小奢摩馆诗话》,再与汪辟疆此后诗学著述比较,杨婷婷认为"这部诗话不仅提供了汪氏诗作辨误与著述钩沉的线索,还论及诗史分期、以地域为标准划分诗坛流派等重要命题,反映出其关于近代诗学研究的若干主要观念在青年时期已初具规模,对理解汪氏学术体系的形成有填补空白的意义"。丁文敬《周作人对越中乡贤诗文集的搜集、阅读与阐释》④对周作人的地方文献整理业绩作了基础的评议,认为周作人在阐释乡邦文献时"立足于'言志'的文学立场和'儒家人文主义'的思想视角,

---

① 缪钺著,缪元朗编选:《奇气灵光之境》,生活书店出版有限公司,2022年版,第2—3页。
② 余冠英著,刘跃进、蔡丹君编选:《诗的传统与兴味》,生活书店出版有限公司,2022年版,第10页。
③ 杨婷婷:《新发现汪辟疆〈小奢摩馆诗话〉的诗学史价值》,《文艺理论研究》2022年第2期。
④ 丁文敬:《周作人对越中乡贤诗文集的搜集、阅读与阐释》,《今古文创》2022年第4期。

他对乡贤著作的阅读和阐释带有鲜明的个人癖好。他对那些能够独立思考、真情流露的文字特别感兴趣，对尊重科学常识、遵循人情物理的著作也予以特别关注，对乡贤诗文中提及的故乡景物寄托了思乡之情"。沈阅《朱希祖与1920年代中国文学史研究的现代转型》[1]考察了朱希祖由"泛文学观"向现代"纯文学观"的转型，认为其转型的特征"具体表现为文学观念由泛至纯、文学史观由退化转为进化、文学史研究方法趋于科学化"。并考察朱希祖的文学史著述，认为朱希祖"受制于文学革命的话语霸权，其现代纯文学观的建构未经严密充分的学理论证，对进化史观与实证方法在文学史研究中的适用性与合理性亦缺乏缜密思考"。这一观点对于我们理解1920年代诗学研究的现代转型同样是有较大的启发意义。

二、作家作品研究

作家作品的研究历来是诗词研究的主要部分，本年度的研究成果同样十分丰富，主要集中在五个方面。

第一，对重要作家生平、史事以及作品的价值、意义重新挖掘，对相关作家的研究有了更为深入的推动。彭玉平本年度发表了7篇论文集中探讨王国维的几部重要作品与重要事件，从以前以讨论王国维的学缘、词缘为重心转移到讨论王国维与晚清民国士人、政治关系为中心。《〈颐和园词〉考论》[2]考察了王国维《颐和园词》创作与流传过程中形成的六种版本，借助其拟作而未完成的《东征赋》的基本思路，并与《隆裕皇太后挽歌辞九十韵》对勘，既可以窥出"其中隐含着对慈禧的批评"，又可以看到"其对朝代兴废规律和深沉原因的探讨"，此文目的在于"梳理《颐和园词》走向经典的历程，可以更全面勘察王国维、颐和园与《颐和园词》在文学、政治和历史上的深刻关系"。《以一人之思摄一时之思——王国维〈壬子三诗〉稿本考论》[3]注意到国家图书馆藏王国维《壬子三诗》稿本与《壬癸集》刊本的差异，进而考察《壬子三诗》稿本形制、层次及内容上的关系，认为"形成了以《颐和园词》为正编，以《送狩野博士直喜游欧洲》《蜀道难》为副编，以柯劭忞、沈曾植八诗为附录的三个层次"。其意义则在于"诸诗虽然并非全为王国维一人之诗，也不是全为壬子年所作，但皆与清亡有关，盖王国维以其一人之思绾合柯、沈等遗老的一时之思。该集承载了清亡后特殊的个人和群体情感，具有不可替代的思想价值和时代意义"。《王国维藏书之来源与批校之书考论——兼释王国维遗书"书籍可托陈、吴二先生处理"之义》[4]从文化情怀的视角入手，注意到王国维"从看似普通的书籍中看出不寻常的问题，并从精微处通远大，用他过人的天赋成就了一批学术经典"。因而"书籍是王国维生命所系，也是奠定其人生价值和意义的重要基石"。而王国维郑重委托吴宓、陈寅恪处理身后藏书一事，"既体现了对藏书深自顾惜的生命情怀，也是对陈寅恪、吴宓与自己情谊的一种切实尊重"。《一本逊清朝廷的政治斗争实录——论〈王忠悫公哀挽录〉及相关问题》[5]则读出了《王忠悫公哀

① 沈阅：《朱希祖与1920年代中国文学史研究的现代转型》，《社会科学论坛》2022年第3期。

② 彭玉平：《〈颐和园词〉考论》，《文学评论》2022年第5期。

③ 彭玉平：《以一人之思摄一时之思——王国维〈壬子三诗〉稿本考论》，《文艺研究》2022年第7期。

④ 彭玉平：《王国维藏书之来源与批校之书考论——兼释王国维遗书"书籍可托陈、吴二先生处理"之义》，《文学遗产》2022年第6期。

⑤ 彭玉平：《一本逊清朝廷的政治斗争实录——论〈王忠悫公哀挽录〉及相关问题》，《文史哲》2022年第2期。

挽录》一书后面的政治斗争，彭玉平既注意到《哀挽录》序出自罗振玉之手，但署名'沈继贤'"之蹊跷，又注意到《哀挽录》"未见罗振玉代拟代奏之遗折"之玄机，还发现"打开这本《哀挽录》，开卷可见的除了悲音悲情，居然还夹杂着不少隐喻的机锋与激愤的情绪"。基于这三个方面，彭玉平深入剖析了罗振玉、溥仪、郑孝胥、胡嗣瑗等人的文字记载，认为此书表现当时的政治生态"这当然与王国维身处易代之际，是深具国际知名度的一代学者的仪型有关，也与他和中国最后一位皇帝有着千丝万缕的联系有关"。《罗振玉"逼债"说之源流及其与王国维经济关系考论》①回应了民国时流传的罗振玉"逼债"而致王国维自沉之说，认为此说"就是在郑孝胥的策划下，经史达、郭沫若、溥仪、周君适等人递相祖述并加诡异想象，而使这一谣言一时竟然成为'公论'"。文中结合罗、王二家的回忆与追述，认为并无"逼债"之事，而罗振玉对王国维一直以来的经济扶持，"其主要目的是让王国维勿劳分心专力学术，以精深之学术延续中国学术之辉煌"，行文旨归仍在探讨经济关系与学术史之发展。《王国维、罗振玉晚年交恶考论》②对罗、王二人晚年"交恶"之事进行了细致考辨，其意也是重新审视王国维自沉的原因，此文主要考察两人的性格以及结为姻亲后面对生活琐事的龃龉，考出交恶实因为"王国维素厚长媳罗孝纯，因其坚拒抚恤金而得到罗振玉的支持，令王国维备感屈辱。这种屈辱也使得王国维生趣渐失，罗、王近三十年的密切关系因此而结束"。《王国维与溥仪》③关注的是王国维

的政治立场与身份意识，通过考察两人之间的交谊，认为"王国维与溥仪，虽然因为一为南书房行走一为逊清皇帝的身份，而不可避免带有政治的色彩，但王国维始终站在政治的边缘，深切关注着溥仪个人的命运。被错置身份的王国维，从本质上来说，始终坚守的还是学者本色，并以此与意图复辟大清的遗老群体形成了鲜明的区别"。

蒋寅《久被忘忽的钱锺书诗集》④针对学界对钱锺书诗的刻板印象，重读钱锺书1934年刊刻的《中书君诗初刊》，认为钱锺书早年醉心于李商隐、黄景仁的风格，陈衍所序"'发为牢愁，遁为旷达'实在与钱诗的艺术渊源直接相关"。宁夏江《论梁启超的欧西学理诗》⑤注意到梁启超"引'西学'入诗更多的不是从器物层面上，而是从文化制度层面入手。受他欧西学理诗的影响，清末民初出现了'以现代学术入传统诗词'的创作潮流，诗歌的'新意境'达到了一个更高的水平"。康保成《易顺鼎捧角真相及其捧角诗探赜》⑥亦属翻案之作，针对学界曾经"污名化"易顺鼎捧角与"捧角诗"一事，此文既考察易顺鼎捧角对象之德行才艺，又考索易顺鼎之性格、心境，认为易顺鼎"叛逆、执拗而坦诚"，其热烈捧角"或有官场不得志发泄苦闷之缘由，但又和他与生俱来的'贾宝玉情结'密切相关"。从诗歌发展史上，康保成认为易顺鼎"长篇杂言歌行体捧角诗，乃是从旧体诗迈向现代白话诗的中间一环；而诗中阐发的诗学主张以及对名优的深情讴歌，亦应在近代诗歌史、戏剧史上留下浓墨重彩的一笔"。胡全章《于

① 彭玉平：《罗振玉"逼债"说之源流及其与王国维经济关系考论》，《北京大学学报》(哲学社会科学版)2022年第1期。
② 彭玉平：《王国维、罗振玉晚年交恶考论》，《清华大学学报》(哲学社会科学版)2022年第2期。
③ 彭玉平：《王国维与溥仪》，《南京大学学报》(哲学·人文科学·社会科学)2022年第3期。
④ 蒋寅：《久被忘忽的钱锺书诗集》，《读书》2022年第7期。
⑤ 宁夏江：《论梁启超的欧西学理诗》，《长春大学学报》2022年第9期。
⑥ 康保成：《易顺鼎捧角真相及其捧角诗探赜》，《戏曲艺术》2022年第4期。

右任与晚清诗界革命思潮》①考索于右任早年散见于晚清报刊的诗作，认为于右任《半哭半笑楼诗草》，"题材题旨上有着鲜明的民族民主革命思想倾向，诗体诗风上属于较为典型的'诗界革命体'；其问世，既是1903年兴起的革命思潮波及三秦大地的生动写照，更是梁启超发起的诗界革命运动延展到西北地区的典型个案"。史可欣《古典与近代诗学的二重变奏——论森鸥外汉诗的近代价值》②考察日本著名诗人森鸥外的汉诗写作，作者认为"森鸥外汉诗中的抒情与自我书写，亦是其浪漫主义美学思想的东方式呈现。他的诗反映出日本古典文学向近代文学转变的探索与创作实践"。这些论文都极大地丰富了我们对民国著名诗人以及日本同期诗人的认识，对于作家创作的研究是较大的推动意义。

重要的词人方面，邓小军《论宛敏灏诗词》③详论了宛敏灏诗词创作方面的成就，认为"宛敏灏诗词反映了中国现代史七十年之历程与自己之心灵历程，笔力之大，包罗巨细，深弘博丽，取得了卓越之成就，允称大家。宛诗最突出之成就，在于韵味与神韵；诗史之深致；咏史诗之深致；长篇叙事诗、叙情诗波澜壮阔，刻画出人物形象之鲜明性格特征等四个方面。宛词最突出之成就，在于写景抒情，宛然北宋小令，而别有自家之深致；词中有史，'溟溟波浪阔'；山水词笔妙传神；怀人词情致深永等四个方面。韵致与深致，出之以明白如话，此是诗歌语言艺术极高明之造诣，亦是宛敏灏诗词之根本艺术特色"。邓妙慈《晚清民国主流词学下之继述与违离——以朱祖谋〈彊村语业〉与〈宋词三百首〉之关系为例》④认为"《彊村语业》创作取向的多元性表现为托兴深微与赋笔叙写的结合，梦窗情味与苏辛气骨的交融，重南而不疏北的书写策略；《宋词三百首》词选观的兼容性表现于词作取舍中的平衡策略以及'体格'与'神致'的衡词标准。《彊村语业》与《宋词三百首》有共通之处，但二者在对待苏辛词风的态度上存在一定程度的违离。《彊村语业》与《宋词三百首》体现出朱祖谋对晚清民国主流词学的继述与违离，彰显了总结传统词学与催生新词学的浓厚意味"。

张伯驹亦是本年度研究较多的民国词人，孔令环《张伯驹〈丛碧词〉的成书及版本流变考》、张恩岭《"亦古亦今"的词人张伯驹——论张伯驹词》《张伯驹的词风及其"豪放词"的意义》、佟建伟《人生如梦 大地皆春——张伯驹〈春游词〉论》、张春梅《张伯驹〈八声甘州·三十自寿〉艺术解析》等文或从版本学角度，或从词风、词史以及词作鉴赏的角度多方面讨论了张伯驹词的价值与意义。

张治的专著《中国近代文学十六讲》⑤是课堂讲义，论及晚清民初诗人较多，如陈宝琛、陈三立、陈衍、宝廷、张佩纶、郑孝胥、沈曾植、樊增祥、易顺鼎、范当世、严复、梁启超等皆有论列，虽多属随感泛论，然其中也有较为敏锐的认识。如陈宝琛诗，诗家一般评其诗得力于王安石，而本书引陈宝琛自道语，云"得力处实在务观"。再如严复译蒲柏诗《人论》，以五言古诗译之，本书据此论严复诗的构思受到西方"文法修辞上的启发"。

① 胡全章：《于右任与晚清诗界革命思潮》，《文学评论》2022年第4期。
② 史可欣：《古典与近代诗学的二重变奏——论森鸥外汉诗的近代价值》，《苏州教育学院学报》2022年第4期。
③ 邓小军：《论宛敏灏诗词》，潘务正主编：《中国诗学研究》（第二十一辑），凤凰出版社，2022年版，第156—183页。
④ 邓妙慈：《晚清民国主流词学下之继述与违离——以朱祖谋〈彊村语业〉与〈宋词三百首〉之关系为例》，《中山大学学报》（社会科学版）2022年第2期。
⑤ 张治：《中国近代文学十六讲》，高等教育出版社，2022年版。

再如评易顺鼎《万古愁曲为歌郎梅兰芳》"仿佛孟元老《东京梦华录》",也颇能得由清入民国之诗人心迹,如此珠玑碎玉处不少,对于较为完整地认识晚清民国诗坛的梗概亦不无裨益。

其他重要的论文还有黄黎星《陈宝琛诗文中易学内容论析》,于洋《李一氓旧体诗词中的革命书写》,邓江祁《论宁调元对杜诗的传承与发扬》,逢依林、陈佳冀《郁达夫旧体诗的形成原因研究》,汲翔《郁达夫南洋时期旧体诗研究》等。

第二,发掘前人注意不够之作家的诗歌创作活动与创作成就。如杨传庆《"诗人唐立厂":唐兰天津文学活动撮述》①敏锐地注意到文字学家唐兰青年时期在天津的诗词活动与创作,向我们展现了作为诗人那一面的唐兰,并注意到"他的诗学、词学思想又与遗民文人有关联,特别是在词的创作上摹效梦窗风格,受到了朱祖谋等遗民词人的影响"。刘火雄《兴观群怨 诗史互证——郑天挺西南联大时期的诗词交游及其学术活动考察》②也注意到作为学者的郑天挺的诗词交游与创作,认为郑天挺与陈寅恪、罗庸、魏建功等人的诗词交游与唱和"复归了中国'兴观群怨'的诗学传统"。管新福《陈寿彭〈巴黎竹枝词〉辑论》③搜辑了陈寿彭《欧游纪游》中的37首《巴黎竹枝词》,并详细讨论了它与传统竹枝词的区别,发现"与传统竹枝词已有较大差别:一是虽还以中国传统的书写语汇为主,但已使用大量新词记述新名物,阐述新理念。……二是有意识吸收域外见闻的合理性以构建中国文化的现代意识"。杨萍、许文伯《清末民初女作家吕韵清早期的诗歌

创作——以〈倚修竹轩吟稿〉中的交际诗为考察中心》④考察吕韵清早期诗歌中的交际诗,此诗集藏于哈佛燕京图书馆,今人未及注意,本文考察吕韵清的早期诗集,"还原了吕韵清文学创作的整体风貌,为进一步探究其文学创作观念和社会身份的转型提供了参照"。

其他发掘讨论民国诗人的论文还有多洛肯、张俊娅《近代白族诗人师源的诗学实践与宗尚取向》,何震宇《寸心落落自光明——何文林的诗歌溯源与书法成就》,尚婷《晚清〈豫报〉诗人抟沙考论》,汤涛《王伯群和他诗词背后的激荡历史》,许振东《清末民初京畿诗人刘钟英的文学创作与成就》,吴丹丹、汪梦川《南社文人姚鹓雏词作与词论初探》,徐玮《胎息古人与别开世界——论廖恩焘〈忏盦词〉与其古巴经历》,兰石洪《夏孙桐题画词析论》等。

第三,对群体性作家的创作特征与诗歌史意义予以详细的揭示。首先是对报刊诗人群、词人群的研究,如焦宝《政治理念支配下的〈新民丛报〉诗人群的聚合与分化——以梁启超、宗仰上人为中心》⑤讨论了《新民丛报》"诗界潮音集"诗人群体,注意到"从《新民丛报》开始,诗人群体因明确的政治理念而聚合,又因政治理念的分歧而走向分化,这是中国诗学史上的第一次"。并且,《新民丛报》刊载不同政治理念的诗人作品,这反映了"当时最有觉悟的知识精英,对于'救中国'、中国文化命运的不同思考"。这篇论文的历史意义显然溢出文学之外,对于我们理解晚清民初报刊与诗词创作关系的复杂面相有更深层的意义;

① 杨传庆:《"诗人唐立厂":唐兰天津文学活动撮述》,《文学与文化》2022年第2期。
② 刘火雄:《兴观群怨 诗史互证——郑天挺西南联大时期的诗词交游及其学术活动考察》,《文艺评论》2022年第5期。
③ 管新福:《陈寿彭〈巴黎竹枝词〉辑论》,《南开学报》(哲学社会科学版)2022年第3期。
④ 杨萍、许文伯:《清末民初女作家吕韵清早期的诗歌创作——以〈倚修竹轩吟稿〉中的交际诗为考察中心》,《南京理工大学学报》(社会科学版)2022年第1期。
⑤ 焦宝:《政治理念支配下的〈新民丛报〉诗人群的聚合与分化——以梁启超、宗仰上人为中心》,《南通大学学报》2022年第6期。

冯静《民族话语的坚守与传承——以〈盛京时报〉文艺副刊为考察中心》[①]考察《盛京时报》文艺副刊"神皋杂俎"的诗文创作,认为"'神皋杂俎'的报载文学在日本报人殖民'共荣'的主办方针下,通过自己的特色专栏坚守民族独立的语言与文化,在关乎新旧的讨论中推进东北社会的现代化进程,呈现了东北现代社会面对日本早期殖民语境下的挣扎与坚守"。陈圣争《从"圣殿"跌落俗尘——试论民国报刊夹缝中的"新型"试律诗》[②]以民国时期"兴味派"作家的"试律诗"为主要考察对象,注意到这些"试律诗"的基本风格是:"由'颂圣'走向讽刺,由庄雅趋于俚俗。"并发掘其诗史意义,认为"这些新型试律诗的存在,对于当时的文学观念、文坛现象,尤其是对于考察当时'兴味派'的文学主张而言,亦有着积极作用。(他们)也写下了不少同样具有谐趣性、滑稽性、讽刺性的文章和诗词,若能全盘考察相关文字,则更可全面而系统地认识、理解他们的文学观念或主张"。

其次是对诗词社唱和群体的研究,袁志成《科举、都市、历史事件、报刊与晚清民国文人结社》[③]对晚清民国文人结社的几种因素进行了综合考察,认为"其中科举制度为文人结社提供了现实可能,上海等大都市为文人结社提供了安身立命的栖身之所,历史事件刺激着文人士子的心灵而结社吟咏,近代报刊则推动文人结社跨越时空的局限"。袁志成《文人结社与清末民国旧体诗的现代上海书写》[④]主要讨论清末民国的上海诗词社的上海书写,注意到"上海作为文学创作的专门题材得到前所未有的重视"。五光十色的上海书写"折射出现代人行为的矛盾性和精神的困惑,触及了'现代化'背景下生存、生活的时代命题"。苏芳泽《论"怀安诗社"诗词创作的现实意义》[⑤]考察中共抗日根据地"怀安诗社"的诗词创作,主要认为"这些以旧体诗词为代表的'怀安诗'不仅继承了古典美学的抒情传统,而且以新的诗词意象记录战争史实,是新文学史的重要组成部分"。任杰《战争语境与旧体诗革新——大文学视野下的怀安诗社及其创作》[⑥]对怀安诗社的研究的立足点与上文不同,此文注意到"以李木庵、林伯渠等为代表的怀安诗人响应文艺大众化号召,从语言、内容、形式等方面入手,积极对旧体诗进行了革新。但是即便经过了深度革新,怀安诗仍旧未能达到诗社同人们的预期目标"。而且怀安诗社经历了从台前到幕后的过程,这一过程"可以看到怀安诗人们的旧体诗创作不仅呈现着新、旧文学间的冲突与耦合,而且彰显了战争语境对文学书写的突显与压抑"。杜运威、丛海霞《论抗日根据地"三大诗社"的创作理念、成就及其意义》[⑦]也关注到了怀安诗社,他们综合考察了抗日根据地怀安诗社、湖海艺文社、燕赵诗社的创作成就与创作理念,认为这些诗社创作的成就、理念与意义在于"其一,聚焦'反扫荡'历程,可补史书之缺;其二,多角度展示根据地人民

① 冯静:《民族话语的坚守与传承——以〈盛京时报〉文艺副刊为考察中心》,《安徽师范大学学报》(人文社会科学版)2022年第3期。

② 陈圣争:《从"圣殿"跌落俗尘——试论民国报刊夹缝中的"新型"试律诗》,《中国文学研究》2022年第1期。

③ 袁志成:《科举、都市、历史事件、报刊与晚清民国文人结社》,《城市学刊》2022年第1期。

④ 袁志成:《文人结社与清末民国旧体诗的现代上海书写》,《中南大学学报》(社会科学版)2022年第3期。

⑤ 苏芳泽:《论"怀安诗社"诗词创作的现实意义》,《汉字文化》2022年第23期。

⑥ 任杰:《战争语境与旧体诗革新——大文学视野下的怀安诗社及其创作》,《新疆大学学报》(哲学社会科学版)2022年第4期。

⑦ 杜运威、丛海霞:《论抗日根据地"三大诗社"的创作理念、成就及其意义》,《中国文学研究》2022年第2期。

的真实生态;其三,批判污浊现象,警醒愚昧民众。与其他文学社团相比,'三大诗社'不仅拓展了根据地文学的表现空间,还是建构抗战诗史的重要组成部分,与沦陷区、国统区诗词形成了鼎足而三的宏观格局"。相较而言,此文落脚点在抗战诗史,因而对三大诗社的成就与地位的认识是相对客观、准确的。

再次是对风格相近的诗人群体的研究,王春《走向"保守":民国时期"诗界革命派"的特征、困局与演变》①对晚清以"革新"著称的"诗界革命派"到民国之后趋于保守的现象予以考察,认为他们一方面"旧体诗已经突破传统以本土情事作为书写中心的模式,某种程度上具有了'全球意识',反映了古典诗歌之融入世界"。另一方面"总体来看,依然显示出明显的退潮趋势,诗人们不再标举流派,而更多只是潜移默化地将诗派质素渗透到流派内外诗人的创作中"。李肖锐《传统诗型的嬗变:以晚清民国几种"梅村体"诗为例》②考察了晚清、民国时期以樊增祥《彩云曲》为代表的几种七言古体诗,认为这些诗歌"在继承梅村体既有范式的基础上更侧重于铺陈与叙事,简化人物形象以及传奇、戏曲的结构技巧,以典故代之,语言趋于骈俪典雅"。这些变化"展示古典文学走向现代的曲折探索。传统文学体裁能否进入当前的历史时空,与文体的演进规律及文学表达需求密切相关"。李晨《关于晚近吴下诗人集李商隐诗的文献考察与文本探微——以〈楚雨集〉为中心》③讨论的是清末民初的苏州集李商隐诗唱和,认为曹元忠、汪荣宝等人"对李商隐诗歌的接受,不仅仅是形式层面的,更多是精神层面的。……深切感受到了政局的严酷和国变的震撼,他们借重李商隐诗歌的象征手法和朦胧语境,影射晚清史事,抒发各自情感"。

杜运威《民国词之现代性考察——以彊村仙逝事件和庾信意象为例》④以朱祖谋仙逝后的相关词作及民国词中的庾信意象来尝试探究民国词的现代性特征,认为"相关词作在抒发友谊之情和概括历史功绩的共性基础上,扩展成遗民与新民两大群体心态的集中展示。此书写差异,说明创作者的身份定位与政治认同,是判断民国词现代性的重要衡量标准"。而关于庾信意象"是民国词走向创新之路的主要表现",即"国统区词人以此强调'乡关之思'基础上抗战必胜的信念,沦陷区作家则以此寄托'倡家强聘'处境下的忠贞气节"。杜运威、丛海霞《论抗战时期词艺风格的守正与新变》⑤注意到抗战时期旧体诗词创作的多元风格,继而阐述了抗战是如何影响新词风的诞生,并提出现代旧体诗词应该如何进入文学史、哪些内容入史的问题。现代旧体诗词数量庞大,也取得了较大的成就,但却长期在新文学史中"缺席",的确是一个亟待解决的重要问题。唐越《民国时期电影本事的衍生文体》⑥敏锐关注到民国时期电影艺术这一新兴事物对各种文体发展的影响,其中就衍生出了"电影本事词",即"以

---

① 王春:《走向"保守":民国时期"诗界革命派"的特征、困局与演变》,李怡、王旭主编:《现代中国文化与文学》(第42辑),巴蜀书社,2022年版,第251—264页。

② 李肖锐:《传统诗型的嬗变:以晚清民国几种"梅村体"诗为例》,《中国韵文学刊》2022年第2期。

③ 李晨:《关于晚近吴下诗人集李商隐诗的文献考察与文本探微——以〈楚雨集〉为中心》,《常熟理工学院学报》2022年第1期。

④ 杜运威:《民国词之现代性考察——以彊村仙逝事件和庾信意象为例》,《长江大学学报》(社会科学版)2022年第3期。

⑤ 杜运威、丛海霞:《抗战时期中国词坛艺术风貌的守正与新变》,潘务正主编:《中国诗学研究》(第二十二辑),凤凰出版社,2022年版,第117—127页。

⑥ 唐越:《民国时期电影本事的衍生文体》,《贵州大学学报》(艺术版)2022年第1期。

电影的内容为'本事',以词体的形式进行再创作"。通过分析词作,他认为"在电影本事词中,电影的叙事因素被淡化,但电影所具有的情感与意境成为了词的立足点,成为了文本的主要表现内容"。这一研究思路显得新颖而有趣。

最后是地域与家族诗学的研究,李姣玲、马国华《"雄直""清劲":岭南近代诗学的进路》①对岭南近代以来诗学的流派分歧予以细致的探讨,他们认为传统诗学现代性转换下的岭南诗学有两个特征:"一方面岭南诗学异军突起,成为近代诗坛的重要流派之一;另一方面岭南诗派又逐渐为同光风尚所牢笼,最终完全消解。"这两种变化的特征最终导致岭南诗学走向了融通,融通带来两种后果:"首先,不论溯源诗坛流派的谱系建构还是着眼'雄直''清劲'的内生逻辑,岭南诗学的发展都印证着从别体到附庸的总体态势。其次,如果说'雄直''清劲'诗风长期以来对立共存的流衍成就了岭南地域诗派,那么,随着传统诗学现代性转换的推进,两派诗风的合流也就宣告了岭南地域诗学的消解。"潘悦《近代江南俞氏家族的文化记忆——以〈俞鸿筹日记〉为中心》②以《俞鸿筹日记》为中心,结合俞鸿筹编纂《俞钟颖年谱》和俞氏父子诗文集以及地方文献的行为,其意在"透过俞鸿筹关于家族的文化记忆,我们不难认识到俞氏家族对中华文化保存和建设做出的宝贵贡献,以及世家的家族教育对学术传承、文化守护的重要作用"。吴德馨《论扬州竹枝词记述的时空生活》③实质上考察的是竹枝词与民俗文化的关系,注意到扬州竹枝词"以自然属性为主的岁时节日开始注重伦理因素和娱乐成分,逐渐由天时向人时转变"。

地域词学的重要研究者有马大勇和朱惠国。马大勇《偏师亦足壮吾军:论晚清民国云贵词坛》④针对被忽视的晚清民国时期的云贵词坛展开"地毯式搜索",发掘出如赵藩、陈荣昌、姚华、邓潜等颇具特色的杰出代表,并针对其词作进行细致解读,认为云贵词人"推重苏辛铜琶铁琶之格,以性情为旨归,别有一种与地域特征相照应的高陡险峻的意味,从而映射出珍贵的时代心音与独到的艺术风貌"。马大勇、王敏《近百年安徽词史论略》⑤一文,选取了吕碧城、刘凤梧、吴则虞、宛敏灏、刘梦芙等皖籍代表词人及其词作进行细读与评价,为我们展现了近百年安徽词史的发展脉络。朱惠国《浙江词学传统与现代文化建设》⑥代表了一种与现当代文化研究相结合的地域词学研究的新思路。该文梳理了从两宋到晚清民国时期浙江词学传统的演进历程,认为地理位置、经济情况、人文环境等因素是其形成主因,并进一步提出从"加强对浙江词学传统的研究与弘扬""将弘扬浙江词学传统与发展地方文化旅游事业结合""要融入浙江现代文化的塑造中"三个方面来促进浙江词学传统与现代地域文化相互融合。此外,地域词学论文还有于广杰《晚清民国词人高毓浵及其〈燕赵词征〉稿本考论》、李培龙《武进苕岑吟社考述》、吴嘉慧《论民国时期南京仓庚唱和、蓼辛词社的特色及其意义》、刘柯

① 李姣玲、马国华:《"雄直""清劲":岭南近代诗学的进路》,《邵阳学院学报》(社会科学版)2022年第5期。
② 潘悦:《近代江南俞氏家族的文化记忆——以〈俞鸿筹日记〉为中心》,《苏州大学学报》(哲学社会科学版)2022年第4期。
③ 吴德馨:《论扬州竹枝词记述的时空生活》,《常州工学院学报》(社会科学版)2022年第3期。
④ 马大勇:《偏师亦足壮吾军:论晚清民国云贵词坛》,马兴荣、方智范、高建中、朱惠国主编:《词学》(第四十七辑),华东师范大学出版社,2022年版,第216—230页。
⑤ 马大勇、王敏:《近百年安徽词史论略》,《学术界》2022年第9期。
⑥ 朱惠国:《浙江词学传统与现代文化建设》,《浙江社会科学》2022年第8期。

利《传统与现代羁绊下的著泹吟社》、郭明军《民国纪行文学的新疆表述——读卢前的〈西域词纪〉和〈新疆见闻〉》等。

第四，对民国时期的女性诗人予以充分的关注。近年来，近代以来的女性文学研究一直保持着相当高的热度，随着《民国闺秀集》《中国近代女性文学大系》等大型丛书的相继出版，民国女性诗人的研究也越来越深入。焦宝发表了3篇女性报刊诗词的研究论文，《民初女性文艺报刊诗词探析——以〈眉语〉〈香艳杂志〉和〈女子世界〉为中心》①既宏观地描述了晚清民初的女性报刊诗词的主要类型："大约可以分为三种类型：第一类是以女学—女权为核心，渐趋国族革命主题的女性报刊诗词。第二类则是以倡导女学为核心，逐渐回归传统女性诗词题材的女性报刊诗词。第三种类型——以闺情、香艳为主题，呈现与凝视女性生活的女性报刊诗词。"又细致分析了以《眉语》《香艳杂志》《女子世界》为代表的第三种类型的特殊意义，认为"《眉语》诗词以闺阁艳情赚取利润，名为破除旧道德，实则传播真情色；而《香艳杂志》和《女子世界》则以闺秀名媛为题材，展示文人情怀，实际并非'香艳'"。《清末民初女性报刊诗词的趋向——以〈妇女时报〉〈神州女报〉〈妇女杂志〉及〈中华妇女界〉为中心》②考察的是清末民初女性报刊诗词内容上的三种面貌："《妇女时报》刊发的诗歌作品以展示闺情为核心，将女性置于被欣赏观看的'国民之花'的位置。……1913年创刊的《神州女报》则为女性政治精英舆论阵地的代表，这类女报中鼓吹的女性参政标志着晚清以来女性觉醒的高潮。……1915年创办的《妇女杂志》和《中华妇女界》作为重要的综合性女性刊物，刊发诗词既没有参政之声，也并非困守闺阁，呈现出一种半新半旧的风貌，代表了民初报刊诗词复归传统之后的基本面貌。"《晚清女性报刊诗词的演进》③关注的是女性觉醒的问题，认为"晚清最后十余年间的女性报刊诗词嬗变，体现出从革除陋习号召中提倡女学到国族革命语境下扬厉女权，再到塑造女性国民的演进历程"。

徐燕婷也有3篇论文讨论了民国女性诗词的创作。《〈词学季刊〉与20世纪30年代女性词传播》④以"20世纪30年代民国女性词向社会大众传播的重要媒介和平台"——《词学季刊》上的"女子词录"专栏为例，对该专栏发表的23位民国词人及其词作进行了细致考证，认为"该专栏有效推进女性词从私人化领域向公共空间传播。专栏作者通过师承关系、他人推荐或书信请益、寄送作品等方式与当时词坛的词家产生广泛联系，彼此互动助益其作品在专栏发表。《词学季刊》的词坛消息栏目也成为女词人词集介绍或发行的有效传播窗口"。《吴梅词学教育新范式与潜社女词人的词学活动》⑤考证了吴梅主盟的词曲社团——潜社的发展历程，继而进一步论证了潜社中以沈祖棻为代表的女词人的创作活动与吴梅"以高校课堂教学为主体，社团创作指导为辅助，课外私下传授相补充的三位一体的词学教育

---

① 焦宝：《民初女性文艺报刊诗词探析——以〈眉语〉〈香艳杂志〉和〈女子世界〉为中心》，《南开学报》（哲学社会科学版）2022年第6期。

② 焦宝：《清末民初女性报刊诗词的趋向——以〈妇女时报〉〈神州女报〉〈妇女杂志〉及〈中华妇女界〉为中心》，《贵州社会科学》2022年第11期。

③ 焦宝：《晚清女性报刊诗词的演进》，《求是学刊》2022年第4期。

④ 徐燕婷：《〈词学季刊〉与20世纪30年代女性词传播》，《南开学报》（哲学社会科学版）2022年第2期。

⑤ 徐燕婷：《吴梅词学教育新范式与潜社女词人的词学活动》，《中山大学学报》（社会科学版）2022年第2期。

新范式"之间的相互影响。《恢张国学与闺秀书写——民国诗词社团中的女性群体创作》[1]全面梳理了民国女性诗词社团,发现民国女性参与诗词社团较清代更为普遍,社团形态较为开放,出现较为庞大的女性诗词群体,且这些女性社团大都以拥护与弘扬国学为宗旨,这些女性或者将国学作为抒情达意的工具,或者"将国学视为一种精神寄托",或者"视国学为积极的人生追求"。该文进一步考察了女性社团"闺秀书写的抒情范式与文学时代的离合",徐燕婷认为"闺秀书写"表现为两种抒情范式:"一种基于传统闺秀词创作,主要表现为伤春悲秋、别恨离愁或闲情逸致等小我情感。另一种则基于时代新变与新文学的部分影响,开始着力突破个人小我情感的束缚,关注社会现实,融入家国意识与悲悯情怀。"

郑珊珊《日据前期台湾女性汉诗综论——以〈汉文台湾日日新报〉为中心》[2]讨论的是日据前期的台湾女性汉诗写作,认为《汉文台湾日日新报》刊发的女性汉诗有四个方面的意义:"展现了女性独特的个人情感与才华,显示了女性写作从私人生活走向了公共空间。……既是台湾汉文学力量发展壮大的结果,也是女性文学史在近代发生翻天覆地变化的必然现象。……她们在汉诗中的自我表达以及她们的汉诗作品受到社会关注的现象,都体现了台湾女性意识的初萌。……虽然这份报纸隐藏着日本殖民当局文化怀柔的险恶用心,但台湾女性参与汉诗与汉学的振兴,也有着抵抗日本文化殖民的意义。"叶澜涛《现代女性画家诗人的诗词交往与组织建构的互动关系》[3]讨论的是女性画家的诗词交往,其基本观点是:"女性画家诗人通过诗词创作不仅加强了女性社团成员之间的交流沟通,而且与社团外成员亦发生频繁的诗词互动,这些都对女性画家诗人的艺术成长起到了积极的促进作用。"肇钒伊《清末民初中国女性文学创作的现代性意义》[4]从"现代性"角度剖析清末民初中国女性文学创作的意义,作者认为有三点意义,其一:"清末民初中国女性文学现代性书写是这一时期妇女解放活动的文学呈现,它既是妇女解放活动的构成部分,又是其文化精神成果。它以文学的形式彰显了封建社会向现代社会转型的社会变革初期之于妇女的影响,也印证着这一变革的发生。"其二:"这些发自女性自身的反封建抗压迫、入社会争女权的吟唱与呐喊,彰显着女性自身的解放需要,也证明着那个时代女性人数虽然不多但确实存在来自女性自身的解放吁求。"其三:"她们的创作中显示的现代意识的新质预示着妇女创作的一个新的时代即将来临。正是这微弱但历史穿透力极强的呼唤与呐喊点燃了五四新文化运动女性文学创作的熊熊烈火,推进了'妇女文学'向'女性文学'的转化。"陈佳妮《典范建构与自我书写:"奇女子"刘淑从晚明到民国的形象变迁》[5]视角独特,考察的是明代女诗人刘淑的形象变迁,该文认为"刘淑形象的变迁既是不同历史时期的男性文人以建构女性典范来应对时局挑战的具体体现,也构成观察晚明女性以极富

① 徐燕婷:《恢张国学与闺秀书写——民国诗词社团中的女性群体创作》,蒋寅,巩本栋主编:《中国诗学》(第三十三辑),人民文学出版社,2022年版。

② 郑珊珊:《日据前期台湾女性汉诗综论——以〈汉文台湾日日新报〉为中心》,《清华大学学报》(哲学社会科学版)2022年第4期。

③ 叶澜涛:《现代女性画家诗人的诗词交往与组织建构的互动关系》,《重庆师范大学学报》(社会科学版)2022年第3期。

④ 肇钒伊:《清末民初中国女性文学创作的现代性意义》,《文艺争鸣》2022年第4期。

⑤ 陈佳妮:《典范建构与自我书写:"奇女子"刘淑从晚明到民国的形象变迁》,刘怀荣主编:《古典文学研究》(第五辑),中国海洋大学出版社,2022年版,第75—86页。

第五,对民国歌谣的研究蔚成风气。中国歌谣的研究渐成重要的学术生长点,民国的"歌谣运动"及其影响下的歌谣唱作、收集、整理与研究都成为近年来关注较多的话题。2022年的歌谣研究同样有较为丰富的成果。陈书录《二十世纪以来中国歌谣论的演进及其价值》①考察的是歌谣研究的学术史,他认为自先秦至现当代的歌谣研究,经历了禁闭中探究、存真与启蒙、承变与出新三个阶段,而20世纪上半叶为"承变与出新的'新芽期'",这主要在借鉴国外经验与民歌整理及研究、歌谣的起源与特质及价值、歌谣的分类与表现手法、诗歌的歌谣化等理论探究方面迈出第一步。黄科安《民间视域下的"民变"事件与反侵略斗争——论台湾早期闽南语歌仔册中的时事政治题材》②讨论的是日据时期台湾的闽南语歌谣,作者关注其中的时事政治题材,认为"在清代,台湾屡屡发生'民变'事件和反侵略斗争,民间艺人有意将此编唱成歌仔册,使之获得独立于正史之外的'史诗'价值"。马宝民《清末民初北京歌谣的地理叙事》③从城市学的视角探讨清末民初的北京歌谣,认为"从北京歌谣的地理叙事中可以见出,其地理意象的跳跃性、地理蕴含的多义性和文化空间的交错性,充分体现了北京城立体的、层叠的人文景观。地理叙事的介入,在审美上为北京歌谣增添了质朴活泼、清新灵动的地域特色,从而也丰富了既往历史向度研究的单

一性"。田野《清末亚洲亡国叙事中的英童想象》④以清末民国的童蒙教材中的"童谣"为中心,考察了民族危机下的"英童"教育,该文认为"蒙学读本将亚洲亡国图景作为认识国家、国际关系,养成儿童爱国心与国土意识的启蒙资源;儿童歌谣将亚洲国家的亡国经历作为启发儿童、铸造国魂的重要素材;儿童故事娓娓讲述亚洲亡国国家的奇闻轶事,以亡国民的种种行为反向蒙养儿童,规训儿童参与国家事务、承担国民责任"。王子健《近代"拟歌谣"的音乐倾向与启蒙立场——兼谈其与"五四"歌谣的差异》⑤比较清末民国的"拟歌谣"与"五四"歌谣的异同,认为清末民初的"拟歌谣"风潮有重要过渡意义。形式上,"白话报刊登载的拟歌谣多采用'俗曲新唱'模式,即套用歌谣曲调表达启蒙主题"。这导致近代拟歌谣具有两歧性:"其内容属于知识分子,形式属于普通民众。"因此"'五四'歌谣运动的参与者则认为,民间歌谣的真正价值在于其中民众的情感与表达情感的方式并无二致。因此,他们也将近代拟歌谣称为'假作歌谣',并反对近代文人对歌谣之音乐特质及社会教育功能的强调。"周玉波《民国民歌:为生民发声 为时代留痕》⑥对民国民歌在形制、内容、审美趣味以及传播接受方式等方面的特征进行了综合讨论,认为"一方面,民国民歌延续明清民歌的'私情谱'传统,注重唱述男女情爱;另一方面,在新文化运动与内忧外患等重大社会事件的影响下,民国民歌的人文与政治启蒙色彩较为浓厚,对时事与民生的关注程

① 陈书录:《二十世纪以来中国歌谣论的演进及其价值》,《江苏师范大学学报》(哲学社会科学版)2022年第5期。

② 黄科安:《民间视域下的"民变"事件与反侵略斗争——论台湾早期闽南语歌仔册中的时事政治题材》,《台湾研究集刊》2022年第5期。

③ 马宝民:《清末民初北京歌谣的地理叙事》,《北京社会科学》2022年第7期。

④ 田野:《清末亚洲亡国叙事中的英童想象》,《浙江师范大学学报》(社会科学版)2022年第5期。

⑤ 王子健:《近代"拟歌谣"的音乐倾向与启蒙立场——兼谈其与"五四"歌谣的差异》,《文艺研究》2022年第5期。

⑥ 周玉波:《民国民歌:为生民发声 为时代留痕》,《常熟理工学院学报》2022年第4期。

度得到强化"。关薇《陇南红色歌谣的思想内涵与当代价值》①认为陇南红色歌谣"真实地反映了陇南民众翻身得解放后的喜悦心声;歌颂红军和革命军队,见证了陇南民众的革命热情;传达出广大百姓对革命必胜的无比坚定的信念"。

三、诗学文献整理与研究

本年度诗学文献的整理与相关研究同样取得较大的成就,主要体现在三个方面:一是对重要作家作品的考证与笺释;二是对重要的诗词总集的考证与研究;三是对书札、手稿、报刊诗学文献的整理、考证与研究。

在重要作家作品的考证与笺释方面,夏晓虹持续从稀见文献入手,对晚清民初经典作家的生平、交游与创作进行深入的考释,《秋瑾早年行迹考辨——以〈京报〉相关史料为中心》②利用晚清《京报》所载官方文书,结合其他相关史料,确定了秋瑾的出生地以及赴台、入湘之年。如秋瑾生年,据《京报》载上谕补缺与分发名单与时间、《同治癸酉科浙江乡试同年齿录》载秋瑾父秋寿南填报家世资料、《申报》载秋瑾祖秋嘉禾办理厘捐经历,既确证秋瑾生于1875年,又证秋嘉禾的厘金系职位为秋瑾的包办婚姻之起因。关于秋瑾入台、入湘等事,夏文亦以《京报》为中心,结合《清史稿》等史料,与《秋瑾年谱》、秋氏家乘等一一校证,确定秋瑾入台为1885年4月至9月间,秋瑾入湘为1888年,此年秋瑾14岁,"据此,秋瑾与湖南关系之早且深,大大超出了学界过去的认知。……湖南在构成其生命底色中的重要性,显

然并不弱于浙江"。夏晓虹《讲义、家书与诗文集——新见林纾手稿考释》③发现林纾手稿《烟云楼诗稿》与现刊《畏庐诗存》的差别,"这册《烟云楼诗稿》总共存诗62题。对照《畏庐诗存》,次序全同,唯其间完全删去26题,又有两题只是部分收入了《诗存》。也就是说,《诗存》中见于此稿的诗作为36题(其中两题未全录),未入集的比例相当高,且其间有修改痕迹,即此可见其文献价值"。除文献价值外,尚有历史价值与文学价值,"实际上,在《烟云楼诗稿》所涉及的1916—1917年这一时段中,对林纾而言,最重要的政治事件是丁巳复辟。……(这次事件中)林纾的心情却大起大落,并辐射到前后诗作中。而由时事勾连起的心理变化,在此稿本中有极为难得的完整呈现,删改之处更见真情实感,因此值得作为清遗民的心态标本进行研究"。

谢泳《陈寅恪晚年诗笺证六则》④考索陈寅恪诗之今典今事,对前人笺释或扩充,或增益,或辩证旧书,均以诗中用典与今人、今事及当事人之文字相印证,有理有据,大都可信。如《贫女》一诗,谢泳更易旧说,从刘开荣《唐代小说研究》新旧版异同及后记改动着手,证此诗实讽刘开荣。王培军《钱锺书〈槐聚诗存〉用典本证》⑤"以钱证钱",用钱锺书所著《管锥编》《钱锺书手稿集》等书互相参稽,笺证《槐聚诗存》,"考索其用语出典……凡得七十余条,以见其于诗'惨淡经营',一字不苟"。陈宇《朱光潜〈诗论〉"抗战版"原稿考略》⑥从中国第二历史档案馆发现朱光潜《诗论》提交"国民党中央宣传部"审查之原稿,此稿

① 关薇:《陇南红色歌谣的思想内涵与当代价值》,《甘肃高师学报》2022年第3期。
② 夏晓虹:《秋瑾早年行迹考辨——以〈京报〉相关史料为中心》,《东南学术》2022年第1期。
③ 夏晓虹:《讲义、家书与诗文集——新见林纾手稿考释》,《文艺争鸣》2022年第1期。
④ 谢泳:《陈寅恪晚年诗笺证六则》,《社会科学论坛》2022年第6期。
⑤ 王培军:《钱锺书〈槐聚诗存〉用典本证》,《中国文化》2022年第1期。
⑥ 陈宇:《朱光潜〈诗论〉"抗战版"原稿考略》,《中国出版史研究》2022年第3期。

"由于是付印稿,内容上与正式出版的'抗战版'并无差别,但可贵的是,这份书稿是一个未经誊清的改稿,其被删改的原文依然保留着,可以还原作者修改的诸多细节"。如书名原题《诗学通论》,第三章、第七章标题均有改动,第八章第四节"中国的四声是什么"出版稿与原稿相比,有较大改动,如为什么四声长短不同,原稿篇幅较多,而出版稿精炼到一句"同是一声,各地长短不同",可见到定稿,朱光潜对读者的诗学基础有更高的要求,文中注意到很多类似的不同,惜乎未能深入探讨。周雨斐《近代旅日诗人蒋智由生平新考》①考证两事:清末民初东渡始末考、生年问题补正。蒋智由东渡日本的起始时间有1902年和1916年两说,本文据《新民丛报》所载蒋智由渡海诗作及《浙江潮》1903年第3期中的《浙江同乡留学东京题名》,确定蒋智由抵日本时间在1902年底、1903年初;关于蒋智由的生年,本文据北京大学图书馆藏《暨阳紫岩浒山蒋氏宗谱》驳证旧说,认为蒋智由生于1865年。潘建伟《徐志摩与民国旧诗人的来往》②致力于考察徐志摩与旧诗人的交往,从其多年的搜辑爬梳,徐志摩至少与二十多位著名旧诗人有交往,此文着重分析了李宣偑与黄濬的悼徐志摩诗,认为"从徐志摩与旧诗人的往来中,我们意识到'五四'新文化运动以后的诗坛确实是一种'新旧交织'的状态"。

词集文献研究方面的标志性成果是朱惠国、余意、欧阳明亮合著的《民国词集研究》③。该书的绪论部分考察了民国词集研究的回顾与现状,从"有关民国词集的著录、叙录工作""民国词作总集的编纂""民国词人别集的整理、出版""资料性、史料性著作的出版""相关的民国词集研究"

五个方面综述了民国词集整理与研究已取得的成绩。与此同时,它又客观指出了民国词集研究中的一些困难,如就词集收集与整理方面的不足而言,存在"如何求全""如何获取"等问题;就词集研究方面的不足而言,存在着只重名家、尚未形成独立研究视角、研究者队伍有待壮大、只重数量与立论而轻质量与考辨等诸多问题,还有对原始资料收集与辨析方面的难题。毫无疑问,书中的这些诤语良言对于我们的研究具有重要的指导与启发意义。该书正编分为"民国词集的历史考察""民国词社与民国词集""民国名家词集举论"三个专题展开论证。在"民国词集的历史考察"部分,作者通论了民国词集的界定、分期与流变、作者群体、新内容与新风格、与现代词学刊物的互动、词集序跋与词学批评等问题;在"民国词社与民国词集"部分,作者选取苏州六一词社、聊园词社、瓯社、玉澜词社、上海新社、函授部社、沧社、报刊型旧体文社八个具有较大价值的词社及其词集进行了细致考证;在"民国名家词集举论"部分,作者选取了潘飞声、周岸登、杨铁夫、廖恩焘、夏敬观、卢前六位名家代表及其词集进行个案研究。书后还有附编,对民国162位名家的词集做了叙录。总之,是书材料翔实、论证精密,堪为代表。

另外,尚婷《晚清〈豫报〉诗人抟沙考论》,李曙新《新发现的一首瞿秋白狱中诗考释》,海霞、温静《姚鹓雏新加坡文学活动考述——以〈国民日报〉为中心》,喻超《郁达夫抗战佚诗〈万里劳军书一纸〉》,梁帅《新见王国维手钞词籍文献三种考论》,杜运威《稿本〈如社词钞〉价值考论》,马强《民国词社社集文献探论——以〈沤社词钞〉为中

---

① 周雨斐:《近代旅日诗人蒋智由生平新考》,《新文学评论》2022年第1期。

② 潘建伟:《徐志摩与民国旧诗人的来往》,《书屋》2022年第4期。

③ 朱惠国、余意、欧阳明亮:《民国词集研究》,中华书局,2022年版。

心》,王龙主编《李一氓旧藏词集丛刊》等,或整理民国稀见诗话,或考察诗人之佚作,或挖掘诗词社唱和文献,或梳理诗人之诗词活动,进一步拓展了民国诗学文献的规模,深化了我们对民国诗人成就的认识。

在诗词总集的考证与研究方面,丁小明、尹伟杰《〈晚晴簃诗汇〉编纂新考——以〈金兆蕃致曹秉章尺牍〉为中心》①根据《金兆蕃致曹秉章尺牍》与《徐世昌日记》等,重新考证了《晚晴簃诗汇》的编纂人员及分工等情况,还原了金兆蕃与夏孙桐在1928年共同编排《晚晴簃诗汇》的过程,对于金兆蕃、夏孙桐的地位重新认定,并且"可以发现,徐世昌在《晚晴簃诗汇》编纂过程中既有事必躬亲的主持之功,又存在着托人代笔撰写诗话的情况"。侯婷《〈晚晴簃诗汇〉诗人小传校释七则》②补释了《晚晴簃诗汇》的诗人小传,补释的诗人有汪士铎、汪辉祖、吴棠、李文藻、叶昌炽、杨锐、葛金烺七人。李美芳《上海图书馆藏孤本黔诗总集〈全黔诗萃〉考论》③考证其作者并非学界所认为清末的徐楘,应该是徐楘曾孙徐承锦。《全黔诗萃》保了徐楘所辑《黔诗萃》绝大部分的内容,又在此基础上进行了增补。因此通过几代人的努力,《全黔诗萃》始克全功。

在书札、手稿、报刊诗学文献的整理、考证与研究方面,胡传志《新见宛敏灏与唐圭璋往来书信十七通考释》④考释了从1965年至1987年间二位词学大师往来的十七通书信,内容包含对南宋词人张孝祥生平及于湖词、《全金元词》等问题的探讨,还有宛先生应邀赴南京师范学院(今南京师范大学)讲授词学课程等词学活动。程希《任中敏致唐圭璋词学书札十通考释》⑤考释了从1981年至1985年间任先生致唐先生的十通书信,内容涉及学界掌故、《全宋词》《词话丛编》等相关问题的讨论。方韶毅《夏承焘友朋未刊书札一束》⑥呈现了夏先生的二十位友朋致其书信共三十通,内容亦涉及一些学界掌故、诗词问题讨论,包括龙榆生三通、程千帆一通、朱东润两通、汤国梨一通、谢国桢一通、王蘧常书信三通、顾学颉一通、荒芜三通、叶圣陶三通、陈声聪一通、陈贻焮一通、徐朔方一通、徐邦达一通、蒋礼鸿一通、王季思一通、寇梦碧一通、唐弢一通、缪钺一通、周采泉一通、施蛰存两通。这些珍贵的书信不仅让我们有机会得以近距离瞻仰这些大家的风范,亦为民国词学家研究的文献基础添砖加瓦。

倪春军《龙榆生〈历代词选〉讲义手稿》⑦整理了龙榆生在上海国立暨南大学任教时期为其开设的词选课编写的讲义手稿《历代词选》,初名《五代宋词研究》,其中很多章节未被当代刊行的《龙榆生全集》所收录。它向我们展现了龙先生的唐五代词研究成就。和希林《新发现孙人和

① 丁小明、尹伟杰:《〈晚晴簃诗汇〉编纂新考——以〈金兆蕃致曹秉章尺牍〉为中心》,《文艺研究》2022年第7期。

② 侯婷:《〈晚晴簃诗汇〉诗人小传校释七则》,《名作欣赏》2022年第26期。

③ 李美芳:《上海图书馆藏孤本黔诗总集〈全黔诗萃〉考论》,《贵州文史丛刊》2022年第2期。

④ 胡传志:《新见宛敏灏与唐圭璋往来书信十七通考释》,马兴荣、方智范、高建中、朱惠国主编:《词学》(第四十七辑),华东师范大学出版社,2022年版,第425—442页。

⑤ 程希:《任中敏致唐圭璋词学书札十通考释》,马兴荣、方智范、高建中、朱惠国主编:《词学》(第四十七辑),华东师范大学出版社,2022年版,第425—442页。

⑥ 方韶毅:《夏承焘友朋未刊书札一束》,《中国韵文学刊》2022年第2期。

⑦ 倪春军:《龙榆生〈历代词选〉讲义手稿》,马兴荣、方智范、高建中、朱惠国主编:《词学》(第四十七辑),华东师范大学出版社,2022年版,第379—404页。

〈词学通论〉及其价值》①考证了孙人和《词学通论》的新见版本，认为是目前所见相对最为完整的版本，并分析了孙人和《词学通论》对吴梅《词学通论》的理论承继以及对关于李白词作真伪、柳词批评等问题的独到见解。孔令彬《民国韩师校刊所载〈詹安泰全集〉未收诗词文作品及辑录》②整理并考证了詹安泰1926至1938年任教于韩师（今韩山师范学院）期间在当时的校刊上发表的百余首诗词作品以及两篇学术论文，一篇是"20世纪中国学术界第一篇全面系统研究李煜的论著"——《一个"挥泪对宫娥"的词主》，另一篇是《关于礼运大同小康之说》。这些新见作品让我们有幸得以瞻仰詹先生的"名士"成长之路，并且皆未被当代刊行的《詹安泰全集》所收录。

四、诗词理论研究

本年度诗词理论研究成果较少，李虎群较为集中、深入地论述了马一浮诗学特征及在诗学史上的意义。《试论马一浮在中国现代诗学建构中的价值》③注意到马一浮的诗学是以"六艺论"为主导框架的诗学范畴，它"是基于《诗经》之旨对整个中国思想文化与人类精神实质的反思"。李虎群认为马一浮倡导的"诗学"是把"诗学"作为六艺之本、六艺之先、六艺之总，"这三个维度分别对应了中国哲学思想的核心范畴：本体、工夫和境界，并依次彰显了诗的本质属性'仁'，诗从'兴''志''气'到'气志合一'的工夫次第，以及诗可以涵括法界一切众生的精神境界"，并认为马一浮这样的诗学体系是已经区别于传统诗学的现代诗学，因为马一浮诗学呈现了现代诗学的形

式特征和精神特质："首先，马一浮的论述形式是非常理性化的，他对此有着明确的自觉。其次，相比于中国现代诗学史上的王国维、朱光潜、宗白华、顾随等思想家，马一浮诗学不止在形式上是独特的，在内容上更是独树一帜的，它始终指向人心，力图彰显人类精神的实质，在本体、工夫、境界的各个层面都表现出了现代性的思想张力和精神特质。"李虎群、林开强《以诗说仁：马一浮释"仁"的独特路径》④则具体地论述马一浮以诗说仁的路径，认为"马一浮'以诗说仁'，既在原理层面通过诗之'感'的特性抽象地阐说'识仁''体仁'的工夫次第，又在实践层面通过作诗、解诗具体地感发人心之'仁'，实现了理学与经学、儒学与佛教、中国与西方等多重维度的融通，彰显了一条以《诗》学'通达'仁学'的学术路径"。例如何以"诗经感为体"可以进于仁？此文释云："'《诗》以感为体'的'体'，不是'本体'，而是'体性'之意，即相较于其他五经而言，《诗》最突出的特性是它拥有'令人感发兴起'的功能，即能够感动人心，生发道意。而《诗》之所以具有这种特性和功能，或者说感动之所以能够发生的内在'实理'，就在于人心之'仁'，是仁心流出了《诗》，《诗》又焕发了仁心。"

刘毅青、张欣《张恨水诗学：现代汉诗被遮蔽的路径》⑤注意到了鸳鸯蝴蝶派作家张恨水的独特诗学观，张恨水提倡"诗无分新旧"与"诗当重于情感，而轻于理智"，这种与时代主流并不合拍的诗学观，"消解了长期以来新与旧、传统与现代的二元对立理论模式"。在具体实践中，张恨水关注诗歌的"声调之美"以协调格律与自由诗体

① 和希林：《新发现孙人和〈词学通论〉及其价值》，《南阳师范学院学报》2022年第2期。
② 孔令彬：《民国韩师校刊所载〈詹安泰全集〉未收诗词文作品及辑录》，《韩山师范学院学报》2022年第2期。
③ 李虎群：《试论马一浮在中国现代诗学建构中的价值》，《中国文学研究》2022年第3期。
④ 李虎群、林开强：《以诗说仁：马一浮释"仁"的独特路径》，《西南民族大学学报》（人文社会科学版）2022年第9期。
⑤ 刘毅青、张欣：《张恨水诗学：现代汉诗被遮蔽的路径》，《中国文学研究》2022年第2期。

的对立冲突,这"体现了中国诗歌在现代转型期间'新旧杂陈、多声复义'的总体态势"。陈云昊《青年夏承焘的文学观——以佚稿〈史学外之章实斋〉为中心》[①]考察夏承焘青年时期的文学观,以溯夏承焘词学思想的源头。他从温州图书馆发现夏承焘早年任教西北大学的《史学外之章实斋》讲义,窥见章学诚对夏承焘文学观的影响。本文认为"这本为人遗忘的讲义,沟通了青年夏承焘身上的两条文学线索:一条是慎社时期的地方性传统(永嘉之学),另一条是当时梅光迪、胡适、梁启超等新学巨子引领的新文化思潮"。由于调和新旧的观念路径,夏承焘"没有倒向'六经即史料'的'科学方法',而是侧重了'辟风气'和'个人性情'的熔铸"。

近代的词学批评极为发达,批评方法与批评方式多样而成熟,批评所涉层面广泛,批评力度强烈,理论性、学术性与系统性都得到了增强。程诚《近代词学批评方法及其内涵》[②]将晚清民初时期词学批评的方法总结为比较法、喻象法、溯源法、例举法及归纳法五种主要方法,并就近代对唐宋词、元明清词的批评情况进行了概述。民国词学家受西学影响,普遍具有词史观念,故对前代词史发展的批评也是其重要的研究内容之一。莫崇毅《晚清民初词坛的严苛声律观念及其影响》[③]从声律批评的思路着手,细致探讨了严苛声律观念在晚清民初词坛上的演变历程及其对词创作的影响。除了文化背景、文学观念之外,民国词学批评的新变还与社会环境的变化相关。张寒涛《隐藏在广告中的词学批评——以〈词学季刊〉刊登的文学广告为例》[④]敏锐注意到民国时

期社会商业的发展对词学批评的影响,认为"广告本身的商业宣传性与内容上的文学批评性有机结合,形成了一种新型的词学批评范式。"他以《词学季刊》上刊登的大量词学论著广告为例,论证了广告中的词学批评类型、批评特点及其批评功能,鲜明呈现了词学广告这一民国词学史中的新内容,颇具新见。

对民国词话发展新变的揭示以及对新型词话的发掘是近年来学界着力所在。孙克强《民国词话的传统与新变》[⑤]精辟论述了民国词话的传统形态、新变以及新旧两派的分野与对立。他认为"民国词话多为受常州词派特别是晚清'四大家'词学思想影响的旧派词学家所撰,继承了传统词话以授人填词方法为目的、重在存人存词、对历代词人词作进行评析以彰显典范的撰著思路",因而呈现出传统形态。与此同时,随着时代的发展、社会的变化,民国词话也出现了诸多新变,如词话的作者身份多样化、词话中蕴含着新方法与新见解等。民国词话的传统与新变,也反映了民国时期新旧两派词学思想的分野与对立。此文还论及了民国时期出现的一种新型词话——单本闺秀词话。据他考证,民国时期出现的单本闺秀词话共有九种,并且其作者有一些是女性。这些闺秀词话"注意评析闺秀词的特殊性",并"对闺秀词人的创作环境、性格特点以及闺秀词的局限和弊端进行了分析",在词学思想上达到了新高度,"标志着女性词学批评理论进入了一个新阶段"。周翔《近现代词集评点的发

① 陈云昊:《青年夏承焘的文学观——以佚稿〈史学外之章实斋〉为中心》,《中国文化研究》2022年第2期。

② 程诚:《近代词学批评方法及其内涵》,《长江大学学报》(社会科学版)2022年第4期。

③ 莫崇毅:《晚清民初词坛的严苛声律观念及其影响》,《文学遗产》2022年第2期。

④ 张寒涛:《隐藏在广告中的词学批评——以〈词学季刊〉刊登的文学广告为例》,《南阳师范学院学报》2022年第5期。

⑤ 孙克强:《民国词话的传统与新变》,《文艺研究》2022年第6期。

展历程》①将近现代词集评点的发展划分为三个阶段并论述了各阶段的发展概况,揭示了"近现代词集评点经历了从'词学尊体'到'多元发展'的转变"。

五、不足与展望

从一年内的学术成果去蠡测学术研究的不足,并非客观准确的态度。只能说从我们所希望的学术研究高度,2022年的民国古典诗学研究还是有一些缺憾,期待引起后来者更多注意。

从数量来说,2022年的民国古典诗学研究颇有不少成果,但在以下几个方面仍有欠缺:

(一)诗学史的宏观研究较少,民国古典诗学的特征尚不明了,它的发展阶段仍有待细化,民国诗学与民国文学观念变革的关系考察尚不够深入,诗学方法与民国学术史发展的大背景关系也讨论较少。

(二)诗学史的个案研究精深之作较少,关注的大家仅集中在少数几个炙手可热的学者身上,如王国维、陈寅恪、钱锺书等;而且对于其他大家的研究深入者也少。实际上近几年民国诗学、词学文献被大量地整理,学界对这些文献的细读涉入者尚少。

(三)对于民国诗学史上的特殊现象本年度已有关注,这是十分可喜的现象,然民国诗学史仍是十分丰富的研究领域,更多的诗学现象仍有待发掘与深入的研究。

(四)对民国诗学的研究存在套用政治观念、文化、文学观念的现象。以"现代转型"来说,民国古典诗学可能会存在传统向现代的转型,但落实到具体的诗人或词人,情况都有不同,"古典"与"现代"的关系如果不察乎语境,不察乎具体作品,侈谈"现代转型"当然会有囫囵吞枣之处。

(五)对作家作品的研究虽然范围十分广泛,但势大力沉之作仍然不多。以相关研究成果来说,对作家作品的考察史料来源比较单一,对于民国社会或者说传统社会的复杂性考虑较少,而作品的历史价值的判断未能置于整个诗词史视角下深入分析,因而单薄之作较多。

(六)诗词理论的研究是比较大的空白,学界对民国诗人、词人的诗学观、词学观挖掘尚少,较有分量的论著也比较少,民国古典诗学作为中国古典诗学史的最后一环,值得注意的诗学观念与范畴应有不少,值得大力发掘与研究。

(七)开创新的研究领域的能力不足,虽然民国古典诗学的研究随着学术风气的变化,对于民国诗学的主流问题多有关注,但仍有重要的问题关注不够,如校注、评点、选本中的诗词观念与诗学史的关系,教育、出版与诗词观念的关系,大文学观念下诗词观念的演进,民国域外汉诗学与民国诗学的互动关系等。

---

① 周翔:《近现代词集评点的发展历程》,《南阳师范学院学报》2022年第2期。

新诗研究报告

安徽师范大学中国诗学研究中心　魏文文

中国新诗研究始于五四时期中国新诗诞生之时,二者紧密联系、相得益彰,构成了独具现代化特色的诗歌景观。多年来研究者习惯以一种"贴身审视"的方式注视着中国新诗每一时期的发展、变化,在对百年中国新诗巡检中形成了"历史化思维",但是中国新诗的现代化尚未完成,无论诗学话语构建,还是对影响其现代化进程的外部因素发掘,都还处在"正在进行中"。近年中国新诗批评领域,多元化、综合性的研究方法颇受青睐,但是具体阐释过程中往往存在"理论移植"与"标准偏执"的现象,这就需要研究者在长期磨练中形成思辨性思维,及时对研究主体进行追问与审视。

2022年度中国新诗研究成果丰厚,整体呈现出以下三个向度:一是中国新诗经典、标准与身份的多元探视;二是中国新诗叙述、互文以及语言学研究;三是新诗史理论视野中诗写现象的多维透视。研究者既围绕近年来中国新诗研究领域关注的核心问题进行持续深入的探究,又关注到一些长久被忽视的诗学现象,采用内部与外部研究相结合、内容与形式并重的方式,对百年中国新诗进行了整体性、多元化的巡视。

一、中国新诗经典、标准与身份的多元探视

文学经典/经典化问题一直是学术界关注的热点问题,迈过匆匆步履,中国新诗已经走过百年历程,尽管从漫长的中国诗歌发展历程看,中国新诗创作数量、质量都没法与丰厚的古典诗歌相比,但是"百年历史百年风云,峰回路转、波澜壮阔的中国社会现实为现代诗歌创作与传播提供了一个特殊的语境。伴随着社会的历史进程,百年新诗亦步亦趋、如影相随,经历了不同而又相通的发展阶段"①,同时又在每个阶段形成了具有代表性的经典之作。如果说文学史研究的最终目的是如何发现与阐释文学经典,那么诗歌史尤其新诗史的重要任务,就是不断发掘经典、阐释经典,直至完成经典的建构。近年来关于"新诗有无经典""新诗经典化概念"以及"如何重构新诗经典化评价体系",成为中国新诗批评界讨论的热门话题。一些学者认为中国新诗生成和发展时间尚短,未经受岁月的长久冲洗。如果我们仅从时间跨度判断某一概念是否成立未免失之偏颇,事实上"文学经典作为典范的文学文本,在历代阅读和阐释的传承过程中,其具体内容可能发生各种历史变化,但隐藏于其中的结构模式、思维方式、审美范式和精神构架的作用却会逐步确立、增强和丰富,并在后代的接受活动中,形成文学认知的心理范式和文化图式。而且,这种心理范式和文化图式的重要节制会愈来愈明显。文学经典的这种范式意义对后代读者、作者

---

① 张福贵:《中国新诗的历史演进与经典化理解》,《扬子江文学评论》2022年第1期。

和评论家会产生深远的影响"①。2017年《扬子江诗刊》曾在"中国新诗百年圆桌论坛"组织专家讨论"新诗经典化"问题，在新诗评论家看来，新诗的经典化实际上涉及新诗合法性的建立、新诗美学谱系的建构，以及新诗历史发展轨迹的描述等诸多问题。近年来，也有学者持续对新诗经典化问题进行多角度阐释，但是对如何发现新诗经典、新诗经典的内涵与建构过程，并未展开详尽的研究，张福贵的《中国新诗的历史演进与经典化理解》②可谓开启了理论破冰，他认为经典具有历史性，这种历史性既包括当下的影响，又包括后天的阐释。从完整的意义讲，经典是历史自然形成的，又是被阐释建构起来的，在此基础上，文学经典的形成具有两种比较明显的途径：一是作品的当下影响，二是作品的历史阐释。作者将前者称为"先天经典"，主要来自作品与时代精神的相关度，既要表现出当下的民族性、社会性，更要有普遍的人性意识和人类意识，如此以来经典诗歌才具有恒久性和广泛性。作者将后者称为"后天经典"，即经典的"重新发现"，是文学史家、批评家乃至众多接受者通力"重新发现"的结果。而"完美的经典"则是先天存在与后天认同的双重认证，是时代精神和艺术审美的集中体现，也是文学史构成的恒定内容，但是我们却无法用它考量中国新诗史，因为"文学史中真正完美的经典是不存在的"。

此外，批评界对于新诗经典化问题，尝试从新的角度展开探讨，如郭勇的《百年新诗选本与中国新诗的经典化研究》③首次将1920—2020年的中国新诗选本作为一个整体的研究对象，探讨了选本对中国新诗经典化的重要作用。新诗诞生不久后的1920年，新诗社编辑部编选的《新诗集》（第一编）便拉开了中国新诗编选的大幕，至此中国新诗选本与中国新诗相伴而行，见证了百年中国新诗的发展历史。著作将百年新诗选本历史分为四个阶段，即1920—1948年的草创与初步发展阶段、1949—1979年的一体化阶段、1979—2000年的变革阶段以及21世纪以来的多元化发展阶段，通过对百年中国新诗选本历史的详细梳理与总结，持续探讨了学界认定较为模糊的新诗选本的同质性、遮蔽性、选本与新史诗的叙述、选本编选的本位立场与域外视角等问题，又辩证阐释了百年中国新诗选本与文学、教育、意识形态、社会心理、出版、传媒等多种外部力量之间的博弈关系，对中国新诗发展、新诗理论与批评的建构乃至对于中国文学、教育与文化的发展，皆具有重要的参考意义。陈柏彤的《文学史序跋与现代新诗经典化关系论》④一文对百年文学史序跋如何影响现代新诗经典的塑造展开探讨。文章论述了文学史序跋与其他类别的序跋不同，认为自20世纪20年代文学史著将中国新诗纳入历史叙述伊始，便为新诗人、诗作创造了经典化历程的开端，百年中国新诗的面貌也在历史的长河中不断被重构和彰显。在不同的批评语境和编选目的下，文学史序跋往往通过阐明、敞开所述对象的诗学意义，使之成为新的文学秩序中的"经典"。作者同时也关注到文学史序跋塑造新诗经典过程中存在的诸多问题，如文学史

① 陶水平：《当代文学经典研究的文化逻辑》，童庆炳、陶东风：《文学经典的建构、解构和重构》，北京大学出版社，2007年版，第271页。

② 张福贵：《中国新诗的历史演进与经典化理解》，《扬子江文学评论》2022年第1期。

③ 郭勇：《百年新诗选本与中国新诗的经典化研究》，中国社会科学出版社，2022年版。

④ 陈柏彤：《文学史序跋与现代新诗经典化关系论》，李怡、王迅主编：《现代中国文化与文学》（第40辑），巴蜀书社，2022年版，第93—105页。

序跋主观的思路和个人的表达存在欠缺,整体性视野的不足,其经典化功能值得反思等等。

百年中国新诗研究历程中,"传统"与"西方"被认为是中国新诗发展的两大源头,而"反传统"由于其本身强烈的断裂性往往被视为"反叛的大旗"紧握在先锋者手中,这种强烈的近乎霸道式的认知带来的"阵痛"时时提醒我们回望传统,并且在传统的艺术中寻找中国新诗的出路,正如余光中在20世纪50年代末总结的:"反叛传统不如利用传统,狭窄的现代诗人但见传统与现代之异,不见两者之同,但见两者之分,不见两者之合。对于传统,一位真正的现代诗人应该知道如何入而复出,出而复入,以至自由出入。"①事实上,20世纪90年代,李怡就指出,中国新诗的合法性地位不应该以是否继承中国传统或是否受西方影响衡量,而应该建立在中国新诗自身艺术实践之上,它的价值在于具有独创性的"新",并且能够在创作实践上开创一个新的"传统"。中国新诗经过百年发展,新诗批评理论不断丰富,今天的学术界已达成基本共识,把中西两大源头对立起来"厚古薄今"或"崇洋媚外"的价值评判都是无效的。换言之,只有将中国新诗的合法性以及评判标准从偏颇的认知中解放出来才能在此基础上对中国新诗价值做出恰当的、公正的评判。正如向天渊所言:"新诗诞生之初即以背弃古典诗歌与传统文化为首要目标,但是诗歌与文化的演进有其内在规律,远非人力所能完全把控,经过百年发展,新诗转而尝试与旧诗达成和解,这当然不是说,新诗又恢复旧诗模样,而是说,新诗未尝也不能割断与旧诗的关联,而且这种关联是全方位的,从语言、意象和情感,到精神诉求、思维模式、艺术伦理及美学品格,等等,涉

及整个文化系统。"②

2021年12月14日,习近平总书记在中国文联十一大、中国作协十大开幕式上发表重要讲话时强调:"博大精深的中华文明是中华民族独特的精神标识,是当代中国文艺的根基,也是文艺创新的宝藏。中国文化历来推崇'收百世之阙文,采千载之遗韵'。要挖掘中华优秀传统文化的思想观念、人文精神、道德规范,把艺术创造力和中华文化价值融合起来,把中华美学精神和当代审美追求结合起来,激活中华文化生命力。"2022年10月16日,习近平在党的二十大报告中指出:"增强中华文化立场,提炼展示中华文明的精神标识和文化精髓,加快构建中国话语和中国叙事体系,讲好中国故事、传播好中国声音,展现可信、可爱、可敬的中国形象。加强国际传播能力建设,全面提升国际传播效能,形成同我国综合国力和国际地位相匹配的国际话语。深化文明交流互鉴,推动中华文化更好走向世界。"如何挖掘与激活中华优秀传统文化,如何提炼与弘扬中华文化精髓,如何塑造与传播中国形象等成为亟待解决的现实问题,当这一问题落实在文艺上,特别是诗歌创作上,就转化为我们如何利用丰盈的中国诗歌传统滋养当下新诗创作的问题。2022年《广东社会科学》第2期开辟"中华传统文化与当代新诗创作"专栏,讨论中国传统文化与当代新诗创作之间"多元共竞、多维互济、移步换形"的辩证关系,专栏刊登了向天渊的《中国新诗的当代写作与传统文化的现代转换》、罗振亚的《传统文化与新世纪诗歌精神的重建》、王毅的《当代新诗创作与传统文化的民间智慧》等。向天渊以改革开放后的当代新诗为考察对象,从精神追求(普遍和谐的回望与超越)、思维方式(直

---

① 余光中:《从古典诗到现代诗》,《余光中集》(第七卷),百花文艺出版社,2004年版,第148页。

② 向天渊:《中国新诗的当代写作与传统文化的现代转换》,《广东社会科学》2022年第2期。

觉理性的互渗和交融)以及美学品格(抒情叙事的辩证与统一)三个方面揭示了现代诗艺与传统文化之间的内在特征,重申了新诗与旧诗之间冲突与和解这一论题。他认为,单从实践层面上看,无论旧诗还是新诗,使用的媒介都是汉语,尽管有古代汉语、现代汉语的分别,但其间的差异远未达到致使古典诗歌传统、古代文化传统完全断裂的程度,时至今日,绵延数千年的中华传统文化依然流淌在新诗之中,新诗也以多姿多彩的方式回归并重新塑造传统。①罗振亚在文章中强调必须澄清的固化概念——"新诗越成熟距离旧体诗词、传统文化越远"的错误认知,与此相反,我们必须承认自从进入新世纪传统文化/传统诗歌在某些方面对"激活"新诗创作起到重要的助推作用。他从以下三个方面对这一问题展开论述:首先,传统诗歌关注现事的"及物"品格,对新世纪诗坛是一种深度的唤醒,敦促诗人们重建诗歌与现实的关系,拉近了诗歌与读者、社会的关系;其次,传统文化传达出的悲悯情怀和担当意识在国家和民族经历重大事件时的复苏与再现,唤醒了诗人心底的悲悯与担当意识,并且促使诗人在现实的挤压中自觉寻找诗歌介入现实的有效途径;第三,新世纪诗人们清洁严肃的诗歌精神与传统诗歌认真虔敬、精益求精的精神态度一脉相承。②王毅从社会学视野考察当代诗歌中传统文化的民间智慧,以社会学、人类学和文学艺术等不同视域为参照,考察诗歌创作与民间智慧关系在20世纪初、20世纪50年代以及新时期的由来,尤其在新媒体时代的衍变,从中体察出民间智慧在当代诗歌表达中的核心价值:底层民众

创造性地以诗歌方式表达其本能性生存与价值诉求。③此外,吴俊在"新时代·文学批评何为"论坛上的发言也具有重要的启发意义,他提出"以古为师、拓新批评"的观念,从大文学、大视域的观念出发,涉及作品品评、学术研究、学科建设、人格修为四个层次:在作品品评中,当代文学的作品价值评估应借鉴古典文学经验,以古典作品为价值镜鉴;学术研究上,当代文学批评高水平、高质量的保障,有赖于对于古典学术经验的借鉴、利用、效仿与"拿来主义";学科建设上,应该充分借鉴更为成熟的古代学科建设经验;人格修为上,要学习中国古典所标识、高举的人格风骨楷范。④

上述学者主要从中华优秀传统文化/文学出发,探究其对中国新诗创作的影响,如果我们站在中国新诗创作的视角反观传统诗歌,可能会发现不一样的风景。21世纪以来,诸如江弱水、师力斌、孙文波、王家新等诗人、诗评家在重释古典诗词后,钩沉爬梳出古典诗词的"现代性"传统,但是罗小凤对此表示质疑,她对"传统"和"现代性"两个重要观念重新梳理与阐释,认为所谓的"传统"是不断变化的,并且永远处于被不断改造和重新发明的状态;其次针对学界认可的"新诗与传统的继承关系"表示质疑,论证了中国新诗与古典诗传统的关系是在具体创作和研究过程中形成的"现代诗中的古典诗歌传统",既为新诗"现代性"建设寻找古典渊源,同时亦构成新诗对古典诗传统的新发现。一些诗人和学者对古典诗词的重新阐释对古典诗传统形成了"再发现",呈现出与以往古典诗学理论所勾画的"传统"不

① 向天渊:《中国新诗的当代写作与传统文化的现代转换》,《广东社会科学》2022年第2期。
② 罗振亚:《传统文化与新世纪诗歌精神的重建》,《广东社会科学》2022年第2期。
③ 王毅:《当代新诗创作与传统文化的民间智慧》,《广东社会科学》2022年第2期。
④ 吴俊:《以古为师 拓新批评》,"新时代·文学批评何为"论坛发言,《中国当代文学研究》2022年第6期。

一样的新面貌和新秩序。然而,这些所谓的古典诗中的"现代性"质素,只是诗人和学者携带西方诗学视野观看古典诗词时,套用西方诗歌理论先行进行阐释所强行勾连的一些关联,属于捕风捉影似的强制阐释;实际上,它们是古今中外诗歌相通的一些手法、技巧,是诗之为诗的一些基本质素,并不能强行扣上"现代"或"古典"的标签。另外,21世纪以来,诗人、学者们从现代性出发对古典诗传统所作的新阐释,及由此获得的新发现和创作实践虽然不容忽视,对中国新诗研究或许具有一定推动作用,但同时也存在不少局限,需要得到客观认识与评骘。①

具体论述中,也有学者关注到传统诗歌与现代诗歌的互渗性关系,旧体诗写作等问题逐渐被发掘,推动了一些前沿学术问题的讨论。如王泽龙、薛雅心的《朱英诞山水诗与唐宋山水诗的艺术传统》②关注中国现代山水诗代表诗人朱英诞的诗歌创作,指出其善于引用唐宋诗句典故入诗,并且赋予其现代意境和风貌,在诗歌创作中借鉴唐宋山水诗的"物我和谐"与象征主义"契合"观,考究唐宋山水诗"意在言外"与象征主义"暗示"之法,融合禅宗之"悟"与艾略特的"客观对应物"等,以古为新自觉探索创作现代山水诗的有效路径,完成唐宋山水诗的一次新变。刘东方的《"诗性"与"歌性"的互融——当代诗歌的"宋词模式"探析》③对"宋词模式"进行重新定义,他认为宋词依照曲牌的曲调格律填词造句,实际上就是当时的歌词,由于其篇幅较大、审美性强、雅致经典而具备了诗歌的质素,这种特征为其插上了音乐的翅膀,扩大了传播途径与受众范围,因此作为歌词的宋词,实现了歌诗与诗歌的有机

融合,形成了中国古代诗歌的新体式。就当代诗歌与歌诗分离造成诗歌边缘化的困境,刘东方提出了建构当代诗歌"宋词模式"的具体操作路径:一是诗词的乐化,二是歌词的诗化,增强歌诗与诗歌的有机融合,如此以来有望打破文学与艺术之间的壁垒,使歌诗与诗歌相互借鉴,相互渗透,相互促进,为当下诗歌的突围寻找路径和提供策略。这种有意借鉴优秀传统文化/文学的方式开拓了新诗研究视阈,对激活当下文学与艺术创作产生了重要影响。

传统文化、文学对当下诗歌创作的影响当然不仅于此,我们要采取辩证的态度对待新诗中的古典因子,既不能为了求新而破除传统文化、文学对新诗的影响,况且文化、文学在一脉相承的遗传基因中永远不会消失,也不能忽视传统文化、诗歌在百年中国新诗历程中的不变因子,比如自五四时期倡导"诗体大解放"与"旧诗"决裂后,一部分诗人在这种决绝转换的漩涡中走入迷茫,"旧诗"一词也在相当长一段时间内被打入"冷宫",被视为"新诗"的对立面。事实上,从五四至今,旧体诗创作者与诗歌作品并不亚于新诗,学术界对"旧诗"的认识也逐渐由"新诗对立面"转变为"新诗的补充",新诗与旧诗之间逐渐从对抗走向对话,曾经遗漏的旧体诗写作也被纳入研究视域,如本年度刘晓艺的《风格与意志的错违:重评郁达夫小说、散文及旧诗的成就》、赵思运的《王蒙旧体诗中的"李商隐情节"》、黄珊的《失意人的诗意语——论王蒙20世纪60年代旧体诗中的自我书写与精神逻辑》皆关注到旧体诗创作领域,并且将旧体诗写作视为作家重要的写作成就,而非补充。刘晓艺试图为郁达夫正名,将其

---

① 罗小凤:《"现代性"作为一种古典诗传统——论21世纪新诗对古典诗传统的新发现》,《文学评论》2022年第3期。

② 王泽龙、薛雅心:《朱英诞山水诗与唐宋山水诗的艺术传统》,《山西大学学报》(哲学社会科学版)2022年第4期。

③ 刘东方:《"诗性"与"歌性"的互融——当代诗歌的"宋词模式"探析》,《当代作家评论》2022年第5期。

旧体诗写作提高到重要的位置,认为老套的"黄金时代综合症"标准已不足取,郁达夫应被摘掉"五四"的标签来看待。尽管郁式的小说和散文,因存在明显的"风格与意志的错违"问题,不应再予文学史主流,但是他的旧体诗词写作,既合于范式性又超越范式性,是风格与意志的和谐典范,应具传世之价值。①赵思运、黄珊皆关注到长久以来学术界忽视的王蒙旧体诗创作问题:前者认为王蒙的旧体诗创作深潜着"李商隐情结",一方面王蒙借李商隐表达未竟文学理想和文化理想,另一方面借李商隐的诗作获得卡塔西斯的审美心理疗效,并且在创作中通过"蝴蝶""蝉""秋"等系列意象与李商隐诗歌互文②;后者从多个角度考辨了王蒙旧体诗写作的突然转型,认为这一阶段王蒙的旧体诗写作有意回避苦难、歌颂日常生活的创作,更是他在理想失落之后寻求自我的精神救赎,设法缓解现实施加于心灵重压的一种方式。③

二、中国新诗叙述、互文及语言学研究

叙事/叙述作为人类最基本的行为方式自古有之,它既是人类体验世界,表达和交流情感、经验的基本手段,又是人类记录生活、事件、历史和文化的有效媒介、途径;它既在小说、历史等虚构或非虚构文本甚至音乐、绘画、戏剧、电影诸门类艺术中存在,也在传统诗歌中被视为专属于抒情的抒情诗中存在,其涉猎范围之广、内容之丰富,值得跨国别、跨学科、跨文类专家学者多维度深入研讨。经典叙事学自20世纪60年代产生之后,便迅速扩展至国际学术界,以至成为研究热点。尤其20世纪80年代以降,叙事学研究逐渐进入后经典叙事学时代,研究领域延伸到文学以外诸如音乐、绘画、电影、电视等多种艺术领域,甚至新闻、历史等不同文化领域。但是长久以来,有关诗歌叙述或叙事学问题的研究却鲜有学者问津。令人欣喜的是,近年来无论国际还是国内学界,几乎同时关注到这一诗学和叙事学研究的盲点地带,并开始推动和倡导诗歌叙述学问题的研究,出现了一批具有重要学术价值和开拓意义的成果。中国诗学文化是世界文化宝库中璀璨的瑰宝,经过数千年的沉淀和积累,有着深厚的历史底蕴,以及独具特色的诗学思想、经验和文化形态。中国诗学以生命为内核,以诗性为本质,既有生命的深度,又有文化的厚重,呈现出"生命—感悟—文化"的多维理路。当我们沿着这条路径跨越数千年的中国诗学传统时,抒情、叙述/叙事的话语气息和场景便迎面而来,被遮蔽的叙述/叙事传统也重新回到中国诗学的批评视野,逐渐揭开神秘而深邃的面纱。近年董乃斌、傅修延、谭君强、孙基林、杨四平等专家在中国诗歌叙事传统、听觉叙述学、抒情诗叙事学、现代诗歌叙事、当代诗歌叙述的诗性等方面取得了很多有价值的研究成果,山东大学诗学高等研究中心已经连续三年举办诗歌叙述学国际前沿学术论坛,结合中国现当代诗学、古典诗学、外国诗学、交叉融合诗学等学科领域,展开了广泛、深入的研讨、对话,进一步打开了诗歌叙述学研究及学科建设的国际视野,同时在理论思考、文本细读研究等方面取得了可喜的成果。2022年度诗歌叙事/叙述相关研究主要集中在中国新诗"叙事"

234

① 刘晓艺:《风格与意志的错违:重评郁达夫小说、散文及旧诗的成就》,《中国文学研究》2022年第3期。

② 赵思运:《王蒙旧体诗中的"李商隐情结"》,《中国当代文学研究》2022年第2期。

③ 黄珊:《失意人的诗意语——论王蒙20世纪60年代旧体诗中的自我书写与精神逻辑》,《海南师范大学学报》(社会科学版)2022年第3期。

的考辨、"白话"与"口语"叙述的诗性、叙述时间与空间、叙述者的诗性变奏、诗与电影的交叉叙述等,进一步厘清了长期以来含糊不清的基本概念,拓展了诗歌叙述学的研究边界。

杨碧薇的《汉语新诗中的"叙事"考辨》①辨析了新诗"叙事"的来源,她认为新诗叙事传统来源于古典汉诗与1990年代的新诗叙事实践,并将1990年代新诗叙事实践视为一次"新的革命"。这一大胆的构想将1990年代的新诗叙事提高到十分重要的位置。另外,杨碧薇对新诗叙事的根本目的和本质属性进行重新定义,与新诗叙述学研究专家孙基林形成互动性对话。孙基林认为,诗歌作为人类的一种诗性体验、诗性感受与表达方式,它的本质在于自身应有的诗性,而叙述作为一种诗的言语行为、表达方法和事物存在方式,它的意义在于叙述自身的诗歌性,包括叙述话语的诗性呈现,被叙事物的诗性呈现,因此诗的本质在于诗性,诗歌叙述的所指和目的自然也是诗性②;杨碧薇则持不同观点,她认为新诗诞生以来,叙事与抒情的含义都在扩展、变化,但是叙事仍然脱离不了抒情的底色,这是由诗歌的本质属性决定的,因此新诗叙事的本质属性是抒情的,其目的亦是为了抒情③。通过对照发现,两位研究者对"叙事""叙述"的基本定位不同,杨碧薇将新诗"叙事"作为一种不可忽视的文学观念和独有的表现手法,即"叙事"既是观念,又是方法,将其作为"抒情"的辅助;孙基林则将"叙述"视为"诗"文体赖以生成的基本元素,是一种诗化的修辞方式,在具体研究中涉及诗歌叙述诸层面,叙述主体、声音,叙述视点或聚焦,叙述时间、空间

的存在等,被叙所及的事物包括心理世界、话语修辞形态、叙述语法,以及叙述的诗性本质等。二者的侧重点不同,所以对诗歌叙事/叙述的根本目的和本质属性的最终定义也不同,这种对话式的学术争鸣,丰富了诗歌叙述学的研究理路。

在新诗叙述主体/叙述者的研究方面,郭海玉的《法无定法:中国当代诗歌叙述者的诗性变奏》④从叙述者类型的角度探讨诗歌叙述学的中心问题之一——叙述如何产生诗性,作者根据叙述者和隐含作者的关系,将中国当代诗歌常见的叙述者分为三类:显性合一型、显性分裂型和隐性框架型三类,初步归纳了不同类型叙述者的内涵、表现方式、功能与诗性生成方式。不可否认的是中国当代诗歌叙述者的叙述话语和被叙事物诗性呈现复杂多元的特征,这种划分方式并不完全适用于所有诗歌,但是作者对方法和特征的归纳总结无疑为诗歌叙述者研究提供了新视角。邱焕星的《"我"如何写"我们":"殷夫矛盾"与现代主体性难题》⑤以殷夫诗歌叙述主体转换为主要研究内容,并且将其上升到现代性的哲学命题,指出殷夫叙述主体虽然实现了"我们"的转换,却又时刻存在"正负情感"的"矛盾和交战",这种复杂的个体情绪在过去的研究中曾被单纯解释为"五四个人主义的残留物和左翼革命无法解决的难题",作者认为其本质上更是"现代主体诞生时自带的哲学难题",即"我"和"我们"背后的个人与社会阶级的关系该如何解决的问题。这一研究为殷夫类革命诗人诗歌叙述主体的转向提供了重要的研究价值。

另外,20世纪以来,艺术的跨界交融叙述现

---

① 杨碧薇:《汉语新诗中的"叙事"考辨》,《当代文坛》2022年第3期。

② 孙基林:《"叙事"还是"叙述"?——关于"诗歌叙述学"及相关话题》,《文学评论》2021年第4期。

③ 杨碧薇:《汉语新诗中的"叙事"考辨》,《当代文坛》2022年第3期。

④ 郭海玉:《法无定法:中国当代诗歌叙述者的诗性变奏》,《江汉学术》2022年第6期。

⑤ 邱焕星:《"我"如何写"我们":"殷夫矛盾"与现代主体性难题》,《四川大学学报》(哲学社会科学版)2022年第5期。

象日益丰富,多种艺术元素的借取、文类混融和风格嫁接成为常见的表达方式与艺术形态,文学与艺术的深层次交融现象也逐渐丰富多姿,因此在文学与艺术的互文性叙述方面也出现了颇为丰富的成果,如诗歌与电影的互文性研究、以戏入诗的戏剧情景研究、诗歌的影像传播研究等论题在2022年都得到了深入的探究,丰富了艺术跨界研究的同时,在一定程度上推动了当代艺术革命性变革。《文化研究》2022年第49辑由孙基林主持的"诗与电影的跨媒介性研究"专题选编了孙基林、马春光的《"诗"可以"观"——21世纪中国电影与诗歌的交互融合》①、魏文文的《诗歌与电影的互文性叙述——以电影〈路边野餐〉为例》②、赵娟的《抒情传统下第四代电影的三副诗面孔》③三篇文章。主持人孙基林认为,诗歌艺术对电影的渗透,电影艺术与诗的互文,及对诗性语态的模仿借鉴、创造性诗性修辞的使用等,几乎贯穿现代电影艺术各阶段,尤其在社会飞速发展的21世纪,媒介的速度融合与技术更新迭代的大背景下,文学语言与视听语言之间的多元互动和深层交融,使得两种艺术形式之间发生着更为广泛而深入的互融同构关系,极大地丰富和拓展了新世纪以来的艺术版图,同时这一研究领域的深度开掘,为电影艺术跨界创新,为民族新兴艺术研究的突破,带来广阔前景。④这三篇文章从不同的视角分析与论述了诗与电影的交互融合艺术、结构范式以及形态特点,如孙基林、马春光探讨了

诗与电影融合的路径与方法,将其大致区分为外在融合(装饰性运用)和内在融合(结构化运用)两种路径,前者的表现形式为"作为背景的诗",也就是传统意义上对诗歌的装饰性运用,诗歌与故事内容构成隐喻关系,起到意义拓展与情感升华的作用;后者体现为诗歌所产生的新的叙事机制,即"诗歌作为电影结构本身而存在",诗歌以其特有的艺术形式和接受效果,使电影获得了"心理叙事"能力,增强了电影表现的深度与广度。魏文文以经典诗电影《路边野餐》为例,探讨了影片中诗歌文本的结构性介入带来的诗歌内涵与影像符号的互文,通过两个表格(诗句与对应镜头的主要物象、影片物象与诗歌意象互文的类型)的详细对比,认为创作者通过不断重复地建构与解构,将碎片化叙事融入影片与诗歌,产生互文性对话,这种看似背离,实则有序互助的叙述结构形成视觉与听觉的复调关系,有节奏地推动了叙事的发展。诗歌与电影的互文性叙述研究,一方面有利于化解诗歌的私语与晦涩、消解影像的直观可视性,另一方面形成了影像与文字、视觉与听觉融合的"共读"状态,促进跨媒介艺术的交流与融合。赵娟在抒情传统的视域下,探讨了第四代电影的三副诗面孔:古典诗情电影传统、诗电影的现代转化、以抒情为基底的多元现实主义的融合,这三幅诗面孔或单独、或叠影存在,共同构成新时期极具民族性与时代感的中国诗电影风貌,同时为中国特色电影理论体系和

---

① 孙基林、马春光:《"诗"可以"观"——21世纪中国电影与诗歌的交互融合》,周宪、陶东风主编:《文化研究》(第49辑),社会科学文献出版社,2022年版,第163—174页。

② 魏文文:《诗歌与电影的互文性叙述——以电影〈路边野餐〉为例》,周宪、陶东风主编:《文化研究》(第49辑),社会科学文献出版社,2022年版,第175—189页。

③ 赵娟:《抒情传统下第四代电影的三副诗面孔》,周宪、陶东风主编:《文化研究》(第49辑),社会科学文献出版社,2022年版,第190—204页。

④ 孙基林:"诗与电影的跨媒介性研究"主持人语,周宪、陶东风主编:《文化研究》(第49辑),社会科学文献出版社,2022年版,第161页。

电影美学建构作出重大贡献,也为后期中国诗电影创作提供了可借鉴经验。总之,电影与诗歌在"意境""节奏"和"情绪"上的互文与共鸣,交织着"时间""空间"和"符号"之间建立起的深层表意逻辑让两种艺术形式之间有了融合与跨界的可能,这一学术命题既具有重要的学术价值,又具有不可估量的应用价值。

学术专著上,梁笑梅的《诗歌的影像传播研究》①重点讨论了"传播的诗"的概念,并且对"表现载体"和"传播载体"进行重新阐释:"表现载体"是诗歌的直接呈现,主要是语言文字,是诗歌创作主体与诗歌形态之间的媒介;"传播载体"指向诗歌定型之后的送达,是手段、途径和方法,是诗歌形态与接受主体之间的媒介;"传播的诗"则是"表现载体"与"传播载体"的契合,在媒介融合的文化语境中,诗歌需要与媒介齐聚的视听交集的相互选择中寻求整合后的新生。这部专著为新诗与艺术的融合研究打开了新的视野,当我们将艺术,特别是以视觉传播为媒介的艺术聚焦在"眼睛"时,无疑窄化了艺术的艺术性,诗歌传播形态的图像化研究是诗歌新媒体时代谋求生存与发展的全新路径,但是不容忽视的是,诗歌的图像化追求在一定程度上会消解其传统意义上的期待视野和诗性理念,但是无论如何我们都要以一种积极的心态迎接视觉文化时代的到来,并竭力构建一种全方位的、多元化的诗学批评范式和话语体系,共同寻找与欣赏诗歌的视觉诗意。翟月琴的专著《以戏入诗——当代汉语新诗的戏剧情景研究》②打破了诗歌与戏剧的壁垒,从戏剧情景视角探讨了20世纪80年代以来的汉语新诗,以及汉语新诗中的戏剧动作、戏剧场景和戏剧声音等,从人与事件、人与物、人与人等多维度关系出发,诠释了汉语新诗内部立体、综合的结构性特点,又辅以文本和戏剧演出详细的案例分析,由内到外、由浅到深的进行鞭辟入里的分析,拓宽了汉语新诗的戏剧情景跨界艺术研究空间。上述艺术交叉融合叙述研究,一方面对开拓艺术语言和提升艺术价值具有重要的理论意义,另一方面弥补了交叉艺术研究的空白,为其他跨学科、跨媒介的互文性研究提供了可借鉴的方法,扩展了交叉学科的研究视阈。尽管近年来我们在交叉学科研究方面取得了一些前沿性学术成果,但是在诗歌与音乐、诗歌与绘画、诗歌与书法等艺术领域仍存在大量研究空白,我们有理由相信,随着跨学科艺术的发展,学术界将会逐步填补这一空白。

中国新诗研究领域近年来出现了一个显著的变化,即越来越多的批评家将关注重点从新诗研究的外部逐渐转移到内部,尤其是在新诗内部语言构造上,一些中青年学者勇于打开思维局限、开拓研究视域与方法,在理论的深耕与技术的实际操作层面上均取得了较大的进展,对新诗韵律节奏、语言语体等研究涉及新诗语言表达的基本层面,也让新诗研究更加微观、具体与扎实。王泽龙与其研究团队近年来将关注重点集中在现代诗歌形式建构上,2022年出版"现代汉语诗歌传播接受研究丛书"③,通过现代汉语诗学、语言学、传播学与新诗文体研究相结合,深化现代汉语诗歌语言的学理讨论,具体论述中既专门涉及了现代汉语白话、现代汉语虚词、现代汉语人

---

① 梁笑梅:《诗歌的影像传播研究》,中国社会科学出版社,2022年版。

② 翟月琴:《以戏入诗——当代汉语新诗的戏剧情景研究》,商务印书馆,2022年版。

③ "现代汉语诗歌传播接受研究丛书"已经出版《革命话语与中国新诗》(魏天真、魏天无著)、《现代汉语与中国现代诗歌》(王泽龙著)、《节奏与中国现代诗歌》(王雪松著)、《民间话语与中国现代诗歌》(刘继林著)、《虚词与中国现代诗歌》(钱韧韧著)、《科学与中国现代诗歌》(金新利著)、《人称代词与中国现代诗歌》(倪贝贝著)七本,中国社会科学出版社,2022年版。

称代词在现代诗歌形式建构中的特征、功能与意义，又分析了现代汉语诗歌对称形式、分行形式、节奏形态、科学思潮与现代诗歌形式变革的关系等，在学界产生了重要影响。事实上近年来，学术界对现代汉诗语言问题的关注已经由前期的表层解析进入到纵深层面的解剖，涉及语言的内在肌理，语音、语义以及复杂的表现形式等，既将其放在诗歌语言自身的历史发展演变上考量，又将其纳入国际诗学研究范畴，通过横向与纵向比较，探究现代汉诗语言的独特性，其中向天渊、赵黎明、李章斌等学者都取得了突出的进展。普通语言学认为，语言是一个系统，由语音、文字、词汇、语法、语义等多个彼此关联的子系统构成，因此诗歌作为一种文体形式与这些子系统都有内在关联，但和其他文体相比，诗歌的语言智慧特别体现在语音、语法、语义、语用等几个方面，百年中国新诗自诞生便不是单纯的诗学事件，而是语言和诗学相辅相成、休戚与共的革命性事件，因此出现了"话怎么说，诗怎么写"的创作理念。向天渊的《能指优势与语音凸显：新诗语言艺术的智慧与疏拙》①从"能指优势与语音凸显"方面论述了新诗语言艺术的智慧与疏拙。他认为，诗歌能指优势、语音凸显的命题，源自诗学、语言、语言学的交互视野，强调削弱、压制所指呈现，延长能指感知时间、强化感知难度，并且与传统诗歌看得到、听得见的格律声色之美不同，汉语诗歌除了通过声音，经由视像传达审美感受，其诗性功能比表音文字更强大，因此新诗不仅多层面地展示了能指优势，也通过多种语音修辞，凸显出诗语的声音效能，不乏声韵和谐、音质优美的作品。但是不容忽视的是，由于语言的能指、所指是一体两面的符号共同体，因此不存在对诗歌

语言进行纯粹的形式上的讨论，尽管研究者关注诗歌语言特征、阐释语言的诗性功能，但是诗歌语言必须经过情感和思想的洗礼才能获取生命和灵魂。李章斌的《现代汉诗的"语言问题"——叶维廉〈中国现代诗的语言问题〉献疑》②一文对叶维廉《中国现代诗的语言问题》等文章的观点提出质疑。叶维廉认为新诗建立健全严密的语法、大量使用虚词等特征妨碍了诗歌的"直接呈现"，破坏了诗歌的形象性和多义性等问题。作者却通过论证得出结论，叶氏"将部分旧诗中的'以物观物'视镜用来批评新诗有失公允"，事实上新诗中语法关系的相对严密、虚词的大量使用、时代表达的明确不仅有利于扩展新的表意空间，还开创一些独特的诗意传达方式，因此这种"比较诗学观点"并非能够完全适用于新诗语言研究，相反"在新诗中同样可以开展一种'语言学批评'，对新诗的语言特质进行深入细密的分析成为可能"。另外，针对新诗语言问题研究，李章斌对新诗节奏研究等进行了多方面开拓，由于以往研究者惯于将新诗节奏向均质、匀速的方向定性和分析，而缺乏对新诗变化无定的语言节奏深入研究。李章斌在系列文章中将新诗节奏分为"格律—韵律—节奏"三个层次，将节奏视为一群相关联的语言现象，应该分层次进行讨论。这种分发既有利于认识汉语诗歌节奏的快慢、起伏、轻重等精微的具体特征，又有利于观察诗歌节奏体系中多重因素的相互作用。同时作者又分析了新诗语言节奏诸面如快慢、起伏高低、行止等方面，并重点关注了新诗节奏中的"非韵律面向"问题，即研究者经常混淆或者忽略的"种种不以重复和同一性维基础的节奏控制方式"。作者通过观察认为"非韵律面向"往往与韵律结构相互

---

① 向天渊：《能指优势与语音凸显：新诗语言艺术的智慧与疏拙》，《南昌大学学报》（人文社会科学版）2022年第4期。

② 李章斌：《现代汉诗的"语言问题"——叶维廉〈中国现代诗的语言问题〉献疑》，《中国现代文学研究丛刊》2022年第2期。

配合,形成整全的节奏感和诗歌的"有机整体",并且提出了几个节奏分析的技术问题,即(1)节奏边界的控制;(2)节奏速度、强度的安排;(3)具体的声调、音质的选用以及"拟声"的问题;(4)语法的构造与节奏的关系,为新诗节奏研究提供了新的思路。① 王雪松近年来在新诗节奏研究上也取得了显著的成绩,其博士论文《中国诗歌节奏原理与形态研究》②曾获"全国百篇优秀博士学位论文奖(2013)"。其专著《节奏与中国现代诗歌》③,从中国现代诗歌节奏的性质、组织、形态与功能等方面阐释了中国现代诗歌节奏的原理机制;采用理论梳理、问题考察和形态比较的方式,对中国现代诗歌史上代表性的节奏诗学理论和创作实践进行了考察分析;将中国现代诗歌节奏置于比较视野中进行观照,通过比较与分析,揭示了中国现代诗歌节奏形成的鲜明的"中国"底色和"现代"特征,尝试建构一个研究中国现代诗歌节奏的理论体系和阐释平台。

此外,2022年度新诗语言研究集中在"白话"与"口语"上,近年来大众对新诗语言的"口语化"特征存有争议,甚至一度将"口语""口语诗"推入"风口浪尖",尽管"中国口语诗年鉴""中国口语诗奖""中国口语诗选"逐年问世,但是"口语"一词似乎逐渐沦为民间诗人的狂欢,并未有大量学院派诗歌研究者将"口语"纳入正统的诗学研究。随着诗学理论研究的深入,"口语"作为中国特色的新诗语言吸引研究者的注意,他们试图将当代新诗"口语"的语言特征与五四时期的"白话"相比较,进一步阐释口语诗的语言哲学,试图为口语诗正名。如赵黎明的《"口语语法"与白话新诗文化精神的初立》《此在、声音与废话的诗学:当代"口语诗"的语言哲学》等,作者认为中国新诗中口语语法的运用,不仅引发了审美范式的古今转变,也带来了文化精神的革命性变化,主要体现在以下几个方面:主语"我"的登场,宣告了个人主体的诞生,增强了诗歌的主体性和精神性;口语叹词的出现,表征了人与文双重解放的程度,产生了一种新的活态抒情文化;代词的使用,使指称更为明确、感觉更为具体;关联词的增加,标志着诗的意脉由断续到连续的转变;介词的出现,使诗进一步脱离抽象、变得具体,从而走向"具体的诗学"。更为重要的是,新诗中口语语法有意而为的使用,不仅推动了新诗的表达革命,还催生了一种与现代人丰富生活、复杂情绪、精密思想相匹配的精神气质。④ 孙基林的《"白话""口语"与现代诗的叙述学》⑤从诗歌叙述角度梳理了中国新诗发端初期的"白话诗"与20世纪80年代以来的口语诗之间的关系,认为中国新诗史上真正能够与五四白话诗运动相媲美的,只有20世纪80年代以口语写作为标志的第三代诗歌先锋思潮,中国诗学的语言学转向也是在这里迈出了实质性的一步——语言作为一种本体的思想超越了语言工具论而成为一种主潮观念,诗不仅回到了语言本身,而且回到了生命和事物本身,这种对生命的感性表达、过程主义哲学以及回到事物的现象学,为现代诗的叙述学提供了思想启

① 李章斌发表系列论文:《书面形式与新诗节奏》,《南方文坛》2022年第1期;《论新诗节奏的速度、停顿以及起伏》,《文艺研究》2022年第11期;《汉语诗歌节奏的多层性与"集群"问题——新诗节奏三层次理论论述之一》,《中国当代文学研究》2022年第2期;《节奏的"非韵律面相"——新诗节奏三层次理论论述之二(上)》,《常熟理工学院学报》2022年第1期。

② 王雪松:《中国诗歌节奏原理与形态研究》,华中师范大学2011年博士学位论文。

③ 王雪松:《节奏与中国现代诗歌》,中国社会科学出版社,2022年版。

④ 赵黎明:《"口语语法"与白话新诗文化精神的初立》,《华中师范大学学报》(人文社会科学版)2022年第5期。

⑤ 孙基林:《"白话""口语"与现代诗的叙述学》,《思想战线》2022年第3期。

迪和路径选择。赵黎明也对当代"口语诗"的语言哲学进行了阐释,"口语诗"具有反对过度修辞、突出口说价值、崇尚"事实的诗意"的特征,让其看起来具有某种反叛传统的、独立的属性。作者却认为,这些因素的存在不仅具有深远的诗学传统,而且具有深刻的哲学根基,通过对"说话"("说"是此在之显现,诗人的在场,也是诗的本真状态)、"声音"("声音"在西方语言传统中是本体的代名词,在中国气本诗文传统中则是"诗之源")、"废话"("废话主义"的去价值、去功利、去语义等)的逐个分析,认为"口语诗的存在是功能性的,具有解构与建构的双重作用,它在否定现代诗歌书写霸权等异化形式的同时,也在进行一场返回在场、返回声音、返回身体、返回原初的'感性革命',具有积极的诗学意义"。①杨洋的《"口语"何以为诗——"归来者"的诗学隐忧与"口语化"写作的可能》②对当下具有争议的"口语化"诗歌现象展开讨论,尤其是对"口语"以及"口语化"概念、"口语"如何入诗等问题进行了重新梳理,认为"口语"作为一种语言资源,能否成功入诗的关键并不在于"口语"本身,而主要取决于写作主体"化"的功力。作者以"归来者"艾青的诗歌创作以及诗学理念为例,探究"口语化"写作可能产生的弊端,并且回应了如何重新审视新诗"口语化"写作的问题逻辑以及限度与可能。

三、新诗史理论视野中诗写现象的多维透视

2022年度中国新诗研究中,作为文学现象、思潮以及批评的"新诗史"逐渐被建构出来,具体

研究视域中研究者关注更多的是新诗研究中的某一时间段的"特色",一反新诗研究史论曾经惯常出现的"20世纪""百年""现代"等历史时间跨度较大的诗学现象,研究内容上又重点关注了政治、文化、叙事史诗、生态诗学、诗歌地理学、身体伦理、审美价值等,并且着重对当代新诗史论及现象进行了重新梳理和反思。比如,近年来90年代诗歌批评出现大量的、综合性、总结性的研究成果,但是由于时间跨度较短,以及诗人评论家的双重身份、创作与研究的隔膜等,让某些诗学问题被高度重视,又或者某些值得发掘的诗学现象被埋藏,处于"被遮蔽"的状态,因此有论者曾经指出:"一方面是新诗研究(者)本身的缺陷,由于研究者丧失了钻研的耐心,或缺乏重新提问的能力,导致粗制滥造、重复无效的成果层出不穷;另一方面是研究与外部环境的错位,很多研究者也许并未意识到,随着历史语境的变换,某一时期确立的研究观念和范式,在新的条件会逐渐失去效力——社会文化语境的迁移,迫使人们对诗歌发言的方式发生了改变"③。2022年的中国新诗史叙述中突出的特点就是将理论批评置于新诗史论述中,在被冠以理论构建的批评中,研究者往往选择避开对宏大的社会历史和社会现象进行阐释,而是将研究视点内移,落脚在对自我与诗歌内在精神的诗学本体范围内进行学理性考量,但是对新诗史的建构与批评来说,其很大程度以及很长时间都还是"现在进行时",我们对它进行审视和检阅时仍然充满了危险与挑战,并且"批评之批评"这条路也更需要"冒险精神""现代品格"与"学术底气"。

---

① 赵黎明:《此在、声音与废话的诗学:当代"口语诗"的语言哲学》,《山西大学学报》(哲学社会科学版)2022年第2期。

② 杨洋:《"口语"何以为诗——"归来者"的诗学隐忧与"口语化"写作的可能》,《福建论坛》2022年第6期。

③ 张桃洲:《在突破中寻求生机——新诗研究断想(代序)》,张桃洲、孙晓娅:《内外之间 新诗研究的问题与方法》,社会科学文献出版社,2012年版,第2页。

吴思敬耄耋之年出版的《中国新诗理论的现代品格》①，对新诗理论进行回顾的同时，总结与厘清新诗理论史的一些基本问题。中国新诗理论是在中国诗学传统与外来影响的冲撞与融合中艰难进行的，伴随着百年的现代化发展，中国新诗形成了一种全新诗学形态，同时也形成了不同于古典诗歌的现代品格，他将这种现代品格总结为以下四个方面：主体性的强化；诗体解放的呼唤；审美独立性的追求；思维方式与研究方法的现代转型。通过分析，吴思敬先生认为"百年来的新诗理论与诗人们的新诗创作在大变革的时代相伴相生，冲决了旧诗的营垒，使新诗作为独立的文体屹立于诗坛"，但是不容忽视的是与底蕴深厚的中国古典诗学和西方史学相比，中国新诗理论虽"远远称不上完善与成熟"，但却"坚定地进行在通向新世纪的路上，并召唤着未来的年轻诗人和评论家与之同行"。王学东的《〈星星〉诗刊（1957—1960）研究》（全五册）②丛书以《星星》诗刊为研究对象，呈现其从创刊到停刊的来龙去脉，既为《星星》诗刊作传，也为中国当代文学史留下了一份珍贵的文学档案，在丰富的史料基础上，该著作不仅较为系统地梳理了《星星》诗刊在不同时期的发展变化、刊物管理、编辑方针以及诗学价值，也深入研究了《星星》诗刊创刊停刊、《星星》稿约、《吻》批判、《草木篇》事件、新民歌运动等等重要的诗歌现象，在史论结合的基础上深入考辨新中国文学生产机制对当代诗学理论和美学风格、期刊运作、文学活动以及作家个体命运等方面的深刻影响。敬文东的《新诗学案》③则关注重要诗学问题，如新诗写作与诗人的

新型关系、新诗的表达之难、新诗现代性与古典性之间的关系、新诗如何有效处理现代经验等，关涉当下诗歌创作与评论亟待解决的诗学问题。论述中作者对当代著名诗人欧阳江河、柏桦、西渡、西川、宋炜、吉狄马加、冯晏等诗写特征进行个案分析，尤其注重对学术界的存疑问题进行重新阐释，为当下新诗研究提供了可借鉴经验。马春光的《时间困境与诗的超越：中国新诗的时间抒写》④以现代诗歌文本呈现的"时间观"为依据，辨识出中国新诗"时间书写"的多重取向，在此基础上解释新诗历史发展的内在逻辑与动因，以何其芳、穆旦、洛夫、欧阳江河等诗人为个案研究，对新诗的时间意象进行详细阐释，阐明中国新诗与现代时间观念的深层互动关系，以及新诗在这一过程中对生存现状的体认、表达和生存困境的诗意洞察，为考察中国新诗史提供新的视野与方法，进而总结出富有启发性的历史经验与艺术法则。

本年度在对新诗史以及新诗流派的代际研究中，以当代诗歌尤其是近40年的新诗研究为主，研究中摒弃了此前的"框架论述"，即研究多集中在概念辨析上，一些诗学现象以及理论阐释往往缺乏主动创造精神，容易出现不加辨析、一味套用既成诗学理论的现象，这种速成似的理论产出与现象分析既缺乏对现象本质的探究，又在一定程度禁锢了研究者的思维模式，窄化了诗学理论及诗写现象的多元研究路径，影响了理论探究的深度。较之于此前研究，本年度研究者对不同代际诗写现象进行深入反思与剖析，在还原历史面貌的基础上，反思当下日渐禁锢的话语方

① 吴思敬：《中国新诗理论的现代品格》，中国社会科学出版社，2022年版。
② 王学东：《〈星星〉诗刊（1957—1960）研究》（全五册），花木兰出版社，2022年版。
③ 敬文东：《新诗学案》，华东师范大学出版社，2022年版。
④ 马春光：《时间困境与诗的超越：中国新诗的时间抒写》，中国社会科学出版社，2022年版。

式,激活趋于扁平的研究空间。周瓒的《"坛子轶事":近四十年当代诗歌批评发展线索纵论》①回顾了近40年当代诗歌批评发展历史,在梳理过程中勾勒出一条较为清晰的批评线索:从对当代诗歌的解读出发,经历对现代诗形式风格的普遍关注,进而转向结合诗歌文本细读与诗歌写作伦理的综合批评,当代诗歌批评实现了内部的成熟和蜕变。作者认为面对不断变化和发展的当下新诗创作,"以考察批评的哲学根基与政治潜能为起点"成为当下新诗批评的新可能。近40年的中国新诗研究中,1990年代的中国新诗成为热点,研究者试图对1990年代的新诗史料、历史语境、诗学现象、诗写特征等进行重新梳理,扩大研究视域、创新研究方法,这种对当代代际诗歌的考察具备了一定的"历史"维度,又在重返研究路径中饱含问题意识,对打破当下日渐固化的话语批评起到重要的推动作用。张桃洲在《重审1990年代诗歌的意识与观念》②一文中指出:"在重新探究1990年代诗歌的过程中,'回到历史现场'的资料发掘整理工作固然重要,但更重要的是突破那种孤立地看待1990年代诗歌的思维和方式,以一种开阔的视野,将之同时放在中国当代乃至20世纪诗歌发展脉络和历史文化语境,尤其是二者的交错关系中。"也正是由于历史文化语境的不同,以及研究者个人思维方式、立场观点的不同,我们应该重审1990年代诗歌意识与观念,更为重要的是研究者需要时刻警惕"历史",警惕"静态化""一锤定音"的学术研究。辛北北的《"长90年代":新诗"当代"空间的确立》③引入外部研究视角,同时以新近的"当代性"诗学意识为考察动力,重返20世纪90年代的诗歌现场,提出并论证了20世纪90年代是新诗"当代"话语的真正起点,并将其命名为"长90年代","长"指示一种虽夹带有时间性,但又更侧重感知和认知的新思想范型的诞生。这一创新性的命名为今后当代新诗研究、当代文化批评塑造话语空间提供参考方向。罗麒的《当代诗歌史书写的另一种探索——新世纪诗歌批评论》④对"新世纪诗歌"进行了价值认定,认为诗歌评论界经过20多年的探索和研究,对诗歌标准的建构已经初见成效,新世纪诗歌批评在基本确立了符合时代要求的诗歌标准后更加有效地反作用于诗歌创作实践,并逐步开始解决新诗创作中新出现的理论问题。卢桢的《新世纪诗歌的写作精神与想象空间》⑤中认为实现"诗歌入史"需要梳理近20年(尤其近10年)的诗歌特征,在具体论证中可以沿着"个人化写作"精神和"诗性想象力"的嬗变两个方面展开探讨,以便在现象的指认之外,尽可能深入地抵达对事实和文本的价值判断,其中新世纪以来新诗的"个人化写作"已经摆脱了极端化和对抗式的写作模态,进入个体与时代的多元交流语境,在"对话性"的写作立场、"抒情性"的多样化表达、"痛感"经验的精神提升等度向上实现汇合;为提升"诗性想象力",诗人强化了"个人化历史想象力",继承并发展了"用具体超越具体"的运思方式,尤其对超验和经验元素的综合驾驭,双向拓展了诗歌叙述的情景和视野。此外,作者比较了新世纪以来前两个十年的诗歌,认为近10年来诗坛形成了"向古典文化/文学传统回归"和"感觉结构的形成"两条不同的写作路径,审视这一写作

---

① 周瓒:《"坛子轶事":近四十年当代诗歌批评发展线索纵论》,《江汉学术》2022年第3期。

② 张桃洲:《重审1990年代诗歌的意识与观念》,《当代文坛》2022年第5期。

③ 辛北北:《"长90年代":新诗"当代"空间的确立》,《当代文坛》2022年第5期。

④ 罗麒:《当代诗歌史书写的另一种探索——新世纪诗歌批评论》,《江汉论坛》2022年第4期。

⑤ 卢桢:《新世纪诗歌的写作精神与想象空间》,《中国文学批评》2022年第2期。

路径,以及梳理、把握新世纪前两个"十年"诗歌的主导走向以及二者之间的脉动关联,可以为未来的诗歌史写作梳理出一些有益的线索。刘波的《介入写作、现实主义精神和难度意识——兼论新时代诗歌的审美话语尺度》①将关注的重点放在新时代诗歌上,针对新时代诗歌面临的边缘化处境现象,刘波认为这种边缘化实际上是"趋真的重要形态","促使诗人们从内心的喧嚣回到创作的常态",是诗歌承担语言创造和思想启蒙的责任,因此诗歌介入现实是一种责任,但是诗歌如何介入现实、如何触及诗的力量感、如何让诗抵达人文关怀的高度和深度、如何在介入现实中不失诗意的美感是当下诗人面临的重要问题,也是诗人反观/反思个人创作的重要路径。此外刘波关注到"70"后诗人群体的创作路径、审美风格,指出他们由日常经验写作入手,打破过去对抗式写作格局,开启了内在的对话式写作之门实现了由生活经验型写作到文化经验写作的转换,但是"70"后诗人在面对中国古典诗歌、西方现代诗歌和百年新诗三大传统的压力下如何摆脱"影响的焦虑",构建自身的"新传统"是他们需要面对的难题和突围的起点②。

无论是新诗史写作还是新诗的理论构建都需要足够的问题意识、理性的批判精神、开拓创新的思维,因此在新诗历史化研究过程中每个阶段形色各异的诗学现象成为研究者绕不开的重要内容,当然对诗学现象的发觉是传统新诗史写作的主要路径,这一路径固然能够相对完整地呈现新诗发展的全貌,但是一成不变的研究方式却容易忽视一些重要的、难以归类的、具有阶段性

特色的诗学问题或诗学现象,相反这些长期"被遮蔽"的诗人、诗学现象是新诗"历史化"研究路径中非常重要的组成部分。本年度诗歌翻译、诗歌地理学、生态诗学、诗歌传播与接受等诗学现象成为关注的重点,研究者重视从史料入手挖掘一些长期被忽视的诗学现象,这种深入诗学现场挖掘的方式在一定程度上降低了"诗学理论移植"的弊端,主要包括以下几个部分:

(1)诗歌翻译论题的研究中,以译代作现象、同题译写现象、诗歌翻译理论创构与发展等成为热点问题。熊辉的《以译代作:闻一多早期新诗创作的特殊方式》③,以闻一多早期新诗创作为例,对中国新诗以译代作现象进行了剖析,新诗初创期,诗歌翻译引领了众多诗人走上了新诗创造的道路,以译代作也成为早期新诗创作的重要方式,它们在丰富早期新诗创作的同时不可避免地被打上了模仿、改写甚至抄袭的痕迹,但是诗人成名后往往选择掩盖(隐藏)诗歌写作初期以译代作的行为。作者认为中国新诗发生初期,胡适、郭沫若、徐志摩、李金发、闻一多等诗人都曾有过这样的行为,因此进行学术研究时需要细心加以辨析。颜炼军的《"我颂扬投火的飞蛾"——新诗同题译写现象的个案分析》④关注了新诗同题译写现象,通过对"飞蛾投火"现象的考证,作者发现百年中国新诗创作中,从宗白华《流云》中的小诗,到朱湘、梁宗岱、冯至等诗歌创作或翻译,现代诗人笔下都出现了"飞蛾投火"形象,当代诗人张枣在20世纪80年代后期的一些诗又续写了这一现象。作者认为这些看似无关的新诗文本,通过德国诗人歌德的一首短诗形成了迂回

① 刘波:《介入写作、现实主义精神和难度意识——兼论新时代诗歌的审美话语尺度》,《文艺论坛》2022年第3期。

② 刘波:《新世纪"70后"诗人群体的创作路径与诗学反思》,《中国文学批评》2022年第2期。

③ 熊辉:《以译代作:闻一多早期新诗创作的特殊方式》,《写作》2022年第4期。

④ 颜炼军:《"我颂扬投火的飞蛾"——新诗同题译写现象的个案分析》,《文学评论》2022年第3期。

奇妙的关联，"飞蛾投火"不但关乎古波斯诗人，通连佛经和六朝诗赋，涉及德国作家托马斯·曼的小说，并且影响了张枣对鲁迅《秋夜》的解读，促成了巨大的文本共鸣。这种触类相推、沿波讨源、小心求证的探究方式将长久以来被忽视的诗歌史常识与文本之间的潜在关系挖掘出来，为相关诗歌打开了有效阐释和想象空间。方舟的《诗歌翻译理论的新发展——王家新的翻译诗学》①将王家新翻译诗学内容分为三大部分：一是以翻译辨认生命，主张诗人通过翻译，在辨认生命过程中建构自我精神家园；二是译诗以忠实为准则，同时要有创造性；三是通过翻译丰富自身语汇体系，形成新的语言意识，王家新翻译诗学体现了20世纪后期中国诗歌翻译理论的新发展。

（2）诗歌地理学研究方面，吴思敬的《从诗歌地理学的角度看西部诗歌的建构》②、牛金霞和张桃洲的《中国现当代诗歌中的"北京形象"迁移——从文化符号到地理坐标》③、庄伟杰的《论台湾现代诗地方性与世界性之内在关联——百年汉语新诗研究的一个观察视角》④等从不同的角度延续了近年来较为火热的诗歌地理学研究。诗歌地理学是文学地理学的一个分支，与诗歌史从历时角度展示诗歌在时间链条推移中的发展与变化不同，诗歌地理学则从共时性角度，以空间为框架展开对诗歌空间分布、组合的描述，凸显诗歌文化的空间特征，最终要解决诗歌与地理环境的关系问题。吴思敬在诗歌地理学视域下对西部诗歌的历史建构展开了探讨，认为一般诗歌史以时间为线索，对有代表性诗人和诗作予以定位式介绍，但是21世纪诗歌地理学的开创与拓

展为西部诗歌的建构提供了新的可能。他分别从自然地理层面、人文地理层面、民族心理层面、诗人个体心理层面展开论述，为诗歌地理学的深入研究提供了新思路和方法。牛金霞、张桃洲的文章对中国现当代诗歌中"北京形象"的迁移展开了讨论，文章通过梳理中国新诗的发展线索，发现"北京"在重要历史节点中突出的诗学形象，与新诗发育中的阶段性特征形成了奇妙的互文。文章中，作者发现"北京形象"在新诗中经历了三次明显的迁移：一是作为隐喻符号从强调"文化"滑向对"国家、乡土"的强调；二是作为意识想象，从被附加"大语境"转化为现代文化的"内核引领者"；三是在视觉文化的影响下，表现出由视觉景观向自然景观的还原。"北京形象"从"文化符号"到"地理坐标"的演变，实际上关联着这座城市在不同历史阶段如何进行自我安放等话题，区域性文化与全球化愈加深入发展当下和未来，随着诗歌地理学研究的深入，"诗学形象"的构建又重生出重要的一维。庄伟杰讨论了台湾现代诗的地方性与世界性的内在关联，为百年汉语新诗研究提供了一个新的阐释视角，文章对台湾现代派诗歌研究中传统的二分化（走国际路线的世界性诗人和倡导地方主义的本土性诗人）表示质疑，他认为二者本质上是彼此互动且相互缠绕的，而它们中存在的矛盾实则构成台湾现代诗歌艺术流程的核心生命功能。

（3）诗歌传播与接受研究上，方长安的《传播接受与中国新诗史重构论》、吕周聚的《论中国现代诗歌对芝加哥诗派的选择与接受》、卢桢的系列论文《早期新诗人的海外风景体验与文学书

---

① 方舟：《诗歌翻译理论的新发展——王家新的翻译诗学》，《中国现代文学研究丛刊》2022年第9期。

② 吴思敬：《从诗歌地理学的角度看西部诗歌的建构》，《当代文坛》2022年第6期。

③ 牛金霞、张桃洲：《中国现当代诗歌中的"北京形象"迁移——从文化符号到地理坐标》，《北京社会科学》2022年第10期。

④ 庄伟杰：《论台湾现代诗地方性与世界性之内在关联——百年汉语新诗研究的一个观察视角》，《华文文学》2022年第5期。

写》《异国体验与文化行旅——新诗发生学研究的一个视角》《域外行旅要素与胡适白话诗观念的生成》《域外风景与早期新诗节奏的激发——从郭沫若的创作谈起》等以传播学、历史学、地理学、发生学、诗学等跨学科视角对新诗传播与接受问题展开深入研究。方长安认为百年中国新诗创作史与百年新诗传播接受史紧密联系、相互缠绕的现象是中国新诗的重要特点之一，因此单纯的文学史、诗歌史的视野下建构出的"史"，并不能尽可能地还原新诗史的真实面貌，因此重构以新诗创作发展史为基点、主轴与目的诉求，以传播接受事实为视野与依据的新诗史，能够改变新史诗"不只是创作事实的呈现史，而是一部从传播接受维度揭示新诗之中国诗意、诗性的生成演变史"，也是"一部敞开新诗现代性书写、传播与意义增值的新诗史"，这一研究为重写新诗史提供了全新的研究视角。①吕周聚关注中国现代诗歌对美国芝加哥诗派的选择与接受，展开史料追踪与剖析，对20世纪30年代中国现代诗人徐迟、施蛰存、穆木天、杜运燮、穆旦、马凡陀等人对芝加哥诗派的接受以及对中国现代诗歌创作的影响展开讨论，认为正是在芝加哥诗派的影响下，中国现代诗人一方面拓展了诗歌创作的题材范围，另一方面探索了新的文体形式，创造出多样化的艺术风格，推动了中国现代诗歌的繁荣与发展。②卢桢的系列论文对早期新诗人的域外行旅展开讨论，将其视为新诗生成的要素，通过对

早期新诗人"异国体验"（"文化行旅"）的研究，持续关照新诗域外抒写的意义及走向，在串联百年中国新诗发展诸多问题的同时，拓展了我们对当下诗歌的认知视野。③

本年度新诗史视野下对诗学现象的研究还包括生态诗学、身体意识、女性诗歌、网络诗歌等，使得新诗研究呈现多元化的发展态势，尤其对某些诗学现象的深层次挖掘具有重要的诗学意义，另外一些研究者将研究视域缩小到诗人个案研究上，使得诗学现象与诗人创作形成互动研究，延长历史透视的深度。本年度诗人的个案研究上呈现出多面开花的态势，现代与当代诗人均得到了研究者的充分关注，尤其对一些著名诗人诗作的重新挖掘、阐释，如杨四平对海子诗歌的研究，其论文《原创"血诗"：海子元诗性写作的文学史方位》④《以伟大诗歌为极值的海子原创性提纲式诗学》⑤，对海子"元诗性写作""原创性提纲式诗学"的命名则具有开创意义；朱寿桐的《〈女神〉诗人的诗性本格与郭沫若的位格意识》⑥对《女神》作者神话般跌落现象进行考察和理论阐释；再如姜涛、于慈江等人对闻一多的研究；王东东、李海鹏、彭英龙等对张枣元诗写作的探讨；李朝平、张光昕、李海英等对昌耀诗歌诗写内容与形式的分析等，使得中国新诗个案研究呈现丰富多元的特色。

诗是生命与语言的互动，体验作为生命本体的在场构成了诗的精神家园，新诗批评与研究亦

① 方长安：《传播接受与中国新诗史重构论》，《学术月刊》2022年第10期。

② 吕周聚：《论中国现代诗歌对芝加哥诗派的选择与接受》，《文艺研究》2022年第8期。

③ 卢桢的系列论文：《早期新诗人的海外风景体验与文学书写》，《文艺研究》2022年第3期；《异国体验与文化行旅——新诗发生学研究的一个视角》，《南方文坛》2022年第6期；《域外行旅要素与胡适白话诗观念的生成》，《文学评论》2022年第1期；《域外风景与早期新诗节奏的激发——从郭沫若的创作谈起》，《文艺论坛》2022年第6期。

④ 杨四平：《原创"血诗"：海子元诗性写作的文学史方位》，《华中师范大学学报》（人文社会科学版）2022年第3期。

⑤ 杨四平：《以伟大诗歌为极值的海子原创性提纲式诗学》，《文艺争鸣》2022年第5期。

⑥ 朱寿桐：《〈女神〉诗人的诗性本格与郭沫若的位格意识》，《文艺争鸣》2022年第5期。

是如此，无论对新诗经典、标准与身份的多元探视，对新诗叙述、互文以及语言学研究，还是对新诗史理论视野中诗写现象的多维透视都离不开生命内核深层次探源。反之，若文学内部研究、外部研究远离生命体验则难以构成理论体系，当然中国新诗百年，诸如标准、身份、合法性等问题的讨论一直成为批评家关注的重点，其中相互缠绕的诗学要素在不同历史、文化语境下形成了不同向度、具体的诗学问题，也构成了中国新诗批评史的内在演变路径与其自身的丰富性。百年中国新诗研究离不开一代代有情怀、有理想的学人们的默默坚守。2022年新诗批评界迎来了著名新诗理论家、批评家谢冕先生90岁华诞和吴思敬先生80岁华诞，北京大学、首都师范大学分别举办了"谢冕学术思想暨中国新诗研究国际研讨会""改革开放四十周年中国新诗理论建设——吴思敬诗学研究研讨会"，两位先生情同手足、水乳交融，既是中国新诗研究领域的标志性人物，对百年新诗研究作出了巨大贡献，同时又为中国文化、文学、诗歌等领域培养了诸多优秀人才，是可敬、可爱的"80、90后"，是令无数后备学人敬仰的启蒙者、引路人！2022年也是不凡的一年，我们怀着无比悲痛的心情在年初送别了著名诗人、评论家、学者郑敏先生，年末惜别了著名华文文学研究专家古远清先生、著名散文诗人耿林莽先生，大先生千古，诗学思想深邃而恒久，为后辈学人留下了宝贵的思想财富，彪炳千秋！

总之，2022年度的中国新诗研究是新世纪新诗批评理论构建的重要一维，无论在梳理百年中国新诗史、新诗理论史、新诗批评史的构建理路，还是对具体诗学问题、热门诗学现象的聚焦与讨论都取得了很大的进展。尽管百年中国新诗理论建构时间与古代诗歌理论相比尚短，但是在具体的历史化道路中凸显的现代化/现代性特征则构成了一种与古代诗歌理论全然不同的表述体系。正如於可训先生所指出的："20世纪中国现代诗学作为一个整体，却是以向现代转型为起点的，因而诗学的现代化和现代性追求，以及与此相关的一系列问题，就是中国现代诗学的一个一以贯之的核心主体。20世纪中国现代诗学尽管在不同的阶段上呈现出千差万别的形态，经历过纷纭繁复的变化，但最终的指向都不能不是这个关乎中国现代诗歌发展的价值目标，都不能不是为着实现这个目标对诸多创作问题和理论问题所作的探索和思考。"[1]中国新诗的现代化之路尚未完成，新诗批评之路道阻且长，批评家在理论构建的过程中需要警惕诸如理论移植、唯史是从、僵化思维等弊端，同时又需要具有前瞻性的眼光和创新性思维。当然在批评路径的建构上，我们不仅要学会以历史的眼光重回过去、以体验的眼光关注现在、以期待的眼光向往未来，更要将过去、现在、未来视为同一整体，并且抱有问题意识与批判精神。如果说，体验作为生命本体的在场构成了诗的精神之根，我们有理由相信有温度、有态度的体验作为生命本体的在场同样构成了新诗批评的精神之根。

---

① 於可训：《当代诗学导论》，湖南人民出版社，2000年版，第4页。

台湾学界中国诗学研究报告

台湾"中央"大学中国文学系　李宜学　吴竑祯

2022年台湾学界的诗词研究成果,堪称丰硕,既涉及整体研究,也深入各诗歌断代。本文先综述前者,再分节讨论后者,冀能提纲挈领,完整呈现其学术图景与特色。

一、整体研究

此类研究中,几位重量级的学者均推出专书,或旧作新刊,或出版新著。前者如张淑香《抒情传统的省思与探索》、蔡英俊《比兴、物色与情景交融》与柯庆明《中国文学的美感》①。张著原由大安出版社刊行于1992年,从抒情传统出发,探讨中国文学的抒情特质、因何成立、以何种型态表达、如何影响其它非抒情性文类等问题,全书除前言外,分理论、诗歌、小说、散文四项,收论文十篇(含附录三篇);新刊本改由台大出版中心出版,维持原书架构,但于书前增入一篇2022年版序。蔡著原亦由大安出版社出版,刊行于1986年,从情与景的关系出发,追溯比兴、物色、情景交融的发展脉络,尝试建构中国诗论中的情景理论,全书除自序外,共五章;新刊本亦改由台大出版中心出版,亦维持原书架构,但于书前增入一篇2022年版序。柯著原由台北麦田出版刊行于2000年,从文本型态上的美感特质出发,探讨文

学作品的"美感"或"美学特质",全书除序外,收论文十三篇(含附录五篇);新著改由联经出版事业股份有限公司出版,是为增订新版,多所增删:于原《中国古典诗的美学性格——一些类型的探讨》文后,增两篇附录:《〈关雎〉的内容表现》与《〈国殇〉的勇武观念》,又增一篇正文:《爱情与时代的辩证——〈牡丹亭〉中的忧患意识》;删原正文《六十年代现代主义文学?》及其后两篇附录:《百年悲壮细参详——对"百年来中国文学学术研讨会"的期盼》与《小说〈小说中国〉》;此外,书前增两篇推荐序:宇文所安《读其书如聆其人——"言说者"柯庆明》与川合康三《"古与今"又"东与西"——说说柯庆明这一人》,书后则增一篇跋:张淑香:《一个人的文学》。

后者则如颜昆阳《中国诗用学:中国古代社会文化行为诗学》②,作者认为,中国古代士人阶层以"诗式语言"互动,既是具有意向性的社会行为,又是并时性甚至历时性多数人反复操作的文化行为,因而提出"诗式社会文化行为"此一概念,进而论述其"实践情境"的结构与类型,期能对所谓的"五四知识型"进行突围。书前收两篇他序:陈国球《圆球体的反思视域:〈中国诗用学〉序》与张健《创构当代新典范:读颜昆阳教授〈中

---

① 张淑香:《抒情传统的省思与探索》,台大出版中心,2022年版;蔡英俊:《比兴、物色与情景交融》,台大出版中心,2022年版;柯庆明:《中国文学的美感》,联经出版事业股份有限公司,2022年版。

② 颜昆阳:《中国诗用学:中国古代社会文化行为诗学》,联经出版事业股份有限公司,2022年版。

国诗用学〉》,并一篇自序:《自序 我,因诗而存在!》,书中则分正编与附编两部分,前者收论文六篇(含导论一篇),后者收论文两篇。

以上诸书,均体大思精,毋论旧作新刊或新著,都展现了老辈学者专精且持久的学术生命!

二、汉魏六朝诗研究

汉魏六朝诗的研究,涉及思想与文化、诗艺、文学理论、文学史、接受等面向,分述如下:

(一)思想与文化研究

林忆玲《陶渊明〈形影神〉与张湛〈列子注〉生死观之交涉》①,文如其题,持陶渊明《形影神》与张湛《列子注》相对照,论其生死观。陈庆元《玄言诗与东晋门阀士风——以会稽侨姓为核心》②,探讨会稽名士的心态与文化风尚,及其对玄言诗的影响,指出清谈的风气让玄言诗具有社交的意义,也使玄言诗追求精简的文字。黄郁茜《〈庄子〉与陶渊明诗文中的生死观之比较研究》③,指出庄子与陶渊明的相同处,在于擅长以心灵感通自然的变化;相异处,则在虽然都有达观思想,但对于亲人的离去,陶渊明不如庄子豁达。

(二)诗艺研究

江彦希《诗律之酝酿与形成——沈约"此秘未睹"说驳议》④,认为《宋书》的"此秘未睹"说值得商榷,四声之说并非始于沈约,早在魏晋时期就有文字读音的研究,而平仄搭配,也同样不始于沈约。刘翠榕《论〈兰亭诗〉中的五言四句体》⑤,论兰亭诗五言四句的原因与特色,认为此乃作者欣赏吴歌,且是即席创作之故。林波颖《谢灵运的三重隔绝》⑥,探讨谢灵运诗中的情、景、理之间的割裂之感,认为这是因为谢氏选择以山水对抗朝廷,以为安身立命之所,但又并未敞开心胸,始终保持距离,故造成隔绝之感。江凤慧《形式与抒情之间——论谢朓"好诗圆美"的理论内涵》⑦,分析谢朓的美学观及其诗的形式美学与抒情空间,认为谢诗语言清丽、音韵协畅、对偶自然,具结构之美。罗善茵《浅析庾信诗歌的用典——以〈拟咏怀二十七首〉为例》⑧,指出庾信能一典多用、反用典故、合用典故,此所以后期诗作更加优秀。张诗情《北朝民歌中的女性独立形象》⑨,指出北朝民歌中有歌颂女英雄、描写女性服装、对婚恋开放豪爽、女性劳动等面向。林志伟《阮籍及其〈咏怀诗〉论略》⑩,将《咏怀诗》概分为四:自述诗、讽谕诗、忧伤诗、游仙诗,并罗列《世说新语》所录阮籍风貌、处事态度。叶尔珈《鲍照的自然诗学》⑪,详论鲍照的山水、咏物、岁时诗,与历代同题咏物诗、赋互参,论其书写的沿袭与创发,另结合鲍氏其他类型诗、赋,说明诗人

---

① 林忆玲:《陶渊明〈形影神〉与张湛〈列子注〉生死观之交涉》,《高餐通识教育学刊》2022年1期。
② 陈庆元:《玄言诗与东晋门阀士风——以会稽侨姓为核心》,《东吴中文学报》2022年第1期。
③ 黄郁茜:《〈庄子〉与陶渊明诗文中的生死观之比较研究》,云林科技大学汉学应用研究所2022年硕士学位论文。
④ 江彦希:《诗律之酝酿与形成——沈约"此秘未觌"说驳议》,《国文天地》2022年第3期。
⑤ 刘翠榕:《论〈兰亭诗〉中的五言四句体》,《国文天地》2022年第5期。
⑥ 林波颖:《谢灵运的三重隔绝》,《国文天地》2022年第5期。
⑦ 江凤慧:《形式与抒情之间——论谢朓"好诗圆美"的理论内涵》,《国文天地》2022年第5期。
⑧ 罗善茵:《浅析庾信诗歌的用典——以〈拟咏怀二十七首〉为例》,《国文天地》2022年第5期。
⑨ 张诗情:《北朝民歌中的女性独立形象》,《国文天地》2022年第5期。
⑩ 林志伟:《阮籍及其〈咏怀诗〉论略》,《弘文学报》2022年第1期。
⑪ 叶尔珈:《鲍照的自然诗学》,政治大学中文研究所2022年硕士学位论文。

特色。祁立峰《多极时代的文学家——萧詧的诗赋及其与梁末作家的关联》①，聚焦《游七山寺赋》《建除诗》《愍时赋》，认为在多极时代，萧詧的诗歌与梁陈写作者的风格体裁类似，却又呈现出另外一脉的家国认同与寄托。何维刚《从咏史到怀古：论南朝祠庙诗的书写发展与南方经验》②，指出晋宋时期祠庙诗，主要是因为诗人随军从行，故偏向咏史；齐梁以后，转写景与情，着重游览怀古，关键在地域与移动。要言之，南朝祠庙诗，诗人移动的性质相对被动，非自发性游览，这也是其与唐代祠庙诗最大的差异。沈芳如《匮缺至光幻——梁陈诗歌"空"义析论》③，认为梁陈诗歌的"空"，可分为三个层次：匮缺空象、徒然空意、光幻空意；其中，光幻空意让诗歌不重人称、时态，不刻意限定语境脉络。

（三）文学理论研究

祁立峰《六朝文论中的"奇险"与其概念延异》④，认为《文心雕龙》中的"奇"，相对于"典正"，所以受刘勰贬抑；《诗品》中的"奇"，相对于"平淡"，所以受钟嵘推崇，但在实际批评时，"奇"仍互有褒贬之意。六朝后，文论或诗话中的"奇险"，逐渐变成较中性的词汇，代表独创，也代表一种技术性的超越。

（四）文学史研究

陈诗琦《休鲍论考——兼论刘宋后期诗风之变》⑤，讨论鲍照与汤惠休并称的原因，认为并称

的源头来自颜延之，含贬低鲍照之意，但此后却转为褒义，迨至刘宋末期，又强行牵合鲍照与汤惠休，则是想透过鲍照名声，让汤惠休的新派诗风更有力地冲击传统。

（五）接受研究

许淑惠《接受美学视域下之创作实践研究》⑥，从"接受美学"出发，重新选读历代作家与作品，全书共八章（含绪论、结论），第三章《论魏晋士人创作中对传统物象之接受——以陶渊明诗歌为例》，论陶渊明诗中的动物意象与其艺术笔法、情感寄托，并尝试应用于创新教学。林沛玟《从〈木兰诗〉到真人电影〈花木兰〉(2020)之意象互文性》⑦，从镜的映象切入，探讨《木兰诗》到电影《花木兰》，认为电影版表现了西方个人主义思维对个体自我的主动观看，也反思父权式的文化，但并非要扬弃传统文化，而是思考如何在自我与传统文化间取得和谐。

综言之，汉魏六朝诗的研究面向，主要偏向诗艺；以人而论，则聚焦于陶渊明。

三、唐五代诗研究

唐五代诗的研究，涉及生平与文献、制度、思想与文化、诗艺、诗学、文学史、接受等面向，分述如下：

（一）生平与文献研究

朱锦雄《从"大和二年制举事件"和"甘露之

① 祁立峰：《多极时代的文学家——萧詧的诗赋及其与梁末作家的关联》，《成大中文学报》2022年第3期。
② 何维刚：《从咏史到怀古：论南朝祠庙诗的书写发展与南方经验》，《政大中文学报》2022年第2期。
③ 沈芳如：《匮缺至光幻——梁陈诗歌"空"义析论》，《政大中文学报》2022年第2期。
④ 祁立峰：《六朝文论中的"奇险"与其概念延异》，《中正汉学研究》2022年第1期。
⑤ 陈诗琦：《休鲍论考——兼论刘宋后期诗风之变》，《国文天地》2022年第5期。
⑥ 许淑惠：《接受美学视域下之创作实践研究》，万卷楼图书股份有限公司，2022年版。
⑦ 林沛玟：《从〈木兰诗〉到真人电影〈花木兰〉(2020)之意象互文性》，《国文天地》2022年第11期。

变"二事解读杜牧对宦官的看法》①，从杜牧对"制举事件"只字未提一事出发，指出相对于宦官，晚唐文人更重藩镇问题，杜牧即是如此；而"甘露之变"，刘蕡采直谏的方式，杜牧不表赞同。因此，不能就此二事，批评杜牧怯弱。黄绢文《杜甫儒者身分建构研究——从韦伯儒教视域切入》②，参考马克斯·韦伯(Max.Weber)之说，讨论杜甫生存的环境、背景、入仕与否、从政及无官时期诗作。

（二）制度研究

蔡坤伦《唐诗中三都内、外关道》③，搜集唐诗中提到的关防之作，根据长安、洛阳、太原内外交通分类，对"关"的位置、变迁、道路等面向，进行阐发，并依照《唐六典》的三级标准，将诗人眼中的"关"予以分类。

（三）思想与文化研究

陈荣灼《李白道诗思想之研究——从海德格现象学视野出发》④，以马丁·海德格(Martin Heidegger)的"贺德龄诗解"为出发点，对比、了解李白道诗的思想特色，论证其"道诗"代表"中华性"，认为李氏所谓的"忽然"，加上"飘忽""失""荡漾"等词，比起海德格未能道明的"存有的同时性""存有时间的四维度"，更能清楚展现"自然的时间性"。陈家煌《白居易诗人品味研究》⑤，旨在铺展白居易的生活品味，全书共五章(含绪

论)，末附结论，认为白氏诗中的"无事"，纯指没有公务束缚，与洪州禅无关；此外，感受力敏锐、追求吃穿用度，故可谓"富贵闲人"。林宜陵《典型在夙昔：经世济民情怀书写》⑥，考察唐、宋、金三代文人中心怀生民社稷的典范人物，如何运用书写抒发情感，全书除绪论外，共八章，第一章《敦煌李白〈古蜀道难〉〈月下对影独酌〉诗歌探微》，运用敦煌文献资料，探讨李白的经世理想与抱负；第二章《唐代宗佛经护国经世价值——"出世"与"入仕"的诗情转化》，指出君王透过编辑佛经经典，达到安定民心、教化百姓的政治目的，也间接影响文风。陈雅婷《茗饮蔗浆携所便——论杜甫饮茶诗中的生命意识》⑦，先梳理杜甫饮茶诗的写作背景与风格，再借王国维《人间词话》的"境界说"，分析杜氏饮茶诗展现的兴味与知足。

（四）诗艺研究

此类研究，依"四唐"而分，盛唐有廖雅竹《王昌龄及其诗作分期研究》，⑧梳理王昌龄生年、籍贯，将其生平分为三期，逐期分析生平状况与诗作内容。韦凌咏《声与情——〈闻官军收河南河北〉的韵律析赏》⑨，分析该诗首句两入声字，它句使用双声、迭韵、主要元音所造成的声情效果。张念誉《杜甫七律诗中的家屋天地》⑩，以马丁·海德格《存在与时间》书中的"存有的际遇性"(Befindlichkeit)与加斯东·巴舍拉(Gaston Bachelard)

---

① 朱锦雄：《从"大和二年制举事件"和"甘露之变"二事解读杜牧对宦官的看法》，《静宜人文社会学报》2022年第2期。

② 黄绢文：《杜甫儒者身分建构研究——从韦伯儒教视域切入》，成功大学中文研究所2022年硕士学位论文。

③ 蔡坤伦：《唐诗中三都内、外关道》，《嘉大应用历史学报》2022年第1期。

④ 陈荣灼：《李白道诗思想之研究——从海德格现象学视野出发》，《清华学报》2022年第2期。

⑤ 陈家煌：《白居易诗人品味研究》，万卷楼图书股份有限公司，2022年版。

⑥ 林宜陵：《典型在夙昔：经世济民情怀书写》，万卷楼图书股份有限公司，2022年版。

⑦ 陈雅婷：《茗饮蔗浆携所便——论杜甫饮茶诗中的生命意识》，《问学》2022年第1期。

⑧ 廖雅竹：《王昌龄及其诗作分期研究》，台北市立大学中文研究所2022年硕士学位论文。

⑨ 韦凌咏：《声与情——〈闻官军收河南河北〉的韵律析赏》，《国文天地》2022年第1期。

⑩ 张念誉：《杜甫七律诗中的家屋天地》，台东大学华语文学研究所2022年硕士学位论文。

的《空间诗学》为据,探讨杜甫七律的创作心理。许东海《品鉴与借鉴:汉唐诗赋变动论述》①,立基于诗赋文体与文化之变动论述,分"品鉴篇:诗赋人物论述"与"借鉴篇:诗赋变动系谱"两大区块,各收论文五篇,尤聚焦于司马相如与李白,而有《品鉴与流变:〈世说〉司马相如论述在汉魏六朝"辞宗"赋学系谱的位置》《诗赋与心路:李白诗赋的自我凝视与变动论述》等文。陈伟强《众神护形,步虚玉京——李白的谪仙诗学》②,认为李白吸收了道教上清经系的意象与意境、灵宝经系中的"步虚"科仪场景营构,形成其"谪仙诗学",此将有助于理解李白诗的独特艺术魅力。

中唐则有郑思娴《"笔力扛鼎"——韩愈一韵到底七古体式、体貌初探》③,从句式、内容、格律的角度分析呈现韩愈不转韵七古的艺术特色,指出其善用虚词增强抒情效果、协助文意流动与运转,因而虽好用单行散句,篇章依然一脉相承而不支离;声调上则特别用心于出句末字:平韵一韵到底者,尽量避平声;仄韵不转韵者,亦不句句用平。任可怡《中唐言论尺度:白居易的讽谕诗实例》④《〈琵琶行〉赏析》⑤,前文赏析了《长恨歌》《重赋》《宿紫阁山北村》;后文则专门赏析《琵琶行》,所述均极简。吕梅《韩愈诗中风景书写的特色析论》⑥,以韩愈为例,探究中唐诗风景书写的

承变与其对宋调的影响,认为韩氏的开拓处,在于感知风景的心态与书写风景的笔法上:心态可细分乐与忧;书写风景的笔法,则突破前人窠臼,加入"叙事""议论"及"赋笔",透露一种理性意识。周怡廷《白居易诗中的"叙事治疗"》⑦,借近代心理咨商治疗派别之一:叙事治疗法,将古典诗中的赋、比、兴修辞手法,模拟叙事治疗的问题外化、故事重述、自我认同,分析白居易诗。张腾《白居易宦游时期的家庭书写研究》⑧,透过姻亲、爱情、亲情三部分,研究白居易生命历程中不断变化的境遇、不断改变的自我、不停变换的文风。谌仕蓁《苦吟的身体语言:中唐三家诗人研究》⑨,锁定孟郊、李贺、贾岛,以"身体语言"的角度重新诠释苦吟、重新探讨苦吟诗人,并反思苦吟内涵意义的转变与其诗歌范式。

晚唐则有周栩鹏《杜牧涉酒诗研究》⑩,从杜牧论及酒的诗作切入,论其表现的志趣、情谊内容、艺术特色、对后世诗歌和诗话的影响。陈正治《韦庄怀念江南的〈菩萨蛮〉,受谁的影响》⑪,主要认为韦庄《菩萨蛮》的内容与技巧受白居易《忆江南》影响。张韶祁《温庭筠〈菩萨蛮〉托寓新探——从"寓情草木"说温词中的"花"》⑫,指出《菩萨蛮》中的杏花、牡丹,皆与科举功名相关,盛开代表追求功名的梦想,零落即代表追求功名之

---

① 许东海:《品鉴与借鉴:汉唐诗赋变动论述》,文津出版社,2022年版。
② 陈伟强:《众神护形,步虚玉京——李白的谪仙诗学》,《清华学报》2022年第4期。
③ 郑思娴:《"笔力扛鼎"——韩愈一韵到底七古体式、体貌初探》,《中国文学研究》2022年第1期。
④ 任可怡:《中唐言论尺度:白居易的讽谕诗实例》,《科际整合月刊》2022年第4期。
⑤ 任可怡:《〈琵琶行〉赏析》,《科际整合月刊》2022年第6期。
⑥ 吕梅:《韩愈诗中风景书写的特色析论》,《北市大语文学报》2022年第1期。
⑦ 周怡廷:《白居易诗中的"叙事治疗"》,中山大学中文研究所2022年硕士学位论文。
⑧ 张腾:《白居易宦游时期的家庭书写研究》,淡江大学中文研究所2022年硕士学位论文。
⑨ 谌仕蓁:《苦吟的身体语言:中唐三家诗人研究》,台湾大学中文研究所2022年硕士学位论文。
⑩ 周栩鹏:《杜牧涉酒诗研究》,中兴大学中文研究所2022年硕士学位论文。
⑪ 陈正治:《韦庄怀念江南的〈菩萨蛮〉,受谁的影响》,《中国语文》2022年第4期。
⑫ 张韶祁:《温庭筠〈菩萨蛮〉托寓新探——从"寓情草木"说温词中的"花"》,《人文社会学报》2022年第1期。

念想幻灭;夜合、萱草则喻示失时之慨叹。文中还厘清了张惠言"深美闳约"、刘熙载"精妙绝人"与王国维"要眇宜修"诸说的含意。陈立新《李商隐与其诗情新探》①,采"知人论世"融合"以意逆志"之法,探究李商隐诗中所含故事背后的意义,先论其仕途、女冠爱情诗,再重点分析《锦瑟》、《无题二首》(昨夜星辰、闻道阊门)、《无题二首》(凤尾香罗、重帏深下)、《中元作》诸诗,认为李氏仕途并非不顺遂,选择入幕,乃是出于经济考虑,又认为《锦瑟》、《无题二首》(凤尾香罗)与《中元作》,皆悼亡诗。杨文惠《悖论的艺术——李商隐诗语言的张力与魅力》②,讨论李商隐诗中对偶形式、情意主题、比兴寄托展现的悖论,认为其最有代表性的情意主题是:爱情的甜中之苦与才士不遇。

此外,跨越"四唐"畛域者,则有王家琪《唐诗中"辽海"书写之探究》③,先界定"辽海"内涵,再统计《全唐诗》中出现"辽海"二字的诗作33首,以探讨诗歌与社会的关系,如:军事、外交、交通等。刘顺《具身之感与生命之思:中晚唐诗歌中的"身—心"与"心—事"》④,认为北人南贬,让中晚唐诗写出了身体的真实感受,"身—心"成为问题焦点,诗人对古物、故物投射了强烈的情感,"了事""无事"遂成为中晚唐人响应生存压力的主流方式,但也因此抑制了他们理解"事"的深度与广度。

(五)诗学研究

吴品萫《诗中"诗"——〈全唐诗〉中论诗词汇之考察》⑤,从"隐喻""观看"切入,谈唐代诗人如何理解诗与现实经验的关系,涉及"诗人"身份意识、创作情况与态度等,借鉴关键词研究范式、认知语言学、认知隐喻学等方法,试图突破只谈"论诗诗"的局限。

(六)文学史研究

吴懿伦《宇文所安〈文化唐朝〉的书写策略及其文学史学意义》⑥,以《剑桥中国文学史》中的《文化唐朝》一节为个案,分析其书写策略,归纳出三种异于传统文学史写作的倾向:对横向网络的重视、对文体脉络的反省、对文本分析的减少,再将其置于宇文所安的唐代文学史观中,以阐发其"文学文化史"思维的文学史学意义。

(七)接受研究

胡旻《讥刺君主和自我压抑:钱谦益与沈德潜评杜差异及成因》⑦,指出钱谦益颇重抉发刺君旨意,而沈德潜对此议题,则采取否认或回避的态度,因此,钱氏以讥刺君主的角度阐述杜诗,此与当时的社会背景有关;沈氏则标举形塑杜甫的忠爱人格形象,乃受干隆"忠孝"诗观影响,加上自我审查与压抑,故不谈杜诗的讽君意涵。杨思源《清代选本与岑参接受》⑧,旨在说明历代评论

---

① 陈立新:《李商隐与其诗情新探》,东吴大学中文研究所2022年博士学位论文。
② 杨文惠:《悖论的艺术——李商隐诗语言的张力与魅力》,《美育》2022年第6期。
③ 王家琪:《唐诗中"辽海"书写之探究》,《台北海洋科技大学学报》2022年第1期。
④ 刘顺:《具身之感与生命之思:中晚唐诗歌中的"身—心"与"心—事"》,《文与哲》2022年第1期。
⑤ 吴品萫:《诗中"诗"——〈全唐诗〉中论诗词汇之考察》,台大出版中心,2022年版。
⑥ 吴懿伦:《宇文所安〈文化唐朝〉的书写策略及其文学史学意义》,《中国文学研究》2022年第2期。
⑦ 胡旻:《讥刺君主和自我压抑:钱谦益与沈德潜评杜差异及成因》,《东海中文学报》2022年第1期。
⑧ 杨思源:《清代选本与岑参接受》,《静宜中文学报》2022年第1期。

家对岑参诗风格、题材的关注有所转变,先概括清代之前对岑参的接受,再以十本清代唐诗选本为例,分析所选岑参诗的体裁与题材,发现清人普遍较重视其五律,最后,专论《唐贤三昧集》《唐诗别裁集》对于岑参的态度。

综言之,唐五代诗的研究面向,主要偏向诗艺;以"四唐"论,集中于盛、中唐,几乎未涉初唐;以人而论,则聚焦于李白、白居易。

四、宋代诗词研究

宋代诗词的研究,涉及生平与文献、思想与文化、诗艺、词艺、诗词合论、词学、接受等面向,分述如下:

(一)生平与文献研究

刘红霞《题材、谱调、失收词人——论〈永乐大典·常州府〉清抄本见存宋〈江阴志〉对词学研究之价值》①,辨析词调《看花回叙》,补辑《全宋词》未收录作者之行实、列出载籍,兼论其词学研究之价值,发现《永乐大典·常州府》征引自宋《江阴志》词作,共计十五人十八首,其中十人十一首词作未见于《全宋词》。王友胜《论历代宋诗总集的编纂语境》②,从政治语境、教育语境、诗学语境与商业语境谈宋诗总集,指出大部分宋诗总集是在读者教育需求的驱动下出现的。简锦松、唐宸、李依娜等《题名、诗人、长桥、GIS——姜夔〈过垂虹〉诗现地研究》③,依简氏所创"现地研究法",

考察"苏州至湖州"古代水路,明确指出姜夔的旅行实况,以精确诠释诗作,文中认为,"曲终过尽松陵路"一句,系指走完九里石塘这一段河路;"回首烟波十四桥"的"十四桥",是指实际的十四座桥。刘晓萱《二十世纪以来词集目录提要》④,以林玫仪《词学论著总目》与郝润华、侯富芳《二十世纪以来中国古籍目录提要》二书为基础,爬梳20世纪以来出版的词集目录(不包含词话、词谱类著作)。

(二)思想与文化研究

许淑惠《接受美学视域下之创作实践研究》⑤,第四章《宋人元宵、七夕节令词中的占卜民俗接受》,析论宋词中的元宵、紫姑卜书写,七夕蛛丝卜巧,并综论两宋占卜词之关怀。江惜美《苏轼思想专题论集》⑥,认为苏轼思想,融摄儒、释、道三家,而以儒家为本,此既为其"尊君爱民"的基础,也是其诗词创新的精神底蕴,全书除自序外,共收论文十二篇,如:《苏轼儒家"君子"论》《东坡禅美学思想探源》《苏轼黄州词人生哲学的探究》等。何骐竹《"生日快乐"——苏轼为人庆生与受贺》⑦,考察苏轼为人庆生与受贺时的心境与情感,指出苏氏对过生日有积极期待,乐活当下又期望未来。邱虹齐《论东坡词中的生命境界》⑧,将苏轼的人生分成四期,借由词中流露出的生命情怀及其提升,指出儒、道、佛三家的影响,以及苏氏如何将三家思想融合为一。林宜陵

---

① 刘红霞:《题材、谱调、失收词人——论〈永乐大典·常州府〉清抄本见存宋〈江阴志〉对词学研究之价值》,《中国文学研究》2022年第1期。

② 王友胜:《论历代宋诗总集的编纂语境》,《成大中文学报》2022年第1期。

③ 简锦松、唐宸、李依娜等:《题名、诗人、长桥、GIS——姜夔〈过垂虹〉诗现地研究》,《东华汉学》2022年第1期。

④ 刘晓萱:《二十世纪以来词集目录提要》,《书目季刊》2022年第2期。

⑤ 许淑惠:《接受美学视域下之创作实践研究》,万卷楼图书股份有限公司,2022年版。

⑥ 江惜美:《苏轼思想专题论集》,天空数位图书出版社,2022年版。

⑦ 何骐竹:《"生日快乐"——苏轼为人庆生与受贺》,《文学新钥》2022年第1期。

⑧ 邱虹齐:《论东坡词中的生命境界》,辅仁大学中国文学系2022年硕士学位论文。

《典型在夙昔：经世济民情怀书写》①，第三章《苏轼对陶渊明"影"的转化——以乌台诗案发生前的诗作为例》，比较陶渊明与苏轼对"形""影""神"的诠释，析论苏氏诗中"影"字的自我期许。施淑婷《苏轼迁谪文学与佛禅之关系》②，先详考苏轼熟习的佛禅典籍、参访的寺院、结交的方外之士，再进入讨论核心：从般若空观谈苏氏的谪迁与佛禅的关联；从世界、出世间谈禅宗的自性、本心、空等观念如何让苏轼自现实的苦难中获得解脱；从《华严经》《圆觉经》谈其思想如何让苏轼顺天委命。张玮仪《杨万里茶诗中所透显之"理禅融会"》③，分析杨万里如何透过茶诗的事典实写、层次递进，形成内观式的自省，再由茶境营造，说明其浅近白话的诗风实为禅意的援引化用，以及所欲探究之"理"的譬喻实质化诠释。

（三）诗艺研究

郑志敏《浅解宋人诗作中的猫》④，分析宋人养猫的时代背景，赏析陆游与猫的相关诗作，认为作者于其中寄托了壮志未酬的苦闷。谌仕蓁《陆游三山别业的家园书写》⑤，探讨书巢、居室、老学庵、东篱的相关诗作，分析陆游写老学庵周遭景物的用心，认为东篱是一富有文化意义的园圃空间，让陆游充满"静定感"的地方。蔡叔珍《"造物有深意"——论苏轼寓居定惠院海棠诗

"幽微"咏物书写》⑥，探究苏轼寓居定惠院时所写海棠诗中的幽微深意。张高评《朱熹〈观书有感〉与宋人理趣诗》⑦，先论朱熹此诗之理趣、理障与以议论为诗，再论形象思维与寓物说理，末论意新语工语宋诗特色，指出该诗师法孟子，正是夺胎换骨之法的具体表现。钟晓峰《烟艇诗想：陆游渔隐诗书写探析》⑧，从三个角度探析陆游的"渔隐"书写：1.陆龟蒙对陆氏渔隐情怀的形成与诗歌创作颇为关键；2.陆氏诗中的"湖中隐者"或"地仙"，是想传达出活动于水边湖中超脱世俗的精神世界；3.陆氏的渔隐是建立在实际的生活环境与体验中，为传统渔父诗写作增添日常化的书写特色。蔡叔珍《从诗话观论苏轼〈饮湖上初晴后雨〉二首》⑨，认为"若把西湖比西子"一句之所以让人印象深刻，是因为苏轼舍弃了"西湖"与"西子"的不同之处，而抓住其所同具的"自然美"，形成新颖比喻，让读者可自由解读。林宜陵《典型在夙昔：经世济民情怀书写》⑩，第六章《郑侠〈流民图〉事件与相关诗歌探微》，叙述宋神宗年间，县官郑侠上《流民图》一事，并讨论其相关诗作；第七章《以"诗"为镜鉴"人"与"史"——李若水忠愍诗情之更迭转化探论》，析论宋徽宗年间，吏部侍郎李若水诗中的忠爱之情。王之敏《吕洞宾诗歌研究》⑪，考察吕洞宾生平，探讨其诗歌思想渊源，分析诗歌内涵与特色，末论丹道诗

① 林宜陵：《典型在夙昔：经世济民情怀书写》，万卷楼图书股份有限公司，2022年版。
② 施淑婷：《苏轼迁谪文学与佛禅之关系》，新文丰出版股份有限公司，2022年版。
③ 张玮仪：《杨万里茶诗中所透显之"理禅融会"》，《台北大学中文学报》2022年第2期。
④ 郑志敏：《浅解宋人诗作中的猫》，《博雅通识学报》2022年第1期。
⑤ 谌仕蓁：《陆游三山别业的家园书写》，《中国文学研究》2022年第1期。
⑥ 蔡叔珍：《"造物有深意"——论苏轼寓居定惠院海棠诗"幽微"咏物书写》，《高餐通识教育学刊》2022年第1期。
⑦ 张高评：《朱熹〈观书有感〉与宋人理趣诗》，《国文天地》2022年第3期。
⑧ 钟晓峰：《烟艇诗想：陆游渔隐诗书写探析》，《台大中文学报》2022年第2期。
⑨ 蔡叔珍：《从诗话观论苏轼〈饮湖上初晴后雨〉二首》，《问学》2022年第1期。
⑩ 林宜陵：《典型在夙昔：经世济民情怀书写》，万卷楼图书股份有限公司，2022年版。
⑪ 王之敏：《吕洞宾诗歌研究》，高雄师范大学国文研究所2022年博士学位论文。

歌的接受与影响。徐亚宁《杨万里饮食诗研究》①，透过诗歌所描述的食材、饮食活动，结合杨万里生平经历，探究其饮食诗呈现的艺术手法、审美与情志寄托。陈芃杉《苏轼诗作与〈诗经〉关系之研究》②，首先考察苏轼的创作、思想渊源，继而分析其诗引《诗经》情况，得出引《国风》多于《二雅》及《三颂》的结论。

(四)词艺研究

李绍雯《李弥逊〈筠溪乐府〉研究》③，梳理李弥逊生平，将其词作题材内容分为三类：仕隐、祝寿、咏物，认为其词的形式技巧为：偏爱令词、喜用悲壮词牌、新创词牌、擅长唱和。赵唯净《东坡徐州词研究》④，从内容主题、技巧情思等方面，结合东坡在徐经历与诗文，分析其徐州词，并与徐州前后时期词相较，以探讨徐州词之特色及在东坡词发展历程中的意义。黄雅莉《狂傲洒脱的背后——论柳永〈鹤冲天〉的创作心态》⑤，指出柳永在词中假装洒脱以维持心理平衡，到青楼享受，则是试图逃避现实矛盾，转移痛苦，其词代表的是一种俗艳文化的悲剧。曾诗涵《"映梦、窗零乱碧"？——浅谈吴文英〈秋思〉词与"梦窗"之名号入词》⑥，认为该句不该断为"映梦窗，零乱碧"，应是"映梦、窗零乱碧"，因为此词是吴文英为朋友而做，特地写入自己的名号，不合现实情理，且与

全篇词作情韵不合。苏子杰《元祐贬谪词人的孤独时空》⑦，先梳理唐宋贬谪文学的共性、承继与转变，再借菲利普·科克（Philip Koch）所提"他人涉入意识中的程度"来定义孤独，继而以马丁·海德格（Martin Heidegger）"存在与时间"中所指"存有的际遇性"，与加斯东·巴舍拉（Gaston Bachelard）"空间诗学"的论述评析所选文本，主要讨论苏轼词中对贬谪黄州、惠州、儋州的描写，与秦观、黄庭坚等苏门词人的贬谪词作。许淑惠《黄庭坚词作中的"效他体"析论》⑧，参考王伟勇"效他体"之说，探究黄庭坚"效他体"仿效对象的特质、仿效之法、仿效的原因，认为"效他体"符合江西诗派创作要旨，又与苏轼有意开拓词体的做法相互呼应。郭子瑜《李清照词中存有焦虑与价值实践研究》⑨，以罗洛·梅（Rollo May）"存在心理"治疗理论中的"焦虑理论"为核心方法，讨论宋代女性之处境与李清照词中的焦虑、存在意义与自我价值。吴宇祯《论唐宋词的"一意化两"艺术》⑩，认为"一意两化"在立意方面专求双重内涵，可以是拓展递进，或转折对立；在表达层面，则可以是两个视角的描写，也可以是同一意涵在不同词人笔下的呈现。林友良《苏辛词"重出"修辞浅探》⑪，探讨苏辛词中字词重出的现象，发现苏轼偏好七字句"重出"，辛弃疾则随机隔句"重出"，符合以诗文词、以文为词的说法，两人词作

---

① 徐亚宁：《杨万里饮食诗研究》，政治大学国文教学硕士在职专班2022年硕士学位论文。
② 陈芃杉：《苏轼诗作与〈诗经〉关系之研究》，高雄师范大学经学研究所2022年硕士学位论文。
③ 李绍雯：《李弥逊〈筠谿乐府〉研究》，东吴大学中文研究所2022年硕士学位论文。
④ 赵唯净：《东坡徐州词研究》，台湾大学中文研究所2022年硕士学位论文。
⑤ 黄雅莉：《狂傲洒脱的背后——论柳永〈鹤冲天〉的创作心态》，《国文天地》2022年第4期。
⑥ 曾诗涵：《"映梦、窗零乱碧"？——浅谈吴文英〈秋思〉词与"梦窗"之名号入词》，《国文天地》2022年第4期。
⑦ 苏子杰：《元祐贬谪词人的孤独时空》，台东大学华语文学研究又所2022年硕士学位论文。
⑧ 许淑惠：《黄庭坚词作中的"效他体"析论》，《屏东大学学报》(人文社会类)2022年第1期。
⑨ 郭子瑜：《李清照词中存有焦虑与价值实践研究》，台北大学中文研究所2022年硕士学位论文。
⑩ 吴宇祯：《论唐宋词的"一意化两"艺术》，《国文天地》2022年第9期。
⑪ 林友良：《苏辛词"重出"修辞浅探》，《中国语文》2022年第11期。

"重出"对词调均有所影响。吕沛芸《离别文学的继承与拓展——稼轩离别词研究》①，将稼轩离别词置于离别文学的脉络中，观察其对前人的继承与拓展，聚焦于书写手法、常用词调与声律关系、时空设计、离别对象与言情表现等。

(五)诗词合论

李宗菊《苏轼荔枝书写特色析论》②，分析苏轼涉及荔枝之作，认为其特色有五点：见证生活交游、寻求谪居之乐、展现仁民爱物、纪录岭南风物、抒发思乡情怀。刘昱良《苏辛牡丹诗词研究》③，探讨苏、辛牡丹诗词展现的涵义与目的，并比较两人的异同，认为相异之处在于：苏轼抱持顺应自然的态度；辛弃疾渴望留住青春。杨雅雯《苏轼密州时期诗词研究》④，研究苏轼密州时期诗词的主题、技巧与特色，指出苏氏密州诗表现出善用典的技巧，密州词则扩大词境与内容，突破"词为艳科"的藩篱，创作出豪放词风。林宜陵《典型在夙昔：经世济民情怀书写》⑤，第五章《君已思归梦巴峡——苏轼黄州时期诗词中对于蜀地的思乡情怀》，分别讨论元丰三年、四年、五年、六年至汝州前，苏轼诗词中的思乡之情。

(六)词学研究

周振兴《儒家观点下的宋词批评研究——以〈词话丛编〉为考察中心》⑥，以唐圭璋《词话丛编》为据，将范围限定于两宋，检视其中较明显带有

儒家观点的论词意见，分析其作法与特色。

(七)接受研究

陈炜琪《钱锺书之宋诗学研究》⑦，首论钱锺书之宋诗学对严羽《沧浪诗话》与袁枚《随园诗话》的承继与开创，再阐述其如何将西方现象学与诠释学运用于宋诗研究，指出钱氏将严羽"以时而论"和"以人而论"的手法、论诗人之时代与风格，发扬光大，加上中西文艺理论并举，使传统辩家数的批评手法，得到了突破。许淑惠《接受美学视域下之创作实践研究》⑧，第五章《历代对黄庭坚词之接受考察——以和韵作品为例》，先对历代和黄庭坚词作定量分析，归纳出仿效特殊形式、继承题材、依从风格的三种和作方式，依次讨论。

综言之，宋代诗词的研究面向，主要偏向诗艺与词艺；以人而论，则聚焦于苏轼。

五、元明清诗词研究

元明清诗词的研究，涉及生平与文献、历史与文化、诗艺、词艺、诗学、接受等面向，分述如下：

(一)生平与文献研究

徐隆垚《〈列朝诗集〉编纂体例考——兼及作者意图之反思》⑨，主张将八十一卷《列朝诗集》，概括为五十四个作者类型，于甲前、甲、乙、丙、丁

---

① 吕沛芸：《离别文学的继承与拓展——稼轩离别词研究》，台湾大学中文研究所2022年硕士学位论文。
② 李宗菊：《苏轼荔枝书写特色析论》，《思辨集》2022年第1期。
③ 刘昱良：《苏辛牡丹诗词研究》，东吴大学中文研究所2022年硕士学位论文。
④ 杨雅雯：《苏轼密州时期诗词研究》，台湾师范大学国文学系国文教学硕士在职专班2022年硕士学位论文。
⑤ 林宜陵：《典型在夙昔：经世济民情怀书写》，万卷楼图书股份有限公司，2022年版。
⑥ 周振兴：《儒家观点下的宋词批评研究——以〈词话丛编〉为考察中心》，成功大学中文研究所2022年博士学位论文。
⑦ 陈炜琪：《钱锺书之宋诗学研究》，辅仁大学中文研究所2022年博士学位论文。
⑧ 许淑惠：《接受美学视域下之创作实践研究》，万卷楼图书股份有限公司，2022年版。
⑨ 徐隆垚：《〈列朝诗集〉编纂体例考——兼及作者意图之反思》，《中国文哲研究集刊》2022年第1期。

集的一级目录之下，增设描述作者类型的二级目录，而编类原则可用政治身分、诗派身分、地域身分三个概念加以解释。陈美朱《屈复〈唐诗成法〉点校本》[①]，《唐诗成法》成于清乾隆八年（1743），是一部单选五、七言律诗的唐诗选评本，所选诗作皆有圈点与诗评，并针对诗作的用字、用词与章法结构，提出具体品评意见与修改建议，作者认为，该书对初学诗者掌握律诗写作技巧，大有裨益。赵尊岳《珍重阁主人赵尊岳诗词文补遗》[②]，在前人研究基础上，增编赵尊岳诗集、词集、文章与相关生平传记资料数种：词集方面，新增《蓝桥词》《南云词》，并补遗《炎州词》数阕；诗集方向，新增《十二岁诗稿》与《十三岁诗稿》，并整理北京国图所藏《高梧轩诗九卷钢笔手稿本》。

（二）历史与文化研究

王凯行《论清道光年间的女性结社"梁德绳消夏集"》[③]，分析梁德绳之夫的相关社群集会，梳理"梁德绳消夏集"的发展过程，并论述其特色与影响。李惠仪、许明德《明清文学中的女子与国难》[④]，讨论女性在明清易代此一关键历史时刻，如何通过自身著述与他人书写开辟议论、想象与创作的空间，全书除引言外，共六章，涵盖女性文学、男性借女子身份和声音寄托幽怀之作、以女性为文化符号等，是一部借以反思明亡的罪责和前因后果的作品。刘彦霞《元僧中峰明本的达道之艺：净土诗与咏梅诗所展演的修行观》[⑤]，探析

元代临济禅师中峰明本的诗文创作，探析其净土及咏梅组诗的创作意图及其于宗教实践上的功能。林宜陵《典型在夙昔：经世济民情怀书写》[⑥]，第八章《使金文人从自责、羁留到思乡的忠义情感表现——宇文虚中与朱弁诗词作品为例》，首论生平始末，再析论诗歌忠义情感的转化。张宏生、卓清芬主编《空间与视野：明清文学与性别研究的新进境》[⑦]，意在以论文选篇的形式，记录21世纪前二十年学界于"明清文学与性别研究"此一领域进行的探索、取得的成就，全书除序、后记外，共分八个单元："书写闺阁：明清士大夫笔下的女性""性别意识：明清女性的自我体认""闺门内外：日常生活与空间隐喻""乱离之际：世变中的女性声音""汇入历史：明清文化与女性""出版传播：明清女性诗歌总集的编纂""以形传神：明清女性文学中的图像书写""迈向现代：转型时期的'新女性'"，收论文三十六篇，除完整呈现该研究领域的重要议题外，亦深具文学史功能。

（三）诗艺研究

林芳玮《周亮工（1612—1672）在明清易代之际的自我书写》[⑧]，锁定周亮工1647年到1441年前往闽地诗作，指出诗中常用卑湿形容气候，习惯将闽地写成一个与自己相互排斥的客体，彰显自己不容于此地的孤独感。曹希文《从连章结构论梅村诗——重探吴梅村〈行路难十八首〉》[⑨]，分析该组诗的叙事结构与创作手法，并论及吴梅村

① 陈美朱：《屈复〈唐诗成法〉点校本》，成大出版社，2022年版。
② 赵尊岳：《珍重阁主人赵尊岳诗词文补遗》，万卷楼图书股份有限公司，2022年版。
③ 王凯行：《论清道光年间的女性结社"梁德绳消夏集"》，《思辨集》2022年第1期。
④ 李惠仪、许明德：《明清文学中的女子与国难》，台大出版中心，2022年版。
⑤ 刘彦霞：《元僧中峰明本的达道之艺：净土诗与咏梅诗所展演的修行观》，中兴大学中文研究所2022年硕士学位论文。
⑥ 林宜陵：《典型在夙昔：经世济民情怀书写》，万卷楼图书股份有限公司，2022年版。
⑦ 张宏生、卓清芬主编：《空间与视野：明清文学与性别研究的新进境》，允晨文化实业股份有限公司，2022年版。
⑧ 林芳玮：《周亮工（1612—1672）在明清易代之际的自我书写》，台湾师范大学国文研究所2022年硕士学位论文。
⑨ 曹希文：《从连章结构论梅村诗——重探吴梅村〈行路难十八首〉》，《思辨集》2022年第1期。

对前人作品的继承与创新，指出连章结构中，各词的内容相互呼应，从而表达出覆巢之下无完卵、功名富贵无常，甚至可能招来祸患的感叹。陈胜智《明清台湾禅诗之意象研究》①，以《全台诗》为据，选取明清时期的台湾禅诗，探讨其内容与意象经营，认为明清台湾禅诗融入本地的自然意象与人文意象，表现出空灵寂静之美。陈贵秀《元初北方诗人刘因诗歌研究》②，爬梳刘因诗作，呈现其全貌，以了解其思想脉络，所论涉及诗歌主题、历史文化情结、思想意涵等。张艳《王夫之〈落花诗〉析论》③，探讨王夫之六组《落花诗》的情感内容、屈原原型与相关形象、儒释道思想、表现形式，指出《正落花诗》有转变为正之意；《续落花诗》表现诗可以体认、疏导"情"，实现存神尽性功夫论的精神；《广落花诗》则期望透过广心获得余情，从而超越闲情，回归到正。尹诺《陈曾寿七律研究》④，结合陈曾寿的生平、行实、诗学取径、创作观念等要素，分析其七律的形式与内容，包括：虚字、"倒装与节奏"、"独立性句法与推论性句法"等，最后论其"枯论"的诗歌理论与"枯境"的审美诗境。李瑞慈《〈唐诗三百首〉之植物意象研究》⑤，归纳《唐诗三百首》中提及植物意象诗作共九十四首，讨论其季节、情怀、泛称与衬托背景植物。张意姗《万里关山智眼收——季总行彻及祖揆玄符禅诗譬喻研究》⑥，关注季总行彻及祖揆玄符的诗偈，通过认知语言学譬喻，分析其意象，同时与女诗人的诗作相比较，指出女禅师的诗聚焦于佛教，无心于国事，与女诗人不同。林琬紫《游移的身分：清初吴之振的文学活动与心灵世界》⑦，着意于《宋诗钞》所勾连出的一系列文学活动，亦即吴之振自清初遗民氛围中，逐渐展露主体性的游移过程，冀见证易代文人世变下所开展出的人生道路。邱怡瑄《史识与诗心：近现代战争视域下的"诗史"传统》⑧，择取19世纪下半叶到20世纪上半叶具"诗史"意图、有意以文学反映历史的著作，展开讨论，思考"诗而为史，史而诗为"的书写传统，全书除导论、结论外，共四章：《诗史，在古典与现代之间》《诗史，在和平与战争之间》《诗史，在真实与虚构之间》《诗史，在新我与故吾之间》。

（四）词艺研究

江宇翔《顾太清〈东海渔歌〉之花妍书写》⑨，先综述顾太清的生平与渊源，再分析其题材内容与艺术特征，指出词中可见顾氏对身世、亲情、爱情的感受，艺术特征上，则大量运用比兴。李天群《赵孟頫〈巫山一段云〉组词研究》⑩，旨在分析该组词中的意象、典故，剖析其创作动机，并从声律上阐述其音乐性，认为赵氏透过意象与典故，抒发了亡国痛楚与世变悲凉。涂意敏《清初词中

① 陈胜智：《明清台湾禅诗之意象研究》，彰化师范大学国文学系国语文教学硕士在职专班2022年硕士学位论文。
② 陈贵秀：《元初北方诗人刘因诗歌研究》，淡江大学中国文学学系硕士在职专班2022年硕士学位论文。
③ 张艳：《王夫之〈落花诗〉析论》，政治大学中文研究所2022年博士学位论文。
④ 尹诺：《陈曾寿七律研究》，政治大学中文研究所2022年硕士学位论文。
⑤ 李瑞慈：《〈唐诗三百首〉之植物意象研究》，铭传大学应用中国文学研究所2022年硕士学位论文。
⑥ 张意姗：《万里关山智眼收——季总行彻及祖揆玄符禅诗譬喻研究》，中兴大学中文研究所2022年硕士学位论文。
⑦ 林琬紫：《游移的身分：清初吴之振的文学活动与心灵世界》，清华大学中文研究所2022年硕士学位论文。
⑧ 邱怡瑄：《史识与诗心：近现代战争视域下的"诗史"传统》，新文丰出版股份有限公司，2022年版。
⑨ 江宇翔：《顾太清〈东海渔歌〉之花妍书写》，南华大学文学研究所2022年硕士学位论文。
⑩ 李天群：《赵孟頫〈巫山一段云〉组词研究》，《思辨集》2022年第1期。

的金陵书写研究》[1]，探讨金陵怀古的情感、思想，与金陵书写的创作特色，认为清人金陵书写的特色为：今昔并举、观看废墟产生的时空错置。

(五)诗学研究

陈美朱《析论屈复〈唐诗成法〉的"诗法"观》[2]，在整理归纳《唐诗成法》要旨的基础上，探讨屈复如何以诗法指点学诗、评论诗作，并兼顾"诗意"的说诗特点，期能呈现屈氏"诗法"观与清初诗学教材样貌。陈孟妘《方以智的诗学工夫论——以清初桐城诗歌为探索材料》[3]，认为方以智重新诠释"兴、比、赋"此一诗学概念，并整合其师觉浪道盛对诗学概念"怨"的新解，建构出诗学工夫论，诗歌由此而具备了化解、平衡时代或生活中各种对立两端的能力。陈颖聪《明代复古诗论发生与成长的内外因素》[4]，指出明代初期就在政治制度方面学习汉、唐，唐诗也吸引着明代文人，宋代则被视为积弱、屈辱的朝代，而宋诗主理、不重视声情、使用"俚语"，也使明人深感不满；成化以后，明代"心学"崛起，使诗人更加厌弃宋诗，斯为复兴汉唐诗风的契机之一。钟晓峰《李怀民推尊中晚唐诗探析：以〈重订中晚唐诗主客图〉为主的讨论》[5]，主张李怀民透过《重订中晚唐诗主客图》的选诗与评析，表达了自成一家的诗学论述：1.从情志气骨立场肯定中晚唐诗人的创作精神与作品价值；2.从诗歌历史发展角度彰显中晚唐五言律诗的诗学价值；3.透过作品的结构章法、创作主题，辨别张、贾之派分与差异。

(六)接受研究

许淑惠《接受美学视域下之创作实践研究》[6]，第六章《题跋之接受：清人曹元忠所撰宋词集题跋析论》，论其交游、版本、补遗、立论等问题；第七章《词选之接受：论佟世南〈东白堂词选初集〉之编纂》，分析《东白堂词选初集》之编纂动机、编选体例及择选标准与对词学研究的贡献。

综言之，元明清诗词的研究面向，主要偏向诗艺与诗学；以人而论，并未特别聚焦于大家，反而更着力挖掘此前关注度较低的作家，尤其是女性。

六、近现代诗研究

近现代诗的研究，涉及文献、历史与文化、诗艺等面向，分述如下：

(一)文献研究

何维刚《天籁吟社旧籍复刻》[7]，此书乃为纪念"天籁吟社"创立百年而编，特别复刻了四种珍稀的天籁吟社的旧籍：《天籁新报》创刊号(1925)、《藻香文艺》第一期到第五期(1931)、《天籁》第七期到第二卷第二期(约1950—1953)、《天籁吟社集》(1951)，从中可看到日据时期与战后初期"天籁吟社"的剪影，也可窥见当时诗坛与社会的概况。

① 涂意敏：《清初词中的金陵书写研究》，东吴大学中文研究所2022年博士学位论文。

② 陈美朱：《析论屈复〈唐诗成法〉的"诗法"观》，《东华汉学》2022第1期。

③ 陈孟妘：《方以智的诗学工夫论——以清初桐城诗歌为探索材料》，清华大学中文研究所2022年博士学位论文。

④ 陈颖聪：《明代复古诗论发生与成长的内外因素》，《屏东大学学报》(人文社会类)2022年第1期。

⑤ 锺晓峰：《李怀民推尊中晚唐诗探析：以〈重订中晚唐诗主客图〉为主的讨论》，《东海中文学报》2022年第2期。

⑥ 许淑惠：《接受美学视域下之创作实践研究》，万卷楼图书股份有限公司，2022年版。

⑦ 何维刚：《天籁吟社旧籍复刻》，万卷楼图书股份有限公司，2022年版。

（二）历史与文化研究

周志仁《日据时期语文教育发展观察——以传统汉诗为例》[1]，从日据时期古典诗的内容探究该时期的语文教育，指出明治时期采取怀柔策略，逐步介入教材编纂、教学环境，并拉拢士绅诗人。曾金承《洪弃生诗中的航海书写与寄怀》[2]，指出洪弃生前四次渡海，是为了到福州参加乡试，但都落榜，因此航海诗都夹杂着失落的心情；晚年的中国行，目睹海防遗迹或故地，因此航海诗中展现出悲愤之情。黄正静《传统诗人中"纵谷客家第一庄"地景的文学书写》[3]，探讨本岛移居、流寓移民至花莲的传统诗人、日本俳句、和歌作家，如何书写花莲吉安乡，抉发其原乡的胶黏情感与深厚的土地印记。陈怡婷《林子瑾、吴子瑜其人其诗研究》[4]，先综述时代背景与林子瑾、吴子瑜生平，再分别探讨两人诗作：前者，论其对中国的孺慕之情、对民族的想象、知音难寻的隐退心情；后者，论其回台初期雄心经营、诗会创作中的遗民心绪、寄情山水的隐逸心态，最后总论其价值。郭相佑《十九世纪"江南／海上"美人图／咏研究——才子、女性及文化市场脉络》[5]探讨十九世纪"江南／海上"美人图／咏，聚焦才子、女性及文化市场的脉络之源流与衍变，指出《百美新咏图传》着重于女性人物本身，较少涉及背景；

改琦增添了背景，图像丰富度增加；王墀则将大部分改琦合像的人物拆开，仅少部分图像还采用合像，表现出王墀对红楼人物的看法。

（三）诗艺研究

周铭堂《魏等如汉诗研究》[6]，魏等如是日据时期云林地区的传统汉诗诗人，"西螺菼社"重要成员，文中先综述其时代背景与交游，再辑考其诗作，并分类赏析，有助于补充"西螺菼社"史料，也呈现出日据乃至当代的社会生活样貌。戴淑贞《黄绍谟汉诗研究》[7]，黄绍谟亦是日据时期云林地区的传统汉诗诗人，曾任"斗六斗山吟社""云峰吟社""西螺菼社"三社词宗，文中先综述其时代背景与家世生平，再讨论其汉诗文献，最后分析其诗作类型与艺术表现，有助于填补台湾古典诗的一页空白。吴宜静《日据时期台湾南社诗人研究——以洪铁涛、王芷香为探讨对象》[8]，叙述两人参与诗社的活动情形，探讨两人诗作的题材表现，并较其特色、优劣，认为洪氏创作题材较广，也更善于镕铸新词汇。田德智《基隆八景及八景诗研究》[9]，先梳理"八景诗"脉络，再论基隆地区开发史，最后分析基隆八景的演变与诗作，有助于建构基隆的区域文学特色。林昀静《日据时期台湾汉诗的南洋书写》[10]，先梳理历史上的"南洋"，再描述台湾人到南洋，更分论南洋的历

---

① 周志仁：《日据时期语文教育发展观察——以传统汉诗为例》，《文学新钥》2022年第1期。

② 曾金承：《洪弃生诗中的航海书写与寄怀》，《文学新钥》2022年第1期。

③ 黄正静：《传统诗人中"纵谷客家第一庄"地景的文学书写》，《文学新钥》2022年第1期。

④ 陈怡婷：《林子瑾、吴子瑜其人其诗研究》，中正大学台湾文学与创意应用硕士在职专班2022年硕士学位论文。

⑤ 郭相佑：《十九世纪"江南／海上"美人图／咏研究——才子、女性及文化市场脉络》，"中央"大学中文研究所2022年硕士学位论文。

⑥ 周铭堂：《魏等如汉诗研究》，云林科技大学汉学应用研究所2022年硕士学位论文。

⑦ 戴淑贞：《黄绍谟汉诗研究》，云林科技大学汉学应用研究所2022年硕士学位论文。

⑧ 吴宜静：《日据时期台湾南社诗人研究——以洪铁涛、王芷香为探讨对象》，台湾师范大学国文研究所2022年硕士学位论文。

⑨ 田德智：《基隆八景及八景诗研究》，高雄师范大学国文研究所2022年硕士学位论文。

⑩ 林昀静：《日据时期台湾汉诗的南洋书写》，逢甲大学中文研究所2022年硕士学位论文。

史景观与人文景观,期能见出日本殖民下,台湾人对南洋态度的转变、前往南洋的状况与书写。林冠娴《栗社诗人范慕淹研究》[①],范慕淹是日据时期苗栗地区的传统汉诗诗人,"栗社"重要成员,还曾另组"龙珠诗社",文中先综述范氏生平与创作,再将其诗作分为应酬唱和、感时咏物、人生体悟几类,依序赏析,指出其特色是:善用典故、顺应时势、具有巧思。余育婷《香草美人的召唤:台湾香奁体的风雅话语与诗歌美学》[②],认为台湾香奁体的风潮,始于清末,至日据时期发展迅速,成为在文学场域中占位与争夺象征资本的最佳策略,全书除导论、结论外,共收论文四篇:《华美诗风的追求:清代台湾香奁体的发展历程与时代意义》《建构风雅:洪弃生香奁体与遗民诗学》《殖民与遗民的焦虑:连横香奁体与风雅论》《游戏还是抵抗:台湾新竹枝词与汉诗现代性》。

综言之,近现代诗的研究面向,主要偏向诗艺;以人而论,则聚焦于台湾日据时期地方诗社的诗人。

小　结

总上所述,2022年台湾学界诗词研究成果的学术图景与特色,可归纳为以下四点:

1.整体研究,或诠释传统文论,或阐扬当代学说,或自成一家之言,高屋建瓴,最值得重视。

2.断代研究,矢集于唐、宋两代,次为清代,汉魏六朝相对冷清,近现代则颇有后来居上之势。

3.研究面向,各断代均偏重艺术技巧,次为历史、思想文化,生平与文献考证,则较为缺乏。

4.以人而论,唐、宋两代仍多聚焦于大家、名家,明清、近现代则较留意次要、地方作家。

① 林冠娴:《栗社诗人范慕淹研究》,中兴大学中文研究所2022年硕士学位论文。

② 余育婷:《香草美人的召唤:台湾香奁体的风雅话语与诗歌美学》,政大出版社,2022年版。

中国诗学研究报告(日本)

日本大阪大学人文学研究科　岑天翔

日本学界在中国诗学研究领域有着深厚的学术传统,积累了丰富的学术成果,本年度亦有颇多深具启发意义、令人耳目一新之作。本文以2022年度日本出版、刊载之中国诗译注、研究专著及期刊论文为对象,逐一简述其内容观点并稍作评论,最后归纳出若干特色,以期供中国学者参考借镜。

笔者虽尽力搜集,但遗珠之憾在所难免,尤其日本部分刊物出刊较晚,未及列入本年度考察范围,而评述之际舛误疏漏恐亦所在多有,尚祈大家包涵赐教。

一、中国诗的译注

与江户时代将"汉学"视作本国学问的情况不同,明治时代以来日本的"中国学"本质上是被作为一门外国学问加以研究的。与之相应,中国诗也被视作外国文学之一种,铃木虎雄在《陆放翁诗解》的序言中称"如果不理解他国文学,也就难以知悉本国文学的长处"①,便是如实地反映了这种学术理路。时至今日,如前揭《陆放翁诗解》那般,针对中国古典诗文一一加以训读、注释及现代语译,以便日本人阅读的"译注",仍是日本中国学界最基础亦是最为通行的研究类型。虽是注解,但均是基于一线学者长年的深入研究,蕴含着对诗人与诗作的整体性诠解,有着较高的

学术价值。以下,首先介绍本年度日本学界有关中国诗的译注成果。

"三曹"与陶渊明是日本接受度颇高的中国诗文名家,历来译注书籍颇多,本年度又有多部新的译注书刊行。如林田慎之助的《陶渊明全诗文集》(东京:筑摩书房,2022年1月)将陶渊明的诗文悉数注释、翻译,进而揭示其清新而有深度的文学世界。再如川合康三的《曹操·曹丕·曹植诗文选》(东京:岩波书店,2022年2月)精选三曹的诗赋、乐府及文章,除了针对文本进行详密的注解,同时还以文学史的眼光,阐明三曹诗文对于前代文学的延续与创化。如在解说曹丕《善哉行二首》时,指出其一咏叹人生无常、应当及时行乐,与《古诗十九首》其三、其十三及汉乐府《西门行》共享着同样的情感结构;其二则吟咏与佳人离别的哀情,继承了《古诗十九首》其十的抒情主题。再如解说曹丕《代刘勋出妻王氏杂诗二首》《寡妇行》等诗时,指出其针对身边的特定人物展开具象化的描写,相比汉乐府等替不特定人物代言的作品,有了极大的突破。据此,著者指出三曹的作品反映了中国诗的创作从"集团性"向"个体性"的演进趋向,对其在中国文学史中的定位作出了准确的阐述。

詹满江主编的《浣花溪的女校书:阅读薛涛诗》(东京:汲古书院,2022年3月)是一部以唐代

① 铃木虎雄:《陆放翁诗解》上册,弘文堂书房,1950年版,第4页。

女诗人薛涛的诗集为对象的译注书,由日本薛涛研究会的成员共同完成。该书收录薛涛的全部诗作共计九十三首,随诗附有精确的注释与细密的翻译,书后另附薛涛的年谱、诗集版本、研究现状等资料。该书可以说代表了日本薛涛研究的最高水平。前川幸雄的《元白唱和诗研究》(京都:朋友书店,2022年7月)根据花房英树《白氏文集的批判性研究》①所复原的元白唱和诗文本,选取其中三十组唱和诗,分别施加解题、注释、翻译、解说等。书末另附录著者关于元白唱和诗韵脚及元稹歌诗作品句数的研究,对元白诗歌的语言形式进行了细密的统计分析,并指出其特征所在。此外,铃木虎雄《中国战乱诗》(东京:讲谈社,2022年8月)是根据氏著旧版《禹域战乱诗解》刊行的新版,该书精选先秦至清代,屈原、曹植、鲍照、李白、杜甫、苏轼、文天祥等人描写战乱的诗作共计四十一首。新版书前附有川合康三新撰的《前言》,书后附有小川环树撰写的《解说》。

浅见洋二译注的《陆游》(东京:明治书院,2022年11月)一书,可以说是本年度日本中国诗学研究领域最受瞩目的成果之一。该书为明治书院主编《新释汉文大系·诗人编》之一种,精选陆游诗二百首及词三阕,并施以训读、注释、现代语译及解说,书前一并附有著者关于陆游生平、思想及诗学的精要论述。

关于陆游诗的注解,中国方面有钱仲联《剑南诗稿校注》的全注本,日本方面此前亦有铃木虎雄、一海知义、前野直彬等人的选注本,诸家注本虽称精审,但亦有未足之处。浅见氏新著吸收前人注本之长处,同时就诗中人物、史实、典故及意脉等,对前人漏注、误注之处多有纠偏、补充。

如《出都》诗中有"莲社客"一语,钱注引宋人《莲社高贤传》释之为谢灵运,浅著在并存旧说的同时,引唐宋人诗句,指出诗中"莲社客"亦有可能指代陶渊明;如《致斋监中,夜与同官纵谈鬼神,效宛陵先生体》诗中"雷可斫"一语,钱氏未注,浅著引《搜神后记》所载"斫雷公"故事释之;再如《冬至夜坐作短歌》一诗多有涉及道教内修方法,前人未及详注,浅著博征道经,针对诗中"黄河""内视""神珠""婴儿"等语词作出精确的解释。综观全书,考据精审,引注有据,释意新颖,洵为佳注。

至于该书的选目,亦颇具新意。前人选陆游诗,一般多选其南郑从军及抒发爱国情怀的诗篇,浅见氏新著则倾向于选录陆游退居山阴故里后的作品,如选录《秋夜纪怀三首》《村居即事》《示儿子》等作品,凸显出其信奉并宣扬儒家农本主义的思想特征;选录《记东村父老言》《农事稍闲有作》《谕邻人》等作品,凸显出其热衷于劝耕桑、敦教化、参与地方事务的活动特征。此外又选录《阻风》《与子虡子坦坐龟堂后东窗偶书》《读书》等描写观诸子读书场景的作品,揭示出陆游重视血缘传承的"孝",期望深植家族于地方社会的乡绅性格②。质言之,通过选目的创新,该书在传统的爱国诗人的形象之外,建构起一个作为乡村社会指导者的新的陆游形象。

除单行的译注书外,尚有不少刊载于学术期刊的单篇译注文,如小川恒男《何逊诗译注(7)》(《中國學研究論集》第40期)、《六朝乐府译注(二十七):〈长安道〉十二首》(《中國中世文學研究》第75期)、山本和义等《苏轼诗注解(三十)》(《アカデミア:文学·語学编》第111期)、《苏轼诗注解

① 花房英树:《白氏文集的批判性研究》,朋友书店,1974年版。
② 关于陆游的观诸子读书诗及其中所见儒家思想与文化的承传,详见浅见洋二:《父与子——苏轼、陆游诗中的"孝"》,《国学院中国学会报》。

（三十一）》（《アカデミア：文学・語学編》第112期），以及西冈淳《苏轼诗注解补（四）》（《南山大学日本文化学科論集》第22期）、镰田出等《〈玉台新咏序〉译注（六）》（《至誠館大学研究紀要》第9期）、高桥忠彦《陆游茶诗译注（13）：唐宋茶诗译注（22）》（《茶の湯文化学》第38期），等。

二、中国诗学研究专著

本年度日本学界出版多部中国诗学研究相关专著，下面以出版机构为序，分别予以介绍。

汲古书院是日本最负盛名的中国古典学术出版机构，刊行包括中国文学、史学、哲学及文献学等诸多领域在内的学术专著。本年度，汲古书院刊行两部中国诗学研究专著。一者为横田むつみ的《唐代女性诗人研究序说》（东京：汲古书院，2022年1月）。该书依次考察上官昭容、李冶、薛涛、鱼玄机等唐代女性诗人的生平及诗歌作品，其中特别针对上官昭容与宫廷诗坛、鱼玄机对于作诗的态度、李冶及其诗的评价之变迁、薛涛的营妓形象、"相思"诗的谱系以及日本对薛涛诗的接受等问题进行了探讨。

另者为蔡毅的《清代日本汉文学的受容》（东京：汲古书院，2022年3月）。该书基于学界聚焦中国文学对日本汉文学影响的研究现状，转而讨论中日文学交流中的"逆输入"现象，即日本汉文学反向传入中国及产生的影响。该书以俞樾《东瀛诗选》、叶炜《扶桑骊唱集》《煮药漫抄》、陈曼寿《日本同人诗选》、潘飞声《在山泉诗话》、李长荣《海东唱酬集》等书，以及赖山阳《日本外史》、市河宽斋《全唐诗逸》的西传为线索，深入考察中国文人对日本汉文学接受活动的诸相。其中以讨论中国清末"诗界革命"论与日本汉诗界关系的

数节最为精彩，著者首先考察黄遵宪任职驻日公使馆时期阅读大量日本汉诗的经历，以及与日本汉诗人森春涛、森槐南、宫岛诚一郎等人的交游活动，指出黄遵宪受到明治汉诗坛流行的"文明开化新诗"的影响颇深。其次，将梁启超的"诗界革命"论，即认为应在汉诗中使用和制汉语等新语汇，表现西洋文明等新内容的诗学主张，与日本明治时期汉诗坛关于"汉诗革命"的议论进行对比，指出二者无论是语言表述，还是思想内核都极为相似。清末戊戌前后，大量日本的知识涌入中国知识界，成为时人诠释世界、变革现状的新的"思想资源"①。

研文出版是创立于1909年的著名书店山本书店的出版部门，专门刊行以中国文学、思想及历史为中心的学术书籍。本年度，研文出版刊行四部中国诗学研究相关的专著。其中，川合康三《中国的诗学》（东京：研文出版，2022年5月）原是著者2019年于台湾政治大学客座时的授课讲义，此次经修订、增补后出版。该书围绕"何者为诗""诗的道义性""诗的社会性""诗的政治性""诗与情感""诗与修辞""诗与景物""诗与事实""诗与谐谑"等二十四个主题，从多方面勾勒中国诗学的样貌，进而探问中国诗中蕴含的与世界文学共通的普遍性价值。本书满纸珠玉，发人深思之处颇多，以下略举其中第二十章"可视与不可视"为例。该章首先指出传统儒家思想中存在着将外在世界合理化、抑制非理性因素的倾向，而中国诗歌也受此影响，一般倾向于在理性认识的范围内描写外在世界，进而构筑一种安定的世界观。但著者认为杜甫的诗歌展现出与众不同的"破坏性"，书中以《同诸公登慈恩寺塔》一诗为例，指出杜甫并不满足于如实地再现眼前的物象，而是试

---

① 参见王汎森：《"思想资源"与"概念工具"——戊戌前后的几种日本因素》，收入氏著《中国近代思想与学术的系谱（增订版）》，上海三联书店，2018年版，第152—180页。

着突破人类理性认识的边界,将可视的物象称之为不可视化,却对不可视的物象进行可视化的描写,通过这种表现手法破坏了原本安定的世界观,转而在诗中构筑另一个崭新的世界。这一系列由视觉问题切入的阐述,展现出日本学者新颖的问题意识与细腻精深的文本解读能力。

此外,住谷孝之《六朝怀古文学研究》(东京:研文出版,2022年2月)一书针对六朝时期"怀古"主题的文学作品进行探讨,其中对于六朝怀古诗多有涉及,书中将颜延之的《北使洛》视作"怀古"抒情传统形成的关键节点,同时针对南朝后期怀古诗,以及以卢思道、李百药为代表的北朝怀古诗分别作出论述。

宇野直人《唐宋诗词丛考》(东京:研文出版,2022年3月)则是著者多年以来关于唐宋诗词论文的合集。书中内容颇为丰富,既有针对单篇作品的细致考察,如第三章指出李白的《采莲曲》存在着"闺怨"与"边塞"的复合式构想,隐含着诗人讽喻的写作意图;第四章探讨杜甫《绝句二首其二》一诗中的色彩表现,指出该诗的前两句"江碧鸟逾白,山青花欲然",均象征着诗人自悲叹中重新燃起希望的心情;第五章梳理"此外"一词在历代的语义变化,指出杜甫《江村》诗尾联中的"此"并非实指"药物",乃是泛指杜甫抵成都后的安定生活;第六章分析林逋《山园小梅》中"霜禽"与"粉蝶"的意象及其作用,指出诗人通过描写梅花与"鸟""蝶"之间的疏离,突显出梅花孤高自傲的性格。除此之外,书中还有针对某一特定主题的深入探讨,如讨论阮籍诗中"清风""明月""孤鸿""翔鸟"等景物的象征性、柳永咏物词中所见其兼具"拟古"与"独创"的创作态度等,同时对于朱子的陶渊明观、日本传统汉学对于中国学研究的启发等较为宏大的学术论题亦有涉及。

加纳留美子《苏轼诗论——被反复的经验与诗语》(东京:研文出版,2022年10月)是一部立足于文本细读,又颇具深度的苏轼诗研究新著。该书注意到苏轼诗中频繁袭用前作特定表现和结构的"反复性"特征(书中称之为"自作参照"),著者从此一视角出发,试着寻绎出苏轼不同时期诗作之间的微妙连结,进而阐明苏轼诗中此前不为人留意的重层式结构。书中不仅阐述了苏轼一以贯之坚信上天能赏善罚恶的"天报"思想,而且细致分析了贯穿二苏唱和诗的"夜雨对床"的诗语,还针对吟咏梅花、罗浮山等特定主题的诗作以及其中反映的思想心态进行了考察。在著者笔下,苏轼诗就如同一张网,位于各个节点的作品彼此连结、彼此影响,建构出一个宏大的重层式的作品世界。

除上述以外,由中国书店刊行、东英寿主编的《唐宋八大家研究》(福冈:中国书店,2022年3月)亦是近年日本学界有关唐宋诗文的重要论著,内中收录有多篇诗学相关的论文。其中,内山精也《苏轼密州、徐州时期的文与诗词——北宋太守的文学》考察苏轼在知密州、徐州任上对于"文"与"诗词"不同的创作情况,指出这两种文体在性质上存在着差异,"诗"被视作表达个体情感,偏向于"私"的文体;"文"则与公共性、社会性的结合更为紧密,是更偏向于"公"的文体。著者认为对于当时身为太守的苏轼而言,"文"的分量显然更重,故而其创作的数量与质量也明显更高,进而指出苏轼知密、徐二州时期创作的"文",最终奠定了他在当时士大夫社会中的文名。合山林太郎《王安石〈山樱〉诗与日本近世关于"樱花"的争论》注意到日本江户时代的文人及儒者对于王安石《山樱》诗格外关注,且围绕该诗所咏樱花是否即日本樱花的问题展开了激烈的争论,论文依时序梳理这些围绕《山樱》诗展开的争论,揭示了近世日本对于樱花与诗的认识的流变,同时阐明了其中蕴含的文化史意义。

此外,该论文集中收录有浅见洋二的三篇论文,均是围绕中国文学中的"罪人"意识与相关表现的深入研究。其中,《盲人的象征体系——围绕韩愈〈拘幽操〉、孟郊〈寄张籍〉以及〈论语·微子〉的探讨》一文指出中国士人的文学书写,往往将帝王比拟为光明,而将不受帝王信任、怀才不遇的自己比拟作身处黑暗之中的"罪人"与"盲者"。著者认为这种"罪人"与"盲者"的象征表现,反映了士人对君臣关系形态的独特认识,同时也作为一种生存策略,被士人用来规避与权力的冲突、守护内在的精神世界。另一篇《罪人的笑——柳宗元与苏轼》继续关注柳宗元与苏轼的"罪人"意识及其诗中"笑"的表现,指出二人的"笑"中蕴含着对于自身蒙受冤罪的抵抗的意味。《多样的自责——围绕苏洵〈自尤〉诗的探讨》一文则聚焦于中国诗歌中有关"自责"的表现,指出与公共场域下写作的帝王罪己诏及曹植《责躬诗》等不同,苏洵的《自尤》诗有着强烈的私人色彩,生动地表现了其备受良心苛责的内心世界。著者在文末留下一个意味深长的问题:为何在中国文学中像苏洵《自尤》诗这种表现自我内心罪恶感的作品颇为罕见,是什么观念束缚了这种罪恶感的书写与表达?这一论题,想必将在著者日后的研究中得到进一步的探问。

三、中国诗学研究论文

本年度日本学界亦刊载颇多中国诗学研究相关的期刊论文,其中既有从文本内部的视角出发,细读诗歌文本、诠解语言表现的研究;也有从文本外部的视角出发,考察诗人生平行实、中日诗歌交流与影响的研究。以下从字词、文本、主题、版本文献、诗人生平、中日诗歌交流等六方面,分别予以介绍。

(一)诗歌字词的诠解

福本郁子《〈诗经〉导读(一)——关于〈周南·关雎〉中的"窈窕"之义》(《盛冈大学纪要》第39期)、《〈诗经〉导读(二)——关于〈桃夭〉的"蕡"、〈鱼藻〉的"颁"及〈苕之华〉的"坟"》(《比较文化研究》第32期)在梳理中日历代《诗经》注家解释的基础上,对"窈窕""坟"等字的意义提出了较为妥帖的诠解。石本道明《〈诗经〉"木瓜"义解管见:关于"喻"的功能》(《国学院杂志》第123卷7期)以"木瓜"一词的解释为线索,指出《诗经》所处的时代尚无"作者"的概念,故并不在意作者的"作意"及语词的本义为何,其所重视的乃是使读者透过表层的语词推度位于深层的"隐志",即"喻"的功能。

后藤秋正《"带"字用法所见的杜甫诗》(《杜甫研究年报》第5期)依时序梳理杜甫诗中动词"带"字的使用情况,指出秦州时代以降杜诗中的"带"字有溢出传统用法的趋向,至夔州时代则愈发精熟,创造出颇多新奇的语言表现。"带"字用法体现出杜诗锤炼语言、力求超越陈腐表现的特征。大桥贤一《杜诗第二人称代词研究札记——以"汝曹"为中心》(《杜甫研究年报》第5期)同样关注杜诗的语言表现,该文就孙奕《履斋示儿编》谓杜诗"尔汝群物"之说加以发挥,指出杜诗中常以"汝曹"等第二人称代词指称鸟、马等动物,甚至山、旧宅等非生物,表现了杜诗齐视万物,消泯人与自然的隔阂,对天地万物都怀有亲密情感的特征。

高桥良行《李白、杜甫诗中"羞""耻""惭""愧"的表现》(《学术研究:人文科学·社会科学编》第70期)指出"耻"作为人类普遍性的情感在李杜诗中多有表现,二者共通之处在于都曾表现在社交场合对友人厚待的惭愧之情,不同之处在于李白诗多表现为对仙人的惭愧之情,以及对安史之乱中自身获罪经历的羞耻之情;杜甫诗则多表现为对自身漂泊江湖、怀才不遇经历的羞愧之情。村田真由《文天祥试论——以"填沟壑"为中心》(《日本中國學會報》第74期)考察文天祥对于"葬身沟壑"态度的隐微变化,指出文天祥在前期的诗歌中义无反顾地表达自身无惧"葬身沟壑",但当南宋覆灭之后,不免在诗中流露出对死后无人收拾骸骨的恐惧与悲叹。著者为解释此一转变,提出两点原因,分别为直面战场,亲身体验到死亡的恐怖,以及意识到自己葬身沟壑则将无法归骨故乡,与孝道存在冲突。据此,著者在文天祥"脸谱化"的忠义形象之外,揭示出其更为真实、隐秘的思想情感。

(二)诗歌文本的论析

清水もも《论李白〈临路歌〉》(《日本文學》第118期)对李白《临路歌》进行注释、整理,特别就诗中第四至六句的释义提出了新解。柳川顺子《曹植〈惟汉行〉的创作动机》(《県立広島大学地域創生学部紀要》第1期)通过考察曹植《惟汉行》《薤露行》的主题和成立时期,揭示曹植在曹操《薤露·惟汉廿二世》基础上创作新的乐府诗的动机。渡邉寛吾《〈游仙窟〉所收诗的研究——从形式出发的考察(其二)》(《福岡女学院大学·人文学部》第32期)细致考察《游仙窟》中所收十八首诗的声韵、节律,并据此指出近体诗的格律在《游仙窟》的时代尚未普及化。

内田诚一《白居易〈山中五绝句〉剖析》(《安田女子大学大学院紀要》第27期)通过细读白居易《山中五绝句》,指出这五首诗歌组成精巧的结构且每首都隐寓深意,诗人将自身投射于嵩山的自然和动植物,直接地表现了自身摇摆于"兼济"与"独善"二种人生理想之间的心理状态。渡邉

登纪的《论谢惠连〈七月七日夜咏牛女诗〉》(《東方學》第144期)在分析与乐府诗《七日夜女郎歌》关联性的基础上,对谢惠连《七月七日夜咏牛女诗》的字句释义、修辞手法、创作场域等进行了新的考察。论文指出该诗具有现实世界与神话世界交织的嵌套式结构,并且由此超越了七夕主题的乐府诗与传统闺怨诗的窠臼,创生出新的恋爱诗的形式。

(三)诗歌主题的研究

龟井有安《建安诗展开的一个面向:以"斗鸡诗"为中心》(《二松:大学院紀要》第36期)以曹植、刘桢、应场的三首斗鸡诗为例,指出与此前诗作侧重描写鸡鸣声的作法不同,建安时期的斗鸡诗聚焦于斗鸡的姿态与动作,将眼前所见的场景细致真切地描绘出来,对后世斗鸡诗的发展有着深远的影响。赵美子的《论曹植的游仙诗——以"鼎湖"的典故为线索》(《お茶の水女子大学中国文学会報》第41期)从"鼎湖"的典故切入,对曹植游仙诗的意涵提出新解,该文认为诗中表达的是曹植欲为曹丕殉死的想法,而诗中形塑的神仙世界则寄托着他在现实世界中无法实现的殉死愿望。加固理一郎《李商隐诗歌中的曹植与〈洛神赋〉》(《六朝學術學會報》第23期)着眼于李商隐一系列以曹植与《洛神赋》为题材的诗歌,通过与唐代同主题作品的比较,指出李商隐格外关注《洛神赋》本事中传说的一面,并据此阐明其对虚构文学的独特思考方式。

土屋聪《陶渊明田园诗的构造:存在于其幸福深层的事物》(《中国文史論叢》第18期)认为陶渊明的田园诗存在着双层的构造,幸福喜悦仅是其表面,存在于其深层的乃是一种"为了生存不得不耕种"的本分意识。饶有趣味的是,论文指出陶渊明诗中频繁吟咏住宅与耕地之间的道路,

这条道路连结着诗人的家庭与生计,是他持续思考"生存"问题的场域。著者的另一篇论文《陶渊明〈归园田居五首〉中的住宅——以"方宅十余亩,草屋六七间"句为中心》(《中国文学論集》第51期)延续了同样的问题意识,在考察陶诗中关于住宅表现的基础上,指出其反映的是诗人体味到农耕生活的艰辛后,仍希望在农村社会生存下去的坚韧意志。

二宫美那子《孟浩然的行旅诗——基于六朝"行旅"诗传统的探讨》(《中國文學報》第95期)首先追溯六朝"行旅"诗发展的脉络,认为其最初并不具体描写旅途,而只是单纯抒发离乡或出都的哀愁情感,经谢灵运、谢朓等人的发展,至梁陈时期摆脱了单纯抒叹愁思的窠臼,转变为旅途景物的具体描写与多样化情感表达的相互融合。论文进而指出孟浩然的行旅诗正是位于这一发展脉络的延长线上,而且进一步表现出享受旅途的积极态度,开拓出明朗的诗歌境界。下定雅弘《杜甫的闺情诗》(《杜甫研究年報》第5期)认为杜诗中以描写女性举止心情为主题的闺情诗虽然在数量上较少,但相比六朝贵族社会同主题的游戏之作,有了极大的突破。该文指出杜甫的闺情诗强化了写实的色彩,通过描写闺怨来反映现实中社会的动乱与自身的不遇。中元雅昭《白居易的咏雪诗》(《國際文化表現研究》第18期)指出白居易的咏雪诗从早期以批评社会不公与咏叹自身不遇为主题,至洛阳退居时期转变为表现与友人共享欢乐的主题,论文在与杜甫咏雪诗比较的基础上,阐明了白居易咏雪诗所表现的闲适行乐的人生态度。

室贵明《论苏轼的西湖诗:以〈饮湖上初晴后雨二首〉为中心》(《集刊東洋学》第127期)首先梳理苏轼以前西湖意象的谱系,指出苏轼将西湖比拟作西施源于二者存在文字、地理、女性、隐居等四重要素的联系,其次阐明苏轼西湖诗中所体现的其对于美的感性认识以及拟人化的表现手法。浅见洋二《"士"与"农"、"劝农"与"躬耕"——论陆游及其田园诗》(《アジア遊学》第277期"何为宋代?——最前沿研究描绘出的新历史像"特辑)探讨陆游退居乡里之后徘徊于"士"与"农"之间的身分认识,同时阐明其致力于劝农、谕俗以报君主之恩的意识。该文从士人与地方社会的新视角,凸显出陆游作为在乡精英士人的身份及思想世界,极大地拓展了陆游研究的空间。

(四)诗词文献的考察

山田尚子《感伤诗与讽谕诗——围绕与〈古诗十九首〉关联的探讨》(《慶應義塾中国文学会報》第6期)关注到日藏旧钞本《新乐府序》中保存的"古十九首之例也"句佚文,指出《白氏长庆集》中"感伤诗""讽谕诗"的分类与《古诗十九首》之间存在着关联性。陈翀《白居易元和四年作"新乐府"之歌辞形态及其所用乐曲考》(《表现技術研究》第17期)同样注意到白居易《新乐府序》的文献问题,该文参校中日两国所存的数十种《新乐府》文本,还原出《新乐府序》撰写之时的原初形态,进而针对《新乐府》的歌辞结构及是否可以入乐等问题提出新论。

三野丰浩《〈分门纂类唐宋时贤千家诗选〉所辑录的〈千家诗〉七言绝句》(《言語と文化:愛知大学語学教育研究室紀要》第45期)、《不见于〈分门纂类唐宋时贤千家诗选〉的〈千家诗〉七言绝句》(《言語と文化:愛知大学語学教育研究室紀要》第46期)二文,以七言绝句的选目为线索,考察了通行本《千家诗》与宋末刘克庄所编《分门纂类唐宋时贤千家诗选》之间的文献关系,指出通行本《千家诗》的文献来源颇为复杂,其虽以刘书为基础编纂而成,但尚有其他文献来源,著者推测为同是宋末成书的《唐宋千家联珠诗格》《诗林广记》《三体诗》等诗歌选集。

藤原祐子《〈乐府雅词〉初探》(《中国文史論叢》第18期)通过细密的文本比勘,针对曾慥编纂《乐府雅词》的文献来源进行了考察,分别指出《乐府雅词》所收欧阳修词并非来自于早期欧词集《平山集》,而是来自于另一种依词牌排列的词选集;所收向子諲词来自于向氏家藏稿本,故与通行的向子諲词集《酒边词》在文字上多有出入。著者还指出《乐府雅词》所附《拾遗》二卷中,只有卷上的编纂是出自曾慥之手,卷下则是后人所编。

此外,静永健《明末异人唐汝询及其唐诗注释》(《中国文學報》第95期)考述明末失明读书人唐汝询的生平和著作,并阐述了唐汝询在文学史上的意义。高冈辽《杜甫诗题索引:以十一种日译本为对象》(《中国文史論叢》第18期)则根据十一种杜诗的日译本,编制了杜甫诗题的索引,便于学者检阅查核。

(五)诗人生平的考论

福井佳夫《梁简文帝评传》(《中京大学文学部紀要》第56卷2期)、《江淹评传》(《中京大学文学部紀要》第57卷1期)分别梳理梁简文帝与江淹的生平行实,同时对其思想内容、诗文创作等作出评述。泰田利荣子《论周兴嗣与吴均的赠答诗——〈千字文〉以前的周兴嗣》(《人間文化創成科學論叢》第24期)以周兴嗣与吴均之间的十二首赠答诗为线索,考察二人的交往活动,指出二人的交往从早期的亲密无间,至周兴嗣出仕后渐趋疏远的变化过程,对于理解周兴嗣的早期经历与思想颇有助益。

詹满江《关于唐代女性诗人薛涛的卒年》(《新しい漢字漢文教育》第73期)针对张蓬舟提出薛涛卒于大和六年(832)夏的旧说提出质疑,据薛涛《和刘宾客玉蕣》及刘禹锡的仕宦经历,推测至少在开成初年时薛涛尚在人世。诸田龙美《"山的诗人"白居易(2):仙游山·〈长恨歌〉·山水画家》(《愛媛大学法文学部論集·人文学編》第52期)梳理白居易三十五至三十六岁间的经历及诗作,考察该时期白居易的游山体验、《长恨歌》的取材及与山水画家萧祐的交往等。鹫野正明《徐祯卿官僚时代的诗:与李梦阳的会面及交游》(《國士館人文学》第12期)以徐祯卿与李梦阳的赠答诗文为线索,考察二者交游活动的实态,指出二者的诗学观念虽皆主崇古,但相比李梦阳重视诗的社会性与道德性,徐祯卿对于诗的艺术性更加重视。此外论文还指出徐祯卿通过与李梦阳的交流,深化了诗歌中政治批判的力度,开拓了新的诗歌境界。

(六)中日诗歌交流与影响的探讨

大岛绘莉香《论黄山谷诗抄物〈演雅〉的解释——以万里集九〈帐中香〉为中心》(《日本漢文学研究》第17期)聚焦于日本中世禅僧对黄庭坚诗歌的注释书(即"抄物"),在比较《幻云抄》《米泽抄》等多部抄物之后,阐明万里集九《帐中香》对黄庭坚《演雅》诗中用字、对仗、境界的阐释的独特之处。绿川英树《五山僧阅读的黄庭坚集——以万里集九〈帐中香〉为线索》(《アジア遊学》第277期"何为宋代?——最前沿研究描绘出的新历史像"特辑)同样利用《帐中香》一书,考察万里集九的师承关系、读书环境以及如何选择底本、利用他本以资校勘等问题,呈现出五山禅僧阅读黄庭坚诗集的具体图景。

李满红《〈怀风藻〉中上官昭容诗的受容——以纪男人〈扈从吉野宫〉为中心》(《古代研究》第55期)将中国唐代的上官婉儿诗与日本平安时代

汉诗集《怀风藻》收录的汉诗进行对比分析,揭示二者之间的影响关系。冯霞《〈万叶集〉与〈玉台新咏〉的比较文学研究——以初期七夕歌与七夕诗为中心》(《文学研究论集》第57期)则通过比较《万叶集》中收录的初期七夕歌与《玉台新咏》中收录的七夕诗,指出二者虽然基于相同的七夕传说,但在内容表现上则有所不同。

龚颖《以汉诗唱和为渠道的近代日中文人交流:以井上哲次郎、潘飞声、关桂林为中心》(《伦理研究所纪要》第31期)以日本近代哲学家井上哲次郎的德国留学日记为线索,考察其在柏林与旅居当地的中国文人交游活动的缘起、历程及特色。前堂飒世《蔡文溥的生涯及其诗作:以其官生期为中心》(《琉球冲縄歴史》第4期)以琉球汉诗人蔡文溥为研究对象,考察其作为清代官生进入北京国子监学习的经历以及相关的诗作。

四、结语

日本学界受限于学术体量,其研究成果在数量上与中国学界无法相提并论。日本学界的研究保持了其一贯选题深狭、注重以小见大的学术传统,在一些细部问题上有着较为绵密、精深的论述。以下将本年度日本学界中国诗学研究的特色归纳为以下三点。

一者,细密的文本解读。日本的中国诗研究向来重视文本的细读工作,往往不避繁琐地对诗歌文本进行逐篇逐字的注释、翻译,并在此基础上作出深入、新颖的阐释。本年度如后藤秋正、高桥良行通过细读杜诗文本,抉探其中"带"的用法、"耻"的表现等,村田真由阐明文天祥诗中对"填沟壑"态度的前后变化,渡邉登纪揭示《七月七日夜咏牛女诗》诗中特有的嵌套式结构,均令人耳目一新。

二者,扎实的文献基础。日本学者同时也注重诗学研究中文献的利用,尤其是近年来域外汉籍的发掘与利用得到特别重视。本年度如山田尚子、陈翀的研究利用到日藏旧钞本《新乐府序》,针对《白氏长庆集》中的诗歌分类、《新乐府》的歌辞结构及是否可以入乐等学界争讼已久的重要问题,提出了新的见解。再如绿川英树、大岛绘莉香的研究利用到黄庭坚诗歌的日本抄物,从东亚汉文化圈的角度,探讨日本中世禅僧对黄庭坚诗歌的阅读与阐释活动。

三者,新颖的研究视角。日本学者在重视文本细读、文献利用的同时,也自觉与其他学科积极展开尖锐的对话与有效的交流,注重研究视角的拓宽与理论方法的创新。如川合康三通过比较文学的视角,考察中国诗歌与世界文学的共通与殊异之处,抉探中国诗学中蕴含的普遍性与独特性。浅见洋二在吸收日本东洋史学界"地域社会"论、"乡绅"论等研究成果的基础上,针对陆游山阴乡居时期的思想、活动与诗作提出了全新的阐释,颇具启发意义。

中国诗学研究报告(韩国)

韩国南首尔大学教养学部　刘婧

2022年韩国学界对中国诗学研究承继往年研究趋势,虽然研究成果的数量和规模不甚大,但从研究视野和研究深度来看,亦产生了诸多富有价值的成果。从研究内容来看,涉及历代著名诗家的诗文作品和诗学批评、思想探源、诗学文献的刊印及影响、诗文交流和比较、朝鲜诗人所受中国历代诗人的影响等诸多方面。就研究方法而言,包括平行研究及注释学、音韵学、传播学、译介学、认知诗学、语言学等学科方法。在研究方向方面,重视基础诗学文献资料的翻译,基于本土教学实践中的诗文运用和归纳,继续深入探讨中国诗学对本国诗学的影响,重视古代诗文交流和比较研究。本文从对中国历代诗家诗文作品研究、朝鲜诗坛和中国诗学的比较和接受、中国诗学文献研究等三个方面加以简要评述。

一、历代诗家诗文作品研究

韩国学界就历代诗家的诗文作品研究方面,主要集中在对朝鲜诗坛影响较大的诗家陶渊明、嵇康、王维、李白、杜甫、白居易、皮日休、苏轼、倪瓒等诗家的诗文作品的考察。如金珍喜就嵇康玄言诗中的飞鸟意象表现的化用考察中就以《诗经》《楚辞》的化用为个案[1],分别考察了《古意》

《赠兄》《幽愤》三篇作品中出现的"鸾""鸳鸯""雁"飞鸟的意象,对《诗经》和《楚辞》中的同字借用、物象引用、原句调和、拟声活用、字句变用、诗意转换情况进行了分析归纳,认为《古意》的鸾鸟意象表现了嵇康玄学思想的原理是出于对自然的实践意志,《赠兄》中鸳鸯的意象表现出嵇康出于顺从本性所体现的对自由的玄学生活理念,《幽愤》中雁的意象则体现出嵇康得到玄道后涵养本性的理想状态。庐垠静通过李白在岳州时期创作诗歌中所描写的洞庭湖景象[2],重点考察了李白四次岳州之行所作的岳州诗文,通过分析李白的心理状态和对洞庭湖的景象描写,认为李白平生对洞庭湖的向往是因为洞庭湖是李白个人对脱俗空间梦想的投影,也是能引起李白共鸣的空间所在。任元彬对元代诗人倪瓒的诗歌考察[3]中,分析了倪瓒题画诗中的山水诗,从对现实社会的感怀、山水诗体现的情感以及题画诗表现的情绪等方面进行了分析归纳。

对于中国古代诗文章法格律的研究也是韩国学界较为重视的研究课题,近年又有借用西方认知诗学理论加以研究的趋势,所研究的对象也体现在对名家诗文的个案分析。安炳国在对王

[1] 金珍喜(김진희,音译):《嵇康玄言诗中的飞鸟意象表现的化用考察——以〈诗经〉〈楚辞〉的化用为中心》,《中国语文论丛》2022年第108辑。

[2] 庐垠静:《李白岳州时期诗歌中的洞庭湖景象考察》,《中国语文论丛》2022年第108辑。

[3] 任元彬:《元代诗人倪瓒的诗歌考察》,《中国研究》2022年第90卷。

维的七言律诗章法和格律分析①中就对王维在开元、天宝、至德建元上元时期、未编年时期所作七言律诗进行了考察,其中调查到在开元时期作有三首、天宝时期作有十二首、建元时期二首、未编年时期作有四首,在对这些作品的章法和格律进行分析之后,认为王维的七律也受到了杜甫七律的影响。何珠妍对杜甫五言律诗的认知诗学的接触考察②中,利用认知诗学理论对杜甫五言律诗的想象空间和构造进行了分析,把杜甫五言律诗空间和构成形态分为概念性隐喻、影像都市、全景到背景过程、余白的特征、杜甫五律中的终结构造和连作诗的构造等,对杜甫五言律诗进行了模型化分析。

对于诗家的群体性和相互影响研究也有所关注。朴惠静在对晚唐时期座主和门生的关系及对文学的影响研究中,以皮日休和郑愚关系为个案③,通过对晚唐诗人皮日休对礼部侍郎进献《皮子文薮》得以科举及第,并经座主郑愚关照得以出仕的经过进行了考察,又通过《皮子文薮》收录诗文,比较了皮日休中举前后诗文创作倾向的变化,认为其后期创作诗文中的一部分作品受到了郑愚政治势力文学的影响。

二、中韩古代诗学比较、交流和影响研究

韩国学界的中文和韩国古代文学专业的学者对中韩两国古代诗学的比较和影响研究历史悠久,既包括个别诗家和作品的比较,亦包括朝鲜诗家受中国诗家的影响,以及诗学交流等的影响诸方面。车荣益通过对朝鲜文人许穆的诗经观研究④,就许穆对六经的认知和《诗说》的体系形成,以及对《毛诗郑笺》的受容进行了分析,认为许穆是受当时朝鲜壬辰倭乱之后动乱的社会环境影响,也是对中国正统诗学的接受和变容。金秀炅通过朝鲜诗人李衡祥对《诗经》读法的扩张性和多层性分析⑤,通过对李衡祥的《诗传讲义》注释上的特征和《诗经》构造的认知上的分析,认为李衡祥对《诗经》读法进行了形式上的扩张并建立了立体的认知观,同时也认为李衡祥的《诗经》注释受到了宋代杨甲《六经图》的诗旨影响,并也参考了《作诗时世》的注释内容。

柳华亭在对高丽末期至朝鲜初期文人受邵雍的影响⑥进行了考察,通过对高丽末期和朝鲜初期书籍中所载邵雍的汉诗内容,以及这一时期朝鲜诗人对邵雍诗作的活用现象进行了考察,认为在接受邵雍诗作的同时也进行了变容。李相润在对赵圣期道学诗研究⑦中对赵圣期道学诗作的创作背景、道学诗的内容和特性进行了分析,认为其诗论受了《诗经》和邵雍主张的"观物法"的影响。文美珍通过张志和的《渔歌》对朝鲜词的影响⑧,从高丽末期的金寿增开始,至朝鲜后期词文作品中所受《渔歌》影响所作词作进行了统计分析,同时对朝鲜文人的效体和次韵诗以及歌辞、时调作品中所受《渔歌》影响的内容和形式进

---

① 安炳国:《王维七言律诗章法和格律分析》,《中国语文学论集》2022年第133号。
② 何珠妍(하주연,音译):《杜甫五言律诗的认知诗学的接触》,高丽大学校中日语文学科2022年博士学位论文。
③ 朴惠静(박혜정,音译):《晚唐时期座主和门生的关系及对文学的影响——皮日休和郑愚为中心》,《东洋学》2022年第86辑。
④ 车荣益(차영익,音译):《眉叟许穆的诗经观研究》,《泰东古典研究》2022年第48辑。
⑤ 金秀炅:《瓶窝李衡祥〈诗经〉读法的扩张性和多层性》,《汉文学论丛》2022年第62辑。
⑥ 柳华亭(류화정,音译):《丽末鲜初文人对邵雍的受容和理解》,《退溪学论丛》2022年第39辑。
⑦ 李相润(이상윤,音译):《拙修斋赵圣期道学诗研究》,《民族文化》2022年第60辑。
⑧ 文美珍(문미진,音译):《张志和的〈渔歌〉对朝鲜词的影响》,《中国人文科学》2022年第81辑。

行了分析。李恩珠在《论诗的折中和作诗的实践——紫霞申纬的诗论和诗世界》①中认为朝鲜诗人申纬的诗论受到了清代诗家王士禛、翁方纲的"由苏入杜"论影响，而申纬在诗文创作实践中也和个人主张的诗论进行了结合。王亚楠在《浅析朝鲜文人对苏轼题画诗的受容与意义——以汉诗为中心》②中对朝鲜文人的次韵诗、和苏诗以及活用创作诗作进行了统计考察，认为朝鲜诗人受到东坡题画诗的影响和意义极大。

对于古代中韩文人交流过程中所产生的交流诗文的内容和思想研究课题，一直颇受学界重视，本年度中较为注目的是对明清两朝文人和朝鲜文人交流诗文内容与思想层面的考察。金恩姬通过《皇华集》中所录诗文中反映的明代使臣对朝鲜文物形象认知的研究③，就《皇华集》收录明代使臣所作诗文中描绘的朝鲜地理风俗和人物风光的记录，认为这些诗文是当时和后代来朝鲜的中国使节得以了解朝鲜文化的重要途径，而两国文人的交流诗文也是了解双方诗文创作背景和影响关系的重要素材。沈庆昊通过《皇华集》中收录明朝文人所作序文和有关酬唱诗文④，考察了两国使臣酬唱的展开样相以及酬唱诗文中反映的朝鲜文人对自国文化的自主文明意识。李炫一对朝鲜后期文人申纬和清代文人翁方纲等人的交游研究⑤中对申纬和翁方纲等人的交流诗作进行了分析，并对申纬受清代诗学影响的背景进行了考察。

三、中国诗学文献研究

韩国学界对中国历代诗学文献的研究主要涉及传入到朝鲜的中国诗文集版本以及影响、中国诗文集在朝鲜的翻印以及对朝鲜诗学的影响方面。鲁耀翰通过对高丽末期至朝鲜初期传入到朝鲜的朱熹《楚辞集注》《楚辞辩证》和《楚辞后语》刊行情况的考察⑥，就高丽和朝鲜初期翻印的上记三种元板本进行了版本调查和梳理。金镐通过对韩国奎章阁所藏中国明代诗集《鲁郡伯明吾先生诗稿》《少鹄诗稿》和《会稽怀古诗》的介绍⑦，就奎章阁所藏朝鲜时期传入的这三部明版诗文集的收录内容、版本和价值进行了论述。金永哲通过清代《佩文斋咏物诗选》对朝鲜时期编纂的《中东咏物律选》的影响分析⑧，认为清代《佩文斋咏物诗选》对朝鲜刘在建编辑《古今咏物近体诗》和权纯九《中东咏物律选》的诗文编纂都产生了极大影响，这种诗文选集的传入不仅折射出清代诗学对朝鲜后期诗文创作的重大影响，也可看出清代诗文选本对朝鲜诗文选本编纂和刊行所产生的重要影响。

对于中国历代名家名人诗选传入朝鲜并进行翻印和流通的研究，主要集中在对几种重要的诗选集的实物调查和版本分析上。刘婧通过传入到朝鲜的元代《虞注杜律》版本⑨在朝鲜四百余

---

① 李恩珠(이은주，音译)：《论诗的折中和作诗的实践——紫霞申纬的诗论和诗世界》，《韩国汉诗研究》2022年第30辑。

② 王亚楠：《浅析朝鲜文人对苏轼题画诗的受容与意义——以汉诗文中心》，《东洋汉文学研究》2022年第63辑。

③ 金恩姬：《通过〈皇华集〉看明代使臣的朝鲜文物形象化样相》，《藏书阁》2022年第47辑。

④ 沈庆昊：《〈皇华集〉序文和记事有关酬唱中反映的朝鲜文臣的自主性文明意识》，《藏书阁》2022年第47辑。

⑤ 李炫一：《紫霞申纬和清代文人的交游研究》，《大东文化研究》2022年第117辑。

⑥ 鲁耀翰：《高丽末期至朝鲜初期朱熹〈楚辞集注〉〈楚辞辩证〉〈楚辞后语〉的输入和刊行》，《东方汉文学》2022年第90辑。

⑦ 金镐：《奎章阁所藏中国本明代诗集的文献价值——〈鲁郡伯明吾先生诗稿〉〈少鹄诗稿〉〈会稽怀古诗〉为中心》，《韩国中文学会》2022年第86辑。

⑧ 金永哲：《清代〈佩文斋咏物诗选〉中所见朝鲜〈中东咏物律选〉的变通性》，《中国语文学论集》2022年第134号。

⑨ 刘婧：《朝鲜时期〈虞注杜律〉的传入和翻印版本研究》，《中国语文学志》2022年第81辑。

年中先由地方官衙木板翻刻,后经朝鲜内府进行金属活字翻印背景的考察,通过版本实物整理,对《虞注杜律》的金属活字和木刻翻印本进行了考察梳理,对朝鲜时期翻印本的特征做了归纳。刘婧通过朝鲜正祖内府编选的杜甫《杜律分韵》选本①,考察了朝鲜内府编纂《杜律分韵》的过程和金属活字版本种类和后代翻印的几种版本,并对朝鲜文人受是书影响所编分韵诗选集和创作的分韵诗文情况进行了整理分析。

以上所述,可以大致了解和把握2022年度韩国学界对中国诗学的研究成果和动态。韩国学界因受地缘和语言等诸方面因素所限,也在研究方法和深度上存在诸多问题,尤其是对中国诗学作品存在着翻译整体规划不足、文献整理研究未引起足够重视、比较诗学和影响研究深度不够等问题,相信以上研究成果会为韩国学界之后的中国诗学研究奠定基础。对于中国学界来说,亦可以秉着"他山之石,可以攻玉"的原则,总结海外的中国诗学研究成果,不仅能够对国内研究诗学提供新的视角,也可以在研究方法和研究思路上提供借鉴。

---

① 刘婧:《正祖御定本〈杜律分韵〉的编纂、版本及影响研究》,《东亚人文学》2022年第59辑。

中国诗学研究报告(北美)①

美国加州大学洛杉矶分校东亚系　麦慧君

北美中国古典文学研究的学科建制与中国"中文系"不同。在北美的大学里,中国语言文学多整合于跨文化的"现代外国语言文学"或跨学科的"东亚(或亚洲)语言与文明研究"系所下。北美的中国古典诗歌研究面向由中国学者、东亚研究学者、比较文学学者、英语诗歌作者和爱好者,以及高校学生组成的文化背景和趣味多元的受众群,研究的问题意识往往渗透了学者对国别文学的跨文化意义以及古典文学的当代意义之关怀,呈现出区别于中国学术传统的特点。这其中包括独特的关注焦点,对文本细读和理论批评的重视,将中国文学置入世界文学与中西比较诗学中考察的视野,以及诗歌与哲学、宗教、音乐、绘画等相关领域研究相结合的跨学科方法等。这些特点和趋势皆体现在本年度的研究成果中。

受新冠疫情影响,2022年度北美中国古典诗歌与诗学研究的学术活动与出版情况不如往年,体现在诗学专著、论文集、研究型译注甚少、个别学术期刊出版滞后。②笔者梳理了该年度已发行的北美汉学主要期刊,从中撷取以古典诗歌与诗学为主要关注对象的篇目,分成"理论反思""跨学科的诗学研究"和"诗体与经典作品研究"三类,向读者简要介绍。

一、理论反思

首先,北美的中国古代文学研究对西方文艺批评和社会学理论有高度自觉的运用和反思。《中国文学与文化学报》2022年4月特刊汇集了九篇文章,共同反思西方理论与方法论对二战后北美中国古代文学与文化研究的影响。以下重点

---

① 本文介绍的研究成果主要来源于北美各大汉学期刊2022年刊载、以中国古典诗歌与诗学为主要讨论对象的英文论文,包括:《中国文学与文化学报》(*The Journal of Chinese Literature and Culture*)第9期第1第2号、《通报》(*T'oung Pao*)第108期、《美国东方学会会刊》(*American Journal of Oriental Studies*)第142期、《早期中古中国》(*Early Medieval China*)第28期、《唐学报》(*Tang Studies*)第40期、《宋辽金元》(*Journal of Song-Yuan Studies*)第51期,以及新成立的《南洋中华文学与文化学报》第2期。另,北美中国文学研究重要刊物《中国文学:论文、文章、评论》(*Chinese Literature : Essays, Articles, Reviews*)2022年刊仍未付梓;哈佛亚洲学刊(*Harvard Journal of Asiatic Studies*)、《泰东》(*Asia Major*)、《明研究》(*Ming Studies*)2022年刊载的研究论文中并无中国古典诗歌研究,特此说明。笔者若有挂一漏万之处,还请学友指正。

② 笔者所知北美2022年度出版的研究型专著有魏宁的《招魂的中国诗:萨满宗教对中国文学传统的影响》(Cambria出版社),以及张月:《传说与诗:中古中国的咏史诗》,复旦大学出版社。在学术型专著与论文之外,2022年北美出版了数种面向大众读者的中国古典诗歌译著,其中有经典主译 From China with Love:The Other 19 Most Read Vintage Poems That Mr.Musk Hasn't Posted Yet, translated by Ji Chen (New York: Skyhorse Publishing Company,2022);有面向中文学习者的 Taken to Heart: To poems form the Chinese , translated by Gray Young and Yannen Xu (Buffalo, New York: White Pine Press, November, 2022),该集选择了70首收入苏教版小学语文教材中的古诗;有由当代诗人翻译的唐诗选本 In the Same Light: 200 Tang Poems for Our Century, translated by Wing May (The Song Cave,2022);以及由作家 Gillian Sze 以李白《静夜思》为灵感的诗歌及散文集 Quiet Night Think: Poems and Essays(Toronto: Ecw Press, 2022)。

介绍三篇综述性文章,它们互相补充、互为对照,颇能一窥近半个世纪以来北美古典诗学研究的学术脉络。这三篇文章兼具综述性和批评性,分别从二战后北美中国古代研究的"汉学"与"比较学"阵营在方法论上的对立与融合、兼采新批评传统的微观文本"细读"法与宏观汉语语言结构批评的独特文本"解密"方法,以及在后结构主义去中心化趋势的影响下北美中国古典诗歌与诗学研究等三个角度,总结了半个世纪以来北美汉学研究的主要争端、问题意识和方法论转向。

方葆珍(Paula Varsano)《难以捉摸的共性:二十世纪末汉学对一种共同抒情语言的探寻》一文对战后 20 世纪 60 年代到 80 年代美国汉学界发生的几次重大的学术论争进行了梳理,勾勒出北美中国古典诗歌研究学术阵营的分化、研究转向与发展脉络。[①]作者从 1961 年和 1962 年发表在《亚洲研究杂志》上的四位中国历史学家——牟复礼(Frederick Mote)、崔瑞德(Denis Twitchett)、列文森(Joseph Levenson)和芮玛丽(Mary Wright)——之间的一场论争谈起,指出这场争论的核心冲突,即以"中国"是否一个自足的研究对象,与西方文明的"比较"研究是否可能且必要为标准,划分为"汉学者"与"比较学者"两个阵营之间的对立。文章后续回顾了在英语学界引发了广泛争议和讨论的经典论著,讨论这一争论的回

响、补充与发展。[②]连心达(Xinda Lian)《解密:中国诗歌之细读》则在前文的基础上,整理了源于新批评主义的"文本细读"法在中国古典诗歌的语言批评中的应用,文章剖析了傅汉思、宇文所安、高友工、梅祖麟、蔡宗齐等学者,如何在其阅读实践中将对文本的微观关注与对汉语语法结构的宏观考察结合起来,为如何解读、诠释中国古典诗歌提供了有效的、切合汉诗语言习惯的方法。[③]柯夏智(Lucas Klein)《去"中"心化:后结构主义与汉学》则从 20 世纪 70 年代以来欧美后结构主义(poststructuralism)对汉学代表人物的影响切入,回顾了以米歇尔·福柯(Michel Foucault)、茱莉亚·克里斯蒂娃(Julia Kristeva)、罗兰·巴特(Roland Barthes)、雅克·德里达(Jacques Derrida)等人为代表的后结构主义论者对中国的论述,以及北美几代汉学家和比较学者对其论述的回应,指出后结构主义容易陷入中国——西方二元论的盲点,而作者认为如何去中心化是汉学研究的重要课题。[④]

在这三篇综述性文章之外,另有数篇文章对北美中国古典文学与文化研究进行了理论总结,或将特定作品放到世界文学框架下阅读并提出新的定义,或对特定时代和特定群体的文学研究进行了方法论上的总结和反思。柯马丁(Martin Kern)《文化记忆与早期中国文学中的史诗:以屈

---

① Paula Varsano, "The Elusiveness of Commonality: Late Twentieth-Century Sinology and the Search for a Shared Lyric Language," *The Journal of Chinese Literature and Culture*, 9:1 (April 2022), pp. 8–46.

② 包括刘若愚《中国诗的艺术》(The Art of Chinese Poetry,1962 年,夏威夷大学出版社)及其书评,高友工、梅祖麟《杜甫的〈秋兴八首〉:一个语言学批评的尝试》一文(发表于 1968 年《哈佛亚洲学刊》),程抱一(Francois Cheng)《中国诗的写作及唐诗选集》(Ecriture poétique chinoise-Suivi d'une anthologie des poèmes des T'ang,1977 年,巴黎 Seuil 出版社出版),余宝琳的比较文学文章及其专著《阅读中国诗歌传统中的形象》(The Reading of Imagery in the Chinese Poetic Tradition, 1987),以及宇文所安的《透明:阅读唐诗》("Transparencies: Reading Tang Poetry")及其与柯睿就翻译问题展开的辩论。

③ Lian Xinda, "Secret Laid Bare: Close Reading of Chinese Poetry," Journal of Chinese Literature and Culture, 9:1 (April 2022), pp. 47–78.

④ Lucas Klein, "Decentering Sinas: Poststructuralism and Sinology", *The Journal of Chinese Literature and Culture*, 9:1 (April 2022), pp. 79–104.

原与〈离骚〉为例》(《中国文学与文化学报》2022年4月)提出了《离骚》作为"史诗"的概念。[①]作者将源自20世纪八九十年代德国的"文化记忆"理论与近年来早期中国文学和中世中国文学研究中提出的"文本库""组合文本"和"分布式著作权"等相关思想结合起来,并用于研究屈原和《离骚》。作者通过详细的文献学分析,认为《离骚》不是由单一作者创作的单一文本,而是一个没有"作者"的"组合文本",它和散见于多种诗文中的关联文本一样,背后有一个大的"分布式屈原史诗";同理,作者认为屈原不是一个稳定的历史实体,而是一个通过文本被不断重塑或删改的理想英雄形象,蕴含了汉代文人对帝国过去的想象和对变化的愿景。

罗曼玲(Manling Luo)《空间理论与中古中国研究》(《中国文学与文化学报》2022年4月)则关注中古中国(大致从东汉末至盛唐)研究一个重要主题:"空间"与"地方"。[②]作者将1960年代以降西方的空间理论分成两大类("一般性理论"与"地方性理论")进行了评估,概述了中古城市研究、神山洞天研究,以及空间向度在中古山水诗、田园诗、游仙诗、怀古诗等诗歌传统中的中心位置,由此思考空间理论对于我们研究中古中国空间概念与实践的启发。的确,空间书写及其诗学意义、社会意义是古代诗歌研究的学术生长点之一。下文将介绍的论文中,即有对魏晋山水诗的兴起、王维的自然空间书写、女性空间与自我表

达等问题的再思考,其中不乏有趣的新见。

方秀洁(Grace S. Fong)《女性主义理论与明清女性作者》(《中国文学与文化学报》2022年4月)一文回顾了在20世纪80年代和90年代西方女性主义文学理论兴起的背景下,中国文学研究学者对明清(约1600年至1911年)女作者的关注,以及对女性主义文学理论的批判性吸收。[③]作者考察了西方女性主义文学理论的主要争论和方法,探讨为何有些特定的观点并不适用于研究明清女性写作的类似问题,哪些概念又在批判分析中行之有效。陈佳妮(Jiani Chen)《空间与身份:一位明代南京歌妓的转型与自我书写》(《中国文学与文化学报》2022年11月)便是上述女性诗歌研究与空间视角结合的一个案例。该文从明代女性作者杨宛的诗集入手,讨论女性自我表达的方式。[④]杨宛嫁于士人茅元仪,从而由歌妓转型成为士人姜室。作者指出,杨宛通过书写"秦淮"风月场与"闺"房这两个迥异的女性空间来定义自我身份的转型,与其夫君在其诗集序中对女性作者的定义("妇人无时,以男子之时为时")形成了张力。

二、跨学科的诗学研究

跨学科方法与综合文史哲的研究视野是北美的中国古典诗歌研究另一特点。学者们注重把诗歌文本放在更广大的文本空间以及社会生活、思想信仰以及物质文化史视野中,考察诗歌

① Martin Kern, "Cultural Memory and the Epic in Early Chinese Literature: The Case of Qu Yuan 屈原 and the Lisao 離騷," *The Journal of Chinese Literature and Culture*, 9:1 (April 2022), pp. 131–169.

② Manling Luo, Theories of Spatiality and the Study of Medieval China, *The Journal of Chinese Literature and Culture*, 9:1 (April 2022), pp. 195–224.

③ Grace S. Fong, "Feminist Theories and Women Writers of Late Imperial China: Impact and Critique," *The Journal of Chinese Literature and Culture*, 9:1 (April 2022), pp. 105–30.

④ Jiani Chen, "Space and Identity: Self-Representation of a Ming Nanjing Courtesan in Transformation," *The Journal of Chinese Literature and Culture*, 9:2 (November 2022), pp. 397–424.

在政治、社会、宗教维度中的功能和位置，以及社会、政治、宗教结构对诗的形式、结构与想象力的作用。其中，张月的专著《传说与诗：中古中国的咏史诗》（纽约州立大学出版社，2022年11月）探讨古典诗歌与历史记忆之间的关系，该书分析了汉末至魏晋南北朝诗人的咏史诗，讨论历史如何通过诗歌进行传播，被解读，诗人如何通过议论历史人物来塑造了自我身份，以及历史记忆如何塑造了诗歌传统[①]；魏宁（Nicholas Morrow Williams）的专著《招魂的中国诗：萨满宗教对中国文学传统的影响》（Cambria出版社，2022年9月）通过上古、汉、唐、宋、明清诗歌的五个案例，强调"招魂"在塑造中国古典诗歌范式中的重要角色，呈现宗教学维度对诗歌以及文学史的解释力。[②]

同样关注宗教哲学与实践如何影响诗歌写作，以及如何改变我们对诗歌作品之诠释的论文，还有数篇个案研究文章。牛微尔（Thomas Donnelly Noel）《重读占卜的诗学：预言的视觉和魏晋抒情诗中山水的反复呈现》（《中国文学与文化学报》2022年11月）从卜筮的独特角度出发，重审魏晋山水诗的起源。[③]作者通过追溯早期的自然书写中常见的"仰俯"这一占卜术语，对魏晋山水诗中类似的视觉占卜语词进行重新审视，揭示了魏晋诗人们如何依靠这一套占卜式的视觉韵律来观察与再现自然。作者认为早期山水诗的发展在其韵律与意识形态上受惠于东汉的视觉

占卜传统。孙空山（Tero Tähtinen）《"山林吾丧我"：王维山水短诗中的无我经验》（《中国文学与文化学报》2022年11月）则从王维诗与大乘佛教哲学的关系出发，重读王维《辋川集》，认为"无我"这一概念为我们理解王维诗的本体论维度提供了一种路径。[④]作者首先梳理了王维时代的佛教背景以及王维与禅师们的个人交往，通过分析王维诗文中涉及佛理的讨论，提出大乘佛教中"空"的概念在王维佛学思想中占据关键位置。作者认为，佛教哲学本体论中的"空"在经验上对应"无我"的概念，并以"无我"经验的视角对《鹿柴》《竹里馆》和《辛夷坞》作出了新的阐释。饶骁（Xiao Rao）《禅伪装下的幽默：苏轼轶事与机缘问答》（《美国东方学学刊》142期）则拎出谜语般的"机缘问答"，从禅宗文学的角度解释苏轼幽默形象的塑造。[⑤]

此外，诗歌与物质生活史的交叉学科研究近来亦逐渐兴起。寇陆（Lu Kou）《听得见的帝国：隋朝音乐正统与奇观》（《早期中古中国》第28期）从宫廷雅乐文化与政治维度入手，探讨宫廷诗歌在宫廷文化中的角色。作者则通过对照两类文本（讨论宫廷雅乐建制的表章奏折与书写观乐体验的宫廷诗歌），揭示作为一种政治工具的宫廷雅乐如何被构建，又如何在乐舞表演中被观者经验。[⑥]胡可先《西域重镇与唐诗繁荣》（《南洋中华文学与文化学报》第2期）通过考古材料中存留的

---

① Zhang Yue, Lore and Versel.Poems on History in Early Medieval China (New York:SUNY Press,2022).

② Nicholas Morrow Williams,Chinase Poetry as Soul Summon lag:Shamanistic Religious Influence on Chineses Literary Tradition (Amherst: Cambria Press, 2022).

③ Thomas Donnelly Noel, "Rereading a Poetics of Divination: Oracular Visuality and Iterations of Landscape in Wei-Jin Lyricism," *The Journal of Chinese Literature and Culture*, 9:2 (November 2022), pp. 277-307.

④ Tero Tähtinen, "'In the Mountain Forest I Lose My Self': The Experience of No-Self in Wang Wei's Short Landscape Poems," *The Journal of Chinese Literature and Culture*, 9:2 (November 2022), pp. 338-366.

⑤ Xiao Rao, "Humor under the Guise of Chan: Stories of Su Shi and Encounter Dialogues," *Journal of the American Oriental Society* 142.2 (2022), pp.311-33.

⑥ Lu Kou, "Audible Empire: Musical Orthodoxy and Spectacle in the Sui Dynasty," in *Early Medieval China*, 28(2022), pp. 73-96.

文字与写本（如：敦煌本土作者的存作、吐鲁番文书中保存的有关唐诗人材料、儿童习字诗等），讨论丝路沿线上的"西域重镇"及其文化活动与唐诗及中土文化之间的互动。[1] 宓修远（Xiuyuan Mi）《信息文学：宋代文学对事实准确性的追求》（《宋辽金元学报》第51期）则将目光投向宋代新兴的以地方景物为中心的诗歌写作，如百咏、地方志中的诗歌、地方文学选集等，作者注意到这一类诗歌作品中所呈现的对信息准确性的追求，并探讨了事实准确性如何在11世纪中期至13世纪的地方性文学中成为一种新的文学品质。[2]

三、诗体与经典作品研究

传统诗体流变问题与形式研究持续受到关注。柯睿《李白与"赞"》（《通报》第108期）一文将焦点放在"赞"这种在英语学界关注程度较低的诗歌形式。[3]作者从唐前"赞"体诗入手讨论"赞"体的应用语境，继而通过分析李白作品集中现存的17首赞体诗，探讨李白对这一诗歌形式的创新。陈伟强《帝京艳情：卢照邻与骆宾王的"当时体"》（《唐学报》第40期）从杜甫对初唐四杰的评价"王杨卢骆当时体"出发，探讨"当时体"的具体面貌及其流行的确切时期，并梳理其常见主题、修辞、语言与风格。[4]陈文首先提出，卢照邻《长安古意》作为第一首以绮丽风格和新视角来书写唐帝京的诗篇，从内容和样式上奠定了"当时体"。在此基础上，作者主要分析了骆宾王两首

恋情诗代表作《代女道士王灵妃赠道士李荣》与《艳情代郭氏答卢照邻》，指出骆诗与卢诗在主题、样式和技法上的诸多共同点。作者通过文本细读与诗人社会关系分析，勾勒出所谓"当时体"的具体样貌，即流行于7世纪60年代唐长安的一种七言古诗样式，在传统艳情诗的框架下，融合乐府、爱情、侠客少年、轻薄子、王侯将相、倡家女等多元意象与主题，以百科全书式现实主义的视角，展现都市社会关系图景。

在经典作品再阐释方面，同期《唐学报》还刊载了李博威（David Lebovitz）英译饶宗颐《"唐词是宋人喊出来"的吗？说"只怕春风斩断我"》一文。[5] 饶文发表于90年代，1980年代末、90年代初，任半塘与饶宗颐就唐词的起源问题进行了论辩，该文是饶宗颐观点的总结，强调"词"这个术语的使用及其涵义的连续性，认为唐词（尤其是敦煌手抄本《云谣集》）是词史中不可或缺的部分，即"词"的源头在唐代。夏丽丽《作为"异托邦"的仇池：苏轼的另一空间》（《美国东方学学刊》第142期）探讨苏轼诗文中"仇池"的意象，认为它不是简单的对奇石的指称，而是苏轼的"异托邦"，即对立于现实世界的存在，并有多种阐释可能。[6]此外，《南洋中华文学与文化学报》第2、3期刊载了查屏球、虞万里、严寿澂、郑毓瑜、道坂昭广、汪春泓、路成文、长谷部刚等学者的中文论文，对文学史上的关键概念、经典作家、名篇作出诸多精彩的新论，在此不一一介绍。

① 胡可先，"西域重镇与唐诗繁荣"，*Nanyang Journal of Chinese Literature and Culture*, 2 (2022), pp. 139 –55.

② Xiuyuan Mi, "Informational Literature: The Pursuit of Empirical Accuracy in Song Literary Production," *Journal of Song-Yuan Studies*, 51 (2022), pp. 305–32.

③ Paul W. Kroll, "Li Bo and the zan," *T'oung Pao*, 108 (2022), pp. 98–125.

④ Timothy Wai Keung Chan, "Amorous Adventure in the Capital: Lu Zhaolin and Luo Binwang Writing in the 'Style of the Time'," in *Tang Studies*, 40 (2022), pp. 1–54.

⑤ Jao Tsung-I, trans. David Lebovitz, "Did Men of Song Belt Out 'Tang Ci'? An Explanation of the Poem 'I Only Fear the Spring Breeze Will Chop Me Apart'," in *Tang Studies*, 40 (2022), 121–54.

⑥ Lili Xia, "Qiuchi as Heterotopia: The Other Space for Su Shi," *Journal of the American Oriental Society* 142.1 (2022), pp.93–108.

值得一提的是，近年来北美学界与中国大陆和港台学界学术交流的深化。上文介绍了《唐学报》对饶文的译介；此外，上文提到的《南洋中华文学与文化学报》是2021年成立的学术新刊，由中国、新加坡、美国三国学者担任联合主编，刊载中英双语论文，未来有望能打破语言、观点、传统与方法的隔阂，促成中西方学术别开生面的对话。

中国诗学研究报告(欧洲)①

浙江师范大学文学院　方姝

2022年度欧洲中国古典诗歌研究计产生期刊论文6篇,书评1篇②;出版学术著作6部,其中5部为再版,仅有1部是首次出版,数量较往年有所减少。上述研究成果具有以下特征:1.重视诗歌的史学价值,汉学家擅长以诗歌为史料,探究某一时期诗人的个人生活、情感观念或中国的社会文化;2.优先以语言学作为研究方法,注重文字学和音韵学等古典汉学治学方法。从内容上看,它们当中既有传统诗体研究,亦有西方语言学理论的跨学科运用;既有对诗人情感的细腻刻画,亦有对诗歌艺术的分析,大致可分为《诗经》学研究、李杜诗歌研究和诗歌史学价值探究三类,本文将对此分别进行介绍。

一、《诗经》学研究

牛津大学东方研究院麦笛(Dirk Meyer)和香港浸会大学史亚当(Adam Craig Schwartz)合著出版《安大简〈国风·周南〉〈召南〉翻译与释读》③一书,这是西方首次对安大简《诗经》中《周南》《召南》25篇诗歌的翻译与研究。全书分为两大部分。在第一部分"导言"中,作者对该书的研究方法和体例进行了说明,介绍了安大简《诗经》及其重要性,并论述了《周南》《召南》在《国风》中的特殊地位和意义。此外,"导言"部分还探讨了安大简文字的功用,作者发现安大简的文字与其他战国时期的竹简文字有着明显不同,其编写者试图让字形在视觉上体现出它们所代表的更广泛的文字意义。第二部分是对安大简《诗经》中《周南》《召南》25篇诗歌的翻译与释读。作者首先列出安大《诗》和《毛诗》中的11篇《周南》和14篇《召南》篇目,随后按次序对安大简《周南》和《召南》进行翻译和释读,包括诗歌大意的描述和语音、字形结构的研究等,并以简短的评论结束对每一篇诗歌的解读。

上海博物馆藏战国楚简《孔子诗论》和西汉《毛诗》注本是该书重要参考文献,但作者认为安

---

① 本文介绍的研究成果主要包括在欧洲地区发行、出版的关于中国古典诗歌译介与研究的英文期刊论文和学术著作。

② 这些期刊来源包括:《华裔学志》(Monumenta Serica)第70卷第2期、《匈牙利科学院东方学报》(Acta Orientalia Academiae Scientiarum Hungaricae)第75卷第2期、《通报》(T'oung Pao)第108卷第1-2期、《古代中国》(Early China)第45卷、《中国历史学刊》(Journal of Chinese History)第6卷第2期特刊。欧洲重要的汉学期刊尚有:《皇家亚洲学会会刊》(Journal of the Royal Asiatic Society)、《亚际文化研究》(Inter-Asia Cultural Studies)、《亚洲研究评论》(Asian Studies Review)、《中国季刊》(The China Quarterly)、《英华学刊》(British Journal of Chinese Studies)、《亚洲史杂志》(Journal of Asian History)、《男女》(Nan Nü-Men, Women and Gender in China)、《东方学文献》(Archív Orientální)、《亚洲研究国际杂志》(International Journal of Asian Studies)、《简帛》(Bamboo and Silk)等,上述期刊在2022年度没有刊登与中国古典诗歌有关的论文。

③ Dirk Meyer and Adam Craig Schwartz, Songs of the Royal Zhōu and the Royal Shào: Shī 詩 of the Ānhuī University Manuscripts, Leiden and Boston: Brill, 2022.

大简《诗经》与《毛诗》的差异并不是随机的，主张将其视为独立于《毛诗》之外的《诗经》版本。因此，作者在书中采用文化主位（emic）①的研究方法，即从安大简《诗经》自身内容出发去研读，而不受传统《毛诗》注本的约束。书中虽列出与安大简对应的《毛诗》原文，仅是出于方便读者阅读和比较的考虑，作者没有翻译《毛诗》，也无意将安大简《诗经》与《毛诗》进行联系与比较。事实上，作者在文中承认，他们对《毛诗》所知甚少。这使得他们可以跳出传统《诗经》研究的范式去解读安大简《诗经》，但同时也不可避免会造成过于割裂安大简《诗经》与《毛诗》之间关系的弊病。

依凭蔡邕与《鲁诗》石经的密切关系，能否得出蔡邕偏爱《鲁诗》的结论，并进一步将蔡邕的《诗》学家法归于《鲁诗》，这是清人研究蔡邕《诗》学所留下的疑问。沙敦如（Dorothee Schaab-Hanke）的论文《从〈琴操〉和〈青衣赋〉看蔡邕的〈诗〉学取向》②即致力于探究蔡邕的文学作品是否也表现出对《鲁诗》的偏爱。作者以《琴操》和《青衣赋》为核心，将它们与《鲁诗》置于同一视角加以分析，以此考察蔡邕解读《诗经》的视角。2017年，国内学者马昕发表《蔡邕〈诗〉学家法新考》③一文，将蔡邕存世作品依创作时间分为三个时期，通过辨析不同时期作品中对《诗经》的引

述，认为蔡邕早期专用鲁说，中后期则兼采鲁、毛。结合马文，我们对蔡邕的《诗》学家法或可有更全面的认识。

2021年，耶鲁大学东亚语言与文学系副教授胡明晓（Michael Hunter）④出版著作《中国早期思想的诗学：〈诗经〉如何塑造中国哲学传统》⑤，认为《诗经》是中国早期哲学思想最基本的语料库，反对以往学者将《诗经》作为民间诗歌的解读方式。全书分为五章。在前两章中，作者通过解读《诗经》和《论语》中关于《诗经》的相关记载，着力探索《诗经》的哲学思想。在第三、四章中，作者将研究视野延伸至《左传》《老子》《史记》《楚辞》等早期文献，寻找《诗》学影响的痕迹，试图证明《诗经》中包含了某些特定的思想和表达习惯，对早期文学产生了持续的影响。作者在最后一章进行了理论反思，集中探讨了上述结论对中国早期思想研究的影响，对中国早期思想研究局限于诸子文本的现状进行了批判，并呼吁现代研究应该重视《诗经》中的哲学思想及其影响。葛觉智（Yegor Grebnev）在本年度发表一篇书评⑥，对《中国早期思想的诗学：〈诗经〉如何塑造中国哲学传统》一书中各章节内容进行了概述，肯定胡明晓的研究在《诗经》研究史上是一个关键性转折点，为研究中国思想史提供了一种新的方式。在文

---

① "emic"由语音学"phonemic"（音素）一词的后缀（emic）发展而来，1955年美国语言学家派克（Kenneth Lee Pike, 1912—2000）在其著作《语言与人类行为结构的统一理论关系》中首次提出。

② Dorothee Schaab-Hanke, "Cai Yong's 蔡邕 Reading of the *Odes*, As Seen from His *Qincao* 琴操 And His '*Qingyi Fu*' 青衣赋", *Early China*, 45(September 2022), pp.239-268.1988年，作者在德国汉堡大学汉学系取得硕士学位，其硕士论文即是对《琴操》一书的考证与研究，包括《琴操》的版本及残篇、编撰体例、形式与内容和历史背景等内容。

③ 马昕：《蔡邕〈诗〉学家法新考》，安徽师范大学中国诗学研究中心编《中国诗学研究》第13辑，安徽师范大学出版社，2017年版，第37—47页。

④ 胡明晓另有中国古典文学著作《论语之外的孔子》（*Confucius Beyond the Analects*, Leiden：Brill, 2017），是对中国古代孔子的丰富资料的一次全面考察，并提出《论语》成书年代不早于西汉的观点，比国内学界通常认为的时间晚了约3个世纪。

⑤ Michael Hunter, *The Poetics of Early Chinese Thought*：*How the* Shijing *Shaped the Chinese Philosophical Tradition*, New York：Columbia University Press, 2021.

⑥ Yegor Grebnev, "The Poetics of Early Chinese Thought: How the *Shijing* Shaped the Chinese Philosophical Tradition", *Monumenta Serica*, 70:2(December 2022), pp. 541-543.

末,葛觉智再次肯定胡明晓论证的周密严谨和语言的通俗易懂,但同时也提出了一些质疑,比如书中确定的影响诸多文本的"归"(return)与"归宿"(homecoming)模式,是否真的源自《诗经》,抑或仅仅是在《诗经》中表达最为明确。

二、李杜诗歌研究

李白是最早进入西方学者研究视野的中国诗人,西方汉学家对李白诗歌的文学价值、艺术价值及其在文学史上的地位和影响等方面都有较成熟的研究成果。美国科罗拉多大学波德分校的柯睿教授(Paul W.Kroll)专注中国中古时期的历史文化,对李白诗歌和中古道教的关系曾作过深入研究。本年度他发表《李白与"赞"》[①]一文,从赞体诗这一关注度较低的诗体入手,通过论述唐前"赞"的两类应用语境和详细分析李白现存的17首赞体诗,从而向读者展示了"赞"这一诗歌形式在李白笔下的继承与发展。作者发现李白的赞体诗主题大致可分为三类,其中一类即是以佛教题材为主题,因而此文亦是对李白诗歌与佛教关系的一次探索。

2015年,宇文所安出版《杜甫诗》[②],这是首部杜甫诗歌全集的英译本[③],为海外杜甫诗歌研究者提供了极大便利,再一次推动了杜诗在海外的传播与研究,2022年欧洲即有两篇专论杜甫诗歌的期刊论文。

杜诗评点在中国诗歌评点史上具有代表性,

千百年来,杜诗评注本不计其数,其中南宋和明末清初是两个高潮。黄自鸿(Chi-hung Wong)《作为"竞争规则"和"历史性观点"的知人论世和以意逆志的两种阐释学教条:明末清初杜诗注本研究》[④]一文即聚焦于明末清初时期,将钱谦益《钱注杜诗》、仇兆鳌《杜诗详注》、张溍《读书堂杜工部诗文集注解》、浦起龙《读杜提纲》《读杜心解》、朱鹤龄《杜工部诗集辑注》、杨伦《杜诗镜铨》、王嗣奭《杜臆》等这一时期经典的杜诗注本都纳入研究视野。通过对这些注本的研读,作者发现知人论世和以意逆志是最频繁使用的两种方法。国内学者对于知人论世和以意逆志的运用往往持肯定态度,但作者对此却提出了不同的意见:知人论世和以意逆志看似平衡了注杜过程中主观和客观的比例,但却导致了高度分歧的思想发展,同时杜诗的诗史性质也因这两个方法的使用得到加强,而作为诗歌本体的文学价值则不可避免地被忽视了。

麦大维(David McMullen)《杜甫论汉朝:中国古典帝国的中世纪观》[⑤]一文则对杜甫诗歌中的典故进行了分析,作者发现自公元750年开始,杜甫在诗歌中大量运用汉代典故。杜甫的汉代情结在以往的杜诗研究中已有论述,但麦大维从中解读出的不是"再光中兴业,一洗苍生忧"的殷殷期盼,而是杜甫的历史观和强烈的道德意识。麦大维认为杜甫诗歌对汉代史实和典故的运用,体现出杜甫具有以下观念:道德掌握在自己手中和

① Paul W.Kroll, "Li Bo and the Zan", *T'oung Pao*, 108:1-2(March 2022), pp.98-125.

② Stephen Owen, *The Poetry of Du Fu*, Berlin:De Gruyter Mouton, 2015.

③ 西方世界首部杜甫诗歌全译本出自奥地利外交官和汉学家查赫(Erwin Julius Ritter von Zach, 1872—1942)之手。20世纪上半叶,查赫以张溍《读书堂杜工部诗集注解》为底本,用德文翻译杜甫所有诗歌,陆续发表在各大汉学刊物上。

④ Chi-hung Wong, "The Two Interpretive Dogmas of *Zhiren lunshi* and *Yiyi nizhi* as 'Rules of Competition' and 'Perspectives of Historicity': A Study of Annotated Editions of Du Fu's Poetry from the Late Ming to Early Qing", *Acta Orientalia Academiae Scientiarum Hungaricae*, 75:2(June 2022), pp.285-310.

⑤ David McMullen, "Du Fu 杜甫 On the Han Dynasty: A Medieval View of the Classical Chinese Empire", *Early China*, 45(September 2022), pp.87-133.

人的道德主体性决定历史进程。这些观念非常接近中国中世纪普遍的观念,但它们在以往杜诗注本中未能充分呈现。

三、诗歌史学价值探究

与强调新理论、新方法之运用的北美汉学相比,欧洲汉学具有偏重人文内涵的研究特色。2022年《中国历史学刊》发行6月特刊,共汇集7篇论文,共同探讨中国历史上的家庭关系。最后一篇论文①是以美国人类学家武雅士(Arthur P. Wolf 1932—2015)和卢蕙馨(Margery Wolf 1923—2017)收集的田野笔记为基础,审视近代台湾家庭中的亲情关系,除此之外,其余6篇论文皆是以中国古代文献或文学作品(包括张家山汉简、墓志铭、丧葬传记、诗歌等)为依据,探究中国古代夫妻、兄弟姊妹、父母子女之间的关系与情感交流,其中以诗歌作为文献基础的论文有2篇,体现了西方汉学家对中国古典诗歌史学价值的认可。

苏轼与苏辙的兄弟之情历来为人们所称道,《宋史》对之评价"近古罕见",兄弟二人生死与共,留下不少感人至深的诗篇。艾朗诺(Ronald Egan)②《苏轼与苏辙》③一文即以苏氏兄弟的往来信件和数百首诗歌来探讨他们兄弟关系的本质,包括彼此之间的感情、分歧和竞争。作者认为这种根植于文学作品的情感关系在古代中国并不罕见,而苏氏兄弟之所以不同寻常,是因为他们

在生前就已声名显赫。卢苇菁(Weijing Lu)的论文《诗歌、亲密与男性忠诚:王采薇与孙星衍的婚姻》④则将焦点投向中国历史上的典范夫妻——孙星衍与王采薇。作者以婚后二人之间的诗词作品,以及王采薇去世后孙星衍的哀悼诗文和忠贞誓言为史料,结合当时的社会背景和清代文人对他们婚姻的赞美,为读者生动还原了孙星衍与王采薇的婚姻生活,并思考了关于情感和婚姻伴侣的形式问题,以及这对年轻夫妇在追求理想伴侣的过程中如何驾驭情感和社会复杂性的问题。

除上述6篇论文外,王棕琦(Peter Tsung Kei Wong)《〈淮南子〉的音景:论中国早期的诗歌、表演、哲学和实践》⑤一文亦值得我们的关注。该文以《俶真训》《原道训》为核心,探讨《淮南子》对《庄子》哲学的发展与创新。作者在文中多次使用"rhymes"(押韵、韵律)、"poetic forms"(诗歌形式)、"poetic tome"(充满诗意的著作)等词语,并将《俶真训》《原道训》中的韵文纳入诗体范畴,论述它们是如何以诗歌的形式打破《庄子》"大道不称,大辩不言"的藩篱,使得在日常生活中实践"道"成为可能。王文虽不是严格意义上的中国古典诗歌论文,但文中体现的"泛诗歌化"观念应予以关注。早在中国古典诗歌西传的发轫期,西方汉学家即存在"泛诗歌化"的观念。1829年,英国外交官和汉学家德庇时(John Francis Davis,1795—1890)出版英语世界第一部中国古诗专著

---

① Jing Xu, "Learning Morality with Siblings: The Untold Tale of a Mid-Twentieth Century Taiwanese Family", *Journal of Chinese History*, Volume 6, Special Issue 2: Family Relations in Chinese History, July 2022, pp.337-363.

② 作者另有相关著作《苏轼一生的言语、意象和功业》(*Word, Image, and Deed in the Life of Su Shi*, Cambridge, MA: Council on East Asian Studies, Harvard University, 1994)。

③ Ronald Egan, "Older and Younger Brothers: Su Shi and Su Zhe", *Journal of Chinese History*, Volume 6, Special Issue 2: Family Relations in Chinese History, July 2022, pp.295-313.

④ Weijing Lu, "Poetry, Intimacy, and Male Fidelity: The Marriage of Wang Caiwei and Sun Xingyan", *Journal of Chinese History*, Volume 6, Special Issue 2: Family Relations in Chinese History, July 2022, pp.315-336.

⑤ Peter Tsung Kei Wong, "The Soundscape of the *Huainanzi* 淮南子: Poetry, Performance, Philosophy, and Praxis in Early China", *Early China*, 45 (September 2022), pp.515-539.

《汉文诗解》，书中征引"诗歌"100篇，其中至少30篇"诗歌"属于格言、谚语和小说、戏曲等文学作品中的韵文。王棪琦的诗歌观念与早期西方汉学"泛诗歌化"观念的关系值得探讨。

此外，学术著作的修订与再版在一定程度上也能反映学术界的研究动态，因此下文将对5部再版的中国古典诗歌著作作一简单介绍。

1. 刘若愚的《中国诗学》①。1962年首次出版，期间多次再版。刘若愚曾执教于伦敦大学、匹兹堡大学、斯坦福等多所外国著名高校，在中国诗歌和中西比较诗学方面有很深的造诣。因此，《中国诗学》虽是探讨中国古典诗歌的专著，但书中采用了很多现代西方的研究方法和观点，在中西诗学比较过程中展现了中国诗歌独特的价值和魅力，这是该书在西方世界的热度长盛不衰的重要原因。

2. 林庚的《唐诗综论》第1部和第2部②。2021年首次出版。林庚先生既是诗人，又是学者，因而他的唐诗研究具有一个显著特点，即将诗人对诗歌艺术的高度敏感，融入对唐诗作品的细致分析中，使人读之回味无穷。此外，作者注重语言的诗化过程，并将史学观念贯穿于诗歌研究中，这些依然是当今西方汉学界的研究热点。

3. 阿瑟·韦利（Arthur Waley, 1889—1966）的《诗人李白》③。韦利是20世纪英国最具影响力的汉学家之一，对推进汉诗（尤其是唐诗）英译功不可没。该书曾是作者在1918年伦敦大学东方学院举办的中国学会会议上宣读的论文，次年1月首次整理出版，同年10月即出版第二版，可见其受欢迎程度，之后亦多次再版。在中国所有诗人中，作者尤其偏爱白居易，对中国视李白为最伟大诗人的传统不以为然，因此书中有不少对李白诗歌的误读和对李白人格的贬低。除诗歌翻译，作者还对李白生平作了考证与论述，因而该书具有一定史传价值，多少弥补了因作者对李白的偏见而造成的错误。

4. Alan Ayling 和 Duncan MacKintosh 合著的《中国诗歌集》④。该书是对中国古典诗歌系统译介的学术成果，1965年首次出版。两位译者都曾在中国生活和学习，因此对中国古典诗词产生了浓厚的兴趣。全书主体共分为7个章节，按时间顺序依次翻译了唐代、五代、宋代及元明清时期的诗歌。在诗歌翻译之前，译者对每位诗人的生平和诗歌都作了简略介绍，并附有诗歌原文，偶尔配有诗画，这在西方的中国诗歌译著中难得一见。20世纪中叶以前，欧洲汉学界关于中国古典诗歌的研究多集中于《诗经》与唐诗，翻译宋诗和清诗的汉学家寥寥无几，元诗和明诗的译介研究几乎处于空白。译者在书中不仅选译了唐以后各个朝代的诗歌，而且表现了对宋诗的偏爱——共选取宋代诗人18位，翻译宋诗67首。与唐代3位诗人和6首诗歌相比，宋诗数量无疑具有压倒性的优势，体现了译者在中国诗歌研究的超前性。目前国内尚未见对该译本的相关研究成果。

19世纪西方汉学以传教士和外交官为主体，借助传教途径和外交便利，他们能够深入中国社会，获得第一手原始资料，但他们大多没有接受过严格的学术训练，汉学研究往往不成系统。20世纪，学院派汉学逐渐确立，推动西方汉学从零散走向系统，从业余走向专业，但存在闭门造车

① James J.Y. Liu, *The Art of Chinese Poetry*, England: Routledge, 2022.

② Lin Geng, *A Comprehensive Study of Tang Poetry* I&II, England: Routledge, 2022.

③ Arthur Waley, *The Poet Li Po*, England: Creative Media Partners, 2022.

④ Alan Ayling and Duncan MacKintosh, *A Collection of Chinese Lyrics*, England: Routledge, 2022.

的弊病,英国的阿瑟·韦利和美国的庞德(Roscoe Pound,1870—1964)即是典型例子①。21世纪,西方汉学家打破文化和地理的藩篱,他们不仅关注中国本土学者的研究成果,而且大多具有在中国留学、任教或学术交流的经历。例如葛觉智任职于北京师范大学–香港浸会大学联合国际学院;沙敦如曾于1983年至1984年就读山东大学,2001年曾在台湾大学任客座教授。与中国学术界的密切联系,使得他们具有相当深厚的汉语水平和古文功底,可以从浩如烟海的中国古代文献中撷取有用片段作为论证材料,他们的汉学研究也成为中西文化深度交流和碰撞的成果。

---

① 韦利和庞德为中国古典文学,尤其是诗歌在西方的传播作出过重大贡献,在西方汉学史上有着举足轻重的地位,但二人一生皆未曾踏足中国大陆,对中国本土的研究动态和成果亦不甚关注。

论文要目

诗学理论与诗学史

蔡宗齐:《元明清诗学中以参悟为主的创作论》,《学术研究》2022年第10期。

陈璐:《"缘情绮靡"阐释史与古典诗学的嬗变》,《中国文学研究》2022年第3期。

程景牧:《中国古代诗学"圆美"范畴经典化的两个向度》,《中国文学研究》2022年第3期。

程瑜瑶:《"小游仙"诗题在元明时期的传承与书写》,《安徽大学学报》(哲学社会科学版)2022年第3期。

丹珍草:《中国多民族文学共同体诗学的寻绎与建构》,《中国民族博览》2022年第13期。

董宇宇:《"人能弘道"中国诗教传统与文化特质》,《中国文艺评论》2022年第4期。

樊庆彦、李敏:《刘乃昌先生的词学贡献》,《中国韵文学刊》2022年第1期。

方舒雅:《诗中"诗"与日本五山诗僧的社交世界——五山前期汉诗转型的一种文本观察》,《海南大学学报》(人文社会科学版)2022年第4期。

傅道彬:《酒神精神与"兴"的诗学话语生成》,《中国文学批评》2022年第1期。

过常宝:《从"诗言志"到"赋诗言志"的文化逻辑和话语机制》,《北京师范大学学报》2022年第6期。

过常宝:《"诗言志"从思想建构到教化诗学》,《中国社会科学》2022年第9期。

胡旻:《宇文所安的征兆诗学与杜诗新诠》,《华文文学》2022年第3期。

胡晓明:《百年中国诗学之回顾与前瞻》,《中国文化》2022年第2期。

胡晓明:《微信时代的图文诗学——九论后五四时代建设性的中国文论》,《华东师范大学学报》(哲学社会科学版)2022年第5期。

胡晓明、沈喜阳:《中国心灵诗学之理论建构》,《孔学堂》2022年第3期。

黄志立:《"解镫"从诗格理论到赋学批评》,《中山大学学报》(社会科学版)2022年第5期。

李虎群:《试论马一浮在中国现代诗学建构中的价值》,《中国文学研究》2022年第3期。

李虎群:《《诗》学在中国哲学建构中的回归与复位——以马一浮为中心的讨论》,《哲学研究》2022年第6期。

李健:《论中国诗歌语言艺术原理研究的意义》,《社会科学辑刊》2022年第1期。

李岩:《域外接受与变革朝鲜朝唐宋诗之辨审美趋向探析》,《文学评论》2022年第4期。

刘洋、肖远平:《南方史诗的经济叙事与文化资源创造性转化——基于史诗〈亚鲁王〉的考察》,《湖北民族大学学报》(哲学社会科学版)2022年第1期。

刘洋：《南方史诗的文化资源供给与中华民族新史诗的书写》，《理论学刊》2022年第3期。

陆路：《汉晋北朝送别诗考述——以洛阳诗为中心》，《江汉论坛》2022年第7期。

罗小凤：《论古典诗学中的"逸"传统》，《光明日报》，2022年2月18日。

毛宣国：《"缘情"和"性情"——中国诗学"情"之内涵探讨》，《中国文学批评》2022年第2期。

倪福东：《论马一浮的诗学思想》，《浙江万里学院学报》2022年第2期。

潘静如：《古代诗学批评里的"犯"》，《中国诗歌研究》（第二十二辑），社会科学文献出版社，2022年版。

史上玉：《对偶与五言声律关系问题新探》，《文学遗产》2022年第6期。

苏文韬：《论早期彝族史诗之美学价值和现实社会功用——以早期楚雄彝族史诗为例》，《云南社会主义学院学报》2022年第1期。

孙敏强、吴雪美：《"诗笔"叙事演进及其与赋体文学的互动——兼谈传统叙事诗发展缓滞问题》，《福建师范大学学报》（哲学社会科学版）2022年第1期。

唐宸：《理念与方法：天象模拟技术与古典文学经典作品研究》，《文学遗产》2022年第6期。

唐伟胜：《感事—叙事连续体：抒情诗歌中"事"的修辞形态》，《江西社会科学》2022年第5期。

陶水平：《"兴"与"隐喻"的中西互释》，《中国文学批评》2022年第1期。

田淑晶：《"直出即是"——诗文创作的一种古典范式》，《光明日报》2022年6月13日。

王昌忠：《论中国诗学对"诗言志"之"言"的阐述》，《重庆第二师范学院学报》2022年第4期。

王昌忠：《论"诗言志"命题的整一性阐释》，《宁夏大学学报》（人文社会科学版）2022年第6期。

王成：《朝鲜古代编中国诗文选本的批评观念》，《中国社会科学报》2022年3月21日第04版。

王婧：《论佛教诗学的"兼性"智慧》，《江海学刊》2022年第1期。

王婧：《诗言智佛教诗学的文学史意义》，《长江学术》2022年第3期。

王志清：《乐府诗学"事"义命题的生成与内涵变迁》，《学术界》2022年第11期。

卫垒垒：《比兴一以贯之的传统诗学》，《中国社会科学报》2022年11月22日06版。

吴斐：《视觉文化时代我国民族史诗典籍对外出版与传播研究》，《贵州民族研究》2022年第2期。

夏德靠：《"诗言志"观念生成及其嬗变》，《湖州师范学院学报》2022年第1期。

肖鹰：《从风骨到神韵：再探中国诗学之本（上）》，《贵州社会科学》2021年第12期。

肖鹰：《从风骨到神韵：再探中国诗学之本（下）》，《贵州社会科学》2022年第1期。

谢琰：《论西湖诗歌的景观书写模式——以白居易、苏轼、杨万里为中心》，《文学遗产》2022年第5期。

熊怃：《"诗言志"话语的意涵演变、从先秦两汉到魏晋南北朝》，《文艺研究》2022年第4期。

徐正英、李延欣：《论袁行霈中国诗学体系建构》，《学术研究》2022年第1期。

许春华：《"兴""诗"与"仁"的对接——论"孔子诗学"的哲学意义》，《哲学研究》2022年第6期。

殷明学：《"野望"事象的诗性存在与书写》，《深圳大学学报》（人文社会科学版）2022年第2期。

袁劲:《"兴"义阐释史中的显隐维度》,《中国美学研究》(第十九辑),商务印书馆,2022年版。

查洪德:《古代诗歌之格法与妙趣》,《光明日报》2022年6月13日。

张伯伟:《"文和"与"文战"东亚诗赋外交的两种模式》,《中华文史论丛》2022年第2期。

张海鸥:《古典诗词的对称叙事与诗词审美》,《海南热带海洋学院学报》(哲学社会科学版)2022年第4期。

张海沙、曹阳:《论诗学审美范畴"机趣"——兼论机趣与理趣之区别》,《中国文学研究》2022年第4期。

张晶、刘洁:《中华美学精神及其诗学基因探源》,《江苏社会科学》2022年第6期。

张晓希:《中国古代诗学理论对日本诗话形成与发展的影响》,《天津外国语大学学报》(哲学社会科学版)2022年第3期。

张学海:《藏族古代诗学中的"味"论》,《西藏民族大学学报》(哲学社会科学版)2022年第1期。

赵春龙、李正栓:《藏族格言诗汉译史考》,《西藏研究》2022年第2期。

赵薇《量化方法运用于古代文学研究的进展和问题——以近年数字人文脉络中的个案探索为中心》,《文学遗产》2022年第6期。

郑佳琳:《五言排律在诗学理论上的阐述过程及命名原理探析》,《文艺理论研究》2022年第2期。

诸雨辰:《自然语言处理与古代文学研究》,《文学遗产》2022年第6期。

祝东:《诗以言志〈诗〉作为公共资源传播的符号机制与影响》,《符号与传媒》2022年第2期。

先秦诗学

拜昆芬:《湛若水〈诗经〉学的汉学取向及其学术史意义》,《商丘师范学院学报》(哲学社会科学版)2022年第10期。

鲍远航:《孔子"删诗"与〈诗经〉文本的经典化》,《河北师范大学学报》(哲学社会科学版)2022年第3期。

毕研哲:《〈诗序〉"陈古刺今"谫论》,《东岳论丛》2022年第5期。

曹胜高:《巫祝传统、历史传统与屈原死国的观念形成》,《广东社会科学》2022年第1期。

陈悦:《〈陈风·东门之枌〉主旨考辨》,《玉林师范学院学报》2022年第5期。

陈鹏程:《先秦旗鼓文化及其在〈诗经〉中的文学映现》,《社会科学论坛》2022年第1期。

陈洪:《贤女与神女——〈韩诗外传〉阿谷处女故事的诗学生成考论》,《阅江学刊》2022年第2期。

陈绪平:《〈韩诗外传〉所录音乐史料钩沉及初步研究》,《南京艺术学院学报》2022年第3期。

程维:《论〈诗经〉的议论传统——从〈沧浪诗话〉"以议论为诗"谈起》,《古籍研究》(第26辑),凤凰出版社,2022年版。

丁利荣、张筱星:《物情与道境:〈诗经〉阐释中的植物审美》,《中南民族大学学报》(哲学社会科学版)2022年第8期。

邓联合、赵佳佳:《〈庄子〉与〈诗〉的显隐关联发微》,《中国哲学史》2022年第4期。

多洛肯、赵钰飞:《〈卷耳〉中的"二南"地域新证》,《河北师范大学学报》(哲学社会科学版)2022年第4期。

樊宁:《清儒惠栋汉学思想的演进理路——以其〈诗经〉学为考察中心》,《浙江大学学报》2022年第5期。

方铭:《〈离骚〉的写作时间、篇名分章和主题辨析》,《东南学术》2022年第3期。

方铭：《〈九章〉写作时间、篇名及主题辨析》，《山西大学学报》（哲学社会科学版）2022年第3期。

傅道彬：《两种文明形态与周民族迁徙的史诗路径》，《文学遗产》2022年第3期。

高中华：《安大简〈殷其雷〉篇的章次类型与〈诗经〉的叙事逻辑》，《中州学刊》2022年第5期。

盖明浩、郝桂敏：《〈诗经〉中"曰"字用法新探》，《齐齐哈尔大学学报》（哲学社会科学版）2022年第11期。

葛刚岩、武婷婷：《由经典误读看〈诗经·泉水〉的"肥泉"》，《玉林师范学院学报》（哲学社会科学版）2022年第5期。

过常宝：《乐教、诗教观念的形成及其实践》，《文学与文化》2022年第2期。

管仁杰：《朱熹〈楚辞〉三书遗稿面貌探考》，《文献》2022年第2期。

郭沂：《〈诗经〉"天生烝民"章本义新探》，《文史天地》2022年第9期。

郭玥：《〈汉书·艺文志〉不录〈楚辞〉辨说》，《历史文献研究》（第48辑），广陵书社，2022年版。

郭苏夏：《〈文心雕龙〉楚辞、汉赋理论"矛盾性"新探——重审矛盾的真实形态与刘勰的调和措施》，《古代文学理论研究》（第五十四辑），华东师范大学出版社，2022年版。

韩宏韬：《〈诗经〉修辞正变论——兼及"文学自觉"问题的一种考察》，《杜甫研究学刊》2022年第3期。

郝敬：《安大简〈诗经〉的异序问题——兼论先秦文献文本的非稳定性》，《安徽大学学报》（哲学社会科学版）2022年第6期。

郝建杰：《商周时期祝寿类语辞礼制内涵的嬗变——以〈诗经〉文本为中心》，《中州学刊》2022年第2期。

何海燕：《汉代碑铭诔文视域下的〈诗经〉孝行诗》，《杜甫研究学刊》2022年第3期。

侯佳宁：《〈诗经〉中礼物的文化内涵研究》，《洛阳理工学院学报》（哲学社会科学版）2022年第1期。

侯乃峰：《安大简〈诗经〉中的"蝎"字试析》，《安徽大学学报》（哲学社会科学版）2022年第6期。

胡建华：《从跨语言比较视角看〈诗经〉"于V"结构——王于兴师、王于出征的句法语义及其他》，《外语教学与研究》2022年第4期。

黄利金：《"兴于〈诗〉，立于礼，成于乐"的意涵新探——一种基于"性-道-教"视域的诠释》，《社科纵横》2022年第1期。

黄震云：《〈诗经〉的制作、修改和使用》，《宁波大学学报》（哲学社会科学版）2022年第2期。

贾婷婷：《从〈诗经〉中的乡愁诗看乡愁意识的形成》，《文史杂志》2022年第2期。

贾瑶：《〈诗经〉时代之"狐"意象考论》，《中国石油大学学报》（社会科学版）2022年第5期。

江朝辉：《论〈诗经〉中植物形象在教学中的美育作用——以〈豳风·七月〉为中心》，《美与时代（下）》2022年第3期。

金辉：《〈诗经〉动物名称翻译策略探析》，《中国科技翻译》2022年第1期。

柯马丁：《"文化记忆"与早期中国文学中的史诗——以屈原和〈离骚〉为例》，《文史哲》2022年第4期。

孔志超、陈亮：《〈楚辞书目五种〉补正十七则》，《四川图书馆学报》2022年第3期。

黎晟、孟航：《圣王与三代弘历与〈御笔诗经图〉制作考释》，《南京艺术学院学报》2022年第5期。

李辉：《周代典礼用乐"乐节"的形成——以

<诗经>燕饮歌唱为中心》,《音乐研究》2022年第5期。

李秀强:《出土文献与早期〈诗经〉的口头传统》,《民族文学研究》2022年第3期。

李秀强:《清华简所见先秦〈诗〉文本的史学特质》,《史学月刊》2022年第12期。

李秀强:《清华简〈周公之琴舞〉与〈九歌〉覆覈》,《北京舞蹈学院学报》2022年第1期。

李营营:《〈诗经〉在中华伦理精神建构中的重要价值》,《人文杂志》2022年第4期。

李笑笑:《两河之间〈诗经〉在楚地的流传发展及其认识价值》,《济南大学学报》(哲学社会科学版)2022年第6期。

李宇舒:《西方理论建构中国古典诗学模式的困境——论苏源熙〈诗序〉研究的局限性》,《江汉论坛》2022年第11期。

李辉:《〈诗经〉歌唱研究的方法与维度》,《中国社会科学报》2022年10月11日。

李耀平:《今本〈毛诗草木鸟兽虫鱼疏〉与〈毛诗正义〉关系考论》,《河北师范大学学报》(哲学社会科学版)2022年第3期。

李娜:《汉魏〈诗〉学发展与〈诗经〉名物释义》,《河北师范大学学报》(哲学社会科学版)2022年第3期。

李广帅:《苏辙文章中的〈诗经〉学思想》,《殷都学刊》2022年第1期。

李金善:《以注解屈原抒写君国情怀——陆时雍〈楚辞疏〉与周拱辰〈离骚草木史〉注释之比较》,《河北大学学报》2022年第2期。

李晓书、谭渊:《马若瑟〈诗经〉译本与"礼仪之争"》,《国际汉学》2022年第2期。

李平:《召公理讼与西周法官理想型——〈诗经·行露〉新释、解读与今鉴》,《甘肃政法大学学报》(哲学社会科学版)2022年第5期。

力之、岑贞霈:《王逸"所作〈楚辞章句〉只有十一卷辨说"》,《中南民族大学学报》(哲学社会科学版)2022年第3期。

刘浩翔:《从〈诗经〉看先秦战争观——兼论〈诗经〉与〈孙子兵法〉的文化联系》,《孙子研究》2022年第4期。

刘丽超:《〈诗经〉中淇河乐舞文化初考》,《作家天地》2022年第21期。

刘冬颖:《〈诗经〉——古代女子立德修身的必读书》,《文史知识》2022年第11期。

刘立志:《〈诗经〉先秦多次辑集说》,《智慧中国》2022年第7期。

刘毓庆:《〈行露〉:女子抗婚之歌》,《名作欣赏》2022年第4期。

刘毓庆:《〈摽有梅〉:收梅歌》,《名作欣赏》2022年第10期。

刘毓庆:《〈野有死麕〉:山村恋歌》,《名作欣赏》2022年第16期。

刘毓庆:《〈驺虞〉:生态保护者的赞歌》,《名作欣赏》2022年第22期。

刘毓庆:《〈燕燕〉:送别诗之祖》,《名作欣赏》2022年第28期。

刘毓庆、张小敏:《从〈诗经·邶风〉看卫国州吁之乱与败——兼论〈诗〉、史互补互证》,《山西大学学报》2022年第3期。

刘明园:《子夏"西河"设教传经考辨》,《商丘师范学院学报》(哲学社会科学版)2022年第5期。

刘铁芳:《出发与回返之间的生命选择——〈诗经·君子于役〉的教育哲学阐释》,《社会科学家》2022年第7期。

刘桂华:《从周代音乐考古看〈诗经〉乐器组合艺术》,《湖北师范大学学报》(哲学社会科学版)2022年第5期。

刘泽琳:《〈诗经·羔羊〉主旨辨正——兼论讽

刺与赞美的文本对比》,《新乡学院学报》(哲学社会科学版)2022年第5期。

龙文玲:《两汉之际的〈诗经〉解读与传播》,《社会科学论坛》2022年第1期。

娄仁彪、韦青兰:《〈诗经〉情诗与布依族情歌对比研究》,《安顺学院学报》(哲学社会科学版)2022年第4期。

卢欣、谭淑芳:《文化自觉视域下〈诗经·国风〉中本源概念词的英译策略》,《洛阳师范学院学报》(哲学社会科学版)2022年第9期。

陆跃升:《〈诗经·陈风〉体现巫文化原因考述》,《长春教育学院学报》(哲学社会科学版)2022年第3期。

罗建新:《〈诗经〉图像的演进历程》,《中国社会科学报》2022年5月30日。

罗海燕:《21世纪〈诗经〉研究的新境——以赵沛霖〈现代学术文化思潮与诗经研究〉为中心》,《古典文学研究》2022年第1期。

马泓洁:《〈诗经〉中俄文本成语的民族文化内涵分析》,《文化学刊》2022年第3期。

马银琴:《〈诗经〉女诗人作品探微(上)》,《文史知识》2022年第9期。

马银琴:《〈诗经〉女诗人作品探微(下)》,《文史知识》2022年第10期。

马草:《论先秦〈诗〉的版本与属性变迁》,《温州大学学报》2023年第2期。

马昕:《三家〈诗〉辑佚体系述论——以陈寿祺、陈乔枞〈三家诗遗说考〉为中心》,《国际儒学》2022年第1期。

敏承华:《关于"西周史诗"问题的若干思考》,《内蒙古大学学报》(哲学社会科学版)2022年第1期。

宁小雨:《高低语境文化论视角下〈诗经〉英译对比研究》,《湖北经济学院学报》(哲学社会科

学版)2022年第7期。

彭慧:《〈诗经·大雅·崧高〉"有俶其城"释义考辨》,《太原师范学院学报》(哲学社会科学版)2022年第3期。

彭锋:《兴与激情》,《中国文学批评》2022年第1期。

钱志熙:《论〈诗经〉"君子"称谓的时代内涵及价值》,《中国高校社会科学》2022年第4期。

秦华侨:《〈诗经〉中的华夷思想》,《文史杂志》2022年第1期。

任哨奇:《〈楚辞·大招〉创作时间考辨》,《中国诗学》第34辑,人民文学出版社,2022年版。

沈鱼:《〈诗经〉虚字"云"的语法功能》,《宁波教育学院学报》(哲学社会科学版)2022年第1期。

盛箐:《〈诗经·小雅〉听觉叙事艺术探析》,《湖北文理学院学报》(哲学社会科学版)2022年第6期。

史哲文:《论清诗总集溯源〈诗经〉的编纂理念及经典化意图》,《中州学刊》2022年第7期。

孙海龙:《先秦秦汉出土文献与〈诗〉〈骚〉文本解读得失综论》,《中国诗歌研究》(第二十三辑),社会科学文献出版社,2022年版。

孙尚勇:《礼乐精神与女子教育——"〈关雎〉之义"辨证》,《四川大学学报》(哲学社会科学版)2022年第2期。

孙尚勇:《孔子论次〈诗〉考》,《文学评论》2022年第5期。

孙玉安、陈芳:《论王质〈诗经〉学"因情求意"的经学本质》,《社会科学论坛》2022年第3期。

汤雨:《套语、摹转与〈诗经〉的文本生成》,《汉字文化》2022年第14期。

唐旭东:《论陶渊明〈时运〉对〈诗经〉的学习与借鉴》,《九江学院学报》(哲学社会科学版)2022年第3期。

唐茜:《北宋〈诗经〉经筵文献辑考与札记》,《古籍整理研究学刊》2022年第2期。

陶长军、魏耕原:《论〈诗经〉特殊的比喻修辞》,《绍兴文理学院学报》(哲学社会科学版)2022年第4期。

王建成:《〈诗经〉音乐美育研究》,《济南大学学报》(哲学社会科学版)2022年第6期。

王坤:《庞德"三诗"翻译思想探微——以〈诗经〉英译为例》,《外国语言与文化》2022年第4期。

王翰颖:《高诱〈吕氏春秋注〉引〈诗经〉考》,《汉字文化》2022年第21期。

王晓俊:《认知诗学视域下〈诗经〉意象的审美阐释》,《中化文化论坛》2022年第1期。

王承略:《〈诗序〉写作历程考论》,《文学遗产》2022年第2期。

王贞贞、施春华:《说仁与成仁孔子〈诗〉教之核心——从子夏论诗"礼后乎"谈起》,《国际儒学》2022年第3期。

王飞:《王国维论〈蒹葭〉考辨》,《嘉兴学院学报》(哲学社会科学版)2022年第4期。

王化平、郑婧:《安大简〈诗经·绸缪〉解读》,《绵阳师范学院学报》(哲学社会科学版)2022年第6期。

王成:《朝鲜徐居正散文引〈诗经〉〈孟子〉考论》,《殷都学刊》2022年第2期。

王允亮、孟莉莉:《论〈楚辞〉在汉代的接受与经典化——以〈远游〉相关争议为中心》,《郑州大学学报》(哲学社会科学版)2022年第5期。

王志清、林标洲:《"沃"之探曲沃代翼或骊姬之乱——〈唐风·扬之水〉诗旨驳议》,《古籍整理研究学刊》2022年第3期。

吴姿翰、王啸:《论朱熹的诗教观:经理合一会通博综——基于〈诗经〉和〈四书〉的研究》,《龙岩学院学报》(哲学社会科学版)2022年第4期。

吴从祥:《孔子"思无邪"考释》,《宁夏师范学院学报》(哲学社会科学版)2022年第8期。

吴寒:《郑玄〈诗谱〉构建历史谱系的方法与理路》,《文学遗产》2022年第2期。

辛智慧:《毛郑异同与〈诗经〉经学意趣考论——以庄存与的视角为中心》,《文史哲》2022年第5期。

徐丹:《从〈诗经〉看华夏农业的成熟与发展》,《中国农史》2022年第4期。

徐建委:《早期〈诗经〉的形成与编纂》,《光明日报》2022年3月21日。

徐建委:《早期〈诗经〉的记诵、书写和阅读》,《北京大学学报》2022年第3期。

徐正英:《上博简〈孔子诗论〉"小雅"论及其诗学史创获》,《文学评论》2022年第2期。

徐正英:《上博简〈孔子诗论〉〈关雎〉组诗论发微》,《文艺研究》2022年第2期。

姚道林:《利用安大简〈诗经〉补释〈毛诗〉字词二则》,《安徽农业大学学报》(哲学社会科学版)2022年第4期。

姚小鸥:《论安大简〈诗经〉的编校问题》,《中国诗歌研究》(第二十三辑),社会科学文献出版社,2022年版。

杨艳香:《五伦、心性、公德:论孔子"诗可以群"》,《孔子研究》2022年第3期。

杨敬娜:《〈诗经·东门之枌〉"市"与"市也婆娑"考》,《湘南学院学报》(哲学社会科学版)2022年第4期。

杨嘉媛:《〈诗经〉中的"角枕"辨析》,《古典文学知识》2022年第4期。

杨新勋:《20世纪以来海内外宋代诗经学研究回顾与展望》,《名作欣赏》2022年第16期。

杨新勋:《〈离骚〉词语解诂四则》,《南京师范大学文学院学报》2022年第1期。

尹荣方：《〈诗经·鄘风·桑中〉与上古三月养蚕礼俗》，《中原文化研究》2022年第1期。

余树财：《虚涵两意得见妙——从〈诗经·采薇〉看古诗反讽艺术》，《语言文字报》2022年4月20日。

于娜娜：《历史典籍〈诗经〉中的水生植物和湿生植物意象探析》，《湿地科学与管理》2022年第5期。

于春莉：《论马瑞辰与晚清〈诗经〉学》，《巢湖学院学报》（哲学社会科学版）2022年第4期。

张万民：《西方〈诗经〉翻译与研究四百年回顾》，《古代文学前沿与评论》2021年第2辑。

张弛：《〈诗经·邶风·绿衣〉考论》，《文艺评论》2022年第1期。

张雪：《基于生活图景建构的〈诗经〉文化审美表达》，《湖北科技学院学报》（哲学社会科学版）2022年第3期。

张鑫：《出土文献与诗骚传承渊源》，《中国社会科学报》2022年1月24日。

张云云：《〈诗经·采薇〉一首家国矛盾的变奏曲》，《名作欣赏》2022年第20期。

张晴悦：《礼乐形态与贵族话语——〈诗经〉战车的文化之"声"》，《名作欣赏》2022年第33期。

张露露：《"文化记忆"视域中的古代仪式与文本——柯马丁的〈诗经〉研究的方法与争议》，《浙江学刊》2022年第6期。

张媚东：《〈陈风·东门之杨〉主旨辨析》，《德州学院学报》（哲学社会科学版）2022年第5期。

张亦清、周淑萍：《〈论语〉与〈孔丛子〉论〈诗〉的传承与递变》，《齐齐哈尔大学学报》（哲学社会科学版）2022年第9期。

张高宇、沈英英：《〈诗经〉中的雩礼微探》，《阿坝师范学院学报》（哲学社会科学版）2022年第3期。

张静：《日本中村之钦〈笔记诗集传〉的〈诗〉学接受与著述宗旨》，《吕梁学院学报》（哲学社会科学版）2022年第3期。

张清清：《〈诗经〉狩猎诗的文化解读》，《辽宁工业大学学报》（哲学社会科学版）2022年第3期。

张树国：《太岁纪年与屈原生年的推算问题》，《文学遗产》2022年第5期。

张伟：《属辞比事：王夫之〈楚辞通释〉的阐释原则与实践》，《文学评论》2022年第3期。

张雪：《〈诗经〉情景关系的文化解读》，《佳木斯大学学报》（哲学社会科学版）2022年第3期。

张亿：《谢章铤〈毛诗注疏毛本阮本考异〉稿本考》，《北京大学中国古文献研究中心集刊》（第25辑），北京大学出版社，2022年版。

张晓宇、邵炳军：《〈诗经〉与燕礼的生成、定型与发展》，《中国诗学》（第三十四辑），人民文学出版社，2022年版。

郑伟：《孔颖达的〈诗经〉文章学》，《社会科学论坛》2022年第3期。

赵树婷：《论源于〈诗经〉婚恋成语的文化意义》，《中北大学学报》（哲学社会科学版）2022年第5期。

赵巍巍：《反思性社会学视角下庞德〈诗经〉英译本研究》，《山东农业大学学报》（哲学社会科学版）2022年第2期。

赵红梅：《〈文心雕龙〉的"楚辞经典化"意义探论》，《首都师范大学学报》（哲学社会科学版）2022年第4期。

赵棚鸽：《论唐代经传分别背景下〈毛诗正义〉的传播》，《河北师范大学学报》（哲学社会科学版）2022年第3期。

赵棚鸽：《安大简〈诗·葛覃〉"是刈是穫"异文考辨》，《社会科学论坛》2022年第1期。

仲艳青：《图说〈诗经〉的特征与社会功能》，

《中国社会科学报》2022年5月30日

周兴陆：《王逸〈楚辞章句〉与东汉安帝朝政坛》，《华东师范大学学报》（哲学社会科学版）2022年第4期。

周密：《〈诗经〉〈古诗十九首〉中感伤意境的探究》，《吉林教育学院学报》（哲学社会科学版）2022年第7期。

周翔：《安大简〈诗经〉虚词异文考略》，《北方论丛》2022年第4期。

曾利君：《在传统文学资源中掘进——21世纪小说与〈诗经〉的对话》，《当代文坛》2022年第5期。

曾雯：《古韵新唱——谈〈诗经〉音乐创作方法及其意义》，《当代文坛》2022年第5期。

左岩：《别开生面的诗学探索——许渊冲〈诗经〉英译本研究》，《城市学刊》2022年第4期。

左岩：《19世纪〈诗经〉英译本序言比较研究》，《佛山科学技术学院学报》（哲学社会科学版）2022年第4期。

左岩：《"合乎字面意义"——高本汉〈诗经〉1950年译本研究》，《中国翻译》2022年第5期。

汉代诗学

陈丽平：《萧统〈文选〉汉诗选录的经典化问题》，《阜阳师范大学学报》（社会科学版）2022年第5期。

曹蓓蓓：《〈诗经〉思乡诗及后世对其的继承与发展——以〈古诗十九首〉与汉乐府为中心》，《新纪实》2022年第13期。

曾智安：《乐府古辞〈乌生八九子〉与汉代墓葬画像"树木+射鸟图"探微》，《乐府学》（第二十五辑），社会科学文献出版社，2022年版。

陈盼盼：《〈古诗十九首〉的生命意识》，《中学语文教学参考》2022年第9期。

陈先涛：《〈汉书·武帝纪〉祥瑞歌诗作者"阙名"辨》，《阜阳师范大学学报》（社会科学版）2022年第3期。

杜自波：《〈有所思〉与〈上邪〉两首诗的互文性解读》，《四川文理学院学报》2022年第1期。

冯文开：《汉鼓吹曲〈战城南〉的结构及其文学传统论析》，《内蒙古大学学报》（哲学社会科学版）2022年第3期。

冯文开《汉乐府民间歌辞程式化创作的诗学技巧及其与文人创作的关系》，《西北民族研究》2022年第3期。

高语汐：《先秦与汉魏赠物寄情诗比较研究——以〈诗经〉〈古诗十九首〉选篇和〈赠妇诗三首〉为例》，《名作欣赏》2022年第15期。

关彩玲：《从"忽"字看〈古诗十九首〉中朴素的情感和超脱的人生态度》，《作家天地》2022年第22期。

郭航乐：《〈古诗十九首〉中典故的英译策略研究》，《作家天地》2022年第22期。

郭艺涵：《西汉王朝雅乐兴衰考》，《黄河之声》2022年第16期。

韩芮：《古代童谣的儒学话语建构——以先秦两汉为中心》，《荆楚理工学院学报》2022年第4期。

贺伟：《〈先秦汉魏晋南北朝诗〉辨正》，《图书馆杂志》2022年第2期。

胡大雷：《〈古诗十九首〉以身体活动为修辞论》，《北方论丛》2022年第1期。

黄雨轩：《〈古诗十九首〉与汉乐府民歌关系之比较研究》，《文教资料》2022年第13期。

孔庆蓉：《汉"乐府"兴废及文本生成模式探析》，《西部学刊》2022年第18期。

孔庆蓉：《汉乐府文本及研究范式浅析》，《散文百家》（理论）2022年第4期。

李大明:《"感于哀乐,缘事而发"新解——汉武帝"立乐府而采歌谣"有关事理的考论》,《杜甫研究学刊》2022年第4期。

李会玲:《汉代诗歌文献流传史及"七言"的集体性亡佚》,《中国典籍与文化》2022年第1期。

李鹏飞:《方维仪对〈古诗十九首〉的接受及其美学意义》,安庆师范大学学报(社会科学版)2022年第3期。

李艳:《汉代班昭的婚姻家庭教育思想及其当代价值 ——兼论汉乐府〈孔雀东南飞〉中人物家庭成员关系的处理》,《济宁学院学报》2022年第1期。

刘廷乾:《歌行体之"歌体"与"行体"根源论》,《文学遗产》2022年第6期。

刘小珍:《先秦两汉隐逸诗赋中的休闲文化探析》,《内江师范学院学报》2022年第5期。

刘芯阳:《文学地理学视域下汉乐府的研究》,《名作欣赏》2022年第9期。

陆路:《汉晋北朝河朔诗考述》,《文史哲》2022年第4期。

陆路:《汉晋河淮诗考述》,《清华大学学报》(哲学社会科学版)2022年第1期。

陆路:《汉晋六朝巴蜀诗考述》,《四川师范大学学报》(社会科学版)2022年第2期。

陆路:《汉晋六朝岭南诗考述》,《学术研究》2022年第5期。

吕舒宁:《汉唐宫廷音乐机构比较研究》,《艺术评鉴》2022年第6期。

马磊、张洁:《鼓吹乐溯源辨析》,《铜陵学院学报》2022年第1期。

朋星:《汉代一棵开花的树——〈古诗十九首·庭中有奇树〉赏析》,《山东教育》2022年第3期。

田园:《论〈古诗十九首〉和建安五言诗的共通性》,《新纪实》2022年第5期。

王福利:《乐府古辞"行胡从何方"或与汉时西域文化传入有关》,《广东社会科学》2022年第3期。

王梦:《两汉魏晋"鼓吹"名实考论〉,《乐府学》(第二十五辑),社会科学文献出版社,2022年版。

王娜:《〈琴操·怨旷思惟歌〉的文学母题意义》,《乐府学》(第二十四辑),社会科学文献出版社,2022年版。

王韬:《江苏汉代诗歌之"楚调""乐府"研究》,《徐州工程学院学报》(社会科学版)2022年第2期。

王小恒:《试论中国古代官方音乐机关的设立与诗体的演进》,《甘肃广播电视大学学报》2022年第2期。

王雪凌:《汉代征战陈迹中积淀出的一曲征夫悲歌——〈十五从军征〉试说》,《作家天地》2022年第1期。

韦春喜、赵永江:《汉代将军幕府文学集团形成的深层原因探析》,《湖南大学学报》(社会科学版)2022年第3期。

沃熠娴:《多重目光与场域延伸——汉乐府民歌和〈古诗十九首〉"被看"意蕴探析》,《今古文创》2022年第34期。

吴大顺:《论汉魏六朝乐府诗的题名与命题方式》,《玉林师范学院学报》2022年第3期。

武海怡:《汉魏六朝乐府诗歌中的女性美》,《今古文创》2022年第37期。

熊长云:《昭君镜考释》,《文学遗产》2022年第5期。

徐策:《〈汉书·礼乐志〉录诗初探》,《大众文艺》2022年第20期。

许妍:《〈古诗十九首〉与建安诗歌抒情风格

的比较》,《百花》2022年第5期。

颜莉:《〈青青河畔草〉四种译本赏析》,《今古文创》2022年第11期。

杨慧丽:《汉唐乐府学典籍存佚简表——以十四种目录学著作为中心》,《乐府学》(第二十四辑)》,社会科学文献出版社,2022年版。

杨赛:《汉乐府古题〈折杨柳〉的演变》,《交响》(西安音乐学院学报)2022年第2期。

杨苑珊:《汉代诗歌的生命意识》,《对联》2022年第2期。

杨允:《幕府类型、文学语境与东汉幕府文学题材的嬗变》,《哈尔滨工业大学学报》(社会科学版)2022年第4期。

叶嘉莹:《好的诗是浑然天成的——叶嘉莹先生谈〈古诗十九首〉》,《中国民族博览》2022年第5期。

于涌:《东汉太学生与〈古诗十九首〉的情感表达》,《文化学刊》2022年第1期。

喻凡:《汉代〈诗经〉阐释与汉诗》,《汉字文化》2022年第15期。

袁方愚:《文人徒诗在西汉的萌芽阶段探析》,《人文杂志》2022年第1期。

岳洋峰:《汉代乐府诗"风雅通歌"的演唱形态》,《人民音乐》2022年第7期。

张峰屹:《东汉文学思想史的几个理论问题》,《南开学报》(哲学社会科学版)2022年第1期。

张慧菱:《从〈诗经〉到〈古诗十九首〉:四言诗演变为五言诗探析》,《今古文创》2022年第6期。

赵敏俐:《〈陌上桑〉的生成与汉代的"流行艺术"》,《中山大学学报》(社会科学版)2022年第6期。

赵玉龙:《汉乐府诗中的苦难抒写》,《书屋》2022年第1期。

郑丹平:《汉乐府对汉代俗乐舞发展之重要性探究》,《艺术评鉴》2022年第21期。

郑思诗:《"被管弦"现象刍议》,《大众文艺》2022年第23期。

周梦梦:《丝绸之路上的阳关、玉门关研究文献综述》,《河南工程学院学报》(社会科学版)2022年第3期。

魏晋南北朝诗学

蔡彦峰、黄美华:《从作者到读者:"读者意识"与齐梁诗歌"新变"》,《文艺理论研究》2022年第4期。

蔡彦峰、孙银莎:《东晋诗僧群的五言体写作与五言诗史的建构》,《福建师范大学学报》2022年第1期。

陈浩东:《论〈玉台新咏〉中庾信杂诗的艺术特色》,《古今文创》2022年第37期。

陈丽平:《萧统〈文选〉汉诗选录的经典化问题》,《阜阳师范大学学报》2022年第5期。

陈世骧、张万民:《文学作为对抗黑暗之光——陆机生平与〈文赋〉考》,《小说评论》2022年第5期。

戴文静:《英语世界〈文心雕龙〉"神思"范畴的译释》,《文学评论》2022年第6期。

冯娟娟、吴从祥:《早期文学作品中采桑女形象的空洞化历程》,《洛阳师范学院学报》2022年第3期。

龚玉瑾、李捷、沙迪迪等:《〈玉台新咏〉中的耕织传统与文学书写》,《名家名作》2022年第21期。

顾承学:《论陆机诗歌的行旅心态与时空营构》,《美与时代》2022年第4期。

顾农:《中古文学札记六题》,《南京师范大学文学院学报》2022年第1期。

何靖:《魏晋南北朝诗歌的审美探讨》,《新课程导学》2022年第8期。

黄立:《"意象"与Image之辩——以〈文心雕龙〉与意象派理论为例》,《中国文学批评》2022年第4期。

霍建波、常智慧:《从饮酒诗透视陶渊明的侠客精神》,《焦作大学学报》2022年第1期。

李姝然:《浅析宫体诗特点及其对后世诗歌创作的影响》,《古今文创》2022年第7期。

李小琴:《谢灵运山水诗中的身体美学》,《文学教育》2022年第7期。

李修建:《论苏轼对魏晋名士的接受》,《美术大观》2022年第8期。

李寅捷:《陶渊明〈止酒〉诗文本谱系及其接受历程》,《九江学院学报》2022年第3期。

刘宝春、管雅荻:《徐摛、徐陵父子与萧纲的宫体文学运动》,《菏泽学院学报》2022年第6期。

刘砚群:《诗人阮籍的儒玄人格》,《文学教育》2022年第9期。

刘悦:《愁人知夜长:魏晋夜诗的内涵及新变》,《阅江学刊》2022年第5期。

潘林:《〈文赋〉"文""意"论在明代的承袭与重构——以谢榛〈四溟诗话〉为中心》,《学术交流》2022年第2期。

彭淑慧:《〈玉台新咏〉空间书写与宫体诗人心态研究》,《辽宁工业大学学报》2022年第3期。

彭淑慧:《汉魏六朝交往文化及其心理:〈玉台新咏〉赠物诗的考察》,《长江师范学院学报》2022年第5期。

沈强:《〈文赋〉在日本的流传与影响》,《中国诗歌研究》(第二十三辑),社会科学文献出版社,2022年版。

石月:《试论魏晋南北朝时期文艺美学的当代影响》,《文化创新比较研究》2022年第11期。

宋颖:《嵇康的悲剧意识与诗化人生境界》,《关东学刊》2022年第4期。

唐雪贤:《阮籍〈咏怀诗〉的人格张力》,《中学语文参考》2022年第3期。

汪业全、郭明洋、冯媛媛:《〈先秦汉魏晋南北朝诗〉韵脚字校勘十九则》,《古籍整理研究学刊》2022年第2期。

王琼凯:《从石崇〈王明君辞〉看昭君文学形象的确立》,《大众文艺》2022年第15期。

王洪军:《竹林七贤的耦合及其文学价值》,《哈尔滨工业大学学报》2022年第3期。

王莉:《河内文人群体与魏晋之际文学》,《古籍研究》(第75辑),凤凰出版社,2022年版。

韦晖:《魏晋诗歌叙写及其特色鉴赏——评徐公持的〈魏晋文学史〉》,《新闻爱好者》2022年第5期。

辛媛媛:《〈文赋〉与〈论崇高〉想象论之比较》,《海外英语》2022年第3期。

徐涛、黄湑凡:《基于时代背景的魏晋南北朝文学特点探析》,《齐齐哈尔大学学报》(哲学社会科学版)2022年第4期。

许结:《赋为"漆园义疏"说》,《文学评论》2022年第1期。

严耀中:《试释"庄老告退,而山水方滋"——以阐述儒学影响为主线》,《文史哲》2022年第3期。

杨东林:《宫体诗与宫廷》,《学术研究》2022年第5期。

叶当前:《〈文心雕龙〉的"物色论"与桐城派文论"声色观"的比较》,《湖北师范大学学报》2022年第6期。

袁济喜:《唐诗与竹林七贤》,《中国高校社会科学》2022年第2期。

袁济喜:《曹植之"愁"与意象创变》,《河北大学学报》2022年第4期。

袁亚铮:《论史学对阮籍文学创作的影响》,《河北师范大学学报》2022年第2期。

张驰:《系统回顾与革故鼎新——评〈《玉台新咏》成书研究〉》,《中国教育学刊》2022年第12期。

张升:《魏晋南北朝诗歌中的动物意象研究》,《陇东学院学报》2022年第6期。

赵孟锦:《从〈文选〉看魏晋南北朝宴饮诗》,《新纪实》2022年第12期。

赵志恒、王聪:《礼乐重构视阈下魏晋诗画美育说会通考察》,《甘肃开放大学学报》2022年第3期。

朱蕾:《魏晋玄学与魏晋南北朝饮酒诗关系研究》,西安工业大学2022年硕士学位论文。

唐代诗学

曹世瑞:《唐代"赠杖"文化及其诗歌书写》,《中南民族大学学报》(人文社会科学版)2022年第12期。

常雪纯:《诗性隐喻:唐诗中"幽人"的"非隐"向度及其诗学意义》,《杜甫研究学刊》2022年第1期。

陈迟:《杜诗"更调鞍马狂欢赏"释义考辨》,《甘肃开放大学学报》2022年第3期。

陈春雷:《唐诗方位词语义研究》,《池州学院学报》2022年第4期。

陈光:《"世运"与"风雅"的合流:杨士弘〈唐音〉与元末江西宗唐复古思潮》,《地域文化研究》2022年第1期。

陈萍:《唐代送别诗常见类型和经典意象》,《牡丹江教育学院学报》2022年第4期。

陈尚君:《李白怎样修改自己的诗作》,《古典文学知识》2022年第2期。

陈雪婧:《选集与文学史:宇文所安文学史研究进程中的文本集聚》,《宝鸡文理学院学报》(社会科学版)2022年第5期。

陈亚飞、王玉霞:《刘禹锡的屈子情结》,《南华大学学报》(社会科学版)2022年第2期。

陈颖聪:《从明代宋诗刻本看"崇唐抑宋"》,《中国韵文学刊》2022年第3期。

成天骄:《津阪孝绰〈夜航诗话〉的杜甫接受——兼论江户时期杜诗的经典化进程》,《杜甫研究学刊》2022年第3期。

程浩炜、洪嘉俊、陈立琛:《据大英图书馆藏〈永乐大典〉补〈全唐诗〉21首》,《湖北科技学院学报》2022年第5期。

程宏亮:《杜牧与长三角"唐诗之路"》,《金陵科技学院学报》(社会科学版)2022年第1期。

程磊:《悲剧意识与杜甫卜居创作的思想蕴涵》,《海南大学学报》(人文社会科学版)2022年第1期。

程磊:《家园意识与向空而有的价值建构——崔颢〈黄鹤楼〉经典性探原》,《云南大学学报》(社会科学版)2022年第2期。

程瑜:《韩国诗话中的杜诗批评》,《国际汉学》2022年第2期。

戴思奇:《陈子昂"风骨"说内涵探析》,《宿州教育学院学报》2022年第2期。

戴怡悦:《明代文人的韩愈诗歌接受——以明代唐诗选本为中心》,《汉字文化》2022年第8期。

邓江祁:《论宁调元对杜诗的传承与发扬》,《湖南工业大学学报》(社会科学版)2022年第4期。

丁俊丽:《清代韩诗经典化进程中被遮蔽的一环——清初诗学语境下汪森的韩诗研究及其意义》,《新疆大学学报》(哲学·人文社会科学版)

2022年第1期。

段德宁、王松景:《空间、视点、赏读:〈唐诗画谱〉的语图关系新探》,《洛阳师范学院学报》2022年第6期。

范子烨:《"奇文共欣赏":李白、陶渊明与〈山海经〉》,《名作欣赏》2022年第2期。

方伟、彭燕:《中华经典文本的形成与影响研究——以杜集祖本〈杜工部集〉在宋代的传播为例》,《中华文化论坛》2022年第5期。

方学森:《唐代九华山流寓诗人考述》,《乐山师范学院学报》2022年第6期。

房瑞丽:《论唐诗中浙东地理空间的建构及其文化意蕴》,《天水师范学院学报》2022年第2期。

冯海燕、黄大宏:《诗礼相酬:唐人诗化社交方式与唐诗通俗化机制》,《西南大学学报》(社会科学版)2022年第4期。

付兴林:《白诗笼禽意象的喻指类型及其诗意的多元变调》,《陕西理工大学学报》(社会科学版)2022年第4期。

付志宇:《唐人诗文所见两税法变革补证》,《安徽师范大学学报》(人文社会科学版)2022年第3期。

傅绍良:《论白居易寓直诗中的非朝事情感及其成因》,《西北大学学报》(哲学社会科学版)2022年第1期。

傅宇斌、钱泽:《立意为先,能文为主——白居易诗教观视野下的律赋观》,《学术探索》2022年第9期。

甘露:《"世界中"的唐诗与新视野下的文学批评——以〈唐诗之路〉为例》,《南方文坛》2022年第6期。

高梓梅:《论唐诗"泪"意象的文化情结》,《南阳理工学院学报》2022年第1期。

葛涵瑞:《唐诗中"秉烛赏花"意象的形成及其审美意蕴》,《湖北文理学院学报》2022年第3期。

葛晓音:《李贺部分七古中的"断片"现象及其内在脉理》,《北京大学学报》(哲学社会科学版)2022年第6期。

谷维佳:《〈风〉〈雅〉嗣音,体合〈诗〉〈骚〉——李白〈古风〉溯源〈诗〉〈骚〉发微》,《中国韵文学刊》2022年第3期。

谷文彬、朱文静:《唐诗与唐传奇中洞庭湖书写异同及成因》,《云梦学刊》2022年第6期。

顾农:《说杜牧诗四题》,《古典文学知识》2022年第5期。

顾农:《鲁迅与唐诗名家钱起》,《书屋》2022年第7期。

郭殿忱、金成林:《高丽国〈十抄诗〉所选赵嘏诗考释》,《淮阴师范学院学报》(哲学社会科学版)2022年第6期。

郭殿忱:《大唐道州刺史元结事迹考略及任上所作诗考异》,《湖南科技学院学报》2022年第2期。

郭殿忱:《邯郸唐才子司空曙考略与其诗考异》,《邯郸学院学报》2022年第3期。

郭殿忱:《唐人题〈古意〉诗异文校考——以〈唐诗品汇〉为中心》,《黄河科技学院学报》2022年第3期。

郭殿忱、金成林:《成都唐才子雍陶诗校补——以高丽释子山〈夹注名贤十抄诗〉为中心》,《西华大学学报》(哲学社会科学版)2022年第1期。

郭发喜:《〈江南逢李龟年〉作者问题新证》,《云梦学刊》2022年第3期。

郭梅:《走在"浙西唐诗路"上的"田园诗"群》,《博览群书》2022年第3期。

哈雪英:《世说人物形象在唐诗中的接受与重构》,《九江学院学报》(社会科学版)2022年第3期。

海滨:《论白居易们的文化矛盾心态——以唐诗表现西域器乐审美意味为例》,《汉语言文学研究》2022年第3期。

韩宁:《"诗以诗传"与唐诗经典化路径——以杜甫与崔涂〈孤雁〉诗的传播为例》,《湖南大学学报》(社会科学版)2022年第1期。

郝若辰:《从"鹤膝"到"上尾"的概念错置:杜甫律诗"四声递用"说献疑》,《中华文史论丛》2022年第3期。

何蕾:《唐诗中的"胡""夷"之别》,《学术交流》2022年第3期。

洪迎华:《论唐代士人的恋京心态》,《湖北大学学报》(哲学社会科学版)2022年第3期。

侯本塔:《借诗颂古:云门宗颂古诗征引唐诗资料辑释》,《宜春学院学报》2022年第5期。

侯飞宇、丁放:《从〈贯华堂选批唐才子诗〉看金圣叹对温庭筠七律诗的选评》,《安徽理工大学学报》(社会科学版)2022年第3期。

胡可先:《杜甫入蜀诗的艺术表现》,《杜甫研究学刊》2022年第4期。

胡可先:《李白诗中的西域风光》,《古典文学知识》2022年第5期。

胡可先:《唐代湖州钱氏文学世家述论》,《江苏师范大学学报》(哲学社会科学版)2022年第5期。

胡可先:《西陵·渔浦:浙东唐诗之路的起点》,《浙江社会科学》2022年第6期。

胡可先、林洁:《新出墓志与杜牧研究》,《图书馆杂志》2022年第5期。

胡明柯:《明代宋之问诗接受研究——以明代唐诗选本为考察中心》,《洛阳理工学院学报》(社会科学版)2022年第2期。

胡明柯、张中宇:《王勃诗在明代的接受起伏——以诗选和诗评为考察中心》,《宿州学院学报》2022年第7期。

胡菀楠:《浅谈琵琶作品〈诉——读唐诗《琵琶行》有感〉的技法特点与情感内涵》,《戏剧之家》2022年第12期。

胡旭、万一方:《杜甫"颇学阴何苦用心"考论》,《文艺理论研究》2022年第4期。

黄立一:《唐诗与中华文化共同体的构建》,《华侨大学学报》(哲学社会科学版)2022年第4期。

黄琪:《盛唐"兴寄""兴象"范畴中的诗歌体制实践和诗歌功能观念》,《北京大学学报》(哲学社会科学版)2022年第1期。

黄人二、童超:《"娇儿不离膝,畏我复却去"之"却"字解》,《文艺理论研究》2022年第3期。

黄晔、薛任琪:《湖北唐诗之路背景下的孟浩然诗歌旅游开发》,《湖北文理学院学报》2022年第7期。

贾兵:《〈忆昔二首〉写作时地考》,《杜甫研究学刊》2022年第4期。

简圣宇:《中国传统意象理论在隋唐五代的拓展和深化》,《中国政法大学学报》2022年第4期。

蒋寅:《李杜优劣论背后的学理问题》,《文学遗产》2022年第1期。

景遐东:《唐代山水诗与隐逸诗中的若耶溪》,《湖北师范大学学报》(哲学社会科学版)2022年第6期。

况晓慢:《李商隐古文思想内蕴及对其骈文写作之影响》,《河北大学学报》(哲学社会科学版)2022年第5期。

雷恩海:《韩愈〈石鼓歌〉:元和中兴的先鸣之

声》,《名作欣赏》2022年第1期。

雷正娟:《明代唐诗选本中孟浩然诗的接受起伏及其原因》,《湖北文理学院学报》2022年第10期。

李(木萧)璐:《高仲武〈中兴间气集〉编纂的政治意识——兼论其成书年代》,《开封大学学报》2022年第2期。

李宝龙、郭柏彤:《李白对高丽王朝诗人及其汉诗创作的影响》,《北华大学学报》(社会科学版)2022年第4期。

李超、郝继东:《论唐诗中的"思"有"哀愁"义》,《唐山师范学院学报》2022年第5期。

李朝军:《唐宋诗歌灾害书写的沿革与异同》,《西华师范大学学报》(哲学社会科学版)2022年第6期。

李丹婕:《杜诗中的"杂虏"与"杂种"新诠——兼释"九姓胡"的内涵》,《中华文史论丛》2022年第3期。

李芳民:《杜甫"致君尧舜"政治理想论》,《西北大学学报》(哲学社会科学版)2022年第1期。

李芳民:《杜甫晚年的家国情怀与诗歌艺术创新——以寓居夔州之初的诗歌创作为中心》,《复旦学报》(社会科学版)2022年第3期。

李飞跃:《唐诗格律的统计分析及问题》,《文学遗产》2022年第5期。

李浩:《"园林诗"范畴的史实与学理新说》,《西北大学学报》(哲学社会科学版)2022年第5期。

李丽黎:《论儒家思想对杜甫诗歌的影响》,《文化学刊》2022年第4期。

李梦林:《〈唐诗三百首〉中的江南风物与士人情怀》,《新纪实》2022年第1期。

李谟润:《佛寺与浙东唐诗之路》,《南开学报》(哲学社会科学版)2022年第1期。

李沛媛:《论高棅〈唐诗品汇〉的唐诗观》,《新纪实》2022年第3期。

李文琳:《从唐宫仕女画管窥唐代女性的审美风尚》,《艺术品鉴》2022年第1期。

李小山:《试论郑谷诗歌的末世文人心态及艺术表现》,《河南社会科学》2022年第12期。

李雅静:《早朝大明宫唱和诗的传播与接受》,《杜甫研究学刊》2022年第3期。

李岩:《域外接受与变革:朝鲜朝唐宋诗之辨审美趋向探析》,《文学评论》2022年第4期。

李有林:《〈寄韩谏议〉诗旨新说——以家族墓志披露的韩泣生平为中心》,《杜甫研究学刊》2022年第4期。

李煜东:《安史之乱初期杜甫行踪的史料生成与建构》,《中国文学研究》2022年第3期。

廖明星:《明代温庭筠诗接受研究——以明代唐诗选本为中心》,《唐山学院学报》2022年第4期。

林素萍:《"浙东唐诗之路"山水诗与英国山水诗比较及英译研究》,《海外英语》2022年第1期。

刘芳亮:《江户时代取材于中国选本的日本所编唐诗选本——以筱崎小竹〈唐诗遗〉为例》,《东北亚外语研究》2022年第2期。

刘刚:《盛世之盛:大唐文艺复兴》,《文史天地》2022年第3期。

刘火:《日本文化里的〈白氏文集〉——纪念白居易1250周年诞辰》,《文史杂志》2022年第3期。

刘宁、魏佳乐:《论杜甫的送别诗》,《唐都学刊》2022年第5期。

刘芹:《〈全唐诗〉中的江南运河风物书写》,《档案与建设》2022年第2期。

刘青海:《论姜夔词对李贺诗的取法》,《北京大学学报》(哲学社会科学版)2022年第3期。

刘天骄:《论唐代乐工歌妓文化对唐诗创作和传播的影响》,《宜春学院学报》2022年第5期。

刘啸虎、王文昌:《略论唐代的"瑟瑟"》,《平顶山学院学报》2022年第4期。

刘烨:《文化交流与融通:论唐诗中的袈裟》,《贵州师范大学学报》(社会科学版)2022年第4期。

刘真伦:《韩愈、李翱"幽怀"唱和解读(上)——兼论韩愈阳山心结的郁积》,《周口师范学院学报》2022年第1期。

刘真伦:《韩愈〈岳阳楼别窦司直〉解读——阳山心结揭秘篇》,《云梦学刊》2022年第4期。

柳国伟、赵旎娜:《浙东唐诗之路文化IP形塑策略》,《中国文艺家》2022年第1期。

柳国伟、赵旎娜:《浙东唐诗之路文化创新实践路径探索》,《佳木斯大学社会科学学报》2022年第3期。

龙成松:《浙东唐诗之路上的"胡声"——兼论浙东唐诗之路与丝绸之路的交会》,《浙江大学学报》(人文社会科学版)2022年第7期。

龙野:《"吴中七子"的诗学取向与乾嘉诗坛关系探论》,《文艺理论研究》2022年第6期。

龙珍华:《驱疫与救治:唐诗中的疾疫书写》,《江汉论坛》2022年第7期。

龙正华:《羌笛意象与盛唐诗歌》,《民族文学研究》2022年第5期。

卢盛江、李谟润:《初唐浙东诗路的发展》,《江西师范大学学报》(哲学社会科学版)2022年第4期。

陆巳仪:《唐诗、宋词中黄昏意象之流变》,《戏剧之家》2022年第11期。

罗漫:《文献辨伪的歧路与杜牧〈清明〉的追踪认证》,《江汉论坛》2022年第3期。

罗时进:《"卢骆刘张"四杰说的成立及其意义》,《江海学刊》2022年第4期。

罗时进:《贞元时代的南北文学集群及其诗风趋尚》,《文学遗产》2022年第1期。

吕家慧:《盛世叙事:中宗、玄宗朝的龙池书写》,《北京大学学报》(哲学社会科学版)2022年第3期。

吕家慧:《史学意识与中唐文章观念的新变》,《复旦学报》(社会科学版)2022年第4期。

吕家乡:《试论杜甫名篇"三吏""三别"及其相关评说》,《山东师范大学学报》(社会科学版)2022年第3期。

马丽媛、张倩:《美学视角下李龏〈唐僧弘秀集〉中的审美旨趣》,《芒种》2022年第2期。

马路路:《唐诗之路镜湖客籍诗人行迹与诗作考述——兼论唐人镜湖诗创作动因》,《玉林师范学院学报》2022年第2期。

马路路、潘百齐:《多民族融合与唐诗繁荣的多元格局研究》,《贵州民族研究》2022年第2期。

马曙明:《独寻台岭闲游去——论台州在"浙东唐诗之路"中的意义》,《名作欣赏》2022年第11期。

马旭:《宋代集注本对杜甫诗自注的运用》,《杜甫研究学刊》2022年第2期。

孟令兵:《关于王维"禅境诗"诸特征之跨文化比较研究——基于王维、松尾芭蕉及海德格尔诗作的对比分析而论》,《文艺理论研究》2022年第2期。

米彦青:《唐代北部边境地带诗歌意象的生成与表征》,《民族文学研究》2022年第3期。

莫砺锋:《李白〈清平调三首〉是美是刺?》,《古典文学知识》,2022年第1期。

莫砺锋:《唐诗:中国古典诗歌的典范》,《中国民族》2022年第2期。

莫砺锋:《射猎诗中的盛唐气象——读王维〈观猎〉札记》,《古典文学知识》2022年第3期。

莫砺锋:《罗隐七律的成就及其在唐末诗坛上的地位》,《文艺研究》2022年第4期。

莫砺锋:《一样幽艳,两般哀怨——读李贺〈苏小小墓〉与白居易〈真娘墓〉》,《古典文学知识》2022年第4期。

莫砺锋:《杜荀鹤的〈春宫怨〉是恶诗吗?》,《古典文学知识》,2022年第6期。

木斋:《论〈赋得古原草送别〉的写作时间和背景》,《山西大学学报》(哲学社会科学版)2022年第6期。

朴哲希:《论性情说与朝鲜古代"唐宋诗之争"的演变》,《浙江学刊》2022年第5期。

亓娟莉:《两首涉董庭兰唐诗补笺》,《咸阳师范学院学报》2022年第1期。

钱垠:《唐诗中的"洞庭波"意象考察》,《名作欣赏》2022年第11期。

钱志熙:《李白与佛教思想关系再探讨》,《社会科学战线》2022年第2期。

钱志熙:《略论李白游仙诗体制类型及渊源流变》,《文学遗产》2022年第4期。

乔壮:《安史之乱中杜甫北上行迹考——兼论延安杜甫崇祀的文化意义》,《洛阳理工学院学报》(社会科学版)2022年第6期。

秦缘:《唐代琴歌的美学思想探微》,《兰州大学学报》(社会科学版)2022年第3期。

邱晓:《诗中有神:试论杜诗"大水"意象的神话色彩和原型意味》,《人文杂志》2022年第1期。

任映雪:《论杜牧诗中女性形象的类型、写作手法及艺术特点》,《湖北第二师范学院学报》2022年第3期。

单芷君:《〈又玄集〉与李商隐诗歌接受》,《戏剧之家》2022年第10期。

尚永亮:《唐代忠、万二州贬流官考》,《长江学术》2022年第2期。

沈儒康:《卢汝弼〈边庭四时怨〉在日本的经典化》,《保定学院学报》2022年第5期。

慎泽明:《文学地理学视域下的黄河文化传播研究——以唐诗黄河意象为例》,《新闻爱好者》2022年第1期。

施妍:《从自然地理到人文观照——唐诗中的黄河书写》,《平顶山学院学报》2022年第3期。

石云涛:《诗家与僧家的因缘——唐诗中佛寺上人房(院)书写》,《社会科学战线》2022年第6期。

石云涛:《唐诗中的开元盛世——兼谈后世诗人对姚崇的肯定和颂扬》,《中原文化研究》2022年第3期。

史美珩、史莫野:《白居易诗歌多元兼容的哲学思想及启示》,《浙江师范大学学报》(社会科学版)2022年第1期。

宋雪雁、霍晓楠、刘寅鹏等:《数字人文视角下〈全唐诗〉贬谪诗人的时空轨迹分析》,《图书情报工作》2022年第7期。

苏铁生:《论金元人对杜牧及其诗文的接受与传播》,《内蒙古大学学报》(哲学社会科学版)2022年第1期。

隋雪纯:《论虎关师炼〈济北集〉对杜甫的接受》,《杜甫研究学刊》2022年第3期。

孙少华:《杜甫〈壮游〉的"逆向阅读"与其"前文本形态"蠡测——兼论解读文本的一种可能》,《中原文化研究》2022年第6期。

孙绍振:《李白的笑对人生与杜甫的歌哭血泪》,《语文建设》2022年第2期。

孙祥、张铭:《从唐诗中寻迹西域乐舞的孑遗美》,《艺术评鉴》2022年第7期。

孙欣欣:《明嘉靖〈全唐诗选〉的诗学理念》,

《济南大学学报》(社会科学版)2022年第1期。

覃聪:《重探杜甫天宝七载前后行迹及心态——以"奉赠韦济"三诗为切入点》,《杜甫研究学刊》2022年第2期。

谭子玮:《〈入蜀记〉称引唐诗考论》,《滁州学院学报》2022年第6期。

唐芸芸:《清代唐宋诗之争中宋诗代表及唐宋源流脉络的确立》,《学术界》2022年第9期。

田竞:《清人引赋注义山诗考论——以朱鹤龄、程梦星、姚培谦、冯浩四家笺注为例》,《西华师范大学学报》(哲学社会科学版)2022年第1期。

田苗:《唐代诗人资料研究系统的更新与拓展——评〈唐代诗人墓志汇编(出土文献卷)〉》,《中国韵文学刊》2022年第2期。

万伯江:《盛唐诗人群体的构成与分野》,《中国文化研究》2022年第2期。

汪伟:《"芭蕉不展丁香结"——论唐诗中的"去芭蕉"现象》,《新纪实》2022年第2期。

王成:《朝鲜杜诗论评与杜诗学研究——以左江〈高丽朝鲜时代杜甫评论资料汇编〉为中心》,《杜甫研究学刊》2022年第4期。

王川:《唐诗中"酒家胡"与"胡姬"文化》,《文史杂志》2022年第1期。

王东峰:《〈分门集注杜工部诗〉的版本、瑕疵与价值》,《图书馆研究》2022年第5期。

王飞:《〈五盘〉小考》,《杜甫研究学刊》2022年第3期。

王红霞、刘佳敏:《古代朝鲜文人李光接受杜甫的原因探析》,《吉林师范大学学报》(人文社会科学版)2022年第4期。

王红霞、姚舒月:《陈子昂研究百年回顾与前瞻(上)》,《太原师范学院学报》(社会科学版)2022年第3期。

王建勇:《白居易的佚诗〈麻姑山〉》,《读书》2022年第2期。

王琳、严明:《"湖苏芝"对朝鲜王朝诗风转变的关键作用辨析》,《东疆学刊》2022年第4期。

王启才、张可:《唐诗征引〈吕氏春秋〉典故论辑》,《阜阳师范大学学报》(社会科学版)2022年第5期。

王汝虎:《杜诗注释学中的形式批评理论及其意义》,《杜甫研究学刊》2022年第3期。

王帅、王红蕾:《杜诗"法华三车喻"钱笺辨议》,《杜甫研究学刊》2022年第3期。

王天孜:《唐朝的生活美学》,《中国图书评论》2022年第4期。

王向峰:《杜甫诗情的人民性与时代感应》,《辽宁大学学报》(哲学社会科学版)2022年第1期。

王晓平:《〈赵志集〉疑义试解——兼论中国典籍日本古写本精读》,《北方工业大学学报》2022年第4期。

王笑莹、柏红秀:《论中唐听乐诗的叙事开拓》,《江淮论坛》2022年第6期。

王馨雨:《杜甫亲情诗的日常化书写及其对宋诗的影响》,《闽南师范大学学报》(哲学社会科学版)2022年第2期。

王雅娴:《"诗中有画"——杜甫〈观李固请司马弟山水图三首〉析论》,《杜甫研究学刊》2022年第4期。

王雨墨、杨雨、李哲:《〈全唐诗〉渭桥意象研究》,《哈尔滨师范大学社会科学学报》2022年第4期。

王悦:《论杜甫诗歌对民众身体疾苦的观照——以"骨"意象为例》,《文化产业》2022年第2期。

王赟:《唐朝"风骨"诗学观的发展历程》,《宁波教育学院学报》2022年第6期。

王志鹏:《诗人杜甫的理想情怀与现实困境——以秦陇诗歌为中心》,《石河子大学学报》(哲学社会科学版)2022年第6期。

魏家海:《杜甫题画诗宇文所安翻译中的文化形象重构》,《中国翻译》2022年第3期。

魏娜:《唐代诗歌自注发展轨迹探赜》,《殷都学刊》2022年第3期。

魏文强:《杜甫在花鸟题材题画诗中的美学主张》,《艺术评鉴》2022年第2期。

吴春怡:《唐诗中白帝城文学景观研究》,《湖北第二师范学院学报》2022年第1期。

吴刚:《杜甫民族观及其对少数民族诗人影响研究述评》,《杜甫研究学刊》2022年第2期。

吴怀东、潘雪婷:《"宁诎青莲而奉少陵"——论梅鼎祚〈唐二家诗钞〉对李、杜的认识》,《滁州学院学报》2022年第6期。

吴晋邦:《杜牧七律拗峭风格新论》,《文学遗产》2022年第6期。

吴俊辰:《灯火阑珊处的古典诗传统——20世纪30年代"晚唐诗热"对现代诗创作的启发》,《常州工学院学报》(社会科学版)2022年第4期。

吴淑玲:《驿路唐诗边域书写中的中原中心叙事》,《中原文化研究》2022年第5期。

吴夏平:《神人之间:晋唐"桃源"形塑与流变》,《南京师大学报》(社会科学版)2022年第1期。

伍飘洋:《"虚摹":明清批评家对杜诗艺术的发掘》,《中国韵文学刊》2022年第4期。

肖瑞峰:《唐诗之路视域中的贺知章》,《浙江社会科学》2022年第2期。

谢璐阳:《论〈蜀相〉异文"丞一作蜀"的来源与性质》,《杜甫研究学刊》2022年第3期。

谢慕沙:《李商隐〈锦瑟〉〈偶成转韵七十二句赠四同舍〉诗新笺》,《文史杂志》2022年第1期。

谢琰:《长安经验与李白后期诗歌的自叙模式》,《文艺研究》2022年第4期。

辛鹏宇:《唐诗中的禅学底蕴以月亮和飞鸟的经典意象为例》,《中国宗教》2022年第4期。

徐婉琦、沈文凡:《开阖排宕,抑扬纵横——论杜甫排律的诗法》,《西北民族大学学报》(哲学社会科学版)2022年第6期。

徐子娴:《〈阁夜〉新解》,《古典文学知识》2022年第5期。

杨成凌:《晚唐选家对元稹诗歌的审美接受》,《新纪实》2022年第2期。

杨代欣:《刘咸炘的〈风骨集〉〈风骨续集〉和〈风骨集评〉(上)》,《文史杂志》2022年第5期。

杨晖、张瑞钰:《李重华的唐诗宋诗论》,《阜阳师范大学学报》(社会科学版)2022年第4期。

杨会敏:《论朝鲜朝末期文人金泽荣对杜甫诗歌的接受》,《山西大同大学学报》(社会科学版)2022年第6期。

杨景龙:《李白对唐代之前中国诗歌抒情传统的继承与超越》,《河北学刊》2022年第6期。

杨丽萍:《李梦阳仿作〈秋兴八首〉及其文学史意义》,《闽南师范大学学报》(哲学社会科学版)2022年第2期。

杨慕文、刘玉梅:《唐诗漫画的多模态功能文体分析框架》,《中国外语》2022年第3期。

杨胜宽:《"穷途愧知己,暮齿借前筹"——杜甫在严武幕府的心境、处境与作为》,《杜甫研究学刊》2022年第2期。

杨恬、张中宇:《明代刘禹锡诗歌接受研究——以唐诗选本为考察中心》,《平顶山学院学报》2022年第4期。

杨为刚、杜婷:《试探"扶桑"意涵在唐诗中的流变——以杜甫和李白诗歌为中心》,《杜甫研究学刊》2022年第4期。

杨晓霭、王震：《杜甫和李商隐的"黄昏"》，《古典文学知识》，2022年第3期。

杨衍亮、邱美琼：《日本学者吉川幸次郎的唐诗研究述论》，《老区建设》2022年第1期。

杨玉锋：《两京巡幸与京洛唐诗之路》，《中国石油大学学报》（社会科学版）2022年第5期。

俞宁：《"狂的改样"——论杜甫的寓身认知与〈夜归〉诗的风格》，《杜甫研究学刊》2022年第2期。

袁行霈、曾祥波：《探寻诗境的入口》，《读书》2022年第6期。

岳进：《诗画互文与"孟浩然灞桥风雪"意象的美学转换——从〈孟浩然骑驴图〉到〈灞桥风雪图〉》，《艺术评论》2022年第8期。

查金萍：《"杜韩"：从并提到并称》，《天津社会科学》2022年第1期。

张驰：《唐〈常远墓志〉释考——兼补〈全唐诗〉一首》，《山东工艺美术学院学报》2022年第3期。

张丹阳：《杜甫文儒身份意识之形成和嬗变探析》，《古典文学知识》2022年第5期。

张风塘：《中国画观点视野下的诗意画演变过程》，《美术教育研究》2022年第1期。

张焕忠：《〈唐诗三百首〉中的奉和应制诗》，《黑河学院学报》2022年第1期。

张锦辉《官服·仕宦·心态——论白居易的官服书写》，《陕西师范大学学报》（哲学社会科学版）2022年第5期。

张灵慧：《大唐之声：唐诗中的鼓声书写》，《上饶师范学院学报》2022年第2期。

张梦锦：《论唐诗对杨贵妃的书写及其诗史价值》，《汉字文化》2022年第1期。

张其秀：《杜甫、严武"睚眦"问题覆议》，《唐都学刊》2022年第5期。

张起、邱永旭：《杜甫华州去官是弃官还是流放？》，《中州学刊》2022年第11期。

张维薇、李广志：《日籍客卿朝衡与李白交往考释——以相关诗文及和歌为中心》，《唐都学刊》2022年第6期。

张雨晨：《论〈小仓百人一首〉和"唐诗"中的芦苇诗歌》，《合肥师范学院学报》2022年第3期。

张岳林、韩子谊：《唐诗中的黄山形象》，《皖西学院学报》2022年第4期。

张云云、储冬叶：《唐诗中的"刀光剑影"》，《汉字文化》2022年第1期。

张震英：《论姚合、贾岛诗歌清新奇峭之美学风格》，《广西社会科学》2022年第6期。

张正：《胡震亨〈杜诗通〉析论》，《中国典籍与文化》2022年第4期。

张忠纲：《皮日休、陆龟蒙学杜与"吴体"之谜》，《杜甫研究学刊》2022年第3期。

赵亮、周超、于爱民等：《唐诗中"望"字视觉空间的意境探析及在地性分析——以李白、杜甫、白居易为例》，《建筑与文化》2022年第3期。

赵新哲：《何时更得曲江游——试论杜甫的曲江书写》，《杜甫研究学刊》2022年第2期。

赵谞鹏：《从〈冬日洛城北谒玄元皇帝庙〉看杜甫对道家的态度》，《闽南师范大学学报》（哲学社会科学版）2022年第2期。

周凤莉：《唐诗曲线美意蕴探究》，《名家名作》2022年第1期。

周凤莉、尹英杰：《唐诗中的丝缕意象》，《长江师范学院学报》2022年第3期。

周衡：《论姚合五律诗的写作程式及其生成》，《中国韵文学刊》2022年第3期。

周玉华：《王夫之对柳宗元诗歌接受情形探究——以〈唐诗评选〉为考察中心》，《湖南科技学院学报》2022年第4期。

朱家英:《李贺不写七言律诗?——简谈〈南园十三首〉的形成问题》,《古典文学知识》2022年第3期。

诸佳怡:《杜甫曲江诗政治内涵发微——以名物为中心》,《杜甫研究学刊》2022年第2期。

佐藤浩一:《从对仇兆鳌的毁誉来看〈杜诗详注〉的价值》,《闽南师范大学学报》(哲学社会科学版)2022年第2期。

宋代诗学

常崇桦:《"三远法"与北宋诗僧仲殊的都市风情词》,《昌梁学院学报》2022年第1期。

巢彦婷:《"放翁诗无长篇说"发微——兼论陆游古体诗的文体特征》,《新宋学》,复旦大学出版社,2022年版。

陈才智:《苏东坡眼中的白乐天以徐州为中心》,《河北大学学报》(哲学社会科学版)2022年第3期。

陈斐:《〈天地间集〉赵宋遗民的另一部"心史"》,《中山大学学报》(社会科学版)2022年第5期。

陈修圆:《时与空的编织:论苏轼黄州诗的时空设计》,《乐山师范学院学报》2022年第2期。

陈序:《饮食 审美 哲思——杨万里饮食诗歌微探》,《长春师范大学学报》2022年第3期。

陈宇、汪俊陈:《世隆编纂诸书伪作说质疑》,《宋代文化研究》(第二十八辑),线装书局,2022年版。

陈雨星:《宋人张咏〈新市驿别郭同年〉之"新市"考》,《中国历史地理论丛》2022年第4期。

陈越、卞东波:《与少陵诗史同条共贯——施顾〈注东坡先生诗〉所载史事发微》,《新宋学》,复旦大学出版社,2022年版。

程刚:《"心为太极"与邵雍诗歌中"狂""闲"

"乐"的生命境界》,《北方论丛》2022年第2期。

程杰:《"淤荫"何谓宋楼璹〈耕织图·淤荫〉相关诗歌、绘画与农学问题》,《江海学刊》2022年第2期。

邓莹辉、罗帅:《"新学"语境下的宋代昭君诗——以王安石〈明妃曲〉二首为例》,《福州大学学报》(哲学社会科学版)2022年第1期。

丁玎:《两宋之际政局纷争下的叶梦得》,《新宋学》,复旦大学出版社,2022年版。

丁沂璐:《北宋边塞诗的军储保障与重农思想》,《湖南人文科技学院学报》2022年第2期。

董烁:《宋词"卖花声"流变与审美价值探微》,《江西社会科学》2022年第12期。

范子烨:《凌濛初套印本〈陶靖节集〉宋人批语辑考》,《学术交流》2022年第7期。

方舒雅:《转向与超越北宋诗学语言观念下的"换骨夺胎"》,《文艺理论研究》2022年第1期。

费君清、楼培:《从戴复古"不甚读书"的争论看南宋诗风的演变》,《浙江大学学报》(人文社会科学版)2022年第3期。

符继成:《唐宋文化转型与柳词新变的生成及扩散》,《湖南师范大学社会科学学报》2022年第2期。

高琰明:《〈诗余画谱〉中东坡词的图像诠释》,《哈尔滨学院学报》2022年第3期。

巩本栋:《"词林之弘璧,艺苑之玄珠"——略谈〈古文真宝〉的评价问题》,《光明日报》2022年9月24日。

巩本栋:《辛弃疾何以"胸中今古,止用资为词"》,《名作欣赏》2022年第28期。

顾宝林:《欧阳修扬州地域的诗歌书写与创作企向》,《国学学刊》2022年第2期。

韩元:《凡物皆有可观:苏诗中的"以俗为雅"》,《古典文学知识》2022年第3期。

侯本塔：《论临济宗思想与宋代咏物诗的新变》，《荆楚学刊》2022年第2期。

胡传志：《范成大与金接伴使田彦皋交往考》，《苏州科技大学学报》（社会科学版）2022年第3期。

胡楠芳：《瓜步风景书写的变迁：从南朝至南宋》，《新宋学》，复旦大学出版社，2022年版。

胡秋妍：《"遍"的音乐内涵与词体相关形态生成》，《新宋学》，复旦大学出版社，2022年版。

黄金灿：《音韵与气韵：宋代韵书的文化意涵》，《浙江师范大学学报》（社会科学版）2022年第4期。

黄金灿：《从诗韵视角看"诚斋体"的生成路径》，《江南大学学报》（人文社会科学版）2022年第12期。

黄文翰：《北宋云门怀深的生平与净土诗创作》，《法音》2022年第2期。

康倩：《苏轼题画诗中的桃花源》，《甘肃社会科学》2022年第2期。

李贵：《汴京气象宋代文学中东京的声音景观与身份认同》，《学术月刊》2022年第1期。

李俊标、朱新月：《密韵楼藏元刻本〈南丰先生元丰类稿〉版本关系初探》，《中国韵文学刊》2022年第1期。

李舒宽：《宋代诗学句法论视阈下的"健"》，《社会科学论坛》2022年第3期。

李腾煜：《张炎北游南归事迹新考——兼论与其词学的关系》，《文学遗产》2022年第2期。

李雪：《论方回诗论中的"奇"观念》，《古代文学理论研究》（第五十五辑），华东师范大学出版社，2022年版。

李刚：《宋代诗学话语"中的"与"走盘"义理发覆》，《古代文学理论研究》（第五十五辑），华东师范大学出版社，2022年版。

李雅静：《宋诗中负暄书写及其诗学意义》，《文学评论》2022年第3期。

梁思诗：《宋诗中的种植书写与士大夫精神内蕴》，《宁夏大学学报》（人文社会科学版）2022年第3期。

林雨鋆：《陆游接受史上的清代"第一个读者"及其影响》，《江西社会科学》2022年第4期。

林雨鋆：《由杜入陆——张谦宜对陆游诗学的解读与接受》，《中国诗学》（第三十四辑），人民文学出版社，2022年版。

凌丽：《论张孝祥词中之"冷"》，《乐山师范学院学报》2022年第3期。

刘炳辉：《陆游〈剑南诗稿〉中的岁时诗与南宋民俗》，《贵州文史丛刊》2022年第2期。

刘驰：《南宋词人卢祖皋生平及词作编年考》，《词学》（第四十八期），华东师范大学出版社，2022年版。

刘锋杰：《两种文学原道观：朱熹与刘勰比较论——"文以载道"再评价之五》，《华东师范大学学报》（哲学社会科学版）2022年第3期。

刘学：《〈乐章集〉的编撰与用乐继承——基于乐章渊源的考察》，《文学遗产》2022年第3期。

刘俞廷：《宋代的食蟹风尚与文学书写》，《东南学术》2022年第2期。

刘月飞：《论陈与义的诗学渊源——以〈增广笺注简斋诗集〉为中心的考察》，《中国诗歌研究》（第二十二辑），社会科学文献出版社，2022年版。

罗墨轩：《陆游海棠书写的双重面相与奉祠心态——兼对"祠官文学"概念的补充》，《新宋学》，复旦大学出版社，2022年版。

马俊铭：《论杨万里〈退休集〉景物诗中的主体凸显——诚斋晚年诗歌新变的一种考察》，《新宋学》，复旦大学出版社，2022年版。

马里扬：《徐益藩批校〈淮海长短句〉笺记》，

《词学》(第四十八期),华东师范大学出版社,2022年版。

马莎:《〈少年游〉词事演变考论兼论周邦彦"风流词客"形象之嬗变》,《中山大学学报》(社会科学版)2022年第2期。

马自力、赵秀:《苏轼任扬州知州的日常世事与审美超越》,《求是学刊》2022年第1期。

彭国忠、刘泽华:《本体、文体与主体黄庭坚的词学理论》,《山西大学学报》(哲学社会科学版)2022年第2期。

彭文良:《点校本〈苏轼诗集合注〉缺误补正》,《黄冈师范学院学报》2022第1期。

钱锡生:《后世词人笔下的常用稼轩词意象》,《光明日报》2022年2年14日。

庆振轩、周欣媛:《苏轼"说诨话"的传播创作及文化意义》,《甘肃社会科学》2022年第1期。

邱美琼、杨操:《日本学者村上哲见的辛弃疾词研究》,《苏州科技大学学报》(社会科学版)2022年第6期。

邱阳:《辛弃疾与陈亮交游考述》,《东北师大学报》(哲学社会科学版)2022年第2期。

萩原正树、靳春雨:《和刻本〈事林广记〉中所见宋词——〈全宋词〉未收〈迎仙客〉词六首》,《词学》(第四十七期),华东师范大学出版社,2022年版。

裘江:《〈蔡宽夫诗话〉为叶梦得作献疑》,《文学遗产》2022年第2期。

任永刚:《论方回对老杜派的诗歌批评》,《山东理工大学学报》(社会科学版)2022年第2期。

沙红兵:《论苏轼的"物我平等"思想与诗艺》,《四川大学学报》(哲学社会科学版)2022年第1期。

商宇琦:《陆游入幕行实考辨》,《中国典籍与文化》2022年第1期。

沈松勤:《论"周姜体派"》,《文学遗产》2022年第1期。

宋皓琨:《北宋诗与史的离合与蜀汉正统倾向》,《中国诗学》(第三十四辑),人民文学出版社,2022年版。

宋秋敏:《宋南渡后岭南词坛的地域书写及其审美意蕴》,《中国诗学研究》(第二十一辑),凤凰出版社,2022年版。

孙克强:《千年词学史上的柳词批评述论》,《文学遗产》2022年第3期。

孙利政:《苏轼佚诗辨伪一例》,《中国诗歌研究》(第二十二辑),社会科学文献出版社,2022年版。

孙宗英:《〈六一诗话〉中欧阳修和梅尧臣诗学观的"错位"》,《中国社会科学报》2022年5月9日。

陶凤凤:《〈晁无咎词〉版本及相关问题考核》,《保定学院学报》2022年第2期。

陶文鹏:《论辛弃疾词意象的创新性和交融性》,《武汉大学学报》(哲学社会科学版)2022年第2期。

汪超:《论曾巩诗歌的景观审美与身体感知》,《东华理工大学学报》(社会科学版)2022年第1期。

汪超:《试论柳永词的文本重复及其传播效果》,《文学遗产》2022年第3期。

王倩、赵蕴洋:《〈四库全书〉本〈古今岁时杂咏〉考辨》,《中国诗学》(第三十三辑),人民文学出版社,2022年版。

王卫星:《宋词新风柳永长调论析》,《文学遗产》2022年第3期。

王卫星:《论唐宋词调中的参差对》,《词学》(第四十八期),华东师范大学出版社,2022年版。

王馨鑫:《南宋词人吴文英家世补论——从

新发现翁逢龙传记资料谈起》,《词学》(第四十七期),华东师范大学出版社,2022年版。

王友胜:《宋诗视域下的周敦颐人格精神及其范式意义》,《新宋学》,复旦大学出版社,2022年版。

王兆鹏、肖鹏:《辛弃疾〈菩萨蛮·书江西造口壁〉的现场勘查与历史钩沉》,《中山大学学报》(社会科学版)2022年第6期。

王兆鹏、齐晓玉:《宋代诗文词作者的层级与时空分布》,《中南民族大学学报》(人文社会科学版)2022年第1期。

王兆鹏、王友胜、阮忠:《苏轼问汝平生功业,黄州惠州儋州》,《光明日报》2022年5月14日版

韦春喜、吴博群:《宋代〈春秋〉学对史论体咏史诗的影响》,《社会科学战线》2022年第2期。

吴承学:《〈沧浪诗话〉与宋代理学》,《文学评论》2022年第1期。

吴娟:《两宋别集合刻考论——兼谈别集合刻与文学的交互关系》,《苏州大学学报》(哲学社会科学版)2022年第6期。

谢永芳:《论宋词效体与和韵前代名家词》,《中国韵文学刊》2022年第1期。

辛亚民:《聊验天心语默间——张载诗歌的易学底色》,《光明日报》2022年4月19日。

徐涛:《论欧、梅"诗骚观"的差异及表现》,《中国文学研究》2022年第1期。

徐小洁:《朱熹〈诗集传〉对明代朱谏〈李诗选注〉的影响》,《苏州科技大学学报》(社会科学版)2022年第6期。

徐莺:《燕居与焚香宋代士人的鼻观与修身》,《杭州师范大学学报》(社会科学版)2022年第6期。

许家星:《朱子四书学中的诗学》,《光明日报》2022年4月18日。

杨传庆:《词学史上的东坡艳词批评》,《文学遗产》2022年第4期。

杨海龙:《宋代集杜诗的递嬗历程及其诗学阐释》,《忻州师范学院学报》2022第4期。

杨景春、刘亚珍:《从苏轼诗词里的菜园描写看其躬耕思想》,《河北工程大学学报》(社会科学版)2022年第1期。

杨森旺:《南宋诗悟观的三个维度》,《长江学术》2022年第2期。

杨一泓:《北宋运河时代语境下汴水的新书写》,《社会科学战线》2022年第2期。

杨玉锋:《〈全宋诗〉补遗成果与宋代文学研究的新空间》,《中国文化研究》2022年第3期。

姚逸超:《论苏轼及其门人对柳永新调的接受》,《新宋学》,复旦大学出版社,2022年版。

尹波、郭齐:《旧题朱熹〈训蒙绝句〉〈性理吟〉之作者考辨》,《文艺研究》2022年第5期。

尹子豪:《宋诗惶恐滩意象的形成和发展——兼论中国古代诗歌地域意象的发展规律》,《宋代文化研究》(第二十八辑),线装书局,2022年版。

郁玉英:《诗词离合视野下的朱敦儒词之嬗变及其词史意义》,《词学》(第四十七期),华东师范大学出版社,2022年版。

昝圣骞:《新声何以多成僻调——〈乐章集〉创调特征与词史接受透视》,《文学遗产》2022年第3期。

张春晓:《从文学题咏到政治文化范本——〈世彩堂集〉成书、进献和传播考论》,《文艺研究》2022年第8期。

张峰:《佛禅诸趣——黄庭坚〈演雅〉内涵再探》,《中国诗学》(第三十四辑),人民文学出版社,2022年版。

张福清:《〈苏辙诗编年笺注〉补正》,《新宋

学》,复旦大学出版社,2022年版。

张剑:《方志文献的若干问题与对策浅探——以宋人诗歌为例》,《中国地方志》2022年第1期。

张剑:《梅尧臣诗体诗论析疑》,《文学评论》2022年第2期。

张隽、黄擎:《从"蛮夷渊薮"到"富庶上国"——论唐宋文人对福建书写的嬗变》,《中国文学研究》2022年第2期。

张立荣:《北宋后期江西诗派七律诗风论析》,《江西社会科学》2022年第12期。

张梅:《典故类聚:辛词独特的叙事写心之法》,《上饶师范学院学报》2022年第1期。

张明华、张玲:《论欧阳修〈采桑子〉鼓子词的体制和创作动机》,《中国诗学》(第三十四辑),人民文学出版社,2022年版。

张培锋:《宋代士大夫宗教信仰的文化属性》,《新宋学》,复旦大学出版社,2022年版。

张鹏飞:《"陶渊明接受"视域下司马光与"宋调"的离合》,《文化与诗学》(第三十二辑),北京大学出版社,2022年版。

张硕:《作为"诗人"的晚宋临安高僧——宋僧居简〈送高九万菊洞游吴门序〉考论》,《中国诗学》(第三十四辑),人民文学出版社,2022年版。

张振谦、谭智:《宫观官制度视野下的陆游诗文创作》,《中国诗学研究》(第二十一辑),凤凰出版社,2022年版。

赵惠俊:《代言与自我之间:柳永羁旅慢词程式化结构的类型、渊源及词情归属》,《新宋学》,复旦大学出版社,2022年版。

赵惠俊:《南宋士大夫的退居词与朱敦儒〈樵歌〉——苏辛之间的另一重路径》,《词学》(第四十八期),华东师范大学出版社,2022年版。

赵惠俊:《南宋中兴诗人的清简仕宦心态与山林之诗——以楼钥添差台州通判任上的文学活动考察为中心》,《中国诗学研究》(第二十一辑),凤凰出版社,2022年版。

赵惠俊:《宋词本事的失真》,《光明日报》2022年2月14日。

赵鑫:《自然意象的回归与江西诗法的转变》,《文学遗产》2022年第2期。

赵语晨:《稼轩词〈论语〉接受的独特性》,《上饶师范学院学报》2022年第1期。

曾祥波:《〈仇池笔记〉的成书来源及其价值——以明刊〈重编东坡先生外集〉为切入点》,《文学遗产》2022年第2期。

郑斌:《论宋人对林逋及其咏梅诗的接受》,《中国韵文学刊》2022年第1期。

郑斌:《南宋浙江乌伤四君子考论》,《安康学院学报》2022年第2期。

郑慧霞:《辛弃疾〈清平乐·村居〉本义探微以"吴音"为考察中心》,《汉语言文学研究》2022年第2期。

郑鑫、李静:《朱敦儒〈樵歌〉的填词选调及其声情》,《词学》(第四十七期),华东师范大学出版社,2022年版。

周剑之:《花担上的帝京:宋代卖花诗词的都城感知及文学意蕴》,《文学评论》2022年第3期。

周剑之:《曾巩诗歌的溪山佳兴与自然观照》,《清华大学学报》(哲学社会科学版)2022年第3期。

周子翼:《〈后山诗话〉考辨》,《海南大学学报》(社会科学版),2022年第4期。

朱新亮:《玄言诗的蜕变:宋代哲理诗的艺术实验》,《学术界》2022年第4期。

朱迎平:《陆游或为庶出的推想——从〈祭鲁国太夫人文〉谈起》,《新宋学》,复旦大学出版社,2022年版。

朱子良：《从古代文学嘲谑传统看陆游自嘲诗创作》，《宁夏大学学报》（人文社会科学版）2022年第2期。

诸葛忆兵：《论陆游艳词情诗之同调》，《江淮论坛》2022年第2期。

左志南：《苏轼诗歌佛禅静观思维运用特点的叙事学解析》，《商丘师范学院学报》2022年第1期。

辽金元诗学

陈贝、高林广：《元初东南文士的复古思想及其现实指向——以戴表元为中心》，《中国文学研究》2022年第1期。

陈小辉：《〈全宋诗〉与〈全元诗〉同名诗人误收考》，《集宁师范学院学报》2022年第2期。

崔悦、辛昕：《论元好问的东平诗》，《忻州师范学院学报》2022年第1期。

狄宝心、赵兴华：《元好问词作年考辨五则》，《忻州师范学院学报》2022年第1期。

狄宝心：《边元鼎诗之心灵纠结历程及迥异宋诗的特色渊源》，《北方工业大学学报》2022年第4期。

董守轩：《金代文人咏茶诗研究》，《农业考古》2022年第5期。

杜春雷：《稀见元人总集〈武夷诗集〉考论，《版本目录学研究》，复旦大学出版社，2022年版。

多洛肯、李连旭：《文学交融下的金元女真族文人群体刍议》，《兰州文理学院学报》（社会科学版）2022年第2期。

范梦玮：《我国传统题画诗的艺术性研究——以元好问题画诗为例》，《名作欣赏》2022年第26期。

冯柯桢：《元好问寒食诗的意象创造与运用》，《忻州师范学院学报》2022年第4期。

付阿敏：《元代宫词研究》，延安大学2022年硕士学位论文。

高攀：《从"桃花源情节"看元末明初士人心态——以〈剪灯新话〉为例》，《河南牧业经济学院学报》2022年第3期。

郭庆财：《宋元之际的"方氏合族"与方回的诗歌宗派观》，《安徽大学学报》（哲学社会科学版）2022年第3期。

贺筱颖：《"英气"与"和气"并长——金人王若虚对苏轼文风再认识》，《辽宁工程技术大学学报》2022年第5期。

胡传志：《论金元文人题咏杨邦基绘画的诗歌》，《安徽大学学报》（哲学社会科学版）2022年第3期。

胡钰乔：《宋元时期的诗歌发端理论研究》，广西师范大学2022年硕士学位论文。

贾祎航：《元好问〈论诗三十首〉对刘琨的诗歌批评》，《忻州师范学院学报》2022年第4期。

李文胜：《论元代清官及文学书写》，《哈尔滨工业大学学报》2022年第2期。

李文胜：《论元代文人的征诗现象》，《学术界》2022年第11期。

刘嘉伟：《多元文化的交融：色目诗人丁鹤年的文化底蕴新探》，《中华文化论坛》2022年第3期。

刘露露：《试论郭熙〈林泉高致〉在金代的流传及影响》，《美术观察》2022年第3期。

刘晓：《张弘范诗歌研究》，辽宁师范大学，2022年硕士学位论文。

马颖杰：《以性情为旨归元代雅集序体现的诗学精神》，《文学与文化》2022年第1期。

蒙翔：《略论元代馆阁文人"送诗"创作》，《青年文学家》2022年第23期。

孟亚州：《元人杜本诗歌创作刍议》，《名家名作》2022年第5期。

牛贵琥：《元好问"以诗为专门之学"金代诗人身份独立的标志》，《名作欣赏》2022年第10期。

邱江宁：《元朝的内亚特征与元代文学研究的路径》，《北方工业大学学报》2022年第1期。

邱江宁：《南北融合与元代文坛格局的建构》，《中山大学学报》(哲学社会科学版)2022年第4期。

邱江宁：《西域作家对元代文风的影响》，《清华大学学报》(哲学社会科学版)2022年第4期。

任永刚：《试论方回诗歌批评的标准及特征》，《宁德师范学院学报》(哲学社会科学版)2022年第2期。

宋巍、张亚楠：《论金代诗人周昂的诗学观及其诗歌创作》，《河北科技师范学院学报》2022年第1期。

宋亚文：《元代天台诗人曹文晦隐逸思想探微》，《天中学刊》2022年第2期。

隋宇晴：《贡性之诗歌研究》，辽宁师范大学2022年硕士学位论文。

王欢欢：《王旭山水诗研究》，辽宁师范大学2022年硕士学位论文。

王嘉宸：《论元好问的寒食诗》，《忻州师范学院学报》2022年第1期。

王嘉宸：《王恽题人物画诗的研究》，《楚雄师范学院学报》2022年第4期。

王嘉宸：《论王恽的飞禽走兽题画诗》，《文化学刊》2022年第6期。

王嘉宸、辛昕：《论刘秉忠题画诗的归隐情怀》，《美与时代》2022年第1期。

王嘉宸、辛昕：《元初北方馆阁文人上京纪行诗研究》，《常州工学院学报》2022年第2期。

王嘉宸、辛昕：《论王恽题画诗的慕陶情结》，《黑龙江教师发展学院学报》2022年第8期。

王猛：《元代"诗史"说考论》，《民族文学研究》2022年第5期。

王锐：《完颜允恭〈赐石右相琚生日之寿〉创作时间考》，《名作欣赏》2022年第24期。

王昕：《一代诗集整理的经验——读〈新编全金诗〉》，《内江师范学院学报》2022年第7期。

王子瑞：《清俊和融——元初名臣程钜夫的题画诗风》，《平顶山学院学报》2022年第2期。

武鸿锐：《遗山词题序与词之破体》，《忻州师范学院学报》2022年第4期。

武君：《论元末文人"崇陶"与"学陶"》，《阴山学刊》2022年第1期。

武莉：《金太子完颜允恭研究》，哈尔滨师范大学2022年硕士学位论文。

辛昕：《元初北方诗坛的慕陶之风》，《西北民族大学学报》2022年第2期

徐艳丽：《郝经乐府诗辑考及其乐府诗创作研究》，《山西师大学报》2022年第6期。

晏选军、韩旭：《元明易代之际杨维桢与高启的差异性评价考述》，《浙江学刊》2022年第3期。

杨万里：《元好问的绘事游艺实践与诗画同宗观念》，《民族文学研究》2022年第2期。

杨欣：《耶律楚材西域诗论》，《牡丹》2022年第8期。

杨梓英：《戴表元诗歌研究》，辽宁师范大学2022年硕士学位论文。

查洪德：《元代中后期诗风转变中的萨都剌》，《民族文学研究》2022年第2期。

张奥：《金代的诗经接受研究》，河北师范大学2022年硕士学位论文。

张建松：《元代少数民族咏水诗歌中的心灵抒写》，《北方工业大学学报》2022年第4期。

张建伟：《元代诗人的流布与文学格局的新变》，《文艺评论》2022年第1期。

张建伟：《北方文学家族与元代文学》，《临沂大学学报》2022年第8期。

张建伟、张志杰：《近三十年元人编选元代诗文总集研究综述》，《宁夏师范学院学报》2022年第3期。

张晶、王永：《赋诗与讽谏：辽代契丹诗人创作的文化功能》，《民族文学研究》2022年第1期。

张静、裴兴荣：《论元好问题画诗中的情与理》，《山西大同大学学报》（社会科学版）2022年第2期。

张静楠：《方回瀛奎律髓的唐宋诗观》，宁夏大学2022年硕士学位论文。

张瑞杰、李燕：《论元好问易代出处对清初山西诗人的影响》，《忻州师范学院学报》2022年第3期。

张勇耀：《金元之际的汉唐情结与文史建构——兼论"金源氏典章法度几及汉唐"说的虚实》，《中原文化研究》2022年第1期。

张勇耀：《走向深广的元好问与辽金元文学研究——中国元好问学会第九届年会暨辽金元文学学术研讨会综述》，《山西大同大学学报》（社会科学版）2022年第6期。

张勇耀：《金元之际的汴京书写与文化记忆》，《中州学刊》2022年第10期。

郑佳荣：《元朝对外出使诗歌研究》，河北师范大学2022年硕士学位论文。

周钰：《论元人张宪的乐府诗歌创作》，《名作欣赏》2022年第14期。

邹春秀：《完颜亮之死与宋金文人的创作》，《名作欣赏》2022年第31期。

左东岭：《元末明初和陶诗的体貌体征与诗学观念——浙东派易代之际文学思想演变的一个侧面》，《文学评论》2022年第1期。

明代诗学

艾冬景、郭万金：《心学哲思下的诗情关怀：王阳明诗歌态度论》，《北方论丛》2022年第2期。

安家琪：《〈白沙先生诗教解〉的文本形态及其诗学观念》，《中国诗歌研究》（第二十三辑），社会科学文献出版社，2022年版。

安家琪：《魏阙江湖中晚明"布衣权"的可能及其文学史意义——以布衣山人与朝中官员的关系为视角》，《苏州大学学报》（哲学社会科学版）2022年第2期。

曾海军：《重估王阳明"心外无物"论的价值——读丁纪〈鹅湖诗与四句教〉所思所得》，《天府新论》2022年第6期。

陈刚：《公安派的奇人观及其文学姿态之生成研究》，《文艺理论研究》2022年第1期。

陈娟：《论叶朗对王夫之诗学意象思想的阐释》，《船山学刊》2022年第5期。

陈水云：《明末清初的词选词派与词统观念的嬗变》，《文学遗产》2022年第5期。

陈水云：《晚明词坛的推尊唐词与"唐音"复归》，《西北师大学报》（社会科学版）2022年第5期。

陈勇：《王夫之诗学批评观与〈庄子〉"朝彻"之境》，《文学遗产》2022年第1期。

代亮：《清初诗坛对竟陵诗派的回护——兼论清初诗学对中晚明诗学的承继》，《文学遗产》2022年第1期。

多洛肯：《明代少数民族诗文创作叙论——中华文学交融一体的历史缩影》，《西北民族研究》2022年第2期。

高益荣、刘爽：《秦藩宗室"青门社"与晚明诗坛的互动与融合》，《陕西师范大学学报》（哲学社会科学版）2022年第2期。

何林军:《王夫之的苏轼阐释中国古代阐释学的特殊个案》,《中国文学研究》2022年第4期。

胡诗黎:《王夫之诗论中的镜喻》,《船山学刊》2022年第1期。

贾飞、王慧:《王世贞与李攀龙的文学交游》,《语文学刊》2022年第5期。

贾飞:《论"乐府变"的发展历程及其价值衡估》,《中国文学研究》2022年第2期。

蒋振华、王啸然:《张三丰诗歌"灵性"说及其与明代"性灵"说之关系》,《湖南师范大学》(社会科学学报)2022年第1期。

金建锋:《论明末诗僧释明河的诗歌创作及其文学史意义》,《中国诗学研究》(第三十辑),凤凰出版社,2022年版。

康琳悦:《"盛唐"与"自悔"的误区王世贞诗论书写轨迹的再审视》,《中国诗歌研究》,2022年第22辑。

李秉星:《钱谦益"香观说"中的感官隐喻与明诗批评》,《文学遗产》2022年第1期。

李程:《明诗总集编撰与清代诗学的演进》,《中国社会科学报》2022年11月8日。

李舜华:《从复古、性灵到会通:刘汤论乐与隆万间文学思潮的嬗变》,《文学评论》2022年第3期。

刘爱丽:《〈国朝畿辅诗传〉之编纂特点与陶樑的诗学主张研究》,《古代文学理论研究》2022年第1期。

刘英波:《明代政治文化与仕宦文人的贬谪命运》,《宁夏大学学报》(人文社会科学版)2022年第2期。

乔光辉:《瞿佑宣德三年南还再探——以〈乐全诗集〉为中心》,《广东社会科学》2022年第1期。

渠嵩烽:《东林学人高攀龙拟陶诗刍论》,《湖南大学学报》(社会科学版)2022年第3期。

沈松勤:《明清之际的词统建构及其词学意义》,《文艺研究》2022年第6期。

史海新:《董其昌与明清文学的关系》,《宁夏大学学报》(人文社会科学版)2022年第4期。

苏利海:《李贽的"大人"之学与"快乐"诗学——兼议李贽诗学的"现代性"特质》,《晋阳学刊》2022年第4期。

孙学堂:《"前后七子"并称与"前七子"塑造之完成——以钱谦益〈列朝诗集小传〉为重点》,《文史哲》2022年第4期。

孙学堂:《康海落职与"前七子"的初步塑造——关于弘、正复古思潮的一个原发性问题》,《文学遗产》2022年第2期。

谭德兴:《何景明奉使南方的诗文与创作心态》,《河南大学学报》(社会科学版)2022年第2期。

汤志波:《论沈周的交际身份与诗学宗尚》,《苏州大学学报》(哲学社会科学版)2022年第5期。

田明娟:《明晚期文学复古活动中心及话语权力的空间转换》,《浙江学刊》2022年第3期。

王春翔:《嘉靖前期"六朝初唐派"商榷——兼辨析"为初唐者"》,《中国诗歌研究》(第二十三辑),社会科学文献出版社,2022年版。

王玨:《黄宗羲"诗史相表里"思想论析——史学本位的考察》,《史学史研究》2022年第1期。

王立增:《古乐想象与文学呈现明代乐府诗的复古和新变》,《中州学刊》2022年第10期。

王茜:《开放的本文:"情景交融"中的"身—心—物"三维关系》,《中国文学批评》2022年第2期。

王天觉:《论明人的唱和诗体观念——以唱和诗集序跋为中心的考察》,《中国文学研究》2022年第2期。

王廷法：《晚明禅林诗禅关系的重构与援儒入禅的诗学转向：以吹万广真为中心》，《文艺理论研究》2022年第2期。

王婷：《嘉靖时期中央上层文官对复古风气的审察及文学秩序的构建》，《中国文学研究》2022年第2期。

王新芳、孙微：《河朔诗派的先声：刘荣嗣〈简斋先生诗选〉考论》，《中国诗学研究》（第二十一辑），凤凰出版社，2022年版。

王逊：《晚明诗学研究的两种路径及其反思》，《福建论坛》2022年第3期。

王逊：《现代学人视域下的诗学晚明及其研究路向》，《江苏社会科学》2022年第5期。

温世亮：《胡直"神韵"说的心学因缘及诗学意义》，《中国文学研究》2022年第2期。

夏秀：《陈子龙论"温柔敦厚"——兼论中国古代范畴阐释中的"既/又"思维模式》，《社会科学战线》2022年第1期。

徐隆垚：《许学夷〈诗源辩体〉的理论资源》，《文学遗产》2022年第2期。

徐隆垚：《许学夷〈诗源辩体〉编刊始末考》，《中国诗歌研究》（第二十二辑），社会科学文献出版社，2022年版。

魏刚：《传世书画真迹对于徐渭研究的文学文献意义——兼及〈徐渭集〉未收诗文辑补》，《中国诗歌研究》2022年第22辑。

颜子楠：《模件化的创造力：以高启的咏物律诗为例》，《励耘学刊》2022年第2期。

晏选军、韩旭：《纠缠的经典化评价历程：高启诗歌评论的传播与接受》，《中南大学学报》（社会科学版）2022年第4期。

杨遇青：《晚明诗学中的主体质素论述及其演生过程——从李贽的"二十分识"到公安派的尚趣重学》，《四川大学学报》（哲学社会科学版）2022年第4期。

叶晔、魏柔嘉：《王世贞〈乐府变〉本事新说》，《浙江大学学报》（人文社会科学版）2022年第8期。

叶晔：《女性词的早期阅读及其历史认识的形成》，《文学遗产》2022年第1期。

易兰：《明代王粲、刘桢优劣论的转向及其诗学原因》，《中国诗歌研究》（第二十二辑），社会科学文献出版社，2022年版。

郁玉英、杨剑兵：《论朱敦儒词在元明两代之影响——以选与评之间的关系为中心》，《中国诗歌研究》（第二十二辑），社会科学文献出版社，2022年版。

郑斌：《明清集句诗籍考补》，《中国诗学研究》（第二十一辑），凤凰出版社，2022年版。。

张建国、许建平：《明代"格调说"与清初"神韵说"诗学渊源发覆——以王世贞、王渔洋诗论为中心》，《海南大学学报》（人文社会科学版）2022年第4期。

张娜娜：《明清易代士人"诗史"书写中的自我建构——以钱谦益为中心的探讨》，《中南大学学报》（社会科学版）2022年第4期。

张天琪：《论高濂〈百花词〉创作手法及特点》，《学术交流》2022年第2期。

张玉霞、高源：《枯柳意象与明遗民诗画中的悲情》，《淮北师范大学学报》（哲学社会科学版）2022年第4期。

章继光：《明代诗人陈白沙诗的地位与评价》，《中国韵文学刊》2022年第4期。

赵映蕊：《明代纳西族木氏土司文学家族的日常生活与诗文创作——以木公、木增为中心》，《玉溪师范学院学报》2022年第5期。

郑利华、王婷：《〈诗源辩体〉与明代复古诗学的重新整合》，《古代文学理论研究》2022年第1期。

朱雯：《甲申之际的诗史与心史——以方以智〈瞻旻〉为中心》，《清华大学学报》（哲学社会科学版）2022年第6期。

清代诗学

毕海林：《清代诗人视野下的孙子与〈孙子兵法〉》，《滨州学院学报》2022年第5期。

蔡伦：《清代诗人凌泰封诗歌中的飞鸟意象》，《宁夏师范学院学报》2022年第2期。

曹明升：《清代词学中的性灵说——一种"非主流"词学理论的生存状态与词史错位》，《文学遗产》2022年第5期。

陈灿彬：《嘉兴后学与朱彝尊诗注的再生产》，《文献》2022年第2期。

陈昌强：《〈全清词·顺康卷〉待补词人词作十一家三十二阕》，《汕头大学学报》（人文社会科学版）2022年第2期。

陈国安：《论梅村词的开拓与清代学人之词的奠基》，《文艺理论研究》2022年第3期。

陈令君、梁田：《节气古诗词的生态话语分析：以郑板桥〈七言诗〉为例》，《唐山学院学报》2022年第1期。

陈明超：《马国翰和鸥社诗人》，《走向世界》2022年第8期。

陈圣争：《沈德潜的"遇"与袁枚的"不遇"》，《古典文学知识》2022年第4期。

陈圣争、常建香：《乾隆帝农业民生类诗歌意蕴探析》，《楚雄师范学院学报》2022年第1期。

陈腾：《退轩抄本〈吴梅村先生诗集〉考述》，《文献》2022年第2期。

陈腾：《吴梅村的八首"佚诗"》，《读书》2022年第3期。

陈雪军：《同行切磋，博采众长——从王鹏运两个词社词集看晚清词集的传播与校勘》，《词学》2022年第47辑。

陈扬、李茹欣：《〈人事殊悲〉行藏独知——从戴廷栻述怀诗看其遗民情怀》，《名作欣赏》2022年第18期。

陈英姿：《〈红楼梦〉诗学的"清音"研究》，《青年文学家》2022年第18期。

陈玉兰：《论王韬诗歌的精神世界》，《文学遗产》2022年第6期。

陈玉婷：《清代女性诗歌创作与儒家思想》，《青春岁月》2022年第18期。

陈钰君：《从"行止见识"论林黛玉缘何不喜义山诗》，《曹雪芹研究》2022年第3期。

陈政彤：《从叶燮〈原诗〉创作主体论探究咏史翻案诗》，《新纪实》2022年第13期。

程诚：《近代词学批评方法及其内涵》，《长江大学学报》（社会科学版）2022年第4期。

程诚：《梁令娴与〈艺蘅馆词选〉》，《光明日报》2022年6月13日。

程冲、方盛良：《论桐城方氏的杜诗观》，《滁州学院学报》2022年第3期。

程刚、杨玉琳：《津阪孝绰对清代杜诗学的受容》，《广东开放大学学报》2022年第5期。

程景牧：《清代诗学的"清空"理论范式》，《中国文艺评论》2022年第7期。

程莹：《清代三家〈诗〉的编辑思想——以〈毛诗〉与三家〈诗〉的接受为视角》，《池州学院学报》2022年第4期。

戴倩：《江南文化视域下清代马氏兄弟词研究》，《池州学院学报》2022年第2期。

邓芳：《论〈红楼梦〉第十八回探春和李纨诗的归属》，《曹雪芹研究》2022年第3期。

翟屯建：《清乾嘉时期女诗人——汪嫈》，《徽州社会科学》2022年第1期。

丁小明、尹伟杰:《〈晚晴簃诗汇〉编纂新考——以〈金兆蕃致曹秉章尺牍〉为中心》,《文艺研究》2022年第7期。

丁友芳、周群:《王船山诗以达情论的理论特质》,《中南大学学报》(社会科学版)2022年第4期。

董雪莲、段伟:《明末清初云南传统儒学的复兴与诗坛走向》,《昆明学院学报》2022年第5期。

杜桂萍:《现状与反思:清代诗文研究的学术进境》,《求是学刊》2022年第5期。

杜玄图:《谢元淮"以曲歌词"的时代特质与困境》,《宁夏大学学报》(人文社会科学版)2022年第2期。

杜玄图:《清代词韵学的建构性特征》,《中国社会科学报》2022年5月16日。

多洛肯、侯彪:《清代蒙古族女性诗人诗歌艺术审美睑说》,《阴山学刊》2022年第3期。

范丽琴:《清代福建四种地方诗歌总集编纂始末考述》,《福建江夏学院学报》2022年第1期。

冯丽蓉:《徐继畲诗歌初探》,《汉字文化》2022年第8期。

冯梦娜、冯小禄:《刘熙载词学批评方法论》,《洛阳师范学院学报》2022年第7期。

冯乾:《清代词学中的"雅"与"艳"》,《复旦学报》(社会科学版)2022年第3期。

冯乾:《抒情传统视野下的常州派词学》,《长江学术》2022年第4期。

冯岁平:《严如熤〈汉南续修郡志〉选编清诗探析》,《陕西理工大学学报》(社会科学版)2022年第1期。

冯伊恬:《清初词坛唱和与曹尔堪的词风转变》,《新纪实》2022年第2期。

高宁:《方维仪边塞诗中的家国情怀研究》,《哈尔滨学院学报》2022年第8期。

高西北:《厉鹗与姜夔词风的异同及其原因探析》,《扬州教育学院学报》2022年第3期。

高旭东:《谭嗣同在新体诗与传统诗之间的徘徊:兼论其绝命诗的被误读歪曲》,《东方论坛》2022年第1期。

高一诺:《清初词尊体中破体与辨体之交融——再谈"至常州词派消除破体、辨体矛盾"论》,《牡丹》2022年第16期。

高莹、王峥:《清代中后期词坛对蒋捷及其〈竹山词〉的接受——以常州词派为核心》,《石家庄学院学报》2022年第2期。

耿宁:《馆藏异类毛装古籍的修复研究——以清抄本〈百花诗一木堂诗尘〉修复为例》,《新世纪图书馆》2022年第1期。

关爱和、孙军鸿:《"读我连篇新派诗":黄遵宪文学论略》,《华南师范大学学报》(社会科学版)2022年第1期。

桂子馨:《明清花鸟画及其题画诗的意象研究》,《艺术大观》2022年第20期。

郭超:《陈维崧"性情论"诗学思想探论》,《潍坊学院学报》2022年第3期。

郭超:《陈维崧〈今文选〉〈四大家文选〉及其文学史意义》,《潍坊学院学报》2022年第6期。

郭康松、李明欣:《用御制文献做"江南"文章——以康熙御制诗总集的编纂为中心》,《南昌大学学报》(人文社会科学版)2022年第5期。

郭天骄:《袁枚"梅村体"诗歌的仿体与新变》,《华北电力大学学报》(社会科学版)2022年第5期。

郭薇:《清代诗文中的罗浮仙蝶书写及其文化意蕴》,《集美大学学报》(哲学社会科学版)2022年第3期。

郭文仪:《晚清文人的中唐情结与文化想象》,《国学学刊》2022年第1期。

郭文仪:《离合之间:清代词学视域下的〈柳絮词〉》,《红楼梦学刊》2022年第5期。

郭怡妮:《归懋仪诗歌愁怨主题浅论》,《品位·经典》2022年第16期。

郭子凡:《论何梦瑶的诗歌艺术风格及影响》,《五邑大学学报》(社会科学版)2022年第4期。

韩丽霞:《八旗诗歌总集〈白山诗介〉编纂特点研究》,《赤峰学院学报》(哲学社会科学版)2022年第5期。

郝苗、杨延平:《从〈田园杂诗〉看钱澄之对陶渊明遗民色彩的接受》,《九江学院学报》(社会科学版)2022年第4期。

郝腾:《新见国图藏稿本〈吉祥止止轩诗话〉考述》,《中国诗学》(第三十二辑),2022年版。

何李、翁雅婷:《清代水师名将李长庚诗歌题材研究》,《厦门理工学院学报》2022年第2期。

何水英:《论〈黔诗纪略〉对黔诗诗题的改编》,《贵州师范学院学报》2022年第5期。

何扬:《梁溪词人词学思想与清初词坛之演进》,《中国诗歌研究》(第二十三辑),2022年版。

何振、葛恒刚:《王夫之对明诗史的建构》,《南京师范大学文学院学报》2022年第1期。

侯婷:《〈晚晴簃诗汇〉诗人小传校释七则》,《名作欣赏》2022年第26期。

胡建次、王雪婷:《厉鹗论词绝句的批评观念与论说特色》,《台州学院学报》2022年第1期。

胡梦飞:《清代文人行记中的大运河——以陆陇其〈三鱼堂日记〉为中心》,《沧州师范学院学报》2022年第3期。

胡全章:《于右任与晚清诗界革命思潮》,《文学评论》2022年第4期。

胡韬:《王士禛〈古诗选〉成书时间及编纂缘由新考》,《韶关学院学报》2022年第4期。

胡晓博:《论清代竹枝词创作中的继承与演进》,《常州大学学报》(社会科学版)2022年第3期。

黄浩然:《词集重刊与词坛新貌——论雍乾年间的"山中白云"风》,《盐城师范学院学报》(人文社会科学版)2022年第2期。

黄江玲:《洪亮吉黔中视学与文学创作》,《贵州文史丛刊》2022年第1期。

黄科安:《从训蒙工具到参与建构中华传统文化:"位列"诗在清代民间的流布与转身》,《东南学术》2022年第3期。

黄黎星:《陈宝琛诗文中易学内容论析》,《福州大学学报》(哲学社会科学版)2022年第1期。

黄鹏程:《论朱彝尊的酬赠诗与仕隐心态》,《中国诗歌研究》(第二十三辑),2022年版。

黄鹏程、徐永明:《典范的视距:王士禛与清初诗、记文体的并行创作》,《江淮论坛》2022年第2期。

黄文清:《从〈亦吾庐诗草〉看清代诗人欧阳云的慕陶情结》,《九江学院学报》(社会科学版)2022年第2期。

黄子育、陈水云:《吴蘅〈百萼红词〉考述》,《齐齐哈尔大学学报》(哲学社会科学版)2022年第9期。

霍东晓:《试论清代"曾燠寿欧会"及其文化意涵》,《中国诗歌研究》(第二十三辑),2022年版。

吉琳:《徐孚远军旅诗中的将士形象》,《文学教育(下)》2022年第11期。

吉倩:《朱彝尊题画词研究》,《汉字文化》2022年第20期。

江合友:《〈九宫大成〉与清代中期的词谱制作》,《西南政法大学学报》2022年第4期。

姜克滨、张兰兰:《论钱谦益歌行体创作艺术风格》,《淮北师范大学学报》(哲学社会科学版)2022年第1期。

姜维枫:《"温柔敦厚"与"风雅正变"——清初遗民对传统诗学的接受与突破》,《山东师范大学学报》(社会科学版)2022年第1期。

蒋惠雯:《宋荦与"江左十五子"交游考》,《理论界》2022年第7期。

蒋润:《集部之学的余响:钱基博、钱锺书父子清代诗文研究述论》,《常州大学学报》(社会科学版)2022年第1期。

蒋寅:《嘉道间诗学对袁枚性灵说的反思》,《湖南师范大学社会科学学报》2022年第1期。

景建军:《王士禛诗学思想浅析》,《作家天地》2022年第32期。

康文:《"黔中诗帅"周渔璜诗歌研究》,《青年文学家》2022年第30期。

柯丽娜、韩伟:《"音乐之乐"与清代诗学》,《中国社会科学报》2022年7月4日。

孔燕君:《〈复初斋诗集〉佚诗辑补》,《中国典籍与文化论丛》2022年第1期。

郎净:《试析清代才女徐德音之生活场景及其诗歌》,《名作欣赏》2022年第17期。

李波:《清人查礼〈铜鼓书堂遗稿〉寓桂诗作所见中国与安南使臣往来》,《广西民族师范学院学报》2022年第2期。

李彩彩:《〈红楼梦〉"温柔敦厚"的诗教观探析》,《汉字文化》2022年第16期。

李彩云:《清代西域流人作家诗歌创作中的情感表达》,《山西大同大学学报》(社会科学版)2022年第5期。

李彩云、任刚:《伊犁流人祁韵士西域咏怀诗钩沉(上)》,《昌吉学院学报》2022年第1期。

李晨:《关于晚近吴下诗人集李商隐诗的文献考察与文本探微:以〈楚雨集〉为中心》,《常熟理工学院学报》2022年第1期。

李晨:《闾里幽芳:鸦片战争时期关于浙江烈女刘七姑的诗歌书写及其内涵》,《嘉兴学院学报》2023年第1期。

李成晴:《论纪事性词题的体制变迁》,《文学遗产》2022年第5期。

李东海:《清诗选本对于诗歌创作的作用探究——以清诗人汪楫及其诗为例》,《安徽农业大学学报》(社会科学版)2022年第6期。

李逢源:《嘉庆御制诗中的养心殿"岁寒三友"》,《月读》2022年第8期。

李建国、陈晏莘:《彭淑佚诗补遗及与许兆椿互见诗考辨》,《三峡大学学报》(人文社会科学版)2022年第2期。

李建江:《左宗棠佚诗》,《读书》2022年第8期。

李金松:《乾嘉时期士人游幕与诗风嬗变》,《长江学术》2022年第2期。

李美芳:《上海图书馆藏孤本黔诗总集〈全黔诗萃〉考论》,《贵州文史丛刊》2022年第2期。

李能知、李定广:《〈红楼梦〉引诗、论诗的"失误"与曹雪芹的诗学造诣》,《学术月刊》,2021年第10期。

李世忠、王梦旎:《清代西域诗路论略》,《吉林师范大学学报》(人文社会科学版)2022年第5期。

李爽:《清代桐城诗派涉佛诗风格考论》,《古籍研究》(第七十六辑),2022年版。

李爽:《徐灿与秋瑾爱国词之比较》,《扬州教育学院学报》2022年第2期。

李舜臣:《释守仁〈梦观集〉刊刻与流传考论》,《文献》2022年第6期。

李晓芳:《清代文人丁嗣澄及〈雪庵诗存〉述略》,《宁夏师范学院学报》2022年第6期。

李晓瑞：《纳兰性德咏物词研究》，《戏剧之家》2022年第3期。

李肖锐：《传统诗型的嬗变：以晚清民国几种"梅村体"诗为例》，《中国韵文学刊》2022年第2期。

李心畅：《新见胡德琳〈碧腴斋诗钞〉稿本考论》，《文献》2022年第2期。

李璇：《明清贞节烈女绝命诗的多样抒写》，《文学教育（上）》2022年第11期。

李璇：《清代湖南地方诗总集研究述略》，《文学教育（上）》2022年第12期。

李寅捷：《章法与情感：郑文焯对谢灵运山水诗的仿拟和批点》，《杜甫研究学刊》2022年第2期。

李宇星：《清初词学的不同走向研究——以李渔、王士祯词作为例》，《扬州教育学院学报》2022年第3期。

李雨晴：《〈熙朝雅颂集〉成书背景及近四十年学术研究成果》，《文化产业》2022年第18期。

李雨杰、李东峰：《清赴越诗人吴光及其〈使交集〉研究》，《新余学院学报》2022年第2期。

李正梅：《清代陕西籍女诗人张印及其〈茧窝遗诗〉考述》，《安康学院学报》2022年第6期。

李智、归晟：《清代归庄诗文漆盒赏析与延展研究》，《中国生漆》2022年第1期。

梁尔涛：《明末清初中州诗坛格局与诗学主潮》，《天中学刊》2022年第1期。

梁雪：《徐士俊的诗学主张与诗歌创作探微》，《淮北师范大学学报》（哲学社会科学版）2022年第3期。

廖粤、罗志欢：《陈昌齐〈赐书堂集钞〉考述》，《岭南文史》2022年第1期。

林光钊、洪锦芳：《清代宁夏进士所撰诗歌考略》，《宁夏师范学院学报》2022年第3期。

林静：《明末清初闺秀词的传播》，《湖北第二师范学院学报》2022年第6期。

林静：《清初顺康年间女性词选编撰》，《黑河学院学报》2022年第8期。

林静：《清初女词人寄外词初探》，《名作欣赏》2022年第27期。

林霞：《〈四库全书总目〉清别集提要中沈德潜诗论探赜》，《乐山师范学院学报》2022年第9期。

林瑶：《论程嘉燧题画诗》，《广东开放大学学报》2022年第2期。

刘恩惠：《〈林屋唱酬录〉考述》，《玉林师范学院学报》2022年第1期。

刘贵贤、刘英波：《袁枚诗论与文论比较探微》，《长治学院学报》2022年第1期。

刘慧宽：《上海图书馆藏姚光稿本〈倚剑吹箫楼诗话〉十则》，《中国诗学》（第三十二辑），2022年版。

刘佳维：《从叶嘉莹〈清代名家词选讲〉看其词学批评方法》，《今古文创》2022年第37期。

刘娟：《〈十子诗略〉流传考述》，《中国典籍与文化》2022年第3期。

刘梦园：《集句词艺术形貌探微——以朱彝尊〈蕃锦集〉为例》，《汉字文化》2022年第18期。

刘琪：《徐灿、顾太清爱国词比较分析》，《汉字文化》2022年第20期。

刘芹：《曹雪芹〈红楼梦〉近体诗格律分析》，《唐山师范学院学报》2022年第1期。

刘秋彬：《清初五鹿诗社考述》，《河北工程大学学报》（社会科学版）2022年第2期。

刘深、沙先一：《清词自度曲的创作方式与音乐、文本的双重形态》，《文艺理论研究》2022年第3期。

刘文娟：《彭孙贻、彭孙遹仕隐心态与清初士人的出处选择》,《学术交流》2022年第3期。

刘新敖:《时空观念:清代诗学元理论探析的一种视角》,《延安大学学报》(社会科学版)2022年第1期。

柳佳汝:《巾帼傲骨:从闺秀词看顾贞立的女性主体意识》,《青年文学家》2022年第8期。

龙静:《明清时期两首山水诗中的反衬和兴发》,《青年文学家》2022年第24期。

鲁杰、杜玄图:《从〈笠翁词韵〉看清初曲化词韵的词体音律观念》,《江汉论坛》2022年第11期。

陆勇强:《〈全清词·雍乾卷〉辑补49首》,《唐山学院学报》2022年第1期。

陆勇强:《〈全清词·雍乾卷〉辑补35首》,《衡水学院学报》2022年第5期。

罗尚荣、李小莉:《"闺阁女宗"顾贞立词中"风"意象探析》,《内江师范学院学报》2022年第11期。

罗时进:《在"近代"已近"晚清"未晚之际——论曾纪泽的西学知识结构与域外诗创作》,《苏州大学学报(哲学社会科学版)》2022年第4期。

马大勇:《顾春词的"头巾气"——兼说清代第一女词人之争》,《文史知识》2022年第4期。

马强:《论清代蜀道诗中的定军山题咏及历史文化意蕴》,《陕西理工大学学报》(社会科学版)2022年第1期。

马强:《清代诗人李銮宣栈道诗及其历史地理价值》,《重庆三峡学院学报》2022年第3期。

马强:《诗以言志:明清易代之际巴蜀士大夫的命运与追求》,《中华文化论坛》2022年第4期。

马雯彬彬:《论清诗中的灾害书写》,《湖南工程学院学报》(社会科学版)2022年第1期。

梅雪容:《姜采发清代宋诗复兴之先声论》,《九江学院学报》(社会科学版)2022年第2期。

孟根:《论凌廷堪的观剧诗》,《常州工学院学报》(社会科学版)2022年第3期。

孟国栋、陈圣争:《从选本到教材:〈唐宋诗醇〉的经典化之旅》,《浙江大学学报》(人文社会科学版)2022年第7期。

孟小佳:《书写渔洋——论传记文本中王士禛形象的塑造》,《五邑大学学报》(社会科学版)2022年第4期。

莫岸洪:《交游酬唱与登临咏怀——论清代端溪书院掌教士人的诗歌创作》,《广东开放大学学报》2022年第1期。

莫岸洪:《论明末清初女性词评出现"林下风"倾向的内涵与社会文化意义》,《人文中国学报》2022年第1期。

莫崇毅:《晚清民初词坛的严苛声律观念及其影响》,《文学遗产》2022年第2期。

莫崇毅:《明末清初词序综论》,《词学(第48辑)》2022年12月。

倪裳:《阳羡词派的历史渊源及文化影响探析》,《文化产业》2022年第18期。

聂济冬:《〈四库全书总目〉的杜诗、杜集接受及批评意识》,《古籍研究》2022年第2期。

宁燕:《乾隆朝诗人黄仲则研究综述》,《文化产业》2022年第4期。

欧阳一锋:《方玉润诗学思想中的义理因素》,《阴山学刊》2022年第5期。

潘务正:《作为讽喻的事件——沈德潜时事讽喻诗考论》,《苏州大学学报》(哲学社会科学版)2022年第3期。

潘务正:《姚鼐"镕铸唐宋"新论》,《安徽大学学报》(哲学社会科学版)2022年第6期。

潘务正、吴伟:《"清真雅正"衡文标准与清代文风的官方建构》,《湖南师范大学社会科学学报》2022年第4期。

彭志:《〈阙里孔氏词钞〉的词史价值》,《中国社会科学报》2022年9月19日。

戚学民:《性灵派登场:论〈续文苑底稿〉对乾隆朝诗学史的续写》,《东南学术》2022年第6期。

钱开胜:《章太炎诗中的忧国忧民情怀》,《文史春秋》2022年第4期。

乔玉钰:《清代女性词学生态刍议》,《词学》(第四十七辑),2022年版。

邱美琼、吴玉宽:《谭莹论清代词人绝句的批评观念》,《文山学院学报》2022年第3期。

阙维杭:《袁枚选诗真讲究——读〈随园诗话〉》,《名作欣赏》2022年第25期。

任刚:《清代西域诗中桃意象初探》,《新疆社科论坛》2022年第4期。

任婕:《乾隆朝馆阁诗人对试律诗典范的确立——以〈本朝馆阁诗〉为案例分析》,《铜仁学院学报》2022年第2期。

任小青:《"诗界革命"场域下宋诗派的理论困境与内在诉求》,《文学遗产》2022年第3期。

沙先一:《清词经典化建构之路》,《中国社会科学报》2022年11月22日。

尚鹏:《稀见清黄承增〈楮山诗话〉辑录》,《古代文学理论研究》(第五十四辑),2022年版。

尚婷:《晚清〈豫报〉诗人抟沙考论》,《新乡学院学报》2022年第11期。

沈曙东:《诗教与审美影响下的清代李诗批评》,《绵阳师范学院学报》2022年第4期。

师丹阳:《清代满族诗人博尔都与纳兰性德的交友及诗歌研究》,《文化学刊》2022年第10期。

施吉瑞、时光:《英语世界的清代诗歌、翻译原则及文学理论——施吉瑞教授访谈录》,《外国语文论丛》2022年第1期。

施雨露:《清代闺秀笔下的女性形象研究》,《文学教育(上)》2022年第10期。

石玲:《从"评诗""品味"看袁枚持论的民间立场》,《文学评论》2022年第5期。

史哲文:《方宗诚〈说诗章义〉评解趣旨与清代诗经学中的桐城家法》,《古代文学理论研究》(第五十四辑),2022年版。

史哲文:《清人选诗总集地域观念生成与"十五国风"重塑》,《民族文学研究》2022年第5期。

司晨宇:《明清文人余怀的寿词特征》,《文学教育(下)》2022年第4期。

苏静:《清代词派论争与论词绝句关系发微》,《殷都学刊》2022年第1期。

孙道潮:《岭南诗学与清诗写作困境:梁九图〈十二石山斋诗话〉述论》,《广东开放大学学报》2022年第3期。

孙克强:《丁绍仪词学批评论略》,《古代文学理论研究》(第五十四辑),2022年版。

孙启华:《太平天国战争与咸同时期上海诗坛的早期生成》,《文学遗产》2022年第6期。

孙文婷、孙克强:《晚近词学中的清词史分期及其意涵》,《河南大学学报》(社会科学版)2022年第2期。

孙文周:《论孙桐生〈国朝全蜀诗钞〉及其诗学意义》,《河南大学学报》(社会科学版)2022年第2期。

孙银霞:《光宣诗坛情感论的复古与新变》,《烟台大学学报》(哲学社会科学版)2022年第1期。

孙之梅:《龚自珍经典化过程中的谭献与袁昶:兼论"惊四筵""适独坐"的审美分层》,《山东师范大学学报》(社会科学版)2022年第3期。

唐海韵:《四库馆臣对"李杜优劣论"的研判》,《四川省干部函授学院学报》2022年第4期。

唐何花:《清代"以学为词"刍议》,《南京师范大学文学院学报》2022年第3期。

唐芸芸：《翁方纲诗学对趋同和发露的消解和转换》，《贵州社会科学》2022年第1期。

唐芸芸：《叶燮以"诗风正变论"为核心的文学史观》，《重庆师范大学学报》（社会科学版）2022年第3期。

陶然、李能知：《曹雪芹与唐诗的渊源》，《名作欣赏》2022年第18期。

陶友珍：《承袭与革新：清初在填词技法理论上对唐宋词的接受》，《合肥师范学院学报》2022年第1期。

陶运清：《钱斐仲词的图画书写及其词史意义》，《新疆大学学报》（哲学·人文社会科学版）2022年第1期。

田竞：《"獭祭曾惊博奥殚"——清儒冯浩笺注李商隐诗特点发微》，《湖州师范学院学报》2022年第3期。

田玉琪：《词谱词韵研究的重要工程——评江合友主编〈清代词谱丛刊〉》，《中国语言文学研究》2022年第1期。

佟颖：《清代锡伯族驻防行旅诗〈拉希贤图之歌〉的文学文化意义》，《满语研究》2022年第1期。

汪冬贺：《"素位之学"与陈确的诗学思想》，《中国诗歌研究》（第二十三辑），2022年版。

王兵：《清代诗歌选本中的选家诗话》，《智慧中国》2022年第10期。

王春：《晚清幕府诗歌唱和的文学价值》，《中国社会科学报》2022年3月21日。

王迪：《钱谦益、柳如是的书画题咏及文艺思想》，《文学与文化》2022年第2期。

王飞阳：《论"相如词章启六朝之端"》，《德州学院学报》2022年第5期。

王惠民：《清末民初词人蒋兆兰词学思想研究》，《文学教育（上）》2022年第5期。

王金玉、薛柏成：《论纳兰性德〈饮水词〉中"梦"之意象》，《河北民族师范学院学报》2022年第1期。

王军涛、张建强：《承继与滥觞：毛振翮〈西征集〉藏事诗的诗学价值研究》，《西藏大学学报》（社会科学版）2022年第3期。

王乐：《袁枚咏物诗在日本江户、明治汉诗坛的受容》，《南京师范大学文学院学报》2022年第3期。

王琳夫：《〈钦定词谱〉编纂始末》，《文献》2022年第2期。

王南冰：《高凤翰题画诗研究》，《青岛文化研究》2022年第6期。

王淑芸、郝青云：《乾嘉时期新疆竹枝词的诗注研究》，《阴山学刊》2022年第1期。

王文荣：《"有韵之方志"：清代江南地方诗总集的流风与雅韵》，《中国社会科学报》2022年11月8日。

王文欣：《何人题何诗清高宗弘历的题画活动》，《紫禁城》2022年第2期。

王文欣：《〈御定历代题画诗类〉和刻本及其生产阅读群体》，《西华师范大学学报》（哲学社会科学版）2022年第5期。

王先勇：《纳兰性德影响下顾贞观〈金缕曲〉的创作与流传》，《励耘学刊》（第三十五辑），2022年版。

王先勇：《论顾贞观对〈弹指词〉的改定：从〈沁园春〉一词谈起》，《文学研究》2022年第2期。

王小恒：《论浙派诗人华嵒其人其诗及其交游》，《长江师范学院学报》2022年第2期。

王小恒：《论浙派诗人朱樟的诗歌创作及其交游》，《玉林师范学院学报》2022年第2期。

王晓云：《驻藏大臣衙门的文学活动与清代咏藏诗》，《西藏研究》2022年第1期。

王新芳：《从查慎行〈初白庵诗评〉看其"唐宋

互参"诗学理论》,《中国诗歌研究》2022年第1期。

王新芳、孙微:《景州张氏诗学家族考述——以〈张氏诗集合编〉为中心》,《地域文化研究》2022年第2期。

王新芳、孙微:《陶誉相〈芎圃诗草〉考述》,《唐山师范学院学报》2022年第4期。

王旭州、刘卫武:《康有为赠屠仁守诗辑误——基于西北大学档案馆藏屠仁守档案的考察》,《史志学刊》2022年第3期。

王延鹏:《变格与定法:万树〈香胆词〉与〈词律〉关系发覆》,《文艺理论研究》2022年第3期。

王一帆:《清初在扬临潼籍诗人张世进文学成就述论》,《名作欣赏》2022年第2期。

王怡美:《顾太清诗歌用韵考》,《今古文创》2022年第42期。

王毅:《论丁宁〈还轩词〉的艺术风格》,《昭通学院学报》2022年第4期。

韦新芯:《贬谪视域下赵文哲西南山水诗研究》,《青年文学家》2022年第24期。

韦祎宁:《晚清贵州画家王恩诰的诗意山水》,《艺术评鉴》2022年第12期。

蔚然:《性灵诗学的践行——清代画家奚冈诗歌研究》,《中国文学研究》2022年第4期。

魏娟:《清词与大学生思想政治教育的研究》,《新丝路(下旬)》2022年第2期。

温世亮:《由正及变:清代桐城麻溪姚氏诗歌之诗史意义》,《中国文化研究》2022年第1期。

温世亮:《姚永概的精神气度与其诗歌创作气局》,《南昌师范学院学报》2022年第3期。

闻锐:《纳兰性德"咏史词"中的文化认同分析》,《文化学刊》2022年第4期。

闻锐:《试析纳兰性德"赠友词"中的唱和心事》,《文化创新比较研究》2022年第4期。

吴晨骅:《论词韵之书的编订方法、定位与评价——以明末清初的词韵研讨为例》,《词学》(第四十八辑),2022年版。

吴晨骅:《论康熙帝的文治意图与〈钦定词谱〉的编纂》,《民族文学研究》2022年第2期。

吴大平:《桐城诗派传衍湖南考论》,《湖南科技大学学报》(社会科学版)2022年第1期。

吴大平:《论吴嘉宾经世通变诗学思想中的独悟自得》,《武陵学刊》2022年第5期。

吴大平:《论杨彝珍对性情诗学理论图景的建构》,《江西科技师范大学学报》2022年第5期。

吴戬:《试论王夫之与钟嵘诗学之离合》,《衡阳师范学院学报》2022年第1期。

吴启夏:《清初遗民诗人田园诗之独特意蕴》,《参花(中)》2022年第5期。

吴润:《张之洞题画诗的思想内蕴与文人趣味》,《作家天地》2022年第2期。

吴双妮:《清代文学视域下的西藏印象——以查礼藏事诗研究为例》,《作家天地》2022年第32期。

吴蔚:《〈唐人试帖〉整理的价值和意义——兼论清代试律诗学与古典诗学演进之关系》,《北京理工大学学报》(社会科学版)2022年第6期。

吴宪贞:《清代诗人颜光猷贵州宦绩与诗歌风情发微》,《贵州民族大学学报》(哲学社会科学版)2022年第3期。

夏志颖:《朱彝尊〈解佩令·自题词集〉新探:文本索隐、词史观照与典范生成》,《中华文史论丛》2022年第3期。

向双霞:《曾国藩与晚清湖湘宗黄风尚的形成及意义》,《湖南师范大学社会科学学报》2022年第4期。

谢娟娟:《论姜夔在清代之经典化》,《名作欣赏》2022年第8期。

谢娟娟:《论清代浙西词派之宗法统序》,《名作欣赏》2022年第20期。

邢小萱：《清代闺秀诗文集序跋中的才女神异化书写析论》，《大连民族大学学报》2022年第2期。

熊啸：《袁枚性灵诗学与江户后期汉诗的本土化转向》，《文学评论》2022年第6期。

胥洪泉、何瑞芳：《满族女诗人顾太清与云南大理石画》，《太原学院学报》（社会科学版）2022年第5期。

许贵淦：《饶宗颐论书"重拙大"与晚清词学批评之间的关系研究》，《潮学研究》2022年第1期。

许菁频：《择师之道与文学家族的发展：以明清昆山归氏文学家族为中心》，《江苏社会科学》2022年第1期。

许在元、许建平：《由古学、博学、考据学走向经世致用实学——王世贞与明清之际学术思潮的转向》，《福建师范大学学报》（哲学社会科学版）2022年第4期。

宣莉：《清代文人马世俊著述考略》，《图书馆学刊》2022年第4期。

闫茂华：《钱载〈箨石斋诗文集〉茶事考》，《农业考古》2022年第2期。

严佳妮、邹一宁：《试论清末民初女诗人吴蕴的创作对闺阁才媛诗的发展》，《文教资料》2022年第18期。

杨承友、陈晓芳：《清代武进士曹石〈秋烟草堂诗稿〉导读》，《遵义师范学院学报》2022年第4期。

杨金花：《〈唐诗七言律选〉编撰特点与价值再发掘》，《甘肃社会科学》2022年第2期。

杨霖：《西域流人庄肇奎的情感世界与流放心态——以〈胥园诗钞〉为中心》，《集美大学学报》（哲学社会科学版）2022年第2期。

杨柳青、过常宝：《从"〈诗〉本事"到"诗本事"：古代诗歌本事批评的传承与发展》，《中州学刊》2022年第11期。

杨柳青、温兆海：《从抵牾走向认同——清代朝鲜使臣燕行诗中的盛京书写》，《延边大学学报》（社会科学版）2022年第1期。

杨萍、许文伯：《清末民初女作家吕韵清早期的诗歌创作——以〈倚修竹轩吟稿〉中的交际诗为考察中心》，《南京理工大学学报》（社会科学版）2022年第1期。

杨秋圆：《孔传铎〈名家词钞〉的文献价值》，《图书馆学刊》2022年第5期。

杨仁飞：《从清末秀才杨翰芳一首"过绿野灵佑庙"诗看大宋三位政治冤家王安石、陈襄、黄隐在"浙里"的故事》，《第九届陈元光文化论坛论文集》2022年版。

杨恬：《明清诗学批评视野下的杜甫〈茅屋为秋风所破歌〉》，《湖北第二师范学院学报》2022年第7期。

杨兴华：《诗史意识与船山诗学话语的独特性》，《衡阳师范学院学报》2022年第2期。

杨雅惠：《园林、文本、物质性：以（清）"避暑山庄诗画"为例》，《哲学与文化》2022年第3期。

杨增良：《滇南景物与江南视角：论阮元诗作的滇中江南书写》，《浙江师范大学学报》（社会科学版）2022年第2期。

姚则强：《丘逢甲岭东时期诗与教的互动关系探究》，《韩山师范学院学报》2022年第5期。

叶当前：《刘大櫆〈皖江酬唱集序〉本事及其意义》，《北方论丛》2022年第6期。

叶宜谋：《太平天国翼王石达开的诗歌创作及其多元价值》，《语文学刊》2022年第3期。

叶修成：《遂闲堂张氏和水西庄查氏的诗歌交游》，《昌吉学院学报》2022年第1期。

叶雪露:《〈粤东诗海〉研究》,广西师范大学2022年硕士学位论文。

殷晓燕:《清代少数民族女性诗歌辑存与主题研究》,《民族文学研究》2022年第6期。

尤李:《嘉庆帝所题圆明园淳化轩诗考析》,《内蒙古师范大学学报》(哲学社会科学版)2022年第1期。

于海月:《顾太清梦词探微》,《名作欣赏》2022年第23期。

于金苗:《"松陵四子"并称的意义及其影响》,《苏州大学学报》(哲学社会科学版)2022年第1期。

喻洪灿、余来明:《论清词中的比兴寄托》,《绵阳师范学院学报》2022年第3期。

袁鳞:《三藩之乱背景下的寓杭文人与杭州文坛》,《苏州科技大学学报》(社会科学版)2022年第4期。

袁美丽:《邓廷桢的词学思想及其词学史意义》,《中国韵文学刊》2022年第3期。

袁梦:《扬州唱和与陈维崧的词风转变》,《新纪实》2022年第3期。

臧茗:《山左诗人徐田〈栩野诗存〉初探》,《潍坊学院学报》2022年第6期。

查金萍:《〈御选唐宋诗醇〉与清代韩愈诗歌的接受》,《江淮论坛》2022年第4期。

詹颂:《佟佳氏仿红诗补考》,《红楼梦学刊》2022年第6期。

张兵、马甜:《陈维崧多用〈贺新郎〉词调原因探析》,《词学》(第四十八辑),2022年版。

张兵、杨东兴:《明清之际:诗人心态与诗歌走向》,《西北师大学报》(社会科学版)2022年第4期。

张博、米彦青:《清代博尔济吉特氏诗人群体研究——以氏族、宗族为视角》,《苏州大学学报》(哲学社会科学版)2022年第4期。

张赫:《赖山阳和袁枚的女性题材组诗比较研究——兼论赖山阳对袁枚诗学的接受》,《品位·经典》2022年第13期。

张宏波、王洪:《张惠言"一生未有诗作"再议》,《集美大学学报》(哲学社会科学版)2022年第2期。

张宏生:《闺阁的观物之眼:清代女诗人的咏物诗》,《北京大学学报》(哲学社会科学版)2022年第1期。

张宏生:《内闱与外乡:清代女性诗歌中的寄外书写》,《学术研究》2022年第2期。

张宏生:《词史、兴寄与时代——太平天国战争前后词坛创作的理论自觉》,《中华文史论丛》2022年第3期。

张宏生:《相似的内涵与不同的思路——朱彝尊和张惠言关于比兴寄托的论述及其后学的接受》,《苏州大学学报》(哲学社会科学版)2022年第5期。

张佳生:《瀋于独诣——论八旗词人纳兰常安》,《满语研究》2022年第1期。

张舰戈:《馆藏古籍〈增订四书补注备旨〉刻本考》,《图书馆学刊》2022年第3期。

张娜娜:《明清易代士人"诗史"书写中的自我建构——以钱谦益为中心的探讨》,《中南大学学报》(社会科学版)2022年第6期。

张佩:《论清代王琦〈李太白集注〉对宋代杨齐贤注释的借鉴与吸收》,《北京印刷学院学报》2022年第7期。

张蓉:《文章学视角下明清诗话中的七言古诗评点》,《唐山师范学院学报》2022年第1期。

张瑞杰:《论清代山西诗歌的地域性特征》,《晋阳学刊》2022年第2期。

张思梦、余涵钰:《〈人间词话〉主观诗人与客观诗人的辨析——从席勒诗学来看》，《汉字文化》2022年第18期。

张文静：《清代咏侠诗略论》，《长春大学学报》2022年第5期。

张锡梅：《论清代白族诗人周馥诗中的女性情怀》，《中国民族博览》2022年第11期。

张宪光：《黛玉的诗》，《书城》2022年第9期。

张鑫、邓林锋：《明清巴蜀女诗人的文学交游》，《绵阳师范学院学报》2022年第7期。

张艳红：《汪肇龙生平考略》，《西泠艺丛》2022年第6期。

张燕婴：《诗文为媒：俞樾的日本观察、交往与书写》，《中国典籍与文化》2022年第2期。

张寅彭：《寄庐刘衍文先生评点钱仲联〈清诗精华录〉述略——兼谈刘先生以诗法为中心的清诗观》，《复旦学报》（社会科学版）2022年第2期。

张应斌：《宋湘与翁方纲》，《岭南师范学院学报》2022年第1期。

张应斌：《宋湘与张澍》，《嘉应学院学报》2022年第2期。

张知强：《邓廷桢幕府与"后姚鼐时代"桐城派的传衍》，《安徽大学学报》（哲学社会科学版）2022年第2期。

张芷萱、赵义山：《论马若虚咏藏词的文化风貌及词史意义》，《民族文学研究》2022年第3期。

张志：《论张宜泉试帖诗的思想内容兼及写作时代》，《内江师范学院学报》2022年第3期。

赵宝靖：《新见国图藏翁方纲早年诗稿辑录》，《中国诗学》（第三十二辑），2022年版。

赵红卫：《清代地域性文学社群与高密诗派的形成及传衍》，《齐鲁学刊》2022年第3期。

赵蕙：《朱定元〈静宁堂诗集〉浅析》，《贵州文史丛刊》2022年第3期。

赵建军：《〈竹眠词〉中的"愁"意象及其书写特色辨析》，《江苏理工学院学报》2022年第3期。

赵乾瑛、夏志颖：《"梅词第一"之争的词学史考察》，《广东开放大学学报》2022年第3期。

赵士城：《论纳兰词中的忧患意识》，《今古文创》2022年第33期。

赵王玮、沈松勤：《清词自注字音现象中的声律学实践及得失》，《浙江大学学报》（人文社会科学版）2022年第5期。

赵杏根：《江南名园青山庄及相关诗文考》，《苏州教育学院学报》2022年第4期。

赵秀红：《道心、文章与治政：汤斌与清初性情论文学观探析》，《河南师范大学学报》（哲学社会科学版）2022年第5期。

曾欢玲：《黄培芳的岭南诗学立场》，《佛山科学技术学院学报》（社会科学版）2022年第5期。

郑晶燕：《翁方纲论诗诗对唐宋之辩的超越》，《长江丛刊》2022年第8期。

郑升：《八旗名典〈雪桥诗话〉批评研究》，《云梦学刊》2022年第2期。

郑祥琥：《翁方纲在江西的诗学活动考论》，《江西科技师范大学学报》2022年第5期。

郑永辉：《文学本位与史的意识——清代论诗组诗的四维建构》，《黑龙江工业学院学报》（综合版）2022年第9期。

郑宇丹：《从"言志"到"言己"：袁枚"性灵说"与乾隆后期自利性话语的传播》，《国际儒学（中英文）》2022年第1期。

支小蓉、杨许波：《阳羡词派接受"稼轩风"的词史契机与多元观照》，《湖州师范学院学报》2022年第3期。

智晓倩、王卓华：《〈沛上停云集〉考述》，《安阳师范学院学报》2022年第4期。

周丽：《君子儒与诗教——论姚鼐诗歌的美学功用》，《哈尔滨学院学报》2022年第5期。

周璐:《姚燮诗歌审美特征探析》,《宁波大学学报》2022年第4期。

周明初:《晚明清初文学为中国古代文学高峰说》,《广东社会科学》2022年第1期。

周明初:《明清之际词人之生卒年及事迹考八则》,《词学》(第四十八辑),2022年版。

周琼、杨一男:《吴汝纶〈诗经〉学思想发微——基于评〈诗〉文的探析》,《中国诗歌研究》(第二十二辑),2021年版。

周翔:《近现代词集评点的发展历程》,《南阳师范学院学报》2022年第2期。

周燕玲:《抒写方式的新变与文学西域的重塑——江南文化对清代西域诗的渗透》,《文学研究》2022年第1期。

周玉秀、王扬、马光耀等:《清刘逢禄〈诗声衍〉注释》,《历史文献研究》2022年第1期。

朱付利:《事件与日常:邓廷桢、林则徐的社会交游与文学唱和》,《苏州大学学报》(哲学社会科学版)2022年第3期。

朱红华、李庭辉:《清代滇中尹尚廉诗歌创作考述》,《曲靖师范学院学报》2022年第5期。

朱洁、谢婉哲:《清代诗人齐翀行役诗的客寓意识书写》,《合肥师范学院学报》2022年第4期。

朱小平:《赵翼:既要工诗又怕穷》,《群言》2022年第3期。

朱则杰:《〈清人诗文集总目提要〉订补——以沈豹等五位江苏籍作家为中心》,《常熟理工学院学报》2022年第1期。

朱则杰:《〈清诗考证〉前两编订补——兼谈人物生卒年研究的若干问题与方法》,《淮阴师范学院学报(哲学社会科学版)》2022年第1期。

朱则杰:《清代嘉兴诗人生卒年丛考——以卞洪载等为中心》,《嘉兴学院学报》2022年第2期。

朱则杰:《〈清人诗文集总目提要〉订补——以俞公谷等四位绍兴作家为中心》,《绍兴文理学院学报》(人文社会科学)2022年第2期。

朱则杰:《清代女诗人丛考——以马世俊姊马氏、吴琪、顾季蘩为中心》,《江南大学学报》(人文社会科学版)2022年第4期。

朱则杰:《〈清人诗文集总目提要〉订补——以张延绪等五位作家为中心》,《厦门城市职业学院学报》2022年第4期。

朱泽宝:《稿本〈安雅堂诗〉的编订与宋琬生平新考》,《文学遗产》2022年第6期。

朱志远:《曹寅悼亡诗词本事:曹寅"梨花词"隐喻的原配身份及"康熙八年入侍说"新线索》,《红楼梦学刊》2022年第1期。

祝东:《〈词综〉编纂与明清易代学术思潮关系考论》,《西华师范大学学报》(哲学社会科学版)2022年第5期。

庄文达:《要留清白在人间——从清代袁枚一首诗说开去》,《民心》2022年第4期。

邹露:《论徐灿的家国词》,《汉字文化》2022年第14期。

民国诗学

陈佳妮:《典范建构与自我书写"奇女子"刘淑从晚明到民国的形象变迁》,《古典文学研究》(第五辑),中国海洋大学出版社,2022年版。

陈建华:《王国维〈人间词话〉与康德哲学》,《复旦学报》(社会科学版)2022年第4期。

陈圣争:《从"圣殿"跌落俗尘——试论民国报刊夹缝中的"新型"试律诗》,《中国文学研究》2022年第1期。

陈书录:《二十世纪以来中国歌谣论的演进及其价值》,《江苏师范大学学报》(哲学社会科学版)2022年第5期。

陈水云:《唐圭璋先生对传统词学批评方法的继承与发扬》,《南京师范大学文学院学报》2022年第1期。

陈宇:《朱光潜〈诗论〉"抗战版"原稿考略》,《中国出版史研究》2022年第3期。

陈云昊:《青年夏承焘的文学观——以佚稿〈史学外之章实斋〉为中心》,《中国文化研究》2022年第2期。

陈泽森、王兆鹏:《饶宗颐词学思想阐微》,《词学》(第四十七辑),华东师范大学出版社,2022年版。

陈正平、陈雪涛:《章继肃的诗词创作与学术研究兼及人品》,《四川文理学院学报》2022年第5期。

程希:《任中敏致唐圭璋词学书札十通考释》,《词学》(第四十七辑),华东师范大学出版社,2022年版。

党利奎:《毛泽东诗词对中国当代文学的影响研究——以〈清平乐·六盘山〉为切入点》,《毛泽东邓小平理论研究》2022年第8期。

邓妙慈:《晚清民国主流词学下之继述与违离——以朱祖谋〈彊村语业〉与〈宋词三百首〉之关系为例》,《中山大学学报》(社会科学版)2022年第2期。

邓妙慈:《执一驭万,析理达情——评彭玉平教授〈况周颐与晚清民国词学〉》,《中国韵文学刊》2022年第2期。

邓小军:《论宛敏灏诗词》,《中国诗学研究》(第二十一辑),凤凰出版社,2022年版。

丁文敬:《周作人对越中乡贤诗文集的搜集、阅读与阐释》,《今古文创》2022年第4期。

丁小明、梁颖:《上海图书馆藏叶恭绰友朋书札》,上海辞书出版社,2022年版。

丁栩:《论〈人间词话〉中的"风人深致"》,《鲁东大学学报》(哲学社会科学版)2022年第5期。

董诗琪:《任中敏抄本〈词林摘艳〉考》,《新世纪图书馆》2022年第6期。

杜运威、丛海霞:《论抗日根据地"三大诗社"的创作理念、成就及其意义》,《中国文学研究》2022年第2期。

杜运威、丛海霞:《抗战时期中国词坛艺术风貌的守正与新变》,《中国诗学研究》(第二十二辑),凤凰出版社,2022年版。

杜运威:《稿本〈如社词钞〉价值考论》,《光明日报》2022年5月30日。

杜运威:《民国词之现代性考察——以彊村仙逝事件和庾信意象为例》,《长江大学学报》(社会科学版)2022年第3期。

多洛肯、张俊娅:《近代白族诗人师源的诗学实践与宗尚取向》,《西北民族大学学报》(哲学社会科学版)2022年第2期。

方韶毅:《夏承焘友朋未刊书札一束》,《中国韵文学刊》2022年第2期。

方维保:《中国现代文学史的新文学本位论与新创诗词的入史困境》,《南通大学学报》(社会科学版)2022年第5期。

房启迪:《21世纪以来民国时期清词选本研究综述》,《安顺学院学报》2022年第1期。

房启迪:《民国报刊所涉龚自珍接受及其新变探析》,《苏州教育学院学报》2022年第2期。

冯静:《民族话语的坚守与传承——以〈盛京时报〉文艺副刊为考察中心》,《安徽师范大学学报》(人文社会科学版)2022年第3期。

傅宇斌:《地方风习与主流建构——晚清民初浙江词人的词学选择与词风嬗变》,《社会科学辑刊》2022年第1期。

高峰:《唐门词学唐圭璋先生一百二十周年诞辰纪念文集》,南京师范大学出版社,2022

年版。

关薇：《陇南红色歌谣的思想内涵与当代价值》，《甘肃高师学报》2022年第3期。

管新福：《陈寿彭〈巴黎竹枝词〉辑论》，《南开学报》（哲学社会科学版）2022年第3期。

郭明军：《民国纪行文学的新疆表述——读卢前的〈西域词纪〉和〈新疆见闻〉》，《大西南文学论坛》2022年刊。

海霞、温静：《姚鹓雏新加坡文学活动考述——以〈国民日报〉为中心》，《华文文学》2022年第2期。

何群：《词学家唐圭璋先生的词论及创作》，《洛阳师范学院学报》2022年第4期。

何震宇：《寸心落落自光明——何文林的诗歌溯源与书法成就》，《中国书法》2022年第6期。

和希林：《新发现孙人和〈词学通论〉及其价值》，《南阳师范学院学报》2022年第2期。

胡传志：《新见宛敏灏与唐圭璋往来书信十七通考释》，《词学》（第四十七辑），华东师范大学出版社，2022年版。

黄科安：《民间视域下的"民变"事件与反侵略斗争——论台湾早期闽南语歌仔册中的时事政治题材》，《台湾研究集刊》2022年第5期。

汲翔：《郁达夫南洋时期旧体诗研究》，《名作欣赏》2022年第24期。

蒋寅：《久被忘忽的钱锺书诗集》，《读书》2022年第7期。

焦宝：《晚清女性报刊诗词的演进》，《求是学刊》2022年第4期。

焦宝：《民初女性文艺报刊诗词探析——以〈眉语〉〈香艳杂志〉和〈女子世界〉为中心》，《南开学报》（哲学社会科学版）2022年第6期。

焦宝：《政治理念支配下的〈新民丛报〉诗人群的聚合与分化——以梁启超、宗仰上人为中心》，《南通大学学报》（社会科学版）2022年第6期。

焦宝：《清末民初女性报刊诗词的趋向——以〈妇女时报〉〈神州女报〉〈妇女杂志〉及〈中华妇女界〉为中心》，《贵州社会科学》2022年第11期。

康保成：《易顺鼎捧角真相及其捧角诗探赜》，《戏曲艺术》2022年第4期。

康石佳：《"民国曲"与民族新诗之构建——以卢前散曲为考察中心》，《文艺理论研究》2022年第5期。

孔令彬：《民国韩师校刊所载〈詹安泰全集〉未收诗词文作品及辑录》，《韩山师范学院学报》2022年第2期。

孔令环：《张伯驹〈丛碧词〉的成书及版本流变考》，《中国韵文学刊》2022年第3期。

兰石洪：《夏孙桐题画词析论》，《中国诗学研究》（第二十二辑），凤凰出版社，2022年版。

李虎群、林开强：《以诗说仁马一浮释"仁"的独特路径》，《西南民族大学学报》（人文社会科学版）2022年第9期。

李姣玲、马国华：《"雄直""清劲"岭南近代诗学的进路》，《邵阳学院学报》2022年第5期。

李培龙：《武进苕岑吟社考述》，《常州大学学报》（社会科学版）2022年第3期。

李曙新：《新发现的一首瞿秋白狱中诗考释》，《新文学史料》2022年第3期。

李浴洋：《"现代的"与"科学的"——"整理国故"运动与王国维文学论著的接受》，《文艺争鸣》2022年第2期。

李遇春：《中华诗词文化的发展演变、当代形态与价值》，《山东社会科学》2022年第11期。

梁帅：《新见王国维手钞词籍文献三种考论》，《词学》（第四十七辑），华东师范大学出版社，2022年版。

刘福春、于晓庆:《新诗集序跋与初期新诗诗人的旧体诗观》,《成都大学学报》(社会科学版)2022年第6期。

刘火雄:《兴观群怨 诗史互证——郑天挺西南联大时期的诗词交游及其学术活动考察》,《文艺评论》2022年第5期。

刘柯利:《传统与现代羁绊下的著洰吟社》,《武陵学刊》2022年第2期。

刘毅青、张欣:《张恨水诗学现代汉诗被遮蔽的路径》,《中国文学研究》2022年第2期。

陆胤:《近代文学研究的生活史维度》,《文学遗产》2022年第3期。

马宝民:《清末民初北京歌谣的地理叙事》,《北京社会科学》2022年第7期。

马大勇:《偏师亦足壮吾军:论晚清民国云贵词坛》,《词学》(第四十七辑),华东师范大学出版社,2022年版。

马大勇、王敏:《近百年安徽词史论略》,《学术界》2022年第9期。

马强:《民国词社社集文献探论——以〈沤社词钞〉为中心》,《长江大学学报》(社会科学版)2022年第4期。

倪春军:《龙榆生〈历代词选〉讲义手稿》,《词学》(第四十七辑),华东师范大学出版社,2022年版。

宁夏江:《论梁启超的欧西学理诗》,《长春大学学报》2022年第9期。

欧婷婷:《论陈寅恪的实证诗学——以其指导论文〈李义山无题诗试释〉的写作为例》,《东南学术》2022年第2期。

潘建伟:《徐志摩与民国旧诗人的来往》,《书屋》2022年第4期。

潘静如:《近代文学研究的社会、文化视角及其省察》,《文学遗产》2022年第3期。

潘悦:《近代江南俞氏家族的文化记忆——以〈俞鸿筹日记〉为中心》,《苏州大学学报》(哲学社会科学版)2022年第4期。

逢依林、陈佳冀:《郁达夫旧体诗的形成原因研究》,《合肥师范学院学报》2022年第4期。

彭建楠:《在历史与艺术之间——胡适与王国维词学离合考论》,《江海学刊》2022年第2期。

彭玉平:《罗振玉“逼债”说之源流及其与王国维经济关系考论》,《北京大学学报》(哲学社会科学版)2022年第1期。

彭玉平:《王国维、罗振玉晚年交恶考论》,《清华大学学报》(哲学社会科学版)2022年第2期。

彭玉平:《一本逊清朝廷的政治斗争实录——论〈王忠悫公哀挽录〉及相关问题》,《文史哲》2022年第2期。

彭玉平:《王国维与溥仪》,《南京大学学报》(哲学·人文科学·社会科学)2022年第3期。

彭玉平:《王国维〈颐和园词〉考论》,《文学评论》2022年第5期。

彭玉平:《王国维藏书之来源与批校之书考论——兼释王国维遗书“书籍可托陈、吴二先生处理”之义》,《文学遗产》2022年第6期。

彭玉平:《以一人之思摄一时之思——王国维〈壬子三诗〉稿本考论》,《文艺研究》2022年第7期。

钱锡生:《圆融而通达 睿智而明澈——唐圭璋先生谈唐宋词》,《南京师范大学文学院学报》2022年第1期。

邱怡瑄:《史识与诗心近现代战争视域下的“诗史”传统》,台湾新文丰出版有限公司,2022年版。

任杰:《战争语境与旧体诗革新——大文学视野下的怀安诗社及其创作》,《新疆大学学报》

（哲学社会科学版）2022年第4期。

沈文凡、林婉心：《宛敏灏先生词学思想探赜——围绕〈词学概论〉词调观展开》，《长春师范大学学报》，2022年第9期。

沈阅：《朱希祖与1920年代中国文学史研究的现代转型》，《社会科学论坛》2022年第3期。

史可欣：《古典与近代诗学的二重变奏——论森鸥外汉诗的近代价值》，《苏州教育学院学报》2022年第4期。

苏芳泽：《论"怀安诗社"诗词创作的现实意义》，《汉字文化》2022年第23期。

孙克强：《民国词话的传统与新变》，《文艺研究》2022年第6期。

孙克强：《唐圭璋批评王国维和现代词派析论》，《清华大学学报》（哲学社会科学版）2022年第6期。

孙文周：《〈民族诗坛〉词人群体及其词作考论》，《中国诗学》（第三十三辑），人民文学出版社，2022年版。

汤涛：《王伯群和他诗词背后的激荡历史》，《文史天地》2022年第6期。

唐越：《民国时期电影本事的衍生文体》，《贵州大学学报》（艺术版）2022年第1期。

田野：《清末亚洲亡国叙事中的英童想象》，《浙江师范大学学报》（社会科学版）2022年第5期。

佟建伟：《人生如梦 大地皆春——张伯驹〈春游词〉论》，《周口师范学院学报》2022年第4期。

王春：《走向"保守"：民国时期"诗界革命派"的特征、困局与演变》，《现代中国文化与文学》（第42辑），巴蜀书社，2022年版。

王林瞄：《从原始思维视角看王国维的"赤子之心"说——以李煜词为例》，《广西科技师范学院学报》2022年第1期。

王龙：《李一氓旧藏词集丛刊》，巴蜀书社，2022年版。

王梅：《〈人间词话〉与中国传统美学的现代转化》，《辽宁工业大学学报》（社会科学版）2022年第3期。

王培军：《钱锺书〈槐聚诗存〉用典本证》，《中国文化》2022年第1期。

王筱芸：《"词府千年仰泰斗，教坛举世颂楷模"——论唐圭璋先生对20世纪20年代至40年代词学教育体系的师承与发展贡献》，《南京师范大学文学院学报》2022年第1期。

王昭鼎：《古典诗人的现代重塑——杜甫在抗战时期的三重面相》，《中国现代文学研究丛刊》2022年第3期。

王子健：《近代"拟歌谣"的音乐倾向与启蒙立场——兼谈其与"五四"歌谣的差异》，《文艺研究》2022年第5期。

吴丹丹、汪梦川：《南社文人姚鹓雏词作与词论初探》，《齐鲁师范学院学报》2022年第5期。

吴德馨：《论扬州竹枝词记述的时空生活》，《常州工学院学报》2022年第3期。

吴嘉慧：《论民国时期南京仓庚唱和、蓼辛词社的特色及其意义》，《南京学研究》（第5辑），南京出版社，2022年版。

夏晓虹：《讲义、家书与诗文集——新见林纾手稿考释》，《文艺争鸣》2022年第1期。

夏晓虹：《秋瑾早年行迹考辨——以〈京报〉相关史料为中心》，《东南学术》2022年第1期。

夏志颖：《〈人间词话〉摘句批评的基点、旨趣与影响》，《中南大学学报》（社会科学版）2022年第4期。

夏中义：《释"神韵"：钱锺书的诗贵清远说——古典今释的地缘语境》，《文艺理论研究》2022年第3期。

肖旭、肖振夏:《章继肃先生诗词作品的美学特征及社会功能》,《四川文理学院学报》2022年第5期。

谢泳:《陈寅恪晚年诗笺证六则》,《社会科学论坛》2022年第6期。

徐玮:《胎息古人与别开世界——论廖恩焘〈忏盦词〉与其古巴经历》,《词学》(第四十七辑),华东师范大学出版社,2022年版。

徐雁平:《"文献集群"与近代文学研究的新拓展》,《文学遗产》2022年第3期。

徐燕婷:《〈词学季刊〉与20世纪30年代女性词传播》,《南开学报》(哲学社会科学版)2022年第2期。

徐燕婷:《吴梅词学教育新范式与潜社女词人的词学活动》,《中山大学学报》(社会科学版)2022年第2期。

徐燕婷:《恢张国学与闺秀书写民国诗词社团中的女性群体创作》,《中国诗学》(第三十二辑),人民文学出版社,2022年版。

徐钰茹:《民国时期新名词入旧体诗的概况及其批评》,《嘉应学院学报》2022年第2期。

许振东:《清末民初京畿诗人刘钟英的文学创作与成就》,《沧州师范学院学报》2022年第2期。

杨传庆:《词籍辑佚的范型确立赵万里校辑词籍探论》,《中山大学学报》(社会科学版)2022年第2期。

杨传庆:《"诗人唐立厂"唐兰天津文学活动撮述》,《文学与文化》2022年第2期。

杨传庆、王平:《民国词坛风貌的全景呈现——〈现代古体文学大系·词集〉读后》,《中国韵文学刊》2022年第3期。

杨婷婷:《新发现汪辟疆〈小奢摩馆诗话〉的诗学史价值》,《文艺理论研究》2022年第2期。

叶澜涛:《论现代中国画家诗词传播的古典化特征》,《赣南师范大学学报》2022年第5期。

于广杰:《晚清民国词人高毓浡及其〈燕赵词征〉稿本考论》,《河北大学学报》(哲学社会科学版)2022年第2期。

于洋:《李一氓旧体诗词中的革命书写》,《名作欣赏》2022年第17期。

余来明、王蕾:《以小令写壮怀——王国维论陆游词"有气乏韵"新释》,《中国韵文学刊》2022年第2期。

喻超:《郁达夫抗战佚诗〈万里劳军书一纸〉》,《新文学史料》2022年第2期。

袁志成:《科举、都市、历史事件、报刊与晚清民国文人结社》,《城市学刊》2022年第1期。

袁志成:《文人结社与清末民国旧体诗的现代上海书写》,《中南大学学报》(社会科学版)2022年第3期。

曾大兴:《〈宋词三百首笺注〉的得失及其补救》,《南京师范大学文学院学报》2022年第1期。

张春梅:《张伯驹〈八声甘州·三十自寿〉艺术解析》,《周口师范学院学报》2022年第1期。

张恩岭:《"亦古亦今"的词人张伯驹——论张伯驹词》,《玉溪师范学院学报》2022年第1期。

张恩岭:《张伯驹的词风及其"豪放词"的意义》,《天中学刊》2022年第2期。

张寒涛:《隐藏在广告中的词学批评——以〈词学季刊〉刊登的文学广告为例》,《南阳师范学院学报》2022年第5期。

张宏生、傅宇斌:《从一人之"词心"至一代之"词心"——读彭玉平〈况周颐与晚清民国词学〉》,《中国图书评论》2022年第7期。

赵家晨:《现当代"学人之词"的特征》,《中国社会科学报》2022年8月15日。

赵王玮、沈松勤:《易孺词律观探微兼论四声词之困境》，《词学》（第四十七辑），华东师范大学出版社，2022年版。

赵义山、李滔：《中国古代散曲史研究中的几个重要问题考论》，《清华大学学报》（哲学社会科学版）2022年第4期。

肇钒伊：《清末民初中国女性文学创作的现代性意义》，《文艺争鸣》2022年第4期。

郑珊珊：《日据前期台湾女性汉诗综论——以〈汉文台湾日日新报〉为中心》，《清华大学学报》（哲学社会科学版）2022年第4期。

周维、杨柏岭：《龙榆生词体艺术鉴赏学研究》，《哈尔滨学院学报》2022年第4期。

周游：《近代文学研究中"现代性"问题之再思考》，《文学遗产》2022年第3期。

周雨斐：《近代旅日诗人蒋智由生平新考》，《新文学评论》2022年第1期。

周玉波：《民国民歌为生民发声 为时代留痕》，《常熟理工学院学报》2022年第4期。

朱惠国：《浙江词学传统与现代文化建设》，《浙江社会科学》2022年第8期。

朱惠国：《〈况周颐与晚清民国词学〉书评》，《人文中国学报》2022年第34期。

朱惠国、余意、欧阳明亮著：《民国词集研究》，中华书局，2022年版。

左鹏军：《近二十年近代文学研究的观察与思考》，《文学遗产》2022年第3期。

现当代诗学

艾茜、王雪松：《编辑排版与早期新诗的文体建构》，《西南民族大学学报》（人文社会科学版）2022年第11期。

白洋本：《史彭德诗论及其在1940年代中国诗坛的引进与影响》，《河南大学学报》（社会科学版）2022年第6期。

白杰：《小海诗歌"独异个人"的精神确证和艺术关照》，《苏州教育学院学报》2022年第4期。

程光炜：《北岛诗歌创作的考订问题》，《中国现代文学研究丛刊》2022年第10期。

〔马来西亚〕陈大为：《论第三代诗人的诗史版图绘制》，《长江学术》2022年第3期。

陈仲义：《现代诗：本体的"异质"与属性的"变异"》，《山东师范大学学报》（社会科学版）2022年第3期。

陈仲义：《现代诗功能的"弱化"与"转型"》，《中国文艺评论》2022年第3期。

陈仲义：《现代诗文本学研究的另种"设计"——元素化合论之引论》，《当代文坛》2022年第5期。

陈仲义、苏绍连：《物象里的"惊悚"——台湾重点诗人论兼论"无象诗"》，《中国当代文学研究》2022年第2期。

褚水敖：《思想求索与诗美创造——读赵丽宏诗集〈变形〉的当代诗学沉思》，《中国当代文学研究》2022年第1期。

陈柏彤：《文学史序跋与现代新诗经典化关系论》，《现代中国文学与文化》（第40辑），巴蜀书社，2022年版。

陈柏彤：《新诗集序与初期新诗合法性建构》，《兰州大学学报》（社会科学版）2022年第2期。

陈培浩：《作为新诗资源难题的歌谣——以新诗史上的二场论争为中心》，《韩山师范学院学报》2022年第5期。

陈培浩：《从沟通内外到超越内外——新世纪新诗研究的本体话语历史化趋向》，《中国当代文学研究》2022年第6期。

陈昶：《从时间意象到时间诗学——论骆一禾的"圆性时间"及其创作实践》，《当代作家评论》2022年第6期。

陈爱中:《诗是发现自我并重构关系的认知事件——论小海的诗》,《苏州教育学院学报》2022年第4期。

陈爱中:《颂体诗虚构现实元素的一种方法——从石才夫的颂体诗说起》,《南方文坛》2022年第5期。

陈爱中:《诗是洞彻并发现经验的窗口》,《学习与探索》2022年第10期。

段从学:《屈辱、受难与诗人艾青的自我意识及国家认同》,《江汉学术》2022年第3期

方长安:《重建新诗写作的"难度诗学"》,《探索与争鸣》2022年第4期。

方长安:《传播接受与中国新诗史重构论》,《学术月刊》2022年第10期。

冯强:《朦胧诗·三个崛起·新诗潮》,《文艺争鸣》2022年第4期。

方舟:《王家新的"承担诗学"论——兼论20世纪90年代中国诗人的承担精神》,《当代作家评论》2022年第5期。

方舟:《诗歌翻译理论的新发展——王家新的翻译诗学》,《中国现代文学研究丛刊》2022年第9期。

樊宇婷、周瓒:《始自九十年代的"飞翔"——关于〈翼〉的对话》,《当代文坛》2022年第4期。

冯晓燕:《有所思:在西部高原——论藏族文化在昌耀诗歌中的意义》,《当代作家评论》2022年第2期。

方邦宇:《诗的中断与诗的"中年"——以冯至、闻一多、朱自清为中心的讨论》,《江汉学术》2022年第1期。

范雪:《卞之琳的"爱"、"文学"与"主义"——从他的译介读入》,《中国现代文学研究丛刊》2022年第8期。

范丽娟:《论小海诗歌中的家国情怀》,《苏州教育学院学报》2022年第4期。

高健:《论米家路〈深呼吸〉中的自然意象书写》,《湖北理工学院学报》(人文社会科学版)2022年第1期。

高健:《现代传播接受视域中的视觉转向与中国新诗形式变革》,《首都师范大学学报》(社会科学版)2022年第2期。

郭海玉:《法无定法:中国当代诗歌叙述者的诗性变奏》,《江汉学术》2002年第6期。

郭瑾:《海子诗歌命名的发生学考察——以〈诗学一份提纲〉、短诗〈亚洲铜〉等、长诗〈太阳·七部书〉为中心》,《文艺争鸣》2022年第5期。

苟鸣春:《余秀华诗歌的女性生存叙事》,《湖北社会科学》2022年第2期。

顾玲玲:《胡适对新诗传统的初步建构》,《出版广角》2022年第9期。

黄发有:《凝固的青春火焰——基于80年代校园诗集与诗刊的文化史考察》,《扬子江文学评论》2022年第5期。

胡苏珍:《理悟与诗心的双调行——废名诗歌论》,《文学评论》2022年第5期。

洪文豪:《偏移与重构——20世纪90年代诗歌抒情观念转型的考察与反思》,《当代作家评论》2022年第5期。

黄珊:《失意人的诗意语——论王蒙20世纪60年代旧体诗中的自我书写与精神逻辑》,《海南师范大学学报》(社会科学版)2022年第3期。

韩东:《一个备忘——关于诗歌、现代汉语、"我们"和其他》,《中国现代文学研究丛刊》2022年第6期。

霍俊明:《诗人的"父亲"及其精神场域》,《中国文学批评》2022年第2期。

霍俊明:《毛泽东的新诗主张及其当代影

响》,《中国当代文学研究》2022年第4期。

黄英豪:《重审"汉语性":以张枣诗学体系为中心》,《岭南师范学院学报》2022年第2期。

黄英豪、魏巍:《〈"音乐"?〉论争的缘由——兼论鲁迅对新诗现实维度的构建路径》,《鲁迅研究月刊》202年第6期。

李森:《"朦胧诗"论争与"非诗–蕴闭环"》,《扬子江文学评论》2022年第5期。

蒋述卓、张琴:《华海生态诗歌的审美空间》,《当代作家评论》2022年第2期。

姜涛:《被历史的钢针碰响"三一八"、闻一多与〈诗镌〉的创立》,《华中师范大学学报》(人文社会科学版)2022年第3期。

景立鹏、傅修海:《破体与变体:郭沫若新诗文体观探赜》,《中国社会科学院大学学报》2022年第11期。

罗振亚:《传统文化与新世纪诗歌的精神重建》,《广东社会科学》2022年第2期。

罗振亚:《旅日体验与前期创造社的激情书写》,《文学评论》2022年第2期。

罗振亚:《借镜西方的另一面——论郑敏20世纪40年代诗歌的"传统"倾向》,《文艺争鸣》2022年第3期。

罗振亚:《"换笔"与20世纪诗歌生态》,《文艺争鸣》2022年第5期。

罗振亚:《日本启蒙文学视域下的"诗界革命"》,《南开学报》(哲学社会科学版)2022年第5期。

罗振亚:《21世纪诗歌冷热反差及"合题"期待》,《文艺论坛》2022年第6期。

罗振亚:《卢桢人诗合一的探索》,《南方文坛》2022年第6期。

骆寒超:《李金发系列论(一):李金发的诗歌审美观》,《现代中国文学与文化》2022年第40辑。

骆寒超:《李金发系列论(二):李金发的前期诗歌》,《现代中国文学与文化》2022年第41辑。

骆寒超:《李金发系列论(三):李金发的中后期诗歌》,《现代中国文学与文化》2022年第42辑。

刘福春:《郑敏文学年表》,《文艺争鸣》2022年第3期。

刘福春、刘鸣谦:《新诗潮散佚文献编年(1978—1980)》,《文艺争鸣》2022年第1期。

李怡、李俊杰:《中国新诗散佚诗集的搜集、整理的意义——导语》,《成都大学学报》(社会科学版)2022年第6期。

罗小凤:《从传统媒体到新媒体——新媒体语境下新诗传播的平台转型》,《邵通学院学报》2022年第1期。

罗小凤:《"现代性"作为一种古典诗传统——论21世纪新诗对古典诗传统的新发现》,《文学评论》2022年第3期。

罗小凤:《新诗形式建设何处去?——论21世纪新诗对形式的探索及限度》,《当代作家评论》2022年第6期。

李朝平:《昌耀的爱欲人格与爱欲抒写之考辨》,《中国现代文学研究丛刊》2022年第3期。

李朝平:《"中国的马里内蒂"——鸥外鸥1930年代的未来主义诗歌实践》,《中国现代文学研究丛刊》2022年第9期。

李朝平:《传统与现代的互动——论〈自画像时代汪铭竹的新古典主义诗歌〉》,《现代中国文学与文化》(第41辑),巴蜀书社,2022年版。

罗麒:《当代诗歌史书写的另一种探索——新世纪诗歌批评论》,《江汉论坛》2022年第4期。

李章斌:《节奏的"非韵律面相"——新诗节奏三层次理论论述之二(上)》,常熟理工学院学2022年第1期。

李章斌:《书面形式与新诗节奏》,《南方文坛》2022年第1期。

李章斌：《汉语诗歌节奏的多层性与"集群"问题——新诗节奏三层次理论论述之一》，《中国当代文学研究》2022年第2期。

李章斌：《现代汉诗的"语言问题"——叶维廉〈中国现代诗的语言问题〉献疑》，《中国现代文学研究丛刊》2022年第2期。

李章斌：《论新诗节奏的速度、停顿以及起伏》，《文艺研究》2022年第11期。

李章斌、陈敬言：《1950年代卞之琳新诗格律理论探析》，《江汉学术》2022年第4期。

李章斌、杨雅雯：《重探林庚的"半逗律"和"典型诗行"理论》，《广州大学学报》（社会科学版）2022年第3期。

李扬：《谢冕〈在新的崛起面前〉的"历史化"考察》，《文艺研究》2022年第11期。

黎志敏：《诗歌形式的"立"与"破"传统文体构建意义与现代艺术创新诉求》，《广东社会科学》2022年第2期。

李建立：《"朦胧诗"论争中的学院权力——以"南宁诗会"为例》，《学术研究》2022年第8期。

李长中：《多民族诗歌里的"城乡中国"》，《内蒙古社会科学》2022年第4期。

李小歌：《〈民国日报·觉悟〉的诗歌翻译》，《现代中国文化与文学》（第40辑），巴蜀书社，2022年版。

李阳：《新诗拟古的两套机制——以吴兴华"移植"理念为中心的考察》，《现代中国文学与文化》2022年第42辑。

李海英：《昌耀的爱欲人格与爱欲抒写之考辨》，《中国现代文学研究丛刊》2022年第3期。

刘波：《在1990年代的双向延长线上：〈奇迹〉与韩东诗歌创作的世纪地形图》，《中国现代文学研究丛刊》2022年第6期。

冷霜、姜涛、洁宇等：《对话胡续冬与"九十年代诗歌"》，《当代文坛》2022年第4期。

刘福春、李俊杰：《诗与生活——刘福春教授访谈录》，《当代文坛》2022年第4期。

李海鹏：《意外的身体与语言"当下性"维度——重读张枣〈祖母〉》，《当代文坛》2022年第5期。

刘东方：《"诗性"与"歌性"的互融——当代诗歌的"宋词模式"探析》，《当代作家评论》2022年第5期。

李昕：《从"主人公"到"英雄"——从一首译诗看当代翻译诗学的面向》，《当代作家评论》2022年第2期。

刘燕、周安馨：《结构—解构视角：〈诗人与死〉的时空意象与拓扑思维》，《江汉学术》2022年第1期。

李心释：《诗与非诗的界限问题》，《南方文坛》2022年第5期。

李蓉：《论新诗现代化进程中的"诗人"形象》，《山西大学学报》（哲学社会科学版）2022年第4期。

吕周聚：《论中国当代先锋诗歌的语言变构》，《中国文学研究》2022年第3期。

吕周聚：《致力于诗歌内部规律的探索——论小海的诗歌批评》，《苏州教育学院学报》2022年第3期。

吕周聚：《论中国现代诗歌对芝加哥诗派的选择与接受》，《文艺研究》2022年第8期。

李德武：《论小海》，《苏州教育学院学报》2022年第3期。

刘晓艺：《风格与意志的错违：重评郁达夫小说、散文及旧诗的成就》，《中国文学研究》2022年第3期。

李悦宁：《无界限的伟大整体：洛夫长诗的本

体价值》,《文艺争鸣》2022年第4期。

刘波:《新世纪"70后"诗人群体的创作路径与诗学反思》,《中国文学批评》2022年第2期。

刘波:《在文学的尊严与创造的可能性之间——作为新生代作家的韩东及其文学观建构》,《当代作家评论》2022年第2期。

刘波:《介入写作、现实主义精神和难度意识——兼论新时代诗歌的审美话语尺度》,《文艺论坛》2022年第3期。

刘波:《为人生的写作与诗的现实主义伦理——黄永玉诗集〈见笑集〉读札》,《中国当代文学研究》2022年第3期。

刘波:《"第三代"诗歌与民刊传播机制》,《韩山师范学院学报》2022年第5期。

刘波:《观看之道与自然诗学的建构——以哨兵诗集〈在自然这边〉为中心的考察》,《南方文坛》2022年第6期。

刘波:《非非主义先锋诗歌流派的命名伦理与诗学限度》,《文艺争鸣》2022年第7期。

刘波:《哲思性、历史感与通灵写作的可能》,《学习与探索》2022年第10期。

李海鹏:《"荷兰人的书"与说"不"的游戏——张枣20世纪90年代中期诗学转变研究》,《文艺研究》2022年第7期。

李海鹏:《对"天使"的写作:1990年代"纯诗"反思的一个本体论路径》,《中国现代文学研究丛刊》2022年第12期。

刘大先:《理想人格及其话语建构——论何向阳的文学批评》,《当代作家评论》2022年第3期。

李濛濛:《吉狄马加诗歌接受研究》,《民族文学研究》2022年第2期。

卢桢:《域外行旅要素与胡适白话诗观念的生成》,《文学评论》2022年第1期。

卢桢:《新世纪诗歌的写作精神与想象空间》,《中国文学批评》2022年第2期。

卢桢:《早期新诗人的海外风景体验与文学书写》,《文艺研究》2022年第3期。

卢桢:《闻一多留美期间诗歌的风景抒写》,《写作》2022年第4期。

卢桢:《"我就隐匿在简单事物背后"——小海诗歌论》,《苏州教育学院学报》2022年第4期。

卢桢:《异国体验与文化行旅——新诗发生学研究的一个视角》,《南方文坛》2022年第6期。

卢桢:《域外风景对早期新诗节奏的激发——从郭沫若的创作谈起》,《文艺论坛》2022年第6期。

刘继林:《闻一多的新诗批评之于新时代文艺评论工作的启示》,《长江文艺评论》2022年第1期。

梁余晶:《"零距离"英译中国当代诗歌问题与实践》,《扬子江文学评论》2022年第6期。

马思钰:《病的影与夜的灯"反抗绝望"的方法——评何向阳诗集〈刹那〉》,《当代文坛》2022年第3期。

马思钰:《作为诗人的批评家——何向阳创作论》,《中国现代文学研究丛刊》2022年第3期。

马贵:《绝对的,抑或被掌控的:"九十年代诗歌"中的反讽》,《当代文坛》2022年第4期。

马贵:《享乐、忍受抑或责任:当代诗歌中的身体伦理》,《江汉学术》2022年第4期。

牛金霞、张桃洲:《中国现当代诗歌中的"北京形象"迁移——从文化符号到地理坐标》,《北京社会科学》2022年第10期。

倪贝贝:《人称与中国新诗审美的现代转型》,《东北师大学报》(哲学社会科学版)2022年第5期。

彭英龙:《曲喻与矫饰:论钱锺书诗学研究中

的"巴洛克"因子》,《文学评论》2022年第5期。

彭英龙:《暗喻·汉语性·元诗——张枣诗论溯源与剖析》,《中国现代文学研究丛刊》2022年第8期。

邱雪松:《诗人之死:朱湘自沉的舆论背后》,《中国现代文学研究丛刊》2022年第2期。

戚慧:《大陆时期覃子豪集外佚诗考述》,《现代中国文学与文化》2022年第41辑。

邱志武:《现实主义诗歌语言的趋变:从直白到含混》,《华夏文化论坛》2022年第1期。

钱文亮、黄艺兰:《诗思与巫思:小安诗歌中的巫术游戏》,《江汉学术》2022年第4期。

邱焕星:《"我"如何写"我们":"殷夫矛盾"与现代主体性难题》,《四川大学学报》(哲学社会科学版)2022年第5期。

秦振耀:《"清单效应"与当代诗的幽默——论胡续冬诗歌中的"列举"》,《扬子江文学评论》2022年第4期。

孙基林:《"白话""口语"与现代诗的叙述学》,《思想战线》2022年第3期。

孙基林:《诗与时间:"不可言说"的诗学》,《东岳论丛》2022年第5期。

孙基林、马春光:《"诗"可以"观"——21世纪中国电影与诗歌的交互融合》,《文化研究》(第49辑),社会科学文献出版社,2022年版。

宋夜雨:《"劳动"的诗学:"劳动"与早期新诗的写作机制》,《文学评论》2022年第5期。

宋夜雨:《周氏兄弟与早期新诗的写作伦理——以〈蕙的风〉论证为视角》,《现代中国文学与文化》(第42辑),巴蜀书社,2022年版。

宋剑华:《"年轻的神"不相信爱情——诗集〈预言〉与何其芳的精神求索》,《山东师范大学学报》(社会科学版)2022年第4期。

苏晗:《新诗的"身份"与1990年代历史意识——以"世界诗歌"争论为起点》,《当代文坛》2022年第4期。

宋宝伟:《为现实寻找语言——小海诗歌的启示意义》,《苏州教育学院学报》2022年第4期。

苏珊、宋宇:《〈慰劳信〉"问"的诗歌与"动"的哲学》,《汉江师范学院学报》2022年第2期。

覃昌琦:《"东亚诗人"与革命中国——论留俄时期蒋光慈革命诗人的主体建构及现实境遇》,《现代中国文学与文化》(第42辑),巴蜀书社,2022年版。

谭君强:《论抒情诗的历史空间呈现》,《思想战线》2022年第3期。

田文兵、张俊琦:《沈从文新诗创作流变论》,《华侨大学学报》(哲学社会科学版)2022年第5期。

田忠辉:《哲学的诗化:诘问论小海诗歌中的时间》,《苏州教育学院学报》2022年第3期。

唐诗诗:《论歌谣与新诗起点处的"音乐"呼应》,《现代中国文学与文化》2022年第42辑。

唐雪霈、任毅:《闻一多诗歌的"人民性"探析》,《社会科学动态》2022年第10期。

王泽龙、崔思晨:《新诗标题的现代变革》,《北京师范大学学报》(社会科学版)2022年第6期。

王泽龙、王璐:《〈新青年〉译诗与早期新诗音节的建构》,《河北学刊》2022年第6期。

王泽龙、薛雅心:《朱英诞山水诗与唐宋山水诗的艺术传统》,《山西大学学报》2022年第4期。

王彬彬:《李章斌的新诗研究》,《南方文坛》2022年第1期。

王雪松:《新诗"情绪节奏"的内涵、机制与实践》,《文学评论》2022年第3期。

王毅:《当代新诗创作与传统文化的民间智慧》,《广东社会科学》2022年第2期。

王巨川：《元书写范式：小海汉语诗歌印象》，《苏州教育学院学报》2022年第4期。

王珂：《百年来女诗人建构的柔美语体》，《南都学坛》2022年第4期。

王珂：《江南氛围中的个人气质——小海为何没有完全成为波德莱尔的第二代中国传人》，《苏州教育学院学报》2022年第4期。

吴井泉：《小海诗歌先验与经验融合的美学范式》，《苏州教育学院学报》2022年第4期。

吴投文：《傅天琳诗歌的关键词及其意义结构》，《阿来研究》2022年第1期。

吴投文：《小海偏移的口语诗学》，《苏州教育学院学报》2022年第4期。

吴投文、熊杜娟：《论吕亮耕诗歌的话语形态》，《廊坊师范学院学报》（社会科学版）2022年第4期。

万冲：《风景书写与民族国家想象——现代诗歌中国家形象的生成与演变》，《海南师范大学学报》（社会科学版）2022年第3期。

汪树东：《诗歌与生态的融合与交响——当代生态诗歌发展综论》，《文艺评论》2022年第4期。

王玮旭：《自我与身体：郭沫若早期写物诗的"抒情"与"物质性"》，《现代中文学刊》2022年第2期。

王玮旭：《"表达之难"与"瞬间的光"：胡适写物诗初探》，《中国现代文学研究丛刊》2022年第9期。

吴宜平：《传统的接续与语境的更新——新诗新时期以来对新古典写作的探索》，《当代作家评论》2022年第3期。

王东东：《中国现代诗学中的元诗观念》，《扬子江文学评论》2022年第1期。

王东东：《作为民主文化的中国现代主义——重识袁可嘉的新诗现代化理论》，《江汉学术》2022年第5期。

王学东：《初期〈星星〉诗刊的组织管理》，《现代中国文学与文化》2022年第41辑。

魏文文：《诗性的叙述与叙述的诗性——论杨争光诗歌创作》，《南方文坛》2022年第2期。

魏文文：《情感的放逐与宣叙——论庄伟杰早期诗歌叙述的根性》，《当代作家评论》2022年第6期。

魏文文：《诗歌与电影的互文性叙述——以电影〈路边野餐〉为例》，《文化研究》（第49辑），社会科学文献出版社，2022年版。

魏饴：《论新时期以来中国新诗的继承、悖逆与发展》，《武陵学刊》2022年第3期。

魏天真：《新诗百年与现代汉语诗歌传统的建构》，《华中学术》2022年第3期。

王璞：《宇宙写真——从〈女神〉中的歌德神话到郭沫若早期作品的镜像构造》，《文艺争鸣》2022年第5期。

王东风：《被冤枉的何其芳 被误解的孙大雨新诗节奏单位缘起之争》，《北京第二外国语学院学报》2022年第6期。

吴思敬：《从诗歌地理学的角度看西部诗歌的建构》，《当代文坛》2022年第6期。

王治国：《七月诗派论诗歌创作的"形象力"》，《南都学坛》2022年第4期。

王灿、孙雯：《梁小斌诗歌创作与传播场域的多元共生》，《淮北师范大学学报》（哲学社会科学版）2022年第1期。

吴昊、张颖：《声音的"政治"——20世纪前半叶中国现代诗歌朗诵理论研究》，《宁夏大学学报》（人文社会科学版）2022年第1期。

吴京烨：《20世纪80年代以来周作人新诗研究述评》，《黑龙江社会科学》2022年第5期。

西渡:《"使用好你的渺小"——臧棣植物诗的方法论问题》,《中国现代文学研究丛刊》2022年第3期。

向天渊:《中国新诗的当代写作与传统文化的现代转换》,《广东社会科学》2022年第2期。

向天渊:《能指优势与语音凸显新诗语言艺术的智慧与疏拙》,《南昌大学学报》(人文社会科学版)2022年第4期。

徐刚:《诗歌的下沉与诗人的去界域化——重新理解郭沫若的当代诗歌》,《华中师范大学学报》(人文社会科学版),2022年第6期。

熊辉:《论田间诗歌解殖民书写的阶段性特质》,《安徽师范大学学报》(人文社会科学版)2022年第6期。

向阿红:《中国现代诗歌作品修改现象之考察》,《山东师范大学学报》(社会科学版)2022年第4期。

向阿红:《意识形态与新诗选本的版本——以〈臧克家诗选〉和〈艾青诗选〉为考察中心》,《现代中国文学与文化》(第40辑),巴蜀书社,2022年版。

萧映、胡冰涛:《现代悼亡诗中的智性抒情——以臧棣〈写给儿子的哀歌〉为例》,《长江学术》2022年第2期。

周俊锋:《现代汉语诗歌用典的原型书写与诗性潜能——基于"凤凰"和"女神"的文学母题》,《现代中国文学与文化》(第41辑),巴蜀书社,2022年版。

徐妍、卜文馨:《论何向阳诗集〈刹那〉的"灵觉诗学"》,《中国现代文学研究丛刊》2022年第7期。

辛北北:《"长90年代"新诗"当代"空间的确立》,《当代文坛》2022年第5期。

熊辉:《以译代作:闻一多早期新诗创作的特殊方式》,《写作》2022年第4期。

熊辉:《田间诗歌中的新疆书写》,《石河子大学学报》(哲学社会科学版)2022年第5期。

徐旭敏:《论佛教色空观对废名创作的影响——以废名20世纪30年代的新诗为例》,《台州学院学报》2022年第5期。

许永宁、粟芳:《文学史编纂与顾城童话诗人形象建构》,《世界华文学论坛》2022年第4期。

夏可君:《臧棣的诗歌植物学:灵视另一种的人性》,《扬子江文学评论》2022年第3期。

颜炼军:《"我颂扬投火的飞蛾"——新诗同题译写现象的个案分析》,《文学评论》2022年第3期。

颜炼军:《尤利西斯形象:反顾当代诗的一个微观角度》,《扬子江文学评论》2022年第5期。

于慈江:《叙述作为呈现诗的结晶质地或诗性的一种方式——从闻一多及其弟子"二家"的诗说开来》,《中国现代文学研究丛刊》2022年第1期。

杨四平:《原创"血诗"海子元诗性写作的文学史方位》,《华中师范大学学报》(人文社会科学版)2022年第3期。

杨四平:《以伟大诗歌为极值的海子原创性提纲式诗学》,《文艺争鸣》2022年第5期。

杨四平:《中国现代叙事诗写作的史诗化与现代化追寻》,《人文杂志》2022年第9期。

杨四平、王祎灵:《20世纪20年代"新诗集"序跋中的新诗本体观》,《南通大学学报》(社会科学版)2022年第3期。

杨庆祥:《幸存者、当代性和文明的眼泪——欧阳江河长诗阅读札记》,《扬子江文学评论》2022年第4期。

杨小滨:《瘙痒的主体:胡续冬诗中的社会讽喻与转义喜剧》,《扬子江文学评论》2022年第 4 期。

杨碧薇:《汉语新诗中的"叙事"考辨》,《当代文坛》2022 年第 3 期。

杨洋:《"口语何以为诗"——"归来者"的诗学隐忧与"口语化"写作的可能》,《福建论坛》(人文社会科学版)2022 年第 6 期。

叶琼琼:《空白中的洁净燃烧———吴投文新世纪诗歌创作综论》,《长江文艺评论》2022 年第 4 期。

叶琼琼、龚浩敏:《论穆旦诗歌中的"自然"》,《天津社会科学》2022 年第 4 期。

叶红:《诗人的言说——以小海诗论》,《苏州教育学院学报》2022 年第 4 期。

于迪:《再造传统:夏济安 20 世纪 50 年代诗论与文化政治》,《现代中国文学与文化》(第 41 辑),巴蜀书社,2022 年版。

叶橹:《吉狄马加论》,《中国当代文学研究》2022 年第 4 期。

于昊燕:《吉狄马加诗歌中的"群山"地理书写与文化认同》,《民族文学研究》2022 年第 6 期。

张清华:《实验与选择,变奏与互动——百年新诗的六个问题》,《中国现代文学研究丛刊》2022 年第 2 期。

张清华:《在通向语言的途中有一个引领者——欧阳江河印象》,《扬子江文学评论》2022 年第 4 期。

张桃洲:《"解诗学"视域下的新诗阅读问题》,《文艺研究》2022 年第 3 期。

张桃洲:《重审 1990 年代诗歌的意识与观念》,《当代文坛》2022 年第 5 期。

赵焕亭:《〈豫报副刊〉上的徐玉诺三首诗辑议》,《中国现代文学研究丛刊》2022 年第 3 期。

赵目珍:《论海子诗歌中的"春天"主题》,《文艺评论》2022 年第 5 期。

朱星雨:《深入语言本体的诗学研究——论陈爱中的汉语新诗批评》,廊坊师范学院学报(社会科学版)2022 年第 2 期。

朱星雨、陈爱中:《对〈百鸟衣〉的文化透视——兼谈韦其麟诗歌的象征性》,《文艺评论》2022 年第 3 期。

赵稀方:《论 20 世纪六七十年代香港的诗歌转折》,《文学评论》2022 年第 2 期。

赵黎明:《此在、声音与废话的诗学:当代"口语诗"的语言哲学》,《山西大学学报(哲学社会科学版)》2022 年第 2 期。

赵黎明:《"口语语法"与白话新诗文化精神的初立》,《华中师范大学学报》(人文社会科学版)2022 年第 5 期。

赵黎明:《汉语诗歌的意脉变迁与关系词——兼论新诗语法革新及其诗学影响》,《浙江社会科学》2022 年第 6 期。

赵黎明:《新的诗学话语的"崛起"——语言哲学视域中的朦胧诗运动》,《学术论坛》2022 年第 6 期。

张洁宇:《个人的熔炼与历史的肉身——牛汉的诗学观念、实践及意义》,《华中师范大学学报》(人文社会科学版)2022 年第 3 期。

张艳梅、马一鸣:《唤醒万物的灵魂——傅天琳诗歌创作论》,《中国当代文学研究》2022 年第 4 期。

周瓒:《"坛子轶事"近四十年当代诗歌批评发展线索纵论》,《江汉学术》2022 年第 3 期。

庄伟杰:《论台湾现代诗地方性与世界性之内在关联——百年汉语新诗研究的一个观察视角》,《华文文学》2022 年第 5 期。

郑元会、张帆:《中国新诗学观念的历史转型及其辩证关系——郑振铎"血和泪"与"爱和美"的双重书写》,陕西师范大学学报(哲学社会科学版）2022年第3期。

赵思运：《王蒙旧体诗中的"李商隐情结"》，《中国当代文学研究》2022年第2期。

赵锐：《寻找"被埋葬的词"——论吉狄马加诗歌的原型意象》，《中国当代文学研究》2022年第3期。

张光昕：《叹息与顿悟——论昌耀晚期不分行作品的剩余快感》，《文艺研究》2022年第7期。

朱寿桐：《〈女神〉诗人的诗性本格与郭沫若的位格意识》，《文艺争鸣》2022年第5期。

周思辉：《"传统积淀为个人才能"——何其芳1930年代现代诗中对晚唐诗艺接受新论》，《南京师范大学文学院学报》2022年第2期。

曾颖、李章斌：《诗歌形式与"时代语言"——谈何其芳的"现代格律诗"理论》，《常熟理工学院学报》2022年第1期。

曾祥金：《一个新诗人的起步——袁可嘉求学时期集外新诗考释》，《现代中文学刊》2022年第1期。

翟月琴：《"东方面目的悲剧精神"杨牧诗歌中"声音的戏剧"——论〈林冲夜奔声音的戏剧〉和〈妙玉坐禅〉》，《扬子江文学评论》2022年第3期。

赵思情：《融合、阻滞、分裂——1940年前后穆旦诗风与历史感知的变化及原因》，《中国现代文学研究丛刊》2022年第10期。

周军：《新诗发生期新文学家旧体诗写作的文化再勘》，《文艺评论》2022年第6期。

张立群：《整合、深入与学术意识的探求——评〈阮章竞年谱〉》，《中国现代文学研究丛刊》2022年第2期。

张立群：《经验、趋向与格局考察——1990年代以来"中国当代诗歌史"写作述论》，《中国当代文学研究》2022年第3期。

张立群：《从"回归的美学"到"寻回汉声"——杨键诗歌论》，《南方文坛》2022年第4期。

台湾学界诗学研究

蔡坤伦：《唐诗中三都内、外关道》，《嘉大应用历史学报》2022年第6期。

蔡叔珍：《"造物有深意"——论苏轼寓居定惠院海棠诗"幽微"咏物书写》，《高餐通识教育学刊》（2022年2月）。

蔡叔珍：《从诗话观论苏轼〈饮湖上初晴后雨〉二首》，《问学》2022年第26期。

曹希文：《从连章结构论梅村诗——重探吴梅村〈行路难十八首〉》，《思辨集》2022年第25期。

曾金承：《洪弃生诗中的航海书写与寄怀》，《文学新钥》2022年第35期。

曾诗涵：《"映梦、窗零乱碧"？——浅谈吴文英〈秋思〉词与"梦窗"之名号入词》，《国文天地》2022年第11期。

陈贵秀：《元初北方诗人刘因诗歌研究》，新北淡江大学中国文学学系硕士在职专班2022年硕士学位论文。

陈立新：《李商隐与其诗情新探》，东吴大学中文研究所2022年博士学位论文。

陈美朱：《析论屈复〈唐诗成法〉的"诗法"观》，《东华汉学》2022年第35期。

陈孟妏：《方以智的诗学工夫论——以清初桐城诗歌为探索材料》，新竹清华大学中文研究所2022年博士学位论文。

陈芃杉：《苏轼诗作与〈诗经〉关系之研究》，高雄高雄师范大学经学研究所2022年硕士学位论文。

陈庆元：《玄言诗与东晋门阀士风——以会稽侨姓为核心》，《东吴中文学报》2022年第43期。

陈荣灼：《李白道诗思想之研究——从海德

格现象学视野出发》,《清华学报》2022年第2期。

陈胜智:《明清台湾禅诗之意象研究》,彰化彰化师范大学国文学系国语文教学硕士在职专班2022年硕士学位论文。

陈诗琦:《休鲍论考——兼论刘宋后期诗风之变》,《国文天地》2022年第12期。

陈伟强:《众神护形,步虚玉京——李白的谪仙诗学》,《清华学报》2022年第4期。

陈炜琪:《钱锺书之宋诗学研究》,新北辅仁大学中文研究所2022年博士学位论文。

陈雅婷:《茗饮蔗浆携所便——论杜甫饮茶诗中的生命意识》,《问学》2022年第26期。

陈怡婷:《林子瑾、吴子瑜其人其诗研究》,嘉义中正大学台湾文学与创意应用硕士在职专班2022年硕士学位论文。

陈颖聪:《明代复古诗论发生与成长的内外因素》,《屏东大学学报人文社会类》2022年第7期。

陈正治:《韦庄怀念江南的〈菩萨蛮〉,受谁的影响》,《中国语文》2022年第4期。

谌仕綦:《苦吟的身体语言中唐三家诗人研究》,台湾大学中文研究所2022年硕士学位论文。

谌仕綦:《陆游三山别业的家园书写》,《中国文学研究》2022年第53期。

戴淑贞:《黄绍谟汉诗研究》,云林云林科技大学汉学应用研究所2022年硕士学位论文。

郭相佑:《十九世纪"江南／海上"美人图／咏研究——才子、女性及文化市场脉络》,中坜中央大学中文研究所2022年硕士学位论文。

郭子瑜:《李清照词中存有焦虑与价值实践研究》,台北大学中文研究所2022年硕士学位论文。

何骐竹:《"生日快乐"——苏轼为人庆生与受贺》,《文学新钥》2022年第1期。

何维刚:《从咏史到怀古——论南朝祠庙诗的书写发展与南方经验》,《政大中文学报》2022年第2期。

胡旻:《讥刺君主和自我压抑——钱谦益与沈德潜评杜差异及成因》,《东海中文学报》2022年第43期。

黄绢文:《杜甫儒者身份建构研究——从韦伯儒教视域切入》,台南成功大学中文研究所2022年硕士学位论文。

黄雅莉:《狂傲洒脱的背后——论柳永〈鹤冲天〉的创作心态》,《国文天地》2022年第4期。

黄郁茜:《〈庄子〉与陶渊明诗文中的生死观之比较研究》,云林云林科技大学汉学应用研究所2022年硕士学位论文。

黄正静:《传统诗人中"纵谷客家第一庄"地景的文学书写》,《文学新钥》2022年第1期。

简锦松、唐宸、李依娜等:《题名、诗人、长桥、GIS——姜夔〈过垂虹〉诗现地研究》,《东华汉学》2022年第1期。

江凤慧:《形式与抒情之间——论谢朓"好诗圆美"的理论内涵》,《国文天地》2022年第5期。

江彦希:《诗律之酝酿与形成——沈约"此秘未覩"说驳议》,《国文天地》2022年第3期。

江宇翔:《顾太清〈东海渔歌〉之花妍书写》,嘉义南华大学文学研究所2022年硕士学位论文。

李瑞慈:《〈唐诗三百首〉之植物意象研究》,铭传大学应用中国文学研究所2022年硕士论文。

李绍雯:《李弥逊〈筠谿乐府〉研究》,东吴大学中文研究所2022年硕士学位论文。

李天群:《赵孟頫〈巫山一段云〉组词研究》,《思辨集》2022年第1期。

李宗菊:《苏轼荔枝书写特色析论》,《思辨集》2022年第1期。

廖雅竹:《王昌龄及其诗作分期研究》,台北市立大学中文研究所2022年硕士学位论文。

林波颖：《谢灵运的三重隔绝》，《国文天地》2022年第5期。

林芳玮：《周亮工（1612—1672）在明清易代之际的自我书写》，台湾师范大学国文研又所2022年硕士学位论文。

林冠娴：《栗社诗人范慕淹研究》，台中中兴大学中文研究所2022年硕士学位论文。

林沛玟：《从〈木兰诗〉到真人电影〈花木兰〉（2020）之意象互文性》，《国文天地》2022年第11期。

林琬紫：《游移的身份：清初吴之振的文学活动与心灵世界》，新竹清华大学中文研究所2022年硕士学位论文。

林忆玲：《陶渊明〈形影神〉与张湛〈列子注〉生死观之交涉》，《高餐通识教育学刊》（2022年第1期）。

林友良：《苏辛词"重出"修辞浅探》，《中国语文》2022年第11期。

林昀静：《日治时期台湾汉诗的南洋书写》，台中逢甲大学中文研究所2022年硕士学位论文。

林志伟：《阮籍及其〈咏怀诗〉论略》，《弘文学报》2022年第1期。

刘翠榕：《论〈兰亭诗〉中的五言四句体》，《国文天地》2022年第5期。

刘红霞：《题材、谱调、失收词人——论〈永乐大典·常州府〉清抄本见存宋〈江阴志〉对词学研究之价值》，《中国文学研究》2022年第1期。

刘顺：《具身之感与生命之思中晚唐诗歌中的"身—心"与"心—事"》，《文与哲》2022年第1期。

刘晓萱：《二十世纪以来词集目录提要》，《书目季刊》2022年第1期。

刘彦霞：《元僧中峰明本的达道之艺净土诗与咏梅诗所展演的修行观》，台中中兴大学中文研究所2022年硕士学位论文。

刘昱良：《苏辛牡丹诗词研究》，东吴大学中文研究所2022年硕士学位论文。

罗善茵：《浅析庾信诗歌的用典——以〈拟咏怀二十七首〉为例》，《国文天地》2022年第5期。

吕梅：《韩愈诗中风景书写的特色析论》，《北市大语文学报》2022年第1期。

吕沛芸：《离别文学的继承与拓展——稼轩离别词研究》，台湾大学中文研究所2022年硕士学位论文。

祁立峰：《多极时代的文学家——萧詧的诗赋及其与梁末作家的关联》，《成大中文学报》2022年第3期。

祁立峰：《六朝文论中的"奇险"与其概念延异》，《中正汉学研究》2022年第1期。

邱虹齐：《论东坡词中的生命境界》，新北辅仁大学中国文学系2022年硕士学位论文。

任可怡：《〈琵琶行〉赏析》，《科际整合月刊》2022年第6期。

任可怡：《中唐言论尺度白居易的讽谕诗实例》，《科际整合月刊》2022年第4期。

沈芳如：《匮缺至光幻——梁陈诗歌"空"义析论》，《政大中文学报》2022年第2期。

苏子杰：《元祐贬谪词人的孤独时空》，台东大学华语文学研究所2022年硕士学位论文。

田德智：《基隆八景及八景诗研究》，高雄师范大学国文研究所2022年硕士学位论文。

涂意敏：《清初词中的金陵书写研究》，东吴大学中文研究所2022年博士学位论文。

王家琪：《唐诗中"辽海"书写之探究》，《台北海洋科技大学学报》2022年第1期。

王凯行：《论清道光年间的女性结社"梁德绳消夏集"》，《思辨集》2022年第1期。

王友胜：《论历代宋诗总集的编纂语境》，《成大中文学报》2022年第1期。

王之敏：《吕洞宾诗歌研究》，国立高雄师范大学国文研究所2022年博士学位论文。

韦凌咏：《声与情——〈闻官军收河南河北〉的韵律析赏》，《国文天地》2022年第1期。

吴宜静：《日治时期台湾南社诗人研究——以洪铁涛、王芷香为探讨对象》，台湾师范大学国文研究所2022年硕士学位论文。

吴懿伦：《宇文所安〈文化唐朝〉的书写策略及其文学史学意义》，《中国文学研究》2022年第54期。

吴宇祯：《论唐宋词的"一意化两"艺术》，《国文天地》2022年第9期。

徐隆垚：《〈列朝诗集〉编纂体例考——兼及作者意图之反思》，《中国文哲研究集刊》2022年第1期。

徐亚宁：《杨万里饮食诗研究》，政治大学国文教学硕士在职专班2022年硕士学位论文。

许淑惠：《黄庭坚词作中的"效他体"析论》，《国立屏东大学学报》（人文社会类）2022年第1期。

杨思源：《清代选本与岑参接受》，《静宜中文学报》2022年第1期。

杨文惠：《悖论的艺术——李商隐诗语言的张力与魅力》，《美育》2022年第6期。

杨雅雯：《苏轼密州时期诗词研究》，台湾师范大学国文学系国文教学2022年硕士在职专班硕士学位论文。

叶尔珈：《鲍照的自然诗学》，政治大学中文研究所2022年硕士学位论文。

尹诺：《陈曾寿七律研究》，政治大学中文研究所硕士学位论文。

张高评：《朱熹〈观书有感〉与宋人理趣诗》，《国文天地》2022年第3期。

张念誉：《杜甫七律诗中的家屋天地》，台东大学华语文学研究所2022年硕士学位论文。

张韶祁：《温庭筠〈菩萨蛮〉托寓新探——从"寓情草木"说温词中的"花"》，《人文社会学报》2022年第1期。

张诗情：《北朝民歌中的女性独立形象》，《国文天地》2022年第5期。

张腾：《白居易宦游时期的家庭书写研究》，新北淡江大学中文研究所2022年硕士学位论文。

张玮仪：《杨万里茶诗中所透显之"理禅融会"》，《台北大学中文学报》2022年第2期。

张艳：《王夫之〈落花诗〉析论》，政治大学中文研究所2022年博士学位论文。

张意姗：《万里关山智眼收——季总行彻及祖揆玄符禅诗譬喻研究》，台中中兴大学中文研究所2022年硕士学位论文。

赵唯净：《东坡徐州词研究》，台湾大学中文研究所2022年硕士学位论文。

郑思娴：《"笔力扛鼎"——韩愈一韵到底七古体式、体貌初探》，《中国文学研究》2022年第1期。

郑志敏：《浅解宋人诗作中的猫》，《博雅通识学报》2022年第1期。

锺晓峰：《李怀民推尊中晚唐诗探析——以〈重订中晚唐诗主客图〉为主的讨论》，《东海中文学报》2022年第2期。

锺晓峰：《烟艇诗想：陆游渔隐诗书写探析》，《台大中文学报》2022年第2期。

周铭堂：《魏等如汉诗研究》，云林科技大学汉学应用研究所2022年硕士学位论文。

周栩鹏：《杜牧涉酒诗研究》，台中中兴大学中文研究所2022年硕士学位论文。

周怡廷：《白居易诗中的"叙事治疗"》，高雄中山大学中文研究所2022年硕士学位论文。

周振兴:《儒家观点下的宋词批评研究——以〈词话丛编〉为考察中心》,台南成功大学中文研究所2022年博士学位论文。

周志仁:《日治时期语文教育发展观察——以传统汉诗为例》,《文学新钥》2022年第1期。

朱锦雄:《从"大和二年制举事件"和"甘露之变"二事解读杜牧对宦官的看法》,《静宜人文社会学报》2022年第2期。

中国诗学研究(日本)

村田眞由:《文天祥试论——以"填沟壑"为中心》,《日本中國學會報》第74期2022年。

大島絵莉香:《论黄山谷诗抄物〈演雅〉的解释——以万里集九〈帐中香〉为中心》,《日本漢文学研究》第17期2022年。

大橋賢一:《杜诗第二人称代词研究札记——以"汝曹"为中心》,《杜甫研究年報》第5期2022年。

渡邉登紀:《论谢惠连〈七月七日夜咏牛女诗〉》,《東方學》第144期2022年。

渡邉寬吾:《〈游仙窟〉所收诗的研究——从形式出发的考察(其二)》,《福冈女学院大学·人文学部》第32期2022年。

二宮美那子:《孟浩然的行旅诗——基于六朝"行旅"诗传统的探讨》,《中國文學報》第95期2022年。

馮霞:《〈万叶集〉与〈玉台新咏〉的比较文学研究——以初期七夕歌与七夕诗为中心》,《文学研究論集》第57期2022年。

福本郁子:《〈诗经〉导读(二)——关于〈桃夭〉的"蕡"、〈鱼藻〉的"颁"及〈苕之华〉的"坟"》,《比較文化研究》第32期2022年。

福本郁子:《〈诗经〉导读(一)——关于〈周南·关雎〉中的"窈窕"之义》,《盛岡大学紀要》第39期2022年。

福井佳夫:《江淹评传》,《中京大学文学部紀要》第57卷第1期,2022年。

福井佳夫:《梁简文帝评传》,《中京大学文学部紀要》第2期2022年。

高岡遼:《杜甫诗题索引以十一种日译本为对象》,《中国文史論叢》第18期2022年。

高橋良行:《李白、杜甫诗中"羞""耻""惭""愧"的表现》,《学術研究人文科学·社会科学編》第70期2022年。

龔穎:《以汉诗唱和为渠道的近代日中文人交流以井上哲次郎、潘飞声、关桂林为中心》,《倫理研究所紀要》第31期2022年。

亀井有安:《建安诗展开的一个面向以"斗鸡诗"为中心》,《二松大学院紀要》第36期2022年。

後藤秋正:《"带"字用法所见的杜甫诗》,《杜甫研究年報》第5期2022年。

加固理一郎:《李商隐诗歌中的曹植与〈洛神赋〉》,《六朝學術學會報》第23期2022年。

靜永健:《明末异人唐汝询及其唐诗注释》,《中國文學報》第95期2022年。

鷲野正明:《徐祯卿官僚时代的诗与李梦阳的会面及交游》,《国士館人文学》第12期2022年。

李満紅:《〈怀风藻〉中上官昭容诗的受容——以纪男人〈扈从吉野宫〉为中心》,《古代研究》第55期2022年。

柳川順子:《曹植〈惟汉行〉的创作动机》,《県立广岛大学地域創生学部紀要》第1期2022年。

绿川英樹:《五山僧阅读的黄庭坚集——以万里集九〈帐中香〉为线索》,《アジア遊学》第277期2022年。

内田誠一:《白居易〈山中五绝句〉剖析》,《安田女子大学大学院紀要》第27期2022年。

前堂飒世：《蔡文溥的生涯及其诗作以其官生期为中心》，《琉球冲縄歷史》第4期2022年。

浅見洋二：《"士"与"农"、"劝农"与"躬耕"——论陆游及其田园诗》，《アジア遊学》第277期2022年。

清水もも：《论李白〈临路歌〉》，《日本文學》第118期2022年。

三野豊浩：《不见于〈分门纂类唐宋时贤千家诗选〉的〈千家诗〉七言绝句》，《言語と文化愛知大学語学教育研究室紀要》第46期2022年。

三野豊浩：《〈分门纂类唐宋时贤千家诗选〉所辑录的〈千家诗〉七言绝句》，《言語と文化愛知大学語学教育研究室紀要》第45期2022年。

山田尚子：《感伤诗与讽谕诗——围绕与〈古诗十九首〉关联的探讨》，《慶應義塾中国文学会報》第6期2022年。

石本道明：《〈诗经〉"木瓜"义解管见关于"喻"的功能》，《國學院雜誌》第7期2022年。

室貴明：《论苏轼的西湖诗以〈饮湖上初晴后雨二首〉为中心》，《集刊東洋学》第127期2022年。

泰田利栄子：《论周兴嗣与吴均的赠答诗——〈千字文〉以前的周兴嗣》，《人間文化創成科学論叢》第24期2022年。

藤原祐子：《〈乐府雅词〉初探》，《中国文史論叢》第18期2022年。

土屋聡：《陶渊明〈归园田居五首〉中的住宅——以"方宅十余亩，草屋六七间"句为中心》，《中国文学論集》第51期2022年。

土屋聡：《陶渊明田园诗的构造存在于其幸福深层的事物》，《中国文史論叢》第18期2022年。

下定雅弘：《杜甫的闺情诗》，《杜甫研究年報》第5期2022年。

詹満江：《关于唐代女性诗人薛涛的卒年》，《新しい漢字漢文教育》第73期2022年。

趙美子：《论曹植的游仙诗——以"鼎湖"的典故为线索》，《お茶の水女子大学中国文学会報》第41期2022年。

中元雅昭：《白居易的咏雪诗》，《国際文化表現研究》第18期2022年。

諸田龍美：《"山的诗人"白居易（2）仙游山·〈长恨歌〉·山水画家》，《愛媛大学法文学部論集·人文学編》第52期2022年。

中国诗学研究（韩国）

金珍喜（김진희，音译）：《嵇康玄言诗中的飞鸟意象表现的化用考察——以〈诗经〉、〈楚辞〉的化用为中心》，《中国语文论丛》2022年第108辑。

庐根静：《李白岳州时期诗歌中的洞庭湖景象考察》，《中国语文论丛》2022年第108辑。

任元彬：《元代诗人倪瓒的诗歌考察》，《中国研究》2022年第90卷。

安炳国：《王维七言律诗章法和格律分析》，《中国语文学论集》2022年第133号。

朴惠静（박혜정，音译）：《晚唐时期座主和门生的关系及对文学的影响——皮日休和郑愚为中心》，《东洋学》2022年第86辑。

车荣益（차영익，音译）：《眉叟许穆的诗经观研究》，《泰东古典研究》2022年第48辑。

金秀炅：《瓶窝李衡祥〈诗经〉读法的扩张性和多层性》，《汉文学论丛》2022年第62辑。

柳华亭（류화정，音译）：《丽末鲜初文人对邵雍的受容和理解》，《退溪学论丛》2022年第39辑。

李相润（이상윤，音译）：《拙修斋赵圣期道学诗研究》，《民族文化》2022年第60辑。

文美珍（문미진，音译）：《张志和的〈渔歌〉对朝鲜词的影响》，《中国人文科学》2022年第81辑。

李恩珠（이은주，音译）：《论诗的折中和作诗的实践—紫霞申纬的诗论和诗世界》，《韩国汉诗

研究》2022年第30辑。

王亚楠:《浅析朝鲜文人对苏轼题画诗的受容与意义——以汉诗文中心》,《东洋汉文学研究》2022年第63辑。

金恩姃:《通过〈皇华集〉看明代使臣的朝鲜文物形象化样相》,《藏书阁》2022年第47辑。

沈庆昊:《〈皇华集〉序文和记事有关酬唱中反映的朝鲜文臣的自主性文明意识》,《藏书阁》2022年第47辑。

李炫一:《紫霞申纬和清代文人的交游研究》,《大东文化研究》2022年第117辑。

鲁耀翰:《高丽末期至朝鲜初期朱熹〈楚辞集注〉〈楚辞辩证〉〈楚辞后语〉的输入和刊行》,《东方汉文学》2022年第90辑。

金镐:《奎章阁所藏中国本明代诗集的文献价值——〈鲁郡伯明吾先生诗稿〉〈少鹄诗稿〉〈会稽怀古诗〉为中心》,《韩国中文学会》2022年第86集。

金永哲:《清代〈佩文斋咏物诗选〉中所见朝鲜〈中东咏物律选〉的变通性》,《中国语文学论集》2022年第134号。

刘婧:《朝鲜时期〈虞注杜律〉的传入和翻印版本研究》,《中国语文学志》2022年第81辑。

刘婧:《正祖御定本〈杜律分韵〉的编纂、版本及影响研究》,《东亚人文学》2022年第59辑。

中国诗学研究(北美)

Lian Xinda, "Secret Laid Bare: Close Reading of Chinese Poetry," Journal of Chinese Literature and Culture, 9:1 (April 2022),.

Grace S. Fong, "Feminist Theories and Women Writers of Late Imperial China: Impact and Critique," The Journal of Chinese Literature and Culture, 9:1 (April 2022)

Jao Tsung-I, trans. David Lebovitz, "Did Men of Song Belt Out 'Tang Ci'? An Explanation of the Poem 'I Only Fear the Spring Breeze Will Chop Me Apart'," in Tang Studies, 40 (2022).

Jiani Chen, "Space and Identity: Self-Representation of a Ming Nanjing Courtesan in Transformation," The Journal of Chinese Literature and Culture, 9:2 (November 2022).

Lili Xia, "Qiuchi as Heterotopia: The Other Space for Su Shi," Journal of the American Oriental Society 142.1 (2022).

Lu Kou, "Audible Empire: Musical Orthodoxy and Spectacle in the Sui Dynasty," in Early Medieval China, 28(2022).

Lucas Klein, "Decentering Sinas: Poststructuralism and Sinology", The Journal of Chinese Literature and Culture, 9:1 (April 2022).

Manling Luo, Theories of Spatiality and the Study of Medieval China, The Journal of Chinese Literature and Culture, 9:1 (April 2022).

Martin Kern, "Cultural Memory and the Epic in Early Chinese Literature: The Case of Qu Yuan 屈原 and the Lisao 離騷," The Journal of Chinese Literature and Culture, 9:1 (April 2022).

Paul W. Kroll, "Li Bo and the zan," T'oung Pao, 108 (2022).

Paula Varsano, "The Elusiveness of Commonality: Late Twentieth-Century Sinology and the Search for a Shared Lyric Language," The Journal of Chinese Literature and Culture, 9:1 (April 2022), .

Tero Tähtinen, "'In the Mountain Forest I Lose My Self': The Experience of No-Self in Wang Wei's Short Landscape Poems," The Journal of Chinese Literature and Culture, 9:2 (November 2022).

Thomas Donnelly Noel, "Rereading a Poetics of

Divination: Oracular Visuality and Iterations of Landscape in Wei-Jin Lyricism," The Journal of Chinese Literature and Culture, 9:2 (November 2022).

Timothy Wai Keung Chan, "Amorous Adventure in the Capital: Lu Zhaolin and Luo Binwang Writing in the 'Style of the Time'," in Tang Studies, 40 (2022).

Xiao Rao, "Humor under the Guise of Chan: Stories of Su Shi and Encounter Dialogues," Journal of the American Oriental Society 142.2 (2022).

Xiuyuan Mi, "Informational Literature: The Pursuit of Empirical Accuracy in Song Literary Production," Journal of Song-Yuan Studies, 51 (2022).

胡可先,"西域重镇与唐诗繁荣",Nanyang Journal of Chinese Literature and Culture, 2 (2022),.

中国诗学研究(欧洲)

Dirk Meyer and Adam Craig Schwartz, Songs of the Royal Zhōu and the Royal Shào: Shī 詩 of the Ānhuī University Manuscripts, Leiden and Boston: Brill, 2022.

Dorothee Schaab-Hanke, "Cai Yong's 蔡邕 Reading of the Odes, as Seen from His Qincao 琴操 and His 'Qingyi Fu' 青衣赋", Early China, 45(September 2022).

Michael Hunter, The Poetics of Early Chinese Thought: How the Shijing Shaped the Chinese Philosophical Tradition, New York: Columbia University Press, 2021.

Yegor Grebnev, "The Poetics of Early Chinese Thought: How the Shijing Shaped the Chinese Philosophical Tradition", Monumenta Serica, 70:2 (December 2022).

Paul W. Kroll, "Li Bo and the Zan", T'oung Pao, 108:1-2 (March 2022).

Chi-hung Wong, "The Two Interpretive Dogmas of Zhiren lunshi and Yiyi nizhi as 'Rules of Competition' and 'Perspectives of Historicity': A Study of Annotated Editions of Du Fu's Poetry from the Late Ming to Early Qing", Acta Orientalia Academiae Scientiarum Hungaricae, 75:2(June 2022).

David McMullen, "Du Fu 杜甫 On The Han Dynasty: A Medieval View of the Classical Chinese Empire", Early China, 45(September 2022).

Jing Xu, "Learning Morality with Siblings: The Untold Tale of a Mid-Twentieth Century Taiwanese Family", Journal of Chinese History, Volume 6, Special Issue 2: Family Relations in Chinese History, July 2022.

Ronald Egan, "Older and Younger Brothers: Su Shi and Su Zhe", Journal of Chinese History, Volume 6, Special Issue 2: Family Relations in Chinese History, July 2022.

Weijing Lu, "Poetry, Intimacy, and Male Fidelity: The Marriage of Wang Caiwei and Sun Xingyan", Journal of Chinese History, Volume 6, Special Issue 2: Family Relations in Chinese History, July 2022.

Peter Tsung Kei Wong, "The Soundscape of the Huainanzi 淮南子: Poetry, Performance, Philosophy, and Praxis in Early China", Early China, 45(September 2022).

James J.Y. Liu, The Art of Chinese Poetry, England: Routledge, 2022.

Lin Geng, A Comprehensive Study of Tang Poetry I&II, England: Routledge, 2022.

Arthur David Waley, The Poet Li Po, England: Creative Media Partners, 2022.

Alan Ayling, Duncan MacKintosh, A Collection of Chinese Lyrics, England: Routledge, 2022.

专著要目

白落梅:《雅宋词客》,湖南文艺出版社,2022年版。

白振奎:《观风察政:汉代歌谣与政治的互动研究》,上海古籍出版社,2022年版。

鲍远航:《唐诗说唐史》,商务印书馆,2022年版。

蔡显良:《诗歌中的书法史》,广西师范大学出版社,2022年版。

蔡毅:《清代日本汉文学的受容》,汲古书院,2022年版。

蔡英俊:《比兴、物色与情景交融》,台大出版中心,2022年版。

曹旭、高智:《陶渊明诗选》,商务印书馆,2022年版。

常华:《去唐朝诗人和人间世》,广西师范大学出版社,2022年版。

陈才智:《白居易诗品汇》,崇文书局,2022年版。

陈家煌:《白居易诗人品味研究》,万卷楼图书股份有限公司,2022版。

陈景星:《叠岫楼诗草》,巴蜀书社,2022年版。

陈美朱:《屈复〈唐诗成法〉点校本》,台南成大出版社,2022年版。

陈启明:《清代女性诗歌总集研究》,复旦大学出版社,2022年版。

陈顺智、徐永丽:《王维诗品汇》,崇文书局,2022年版。

陈文忠:《诗心永恒接受史视野中的经典细读》,商务印书馆,2022年版。

陈曦骏:《晚唐五代诗史:甘露之变到汴京残梦》,天津人民出版社,2022年版。

陈贻焮:《杜甫评传》,生活·读书·新知三联书店,2022年版。

陈增杰:《宋元温州诗略》,浙江大学出版社,2022年版。

程杰:《宋代文学论丛》,凤凰出版社,2022年版。

川合康三:《中国的诗学》,研文出版,2022年版。

川合康三:《曹操·曹丕·曹植诗文选》,岩波书店,2022年版。

川合康三著,陆颖瑶译:《李商隐诗选》,凤凰出版社,2022年版。

戴伟华:《地域文化与唐诗之路》,中华书局,2022年版。

党圣元、李正学主编:《清代文艺思想史》,北京师范大学出版社,2022年版。

狄宝心:《中华传统文化百部经典·元好问集》,中国图书馆出版社,2022年版。

丁沂璐:《北宋边塞诗研究》,上海古籍出版社,2022年版。

多洛肯、路凤华校注:《清代少数民族文学家族诗集丛刊 完颜氏文学家族诗集》,中国社会科学出版社,2022年版。

多洛肯、赵钰飞等:《明代少数民族诗文创作

总目提要 叙录及其散存作品辑录》,社会科学文献出版社,2022年版。

多洛肯等辑校:《元明清蒙古族汉文创作叙录及散存作品辑录》,上海古籍出版社,2022年版。

方成培编著,王延鹏、鲍恒整理:《词榘》,华东师范大学出版社,2022年版。

方泽林著,赵四方译:《诗与人格——传统中国的阅读、注解与诠释》,商务印书馆,2022年版。

符海朝:《范仲淹十讲》,河南文艺出版社,2022年版。

高超作:《宇文所安的唐诗英译及唐诗史书写研究》,中国社会科学出版社,2022年版。

高小慧:《杨慎〈升庵诗话〉与明代诗学》,上海古籍出版社,2022年版。

龚斌:《陶渊明诗品汇》,崇文书局,2022年版。

龚方琴:《〈本事诗〉与本事诗学研究》,上海古籍出版社,2022年版。

顾从敬编,杨万里、海继恒整理:《新订类编草堂诗余》,上海古籍出版社,2022年版。

归懋仪著,赵厚均点校:《归懋仪集》(上、下),人民文学出版社,2022年版。

郭宝平:《范仲淹》,凤凰出版社,2022年版。

郭曾炘撰,谢海林笺释:《郭曾炘论诗绝句笺释》,人民文学出版社,2022年版。

郭中华:《金元全真文学研究——以全真诗词为中心》,中国社会科学出版社,2022年版。

海滨:《唐诗之路研究丛书 西域文化与唐诗之路》,中华书局,2022年版。

韩成武:《杜诗诗体学研究》,九州出版社,2022年版。

韩宏韬:《孔颖达与〈诗经〉学研究》,人民出版社,2022年版。

韩经太编,蒋寅注译:《清诗鉴赏》,人民文学出版社,2022年版。

韩经太编,葛晓音校注:《唐诗鉴赏》,人民文学出版社,2022年版。

郝永:《文心雕龙译注评》,崇文书局,2022年版。

何复平著,叶树勋、单虹泽译:《宋代文人的精神生活(960～1279)》,江苏人民出版社,2022年版。

何维刚:《天籁吟社旧籍复刻》,万卷楼图书股份有限公司,2022年版。

何永炎:《醉听清吟唐宋诗赏读》,商务印书馆,2022年版。

贺闱:《〈江都刘云斋先生诗集〉整理研究》,东南大学出版社,2022年版。

横田むつみ:《唐代女性诗人研究序说:上官昭容、李治、薛涛、鱼玄机及其诗作》,汲古书院,2022年版。

洪本健:《一代文宗欧阳修十讲》,福建教育出版社,2022年版。

侯迺慧:《诗情与优雅宋代园林艺术与生活风尚》,浙江人民出版社,2022年版。

侯荣川编:《日本所藏稀见明人诗文总集汇刊·第二辑》,广西师范大学出版社,2022年版。

胡大雷:《口辩·文事·笔书"口笔之辨"与中古文学》,武汉大学出版社,2020年版。

胡可先:《李白杜甫十讲》,高等教育出版社,2022年版。

胡媚媚:《清代诗社研究》,中国社会科学出版社,2022年版。

胡小石:《中国文学史讲稿》,天津人民出版社,2022年版。

黄凌云:《晚明诗人程嘉燧诗歌创作及理论研究》,黄山书社,2022年版。

黄天骥:《诗词创作发凡(修订版)》,广东人民出版社,2022年版。

黄天骥:《唐诗三百年:诗人及其诗歌创作》,东方出版中心,2022年版。

黄佐著,陈广恩点校:《泰泉集》,凤凰出版社,2022年版。

简维仪:《东坡诗话析探》,《古典诗学研究丛刊》第6、7册,花木兰文化出版社,2022年版。

江林昌:《中国史诗研究》,中国社会科学出版社,2022年版。

江惜美:《苏轼思想专题论集》,台中天空数位图书出版社,2022年版。

蒋成德:《陈师道与其师友》,花木兰文化出版,2022年版。

蒋凡:《蒋凡吟谱——中国古典诗文辞赋五十首》,青岛出版社,2022年版。

蒋绍愚:《唐宋诗词的语言艺术》,商务印书馆,2022年版。

蒋寅:《清代文学论稿》,浙江古籍出版社,2022年版。

蒋寅:《清代文学论稿续编》,浙江古籍出版社,2022年版。

靳雅婷:《宋代诗词与士人器乐文化研究》,四川大学出版社,2022年版。

康国章:《〈诗经〉小学史概论》,中国社会科学出版社,2022年版。

柯庆明:《中国文学的美感》,联经出版事业股份有限公司,2022年版。

孔凡礼点校:《全唐五代词全宋词全金元词全清词钞》,中华书局,2022年版。

孔妮妮:《真德秀研究》,上海古籍出版社,2022年版。

赖以邠、查继超、查普荣等编,朱惠国总主编,余意整理:《填词图谱》,华东师范大学出版社,2022年版。

黎兆勋著,向有强校注:《〈侍雪堂诗钞〉编年校注》,吉林大学出版社,2022年版。

李东宾:《词体形态论》,北京大学出版社,2022年版。

李芳民:《李杜韩柳的文学世界》,中华书局,2022年版。

李飞:《〈文心雕龙〉旧注辩证》,人民出版社,2022年版。

李浩:《唐代关中士族与文学》,陕西人民出版社,2022年版。

李浩:《唐代三大地域文学士族研究》,陕西人民出版社,2022年版。

李浩:《唐诗的文本阐释》,陕西人民出版社,2022年版。

李怀民编撰,徐礼节校注:《重订中晚唐诗主客图校注》,黄山书社,2022年版。

李惠仪、许明德:《明清文学中的女子与国难》,台大出版中心,2022年版。

李慧玲:《阮刻〈毛诗注疏〉研究》,华东师范大学出版社,2022年版。

李庆:《王阳明诗校注》,中华书局,2022年版。

李山:《〈诗经〉的创制历程》,中华书局,2022年版。

李舜臣:《历代释家别集叙录》,中华书局,2022年版。

李松石:《两宋题画诗词研究》,新华出版社,2022年版。

李文林、许宝善编,欧阳明亮整理:《诗馀协律 自怡轩词谱》,华东师范大学出版社,2022年版。

李溪:《清物十志——文人之物的意义世界》,北京大学出版社,2022年版。

李长之：《陶渊明传论》，华中科技大学出版社，2022年版。

李招红编：《唐诗之路研究丛书:浙东唐诗之路学术文化编年史》，中华书局，2022年版。

李智星：《政序与文采文道之间的〈文心雕龙〉》，中山大学出版社，2022年版。

李中华、谢泉：《李商隐诗品汇》，崇文书局，2022年版。

厉鹗作、苏小隐校注：《樊榭山房词校笺》，华东师范大学出版社，2022年版。

林庚著，葛晓音编选、导读：《诗的活力与诗的新原质》，生活·读书·新知三联书店，2022年版。

林田慎之助：《陶渊明全诗文集》，筑摩书房，2022年版。

林湘华：《中国诗学的关键流变宋代"江西诗派"》，上海古籍出版社，2022年版。

林宜陵：《典型在夙昔经世济民情怀书写》，万卷楼图书股份有限公司，2022年版。

铃木虎雄：《中国战乱诗》，讲谈社，2022年版。

刘明华：《杜甫资料汇编》，中华书局，2022年版。

刘宥均：《方岳词研究》，花木兰文化出版社，2022年版。

刘运好：《陆士衡文集校释》，凤凰出版社，2022年版。

刘子健著，刘云军等译：《欧阳修十一世纪的新儒家》，重庆出版社，2022年版。

柳恩铭：《诗经心读》，广州出版社，2022年版。

卢盛江：《浙东唐诗之路唐诗全编》，中华书局，2022年版。

罗仲鼎、周菁齐编：《唐人绝句三百首》，浙江古籍出版社，2022年版。

雒三桂：《诗经散论》，中华书局，2022年版。

马鸣谦：《唐诗洛阳记千年古都的风物之美》，浙江人民出版社，2022年版。

马鸣谦：《唐诗洛阳记千年古都的文学史话》，浙江人民出版社，2022年版。

马昕：《三家〈诗〉辑佚史》，中华书局，2022年版。

米彦青：《中国古代蒙古族汉诗研究》，中国社会科学出版社，2021年版。

闵泽平：《杜甫诗品汇》，崇文书局，2022年版。

莫砺锋：《杜甫十讲》，北京联合出版，2022年版。

莫砺锋：《宋诗鉴赏》，人民文学出版社，2022年版。

聂作平：《天地沙鸥:杜甫的人生地理》，中州古籍出版社，2022年版。

彭燕：《宋代巴蜀杜诗学文献研究》，上海古籍出版社，2022年版。

前川幸雄：《元白唱和诗研究》，朋友书店，2022年版。

钱志熙：《陶渊明传》，长江文艺出版社，2022年版。

钱志熙：《魏晋南北朝诗鉴赏》，人民文学出版社，2022年版。

浅见洋二：《陆游》，明治书院，2022年版。

庆振轩：《苏轼研究论稿》，中国社会科学出版社，2022年版。

邱林山：《洪亮吉诗歌研究》，中国社会科学出版社，2022年版。

邱怡瑄：《史识与诗心近现代战争视域下的"诗史"传统》，新文丰出版股份有限公司，2022年版。

沈德潜编，东篱子译：《古诗源全鉴（从上古至隋代的诗歌选集）》，中国纺织出版社，2022年版。

施淑婷：《苏轼迁谪文学与佛禅之关系》，新文丰出版股份有限公司，2022年版。

释大汕：《海外纪事（上）》，文物出版社，2022年版。

松浦友久：《李白诗歌抒情艺术研究》，上海古籍出版社，2022年版。

宋皓琨：《北宋诗学思想史论》，社会科学文献出版社，2022年版。

孙克强、张小平：《〈诗经〉与中国文化》，华夏出版社，2022年版。

孙欣欣：《明代唐诗选本与诗歌批评》，中华书局，2022年版。

檀作文：《子于归檀作文〈诗经〉讲义》，岳麓书社，2022年版。

唐定坤：《过程之美：唐前诗赋的文体互动与文学生成》，中国社会科学出版社，2022年版。

陶文鹏：《陶文鹏说中国诗歌史》，黄山书社，2022年版。

田晓菲：《尘几录：陶渊明与手抄本文化研究》，生活·读书·新知三联书店，2022年版。

田晓菲编，刘倩译：《九家读杜诗》，生活·读书·新知三联书店，2022年版。

汪超：《北宋士人师承与文学》，中华书局，2022年版。

汪克宽、汪湜、汪子祜著，康健、王云云校：《环谷集·樊庵集·石西集》，黄山书社，2022年版。

王昌伟：《李梦阳：南北分野与明代学术》，上海古籍出版，2022年版。

王宏林：《〈唐诗别裁集〉与唐诗经典化》，中华书局，2022年版。

王静芝：《诗经通释》，广西师范大学出版社，2022年版。

王均伟：《唐诗三百首详注》，江西人民出版社，2022年版。

王立群：《宋十家诗传》，大象出版社，2022年版。

王水照：《宋代文学十讲》，复旦大学出版社，2022年版。

王水照：《宋代文学通论（修订本）》，复旦大学出版社，2022年版。

王勋成：《唐代铨选与文学论稿》，中华书局，2022年版。

王瑀：《沈周诗画中的江南》，北京大学出版社，2022年版。

王志清：《唐诗甄品》，河北人民出版社，2022年版。

王锺陵：《唐诗鉴赏》（第4版），四川辞书出版社，2022年版。

王洲明：《诗经考索》，中国社会科学出版社，2022年版。

卫亚昊：《两宋乐府制研究》，中国社会科学出版社，2022年版。

魏宁：《招魂的中国诗：萨满宗教对中国文学传统的影响》，Cambria出版社，2022年版。

文学鉴赏辞典编纂中心编：《唐诗鉴赏辞典》（典藏版），上海辞书出版社，2022年版。

吴承学：《中国古代文体学》（修订本），中华书局，2022年版。

吴格：《明别集丛刊·第六辑》，黄山书社，2022年版。

吴琳：《明末清初女性文学空间研究》，浙江大学出版社，2022年版。

吴孟洁：《陈与义近体诗之研究》，花木兰文化出版社，2022年版。

吴品著：《诗中"诗"——〈全唐诗〉中论诗词

汇之考察》,台大出版中心,2022年版。

吴绮、程洪编著,陈雪军、胡晓梅整理:《选声集 记红集》,华东师范大学出版社,2022年版。

吴小如:《吴小如文集》,中国书籍出版社,2022年版。

吴修丽:《陶渊明:性本爱丘山》,河海大学出版社,2022年版。

向以鲜:《盛世的侧影:杜甫评传》,四川大学出版社,2022年版。

肖瑞峰:《诗国游弋》,浙江工业大学出版社,2022年版。

谢永芳:《陈与义诗词全集》,崇文书局,2022年版。

兴膳宏著,杨维公译:《杜甫超越忧愁的诗人》,生活·读书·新知三联书店,2022年版。

徐克润、沈葵、章耒作,彭国忠总主编,赵厚均、杨焄、刘宏辉等整理:《淞南诗钞淞南诗钞 合编 张泽诗征》,上海古籍出版社,2022年版。

徐在国:《安大简〈诗经〉研究》,中西书局,2022年版。

徐臻:《唐文化圈视域下的东亚诗歌互动研究》,四川大学出版社,2022年版。

许迪:《中国古代诗歌中的时间意识——从〈诗经〉到僧肇》,四川人民出版社,2022年版。

许东海:《品鉴与借鉴:汉唐诗赋变动论述》,文津出版社,2022年版。

许建平、郑利华主编:《弇州山人四部稿》,上海古籍出版社,2022年版。

许淑惠:《接受美学视域下之创作实践研究》,万卷楼图书股份有限公司,2022年版。

薛瑞生:《周邦彦行实新证》,商务印书馆,2022年版。

颜昆阳:《中国诗用学:中国古代社会文化行为诗学》,新北联经出版事业股份有限公司,2022年版。

杨果:《钱锺书诗学方法论稿》,北京大学出版社,2022年版。

杨亮:《混一风雅:元代翰林国史院与元诗风尚》,社会科学文献出版社,2022年版。

杨明:《陆机诗全集》,崇文书局,2022年版。

杨乾坤:《唐诗陕西·大唐三百年》,陕西人民出版社,2022年版。

杨乾坤:《唐诗陕西·京城长安》,陕西人民出版社,2022年版。

杨乾坤:《唐诗陕西·秦岭风情》,陕西人民出版社,2022年版。

杨乾坤:《唐诗陕西·人文纵横》,陕西人民出版社,2022年版。

杨乾坤:《唐诗陕西·天府关中》,陕西人民出版社,2022年版。

杨叔子、孔汝煌:《诗教文化新论》,华中科技大学出版社,2022年版。

杨文生:《王维诗集笺注》(第三版),四川人民出版社,2022年版。

杨再喜、吕国康编:《湖湘唐诗之路视野下的柳宗元研究集成》,中国书籍出版社,2022年版。

姚爱斌:《中国文体论:原初生成与现代嬗变》,北京大学出版社,2022年版。

姚红:《宋代东莱吕氏家族年谱长编》,浙江工商大学出版社,2022年版。

姚小鸥:《诗经与楚简诗经类文献研究》,论文集,商务印书馆出版,2022年版。

叶晔、颜子楠编:《西海遗珠:欧美明清诗论集》,北京大学出版社,2022年版。

衣若芬:《畅叙幽情:文图学诗画四重奏》,西泠出版社,2022年版。

殷石臞选注,王诚校订:《谢灵运诗》,商务印书馆,2022年版。

余恕诚:《余恕诚唐诗研究论集》,安徽师范大学出版社,2022年版。

余晓栋校注:《徐渭集诗文辑佚》,浙江古籍出版社,2022年版。

余育婷:《香草美人的召唤:台湾香奁体的风雅话语与诗歌美学》,政大出版社,2022年版。

宇文所安:《只是一首歌:中国11世纪至12世纪初的词》,生活·读书·新知三联书店,2022年版。

宇野直人:《唐宋诗词丛考》,研文出版,2022年版。

袁行霈:《陶渊明集笺注》(修订本),中华书局,2022年版。

詹满江编:《浣花溪的女校书:阅读薛涛诗》,汲古书院,2022年版。

查洪德:《元好问诗词选》,商务印书馆,2022年版。

查洪德:《元代文学散论》,东方出版中心,2022年版。

查清华:《东亚唐诗学研究论集》(第三辑),上海辞书出版社,2022年版。

张伯伟:《回向文学研究》,商务印书馆,2022年版。

张伯伟:《中国诗词曲史略》,北京大学出版社,2022年版。

张宏生、卓清芬主编:《空间与视野:明清文学与性别研究的新进境》,允晨文化实业股份有限公司,2022年版。

张吉茹、刘静安、吕明凤:《余韵袅袅:中国古典诗歌的发展与创作研究》,中国书籍出版社,2022年版。

张景昆:《唐诗接受史研究——以朝鲜宣祖时期为中心》,社会科学文献出版社,2022年版。

张淑香:《抒情传统的省思与探索》,台大出版中心,2022年版。

张艳辉:《宋代闽地唐诗学研究》,上海古籍出版社,2022年版。

张应昌:《清诗铎》,中华书局,2022年版。

张宇初撰,段祖青点校:《岘泉集》,中华书局,2022年版。

张治:《中国近代文学十六讲》,高等教育出版社,2022年版。

赵阳:《中国古代文学名篇隅解:上古秦汉魏晋南北朝卷》,四川大学出版社,2022年版。

赵尊岳:《珍重阁主人赵尊岳诗词文补遗》,万卷楼图书股份有限公司,2022年版。

曾大兴:《大兴说唐诗》,河北人民出版社,2022年版。

郑慧:《理学观念与叶适的文学思想》,人民日报出版社,2022年版。

郑利华:《明代诗学思想史》,中华书局,2022年版。

中国陆游研究会选编:《陆游与浙江诗路文化研究》,中国社会科学出版社,2022年版。

钟瑞廷著,胡传淮、胡云柯点校,四川宋瓷博物馆编:《龙溪诗草点校》,中国华侨出版社,2022年版。

周灿:《愿学堂集》,文物出版社,2022年版。

周剑之:《事象与事境 中国古典诗歌叙事传统研究》,商务印书馆,2022年版。

周锡恩作,陈春生校注:《荆楚文库·周锡恩集》,武汉理工大学出版社,2022年版。

周勋初:《魏晋南北朝文学论丛》,凤凰出版社,2022年版。

周裕锴:《禅诗精赏》,复旦大学出版社,2022年版。

朱光明:《巾帼何曾让须眉——蕉园诗社与清代杭州才女文化》,杭州出版社,2022年版。

朱悦进:《朱敦儒词赏鉴》,作家出版社,2022年版。

住谷孝之:《六朝怀古文学研究》,研文出版,2022年版。

庄适选注,卜师霞校订:《文心雕龙》,商务印书馆,2022年版。

左东岭:《明诗鉴赏》,人民文学出版社,2022年版。

左汉林、李新:《宋代杜诗学研究》,中国社会科学出版社,2022年版。

龙榆生著,倪春军编:《龙榆生未刊诗学稿》,复旦大学出版社,2022年版。

缪钺著,缪元朗编:《奇气灵光之境》,三联生活书店,2022年版。

任中敏著,张之为、戴伟华编:《诗可以歌》,三联生活书店,2022年版。

余冠英著,刘跃进、蔡丹君编:《诗的传统与兴味》,三联生活书店,2022年版。